EINMAL NOCH DU UND ICH
by
MaryAnn Clarke

Möchten Sie das nächste Buch der Alles haben-Reihe lesen?

Sie finden es unter books2read.com/u/b5ONgp

Möchten Sie mit mir in Kontakt treten?

www.maryannclarkescott.com

maryann@maryannclarkescott.com

Wenn Ihnen dieses Buch gefällt, bewerten Sie es bitte und hinterlassen Sie eine Rezension auf BookBub, auf Goodreads oder wo auch immer Sie das Buch gekauft haben. Ihre Meinung kann über den Erfolg einer Autorin entscheiden, und sie bedeutet mir die Welt.

EINMAL NOCH DU UND ICH

ALLES HABEN: BUCH 1

MARYANN CLARKE

Für Pindy

Weil du immer wusstest, dass eine heimliche Seelenklempnerin in mir steckt.
Und weil du von Anfang an da warst.

EINS

K ate O'Day sah auf ihre Uhr. Sie brannte darauf, anzufangen, aber es fehlten noch zwei wichtige Akteure. Heute begann eine brandneue Mediation. Oben auf die Seite ihrer Fallnotizen kritzelte sie mit kräftigen Strichen das Datum.

Sie lehnte sich zurück und beobachtete die Frau ihr gegenüber, die makellos gepflegte und schicke D'arcy Duchamp, ihre Klientin. D'arcy starrte geistesabwesend aus dem Fenster auf den grauen Dunst, der die städtische Skyline von Downtown Vancouver einhüllte, und ignorierte dabei offenkundig die von ihrer Mutter ausgewählte Anwältin, Sharon Beckett. Wenig überraschend ein Spitzenhonorar.

Das Geräusch der sich öffnenden Tür erregte ihre Aufmerksamkeit und die junge Empfangsdame trat ein. „Entschuldigen Sie, Ms. Beckett? Lynda von Goode & Broadbent hat gerade angerufen, um zu sagen, dass Mr. Broadbent plötzlich ins Richterzimmer gerufen wurde und nicht teilnehmen kann. Aber sie schicken einen Ersatz."

Ihre Gastgeberin, Sharon Beckett, saß neben Kate, den straff frisierten, flachsblonden Kopf über ihr Smartphone gebeugt, auf das sie energisch mit der Fingerspitze tippte. „Ich habe darüber keine Nachricht erhalten, Carrie."

Carrie räusperte sich zierlich. „Ähm. Nein, anscheinend kam es recht unerwartet. Sie lassen sich entschuldigen."

„Na, dann sollten sie uns besser nicht warten lassen. Wer kommt stattdessen?"

„Jemand namens, ähm ...", sie blickte auf ein Papier in ihrer Hand, „Simon ... Sharpe?"

Kate schnappte nach Luft, ihr Körper versteifte sich, als wäre sie direkt in ihrem Stuhl mit einem Taser getroffen worden.

„Oh, wirklich? Na, dann", säuselte Sharon. „Danke, Carrie. Lassen Sie uns wissen, wenn er da ist."

Kates Hand fuhr nach oben, um ihren Mund zu bedecken, ihr Puls schnellte beim Klang seines Namens in die Höhe.

„Tja, so was kommt vor. Ich hatte vergessen, dass er vor Kurzem die Kanzlei gewechselt hat. Ich hatte in letzter Zeit nicht viel Kontakt mit ihm." Sharon hob den Kopf, eine kleine Falte erschien auf ihrer Stirn. „Ich nehme an, Kate, dass Sie Eli über das heutige Treffen informiert haben. Er wird von dieser Änderung nichts wissen."

Kate hatte schon früher mit Sharon gearbeitet und kannte ihren Ruf. Sie war eine verdammt gute Anwältin, aber sie war starr, verklemmt und konfrontativ. In ihrer Gegenwart fühlte Kate sich unwohl. Im Moment fiel Kate keine Antwort ein. Ihre Gedanken waren plötzlich völlig durcheinander. Hatte sie richtig gehört? Sie schluckte. „Wie war der Name, sagten Sie?"

Sharon reservierte einen besonderen Tonfall für ihre Kollegen. Toleranz, mit einem Hauch von Missbilligung übergossen, als ob sie nicht sicher sein könnte, ob man ihrer würdig war. Mit ihrem adretten, taupefarbenen Kostüm und der zugeknöpften, salbeigrünen Bluse erinnerte sie Kate an einen winzigen, hochgespannten Feldwebel, der bereit war, sich auf eigenmächtige Rekruten zu stürzen. Sie war immer korrekt, streng geschäftlich, obwohl man sich danach irgendwie misshandelt fühlte. „Eli?"

„Nein, ich meine ..." Kate brachte es nicht über sich, seinen Namen laut auszusprechen. Simon. Simon Sharpe. Ihr Atem wurde so flach wie eine sanfte Brise, die die Oberfläche eines ruhigen Sees kräuselte, die spiegelglatte Fläche durcheinanderbrachte und wie ein Vorbote eines noch unsichtbaren Sturms ein oder zwei Blätter in die Luft warf. Ein Sturm, der das Wasser des Sees bald auf den Kopf stellen und seinen schlammigen, trüben Grund zu einem brodelnden Eintopf widerwilliger Erinnerungen aufwühlen würde. Wenn sie aufhörte zu atmen, könnte sie vielleicht verhindern, dass der Sturm aufzog.

„*Ich* habe ihm eine Nachricht hinterlassen, Sharon", warf D'arcy ein, ein wissendes Lächeln auf ihren glänzenden, rubinroten Lippen, das an die selbstbewussten Putten erinnerte, die Kate in den barocken Gemälden von Rubens gesehen hatte.

„Gut." Sharon schenkte D'arcy ein gönnerhaftes Lächeln, das ihre eiskalten blauen Augen nicht erreichte. „Na, sieh mal einer an. Wir werden also mit dem charmanten Simon Sharpe arbeiten."

Sie hatte richtig gehört. Aber es musste ein Irrtum sein. Oder vielleicht war es jemand anderes mit demselben Namen. Das war doch möglich, oder? Der Gedanke, dass er jeden Moment den Raum betreten könnte, ließ Kates Magen sich zu einem harten, schweren Knoten der Furcht zusammenziehen.

„Sie kennen ihn?", fragte D'arcy und betrachtete die perfekten, weinroten Spitzen ihrer weichen weißen Hände.

Und wie! Er hatte ihren Körper und ihre Seele berührt.

„Ich war mit seiner Frau auf der juristischen Fakultät. Wir sind gute Freundinnen", antwortete Sharon.

Seine Frau. Natürlich hatte er eine Frau. Warum auch nicht? Kate hatte ihn seit – ihre Gedanken wirbelten in die Vergangenheit, rechneten, zählten die Jahre – vierzehn? Fünfzehn? Jahren nicht gesehen. Seit ihrem dritten Jahr an der Universität.

D'arcy zuckte die Achseln, griff nach ihrer kleinen Louis-Vuitton-Handtasche, holte eine Nagelfeile hervor, korrigierte geringfügig ihre Maniküre und steckte sie wieder weg. Sie warf die Tasche auf einen leeren Stuhl.

Wie aus der Ferne beobachtete Kate, wie D'arcys Hände wie Tauben in einem Schlag umherflatterten, in direktem Gegensatz zu ihrer gelassenen Miene. Sie war eine seltsame Mischung aus kühler Zuversicht und nervöser Energie. Und jetzt war Kate es auch, sich bewusst, dass sie sich atemlos fühlte und ihr Puls raste. Adrenalin durchflutete ihren Körper, ihr Kopf und ihre Brust wurden plötzlich heiß und Schweiß brach auf ihrem Gesicht aus.

Kate runzelte die Stirn und nahm den kühlen, glänzend schwarz lackierten Tisch, die schlichten modernen Leder- und Chromstühle und die kahlen weißen Wände in sich auf. Ein zu lautes Brummen drang aus einem Lüftungsgitter in der Decke und der Blick aus dem Fenster im achtzehnten Stock war flach und von der Wolkendecke, die den Himmel verhüllte, verblasst. Sie hatte das plötzliche Bild von sich selbst, wie sie floh, wie ein Vogel aus dem Fenster flog und in diesem weichen, verhüllenden Grau verschwand. Der protzige Sitzungssaal von Flannigan, Searle, Meacham & Beckett, Barristers & Solicitors, war

so kalt wie ein Operationssaal und für Kates Geschmack zu unpersön-
lich. Sobald sie das Vertrauen ihrer Klienten gewonnen hatte, würde sie
einen Umzug in ihr eigenes, gemütlicheres Studio vorschlagen.

Ihre Muskeln spannten sich wieder an. Aber sie konnte *ihn* nicht
dort haben, in *ihrem* Bereich.

D'arcy räusperte sich und sprach mit diesem eigenartigen Akzent,
der einzigartig für das zweisprachige Montreal war, weder die
singende Kadenz eines Quebecer Frankophonen noch CBC-Radio-
Englisch, sondern etwas dazwischen. „Ich sterbe nach einer Zigarette."

„Sind Sie nervös, D'arcy?", fragte Kate abgelenkt. „Heute wird nur
eine informelle Vorstellung sein. Noch nichts allzu Ernstes." Jedenfalls
nicht für D'arcy.

D'arcy verdrehte ihre mit Kajal umrandeten runden Augen zur
Decke. „Nein. Ich bin nur auf Nikotinentzug. Ich höre auf." Sie war auf
eine Art und Weise glamourös wie eine Stummfilmsirene, aber dunkle
Ringe unter ihren Augen verrieten eine ansonsten kühle, gut
beherrschte Fassade. „Ich *habe* aufgehört."

„Das ist eine ausgezeichnete Entscheidung, liebe D'arcy. Ihre Mutter
wird erfreut sein, das zu hören", sagte Sharon und blickte von ihrem
Telefon auf.

D'arcys Lippe zuckte und unterdrückte kaum ein Grinsen. „Ich
nehme an, das werden Sie auch mit ihr besprechen? Möchten Sie
wissen, was ich zu Mittag gegessen habe?"

Sharon schnalzte mit der Zunge und widmete sich wieder ihrem
Telefon, ihre Zähne klickten. „Was dauert bei denen so lange? Wir
können nicht den ganzen Tag warten."

Kate riss sich zusammen und beugte sich über ihr Notizbuch, um
ein paar Eindrücke niederzuschreiben, solange sie frisch waren. Sie war
nicht dafür bekannt, der Norm zu folgen – wie zum Beispiel Klienten
einzeln vor der ersten Gruppensitzung zu treffen – und hatte sich auch
dieses Mal dagegen entschieden. Ihr unkonventioneller Stil bestand
darin, sich anhand der Menschen und ihrer rohen Reaktionen durchzu-
tasten, was ihr einen Einblick in ihre innere Natur gewährte. Sie blickte
auf, ihr Blick wurde von dem geschwungenen Bogen eines roten
Regenschirms in einer impressionistischen mediterranen Landschaft an
der Wand ihr gegenüber angezogen. Der rote Strich gegen den blauen
Himmel lieferte die einzigen Farbtupfer in dem sterilen Raum.

Die heutige Einführungsrunde war genau das, eine Gelegenheit für
sie, ihre Klienten, D'arcy und Eli, kennenzulernen. Und leider auch ihre

Anwälte. Kate musste ruhig bleiben und bei Verstand sein. Sich auf die Klienten konzentrieren. Richtig. Einfach die Anwälte ignorieren. Beide. Als ob sie Simon Sharpe jemals ignorieren könnte.

Sharon zog ein Notizbuch und einen Stift aus ihrer Aktentasche und machte sich schweigend Notizen. Kate versuchte, D'arcy anzulächeln, die ihr ein schwaches Lächeln erwiderte.

„Wann haben Sie das letzte Mal mit Eli gesprochen?", fragte Kate sie.

Mit mürrischem Gesicht sah sich D'arcy mit übertriebener Geste um. „Vor ein paar Wochen, vielleicht."

Sharon blätterte ein paar Seiten in ihrem Notizbuch um. „Es war der siebzehnte September. In der Nacht der ...", ihre Lippe hob sich zu einem Grinsen, „... Party."

D'arcys Augen wurden glasig, und Kate wünschte sich inbrünstig, sie könnte ihre Arbeit ohne die Einmischung von Anwälten erledigen.

Klienten kamen zu ihr, weil sie auf eine möglichst einvernehmliche Lösung ihres Konflikts hofften, meist im Kontext eines kompletten Kommunikationszusammenbruchs. Sie blickte auf und strich sich eine lose Haarsträhne hinter ihr Ohr. Erfolg bedeutete für sie nichts Geringeres als Versöhnung, die Heilung zerbrochener Beziehungen. Je besser sie ihre Stärken, Schwächen und Ängste verstand, desto effektiver konnte sie ihnen helfen.

Ihr Handy klingelte in ihrer Tasche. Verdammt, sie hatte vergessen, es auszuschalten. „Entschuldigen Sie." Sie nahm das Telefon und kniff die Augen zusammen, um den Bildschirm zu erkennen, ihre Irritation über die Unterbrechung stieg, während sie das Klingeln stumm schaltete.

Jay. Die letzte Person, von der sie jetzt hören wollte.

Schuldgefühle überkamen sie, ihr Finger schwebte über dem „Besetzt"-Knopf, während sie sich an ihr letztes Gespräch mit ihm erinnerte. Ihr Telefon summte in ihrer Hand. Eine SMS.

Hey, Engel. Wie wär's heute Abend mit Abendessen?

Sie tippte eine schnelle Antwort. *Bin in Kliententreffen.*

Eine weitere SMS summte.

Sie biss die Zähne zusammen und steckte ihr Telefon weg, ohne darauf zu schauen. Sie würde heute Abend Alexa anrufen müssen, wenn sie diesen Nachmittag überstand, nicht Jay.

Sie wusste, was er wollte, und sie wollte sich nicht damit befassen. Jay war der perfekte Begleiter gewesen. Ihre zweijährige Beziehung war ein Rekord für sie. Er war umwerfend, talentiert, lustig, sexy, locker und es mangelte ihm an der Fähigkeit zur Selbstreflexion. Mit anderen Worten, er war weit, weit davon entfernt, über eine feste Bindung nachzudenken. Dachte sie zumindest. In letzter Zeit hatte er begonnen, Andeutungen über die Zukunft zu machen und damit alles zu ruinieren.

Kate studierte die wie vom Donner gerührte D'arcy und versuchte sich vorzustellen, was ein so junges Paar wie sie und Eli dachte, als sie mit Anfang zwanzig heirateten. Kein Wunder, dass sie Probleme hatten. Andererseits, dachte sie mitfühlend, müssen sie wahnsinnig verliebt gewesen sein. Vielleicht waren sie es immer noch. Sie erinnerte sich, wie sich das anfühlte.

Jetzt flossen all Kates Beziehungsfähigkeiten darein, ihren Klienten zu helfen, ihre Probleme zu lösen und ihnen ein Happy End zu verschaffen. Das reichte ihr, da sie ihr eigenes niemals bekommen würde.

Die meisten Menschen brauchten einen Anstoß für ihr Selbstbewusstsein und Hilfe bei der Klärung ihrer Ziele. Im Gegensatz zu Kate, die sich durch Beratung bereits viel zu gut kannte. Wenn Jay alles über sie wüsste, was es zu wissen gab, würde er nicht auf mehr drängen wollen.

Es gab zu viele Geister in ihrer Vergangenheit, die Intimität schwierig, wenn nicht unmöglich machten. Und doch konnte sie nur wahre Intimität dazu bewegen, den Rest ihres Lebens mit einem Mann zu verbringen. Es hatte nur einen Mann gegeben, der ihr dieses Gefühl gegeben hatte. Sie schloss für einen Moment die Augen und fühlte sich taub. Anscheinend stand *er* kurz davor, den Raum zu betreten.

Die Wahrheit war, dass sie die Komplikation eines Mannes in ihrem Leben überhaupt nicht brauchte. Jay lenkte sie von ihrer Arbeit ab und gab ihr irgendwie das Gefühl, schuldig zu sein, weil sie sich dem widmete, was sie am meisten liebte. Außer ... mit fünfunddreißig wollte sie theoretisch auch sesshaft werden und eine Familie gründen.

Die drei Frauen saßen schweigend da, zappelten und vermieden Augenkontakt, die Minuten schleppten sich dahin, bis das nervtötende Summen der Klimaanlage begann, ihnen auf die Nerven zu gehen. D'arcy verdrehte mit einem Seufzer die Augen zur Decke.

Was dauerte bei denen so lange? Es war, als würde man in der Todeszelle warten. Kate wollte es jetzt einfach nur hinter sich bringen.

Sie räusperte sich. „Ich habe gehört, Sie waren auf der McGill, D'arcy. Hat es Ihnen gefallen?"

„Was gibt es da nicht zu mögen? Es war meine Heimatstadt, wissen Sie. Alle einheimischen Kinder gingen dorthin, die keinen Plan hatten." D'arcy hob eine runde Schulter. „Ich habe schließlich herausgefunden, was ich wollte."

„Politikwissenschaft, nicht wahr?", drängte Kate sanft.

„Ja. Und Geschichte. Papi dachte, ich sollte Journalismus studieren. Vielleicht bei einer seiner Zeitschriften arbeiten, bis ich Mr. Right treffe. " Sie presste die Lippen zusammen. „Aber das war nicht mein Ding. Ich organisiere Menschen besser als Worte."

„Sharon erwähnte, Sie hätten eine Zeit lang als Wahlkampfmanagerin gearbeitet", sagte Kate nickend. „Was ist passiert? Hat es Ihnen Spaß gemacht?"

„Ich habe es geliebt!" D'arcy hielt inne, betrachtete wieder ihre Hände, während ein wehmütiger Ausdruck ihre Züge überzog. „Eli ist passiert, schätze ich. Als er auftauchte, war es offensichtlich, dass er mich mehr brauchte, als Minister Bradley es je könnte." Ein hauchzartes Lachen entfuhr ihren Lippen. Sie hielt inne und blickte an Kate vorbei. „Jedenfalls habe ich mich Hals über Kopf verliebt." Eine Seite ihrer vollen Lippen zuckte nach oben.

Sie wusste, wie sich das anfühlte. Interessant, dachte Kate. D'arcy setzte sich also für gute Zwecke ein, einschließlich des kämpfenden Künstlers Eli.

„Sieht so aus, als hätten Sie in Montreal bleiben sollen", sagte Sharon gedehnt. „Wo sind Eli und Simon, frage ich mich? Es ist fast zwei."

Wie auf ein Stichwort hin öffnete sich die Tür wieder, und Carrie trat ein. Kates Puls schnellte erneut in die Höhe, ihr Blick war auf die Tür gerichtet, und sie verspürte einen irrationalen, aber mächtigen Drang, von ihrem Stuhl aufzuspringen und zu rennen wie der Teufel.

„Mr. Benjamin ist hier", sagte sie mit einem flüchtigen Lächeln und schlüpfte dann wieder aus der Tür. Kate atmete aus. Nicht er. Noch nicht.

Ein junger Mann trat ein und musterte den Raum mit zusammengekniffenen Augen. Er achtete gezielt darauf, D'arcy nicht anzusehen. Er ließ sich in den Stuhl rechts von Kate fallen und drapierte seinen geschmeidigen Körper darüber wie eine Decke. Während er sowohl seine Frau als auch ihre Anwältin ignorierte, lehnte er sich zurück und musterte Kate unter schweren Lidern, während sie ihn ihrerseits studierte. Sie konnte die Spannung zwischen Ehemann und Ehefrau wie ein gezupftes Drahtseil vibrieren spüren, obwohl sie sich nicht zur Kenntnis nahmen.

„Hallo", sagte Kate, als sie merkte, dass die anderen ihn nicht beachteten.

„Hey. Nett, Sie kennenzulernen, Kathryn O'Day", sagte er und warf ihr ein lässiges Lächeln zu, während seine dunklen Espresso-Augen schwelten. Ebenholzfarbene Wellen berührten die Schultern einer abgetragenen braunen Lederjacke. Er verströmte sexuelle Hitze.

Ein böser Junge? Sie hielt ihr Gesicht so neutral wie möglich, um ihre Reaktion zu verbergen, und durchbohrte ihn mit ihrem Röntgenblick. „Sie können mich Kate nennen. Guten Morgen, Mr. Benjamin."

Er setzte sich etwas gerader in seinem Stuhl auf, ein Schleier der Langeweile senkte sich über ihn, der „Komm her"-Ausdruck verschwand. Er gähnte.

„Nennen Sie mich Eli. Bitte."

„Eli." Sie nickte. Sie erklärte ihm kurz den Wechsel des Anwalts. „Er sollte in Kürze eintreffen. Wir sind überfällig, um anzufangen." Sie warf einen Blick auf ihre Uhr. „Ich hoffe, der Wechsel ist für Sie in Ordnung."

„Es wird ihm egal sein", sagte D'arcy. „Eli interessiert sich nicht für rechtliche Angelegenheiten."

„*Au contraire, ma chere.* Ich habe meinen letzten Anwalt gefeuert, Kate", sagte er spitz und wandte sich an sie. „Wir waren nicht einer Meinung", Elis elegante dunkle Brauen zogen sich zusammen. „Und ich hatte mich wirklich darauf gefreut, mit David Broadbent zu arbeiten. Er ist ein toller Kerl."

„Keine Sorge, Eli. Simon wird Ihnen genauso gut gefallen", sagte Sharon. „Ich kenne ihn seit Jahren, und er ist ein ausgezeichneter Anwalt."

Kates Haut kribbelte, und sie unterdrückte einen Schauer aus gemischter Vorfreude und Furcht. Genau in diesem Moment hörte sie Schritte im Flur draußen, und sie drehten sich wie Zuschauer bei einem Tennismatch alle zur Tür. Sie richtete ihre Wirbelsäule auf, zog die Schultern zurück und nahm die tiefen, beruhigenden Pranayama-Atemzüge, die sie im Yoga-Unterricht gelernt hatte. *Shanti-mukti-shanti-mukti.*

Eli runzelte die Stirn, als sich die Tür öffnete, und musterte den Mann, der eintrat, prüfend.

Kates Blick fixierte sich auf ihn, ihr Atem stockte ihr in der Kehle. Es gab keinen Irrtum. Simon Sharpe hatte sich kaum verändert.

Ihr Mund bewegte sich, aber kein Laut kam heraus.

Der große blonde Mann glitt in den Raum. Er schüttelte die Regentropfen von sich und streifte seinen nassen, zerknitterten Regenmantel ab, der einen hellgrauen Anzug enthüllte, der kaum besser aussah. Mit einer weltmüden Miene grinste er und sah sich um, alle in sich aufnehmend. Seine verblüffend hellen Augen hielten zuerst bei Sharon inne, und er nickte ihr zur Bestätigung, während ihre Augen aufblitzten wie ein Adler, der seine Beute sichtet.

Er musterte D'arcy einen Moment lang. Dann ruhte sein Blick auf Eli, seine Brauen hoben sich, und schließlich auf Kate selbst, wo er erstarrte, ein Ausdruck der Verblüffung erschien, als ob er sich plötzlich in der Damentoilette wiedergefunden hätte und sich wunderte, wie er dorthin gekommen war.

Simon Sharpe! Kates Atem stockte und ihr Herz pochte in ihrer engen Brust. Eine Explosion verschiedenster Gedanken und Gefühle prasselte in ihrem Kopf aufeinander ein, ein Chor dissonanter Stimmen. Sie warf einen verängstigten Blick auf die anderen im Raum, aber nein. Sie wussten es nicht, sie konnten nicht wissen, wer er war. Für sie. *Reiß dich zusammen, Kate.*

„… em …"

Simon Sharpe! Simon! Nein. Ihr Magen drehte sich um. Schweißperlen bildeten sich auf ihrer Stirn, ihrer Oberlippe, ihren Handflächen — überall. Sie spannte sich gegen den harten Ledersitz ihres Stuhls und wünschte, sie könnte weglaufen und sich verstecken.

Kate hörte Sharon sprechen, die Eli umging, der bereits halb aus seinem Stuhl aufgestanden war. Sie grinste Simon an wie eine Grinsekatze. „– angenehme Überraschung", säuselte sie.

Er hob eine Seite seines Mundes und seine linke Augenbraue, einen unbändigen Flügel, die einzigen Asymmetrieelemente in einem ansonsten ebenmäßigen und markanten Gesicht, und wandte sich an den Raum. „Simon Sharpe. Sehr erfreut."

„Hat David–?", platzte Eli heraus.

Simon wandte sich Eli zu, legte eine Hand auf dessen Schulter und ergriff Elis Hand, fast mehr eine Liebkosung als ein Händedruck. „Es tut

mir leid, Sie zu überrumpeln, Mr. Benjamin. Mein Kollege, David Broadbent", erklärte er dem Raum im Allgemeinen, „wurde plötzlich abberufen
und bat mich, heute Morgen einzuspringen. Wir haben versucht, Sie zu
erreichen, ohne Erfolg. Ich bin vollständig unterrichtet worden."

„Hey, Alter." Eli schüttelte seine Hand, zuckte die Achseln und ließ
sich wieder in seinen Stuhl fallen.

„Simon, entzückend", sagte Sharon. „Eli haben Sie ja kennengelernt.
Und das sind D'arcy Duchamp, meine Klientin, und Kathryn O'Day,
unsere Mediatorin."

Simon Sharpe zuckte sichtlich zusammen. Sein Blick huschte umher,
um Sharons Vorstellungen zu würdigen, dann sprang er zurück. Sein
Blick fixierte sich auf Kates Gesicht, neugierig, blinzelnd. „*Sie* sind die
Mediatorin?"

Sie starrte. Kate atmete tief und unregelmäßig ein und wischte sich
diskret die feuchten Handflächen an den Beinen ihrer Hose ab. Sie
zwang sich, sich mit einem äußeren Anschein von Ruhe und Kontrolle,
den sie nicht fühlte, von ihrem Stuhl zu erheben. Wie ein Automat
drehte sie sich um und machte zwei steife Schritte auf ihn zu, als er
näher kam. Ihre Gedanken wirbelten. *Ich muss in die Offensive gehen. Er
ist zu spät. Er ist unerwartet. Er macht mich nervös. Was sage ich zu ihm?*
Sie hob ihren Blick zu seinem Kinn und versuchte, die Watte in ihrer
trockenen Kehle hinunterzuschlucken.

„Ja. Mr. Sharpe ... endlich." Sie machte einen weiteren wider-
strebenden Schritt, als würde sie zum elektrischen Stuhl trotten. Sollte
sie so tun, als hätten sie sich nie getroffen, oder zugeben, dass sie sich
kannten? Es herunterspielen und es später gestehen? „Wie ... schön ...
Sie ... wiederzusehen. Bitte nehmen Sie Platz. Wir möchten anfangen."
Sie fasste ihren Mut zusammen und zwang sich, seinen durchdringenden blauen Augen mit ihren eigenen zu begegnen, und hoffte,
nichts von ihrem inneren Aufruhr preiszugeben. Es gelang ihr fast. Ihr
Herz pochte heftig in ihrer Brust, als sie in sein vertrautes Gesicht starrte. Dieses geliebte Gesicht.

„Kate?", sagte er, seine Stimme ein ersticktes Flüstern. Er rührte sich
nicht in Richtung eines Stuhls.

„Sie kennen sich?", fragte Sharon.

Und wie. „Ja. Wir kannten uns ... als Studenten ... vor Jahren",
sagte Kate mit einer Handbewegung, als wäre es nichts.

Er spähte sie an, sein Gesicht ausdruckslos, sein Blick ihre Züge
absuchend.

„Stimmt das nicht? Oder irre ich mich?", sagte Kate und steckte sich eine Haarsträhne hinter ihr Ohr.

„Ja, das stimmt. Entschuldigen Sie meine Unhöflichkeit. Ich bin überrascht, Sie nach all den Jahren zu sehen." Er senkte den Blick, tastete sie von den Füßen bis zum Kopf ab. „Kate."

Sie hatte gesehen, wie sein Ausdruck von Verblüffung zu einem kühlen, leeren Blick wechselte, aber nicht, bevor sie einen Anflug von Ärger dort gesehen hatte. Das war keine Überraschung. Sie war wahrscheinlich die letzte Person auf Erden, die er sehen, geschweige denn mit der er arbeiten wollte. So leidenschaftlich ihre jugendliche Affäre auch gewesen war, er erinnerte sich eindeutig, wie sie auch, an ihr schmutziges Ende.

Ihre Rippen zogen sich wie eine Klammer um ihre Lungen, drückten sie zusammen. Warnung. *Hör auf!*

Er konnte unmöglich wissen, wie sehr er ihr zerbrechliches Herz gebrochen hatte, als er sie abserviert hatte, oder dass ihre unerwiderte Liebe zu ihm zu einer bösartigen Obsession herangewachsen war, die beinahe ihr Verderben gewesen wäre. Das war ihr schmutziges kleines Geheimnis.

Was zum Teufel soll ich tun? Sie streckte ihre zitternde Hand aus, versteinert bei dem Gedanken, welche Wirkung seine Berührung auf sie haben würde. „Ganz meinerseits", murmelte sie.

Er neigte den Kopf und gab ihrer Hand einen sanften, aber männlichen Händedruck. Verweilte sein Griff zu lange, oder hatte sich die Zeit verlangsamt? All ihre Nervenenden kribbelten von dem elektrisierenden Wissen um ihn, seine Haut berührte ihre Haut, und sie konnte ihren Blick nicht von ihren verbundenen Händen abwenden oder einen weiteren kohärenten Gedanken fassen. Ein großes Gewicht auf ihrer Brust schien ihr die Luft abzuschnüren. Sie hob die Schultern und schluckte durch eine Kehle, die sich zu verschließen schien, steif wurde, als hätte sie einen Sack Steine verschluckt. Sie erkannte all die vertrauten Anzeichen einer Panikattacke, aber das war Jahre her. Es war ihr gut gegangen. *Das kann mir nicht passieren.*

Er kniff die Augen zusammen, ein subtiles Lächeln krümmte den gespannten Bogen seiner Lippen, und sie riss ihre Hand weg, als wäre sie verbrannt worden. *Er lacht mich aus!* Sie war lächerlich, sich jetzt so aufzuregen. Das sollte keine Rolle spielen. Aber es tat es. Das tat es.

Es passierte wieder. Die Angst. Sie konnte ihrer eigenen Reaktion auf ihn nicht trauen. Ihn anzusehen, ließ sie sofort erkennen, dass er

denselben Effekt hatte, unabsichtlich schmerzhafte Erinnerungen an ihr Trauma auslöste und ihre Reaktionen auf ihn durcheinanderbrachte. Anziehung, Besessenheit und Abstoßung. Sie hatte gedacht, diese Tage wären längst vorbei, all ihre Leichen im Keller begraben.

Simon setzte sich neben Eli.

Kate setzte sich und nahm ihren Füllfederhalter, bemerkte, dass ihre Hand zitterte, und legte ihn wieder ab. Sie ballte die Fäuste, um das Kribbeln in ihren Fingerspitzen zu stoppen. Wie konnte sie jetzt Notizen machen? Sie versuchte es mit langsamer Pranayama-Atmung, *shanti-mukti-shanti-mukti*, und strich sich mit nervösen Fingern über die Stirn, während sie blind auf ihre Notizen starrte. Sie musste einen Weg finden, weiterzumachen, als wäre ihr nicht der Boden unter den Füßen weggerissen worden.

„Sollen wir a-anfangen?“, lächelte sie in die Runde und versuchte, jeden Blick zu erwidern. Das Lächeln auf ihrem Gesicht war so verkrampft, dass sie sicher war, es würde zerbrechen. Als sie Simon erreichte, huschte ihr Blick an ihm vorbei. Feuchtigkeitströpfchen kitzelten an ihrem Brustbein, als sie hinunterglitten. Wie konnte sie sich ängstlich und unecht fühlen? Das passt nicht. Dies war ihre Arena. Es war unmöglich, ihre übliche Aufrichtigkeit oder Begeisterung aufzubringen, wenn sie einen neuen Fall begann. *Konzentrier dich! Sei stark!*

Erinnere dich daran, warum du hier bist. Sie liebte ihre Arbeit als Mediatorin. Sie konnte ihre Einsicht und Erfahrung mit Menschen teilen, denen sie wirklich helfen konnte.

Jeder neue Fall war ein Abenteuer, das sie genoss, genau wie ein druckfrischer, neuer Liebesroman; sie wusste, was sie erwarten würde. Sie würde das Buch aufschlagen und die Hauptfiguren – ihre Klienten – in einer Geschichte treffen, die Missverständnisse, verletzte Gefühle, Geheimnisse und Enthüllungen umfasste, vielleicht sogar ein oder zwei Bösewichte, um den Fortschritt zu behindern. Aber dann wäre da Liebe, hoffentlich genug, um sie zum Happy End zu führen, das, wie Kate glaubte, jeder verdiente. *Wenn* sie bereit waren, die Arbeit dafür zu leisten.

Sie blickte nach unten, lockerte ihre geballte Faust und runzelte die Stirn über die roten Halbmonde, die ihre Fingernägel in ihre Handfläche gegraben hatten, wobei sie den Schmerz kaum wahrnahm. *Atmen.*

Sie verstand, wie sehr Menschen verletzt sein konnten. Wie das dazu führte, dass sie sich selbst und jene, die sie liebten, verletzten. Sie war selbst einmal so gewesen.

Dieses Mal hatte D'arcy die Scheidung eingereicht, während Eli sich weigerte, auch nur darüber nachzudenken. Verhandlungsversuche waren zunächst eskaliert und dann vollends gescheitert. Weder die Anwälte noch die Familie kamen weiter, und die Emotionen waren hochexplosiv. Für Kate klang das wie ein klassischer Fall von Menschen, die nicht sagten, was sie wirklich sagen, oder nicht um das baten, was sie wirklich wollten. Ein perfekter Sturm aus Verletzung und Verrat.

Dieser Fall im Besonderen war speziell. Fast zehn Jahre waren vergangen, seit Kate Mediatorin geworden war und sich als Spezialistin für Versöhnung einen Namen gemacht hatte. Um ihre beruflichen Erfolge zu würdigen, würde die Mediation Roster Society ihr bei der Jahrestagung mit Bankett zu Beginn des neuen Jahres eine besondere Auszeichnung verleihen. Der Vorstand hatte sie gebeten, bei der Annahme der Auszeichnung eine Präsentation zu halten, und da dies ihr fünfzigster Fall sein würde, hatte sie beschlossen, ihn zu einer besonderen Studie zu machen. Kate fühlte sich durch die Auszeichnung geschmeichelt, war aber noch stolzer darauf, die Einzelheiten ihrer Methoden mit Kollegen teilen zu können. Sie plante, sich sorgfältige Notizen zu machen und insbesondere ihre eigenen emotionalen Reaktionen und Strategien festzuhalten. Wenn sie sich nur konzentrieren könnte. Wie sollte sie das jetzt schaffen? Sie musste sich an ihr Ziel erinnern.

Seine Anwesenheit würde ihre Arbeit *nicht* beeinträchtigen. Sie holte tief und entschlossen Luft und verhärtete sich, um jede Wahrnehmung von Simon Sharpe auszublenden.

„Zunächst einmal danke ich Ihnen allen, dass Sie gekommen sind. D'arcy und Eli, ich weiß, wie schwierig das für Sie sein muss. Ich möchte Ihnen beiden zu Ihrem Mut gratulieren, einen neuen und anderen Weg zur Lösung Ihrer Differenzen einzuschlagen. Aus Gesprächen, die ich mit D'arcy und Sharon geführt habe, habe ich verstanden, dass Ihre Hoffnung darin besteht, Ihre derzeitige Pattsituation bezüglich einer möglichen Versöhnung im Gegensatz zur Scheidung zu klären."

Sie begegnete zuerst D'arcys Blick und dann dem von Eli. D'arcy wirkte misstrauisch, ihre Pupillen waren geweitet, bereit für Kampf oder Flucht. Eli kratzte zwanghaft Linien auf einen Notizblock vor sich. Seine Kunst war eine Art persönliche Rüstung.

„Bevor wir darauf eingehen, möchte ich Sie beide und Ihre Geschichte kennenlernen und versuchen, meine Expertise auf Ihre Kommunikationsschwierigkeiten anzuwenden. Unser Ziel hier ist es, Sie beide auf einen Nenner zu bringen. Ich bin absolut zuversichtlich, dass Sie für Ihre Bemühungen belohnt werden und diesen Raum mit einem besseren Gefühl für sich selbst und füreinander verlassen werden, welche Entscheidung auch immer die richtige für Sie ist." Sie bemerkte, wie Simon mit Sharon ein kleines Grinsen und hochgezogene Augenbrauen austauschte, und zog die Stirn kraus. Es war schon schlimm genug, sich mit Sharon herumschlagen zu müssen. Sie musste sie sofort zur Rede stellen, bevor sie die Atmosphäre vergifteten. *Verdammte Anwälte.*

Kate bevorzugte es bei Weitem, ohne sie zu arbeiten. Sie neigten dazu, ihre Arbeit als Mediatorin zu erschweren. Während einige Mitgefühl und berufliche Integrität zeigten, sträubten sich andere, wie Sharon Beckett, schon gegen die bloße Idee der Mediation. Kate schauderte. Mit etwas Glück würde das nur für diese erste Sitzung so sein. Aus so vielen Gründen.

„Sharon, Mr. Sharpe –"

„Simon."

Ihr stockte der Atem. „Simon. Danke. Ich bin sicher, die Teilnahme an Mediationssitzungen bedeutet für Sie eine passivere Rolle, als Sie es gewohnt sind, aber ich schätze Ihre Bereitschaft, heute gemäß den Wünschen Ihrer Mandanten teilzunehmen." Kate hob ihre Hände mit den Handflächen nach außen in einer einladenden Geste für das betreffende Paar und hielt ihre Ellenbogen bewusst nah an ihrem heißen, feuchten Körper.

„Ich möchte Sie daran erinnern, dass Sie sich für die Mediation entschieden haben, weil Sie widersprüchliche Ziele verfolgen. D'arcy, im Moment wollen Sie immer noch die Scheidung, während Eli das nicht will. Sie zwei sind hierhergekommen mit dem Ziel herauszufinden, ob es möglich ist, Ihre Beziehung zu kitten. Anstatt Zeit und Geld zu verschwenden und alle unglücklich zu machen, sind wir hier, um auf den Grund zu gehen, was Sie beide wollen und warum, damit Sie mit einem Konsens vorankommen können."

Sie kam sich vor wie eine Anfängerin an ihrem ersten Tag, die im Geiste das Protokoll aus ihrem Lehrbuch durchging. „Mein Ziel als

Mediatorin ist es, Ihnen zu helfen, Ihre Probleme zu ergründen und zu sehen, ob es uns gelingt, eine Vereinbarung zu treffen, in der wir neue Wege für Ihre Interaktion festlegen. Sie könnten es als eine Art Eheberatung betrachten."

„Nun", Kate begegnete zuerst Sharons Blick, in der Hoffnung, dass diese Worte sie aus früheren Erfahrungen heraus entwaffnen würden. „Wir müssen uns auf eine Reihe von Zielen einigen. Ich spreche nicht von materiellen Zielen, die normalerweise Gegenstand von Scheidungsvereinbarungen sind. Dies ist eine Paarmediation. Sie soll anders sein. So wie ich sie durchführe, ist sie strukturierter als eine ergebnisoffene Eheberatung."

Kate ließ den Blick durch den Raum schweifen, um ihre Zuhörer zu mustern. Simon lehnte sich in seinem Stuhl zurück, die Ellenbogen auf den Armlehnen, die Finger wie zu einem Dach geformt, und beobachtete sie aufmerksam, mit einem Gesichtsausdruck, der nur arrogante Verachtung bedeuten konnte. *Was um alles in der Welt denkt er?* Sie versuchte, ein plötzliches Stechen in ihrem Brustkorb zu ignorieren und erinnerte sich daran, zu atmen.

Eli, kein Mann für Regeln und Zeitpläne, rutschte auf seinem Stuhl herum. Sie holte ihn wieder ins Boot und erinnerte sich daran, dass ihre erste Verantwortung darin bestand, ihre Mandanten zu beruhigen. „Wie klingt das für Sie, Eli?"

Elis Blick war fragend. „Ist mir recht", antwortete er achselzuckend.

Sharon grinste und ihr Blick schnellte zu D'arcy, doch D'arcy mied den Augenkontakt, blieb reserviert und gefasst und schien die ganzen unterschwelligen Strömungen im Raum nicht zu bemerken. Stattdessen sah sie Kate an und wartete auf ihre nächste Bemerkung.

„Bevor wir weitermachen, möchte ich auf den Zweck der Mediation eingehen", sagte Kate und wurde bei ihrem vertrauten Skript warm. „Meine Rolle als Mediatorin ist es, Ihnen zu helfen, miteinander zu *reden*. Ich bin absolut neutral und kann Ihnen keine Lösung aufzwingen. Ich möchte Ihnen helfen, Ihre *eigenen* Lösungen zu finden. Ich bin keine Richterin in einem Gerichtssaal." Sie bemühte sich, mit trockener Kehle zu schlucken, bot ein beruhigendes Lächeln an und blickte zu Sharon und Simon. „Meine Aufgabe ist es, *mit* Ihnen zu arbeiten, um eine Situation zu verbessern, die *un*-praktikabel geworden ist."

Sharon räusperte sich und Kate sah sie an. „Ja?"

„Nichts", antwortete sie mit verzogenem Gesicht.

„Jede Verhandlung muss natürlich die Diskussion von sachlichen

Themen beinhalten. Aber B-Beziehungsthemen sind mindestens genauso wichtig, und solange wir diese nicht geklärt haben, können wir nicht hoffen, uns bei den sachlichen Themen zu einigen. Also werden wir dort anfangen."

„Mir scheint, Sie gehen stark davon aus, dass eine Versöhnung für unsere Mandanten sowohl möglich als auch ratsam ist, Kate", warf Simon leise ein.

Elis Kopf schnellte hoch.

„Es läuft bereits ein Scheidungsverfahren", fügte Simon hinzu.

Sie hörte die Herausforderung in seiner Stimme, sah das verächtliche Lächeln, das unter der Oberfläche lauerte. Sie blinzelte ihn an. Ein weiterer scharfer Schmerz schoss durch ihren Brustkorb, und sie sog langsam und tief Luft ein, während sie wartete, bis der Nachbeben nachließ, und versuchte, die Panikattacke unter Kontrolle zu bringen.

Kate straffte ihren Rücken, hob die Brauen und fuhr fort: „D'arcy und Eli haben zugestimmt, zu mir zu kommen, Simon. Ich wollte jedoch gerade sagen, Sie sollten wissen, dass mein Hintergrund Krisenberatung und Psychologie ist, nicht Jura. Meine Neigung ist es daher, wenn Sie so wollen, die zugrunde liegenden..." Sie schluckte, „... Ursachen des Problems zu untersuchen. Ich bin ungeniert eine therapeutische oder versöhnungsorientierte Mediatorin. Und eine Optimistin." Sie lächelte. „Das ist meine explizite Voreingenommenheit."

„Das ist ziemlich ungewöhnlich, nicht wahr?", fragte Simon.

Sie zuckte mit den Schultern und streckte erneut die Hände aus. „Wenn am Ende beide Parteien die Scheidung wollen, ist das ihre Entscheidung." Sie schluckte den Kloß in ihrem Hals hinunter. „Behalten Sie wenigstens einen offenen Geist, um Ihres Mandanten willen."

„So, wie ich darauf vertraue, dass *Sie* das tun werden, Kate."

Sie antwortete mit einem gezwungenen Lächeln und einem harten Blick. *Was ist mit ihm los?* Wie konnte er es wagen, sie herauszufordern? „Ich habe volles Vertrauen in Ihre *Objektivität*", fuhr Simon fort.

War das Sarkasmus? „Ausgezeichnet!" Sie wandte sich ab. „Eli", sagte sie, blickte ihm direkt in die dunklen Augen und spiegelte seinen ernsten Ausdruck, „Sie und ich haben uns vor heute noch nicht getroffen. Sie waren an meiner Auswahl nicht beteiligt. Wenn Sie irgendwelche Bedenken haben, sagen Sie es mir bitte jetzt. Sie *müssen* das Gefühl haben, dass Ihre Interessen geschützt sind." Sie sah, wie sein Blick zu Simon wanderte, als ob er von Magneten angezogen würde. Zwei Fremde.

Simons Augen verengten sich und verrieten seinen Argwohn.

Dann kehrte Elis Blick zu ihrem zurück, und sie spürte, wie ihre Magie wirkte. So viele Mediatoren vergaßen, einfühlsam und warmherzig zu sein. Er entspannte sich, ein schwaches Lächeln huschte über sein Gesicht. Sie spürte seine Hoffnung, als er fast unmerklich nickte. Sie richtete ihren Blick auf D'arcy, den Kopf geneigt, bis auch sie nickte. Sie war alarmiert zu sehen, dass ihre Worte bei Simon den gegenteiligen Effekt hatten, der mit einem „Tss" seinen Stift mit einer abfälligen und zynischen Geste auf den Tisch warf. Warum war er so streitlustig? Hatte er immer noch so viel Verachtung für sie übrig? Was bildete er sich ein, hier hereinzukommen und zu versuchen, ihre Glaubwürdigkeit zu untergraben? Nun, sie würde es ihm zeigen. Was wusste er schon über Mediation? Über Beziehungen? Über sie?

Zunehmend nervös, war Kate erleichtert, Einverständniserklärungen auszuteilen und leise zu warten, während jeder sie durchlas und unterschrieb. Sie zögerte und biss sich auf die Lippe. Ein Interessenkonflikt war hier schon irgendwie ein Thema. Genau genommen hatte sie eine ethische Verantwortung, jede aktuelle oder frühere Beziehung zu den Streitparteien *oder*, wie sie annahm, deren Anwälten anzuerkennen.

Sie kniff die Augen in Simons Richtung zusammen und dachte über das Problem nach. Fünfzehn Jahre waren eine lange Zeit. Seine Züge, ruhig, während er das Formular überflog, waren noch schöner als damals mit neunzehn. Sie spürte, wie ihr Puls wild raste, als die Erinnerung an ihn von damals, wie er sie hatte fühlen lassen, alles, was er ihr bedeutet hatte, in ihren Geist und Körper eindrang wie ein schleichendes Virus.

Er blickte auf und musterte sie über die gebeugten Köpfe der anderen hinweg genauso aufmerksam. Ihr Blick traf kurz seinen, und ein Mundwinkel seines sinnlichen, bogenförmigen Mundes zog sich in geheimer Anerkennung nach oben, als ob er sie herausfordern würde, ihren Mandanten zu sagen, dass sie tatsächlich einmal Liebende gewesen waren. Sie geriet in Panik, blickte auf ihre Notizen hinunter, ihr Herzschlag wie Donner. Verspottete er sie mit diesem sardonischen Lächeln? Sie bekam keine Luft mehr und kämpfte darum, mehr Luft zu holen.

Sie konnte es nicht tun. Sie konnte sich einfach nicht dazu durchringen. Sie könnte sie an einen anderen Mediator verweisen, aber … für sie stand so viel auf dem Spiel. Eine weitere perfekte Fallstudie wie diese würde ihr vor Ende des Jahres nicht mehr über den Weg laufen. Würde es ihre Leistung beeinflussen? Ihre Objektivität? Sie betete, dass nicht, aber sie war in einem so nervösen Zustand. Wenn keiner von beiden etwas sagte, wer würde es wissen? War das falsch? Sie würde darüber nachdenken. Später wäre noch Zeit. Vielleicht könnte sie ihn auf andere Weise loswerden. Vielleicht würde David Broadbent zurückkommen. Sie klammerte sich an die Fäden ihrer Gedanken. *Was habe ich gerade gesagt?* Sie stand auf und schritt die Länge des Tisches hin und zurück.

„Ich – ich kann Ihnen allen versichern, dass – dass ich, auch wenn ich bei meiner Befragung manchmal umständlich erscheinen mag, in meinen Methoden durchaus zielgerichtet vorgehe. Wir begeben uns gemeinsam auf eine Entdeckungsreise, und ich *habe* eine Karte." Kate hielt inne, bewusst, dass sie ihr Skript zu schnell herunterrasselte, und hoffte auf eine ruhige Miene, um ihre Not zu verbergen. Sie hatte sich noch nie in ihrem Leben so auf hoher See verloren gefühlt. Na ja. Fast nie. Aber dorthin wollte sie nicht wieder gehen. Sie war schon lange über ihn hinweg. Es gab nichts, worüber man sich Sorgen machen musste.

Sie sammelte die Formulare ein, klopfte sie schwungvoll auf den Tisch und nahm wieder Platz. „Ich kann Ihnen auch versichern, dass, wenn Sie nach meinen Regeln spielen, Sie beide zufrieden von hier gehen werden. *Beide."* Sie blickte von D'arcy zu Eli und wieder zurück. D'arcys klare Stirn legte sich in eine kleine Falte. Sie konnte nicht umhin zu bemerken, wie sich Simons Lippe ungläubig kräuselte. Nervtötender Mann.

Sie richtete ihren Blick auf beide Anwälte und versuchte, ihre skeptischen Gefühle zu unterdrücken. Aus Erfahrung wusste Kate, dass sie einige Schwierigkeiten mit Sharon haben würde, wenn die Dinge ins Rollen kamen. Simons Spielplan war ein völliges Rätsel. Was für ein Anwalt war er überhaupt geworden? War er der zynische, verbitterte, arrogante Mann, der er zu sein schien? Sie sollten ihr das besser nicht verderben. Es war zu wichtig. Sie würde sie einfach handhaben müssen, wie sie alle schwierigen Menschen handhabe. Sein Blick folgte ihr, als sie sich bewegte.

Sie fühlte sich so bloßgestellt – so nackt unter seiner Musterung. Sie schlang einen Arm um ihren aufgewühlten Bauch und fingerte an dem

silbernen Anhänger in Form eines ewigen Knotens an ihrem Hals –
eine Erinnerung an die Verbundenheit aller Phänomene – und holte tief
Luft, um sich zu beruhigen. Gab es einen Grund, warum Simon heute
wieder in ihr Leben getreten war? Welche Lektion sollte sie daraus
lernen?

Seine Augen waren sehr ausdrucksstark, sehr wachsam, himmelblau, obwohl sein Gesicht unbewegt war. Welche Gedanken wirbelten
in diesem wunderschönen Kopf? Sein Haar war immer noch blond mit
einer leichten Welle, aber viel kürzer geschnitten, als sie es in Erinnerung hatte. Es sah auch dunkler aus, als sie es in Erinnerung hatte,
fast braun im Nacken. Aber es glänzte immer noch mit goldenen
Reflexen und sah windzerzaust aus, lud zur Berührung ein. Seine Nase
war lang und ganz leicht nach rechts gekrümmt, sein Kiefer immer
noch schlank und stark, obwohl sein Gesicht viel voller war als mit
neunzehn: weniger dürrer Junge, mehr gemeißelter Mann, mit mehr als
nur einem Hauch von sorgenvollen Schatten. Sie befeuchtete ihre
Lippen, als ihr Blick dem Schwung seines Kiefers zu seinen panartigen
Ohren folgte, die ihn … *Was mache ich hier?* Sie musste eine Sitzung
leiten. Eine Arbeit erledigen. Sie machte weiter.

„Also. Ähm. Wenn ich die Zustimmung von allen habe … habe ich
sie?" Sie blickte sich wieder um, und alle nickten.

„Sie haben mein volles Engagement, Kate", sagte Sharon. Aus irgendeinem Grund verstärkte ihr Ton nur Kates Zweifel und Sorgen.

„Natürlich respektiere ich Ihre Methoden, Kate", Simons warmer
Tenor trug einen Hauch von privater Belustigung in sich. „Wenn Sie
nach Kooperation suchen, haben Sie sie. Aber von mir kann nicht
erwartet werden, einer Einigung zuzustimmen, die ich nicht gesehen
habe, oder einem Prozess, der nicht im besten Interesse meines
Mandanten ist, oder?" Er hob seine sandfarbenen Augenbrauen
erwartungsvoll. Eli, der fleißig mit seinem Füllfederhalter gekritzelt
hatte, setzte sich aufrechter hin und blickte Simon mit einem Hauch
von Besorgnis in seinem hübschen Gesicht an.

„Sie verstehen mich richtig, Simon. Ich suche nach voller Teilnahme,
nicht nach einer willkürlichen inhaltlichen Vereinbarung", stellte Kate
mit einer Stimme klar, die Eli beruhigen sollte. *Spiel mit.* Sie zwang sich
zu einem Lächeln.

In der nächsten halben Stunde ging Kate die Vertraulichkeit-
srichtlinien durch und erläuterte dann die schrittweisen Verfahren. Sie
besprach die Regeln für den Umgang mit Emotionen. Und schließlich

sprach sie mit ihnen über die schriftliche Vereinbarung, die das wichtige Endergebnis des Prozesses sein würde.

„Gut. Was unseren Zeitplan betrifft, sollten wir uns verpflichten, bis etwa Mitte bis Ende November weiterzumachen, obwohl ich optimistisch bin, dass wir schon vorher zu einer Lösung kommen können. Ich bevorzuge es, mich einmal pro Woche zu treffen, wenn möglich. Nach der ersten Sitzung wird es für Sharon und Simon nicht notwendig sein, teilzunehmen." Konnte sie einfach beide loswerden? Wagte sie zu hoffen?

„Ich fürchte, doch", sagte Sharon. „Madame Duchamp, die Ihre Rechnung bezahlt, hat mich gebeten, an jeder Sitzung teilzunehmen."

Kate holte tief Luft, hielt sie an und ließ sie wieder los. *Schön gemacht, Sharon.* „Natürlich. Für manche Leute kann es unerschwinglich sein."

D'arcys Blick ruhte an der Decke, was Kate fragen ließ, wer hier die Fäden zog. Sharon schürzte die Lippen und sah Kate mit herausfordernd erhobenem Kinn an.

„Wenn sie hier ist, ist Simon es auch." Eli starrte Sharon an, mied aber weiterhin den Augenkontakt mit D'arcy. „Du bleibst doch, Simon? "

Simon nickte. „Wenn das ist, was du willst, Eli."

Verdammt. Sie hing an ihm fest, solange sie diesen Fall behielt. Und sie wollte diesen Fall unbedingt für ihre Präsentation. „Okay. Aber denken Sie daran, Sie sind nicht hier, um Ärger zu machen. Ihre Terminkalender, alle?" sagte Kate und schlug ihren Kalender auf. Ihr Kopf brummte, und dunkle Flecken tanzten am Rande ihres Gesichtsfelds. Sie stützte den Kopf in die Hand und versuchte, die Kontrolle zu erlangen. Sie würde nicht ohnmächtig werden, aber Galle kämpfte sich definitiv ihren Schlund hinauf. *Wie soll ich das schaffen?*

Sharon überflog ihren Terminkalender, während Simon in seiner Aktentasche nach seinem suchte. „Ich bin ziemlich flexibel, Kate", sagte sie. „Ich bin im Vorteil, da ich keine Anreisezeit habe. Ich überlasse es natürlich Simon." Sie blinzelte ihn schnell an. Es war eine eigentümlich weibliche Geste, die zu ihrer starren Haltung im Widerspruch stand, die Kate zusammenzucken ließ und sie sich fragen ließ, wie gut sie ihn kannte oder kennen wollte. Gegen jede Logik spannte sich ihr Kiefer in einem Anflug von Eifersucht an.

Sie stellte sich den jungen idealistischen Simon vor, wie er aufwuchs, älter wurde. Wie war sein Leben gewesen, das ihn so hart gemacht hatte, wo er doch eine so sanfte Seele gewesen war? Wer war er jetzt? Und warum sollte es sie kümmern? Sie war schon lange über ihn hinweg. Sie hatte eine Therapie gemacht; sie verstand, wie sich ihre Erinnerung an das Trauma auf Simon übertragen hatte. Sie sollte jetzt nicht zusammenbrechen. Dennoch überkam sie eine Welle der Übelkeit und ihre Sicht verdunkelte sich.

Simon fand, was er suchte, blätterte durch die Seiten und runzelte die Stirn. „Ich kann mich dienstags oder donnerstags vormittags treffen, bei meiner derzeitigen Arbeitsbelastung, oder eventuell freitagnachmittags, aber nicht später als 16.30 Uhr." Er blickte auf, seine Brauen fragend gehoben.

Kate blickte Simon an wie durch einen langen Tunnel.

Eine Welle von Schwindel überkam sie, sie schwankte in ihrem Stuhl.

„Ist alles in Ordnung bei Ihnen, Kate?", fragte D'arcy und streckte eine Hand aus.

„Ähm. Ja. Ja, alles gut. Danke." Eine Welle der Übelkeit überwältigte sie. Kalter Schweiß kühlte ihre prickelnde Haut. „F-Freitagnachmittage sind schlecht. Schlechte Zeit – schlechte Tages- *und* Wochenzeit. Die Energie von allen ist am niedrigsten. Sagen wir dienstags. Neun Uhr. D'arcy ... Eli? Passt Ihnen die Zeit?"

„Nicht vor zehn, b-bitte", flehte Eli. D'arcy zuckte und starrte Eli wütend an.

„Gibt es ein Problem, Eli?", fragte Kate durch zusammengebissene Zähne. *Bitte!* Ihr war so schwindelig und schlecht, sie konnte es nicht länger unterdrücken. *Ich muss hier raus.*

„Ich brauche meinen Schönheitsschlaf, das ist alles", antwortete er. „Ich bin kein Frühaufsteher. Ich male nachts, und manchmal –"

„Hah!", bellte D'arcy. „Eher malst du *die* Nacht an. Wen willst du hier zum Narren halten, Eli?", knurrte sie. Es war das erste Mal, dass sie ihn ansah oder direkt ansprach. Sie starrten sich an.

Fangt bloß nicht jetzt an!

„Oh, also sprichst du doch wieder mit mir", schnappte Eli. „*Ich plane keine Vernissagen und Empfänge.*" Er stieß sich auf die Brust. „Die erwarten, dass ich auftauche." Er zügelte seinen Ton am Ende, starrte sie an, sein Blick glitt zu Kate, während ihm die Röte in die Wangen stieg.

„Na, dann", zwitscherte Kate, sich kaum noch haltend, und sprach in einem schnellen Stakkato. „Fangen wir dienstags um zehn Uhr an.

Die Emotionen können hochkochen, wenn die Leute hungrig sind. Die Sitzungen dauern ungefähr zwei Stunden. Wenn wir überziehen müssen, holen wir uns ein paar Sandwiches oder machen eine kurze Pause." Sie wollte heute mit der eigentlichen Arbeit weitermachen, aber sie brauchte dringend Luft. Mit zitternder Hand tupfte sie Schweißperlen von ihrer Stirn und blickte auf ihre Uhr. „Apropos, warum machen wir nicht eine kurze Kaffeepause und kommen in fünfzehn Minuten hierher zurück?" Sie stand auf und schob ihren Stuhl mit den Knien zurück. „Entschuldigen Sie mich", murmelte sie, als sie aus der Tür zur Damentoilette eilte.

~

D as kann nicht wahr sein! Es fühlte sich an wie ein schlechter Traum. Wie oft hatte sie sich naiv vorgestellt – nein, *fantasiert* –, dass Simon Sharpe plötzlich wieder in ihrem Leben auftauchen würde? Es war die Hauptszene, die sich immer und immer wieder in ihrem besessenen Geist abgespielt hatte. Sie hatte ihn so sehr gewollt. Oh, nicht mehr jetzt, aber in den schlimmsten Jahren ihrer Depression. In ihren Gedanken war sie immer von Freude und Hoffnung überwältigt gewesen.

Und jetzt sieh mich an! Unter dem Neonlicht war ihr Bild im Badezimmerspiegel nicht schmeichelhaft. Ihr Gesicht war grün und fleckig, ihre Haare hingen in schlaffen, zotteligen Strähnen an ihre feuchte Stirn und Wangen geklebt. Ihre Augen ... sie konnte die Dunkelheit, die sie dort sah, kaum ertragen. Simon wiederzusehen – sie brach auseinander, erlebte eine Art Rückfall – eine verrückte Panikattacke. Sie fühlte sich immer noch schwach, verschwitzt und fröstelig. Tatsächlich körperlich krank, obwohl sie den Inhalt ihres Magens bereits geleert hatte. Das war kein Traum. Und anstelle von Nervenkitzel empfand sie blanken Terror.

Ihr Handy vibrierte in ihrer Tasche auf dem Waschtisch. Sie holte es heraus und sah, dass es wieder Jay war. Plötzlich schien er tröstlich. „Hallo, Jay." Ihre Stimme war schwach und wässrig.

„Hi, Schöne. Hast du meine Anrufe gemieden?"

„Du weißt, ich kann nicht reden, wenn ich arbeite."

„Du hast auch abends nicht auf meine Anrufe reagiert", sagte er.

„Ich war ... sehr beschäftigt."

„Ich muss dich sehen. Ich vermisse dich. Wie wäre es mit Abendessen am Samstag?"

Das lag daran, dass sie ihn gemieden hatte. Ein Stich des schlechten Gewissens durchfuhr sie.

„Ähm … ich weiß nicht." Sie tat einen „Tss"-Laut. „Ich kann mich im Moment nicht entscheiden." Und war das nicht eine Untertreibung. Wie konnte sie an Jay denken, wenn ihr Kopf voller Simon war?

„Komm schon, Schatz. Du kannst mich nicht so quälen. Ich habe eine Überraschung für dich." Er lachte, was sie erwärmte und verwirrte. Er war furchtbar charmant.

Sie rieb sich den feuchten Nacken und lockerte ihr Haar. „Vielleicht. Ich lasse es dich später wissen."

Er schwieg einen Moment, die Leitung war still.

„Wie wäre es mit jetzt?" Kate hörte das Lächeln in seiner Stimme.

„Ja-ay."

„Bitte."

Ihr Lachen war schwach und sie betrachtete sich wieder im Spiegel, tupfte ihre Stirn mit einem zusammengeknüllten Taschentuch ab. „Ich weiß nicht." *Hör auf zu zaudern.*

„Ich habe deine Antwort bezüglich des Abendessens nicht bekommen."

„Ich glaube nicht. Ich brauche im Moment ein bisschen Zeit für mich."

„Bitte, Katie."

Sie seufzte. War das, was alle durchmachten, wenn sie vor einer lebenslangen Verpflichtung standen? „Wir treffen uns bald, versprochen."

„Was auch immer mit dir los ist, ich weiß, ich kann es richten. Ich habe da meine Methoden." Sein warmes, sexy Lachen erfüllte ihren Kopf. „Ich werde dich zum Lachen bringen und du wirst dich besser fühlen. Wir werden eine gute Zeit haben, wie immer."

Ein Bild von Simon blitzte in ihrem aufgewühlten Geist auf, und sie schob es weg.

„Vielleicht bin ich im Moment nicht in der Stimmung zu lachen."

„Umso mehr ein Grund für uns, Zeit miteinander zu verbringen." Er lachte. „Samstag?"

Es *war* tröstlich, seine Stimme zu hören. Aber jetzt wollte er für immer, und sie musste entscheiden, ob das etwas war, was sie tun konnte. Konnte sie sich der Frage stellen? „Nein. Ich weiß nicht. Vielleicht." Ihre Stimme zitterte. Was sie wirklich brauchte, war, mit Alexa zu reden.

„Bist du okay? Du klingst nicht gut."

„Mir ist ein bisschen übel. Vielleicht brüte ich etwas aus. Rufst du mich heute Abend an?"

„Sicher. Okay. Später." Er hielt inne. „Ich liebe dich, Engel."

Ja. Etwas ausbrüten. So etwas wie einen nervösen Zusammenbruch! Aber sie konnte es als Magen-Darm-Virus ausgeben. Das ist es. Sie würde die heutige Sitzung früh beenden. Sie brauchte Zeit, um über ihre Reaktion auf Simon nachzudenken und sich eine Strategie auszudenken. Sie musste sich unter Kontrolle bringen. Ihre Mandanten brauchten sie. Und sie brauchte sie. Und sie musste sich mit Jays bevorstehendem Heiratsantrag auseinandersetzen.

ZWEI

Nach dem Film war sie sogar noch stiller, als sie es beim Abendessen bei Flying Wedge Pizza gewesen war. Die Abendluft war mild und frisch, und sie schlenderten zu einem nahe gelegenen Starbucks.

„Na ja. Das war schon in Ordnung, denke ich. Aber ich hätte lieber *den Actionfilm* gesehen." Jay schlurfte neben ihr her, die Hände tief in den Taschen seines Mantels vergraben.

Sie antwortete nicht. Er war süß, aber manchmal begriffsstutzig. Es war beruhigend, mit ihm zusammen zu sein, aber ihre Gedanken waren woanders.

„Ich habe gehört, Harrison Ford ist hervorragend. Ich wette, der hätte dir besser gefallen."

Sie ging schweigend weiter. So ein Junge. Sie wünschte, sie wüsste, was sie mit ihm anfangen sollte. In Momenten wie diesen fiel es ihr schwer, sich vorzustellen, den Rest ihres Lebens mit Jay zu verbringen. Sie waren einfach nicht auf einer Wellenlänge.

Er legte einen Arm um ihre Schultern und drückte sie. „Bist du sicher, dass es dir gut geht, Schatz?", fragte Jay mit fragendem Blick und besorgter Stimme. „Du bist so still."

Sie setzte ein freundliches Gesicht auf. „Mir geht's gut." Sie zwang sich zu einem Lächeln. „Mir hat der Film gefallen, dir nicht auch?"

Er zuckte mit den Schultern. „Geht so. Für 'nen Frauenfilm."

„Ich glaube, man nennt sie Rom-Coms."

„Hä?"

„Schon gut. Hast du gar nichts daraus mitgenommen?"

Er zog ein langes Gesicht und richtete seinen Blick nach oben. „Ähm." Seine Augen irrten suchend umher. „Schwule Männer sind stilbewusster?" Er schüttelte den Kopf über ihren ausdruckslosen Blick. „Sie sind bessere Freundinnen als Frauen?" Er versuchte, sie zum Lachen zu bringen. Sie schenkte ihm ein schwaches Lächeln.

Kate seufzte. Sie mochte es, dass er unbeschwert und witzig war, aber es wäre schön, zur Abwechslung mal ein ernstes Gespräch mit ihm zu führen. „Hat der Film dich nicht zum Nachdenken gebracht, auch nur ein winziges bisschen, woran man erkennt, wann man den Rest seines Lebens mit jemandem verbringen sollte?"

Er schenkte ihr ein verschmitztes Grinsen, und sie blinzelte heftig. Sie wollte ihm keine falschen Hoffnungen machen, wirklich nicht. Aber je näher er daran war, ihr die Frage aller Fragen zu stellen, desto mehr quälte sie sich mit der Frage, was das Richtige wäre.

„Hat er dich nicht über die Tatsache nachdenken lassen, dass wir so viel Zeit damit verschwenden, uns Sorgen zu machen um …", sie machte eine vage Handbewegung, „… um oberflächliche Dinge, wie jemand aussieht oder ob er aus einer bestimmten Art von Familie kommt oder welchen Beruf er hat …?"

Jay schniefte und rückte achselzuckend seinen Mantel zurecht. „Das Zeug ist ziemlich wichtig. Darum ging es da?"

Kate sah ihn kritisch an. Vielleicht war das keine faire Frage. Sie wusste, dass ihm diese Dinge wichtig waren, wichtiger als ihr. Vielleicht steigerte sie sich da auch nur in etwas hinein. „Hat die Figur von Julia Roberts keine Fragen bei dir aufgeworfen?"

Er schmollte. „Ich dachte, es wäre eine Komödie."

Kate war erleichtert, einen entspannten Samstagabend mit Jay zu verbringen, auch wenn sie ihn gemieden hatte und gedanklich bei anderen Dingen war. Sie hatte sich seiner Gesellschaft im direkten Verhältnis zu seinen offensichtlichen Andeutungen über seinen bevorstehenden Antrag widersetzt. Aber nach ihrer traumatischen und aufwühlenden Woche war es ein Trost, in ihre Routine zurückzufallen, obwohl sie sich seiner Unzulänglichkeiten bewusster war als je zuvor. Es war nicht so, dass sie an Jay etwas auszusetzen hatte, nur dass er in ihr den Wunsch nach mehr hinterließ.

Ein Bild von Simon blitzte in ihren Gedanken auf, und sie schob es beiseite. Ihre Erinnerungen an das, was sie vor fünfzehn Jahren geteilt hatten, hatten keinen Einfluss auf ihre Beziehung zu Jay. Dennoch verspürte sie ein Gefühl des Verlusts.

Jay brachte ihre Getränke, und sie zwängten sich auf ein paar Stühle an der Wand des überfüllten Cafés, Rücken und Ellbogen an ihre Nachbarn gepresst. Das allgemeine Stimmengewirr war laut genug, um sie zu zwingen, sich eng aneinanderzudrängen, um gehört zu werden. Sie bemerkte, wie sich ein paar Frauenköpfe drehten, um Jay offen zu bewundern, und er erwiderte es mit einem kecken Grinsen, sichtlich genießend.

„Jay?" Sie spürte eine Welle der Verärgerung.

Er nahm ihre Hand. „Ich weiß, worauf du anspielst. Sei geduldig. Ich wollte nicht ..." Er blickte sich im überfüllten, dampfigen Café um. „Was soll's." Jay beugte sich näher und senkte seine Stimme. „Kate. Du weißt, was ich sagen werde. Heirate mich, mein Engel."

„Ach, Jay, tu das nicht. Ich muss ..." Sie ließ den Kopf in ihre Hand sinken. „Woher *weiß* man denn, mit wem man den Rest seines Lebens verbringen soll?" Sie sah Jay eindringlich an und versuchte, zu ihm durchzudringen.

Er grinste und lachte laut auf. „Mit mir, natürlich." Er wuschelte ihr durchs Haar. „Ist das nicht offensichtlich?"

Sie hätte schreien können. „Im Ernst, Jay." Sie sah ihn stirnrunzelnd an. „Was, wenn man einen Fehler macht?"

Er wurde ernst. „Verdammt, Kate." Er stellte seine Kaffeetasse mit einem zu lauten *Klack* ab und drehte sich zu ihr um. „Ich weiß genau, was ich will. Was wir haben, ist gut. Du meinst, was, wenn *du* einen Fehler machst?"

„Tut mir leid. Ich muss sicher sein." Sie starrte in ihre Teetasse und drehte sie rastlos im Kreis. „Und das bin ich nicht."

Jay schob sein Gesicht näher an ihres, seine Stimme wurde lauter. „Ich weiß nie, was in deinem Kopf vorgeht. Du ziehst dich immer wieder zurück. Warum sagst du mir nicht, wovor du so Angst hast?"

„Schhh." Sie blickte auf und sah, wie er kochte, seine umbrafarbenen Augen unter den zusammengezogenen dunklen Brauen glasig. Sie war sich bewusst, dass andere Leute sie ansahen und ihre Anspannung spürten. Eine Welle von Schuldgefühlen überkam sie und schnürte ihr die Kehle zu. Sie senkte den Kopf. Was auch immer ihre Probleme waren, das hatte er nicht verdient.

Sie atmete tief durch, schloss die Augen und strich sich die Haare aus der Stirn. „Lass es mich versuchen zu erklären."

Jay antwortete nicht.

Sie streckte die Hand aus und hob sanft seine große Hand von seinem Knie, während sich ihr Magen zu einem Knoten zusammenzog. Sie könnte ihm etwas anvertrauen. Sich ein bisschen öffnen. „Lass mich dir von diesem Typen erzählen, mit dem ich mal zusammen war."

„Welcher Typ?", fragte Jay mit finsterer Miene und vorgeschobenem Kiefer.

Jesses. Gut, dass er nichts von Simon wusste. Sie drückte seine Hand und stellte klar. „Er war mein Freund auf der *High*school." Sie spürte, wie Jay sich ein wenig entspannte. „Ich war so verliebt." Kate blickte wehmütig über seine Schulter und schüttelte den Kopf. „Damals dachte ich, er wäre der Eine, mit dem ich den Rest meines Lebens verbringen würde."

Bei Jays verdutztem Gesichtsausdruck brachte sie ihre Geschichte schnell zu Ende. „Er hat mich ziemlich unsanft mitten im ersten Studienjahr abserviert." Die Geschichte klang jetzt dumm. Irrelevant. Wie konnte irgendjemand jemals verstehen, was sie durchgemacht hatte. „Er hat mir das Herz gebrochen."

Jays Antwort war eine Mischung aus Mitgefühl und Rechtschaffenheit. „Armes Baby. Glaubst du, *ich* würde dich so fallen lassen?" Er schlang seinen starken Arm um sie, zog sie an sich und küsste ihr Haar. „Ich bin kein achtzehnjähriger Welpe. Ich will dich für immer, Kate. Das meine ich ernst."

Sie blieb schlaff und regungslos in seiner Umarmung, erinnerte sich an die völlige Niedergeschlagenheit und das verlorene Selbstwertgefühl, das sie gefühlt hatte, bis Simon auftauchte, um sie abzulenken. „Nein, nein. Versteh das nicht falsch." Ihre Stimme war flehend. „Ich weiß, das war nur eine Teenagerromanze. Aber ich habe mich einmal geirrt. Und ich könnte mich wieder irren. Genauso wie du." Sie richtete sich auf und erwiderte seinen Blick mit Inbrunst. „Wir sollten uns sicher sein."

Sie hatte sich mehr als einmal geirrt. Vielleicht war das auch alles, was sie mit Simon gehabt hatte. Eine triviale, kindische Romanze. Es war viel einfacher, ihre gemeinsame Geschichte abzuhaken, wenn sie so darüber dachte. Oder etwa nicht? Aber es fühlte sich nach so viel mehr an, und sie konnte es nicht loslassen.

„Ich brauche noch ein bisschen Zeit, um das zu durchdenken." Jetzt, da Jay die Frage gestellt hatte, musste sie sich entscheiden.

Jay stieß einen Seufzer aus. „Okay. Okay." Seine Stimme war angespannt, entschlossen. „Ich kann dich nicht zwingen, oder? Ich gebe dir die Zeit, die du brauchst. Aber wisse, dass ich mir sicher bin. Und ich werde nicht einfach verschwinden."

Trotz ihrer Zweifel an der Tiefe ihrer Verbindung war er ein guter Mann, und er liebte sie wirklich. Es wäre keine schlechte Sache. Sie sollte einfach Ja sagen. Wahrscheinlich würde sie das auch tun. Wenn sie nur ihrem eigenen Herzen trauen könnte.

~

Nach mehreren verzweifelten Nachrichten auf dem Anrufbeantworter hatte Kate sich am Sonntagabend endlich mit ihrer besten Freundin zum Abendessen in ihrem liebsten günstigen italienischen Restaurant auf dem Drive getroffen. Sie saßen über eine Kerze gebeugt an einem kleinen, mit rot-weiß kariertem Stoff bezogenen Tisch in der Ecke des schummrig beleuchteten Raumes. Alexa wollte nur über Jay und seinen Antrag reden, während Kate immer wieder auf Simon und ihre Reaktion auf ihn zurückkam.

„Ich weiß, wie viel Simon dir bedeutet hat", sagte Alexa und drückte ihre Hand auf Kates, die auf der fleckigen Papiertischdecke lag. „Aber, Katie. Das ist Jahre her. Warum flippst du jetzt aus? Besonders jetzt, wo Jay dir einen Antrag gemacht hat. Warum ist das jetzt noch von Bedeutung?"

„Das ist nicht irgendein Typ, Alex. Du *weißt* es. Niemand hat je …" Kates Magen zog sich zu einer harten Faust zusammen, und ihre Kehle schnürte sich zu und erstickte ihre Worte. Es ist *Simon*. Kate hob mit zitternder Hand ihr großes Glas Rotwein und nahm noch einen großen Schluck, wobei ihr das scharfe, dunkle Kirscharoma in die Nase stieg.

Sie hatte schon beim Abendessen zu viel getrunken, in der Hoffnung, ihre schleichende Angst zu dämpfen, aber es hatte sie nur benebelt und verwirrt gemacht. Sie brauchte Alexas Hilfe, um das Chaos in ihrem Kopf zu ordnen. Sie waren schon ewig befreundet. Alexa hatte Kate durch die harten Jahre der Depression und der Therapie beigestanden und zugesehen, wie sie sich wieder zusammengeflickt hatte. Jetzt musste Kate herausfinden, wie sie auf Jay reagieren und wie sie mit einer Art Strategie vorankommen sollte, um diesen Fall zu bearbeiten, selbst mit Simon, der wie ein Schatten aus der Vergangenheit Woche für Woche da war und ihren Kopf durcheinanderbrachte. Aber Alexa kannte nicht die ganze Geschichte. Erfüllt von einer vagen Furcht blickte Kate auf.

Alexas kurzgeschnittenes dunkles Haar schwang, als sie verwirrt den Kopf schüttelte, ihre dunklen Brauen waren gerunzelt. „Ich weiß, du warst total in ihn verknallt, und ich verstehe, wie es ist, von einem Typen abserviert zu werden, den man heiß findet, besonders wenn man neunzehn ist. Das ist uns allen passiert. Aber ... na und? Was ist so besonders an Simon, dass du nach all den Jahren immer noch an ihm hängst? Warum kannst du nicht loslassen?"

Kate studierte das Muster aus Pastasaucen- und Rotweinspritzern auf der Papiertischdecke. Sie fuhr mit der Fingerspitze über einen weiteren Tropfen, der langsam an der Seite der Schüssel hinunterglitt, und steckte den Finger in den Mund, um ihn abzulecken. Warum? Das war die Frage. Sie wusste, dass Alex nicht das ganze Bild hatte. Würde es helfen, wenn sie es hätte? Sie schluckte den Kloß der Angst hinunter, der sich in ihrer Kehle gebildet hatte.

„Ich komme anscheinend nicht darüber hinweg. Im selben Raum mit ihm zu sein, sein Gesicht sehen zu können, seine Hände, seine Stimme zu hören, ihm in die Augen zu sehen, wenn ich mich traue. Es bringt mich völlig aus der Fassung." Kate betrachtete ihre zitternden Hände und ballte sie zu Fäusten. „Ich hatte diese Panikattacken seit Jahren nicht mehr. Nicht, seit ich meine Ausbildung gemacht habe."

„Er ist nur ein Mann."

„Für mich nicht. Deshalb stelle ich meine Beziehung zu Jay infrage. Simon war alles, was ich je wollte. Wunderschön, klug, sensibel, stark. Er war keiner von diesen ungehobelten Macho-Typen. Und wir hatten so eine tiefe Verbindung. Wenn ich damals nicht so durch den Wind gewesen wäre, hätte ich ihn für immer festgehalten."

„Na ja, wenn es so schlimm ist, dann lass es bleiben. Gib den Fall ab. Du hast genug andere, du brauchst den Ärger nicht."

Wenn es nur so einfach wäre, aber sie musste das durchstehen. Sie musste sich ihren Dämonen stellen und sich von der Angst und dem Selbstzweifel befreien. „Doch, den brauche ich. Es ist so kompliziert. Ich habe gerade ein paar andere offene Fälle, aber keiner davon ist Paarberatung *und* eine potenzielle Versöhnung. Dieser schon."

„Na und?", fragte Alexa und füllte nachlässig ihre Weingläser nach, wobei Tropfen auf den Tisch spritzten und sich zu einer Galaxie aus lila Sternenexplosionen verteilten.

„Es geht um diese Auszeichnung, die mir die Gesellschaft im Januar verleiht. Sie ist riesig. Mein beruflicher Erfolg und mein Ruf basieren auf meiner Methode zur Versöhnung. Das ist nicht nur mein fünfzigster Fall, es ist auch eine hervorragende Fallstudie, die ich beim Festessen zur Preisverleihung präsentieren kann. Das erwarten sie von mir. Ich brauche das."

Alexa verzog das Gesicht. „Kannst du nicht einen alten aus deinen Akten ziehen?"

Kate zischte missbilligend. „Das ist nicht dasselbe. Meine Ideen haben sich im Laufe der Jahre weiterentwickelt. Diesen Fall mit dem Wissen anzugehen, dass ich meine Notizen mit meinen Kollegen teilen werde, gibt mir die Chance, Dinge aufzuzeichnen …", sie malte einen Kreis in die Luft. „Erkenntnisse, die mir während der Arbeit kommen, bestimmte Momente, in denen ich bestimmte Strategien anwende und warum. Meine eigenen emotionalen Reaktionen auf den Dialog. Das meiste davon habe ich noch nie aufgeschrieben. Normalerweise … tue ich es einfach."

„Ich verstehe. Aber unter den Umständen …"

Kate fuhr sich mit den Fingern durch die Haare. „Es ist mehr als das. Ich mag dieses Paar. Es gibt mehrere Hindernisse für eine Versöhnung. Hochkochende Emotionen. Einmischende Eltern. Konfrontative Anwälte. Es ist explosiv. Ich fürchte, ein anderer Mediator wird nicht so engagiert für eine Versöhnung sein wie ich, und mein Bauchgefühl sagt mir, dass ich sie durch all das bringen kann. Ich habe bereits ihr Vertrauen gewonnen."

„Dann sag doch *ihm*, dass er nicht bleiben kann. Hol einen anderen Anwalt."

Kate nickte. „Das habe ich versucht. Aber meine Klientin hat bereits eine Bindung zu ihm aufgebaut, und ich glaube nicht, dass der andere verfügbar ist. Ich kann mich nicht wegen meiner eigenen Probleme aufdrängen." Kate ignorierte die Wahrheit, die wie ein hartnäckiger Geist an ihrem Bewusstsein zerrte. Sie wollte Simon dabeihaben. Sie war genauso fasziniert von ihm wie eh und je. Das verfolgte sie. Das war ein Teil des Problems. Vielleicht war das das ganze Problem.

Alexa blieb eine Weile still und starrte in ihren Wein, um Kates prüfendem Blick auszuweichen.

Kates Magen verkrampfte sich. „Was? Rück schon raus mit der Sprache."

„Du rationalisierst. Es klingt für mich, als wolltest du da gar nicht raus. Du bist insgeheim begeistert, Simon wieder über den Weg gelaufen zu sein, und du willst mehr."

„Alex!" Ihre Herzfrequenz verdreifachte sich und hämmerte gegen ihren Brustkorb. Es war, als hätte Alexa ihre Gedanken gelesen. Aber das konnte nicht wahr sein. Sie war unglücklich. Hin- und hergerissen. Krank vor Angst. „Er ist verheiratet!"

Ihre Augenbrauen lugten über ihre dunkle Brille. „Ist er das?"

„Na ja, geschieden, glaube ich."

Alexa neigte den Kopf nach unten. Ihre dunklen Wimpern hoben sich langsam, und ihre rauch- und moosfarbenen Augen blickten Kate über den Rand ihrer Brille eindringlich an, verengten sich und forderten sie wortlos heraus.

„Okay. Ja! Du kennst mich zu gut." Kate schluckte. „Aber ich wusste nicht, dass es wahr ist, bis zu diesem Moment." Sie vergrub ihr Gesicht in den Händen und stöhnte. „Oh, mein Gott. Was stimmt nicht mit mir?"

„Weiß der Himmel. Vor allem mit dem köstlichen Jay, der in den Startlöchern steht. Was könntest du möglicherweise gewinnen, wenn du dich wieder mit Simon einlässt?"

„Nichts, gar nichts. Ich quäle mich selbst. Aber ..."

„Aber?"

„Na ja ..."

„Na ja ...?"

„Da ist noch mehr. Und dem kann ich nicht ausweichen."

Alexas Mund verzog sich zu einem ironischen Lächeln. „Wirst du das mit mir teilen?"

Kate verzog ihr Gesicht und studierte fleißig den Jackson Pollock, der auf der Tischdecke entstand. Enge Bänder der Angst schnürten ihre Brust zusammen, drückten ihr Herz, bis es wie ein sterbender Vogel flatterte, und pressten ihr die Luft aus den Lungen. Ihr Kopf wurde heiß wie ein Ofen. Ihre Stimme war, als sie herauskam, ein ersticktes Flüstern. „Es bedeutet ... es bedeutet, dass ich dir ein dunkles Geheimnis verraten muss."

Alexas Tonfall war von Sarkasmus durchzogen. „Etwas, das ich noch nicht über dich weiß. Im Ernst? So etwas gibt es?"

Ein Schwall verlegenen Lachens entwich Kate und verschmolz mit einem gequälten Stöhnen. „Ja." Sie kaute an ihrem Daumen-nagel. „Ich habe solche Angst, dass du wütend auf mich sein wirst, Al."

Alexa war plötzlich hellwach und beugte sich vor. „Kate? Was zum Teufel ist los?"

Kate blickte sich um. Die Menge im Restaurant lichtete sich. Es waren nicht mehr viele Gäste da, und keiner in Hörweite. Sie nahm ein paar zittrige Pranayama-Atemzüge, um sich zu beruhigen. „Also. Erinnerst du dich, damals im dritten Jahr. Als ich immer verrückter und besessener von ihm wurde?"

Alexa nickte langsam und kniff die Augen zusammen.

„Erinnerst du dich an die Party?"

„Simons Geburtstagsfeier. Zu der du mich mitgeschleppt hast, obwohl wir niemanden kannten?"

„Ja. Genau die."

„Die, auf der ich die halbe Nacht auf einem Stuhl schlafen musste und dann bei Sonnenaufgang etwa zehn Kilometer nach Hause laufen musste, weil du mit ihm geschlafen hattest und dich dann verzweifelt davonschleichen musstest?"

Kates Herz fiel wie ein Stein in ihre Magengrube. „Ja. Die." Typisch Alexa, dass sie sich an die demütigenden Details erinnerte.

Alexa schürzte die Lippen. „Darüber habe ich mich schon immer gewundert. Du hast ihn nie wieder erwähnt."

„Nein."

„Oh, verdammt. Hat er dir irgendwas angetan? Ich bringe den Mistkerl um."

„Nein! Nein." Kates Atem ging schnell und flach, ihr Blickfeld verengte sich und wurde fleckig. „Nicht so. Es war nur unangenehm, das ist alles. Sieh mal … ich habe mich ihm in dieser Nacht so ziemlich an den Hals geworfen. Er war nicht sehr freundlich, aber am Ende sind wir in sein … Wir haben kaum gesprochen. Ich kann mich nicht erinnern … dann haben wir endlich … du weißt schon …", sie nickte, und Alexa nickte verständnisvoll zurück.

„Er war … wütend, denke ich? Irgendwie kalt und gemein. Er hat mich nicht verletzt." Sie schüttelte den Kopf, wollte nicht, dass Alex das missverstand. Ihre Stimme sank zu einem Flüstern. „Nicht körperlich. Aber es war klar, dass er mich nicht mochte, mich nicht wirklich dabeihaben wollte. Ich habe die ganze Zeit geweint, mir etwas gewünscht, was ich nicht haben konnte."

„Das ist krank."

Kate holte tief und schaudernd Luft, hielt inne und atmete aus. „Ich verstehe immer noch nicht, warum er mich nicht ignoriert oder rausgeworfen hat. Wahrscheinlich war er einfach nur ein dummer Kerl – eine Nummer ist eine Nummer. Jedenfalls war es verwirrend und demütigend. Ich war am Boden zerstört."

„Das muss für euch beide ziemlich unangenehm sein."

Kate nickte, zuckte mit den Schultern und fühlte sich, als sei der Raum geschrumpft und Alexa und sie säßen zusammengekauert in einer kleinen, dunklen Kiste ohne Luft. Ihre Haut fühlte sich roh und gespannt an, als ob man sie bei lebendigem Leib gehäutet hätte. „Ich habe keine Ahnung, was er denkt." Sie konzentrierte sich auf Alexas Augen, kaute auf ihrer Wange und hielt durch, wissend, dass sie ihrer Freundin alles anvertrauen konnte und es ihr gut gehen würde. Ihr würde es gut gehen. „Da ist noch mehr."

Alex atmete aus und lehnte sich zurück, wobei sie den Blickkontakt abbrach.

„Verlass mich nicht, Alex." Kate streckte die Hand aus und ergriff Alexas Hand.

Alexa beugte sich vor, legte ihre andere Hand auf Kates und drückte sie. „Ich bin noch hier, Schatz. Du kannst es mir erzählen."

„In dieser Nacht ist noch etwas mit mir passiert. Ich habe mich an etwas erinnert."

„Was meinst du damit?"

„Ich habe es damals nicht verstanden. Es kam allmählich hoch. Aber etwas an dieser hässlichen Nacht mit Simon löste eine verzögerte Erinnerung aus. Ich bekam diese Flashs. Fragmente von etwas."

Alexa nickte, und Kate konnte die Frage in ihren Augen sehen, die Erkenntnis dämmerte.

„Eine Erinnerung daran, wie ich … vergewaltigt wurde … auf einer Klassenfahrt, die ich im Grunde … jahrelang vergessen hatte."

Alexa saß fassungslos da, mit offenem Mund. „Ist das überhaupt möglich? Ich habe gelesen –"

„Ich weiß. Das dachte ich auch. Es gibt alle möglichen Kontroversen und Fehlinformationen über das Thema. Aber ich weiß, was ich erlebt habe."

Alexas Gesicht verzog sich mitleidig. „Oh, Baby. Warum hast du es mir nie erzählt?" Ihre Augen füllten sich mit Tränen, was auch Kates eigene zum Vorschein brachte, die brennende Spuren ihre Wangen hinunterzogen. Ein Schluchzen entrang sich ihrer Brust, als ob die Spannungsmauer, die sie zusammengehalten hatte, plötzlich wie ein Ballon geplatzt wäre, und sie zog eine Hand zurück, um es zu ersticken, drückte ihre Handfläche gegen die nassen, zitternden Lippen. Einige Momente lang konnte sie nicht sprechen, konnte nur Wellen von Schmerz und Scham durch ihren Körper strömen fühlen. Alexa wartete und strich beruhigend mit einem Daumen über Kates anderen Handrücken. Schließlich ließ das Beben nach, und sie konnte wieder tief durchatmen.

Ihr Kiefer war zu verkrampft, um zu sprechen, Spannungen zogen sich in Linien ihren Hals und ihre Schultern hinab. „Ich habe es weitere drei Jahre nicht verstanden. Aber dieser Moment löste die Wiederherstellung meiner Erinnerungen aus, und dann folgte die Depression. Wie du weißt, gab es danach eine Therapie, sehr viel davon."

Alexa nickte, ihre grünen Augen musterten intensiv Kates Gesicht. „Ich weiß, aber du wusstest es bis dahin wirklich nicht?"

„Es gibt zahlreiche Belege, die die Annahme stützen, dass manche Menschen dissoziative Vermeidungsstrategien entwickeln, eine Art selektive Amnesie, um traumabedingten Stress zu reduzieren."

„Jetzt kommst du mir mit Psychogeschwafel."

„Glaub mir, ich habe das bis zum Umfallen recherchiert. Ich musste das verstehen. Und während meines Psychologie- und Mediationsstudiums habe ich eine Menge herausgefunden. Das tatsächliche Lernen und die Therapie haben mir geholfen, die Erfahrung sowohl zu verstehen als auch zu überwinden."

„Wirklich?"

Kate nickte. „Ich hatte eine Menge Ballast aufzuarbeiten. Unsicherheit, Selbsthass, Scham, Wut. Tatsächlich dachte ich, ich hätte mich vollständig erholt … bis ich Simon wiedersah. Dann ist etwas in mir zerbrochen. Ich begann, einen Teil des Stresses und der Angst zu spüren, die ich damals gefühlt hatte."

„Und … er löst diese Erinnerungen in dir aus?"

„Das tat er. Die Therapie hat mir geholfen zu verstehen, warum ich überhaupt so besessen von Simon war. Und als er dann … nun ja, ich habe etwas über Übertragung gelernt. Seine wütende Zurückweisung spiegelte irgendwie die Vergewaltigung selbst wider und setzte eine Flut von Erinnerungen frei. Oder vielleicht war ich auch einfach nur bereit, mich damit auseinanderzusetzen. Und so war dann alles miteinander verstrickt."

„Also ist Simon, obwohl er sich in dieser Nacht wie ein Arschloch benommen hat, nicht schuld an deiner emotionalen Reaktion, oder? Er

wühlt all die schmerzhaften Erinnerungen auf. Aber es gibt da offensichtlich ungelöste Probleme."

„Ja. Anscheinend. Ich dachte, ich wäre darüber hinweg. Aber ich
hatte ihn seitdem nicht gesehen. Wie hätte ich es wissen sollen?" Kate
fühlte sich klein. Als wären ihre Knochen geschrumpft und ihr Fleisch
und ihre Haut auf ihren kleineren Körper zusammengesackt. Ihre
Arme waren schwer und schwach, und es gab keinen Platz mehr für
sie, um Luft zu holen, oder Raum für ihr Herz, um zu schlagen.

„Wow. Ich glaube, ich verstehe jetzt viele Dinge in diesem neuen
Licht. Deine gesamte Beziehungsgeschichte wurde davon überschattet.
"

„Mit Simon?"

„Mit allen", stellte Alexa klar. „Kein Wunder, dass du dich nicht auf
Jay einlassen kannst."

Kate dachte über ihre Beziehungen zu Männern in den letzten etwa
zehn Jahren nach, einschließlich der verwirrenden und stagnierenden
zweijährigen Beziehung, in der sie mit Jay steckte, und stimmte Alexas
Punkt zu. Es hielt sie definitiv zurück. Sie würde niemals eine Zukunft
haben, wenn sie sich nicht mit ihrer Vergangenheit auseinandersetzte.

Alexa richtete sich auf und sah Kate in die Augen. „Mir scheint, es
ist noch klarer, dass du mit diesem Unsinn aufhören musst."

„Was?"

Alexa beugte sich auf ihre Ellbogen gestützt vor, ihr Blick war
eindringlich. „Du kannst mit diesem Fall nicht weitermachen, Katie.
Du musst da raus, bevor du wieder verletzt wirst."

„Nein. Nein, ich sehe jetzt, dass ich es aufarbeiten muss. Um das
hinter mir zu lassen." Sie musste sich von der Verwirrung, der Angst
und dem Selbstzweifel befreien, die all die Jahre an ihr gehangen
hatten.

„Du spinnst! Es ist nicht rational, in diesem Zeug herumzuwühlen."

Kate spürte einen Anflug von Groll gegenüber ihrer besten
Freundin. Und Enttäuschung. „Ich bin extrem rational. Ich dachte, du
würdest das verstehen." Sie liebte Alex, aber sie war weder
Psychologin noch Beziehungsexpertin. Tatsächlich führte ihre eigene
Bindungsangst sie in eine ganze Reihe dysfunktionaler Beziehungen.

„Das tue ich. Du denkst nicht klar."

Kate schüttelte den Kopf. Nein. Sie musste auf ihr Bauchgefühl
hören. „Doch, das tue ich. Ich muss das tun."

~

Der Dienstag kam grau und düster daher. Die Temperaturen waren konstant geblieben und schwebten knapp über dem Gefrierpunkt, und die feuchte Luft hing schwer und drückend. Kate stieg aus dem Bus in eine trostlose Straßenlandschaft und holte sich einen Kaffee und einen Bagel für den Morgen, bevor sie zu Sharons Büro ging. Kalte, feuchte Finger drangen durch ihren Mantel und ließen sie frösteln, fast so sehr wie die Aussicht, Simon wiederzusehen.

Sie war besorgt, Eli und D'arcy und ihre Anwälte nach ihrem seltsamen Verhalten am letzten Freitagmorgen wiederzutreffen. Ihre Absicht war gewesen, die mediierte Diskussion nach der Kaffeepause wieder aufzunehmen, aber die Panikattacke war so plötzlich über sie gekommen, dass sie sich einfach nicht zusammenreißen konnte und so schnell wie möglich da rausmusste.

Danach, während sie Sharon diskret am Telefon ausfragte, erfuhr sie zuerst, dass Simon mit einer schönen und talentierten Anwältin verheiratet war, einer engen Freundin von Sharon, und dann, dass er tatsächlich getrennt lebte, was ihre Verwirrung nur noch vergrößerte. Nicht, dass sein Familienstand von Bedeutung war. Sie war sich ziemlich sicher, dass er sie verabscheute, und sie war bereit, eine höfliche Distanz zu wahren, um ihre Arbeit zu erledigen. Ihre wirren Gedanken und Gefühle schürten ihre Sorge über die richtige Vorgehensweise in Bezug auf ethisches Verhalten.

Dennoch fühlte sich Kate heute viel besser wegen des neuen Falls. Ihre Sorgen bei Alexa abzuladen und eine neue Perspektive zu gewinnen, gab ihr das Vertrauen, dass sie den Fall bewältigen und ihre Arbeit machen konnte, selbst mit Simon im Raum. Kate hatte am Montagmorgen noch einen weiteren Anruf getätigt, besorgt über die Auswirkungen, die dieses Problem auf ihre bevorstehende Auszeichnung und Präsentation haben könnte. Sie wollte mit ihrem Ruf kein Risiko eingehen. Ihre alte Mentorin und Lehrerin am Justice Institute, Rose MacIlhaney, war genau die richtige Person, um sie in der ethischen Frage zu beraten, die sie beschäftigte. Sie ließ praktischerweise das Detail aus, dass sie die Einzelheiten nicht offengelegt hatte. Sie war erleichtert, Roses Urteil zu hören.

„Das ist eine ziemliche Grauzone, Kate", hatte sie gesagt. „Sie haben keine Beziehung mehr zu dem Mann und haben sich sehr lange nicht gesehen. Es ist unwahrscheinlich, dass es Ihr Urteilsvermögen bezüglich des Paares beeinflusst."

„Aber Rose. Das ist *der* Typ, von dem ich Ihnen erzählt habe."

„Ich verstehe, Kate. Es liegt an Ihnen zu entscheiden, ob Ihre Leistung in irgendeiner Weise durch seine Anwesenheit negativ beeinflusst wird, basierend auf Ihrer gemeinsamen Vergangenheit und Ihren eigenen Gefühlen für ihn. Sie wissen, was Sie tun. Nur Sie können das beantworten."

Kate hatte entschieden, dass sie sich, trotz Alexas Skepsis, allen schmerzhaften Erinnerungen stellen musste, die Simon entfachte, und sie für immer auslöschen musste. Sie war entschlossen, dass sie wieder sie selbst sein würde, sobald sie sich an den Gedanken gewöhnt hatte. Und so freute sie sich darauf, zu hören, was D'arcy und Eli heute zu sagen hatten. Obwohl es beunruhigend war, Simon wiederzusehen, musste sie stark sein und sich auf ihre Klienten konzentrieren.

Kate kam als Erste an und ordnete die Sitzplätze von der Vorwoche neu an. Der trostlose Blick aus dem Fenster war zu deprimierend, also schloss sie die Jalousien, spielte an den Lichtschaltern, um den Raum aufzuhellen, und zerrte nach kurzem Zögern eine Topfpalme an einen neuen Platz. *Besser.* Sie würde D'arcy und Eli nebeneinander ihr gegenüber platzieren, mit Blick auf das Trio gerahmter Landschaften – abstrakt, lebendig, mediterran, hoffnungsvoll. Diese Sitzordnung war darauf ausgelegt, dass sich alle wohlfühlten und Konfrontationen vermieden wurden. Sie sollten sich wie Teamkollegen fühlen und nicht wie Gegner.

Als Sharon eintrat, setzte sie sich ans Ende. Kate musterte sie misstrauisch aus der Ferne. Eine todblasse und geisterhafte Bestatterin in krassem Schwarz und Weiß, war sie heute stoisch und sagte wenig. Gut. Vielleicht würde sie sich bei diesem Fall doch benehmen. Schade nur, dass der Tisch so verdammt groß ist.

Oder auch nicht, dachte sie, nachdem alle Platz genommen hatten und Simon sich neben sie setzte. Er war heute nicht so zerknittert, bemerkte sie. Sein marineblauer Blazer hob ein frisches weißes Hemd und eine interessante, grafische Escher-Krawatte in Beige, Weiß und Rot hervor. Sie hatte ihn schon immer gern in Weiß gesehen. Er war, wenn möglich, sogar noch attraktiver. Sengende Hitze schoss an ihrer Körperseite hinab und beschleunigte ihren Puls, aber sie redete sich ein, es seien nur die Nerven.

„Bevor wir weitermachen, halte ich es für notwendig, etwas offenzulegen ..., was ich am Freitag versäumt habe. Ich fühle mich beruflich verpflichtet, Ihnen zu sagen, dass Mr. Sharpe und ich im College mehr als nur ... Bekannte waren." Sie hob ihren Blick misstrauisch zu Simon und bemerkte, dass sich seine Augen bei ihren Worten leicht weiteten. „Tatsächlich ... kannten wir uns ziemlich gut." Sie schluckte und wartete auf die Reaktionen ihrer Klienten.

Eli richtete sich auf. „Echt jetzt? Das ist ja cool."

Über D'arcys Gesicht breitete sich ein langes, langsames Lächeln aus, und Kate stellte sich vor, welche Schlussfolgerungen sie gerade zog. „Was für ein seltsamer Zufall, Kate. Nicht wahr?"

Kate runzelte die Stirn und ließ ihren Blick über die Gesichter ihrer Klienten schweifen, während ihr Herz wild flatterte. Eine scharfe vertikale Linie bildete sich zwischen Sharons blassen Brauen, aber sie sagte nichts, ihr Blick schnellte zur Bestätigung zu Simon.

Simon nickte, sein Gesicht ausdruckslos. Dann huschte ein Hauch von Lächeln über seine bogenförmigen Lippen. „In der Tat. Das taten wir."

Das ist es? Das war alles, was er sagen würde? Gott sei Dank! Er machte weder eine große Sache daraus noch widersprach er ihr. Kate atmete tief durch und wandte sich wieder ihren Klienten zu. Ihre Reaktion war am wichtigsten. Sie schluckte, ihr Hals war rau. „Wenn Sie das beunruhigt ... ich meine, wenn Sie das stört ... dann ist jetzt der Zeitpunkt, das zu sagen. Ich werde Sie gerne an einen anderen Mediator verweisen ..." *Bitte sagt Nein.*

„Seien Sie nicht albern, Kate", sagte D'arcy. „Sie wurden uns wärmstens empfohlen. Ich glaube nicht, dass meine Mutter ..."

„Oh, wenn D'arcys *Mutter* Sie empfohlen hat, Kate, dann gibt es keine Frage. Niemand sonst kommt infrage."

Kate sah Eli an, verwirrt von dem sarkastischen Unterton in seiner schleppenden Stimme. „Sind Sie sicher?"

Elis Gesichtszüge wurden weicher und sein Lächeln warm und echt. „Wirklich. Keinen interessiert, was im College passiert ist. Machen Sie sich keine Sorgen deswegen. Alles gut." Er blickte zu Simon. „Richtig? Für Sie ist das okay, was?"

Kate blickte zur Seite und fing Simons Nicken auf, sein kurzes, rätselhaftes Lächeln. „Natürlich. Das ist viele Jahre her."

Sie beruhigte ihren schnellen Atem mit einer Hand an ihrer Luftröhre, wünschte sich, ihr Puls würde sich beruhigen, und fand Trost in ihrem keltischen Knotenanhänger. Sie nickte und nickte wieder

und befeuchtete ihre trockenen Lippen. „Also gut. Fahren wir fort. Ich
würde gerne die Art Ihres Dialogs im Moment besprechen. Sie waren
letzte Woche sehr still, und ich hoffe, Sie fühlen sich beide wohl dabei,
jetzt miteinander zu reden und über Ihre Beziehung in der letzten Zeit
zu sprechen. Hatten Sie beide Zeit, sich vorzubereiten, wie ich Sie
gebeten hatte?"

Eli umklammerte eine mit Kritzeleien bedeckte Seite und nickte. Er
sah ein wenig ängstlich aus, aber eifrig, dachte sie. Er trug die gleiche
Lederjacke wie letzte Woche. Er schaffte es immer, nachlässig auszuse-
hen, ein wenig gefährlich, wie ein sexy College-Student.

Oh, Mann. Denk nicht an sexy College-Studenten, Kate!

D'arcy hingegen war ernst und mürrisch. Sie war so stilvoll
gekleidet wie zuvor, mit einer klobigen Tweedjacke über einer lockeren,
nicht eingesteckten blauen Bluse und einem dunklen Bleistiftrock mit
hohen Stiefeln. Aber ihre Haltung war krumm. Eine Studie der Wider-
sprüche, diese Frau.

Kate wandte sich an Eli. „Fangen Sie doch an? Niemand wird Sie
unterbrechen, bis Sie fertig sind, und dann werde ich Sie vielleicht um
weitere Ausführungen bitten." Sie drehte sich zu D'arcy. „Danach sind
Sie an der Reihe."

D'arcy antwortete nicht, ihr Blick huschte verstohlen auf und ab,
wie bei einem dieser nervösen Äffchen im Zoo, die immer schuldig
aussehen oder etwas aushecken.

Elis Stimme war leise, sanft, zögerlich. „Ähm. Also, die Dinge
wurden zu Hause ziemlich rau. Ich war letzten Winter mit Ausstel-
lungen und Eröffnungen beschäftigt. Ich dachte, D'arcy würde sich
wirklich für mich freuen, wissen Sie? Nach all den Kämpfen. Aber sie
fängt an zu nörgeln, hm? ,Du bist nie mehr zu Hause … Du trinkst zu
viel … Ich will all diese fremden Leute nicht zu jeder Tageszeit im Haus
haben … Wer war *sie*?'", klagte Eli mit winselnder Fistelstimme und
unterstrich seine Worte mit einem in die Luft stoßenden Zeigefinger.
D'arcy horchte dabei auf, zischte und verdrehte empört die Augen zur
Decke. Kate hob beschwichtigend eine Hand und warf ihr einen
beruhigenden Blick zu.

Eli fuhr fort. „Immer irgendwas. Ich hatte es ziemlich satt. Nach
mehr als ein paar Streitereien bin ich abgehauen. Ich habe ein paar Mal
versucht, zurückzugehen, um mich zu versöhnen, aber es wurde nur
schlimmer. Seit Juli wohne ich bei Freunden oder in meinem Atelier."

Seit drei Monaten getrennt. Kate beugte sich auf ihre Ellbogen gestützt vor und nickte, um ihn zu ermutigen, weiterzumachen. Sie achtete darauf, seinen Blick zu halten, um ihm ihre ungeteilte Aufmerksamkeit zu signalisieren, und machte sich eine gedankliche Notiz, festzuhalten, wie sie nonverbale Verhaltensweisen in der Sitzung las und nutzte. Sie spürte, wie Simon neben ihr ihre Geste nachahmte, indem er sich vorlehnte, seine Hände vor seinen festen Lippen zu einem Dach geformt, eine nachdenkliche Geste, die sie als typisch für ihn erkannte.

„Also. Ihr haben die Veränderungen nicht gefallen." Er richtete sich auf und schüttelte den Kopf. „Ich bin Künstler, richtig? Es gibt keine Garantie, dass man jemals einen Cent verdient. Man macht es, weil ... nun ja, man muss es einfach tun. Es ist eine Leidenschaft." Sein attraktives Gesicht sah so ernst aus wie das eines Kindes. „Wenn man also den großen Durchbruch hat, verdammt! Wie stehen da die Chancen, was? Man muss die Chance ergreifen." Er strahlte ein breites Lächeln aus. D'arcy lehnte sich zurück und verschränkte plötzlich die Arme, wobei sie sowohl ihren Kopf als auch ihren Blick von Eli wegwandte, als hätte er sie geschlagen.

Eli wand sich und warf einen Blick auf D'arcy neben sich, bevor er fortfuhr. „Sie müssen verstehen. Vieles von dem, was passiert ist, liegt komplett außerhalb meiner Kontrolle."

Kate nickte erneut, ihre Augenbrauen fragend gehoben.

„Da draußen gibt es eine große Maschinerie. Die ‚Kunstwelt', wissen Sie? An einem Tag ist man allein in seinem Atelier, am nächsten ist man ein Teil davon. Geoffrey, mein neuer Agent, sagte mir, wir machen *das*, du musst *dort* sein." Elis Hände klappten erst auf der einen, dann auf der anderen Seite auf, um seine Geschichte zu veranschaulichen. „Also, plötzlich gibt es all diese Leute in meinem Leben." Elis Gesicht öffnete sich, als wollte er seine Ungläubigkeit darüber teilen, dass dies geschehen konnte. Seine Begeisterung war ansteckend.

„Wenn Geoffrey eine Eröffnung, eine Ausstellung, irgendetwas organisiert ... muss ich da sein. Das wird erwartet. Ich musste ein paar Reisen machen. Und ich habe ein paar Leute getroffen ... Künstler, Galeriebesitzer, einige Sammler, wissen Sie? Also habe ich ein paar neue Freunde, und das sind großartige Leute, kultiviert, aufregend. Plötzlich gehöre ich irgendwo dazu und werde respektiert." Eli zog die Schultern zurück. „Und es gibt Groupies. Wer hätte das gedacht? Plötzlich lieben mich alle." Er zuckte mit den Schultern, seine Augen waren weit aufgerissen. Auch wenn diese Veränderungen ihn überrascht haben mochten, war es kein Geheimnis, dass er die Aufmerksamkeit und das Lob genoss.

Simon räusperte sich, und Kate warf einen besorgten Blick in seine Richtung, nahm seinen Gesichtsausdruck aber kaum wahr, so konzentriert war sie auf Elis Geschichte.

D'arcy und Sharon beugten sich beide vor, als könnten sie den nächsten Teil kaum erwarten. Sie warfen ihm beide Blicke zu, die töten könnten, und er wand sich unter ihrer Musterung, versteckte seine verstohlenen dunklen Augen unter einer gerunzelten Stirn. Sharon hatte Kate angedeutet, dass es vielleicht die eine oder andere Affäre gegeben hatte.

„Oh, ja. Sie denken, sie haben etwas gegen mich in der Hand, aber sie versteht das alles völlig falsch." Eli lehnte sich zurück und warf Simon einen verzweifelten Blick zu, als würde er nach einem Rettungsanker rufen. „Als ob ich etwas dafürkann, wenn sie sich mir Tag und Nacht an den Hals werfen." Eli breitete die Arme aus, der Ausdruck eines verfolgten Heiligen auf seinen Zügen. Kate blickte schnell auf, um die Reaktionen der Frauen einzuschätzen, und war nicht überrascht, als sie bei beiden einen hochmütigen, misstrauischen Gesichtsausdruck vorfand. D'arcys Wut schien an die Oberfläche zu brodeln, aber Sharon war so selbstgefällig wie eine fette Hauskatze, an deren Lippen noch verräterische Federn klebten.

„Du hast mit ihnen geschlafen, Eli, oder zumindest mit einer von ihnen. Versuch nicht, es zu leugnen." D'arcys Stimme war düster. Sie sah völlig entmutigt aus. Kate wurde klar, dass dies verständlicherweise vielleicht das Schlimmste war, was Eli hätte tun können.

„Einspruch", murmelte Simon, und Kate drehte sich um, traf für eine Sekunde des Einverständnisses seinen Blick. Sie schluckte und wandte sich wieder Eli zu.

„Geschlafen", höhnte er. „Genau. Die Sache ist, ich habe nichts *getan*. Nichts! Sie sind nur immer da und schmeicheln und hängen an mir. Was soll ich denn machen, sie wegstoßen? Ich kann nicht sagen, dass mir die Aufmerksamkeit nicht gefällt. Aber *das*, nun ja ..." Er geriet ins Stocken, „... du, du hast es vor mir gesehen. Du weißt, dass ich geschlafen habe. Ich wusste nicht einmal, dass sie da waren."

„Sehe ich aus wie eine Idiotin?" D'arcys Puppenlippen kräuselten sich verächtlich.

Kate hob sanft eine Hand, um D'arcy zurückzuhalten. „Darf ich um ein paar mehr Details bitten, bitte, Eli? Da ich nichts gesehen habe, fällt es mir schwer, der Geschichte zu folgen."

Simon schaute von seinen Aktennotizen auf und berührte sanft ihren Ärmel, was einen Schauer der Wahrnehmung durch sie sandte. „Vielleicht kann ich das erklären, Kate. Eli bezieht sich auf die Zeit Ende Juli, als D'arcy eines Nachts nach Hause kam und Eli schlafend in ihrem Bett mit zwei ... äh ... spärlich bekleideten jungen Damen vorfand. Anscheinend waren ein paar Leute zu Besuch, und er hatte an diesem Abend ein paar Drinks zu viel getrunken und war ohnmächtig geworden. Er sagt, die ... Damen ... müssen sich zu ihm gesellt haben, nachdem er bewusstlos war, und dass nichts Unanständiges passiert ist. Sie können sich vorstellen, dass es eine etwas kompromittierende Situation war, in der man entdeckt werden konnte." Simons Gesichtsausdruck war entschlossen stoisch. Er rutschte auf seinem Sitz hin und her, und sein Knie streifte ihres unter dem Tisch, was sie zusammenzucken ließ. Kate blinzelte, sich unwohl eines Funkens Belustigung in seinem Blick bewusst, der nur für sie bestimmt war.

„In der Tat kompromittierend", bot Sharon an, eine blasse Augenbraue gehoben. D'arcy dampfte wie ein Kessel kurz vor dem Überkochen, die Farbe auf ihren Wangen hoch, ihre Augen glänzend.

„Bedeutet aber nicht, dass ich meine Frau betrogen habe, oder? Indizienbeweise." Elis Faust ballte sich um seinen Füllfederhalter, er wandte sich an Simon. „Habe ich recht? Und verdammt praktisch. Ich weiß, worum es hier geht, mich könnt ihr nicht täuschen." Seine Stimme war scharf und wurde immer aufgeregter. „Dieses ganze Gezicke dient nur dazu, die Aufmerksamkeit von den wirklichen Problemen abzulenken." Er zeigte mit einem Finger auf D'arcy. „Sie neidet mir meinen Erfolg. Es war alles in Ordnung, als ich hilflos und abhängig war ... das gab ihr das Gefühl, überlegen zu sein. Jetzt, wo ich erfolgreich bin, ist sie nicht mehr interessiert. Sie kann mich nicht mehr kontrollieren. Ich bin für sie nutzlos."

Kate richtete sich alarmiert auf. Moment mal. „Nutzlos?"

„Ja. Verdammt nutzlos. Du warst nur daran interessiert, mich bei der Stange zu halten, solange ich Papi ein Dorn im Auge war. Uuund Mami. Ich weiß immer noch nicht, wer von beiden mich mehr hasst. Jetzt sucht ihr alle nach einem bequemen Weg, mich loszuwerden."

„*Ich* hasse dich mehr! Lass meine Familie da raus. Das hat nichts mit ihnen zu tun", platzte D'arcy heraus. Sie schien die Empörung nicht zurückhalten zu können, die sich aufgebaut hatte, während Eli sie mit seiner Version der Tatsachen unterhalten hatte. Kate wusste, dass sie sie bremsen musste, aber es kamen einige sehr interessante Einsichten zum Vorschein.

„Hass ist ein starkes Wort", murmelte sie.

„Das hat alles mit ihnen zu tun! Unsere Ehe ist ein einziger großer politischer Feldzug für dich, nicht wahr? Nun, ich habe es satt, manipuliert zu werden."

D'arcys Gesicht wurde lebhaft, ihre Augen quollen hervor, ihr Mund zitterte. Kate hob einen Finger zu ihr, mit einem strengen, warnenden Blick, als letzter subtiler Versuch, sie zurückzuhalten, aber D'arcy gab nicht nach. „Was dich wirklich wurmt, ist die ganze Vorstellung, dass du all die Jahre unterstützt wurdest. Dein männliches Ego ist gekränkt, das ist es. Jetzt, wo du ein bisschen Geld hast, bist du … du bist …"

„Wie ein Kind im Süßwarenladen?", bot Sharon an.

„Okay, okay! Stopp, genau da, D'arcy", bellte Kate und warf Sharon einen ungläubigen Blick zu. „Beruhigen Sie sich, beide. Niemand. Spricht." Sie hielt beide Hände in einer bremsenden Geste hoch und hielt für einen Moment inne, um den Kontrollverlust und den plötzlichen Richtungswechsel zu studieren. Sie konzentrierte sich darauf, einige Minuten lang Notizen zu machen, während die beiden schweigend vor sich hin kochten. Lenkte Eli die Aufmerksamkeit ab, wie er D'arcy vorwarf? Oder glaubte er ehrlich, dass D'arcy versuchte, ihn zu benutzen, um ihre Eltern zu verletzen? Sie blickte zu Simon, der stoisch schweigend mit zu einem Dach geformten Fingern dasaß, seine Beobachtung scharf, und fragte sich, ob er ein ebenso guter Kenner von Charakter und Motivation war wie sie und was er von all dem hielt.

„Nun, D'arcy, ich verstehe, dass es schwierig ist, Elis Gefühlen zuzuhören, aber es ist immer noch seine Runde, seine Geschichte zu erzählen, und Ihre Runde, *zuzuhören*. Sie haben es versprochen. Sie kommen gleich dran. Okay?"

D'arcy sah zerknirscht aus. Sie atmete schnell durch geblähte Nasenlöcher, unterdrückte aber jeden weiteren Drang zu sprechen, ihr Blick brannte ein Loch in den Druck an der Wand über Kates Schulter.

„Eli." Kate sah ihn lange und fest an, bis er in der Lage war, sie ruhig anzusehen. „Vielleicht könnten Sie sich an mich wenden. D'arcy findet es schwierig, nicht zu antworten, wenn Sie sie direkt ansprechen. Diese Zeit wird kommen."

Er nickte.

„Ich bekomme langsam ein Bild. Können Sie dorthin zurückkehren, wo die Dinge anfingen schiefzugehen? Können Sie darüber sprechen, wie Ihr plötzlicher Erfolg Sie beeinflusst hat und wie D'arcys Reaktion Sie fühlen ließ?"

Eli saß einen Moment lang schweigend da und dachte nach, sein Füllfederhalter kratzte nachdenkliche Linien auf seinen Skizzenblock. Dann sprach er ruhig, sein Blick ruhte auf D'arcy, obwohl er sich an Kate wandte. „Wie ich schon sagte – ausrangiert. Jahrelang haben wir für die gleichen Dinge gekämpft. Wir hatten eine gute Ehe. Nein – eine *großartige* Ehe. Es war mehr als eine Partnerschaft. Wir hatten Romantik, Aufregung, Träume, für die es sich zu kämpfen lohnte. Als wir endlich etwas erreichten, fühlte ich mich ... verlassen." Kates Bauch verkrampfte sich aus Mitgefühl. Sie wusste, wie sich Verlassenheit anfühlte. Er zuckte mit der Schulter. „Als ob ihr all diese Dinge egal wären. Plötzlich klang sie wie eine nörgelnde Hausfrau, die sich um die Möbel, Rechnungen und eine gute Nachtruhe sorgte. Ich habe sie nicht wiedererkannt. Ich fühlte mich ... allein."

„Das ist gut, Eli, danke", sagte Kate. „Sehr gut." Sie wartete auf mehr, aber er schien für den Moment erschöpft zu sein. Sie war neugierig, mehr über seine Beziehung zu D'arcys Eltern zu erfahren, aber es war ein guter Zeitpunkt, den Stab weiterzugeben. Die Stimmung war richtig. Das würde sie ein andermal ausgraben. Sie nickte. „D'arcy? Sie sind an der Reihe."

DREI

K ate wurde mit fortschreitender Stunde immer selbstsicherer. Sie hatte ihren Rhythmus gefunden und vertiefte sich in die Geschichte ihrer Klienten. Das war alles, was sie tun musste. Darin war sie von Natur aus gut. Daran musste sie sich erinnern, als ihre Aufmerksamkeit immer wieder von dem rätselhaften Mann neben ihr abgelenkt wurde. Es kostete sie all ihre Willenskraft, ihn und die Wirkung, die er auf sie hatte, zu ignorieren. Darüber würde sie später nachdenken müssen, wenn sie allein war. Sie nickte D'arcy zu.

D'arcy sprach, ihr Blick auf ihre Hände gerichtet. „Ich bin immer Elis größte Unterstützerin gewesen, nicht nur finanziell, obwohl es das auch gab, aber ich meine, auch seine Bewunderin. Ich habe an ihn geglaubt, an seine Arbeit. Ich wusste, dass der Rest der Welt eines Tages entdecken würde, was ich schon wusste ..." D'arcy hielt inne, holte tief Luft und warf Eli einen Blick zu. Dabei legte sich ihr Gesicht in eine traurige kleine Falte, ihre vollen Lippen schürzten sich zu einem Schmollmund.

„Ich war immer für ihn da. Er kann sehr launisch sein, und wenn es mit seiner Malerei nicht gut läuft, wird er ... nun ja, seltsam. Sein Verhalten war schon immer unberechenbar. Das akzeptiere ich." D'arcy hielt inne und sah Eli an, als könnte er explodieren, wenn sie Familiengeheimnisse preisgab. Eine verkrampfte Grimasse verzog sein Gesicht. „Aber egal, was los war, ob es Höhen oder Tiefen gab, ob es schnell oder langsam ging, er hat mich immer einbezogen. Wir haben das immer zusammen durchgestanden. Bis … jetzt.

„Ich bin diejenige, die Geoffrey für ihn gefunden hat. Eigentlich war es Mutter, wenn Sie es genau wissen wollen." Sie warf Eli einen grollenden Blick zu. Kate achtete auf Elis Reaktion, die ein saurer, grüblerischer Blick war. „Sie hat ihn an uns verwiesen. Was für eine Veränderung! Er hat Elis Kunst geliebt und verstanden. Er hat Elis Karriere wirklich ernst genommen. Und dann, über Nacht, war es, als ob ich nicht mehr existierte. Plötzlich brauchte er mich nicht mehr und hatte auch keine Zeit mehr für mich." D'arcy schüttelte nachdrücklich den Kopf.

„Es fühlte sich an wie …", soufflierte Kate.

„Als du all diese Partys veranstaltet hast … fühlte es sich an, als würden meine Bedürfnisse nicht berücksichtigt. Unser Zuhause war plötzlich eine Absteige für alle möglichen Fremden."

„Hah", grunzte Eli, hob das Kinn und spottete. „Vorher hast du Künstler doch auch gemocht, als du die große *Patrona* sein konntest." Kate musterte Eli aufmerksam. Er fühlte sich wohl etwas auf den Schlips getreten.

„Eli. Bitte. Sie kommen wieder dran." Kate erinnerte ihn sanft, aber bestimmt daran. Wie nebenbei bemerkte sie, dass Simon sich in seinem Stuhl gedreht hatte und sie über seine Fingerspitzen hinweg mit zusammengekniffenen Augen musterte. Ihr Herz machte einen Sprung.

Eli schüttelte sich und drehte sich mit dem ganzen Körper von D'arcy weg, wobei er sein Haar zurückwarf. Er nahm seinen Füllfederhalter und skizzierte auf dem Notizblock vor sich, als wäre er allein. Kate beobachtete, wie Elis lange, anmutige Finger souverän arbeiteten. In nur wenigen Sekunden wurde seine Finesse mit dem Stift offensichtlich. Gegen ihr besseres Wissen warf sie einen Blick auf Simons Hände und erinnerte sich an seine langen, eleganten, sensiblen Finger und wozu sie fähig waren. Sie riss ihren Blick los.

Kate machte sich Notizen, lauschte, wartete.

„Er glaubt, *er* fühlt sich ausrangiert." D'arcys Lippe zitterte, aber sie bekam sich wieder unter Kontrolle und starrte eindringlich auf ihre Hände. „Ich fühlte … ich fühlte mich, als wäre ich ihm völlig egal geworden. Ich hatte auch reichlich Zeit, allein zu Hause zu sitzen und darüber nachzudenken. Er war immer unterwegs oder auf Reisen. Er hatte neue Freunde. Es ist, als wäre er von seinem Erfolg berauscht.

Verliebt darin, wissen Sie? Man könnte meinen, all die Jahre harter Arbeit, Geduld und Frustration wären nie passiert."

D'arcys Augen wurden glasig, ihr Blick verlor sich in der Ferne. Kate wartete, sprach nicht, beobachtete D'arcy nur und gab ihr Zeit.

„Eli war plötzlich eine große Nummer. Das habe ich ihm übel genommen. Es war vulgär. Es kam mir falsch vor. Ich kannte ihn nicht mehr." D'arcy schien bei der Erinnerung zusammenzuzucken. „Plötzlich war er dieser große Geldverschwender, kaufte Dinge, machte Geschenke und warf mit Geld um sich.

„Eines Tages kam er mit einem lächerlichen, extravaganten gelben Sportwagen nach Hause. Was sollte das?", fragte D'arcy ungläubig und breitete die Hände aus. „Das bist doch gar nicht du!" Sie zählte seine Einkäufe nacheinander an ihren präzise manikürten Fingern ab. „Neue Kleidung. Elektronik. Schmuck. Schicke Restaurants. Ich meine, was versucht er zu beweisen? Wir hatten immer genug, aber wir haben im Rahmen unserer Möglichkeiten gelebt."

„*Ad infinitum* – ich habe eine Tabelle, die die Ausgaben für das laufende Jahr zeigt. Sie ist sehr aufschlussreich –", bot Sharon an und hielt ein Blatt liniertes Papier hoch. D'arcy ignorierte sie, wie alle anderen auch, außer Eli, der ihr einen feindseligen, spöttischen Blick zuwarf. „– falls Sie interessiert sind."

Kate kniff die Augen zusammen. „Danke, Sharon." Simon fuhr sich mit den Händen über das Gesicht, und Kate war schockiert zu sehen, dass sein Mundwinkel zu einem listigen Grinsen verzogen war. Für einen Moment verlor sie den Faden von D'arcys Erzählung, so abgelenkt war sie von Simons unterdrückter Heiterkeit.

„… greift unsere Ersparnisse an. Mein Treuhandeinkommen ist mehr oder weniger festgelegt, wissen Sie. Es ist kein Fass ohne Boden. Ich war besorgt. Ich *bin* besorgt. Ich wusste nicht, ob oder wann es aufhören würde." D'arcy schüttelte den Kopf. „So kann ich nicht leben. "

Kate beugte sich vor, konzentrierte sich angestrengt auf die Worte ihrer Klienten und zwang ihre Nervenenden, den Mann neben ihr zu ignorieren, dessen Intellekt und Wärme sie abwechselnd einschüchterten und faszinierten.

Elis Mund verzog sich. „Du hättest etwas sagen können. Woher soll ich wissen, dass du dich wegen ein paar kleiner Ausschweifungen so aufregst?"

„Ich habe etwas gesagt. Du scheinst zu denken, *das* sei das Problem gewesen", entgegnete D'arcy.

„Ich meinte *reden*, nicht nörgeln, bis ich es nicht mehr aushalte. Und dann deine Mutter anrufen und dich über mich beschweren. Ich fühle mich, als stünde ich unter dem Pantoffel."

„Wie kann ich mit dir reden, Eli, wenn du nie zuhörst, nie still sitzt? Du bist nie zu Hause."

Elis Hand fuhr an seinen Nacken und rieb ihn, dann tätschelte er seine Taschen und tastete nach der Kontur seiner Zigarettenschachtel. „Das ist totaler Quatsch. Das Gehacke kam zuerst. Du hast mich vertrieben."

„Okay, lassen Sie uns ...", versuchte Kate, aber die beiden übergingen sie.

„Du bist nur ein kleiner Junge, Eli. Das ist kein Gehacke, das ist Kommunikation. Das ist es, was verheiratete Leute tun."

„Ich habe gesagt, ich würde mich ändern ...

Während das Gezanke weiterging, spürte Kate, wie sich Simon neben ihr anspannte.

„Ich habe versucht, nach Hause zu kommen, D'arcy. Aber ich konnte einfach nicht ... Ich konnte nicht mehr *da sein*."

„Jedenfalls nicht mit mir", schoss D'arcy zurück, triefend vor Sarkasmus, ihre hochgezogenen Augenbrauen angehoben.

Eli sprang angewidert auf und wandte sich vom Tisch ab. „Nicht fair. Ich habe dir gesagt, was passiert ist. Warum vertraust du mir nicht?"

„Was du *glaubst*, dass passiert ist", fauchte sie.

„Es ist die Wahrheit." Elis Gesicht war gerötet und seine dunklen Augen funkelten.

„Okay. Das reicht für den Moment." Kate griff ein. „Ich denke, D'arcy, wir sind hier etwas vom Thema abgekommen. Aber das ist in Ordnung. Sie haben einen Austausch begonnen. Das ist sehr gut. Sie reden wirklich miteinander, und das ist wunderbar." Sie stand auf, damit Eli inmitten seines Ausbruchs nicht so auffällig wirkte. „Wir sind schon eine ganze Weile dabei. Machen wir eine kleine Pause. Ich habe mir erlaubt, heute Morgen Getränke und Snacks zu bestellen, damit wir unsere Arbeit schneller wieder aufnehmen können."

Kate hatte dem spontanen Schlagabtausch zugehört, ohne einzugreifen, obwohl sie wusste, dass D'arcy noch mehr zu sagen hatte. Sie hörten einander zu, wenn auch nicht aufmerksam genug. Sie glaubte, dass sie anfingen, durch einen Berg von Misstrauen und Groll etwas von dem zu hören, was der andere zu sagen hatte. Es war ein Anfang.

Aber sie heizten sich beide auf; der Austausch nahm den Charakter eines häuslichen Streits an. Sie brauchten etwas Führung, und sie musste eine aktivere Rolle übernehmen, um ihre Gedanken davon abzuhalten, bei Simons ablenkender Anwesenheit zu verweilen.

Kate versuchte, Simons Blick auf sich zu ignorieren, als sie den Raum verließ und einen Moment später mit Siobhan auf den Fersen zurückkehrte, die den Teewagen schob. Siobhan parkte ihn am Fenster, lächelte Simon schüchtern an und errötete hübsch. Kate dankte ihr und sie ging leise. Obwohl er fast doppelt so alt war wie sie, fand Siobhan ihn offensichtlich attraktiv – Kate warf einen verstohlenen Blick zu ihm – er sah heute wirklich gut aus. Er war ein reizender, schlaksiger Teenager gewesen, aber jetzt war er ein großer, anmutiger und kraftvoller Mann, wie ein hellbrauner Puma. Sie seufzte. Kate erinnerte sich daran, wie sie bei seinem Anblick weiche Knie bekommen hatte, und gratulierte sich selbst dazu, dass sie die Hälfte der Sitzung an diesem Morgen geschafft hatte, ohne sich von seiner Anwesenheit aus der Fassung bringen zu lassen – zumindest nicht sehr. Sie hatte sich doch wirklich unter Kontrolle. Das war zutiefst befriedigend, und sie beabsichtigte, dass es so blieb. Sie richtete sich auf, schob die Schultern zurück und füllte ihre Lungen mit einem tiefen *Pranayama*-Atemzug, nur um wieder zusammenzuzucken, als ihre Bewegung Simons Blick auf sich zog, der ihren Oberkörper auf und ab musterte, woraufhin sie verlegen eine Hand hob, um ihr Haar zurückzustreichen. *Verdammt!*

Alle schienen mehr als nur ein wenig erleichtert über die Ausrede für eine Pause zu sein, standen auf und streckten sich, ohne dabei Augenkontakt herzustellen.

„Ich habe guten, starken Kaffee bestellt und auch eine Auswahl an Teesorten. Ich hoffe, Sie finden, was Ihnen schmeckt", sagte sie an niemanden Bestimmten gerichtet. Sie hielt sich zurück, als Eli und Sharon sich als Erste auf die Kaffeekanne stürzten und sich mit offensichtlichem Genuss Tassen einschenkten. Eli bediente sich bei den Muffins, dem dänischen Gebäck und den Scones. D'arcy wartete, bis sie saßen, ging dann lässig hinüber und blätterte durch die Teebeutel, wobei sie schließlich, wie Kate mit Interesse feststellte, einen fruchtigen Kräutertee wählte. Kein Tabak, kein Koffein. Das schien nicht zu ihrem Charakter zu passen. Schließlich sah Simon sie an, neigte den Kopf und bedeutete ihr mit einer Geste, sich zu bedienen.

„Nur zu", sagte sie steif und trat einen ruckartigen Schritt näher. Was war nur los mit ihr? Jede Zelle ihres Körpers fühlte sich zu ihm hingezogen, wie bei einem seltsamen Experiment in einer Petrischale, zerstreut und aufgewühlt.

Auch er durchsuchte die Teebeutel und wählte einen grünen Tee. „Ich hoffe, er entspricht deinen Ansprüchen", sagte sie, fühlte sich seltsam schüchtern und unbeholfen und fuhr mit dem Blick das unmögliche Muster auf seiner Krawatte nach. Ihre Stimme klang in ihren Ohren angespannt und schrill.

Ein Lächeln zuckte um Simons Lippenwinkel. „Ich bin eigentlich ziemlich leicht zufriedenzustellen. Und ich trinke nicht immer grünen Tee. Das ist eine Angewohnheit, die daher kommt, dass ich so oft asiatisch esse", antwortete er mit gedämpfter Stimme.

Sie wählte Earl Grey und stand da, ließ den Beutel ziehen und sog das berauschende Aroma von Bergamotte ein. Ihre Füße fühlten sich an wie auf dem Teppich zementiert. Sie blickte über ihre Schulter. Eli starrte aus dem Fenster, trank die Einsamkeit in sich auf und klopfte bereits in Erwartung, nach draußen zu gehen, eine nicht angezündete Zigarette. Sharon saß mit D'arcy zusammen, ihre Köpfe dicht beieinander, und sprach leise. D'arcy verschlang ihren Muffin, als hätte sie seit einer Woche nichts gegessen.

„Wirklich? Was ist dein Lieblingsessen?", fragte sie, traf kurz seinen Blick, obwohl sie nicht begreifen konnte, warum sie sich mit Simon Sharpe auf Smalltalk einließ. Auch noch über Essen.

„Hmm. Das ist eine schwierige Frage. Ich mag so viele", antwortete Simon nach kurzem Überlegen. „Ich würde sagen, japanisch. Und Thai, definitiv Thai. Aber ich mag sie alle. Malaysisch, indonesisch, koreanisch, Szechuan …" Er ließ den Satz ausklingen.

„Zählst du indisches Essen zu asiatischem Essen?", fragte sie und dachte über diese Leidenschaft von ihm nach.

„Oh, irgendwie schon. Obwohl es eine Kategorie für sich ist", sagte er.

Sie lachte leise und stimmte ihm zu. „Das ist eine meiner Lieblingsküchen. Ich koche gern mit all diesen aromatischen Gewürzen."

„Ich bin überrascht, dass du die Zeit dafür findest", sagte er ausdruckslos mit hochgezogenen Augenbrauen. Kate zuckte unter seiner impliziten Kritik zusammen. Womit hatte sie das verdient? Ihre Gedanken schreckten vor der offensichtlichen Antwort zurück. „Ich koche lieber Thai. Aber andererseits gibt es so viele gute Restaurants in Vancouver, warum sollte man sich damit abmühen, sie alle selbst kochen zu lernen?"

Er kochte? Er kochte thailändisches Essen? Er lächelte, und sie spürte, wie ihr Gesicht warm errötete, und warf einen flüchtigen Blick durch den Raum, auf der Suche nach einem Ausweg oder zumindest einer witzigen Erwiderung. Eli hatte den Raum verlassen, und D'arcy bewegte sich in ihre Richtung.

„Ich muss einfach noch einen Muffin haben", sagte sie. Sie errötete plötzlich knallrot und wandte sich dem Wagen zu. Kate trat für sie zur Seite.

„Wie kann man widerstehen, wenn Kate uns mit so vielen Köstlichkeiten verführt", wandte Simon seinen entspannten Charme bei D'arcy am Wagen an, musterte die Platte mit Gebäck, wählte ein dänisches Gebäck, das mit Zuckerguss glänzte, und zwinkerte D'arcy verschwörerisch zu, als er einen riesigen Bissen nahm und seine Lippen mit Zucker glasierte.

Simon fing Kates Blick auf, seine Augen funkelten vor Humor, während er sich die Lippen leckte und kaute. Sie lächelte und zuckte mit den Schultern über seine lockere Art, obwohl sie ein Flattern selbstbewusster Nervosität in ihren Eingeweiden spürte. Wie seltsam – dass sie schon so weit gekommen waren, dachte sie – diese vertraute nonverbale Kommunikation, als ob sie sich seit Jahren kannten. Oh! Nur dass das ja stimmte! Sie spürte ein enges Zusammenziehen in ihrem Bauch. Ihre Hände zuckten plötzlich und schwappten kochend heißen Tee über ihr Handgelenk. „Oh, verflixt." Sie senkte ihren Blick auf seine Krawatte, riss ihn dann weg, griff nach der Serviette, die er ihr hinhielt, und tupfte die verschüttete Flüssigkeit von ihrer brennenden Haut. Die Wärme, die sie in ihrem Gesicht spürte, kroch wie ein Fieber durch ihren Körper. Sie konnte nicht mit ihm reden; und vorzugeben, sie wäre cool, wühlte zu viele Emotionen auf.

Sie war dankbar für die Ablenkung. „Ich … äh … entschuldigen Sie mich." Kate versuchte zu lächeln und schlich davon. *Was für eine Witzfigur ich bin! Ich habe mich zu einem unbeholfenen Teenager zurückentwickelt. Wie demütigend.* Sie wechselte ein paar Worte mit Sharon, setzte sich dann hin und machte sich Notizen, bis Eli in einer Wolke aus Zigarettendunst, die von kühler Luft getragen wurde, zurückkehrte. Als sie sich alle gesetzt hatten und sie sich ruhiger fühlte, begann sie erneut.

„Ich möchte wirklich, dass Sie beide Ihren Austausch fortsetzen.

Aber bevor Sie das tun, denke ich, wäre es für alle hilfreich, wenn ich einige meiner Beobachtungen zusammenfassen würde." Sie warf Simon einen flüchtigen Blick zu, während ihr Blick durch den Raum schweifte, ein ungewohntes Unbehagen nagte an ihrem Selbstvertrauen. „Klingt das gut?" Eli lächelte halbherzig. D'arcy verputzte ihren zweiten Muffin und tupfte Krümel von ihrem Puppenmund.

Kate hielt inne. Je prägnanter sie mit ihrer Zusammenfassung sein konnte, desto effektiver würde sie sein, aber ihre Gedanken waren zerstreut und undiszipliniert. Die Diskussion würde sich um die Schlüsselpunkte verdichten, die sie herausstellte. Sie konnte den Weg für eine Einigung ebnen. Sie wählte ihre Worte sorgfältig, als sie aus ihren Notizen vorlas.

Kate lächelte. Sie liebte wirklich, was sie tat. Kommunikation war so eine komische Sache – wie ein großes, unbändiges, potenziell gefährliches Biest, das immer wieder gestreichelt und besänftigt werden musste, bevor es sich so verhielt, wie man es wollte. Sie war in der Lage, sie dorthin zu führen, wohin sie sie haben wollte, weil sie eine geübte Zuhörerin war. Sie taten nicht immer, was sie wollte, aber es war befriedigend, wenn sie die Dinge auf ihre Weise sahen.

Sie fuhr fort. „Außerdem scheint die Schwierigkeit trotz der Versöhnungsbemühungen in einem gegenseitigen Mangel an Vertrauen zu liegen." Kate ließ diese Andeutung einen Moment sacken, bevor sie näher darauf einging. „Eli, Sie haben das Gefühl, dass D'arcy Fehler bei Ihnen sucht, anstatt ihre Gefühle mit Ihnen zu teilen. Ist das richtig?" Eli runzelte nachdenklich die Stirn, und sein Stift bewegte sich wieder, goss seinen emotionalen Aufruhr in zackigen schwarzen Linien auf die Seite. „D'arcy, Sie haben das Gefühl, dass Eli ebenfalls andere Quellen emotionaler Unterstützung gefunden hat. Korrekt?" D'arcy sah getroffen aus.

„Sehr prägnant", warf Simon mit ausdrucksloser Miene ein. Was sollte das bedeuten? Ihr gefiel sein Ton nicht, und sie funkelte ihn wütend an, zwang sich aber weiterzumachen. Was war mit dem Charmeur am Teewagen geschehen?

„Würden Sie auch zustimmen, dass Sie Ihre Differenzen bisher hauptsächlich aufgrund von Kommunikationsschwierigkeiten nicht beilegen konnten? Und dass dieser Mangel an Kommunikation als Mangel an Zuneigung wahrgenommen wird?" Kate hielt inne, warf einen Blick auf ihre Notizen und senkte ihre Stimme auf ein Flüstern. „Aber das ist nicht zwangsläufig so, oder? Ich glaube, ich höre bei

Ihnen beiden deutlich heraus, dass Sie sich verletzt und verlassen fühlen. Ist das richtig?" Sie sah sie beide an und stellte fest, dass es ihnen beiden peinlich war. Unfähig, sich gegenseitig anzusehen, wanden sie sich, und ihre Blicke huschten umher. Elis Konzentration auf seine Skizze verstärkte sich. D'arcys rastlose Hände griffen nach ihrer Handtasche und fanden ein Stück Kaugummi.

„Es ist eine psychologische Falle, in die man sehr leicht tappt – anzunehmen, dass die andere Person nicht zuhört und sich deshalb nicht mehr für einen interessiert oder andere Dinge schätzt als man selbst. Je mehr wir verletzt sind, desto mehr versteifen wir uns auf Annahmen über den Standpunkt des anderen. Das ist vollkommen normal. Das macht keinen von Ihnen beiden hier zum Bösewicht." Simon räusperte sich und Kate warf ihm einen weiteren fragenden Blick zu, wobei ihr klar wurde, dass sie keine Ahnung hatte, was in ihm vorging. Was? Kritisierte er sie? Sie verschloss sich den Gedanken an Simon und machte weiter.

Kate hielt inne, um D'arcy und Eli aufmunternd anzulächeln und sie so dazu zu bringen, sie anzusehen. „Würden Sie also zustimmen, dass Sie sich noch gar keine wirkliche Chance gegeben haben, Ihre Differenzen beizulegen? Sie wissen noch nicht mit Sicherheit, dass sie *unüberbrückbar* sind." Diesmal sahen sie auf – nachdenklich, fragend – und ihre Blicke trafen sich, schwankend, unsicher. Kate lächelte. *Jetzt kommen wir der Sache näher. Ich sehe, was sie wollen.*

Sharon sträubte sich, wie zu erwarten war, gegen diese Andeutung. Ihr düsterer Gesichtsausdruck, zusammen mit dem streng kontrastierenden schwarzen Anzug und dem weißen Hemd, das ihren blassen Teint und ihr strenges Haar noch mehr ausbleichte, verlieh ihr das Gebaren einer blutarmen Bestatterin. Kate hätte bei diesem Bild beinahe gelächelt, bis sie bemerkte, wie Sharon versuchte, Simon mit hineinzuziehen. Herrgott, wie sehr wünschte sie sich, sie könnte mit ihren Klienten allein sein, um ihre Mediationsmagie ohne Ablenkung wirken zu lassen!

„Und ich habe noch einen Punkt. Und zwar diesen: Bevor Sie Ihre Differenzen aufarbeiten können, müssen all Ihre Anliegen und alle notwendigen Informationen auf dem Tisch liegen. Keine Geheimnisse. Ergibt das für Sie einen Sinn?" Elis Stift flog ihm plötzlich mit einem Klappern aus der Hand auf den Tisch.

„Entschuldigung", murmelte er und hob ihn auf.

„In der Tat", kam Simons redaktioneller Kommentar. Sollte das ein

Kommentar über Eli, D'arcy oder eine Anspielung auf ihre eigenen schmutzigen Geheimnisse sein? Warum konnte er nicht einfach schweigen? Sie biss frustriert die Zähne zusammen. War es ihre eigene Paranoia, die es so aussehen ließ, als würde er jede ihrer Bewegungen kritisieren? Sie fühlte sich verletzlich und entblößt.

Eli wirkte verwirrt und ein wenig misstrauisch, als würde sie nach einem Geständnis fischen, und er blickte nervös zu Simon. Das gleichmäßige Kauen von D'arcys Kaugummi verlangsamte sich. Kate bemerkte, wie Simon D'arcy mit zusammengekniffenen, nachdenklichen Augen anstarrte.

„So", sagte Kate, „jetzt üben wir das Zuhören. Und ich suche nach Bestätigungen, nicht nach Anschuldigungen. D'arcy, möchten Sie den Austausch eröffnen?"

D'arcy zögerte einen langen Moment, während sie in Zeitlupe weiter Kaugummi kaute. „A-also. Meine größte Sorge muss Elis mangelnde Verantwortung sein. Ich weiß, er war schon immer spontan und sorglos, und das mochte ich immer an ihm, aber es gibt einen Punkt, an dem eine Person ihren Teil der Verantwortung übernehmen muss. Ein Erwachsener sein muss." D'arcy hielt inne und sah Kate mit hochgezogenen Augenbrauen an.

„Das ist großartig, D'arcy. Sie können Eli jetzt direkt ansprechen. Er hört zu." Sie neigte ihren Kopf in Elis Richtung.

„Elis ..." D'arcy drehte sich unbeholfen zu ihm, ihr Blick schwankte, ihre Stimme wurde tiefer, „... du hast ... mich immer alles regeln lassen, und das habe ich auch getan, aber ich werde nicht immer in der Lage sein", sie hob beide Hände in einer stummen Bitte, „die Rechnungen zu bezahlen, die Autos zu reparieren, das Haus zu putzen, Mahlzeiten zu kochen. Mich um dich zu kümmern." Warum hatte D'arcy so viel Angst? Vielleicht war sie krank?

Kate wandte ihren Blick vom Austausch zwischen D'arcy und Eli ab, um den Raum zu überblicken, und zuckte zusammen, als sie bemerkte, dass Simons Blick nachdenklich auf ihr ruhte! Wieder lenkte seine Aufmerksamkeit ihre Gedanken von ihren Klienten ab, hin zu ihm und der Frage, wer sich in den letzten fünfzehn Jahren um ihn gekümmert hatte und warum er diese Aura der Traurigkeit mit sich trug. Sie versuchte, ihren Fokus wiederzufinden.

„Ich habe dich nie gebeten, dich um mich zu kümmern", in Elis Stimme schwang ein trotziger Ton mit. „Du bist nicht meine Mutter."

„Genau. Ich bin *nicht* deine Mutter", stimmte sie ein wenig zu eifrig zu. Die Tonlage ihrer Diskussion eskalierte, während D'arcy sich beschwerte, die ganze Arbeit zu machen, während Eli spielte. Die Gemüter erhitzten sich. Sie brauchten sie.

Elis Aufregung spiegelte sich in einem schnellen Klopfen seines Stiftes wider.

D'arcys Gesicht verzog sich. „Ich bin zu sehr damit beschäftigt, mich um dich zu kümmern, um mein eigenes Ding zu machen. Was wäre, wenn ich krank würde? Was, wenn uns das Geld ausgeht? Die Art und Weise, wie du Geld ausgibst … es ist verrückt." D'arcys Blick suchte Elis Gesicht, verzweifelt nach Anerkennung.

Ein flüchtiger Anflug fragender Besorgnis in seinen Augen wurde durch Empörung ersetzt. „Ich habe jetzt mein eigenes Geld. Ich brauche deins nicht und ich brauche keine Erlaubnis, um es auszugeben. Ich beeinträchtige dich nicht." Kate biss sich auf die Lippen und drängte ihn innerlich, seine Verteidigungshaltung aufzugeben. Sie wünschte ihm von ganzem Herzen, mutig zu sein.

„Es *beeinträchtigt* mich." D'arcys Blick schweifte durch den Raum, unscharf und glänzend, während sie ihre Sorgen um ihre zukünftige Sicherheit äußerte. „Wir sind verheiratet."

„Du bist immer so verkrampft; es ist keine große Sache", sagte Eli.

Oh Eli! Du hast es total vermasselt, Kleiner. Kate presste die Lippen zusammen und schüttelte enttäuscht den Kopf. Er senkte den Blick und starrte düster auf seinen Skizzenblock, sichtlich bewusst, dass er sich kindisch verhielt.

D'arcy schien zu wissen, dass sie einen Punkt erzielt hatte. Ihr Sprechtempo verlangsamte sich, wurde deutlicher, und Tränen schimmerten in ihren runden, haselnussbraunen Augen. „Wann wirst du erwachsen?"

Simon räusperte sich, und als Kate hinübersah, sah sie ihn mit finsterer Miene und angespanntem Kiefer dasitzen. Sie zuckte zusammen, als er seinen harten Blick auf sie richtete. Er riss die Augen auf, seine Hände zuckten, als wollte er ihr den Hals umdrehen, und schien etwas von ihr zu fordern. Ihr Herz hämmerte. Was?

Atemlos schaltete sich Kate ein: „Okay, D'arcy. Ich vermute, Eli fühlt sich im Moment etwas in die Defensive gedrängt." *Nicht nur er!* Sie drehte sich zu ihm um. „Eli. Können Sie mir, können Sie D'arcy sagen, was Sie sie sagen hören? Worüber macht *sie* sich Sorgen?" Sie spürte, wie Simons Anspannung neben ihr nachließ, und damit lockerte sich auch das enge Band um ihre eigenen Rippen, als wären ihre Nervenenden mit seinen verbunden. Was war das?

Eli saß schmollend da, widerwillig, nach Kates Regeln zu spielen oder sich aus der Reserve locken zu lassen. Sie begegnete seinem Blick, streng, aber mitfühlend und ermutigend. Seine Stimme war kaum mehr als ein Murmeln. Alles, was er auszudrücken vermochte, waren irrationale Ängste vor Unterdrückung und dem Verlust seiner künstlerischen Freiheit.

„Sagen Sie, was Sie D'arcy sagen hören, oder wovor Sie Angst haben?", fragte Kate und sah ihn unverwandt an. Aus dem Augenwinkel bemerkte Kate, wie Simon seine Hände senkte und sich vorbeugte.

Eli starrte sie einen langen Moment lang an. „Okay. Vielleicht überreagiere ich. Ich weiß nicht. Jahrelang hat sie nie von mir verlangt, etwas anderes zu sein als ich selbst." Eli war gedämpft und sprach leise. „Vorher war ich gut genug für sie. Warum jetzt die Änderung?"

Kate fasste Elis Bedenken in eigenen Worten zusammen. Ängste vor Identitäts- und Integritätsverlust konnte sie durchaus nachvollziehen.

„Das ist lächerlich", erwiderte D'arcy, zögerte dann und milderte ihre Stimme. „Alles, was ich sage, ist: trage deinen Teil bei, das ist alles. Ich erwarte von Eli, dass er sich beteiligt, nicht nur mit dem Geld, das er verdient hat, sondern indem er sich kümmert, indem er Interesse an den Dingen zeigt, in die wir gemeinsam investiert haben, an unserer Zukunft, an unseren Träumen", D'arcy zögerte, „... an mir, weißt du?"

„Eli?", fragte Kate auffordernd. „Was hören Sie jetzt?"

„Ja. Ich höre. Ich höre", sagte er, den Blick gesenkt, die Lippe zu einer dünnen Linie gepresst. Sein Füller ruhte auf der Seite, die Tinte blutete langsam nach außen zu einem wachsenden, unregelmäßigen Fleck.

„Möchten Sie eine Weile darüber nachdenken?"

Eli nickte. Er nahm jetzt zu niemandem mehr Blickkontakt auf. Er skizzierte auch nicht, sondern starrte blind auf den Rorschach-Klecks auf seinem Notizblock.

Kate warf einen verstohlenen Blick auf ihre Uhr. Sie schätzte, dass ihre beiden Klienten für heute genug hatten. Außerdem hatte sie eine Menge Informationen zu verdauen und in ihren Notizen festzuhalten. Nicht nur ihre Worte – obwohl diese schon interessant genug waren –, sondern all die nonverbalen Signale und Zeichen, die sie ausstrahlten.

Sie würde das Treffen beenden, und dann, bis zum nächsten Dienstag, hätte sie einen neuen Ansatz ausgearbeitet.

„Ich denke, wir sollten es für heute dabei belassen. Es ist ein guter Anfang, auch wenn Sie beide in Ihre alten Gewohnheiten zurückfallen. Ich glaube, das wissen Sie. Sie haben beide viele Informationen und Gefühle geteilt, und wir alle brauchen Zeit, um das zu verdauen und darüber nachzudenken. Sharon, Sie waren sehr ruhig. Haben Sie noch Fragen oder Anmerkungen, bevor wir für heute Vormittag Schluss machen?"

Sharon verbarg nur schlecht ihre kritischen Gedanken über den unloyalen und verantwortungslosen Eli. „Nein, danke. Ich denke, ich habe für heute genug gehört." Sie kritzelte ein paar kurze Notizen in ihr Notizbuch und klappte es zu.

„Simon? Irgendwelche Fragen?" Kate blickte nicht von ihren Notizen auf, während sie sprach, obwohl sie unter ihren gesenkten Wimpern zu ihm hinüberspähte.

„Hmm. Viele. Aber auch ich hatte genug für einen Tag", sagte er, wobei sich sein Mund auf einer Seite geheimnisvoll nach oben verzog, als wären seine geheimen Gedanken ziemlich amüsant und könnten sie mit einbeziehen. Er wandte sich abrupt ab. „Wie wäre es mit einer *Nachbesprechung* bei Sushi, Eli?" Die beiden verabschiedeten sich und gingen sofort, kurz darauf gefolgt von D'arcy und Sharon, die noch einen Moment lang leise im Korridor standen und redeten.

Kate machte sich leise Notizen, während sie wartete, bis alle gegangen waren. Es war ein guter Anfang. Der erste Schritt war immer, sich mit den Emotionen zu befassen, und sowohl Eli als auch D'arcy waren ziemlich ausdrucksstark und offen gewesen, und, wie sie fand, ehrlich. Es gab eine Menge Verletzungen und Misstrauen, und wenn sie das offenlegen konnten, könnten sich die materiellen Probleme vielleicht von selbst lösen. Über die Vereinbarung würde sie das nächste Mal sprechen.

Sie hatte das Gefühl, begonnen zu haben, D'arcys und Elis Bedürfnisse, Sorgen, Hoffnungen und Ängste aufzudecken. Es fiel ihr ein, bei dieser Gelegenheit auch ihre eigenen zu hinterfragen. Mit D'arcy und Eli lief alles mehr oder weniger so, wie sie es erwartet hatte, aber in Bezug auf Simon lief es völlig anders als erwartet. Sie machte ihre Sache doch gut, oder? Anstatt sich in seiner Gegenwart jedoch ruhiger zu fühlen, wurde sie zunehmend aufgewühlt, abgelenkt und verwirrt. Sie spürte eine seltsame Intimität mit ihm, mit seinem Körper.

Es war, als wären keine fünfzehn Jahre vergangen und sie wären immer noch irgendwie miteinander verbunden.

～

„Ah, da sind Sie ja." Ein steifer britischer Akzent, den sie nicht erkannte.

„Entschuldigung? Wer ist bitte am Apparat?", sagte Kate, als sie am folgenden Tag ihr Telefon abnahm.

„Helen Duchamp. Ich habe mehrere Nachrichten hinterlassen."

Den ganzen Morgen lang? Aah. „Es tut mir leid, ich bin gerade erst rein. Wir haben uns noch nicht kennengelernt. Sie sind ... D'arcys Mutter dann?"

„Ja, meine Liebe." Die Herablassung tropfte von ihrer Stimme wie Eiszapfen. „Selbstverständlich."

Oh, selbstverständlich. „Und was kann ich für Sie tun, Mrs. Duchamp?"

„Was Sie für mich tun können?" Die Stimme der Frau war brüchig und kalt wie Eiskristalle. „Das Mindeste, was ich erwartet hätte, wäre ein Höflichkeitsanruf gewesen, um meine Ziele für diese Sitzungen, für die ich bezahle, zu besprechen, bevor sie zu weit fortgeschritten sind."

Aha. So war das also? Kate verlangsamte ihre Atmung. „Ich nehme an, D'arcy weiß nicht, dass Sie anrufen."

„Seien Sie nicht lächerlich!" Mrs. Duchamps Lachen war schrill. „Das ist streng vertraulich. Nur unter uns."

„Entschuldigen *Sie*, Mrs. Duchamp. Lassen Sie mich Ihnen erklären, wie Mediation funktioniert." Sie hielt inne und knirschte mit den Zähnen. „Erstens sind meine Klienten *sowohl* D'arcy *als auch* Eli, und ich werde ihnen meine Gebühren in Rechnung stellen. Wie sie die Zahlungen finanzieren, geht mich nichts an. Zweitens ist *mein* Ziel für die Sitzungen, so wie es sein sollte, die Gespräche zwischen meinen Klienten zu moderieren und, wenn möglich, eine Versöhnung zu ermöglichen."

„Ja, ja. Aber Sie und ich wissen, wie diese Dinge wirklich laufen."

„Tun wir das?" Kate wusste, dass sie zu dieser Frau nicht unhöflich sein durfte. Durfte nicht auflegen, aber sie war stark versucht.

„Diese Ehe ist eine Farce und es ist höchste Zeit, dass sie endet. Dieser Mann kann meine Tochter nur noch mehr verletzen. Er wird ihr Leben ruinieren, wenn das noch viel länger so weitergeht. Sie braucht jemanden, der besser zu ihrer gesellschaftlichen Stellung passt, der sie unterstützen kann."

„Mrs. Duchamp, bitte …"

„Meine Tochter ist eine Träumerin, Miss O'Day. Sie scheint nicht in der Lage zu sein zu sehen, worauf sie sich da eingelassen hat. Er hat bekommen, was er von unserer Familie wollte, und es ist Zeit für ihn, weiterzuziehen. Ich verlasse mich darauf, dass Sie diese Sitzungen nutzen, um ein grelles Licht auf diesen Mann zu werfen. Sie *muss* ihn als den Nutznießer sehen, der er ist. Sicher verstehen Sie, ich habe nur das Beste für meine Tochter im Sinn."

Wenn sie Eli noch ein einziges Mal *diesen Mann* nannte, würde Kate schreien. „Mrs. Duchamp", versuchte Kate erneut, die Tirade zu unterbrechen. „Auch ich habe das Beste für Ihre Tochter im Sinn …"

„Dann sehen Sie die Dinge also wie ich", unterbrach Mrs. Duchamp sie mit süßlicher Herablassung.

„Nein. Nein, das tue ich nicht. Ich schätze es, dass Sie Ihre Bedenken mit mir teilen. Aber meine Aufgabe … meine berufliche und ethische Verpflichtung ist es, objektiv und unvoreingenommen zu sein. So funktioniert Mediation. Es liegt an ihnen zu entscheiden, was sie glücklich macht. Außerdem verbietet mir die Schweigepflicht gegenüber Klienten, den Fall mit Ihnen zu besprechen, Mrs. Duchamp."

„*Ich* weiß, was das Beste für mein kleines Mädchen ist, Miss O'Day. Ich habe diesen irregulären Sitzungen nur zugestimmt, weil er das Scheidungsverfahren blockierte und sie so aufgebracht war. Sie haben es den Anwälten schwer gemacht und mich ein Vermögen gekostet. Dies soll die Sache beschleunigen."

Kate hatte genug. „Mrs. Duchamp. Sicher ist Ihnen aufgefallen, dass Ihre Tochter eine erwachsene Frau ist. Ich vertraue darauf, dass sie selbst entscheiden kann, was das Beste für sie ist. Und wenn Sie mich nun entschuldigen, ich habe zu arbeiten." Sie legte auf und fragte sich, ob dieses kleine Gespräch irgendwelche Konsequenzen haben würde.

VIER

Der Tag brach klar, warm und sonnig an und bot eine plötzliche Verschnaufpause nach zwei Wochen trüben und meist regnerischen Wetters. Es wirkte wie ein belebendes Tonikum. Jeder, an dem Kate vorbeiging, strahlte vor Dankbarkeit selig, und auch sie war nicht immun gegen die Wirkung. Die Stadt glänzte in dem klirrenden Licht, die Schatten traten durch die equinoctialen Winkel umso schärfer hervor. Blaue und grüne Glasfassaden reflektierten die Sonnenstrahlen; Türme aus cremefarbenem Stein und weichgrauem Beton glänzten, vom Regen makellos sauber geschrubbt.

Voller Optimismus ging sie in die Sitzung um halb zehn. Im Laufe der dazwischenliegenden Woche waren ihre Eindrücke bei jeder Durchsicht ihrer Notizen klarer geworden. Sie wusste ohne den geringsten Zweifel, dass sie Eli und D'arcy bei ihrer Versöhnung helfen konnte. Alle Puzzleteile waren da. Solange Eli das Vertrauen nicht gebrochen hatte, indem er mit dieser Frau oder einer anderen geschlafen hatte, würde alles gut werden. Und ihr Instinkt sagte ihr, dass er das nicht getan hatte. Nein, sie glaubte, ihn ziemlich gut zu verstehen, obwohl es ihr Ziel war, ihn noch besser kennenzulernen.

Eli war keineswegs gefühllos, sondern einfach nur unbedarft. Alles, was er wirklich suchte, war Respekt, und er konnte den Unterschied zwischen der unterwürfigen Aufmerksamkeit der Schickeria und dem einzig Wahren noch nicht erkennen. Deshalb hatte sie sich am Woch-

enende auf die Suche nach seinen Gemälden gemacht. Sie kannte sich
mit Kunst recht gut aus.

Die Gemälde, die sie in der Redmond-Lightstone Gallery ausfindig
gemacht hatte, waren eine Offenbarung gewesen. Viel raffinierter, als
der Künstler wirkte. Der Ausdruck „die dunkle Seite der menschlichen
Seele" war ihr in den Sinn gekommen. Eine Leinwand sprach sie so
eindringlich an, dass sie ihr die Tränen in die Augen trieb, direkt dort
in der Galerie.

Es war leicht zu verstehen, warum er einen Fanclub hatte. Man
konnte sich leicht in einen Mann verlieben, der so malen konnte. In
Kombination mit seinem schwermütigen, sexy guten Aussehen und
seiner Lebensfreude war er in der Tat gefährlich. Oder vielleicht war er
der Unschuldige, derjenige, der in Gefahr war. Seine adoleszente
Persönlichkeit stand im Widerspruch zur Raffinesse seiner Gemälde. Er
konnte leicht missverstanden und möglicherweise manipuliert werden.
Ein komplexer Mann.

Als sie ankam, öffnete sie die Jalousien und setzte sich mit dem
Rücken zu ihnen, damit ihre Klienten die spektakuläre Aussicht
genießen und von all den erhebenden Sonnenstrahlen profitieren
konnten. Dies würde das letzte Treffen in diesem Raum sein, beschloss
sie. Sie war froh, als Eli als Erster ankam, und Momente später folgte
ihm Sharon. Sie war wieder im pseudo-militärischen Stil gekleidet, mit
einem taillierten Hosenanzug in Taupe, der sie, wie Kate fand, noch
zierlicher und farbloser aussehen ließ. Sie saß mit auf ihrem Notizbuch
gefalteten Händen da, wie eine Musterschülerin in der ersten Reihe, die
Lippen prüde zusammengepresst.

Elis Begrüßung war herzlich und er strahlte Energie aus wie die
Sonne selbst. Sein Lächeln war entzückend, dachte Kate, während sie
sein makelloses, hübsches Gesicht bewunderte. Er trug einen Motorradhelm, den er zusammen mit einer dunklen Sonnenbrille auf den
Tisch warf. Sein cooler, urbaner Stil trug ohne Zweifel zu seinem
Fanclub bei. Sein Agent hatte dies vielleicht sogar bewusst
ausgenutzt.

Kate beschloss, das Risiko einzugehen, Sharon zu verärgern, und
trotzdem eine Verbindung aufzubauen. „Ich habe am Wochenende in
der Redmond-Lightstone Gallery vorbeigeschaut, Eli", sagte sie. Seine
Augen weiteten sich. „Ich muss Ihnen sagen, dass ich von Ihrer Arbeit
einfach überwältigt war."

„Danke", sagte er schlicht und strahlte über ihr Kompliment.

„Welches war Ihr Favorit?", fragte er mit ernster Miene und einem geheimnisvollen Funkeln in den dunklen Augen.

Das musste eine Fangfrage sein. „Mmm. Ich würde sagen ... ‚Magdalene der East Side'. Das Licht ... und ihr Ausdruck. Sie strahlt eine Art Akzeptanz oder so etwas aus – eine fruchtbare Empfänglichkeit." Sie nickte nachdenklich und warf ihm einen wissenden Blick zu.

Er glühte unter ihrem Lob.

„Ich bin sicher, ich habe die Hälfte der allegorischen Anspielungen nicht verstanden." Sie zuckte mit den Schultern. „Aber es hat mich wirklich berührt."

Sein Lächeln wurde breiter und ging in ein Grinsen über. Offenbar hatte sie den Test bestanden.

„Wie ist es denn so?", erkundigte sich Sharon, die nicht außen vor bleiben wollte.

Kate tauschte einen Blick mit Eli, dann sagte sie so beiläufig wie möglich, um niemanden vor den Kopf zu stoßen: „Sie müssten es wirklich selbst sehen, Sharon. Es ist unmöglich, Elis Arbeit mit einer einfachen Beschreibung gerecht zu werden. Die Leinwände sind riesig und komplex. Es sind wahre Meisterwerke. Kein Wunder, dass seine Werke gesammelt werden."

„Sie übertreiben, Kate", sagte Eli, „aber ich fühle mich geschmeichelt."

Genau in diesem Moment betrat Simon den Raum. „Seid gegrüßt an diesem glorreichen Morgen", sagte er beim Eintreten und bedachte sie alle mit einem breiten Lächeln. Kate stockte der Atem. Angesichts des wärmeren Wetters trug er ein einfaches blaues Oxford-Hemd mit einer bereits gelockerten gestreiften Preppy-Krawatte. Der Look sah an seiner großen Gestalt fabelhaft sexy aus. Das durch das Fenster hereinströmende Sonnenlicht fiel auf sein goldenes Haar, und das Blau seiner Augen leuchtete so hell wie sein Hemd. Es war schwer, nicht zu starren.

Dann bemerkte er ihren Blick und sie geriet ins Stocken, wandte sich schnell ihren Notizen zu, während jede Pore ihres Körpers danach dürstete, mehr von ihm aufzunehmen.

„Wir sind wahrlich gesegnet mit diesem Altweibersommer."

Alle murmelten zustimmende Worte. Wie schaffte er es, so zu sprechen und dabei nicht wie ein Trottel rüberzukommen?, fragte sich Kate fasziniert. Er war hypnotisierend.

„Wir haben gerade über Elis Gemälde gesprochen, Simon", sagte

Sharon einschmeichelnd. „Haben Sie sie gesehen?" Kate fing Elis Blick auf und sie tauschten ein kleines Lächeln aus. Sharon suchte offensichtlich nach einem Verbündeten in ihrer Unwissenheit, wurde aber enttäuscht.

„Ja. Ja, tatsächlich", antwortete Simon. „Ich bin bereits ein ziemlicher Fan."

Sharon sah verärgert aus. Kate hingegen war von seiner selbstbewussten Einschätzung beeindruckt und bemerkte Elis offene Freude über das zurückhaltende Kompliment.

~

D'arcys Erscheinen unterbrach, was auch immer Simon noch hätte sagen wollen. D'arcy nahm ihre Sonnenbrille ab und enthüllte dunkle Ringe, die rotgeränderte Augen in einem aufgedunsenen Gesicht betonten. Ihr dunkles Haar hing schlaff wie Linguine herab, ebenso wie der lockere, stumpfgraue Rollkragenpullover, den sie trug. Sie verkörperte das Gegenteil des strahlenden Tages. Kate fragte sich erneut, ob sie krank war. Sie bemerkte ein Echo ihrer Besorgnis auf Elis Gesicht.

„Guten Morgen", sagte D'arcy schlicht, setzte sich neben Eli, blinzelte in das helle Sonnenlicht vor dem Fenster und drehte ihre Sonnenbrille in ihren schlanken Fingern, als wäre sie versucht, sie wieder aufzusetzen.

„Soll ich die Jalousien herunterlassen, D'arcy?", fragte Kate.

Der Raum brach in Protestgemurmel aus. D'arcy antwortete: „Nein, nein. Schon gut. Genießen Sie die Sonne, solange sie da ist."

„Okay, dann." Kate begann und führte sie ohne große Vorrede schnell durch eine Zusammenfassung der Diskussion der letzten Woche, zusammengefasst und hervorgehoben, um die zugrunde liegenden Wahrheiten aufzuzeigen, wobei sie die meisten der widerwärtigeren und konfrontativeren Angriffe kurzerhand auslöschte.

Der Ausdruck auf ihren Gesichtern sagte alles. Es war erstaunlich, wie Menschen wie Marionetten in sich zusammenfielen oder sich entfalteten, je nachdem, ob sie missverstanden oder bestätigt wurden. Überzeugt von ihrer anfänglichen Einschätzung, dass D'arcy und Eli sich wirklich versöhnen wollten, beschloss sie, eine weitere ihrer typischen Übungen aus dem Hut zu ziehen und sie auszuprobieren. Diese hier hatte immer interessante Ergebnisse und würde auch ihrer Präsentation Farbe verleihen.

„Heute werden wir einen etwas unkonventionellen Weg einschlagen. Anstatt die Dinge, die dieses Jahr schiefgelaufen sind, noch einmal durchzukauen, werden wir uns auf Erinnerungen und Träume konzentrieren. Zuerst möchte ich, dass jeder von Ihnen über die Vergangenheit spricht, wie Sie sich kennengelernt und einander kennengelernt haben … und dann über die Zukunft, wie Sie sich, jeder für sich, Ihr Leben in einer idealen Welt in, sagen wir, fünf oder zehn Jahren vorstellen." Kate hielt inne und sah abwechselnd Eli und D'arcy an.

Sie warf einen verstohlenen Blick auf Sharon, die bemerkenswert still war, den Kopf gesenkt. Sie konzentrierte ihre ganze Aufmerksamkeit darauf, ihren Bleistift zu spitzen und die Späne in eine kleine Plastikbox zu schütteln, die sie offenbar für diesen Zweck mitgebracht hatte. Kates unkonventionelle Methoden waren für sie wie eine bittere Pille, gemessen an dem verzogenen und säuerlichen Ausdruck auf ihrem runden Gesicht.

Eli schwelgte in Erinnerungen an sein Treffen mit D'arcy und die Träume, die sie einst geteilt hatten. Kate blickte in Simons Richtung, bemerkte, wie er sie nachdenklich ansah, und schaute ebenso schnell wieder weg, bevor sie seinen Blick erwidern konnte. Während sie D'arcy und Eli zuhörte, wie sie von den Anfängen ihrer Romanze erzählten, schweiften ihre Gedanken unwillkürlich zu der Zeit zurück, als sie Simon kennengelernt hatte. Obwohl sie mit neunzehn jung und sozial unbeholfen waren, gab es diese sofortige Verbindung auf der Bierparty im Wohnheim. Etwas, das sie zusammenzog und den Rest der Menge verblassen ließ. Etwas, das sich unausweichlich anfühlte. Für sie war es nicht nur seine löwenhafte Schönheit, so schlaksig er auch war, sondern etwas Fesselndes in seinen blauen Augen. Eine tiefe Intelligenz und Ernsthaftigkeit, als könnte er sie wirklich sehen. Mit Mühe zwang sie ihre Aufmerksamkeit zurück zu ihren Klienten.

„… manchmal verbindet man sich einfach mit jemandem, und es ist mystisch. Die Zeit steht still, als ob man sich schon ewig gekannt hätte …" Eli warf D'arcy einen verstohlenen Blick zu, hielt einen Moment inne und blickte dann wieder weg. „Wir konnten uns nicht vorstellen, *nicht* zusammen zu sein." Eli hielt inne und blickte benommen um sich.

Ja! Kate hatte sich einst genauso gefühlt. Sie dachte, Simon auch. Aber es war überhaupt nicht so gekommen. Sie presste die Lippen aufeinander und strich sich eine verirrte Haarsträhne hinter ihr Ohr, wobei sie ihren Blick von Simon abwandte, damit er keinen flüchtigen Blick auf den Schmerz und das Bedauern erhaschte, die sie immer noch verfolgten.

„Danke, Eli", sagte Kate. Sie sah D'arcy an. „Möchten Sie auch?"

D'arcys Augen waren weit und glasig, und ihre Kehle zog sich zusammen und entspannte sich wieder, aber sie fasste sich und sprach von ihrem Treffen mit leiser, sanfter, ferner Stimme, als wäre auch sie in die Vergangenheit zurückversetzt worden. Nach einer Weile hielt sie inne und wollte offensichtlich nicht mehr weitersprechen.

Kate beobachtete, wie sich die Blicke von Eli und D'arcy trafen und ein Funke des Wiedererkennens übersprang.

Zeit für eine Pause. Kate schlug vor, dass alle nach draußen gehen sollten, um etwas Sonne zu tanken, und sich in einer halben Stunde wieder treffen. Sharon entschuldigte sich, um in ihrem Büro zu telefonieren. Eli und D'arcy schlenderten zusammen hinaus, und Kate bemerkte, wie Eli sanft an ihrer Hand zog und schüchtern einladend lächelte, als sie sich in Richtung des Empfangsbereichs bewegten.

Simon und Kate waren allein zurückgeblieben. Er stand auf, streckte sich und wandte sich dem Fenster zu. Sie saß still da und machte sich Notizen in ihr Buch, den Kopf gesenkt, aber er ging nicht.

FÜNF

M it einem gemurmelten „Entschuldigen Sie mich", entkam Kate auf die Damentoilette, ohne Simon auch nur eines Blickes zu würdigen. Sie musste etwas Abstand zwischen sie bringen und ihre Gedanken ordnen. Sie schloss sich in einer Toilettenkabine ein und setzte sich, den Kopf in die Hände gestützt, um sich zu beruhigen. Der Morgen war unglaublich gut verlaufen, doch mit der Zeit wurde sie die aufblitzenden Erinnerungen nicht mehr los – Dinge, an die sie viele, viele Jahre nicht gedacht hatte – an die Nacht, in der sie Simon kennengelernt hatte.

Sie konnte sich an ihre Reaktion erinnern, als er um drei Uhr morgens zum ersten Mal an die Tür ihres Zimmers im Wohnheim hämmerte, nachdem sie die Nacht tanzend und bei lauwarmem Bier redend verbracht und sich auf dem Bürgersteig erneut unbeholfen gute Nacht gesagt hatten. Entsetzen. „Kat-iii. Kann'sch reinkomm'? Ich will noch weiterred'n." Sein zerzaustes Haar. Seine glasigen, betrunkenen Augen und sein schmollender, sexy Mund. Sie weigerte sich, sich von irgendeinem Betrunkenen belästigen zu lassen, egal wie süß er war. Aber er war ein Gentleman und hatte sie für sich gewonnen. Zu diesem Zeitpunkt hatten die anderen Mädchen bereits gemerkt, dass da etwas im Gange war, und sie konnte vom Ende des Flurs ein leises Kichern hören. Für sie schien es zweifellos sehr romantisch, wenn auch vielleicht ein wenig anrüchig. Aber sie waren erst neunzehn. Was wussten sie schon?

Sie war wochenlang in einem Tief gewesen, nachdem Bens Trennungsbrief angekommen war. An Bens Brief war nichts zu rütteln. Sie war nur seine Highschool-Liebe gewesen und jetzt war es vorbei. Er war weitergezogen. Zu ihrer Bestürzung empfand er offensichtlich nicht dasselbe wie sie. Sie hatte gedacht, das wäre *es*. Ben anscheinend nicht. An diesem Punkt in ihrem Leben war sie emotional zu zerbrechlich gewesen, um mit dem Verlust umzugehen. Nach dem Angriff war er ihr vertrauter Anker in einer zerfallenden Welt gewesen.

Jedenfalls hatten Alexa und die anderen Mädchen sie kaum dazu bewegen können, sich wieder ins gesellschaftliche Leben zu stürzen, und nun stand dieser hinreißende neue Kerl da und warf sich buchstäblich an ihre Tür, bettelte darum, in ihr Herz gelassen zu werden. Wenn das mal keine Trostpflaster-Romanze war. Sie war sich nicht sicher, was sie davon halten sollte. Anfangs hatte sie ihn hereingelassen, weil er so mitleiderregend süß und harmlos schien. Er klopfte, er bettelte und flehte, er wimmerte, und sie gab nach.

„Biiitte. Kate." Seine Stimme war verwaschen. Warum mussten Jungs sich nur ins Koma saufen? „Ich will nur mit dir red'n." Als sie Simon kennenlernte, war es genau das, was sie taten. In der Öffentlichkeit, bei Tageslicht, war er so schüchtern, dass es schon peinlich war. Aber sie wusste, dass mehr in ihm steckte, wegen der Art, wie die anderen Jungs ihn bewunderten und sich um ihn scharten. Er strahlte Intelligenz und Charme aus, und es lag dieses besondere Etwas in seinem Antlitz. Er versuchte, sich mit ein paar Drinks Mut zu machen, und tauchte unweigerlich zu den unmöglichsten Nachtstunden in einem ziemlichen Zustand auf. Und brachte sie zum Lachen.

Sie wusste, sie hätte es nicht mögen sollen, aber sie wusste auch, dass es nur daran lag, dass er so schüchtern war. Ohne seine Hemmungen war er tiefgründig, sanft und witzig. Er ließ sich auf ihre Koje fallen, und sie machte ihm eine Tasse Tee, um ihn auszunüchtern. Sie starrten sich eine Weile an, und dann redeten und redeten sie, loteten aus, hinterfragten die Ideen und Träume des anderen, bis er schließlich erschöpft auf ihrem Bett einschlief, seine feuchten, goldenen Locken auf ihrem Kissen verteilt, sein entspanntes, glattes Gesicht so unschuldig wie das eines Babys. Wenn ihre Zimmergenossin an den Wochenenden nicht verreist gewesen wäre, hätte sie diese Stunden auf einem Stuhl verbracht. Na ja, zweifellos hätte sie ihn dann gar nicht erst hereingelassen. Aber so legte sie sich auf Sheryls Koje und döste, bis er sich regte und am frühen Morgen verlegen und entschuldigend hinaustorkelte, zweifellos mit einem üblen Kater. Sie fand ihn bezaubernd.

Der Wirbelwind an Aufmerksamkeit hatte sie aus ihrem Tief wegen Ben gerissen, vielleicht schneller, als er es hätte tun sollen. Sie mochte Simon wirklich und freute sich bald auf seine Besuche. Es war vielleicht der vierte oder fünfte Besuch, erinnerte sie sich, bei dem er nicht ganz so betrunken war und ihr langes, philosophisches, intimes Gespräch zu anderen, intimeren Dingen führte. Sie waren beide von der Intensität überrascht.

Danach war es anders. Sie hatten nie Dates im eigentlichen Sinne. Das brauchten sie auch nicht, beide Gefangene des Universitätslebens. Sie suchten einander auf dem Campus, im Pub, bei Tanzveranstaltungen. Sie verbrachten in den folgenden drei Monaten viel Zeit miteinander, liebten sich immer und immer wieder und konnten ihr gegenseitiges Verlangen nicht stillen. Als das Semester im Mai endete, dachte sie, sie sei wieder verliebt, obwohl nie Worte in dieser Richtung gefallen waren. Es wurde durch Blicke, Gesten, Poesie und Leidenschaft angedeutet.

Kate hatte so lange nicht an diese Dinge gedacht. Die Details, die ihr wieder einfielen, waren unglaublich. Sie kam aus der Kabine, fühlte sich immer noch orientierungslos in Zeit und Raum. Sie tupfte sich mit einem feuchten Papiertuch Gesicht und Hals ab und versuchte, etwas Haltung wiederzugewinnen. Ihr Blick fiel auf den silbernen Knotenanhänger, den sie immer trug, und sie schluckte und schöpfte Kraft aus seiner Botschaft. Wie sollte sie Simon weiterhin gegenübertreten, wenn solche Erinnerungen sie überfluteten? Anstatt einen kühlen Abstand zwischen ihnen zu wahren, fühlte sie sich zu ihm hingezogen, als wären ihre hilflosen Jahre der Besessenheit nie zu Ende gegangen. Sie wollte sich um ihn schlingen und ihn noch einmal von ganzem Herzen lieben. Das durfte sie nicht zulassen.

Als sie die Damentoilette verließ, stieß sie einen kläglichen, hohen Schrei aus, als Simon wie aus dem Nebel ihrer Erinnerung Gestalt annahm und sich wie eine große Katze von der Wand neben dem Aufzug abstieß. Er hatte offensichtlich auf sie gewartet.

„Kommst du auf eine Tasse Tee mit?" Er grinste und legte seine Fingerspitzen leicht auf ihren Ellbogen. Sie spürte, wie ihre Entschlossenheit dahinschmolz.

Er führte sie zu einem kleinen, urigen Café die Straße hinunter.

Sie unterdrückte die warnende Stimme in ihrem Kopf, zog ihre Sonnenbrille hervor, setzte sie auf, warf den Kopf zurück und lächelte die Sonne gütig an. Eine Wärme breitete sich in ihr aus.

Simon kniff die Augen zusammen gegen die Blendung, die vom Glas und den Chromleisten der geparkten Autos reflektiert wurde. Sie war hocherfreut zu entdecken, dass das Café kleine Tische draußen unter den Straßenbäumen hatte, wo sie sitzen konnten, und Simon bot an, ihr einen Tee zu bringen.

„Earl Grey heute Morgen?", fragte er.

„Mmm. Nein. Ceylon heute, bitte", antwortete sie.

„Selbstverständlich. Etwas zu essen?"

„Ich habe tatsächlich einen kleinen Hunger. Wie wäre es mit einem Scone?" Er verbeugte sich leicht und betrat das Café. Kurz darauf kehrte er mit genau dem zurück, was sie bestellt hatte, und brachte ihr sogar hausgemachte Erdbeermarmelade mit.

„Herrlich!", rief sie aus. „Wenn ich gewusst hätte, dass es hier so ein nettes Café gibt, hätte ich nicht geplant, die Sitzungen nächste Woche an einen neuen Ort zu verlegen."

„Ein neuer Ort? Warum?"

Sie wurde ernst. „Es ist wichtig, dass der Raum den Beziehungen und den positiven Ergebnissen, die wir erzielen wollen, förderlich ist." Er nickte, lauschte, sein Blick war fest auf ihr Gesicht gerichtet. „Ich mag Sharons Konferenzraum wirklich nicht. In einer informelleren und intimeren Umgebung werden sie bessere Fortschritte machen. Das ist eine der Sachen, die ich ein wenig anders mache."

Simon sah fasziniert aus. „Da steckt mehr dahinter, als ich dachte." Er nahm einen Schluck Tee. „Ich war wirklich beeindruckt von deinen Techniken. Heute zum Beispiel. Es schien erst wie ein Gimmick, aber dann hast du sie wirklich vorangebracht. Ich konnte sehen, was du getan hast." Er hielt inne. „Ich bin immer noch beeindruckt."

Sie lächelte, kaute ein Stück von ihrem Scone, schluckte und sagte: „Es ist alles eine Frage des Timings. Ich steuere den Austausch sehr sorgfältig und baue auf jedem Schritt auf, wenn sie empfänglich dafür sind."

„Bist du sicher, dass sie bereit für eine Versöhnung sind? So einfach ist das doch sicher nicht."

Kate nickte. „Es gibt noch Probleme zu lösen. Aber der Wunsch und die Absicht sind da, also sagt mir mein Bauchgefühl, dass wir es schaffen können."

Er kniff die Augen zusammen und blickte zu dem Blätterdach aus Umbra, Bronze, Rostrot und Grün über ihnen auf, das sich gegen das intensive Blau des Himmels abzeichnete. „Du bist nicht so, wie ich dachte."

Ihre Brauen zogen sich zusammen, als sie darüber nachdachte. „Was?"

„Ich meine, als ich dich zum ersten Mal sah, wirktest du steif und distanziert. Ich dachte vielleicht arrogant. Ich nahm an, du wärst wie … eine andere Mediatorin, die ich kannte, irgendwie hart und kalt."

„Moment mal. Du hast also meinen gesamten Berufsstand aufgrund eines einzigen Fallbeispiels abgeschrieben?"

Er bemühte sich um eine Erklärung und hob die Handflächen zu ihr. „Versteh mich nicht falsch. Ich will dir nicht auf die Füße treten. Und ich mache nicht alle Mediatoren schlecht. Es ist nur ein bestimmter Typ, mit dem ich unglückliche Erfahrungen gemacht habe. Ich bin misstrauisch, das ist alles."

Sie sah ihn weiterhin mit zusammengekniffenen Augen an. Seine Zurückhaltung schien anderer Art zu sein als Sharons Skepsis. Ein paar peinliche Momente der Stille vergingen. Sie schenkte ihm ein zaghaftes Lächeln. „Ich hatte guten Grund, kühl zu sein. Ich wurde völlig überrumpelt, als du hereinkamst. Ich hatte keine Zeit zum Nachdenken."

Simon zögerte. „Ich war auch überrascht. Ich hatte keine Ahnung, dass du da sein würdest." Er lachte leise.

Sie war verblüfft. Sie waren stillschweigend und höflich dazu übergegangen, ihre Vergangenheit anzuerkennen.

„Seltsamer Zufall, nicht wahr?" Sie machte eine Pause, ihr Blick huschte zu seinem, bevor sie wegsah. „Ich mache mir immer noch Sorgen, ob wir nicht mehr hätten offenlegen sollen. Ich dachte nicht, dass es ein Problem sein würde, sonst hätte ich es getan." Sie errötete und starrte auf ihren Teller, ihre Hand flatterte.

„Das ist so lange her." Er winkte mit einer Geste der Gleichgültigkeit ab, und sie war dankbar dafür. Sie machte eine zu große Sache daraus.

„Wie kommt es, dass ich dich noch nie zuvor gesehen habe, wenn du in der Stadt arbeitest?"

Er nickte. „Das ist relativ neu. Ich habe bis letztes Jahr sowohl in Richmond gelebt als auch gearbeitet und hatte kaum Gelegenheit, in die Innenstadt zu kommen. Als ich dann die Kanzlei gewechselt habe, funktionierte die Pendelei über die Brücke nicht mehr, mit der Kindertagesstätte und allem."

Kindertagesstätte bedeutete Kinder. Getrennt mit Kindern. Sie nickte, während die Fragen in ihrem Kopf kreisten. Sie würde nicht fragen.

Er fuhr fort. „Ich lebte immer noch in der Eigentumswohnung, die wir vor Jahren gekauft hatten, aber wir wuchsen ohnehin daraus heraus. Also habe ich einen gemütlichen alten Bungalow in Kits gefunden. Es ist schön, wieder in der Stadt zu sein."

„Verstehe. Und ich habe immer hier im Zentrum gelebt." Sie zuckte mit den Schultern.

„Also sag mal", fuhr er fort, „ich bin neugierig. Was ist eigentlich aus der Stadtplanung geworden?"

Er erinnerte sich an ihr Hauptfach? „Eine Menge. Ich habe mich in der Krisenberatung engagiert und hatte, wie sich herausstellte, ein Talent dafür. Es war befriedigend. Ich wollte Menschen helfen. Eins führte zum anderen. Ich habe mich verändert." Sie zuckte mit den Schultern, und er schien ihre Erklärung für bare Münze zu nehmen. Zumindest hatten sie einige Grundregeln für ihre Gespräche festgelegt: einfach, belanglos, nonchalant.

Er musterte sie leise und nippte an seinem Tee. „Das glaube ich dir." Er grinste und verschlang den Rest seines klebrigen Plunderstücks, wobei er sich die Finger leckte.

„Ich sehe, du bist immer noch eine Naschkatze", bemerkte sie. Simon erstarrte mit dem Finger zwischen den Lippen, und seine Ohren wurden rot.

„Mhm." Er kaute langsam.

Sie musterte ihn einen Moment lang und lächelte schüchtern. „Bist du frustriert, dass du auf die Ersatzbank verbannt wurdest?" Sie schloss die Augen und strich sich mit den Fingern einer Hand über die Augenbraue, wobei sie langsam den Kopf schüttelte. „Im Mediationsprozess, meine ich?" Sie beobachtete seinen Mund, als er sich die Lippen leckte, und er hob eine Serviette, um sie abzuwischen, wobei er ein Lächeln verbarg, das sich jedoch in seinen lachenden blauen Augen zeigte.

Er nahm wieder eine ernste Miene an. „Ganz und gar nicht. Ich interessiere mich für deine Methoden. Und ich bin auch neugierig auf das Ergebnis. Eli und ich haben geredet. Ich weiß, dass er sich versöhnen will. Er weiß, dass er Kompromisse eingehen muss, damit das funktioniert, aber es fällt ihm schwer."

„Es ist natürlich nicht alles seine Schuld. Es ist komplex", entgegnete Kate. „D'arcy hat einige Probleme, denen sie sich stellen muss. Die heutige Erinnerungsrunde hat sie an die Oberfläche gebracht."

„Sie hat Probleme, das stimmt. Kontrollprobleme. Und Vertrauensprobleme. Aber etwas anderes stört mich an ihr. Ich glaube, da ist mehr. Ich meine, ich kenne sie kaum, aber ihr Verhalten ist ... na ja, einfach seltsam. Angespannt."

„Weißt du, mit solchen Instinkten wärst du vielleicht selbst ein anständiger Mediator", sagte Kate und setzte ihre Sonnenbrille auf. „Wir sollten besser zurückgehen." Es würde immer schwieriger werden, die Fassung zu bewahren und weiterhin so zu tun, als sei die gemeinsame Vergangenheit belanglos.

A ls sich Kate und Simon Sharons Bürogebäude näherten, umfing sie trotz ihrer Nervosität in Simons Nähe ein warmes, wohliges Gefühl. Sie genoss es so sehr, in seiner Nähe zu sein, dass sie ein Kribbeln von Energie im ganzen Körper spürte. Ihr Schritt fühlte sich leicht wie Luft an, auch wenn sie sich selbst zur Vernunft ermahnte. Sie wurde auf den Boden der Tatsachen zurückgeholt, als sie D'arcy sah, die entrüstet auf die Tür zumarschierte, mit wehendem Haar, Mantel, Handtasche und Eli drei Meter hinter sich. Er rief ihr nach, fuchtelte wild mit den Armen, offensichtlich wütend, aber sie wartete nicht darauf, ihn anzuhören, sondern schritt mit vorgerecktem Kinn weiter. Er rannte, um sie einzuholen, packte ihren Arm, um sie herumzuwirbeln, und Kate konnte die Wut auf ihren Gesichtern sehen.

„Oh, oh", sagte Simon.

„Was ist passiert?", rief Kate verzweifelt und eilte, um sie am Aufzug einzuholen. Sie zischten und fauchten sich an wie Straßenkatzen. Sie trat zwischen sie und legte einen Arm um jeden von ihnen. „Atmet tief durch, ihr beiden. Klären wir das oben." Ihr stiller Aufstieg war düster, Eli und D'arcy schwiegen wütend, Kate fing Simons verwirrten und mitfühlenden Blick auf, bis sie die relative Privatsphäre des Konferenzraums erreichten.

„Das war's. Ich habe genug von dieser Scharade", sagte D'arcy, stürmte hinein und ließ ihre geballten Fäuste direkt hinter der Tür an ihre Seiten fallen.

Sharon, die auf ihre Rückkehr wartete, schnellte mit einem Ausdruck von Schock und Besorgnis hoch. „Was ist passiert? Was hat er jetzt schon wieder getan?", fragte sie D'arcy.

„Ich haute hier ab", sagte D'arcy und drehte sich wie ein eingesperrtes Tier um, Tränen stiegen ihr in die Augen. „Das ist *so* eine Zeitverschwendung." Sie wandte sich an Eli. „Wie kannst du so heuchlerisch sein? Wie kannst du so –"

„Du bist hysterisch!", schlug Eli zurück. „Du bist so –"

„– unehrlich?", zischte sie. „Du glaubst, du kannst mich mit deiner romantischen –"

„Ich hab's dir doch gesagt, du kannst ihm nicht trauen", sagte Sharon steif. Kate warf ihr einen scharfen Blick zu und wandte sich wieder Eli und D'arcy zu. Simon schloss leise die Tür des Konferenzraums und lehnte sich dagegen. Sie standen in einem Haufen zusammen.

Eli ignorierte Sharon und stieß D'arcy seinen Zeigefinger ins Gesicht. „– entschlossen, Beweise für deinen Verdacht zu finden, dass du nicht einmal sehen kannst, was –" Kate schaute angespannt zu und versuchte, ihre sich überschneidenden Worte zu entziffern. Sie traf wieder Simons Blick und beobachtete, wie er zuhörte, beobachtete und alles aufnahm, was um sie herum geschah, froh, wenigstens eine vernünftige Person im Raum zu haben.

„– Geschichten. Ich werde dir nie wieder vertrauen!", rief D'arcy mit glitzernden Tränen.

„Das ist es doch, nicht wahr? Du hast mir nie vertraut. Was habe ich denn je getan, um dich das Gefühl zu geben –?", flehte Eli.

„Was kann man von so einem unverantwortlichen Schürzenjäger schon erwarten –?", sagte Sharon.

„Seien Sie endlich still!", schrie Eli Sharon mit fliegenden Speicheltropfen ins Gesicht.

Kate hatte genug. „Halt, Stopp! Alle miteinander." Sie wandte sich ab. „Setzen Sie sich, bitte. Alle." Sie ging zu ihrem Platz und blieb stehen, trommelte mit den Fingerspitzen auf den Tisch und wartete, bis alle ihre Plätze eingenommen hatten, bevor sie sich stockgerade in ihren Stuhl sinken ließ. Sie ließ sie warten, während sie ihren kühlen Blick auf jeden von ihnen richtete und Sharon einen besonders vorwurfsvollen Blick zuwarf. Als ihr Blick auf Simon traf, bemerkte sie dort eine leuchtende Intensität – war es Zustimmung? Bewunderung? Seine Lippen zogen sich ganz leicht zu einem kleinen Lächeln zusammen, das nur für sie bestimmt war und sie einen Zentimeter größer fühlen ließ und eine kribbelnde Wärme durch ihre Mitte schickte. Sie konnte sich nicht erklären warum, aber plötzlich war es ihr wichtig, dass er sie für ihre Arbeit respektierte und bewunderte.

Als es ruhig war, machte sie sich Notizen und sammelte ihre Gedanken. Es widerstrebte ihr, sie zu fragen, was den Streit entfacht hatte, aber … es musste sein. „Okay. Atmen Sie alle noch einmal tief durch. Wir werden das wie Erwachsene besprechen, ruhig und rational. "

Sharon schniefte und hob das Kinn. „Sie brauchen uns nicht wie Schulkinder anzusprechen, Kate. Offensichtlich ist etwas passiert, das D'arcy verärgert hat, und wenn sie sich berechtigt fühlt …"

„Entschuldigen Sie, Sharon." Kate fiel ihr ins Wort, ihre Stimme hatte einen stählernen Unterton. „Sie benehmen sich wie Schulkinder. *Wenn* es Ihnen nichts ausmacht: Waren Sie dabei? Haben Sie gesehen oder gehört, was passiert ist?"

„Na ja, nein, aber …"

„Nun gut. Ich möchte Sie auch an Ihre Verpflichtung erinnern, den Mediationsprozess zu unterstützen. Bitte unterlassen Sie in Zukunft Anschuldigungen und Beschimpfungen. Das ist unprofessionell. Und nicht hilfreich." Kates Stimme war so hart und schneidend wie ein Messer, obwohl sie eine ungeheure Frustration empfand.

Sharon stand der Mund offen. Kate schloss für einen kurzen Moment die Augen, knirschte mit den Zähnen und holte tief Luft. Als sie sie wieder öffnete, sah sie Sharons vor Wut verzerrtes Gesicht und ihre hochgezogenen Schultern. *Später, Zicke.*

„So. D'arcy. Beschreiben Sie bitte in so wenigen Worten wie möglich, was in einer halbstündigen Kaffeepause nur vorgefallen sein konnte, um einen solchen Ausbruch zu verursachen."

D'arcy schniefte, empört und verzweifelt. „Wir sind die Straße runter einen Kaffee trinken gegangen. Wir haben uns an einen Tisch gesetzt und uns unterhalten. Alles war gut." Ihre Stimme wurde höher und brach. „Dann ist diese Tussi, der ihr Bauchnabelpiercing bis hier aus der Jeans hing", sie fuhr sich mit der Handkante über den Bauch, „in den Laden gehüpft und hat gekreischt: ,Eli, oh, Eli, Baby, was für eine Überraschung', und hat sich ihm an den Hals geworfen. Er ist aus seinem Stuhl aufgesprungen und hat sie stürmisch umarmt, und dann hat er sie geküsst und betatscht, direkt vor meinen Augen! Ich war fassungslos. Ich konnte mir nicht vorstellen, wer dieses kleine Flittchen war, aber er hat mich nicht einmal vorgestellt. Ich war wie, wie ...", stotterte sie und suchte nach dem Wort, „... wie Luft oder so was. Er hat mich komplett ignoriert, während er ein Date mit ihr ausgemacht hat, um Himmels willen!"

Kate machte sich Notizen und warf einen Blick auf ihre Uhr. „Okay, danke, D'arcy. Das reicht erst mal. Eli? Ihre Version, bitte." Mit absichtlicher Ruhe weigerte sich Kate, die Wahrheit nur auf der Grundlage von D'arcys Interpretation zu beurteilen.

Eli zögerte nicht, sich selbst zu verteidigen, und platzte vor rechtschaffener Empörung. „Das ist genau das Gleiche wie beim letzten Mal." Er sah Kate vielsagend an. „Sie sieht, was sie zu sehen erwartet, und zieht voreilige Schlüsse."

„Beschreiben und erklären Sie nur die Ereignisse, Eli, bitte", sagte Kate in einem sanften, monotonen Ton. Sie bemerkte, wie Simon Eli anblinzelte, genauso neugierig auf seine Erklärung wie sie selbst.

„Die ‚Tussi', um die es geht, ist Cara, die siebzehnjährige Tochter meines Agenten Jeffrey!" Er saß mit grimmiger Miene da, seine dunklen Brauen zu einer wütenden Linie über seinen Augen zusammengezogen, die so schwarz und unergründlich wie Kohle funkelten. „Wir sind Freunde. Sie war nicht in der Stadt und hat sich gefreut, mich zu sehen. Ich habe sie *nicht* geküsst. Sie hat *mich* geküsst. Ich habe sie umarmt. Warum auch nicht? Ich habe mich auch gefreut, sie zu sehen. Sie war seit Mai in Italien." Seine Lippe kräuselte sich vor Abscheu. „Und das ‚Date', von dem D'arcy spricht, ist ein Empfang in Jeffreys Galerie am Donnerstagabend, von dem sie wissen sollte. Wir feiern den Verkauf von zwei großen Leinwänden an einen Sammler in London. Alle meine *Freunde* werden da sein."

„Okay, das reicht erst mal." Kate hielt wieder inne und ließ die Fakten langsam in die Köpfe aller Anwesenden sickern. Nach ein paar Augenblicken sprach sie. „D'arcy, wie haben Sie sich dabei gefühlt?"

„Ich fühlte mich ..." Ihr Gesichtsausdruck war anschaulich: Ihr Mund war zu einem missmutigen Strich verzogen, ihre Stirn lag in Falten, die Augen schmerzerfüllt, das Kinn bebte. „Ich fühlte mich gedemütigt. Ich fühlte mich zurückgewiesen ... und verraten. Er hat mir nicht gesagt, wer sie war, und mich ihr gegenüber nicht einmal erwähnt. Wie soll ich mich da fühlen?"

Kate nickte und schenkte ihr ein kleines, beruhigendes Lächeln. „Und Sie? Welche Emotionen fühlen Sie, Eli?"

„Das ist einfach. Wut. Und Groll." Eli kochte immer noch, seine Nüstern waren gebläht, sein Körper gespannt wie ein Bogen.

Kate sprach mit beiden das Ereignis durch, zeigte ihnen, wie es aus der Sicht des anderen aussah, und versuchte, ihr jeweiliges Verhalten im Lichte ihrer guten Eigenschaften darzustellen, anstatt zuzulassen, dass ihre Ängste und Vorurteile die Erfahrung färbten.

„Eli, das klingt nach Rücksichtnahme und guten Manieren. Stellen Sie D'arcy normalerweise vor, wenn Sie Freunde treffen, die sie nicht kennt?"

„Ich bin kein kompletter Idiot, wissen Sie! Ich hatte keine Gelegenheit dazu." Er regte sich auf, seine Stimme wurde lauter, als er sich aufgewühlt von seinem Stuhl erhob. „Ihr Leute redet mit mir, als ob ihr mich für einen Idioten haltet." Er wischte sich mit dem Handrücken Speichel vom Mund, und Kate erwiderte seinen Blick und schickte ihm schweigend beruhigende Energie.

Sharon lebte auf, lehnte sich in ihrem Stuhl zurück und funkelte Eli an. „Wenn er gewalttätig wird, befürchte ich, können wir nicht weitermachen, bis er lernt, sich zu benehmen."

Kate warf Sharon einen beschwichtigenden Blick zu. „Bleiben Sie ruhig, Eli. Bleiben Sie bei mir." Sie streckte eine offene Hand aus. „Ich versuche, frühere Verhaltensmuster zu erforschen, um zu sehen, wie dies hier reinpasst. D'arcy, war Eli schon immer offen herzlich zu Freunden, zu Ihnen? Ist er demonstrativ, meine ich?"

„Worauf wollen Sie hinaus?", unterbrach Eli sie.

D'arcys Gesicht entspannte sich, ihr Blick wanderte zur Seite. „Ich schätze, ja. Seine Mutter ist auch so, nur Umarmungen und Küsse."

„Was soll das heißen?", verlangte Eli zu wissen.

Simons Augen weiteten sich alarmiert, und er legte Eli eine beruhigende Hand auf den Arm. „Immer mit der Ruhe, Kumpel." Kate stieß den Atem aus, dankbar für seine Anwesenheit.

Eli ließ sich nicht beirren, seine Stimme spöttisch, streitlustig und patzig. „Das ergibt absolut Sinn. Das war schon immer da." Eli wandte sich an D'arcy, jetzt kriegerisch, über sie gebeugt, mit dem Finger auf sie zeigend. „Du hast mich nie respektiert. Du bist genauso voreingenommen wie deine ach so feine Mama und dein Papa. Du traust mir nicht zu, mich anständig zu benehmen, weil ich so ein Lump bin; nicht richtig erzogen und all das. Hättest du vielleicht dran denken sollen, bevor du mich geheiratet hast, was?"

Hoppla, da hatte sie einen wunden Punkt getroffen. Warum überreagierte er so?

„Verstehen Sie mich nicht falsch, Eli", warnte Kate. „Ich versuche nur zu–"

Er wandte sich an Kate. „Ich höre es auch in Ihrer Stimme. Verurteilung." Schaum sammelte sich in seinen Mundwinkeln, die sich zu einem Grinsen verzogen. „Ihr habt mich alle ohne einen Funken Beweis für schuldig erklärt. Ihr glaubt schon zu wissen, was ich bin. Aber ihr habt unrecht." Er wandte sich an D'arcy. „Du kennst mich, *cher*. Du weißt, wie ich bin. Ich würde das nicht tun!"

Brüsk stand Simon auf und berührte Kates Schulter. Ein Strom wärmender Energie floss ihren Arm hinunter und über ihre Rippen, beruhigte ihren rasenden Puls. Sein Gesicht hatte sich verschlossen, war ernst geworden. Seine zotteligen Brauen sträubten sich und überschatteten seinen stählernen Blick, und seine Stimme war gefährlich ruhig, angespannt und leise, wie das Flüstern von Stahl auf einem Wetzstein. Er ergriff Elis Arm mit festem Griff und führte ihn zur Tür. „Entschuldigen Sie uns bitte, meine Damen. Wir sind gleich wieder da. "

~

K ate war dankbar, dass die Aufregung vorbei war, aber sie spürte einen unerwarteten Anflug von Groll gegenüber Simon, weil er die Kontrolle übernommen hatte. Es war nicht so, als hätte sie nicht schon früher mit widerspenstigen oder verzweifelten Klienten zu tun gehabt. Das war schließlich ihr Job, wofür sie ausgebildet war. *Glaubt er, ich schaffe das nicht?* Sie zog eine finstere Miene. Aber sie wusste, dass Eli Simon respektierte und bewunderte und auf ihn hören würde, und versuchte, ihre Verärgerung zu unterdrücken.

Während sie warteten, nutzte sie die Gelegenheit, mit D'arcy zu arbeiten. Es war tatsächlich – sie gab es sich selbst nur ungern zu – eine gute Zeit für eine spontane Einzelsitzung. Da Eli aus dem Weg war, beruhigte sich die Atmosphäre, und Kate konnte D'arcy dazu bringen, zu erkennen, wie Elis Neigung, ausdrucksstark, offen herzlich und gleichgültig gegenüber der Etikette zu sein, obwohl er nicht absichtlich unsensibel war, ihre Ängste nährte, dass er flirtete und Affären hatte.

Sie gab zu, dass eine der Sachen, die sie an ihm liebte, seine Fähigkeit war, sich völlig im Moment, in der Person, in der Idee zu verlieren. Wenn sein Interesse geweckt war, war seine Leidenschaft unmittelbar und fesselnd, und er war in seiner Hingabe daran völlig ungezwungen.

„Das kann eine gefährliche Neigung sein, wenn Sie mich fragen", bot Sharon an. „Jeder muss seine Emotionen kontrollieren."

„Manchmal stimmt das, Sharon. Aber wenn jeder das ständig tun würde, gäbe es keine Künstler, keine Musiker, keine Liebenden auf der Welt", sagte Kate und traf D'arcys Blick mit einem wissenden Lächeln.

D'arcy gab zu, dass sie in der Vergangenheit eifersüchtig darauf gewesen war, wie er in Gespräche mit Menschen vertieft war, unter Ausschluss von ihr oder irgendjemand anderem im Raum. Aber sie verstand es und akzeptierte es. „In letzter Zeit habe ich mich allerdings schwerer damit getan." Sie gab zu, dass es vielleicht ihre eigenen Bedürfnisse waren, die sich geändert hatten.

Stets wachsam, nutzte Sharon die Gelegenheit, die angebliche Untreue erneut zur Sprache zu bringen und fragte, wie sie ihm trauen könne, nachdem sie ihn in einer so kompromittierenden Situation erwischt hatte. „Was für ein Mann würde so etwas tun? Das ist nicht richtig."

„Nun, D'arcy? Wie denken Sie jetzt darüber?", fragte Kate. „Glauben Sie immer noch, dass Eli mit einer dieser Frauen geschlafen hat?"

D'arcy war nachdenklich, ihre Stimme wehmütig, als sie sprach. „Ich weiß nicht, Kate. Vielleicht habe ich–"

„Aber Sie waren sich sicher", rief Sharon aus. „Das hat Sie doch dazu getrieben, die Scheidung einzureichen, oder nicht?"

„Oh, ich weiß nicht, Sharon … die Beweise waren belastend, ja, das gebe ich zu, aber ziemlich indirekt. Ich würde es Eli wirklich zutrauen, auf seiner eigenen Party ohnmächtig zu werden", D'arcy vergrub ihr Gesicht in ihren Händen und rieb sich mit ihren karminrot lackierten Fingern die Schläfen. Sie sah todmüde aus.

„Ich sage Ihnen, ein Wort an die Weisen genügt", Sharon schüttelte mit zusammengepressten Lippen den Kopf.

„Was bedeutet …?"

„Das bedeutet … er hat Ihnen bereits sein wahres Gesicht gezeigt. Wenn er nicht mit diesen Mädchen geschlafen hat, wie lange dauert es, bis er wieder in Versuchung gerät?" Sharons Hände schlugen wie kleine, quadratische Guillotinen unversöhnlich auf den Tisch. D'arcys

Augen weiteten sich vor Kummer, und sie steckte ihren kleinen Finger zwischen die Zähne und knabberte daran.

Kate verzog das Gesicht und sagte, dem Drang widerstehend, die Augen zu verdrehen: „Sharon, es tut mir leid, aber ich muss Sie das jetzt direkt fragen. Was genau ist Ihr Ziel hier?" Sie öffnete ihre Hände und erinnerte sich an den Anruf von Darcys Mutter. „Wurden Sie engagiert, um sicherzustellen, dass D'arcy und Eli *trotz* ihrer Wünsche geschieden werden?" Es war schwierig, den Sarkasmus aus ihrem Ton herauszuhalten; Sharons Motive waren so offensichtlich. „Sie leisten großartige Arbeit, ihnen dabei zu helfen, wenn das der Fall ist."

Sharon schnaubte, ihre Nüstern blähten sich wie bei einem kleinen Drachen, aber es gab keine Gelegenheit, das Thema weiter zu vertiefen, da sich die Tür öffnete. Simon und Eli kehrten zurück, Eli schlurfte. Simon warf ihm einen vielsagenden Blick zu, eine Augenbraue hochgezogen.

„Äh." Eli bewegte sich auf seinen Stuhl zu und umklammerte dessen Lehne. „Ich … äh … es tut mir leid. Ich habe da wohl etwas die Beherrschung verloren." Kate erwiderte seinen Blick vorsichtig, ohne zu lächeln. „Tut mir leid, Kate. Ich habe nicht gemeint, was ich gesagt habe, ehrlich. Ich steigere mich nur so schnell in etwas rein." Eli wagte einen Blick zu D'arcy, die ihm ein schüchternes, zögerliches Lächeln der Akzeptanz schenkte.

Kate musste widerwillig anerkennen, dass Simon sehr effektiv dafür gesorgt hatte, Eli umzustimmen. „Gut. Also gut. Bitte setzen Sie sich, dann machen wir weiter." Sie setzten sich, und Kate versuchte, Simon nicht böse anzusehen. Er antwortete mit einem amüsierten Gesichtsausdruck, erfüllt von ungekünstelter Wärme, Empathie und Zuversicht, und einem kleinen Achselzucken. Irgendwie ärgerte sie das noch mehr.

„Also gut. Es tut mir leid, dass wir den Schwung verloren haben, den wir heute Morgen gewonnen haben, aber vielleicht haben wir dabei etwas Wertvolles gelernt", Kate öffnete ihre Hände, die Handflächen nach oben. „D'arcy, warum erzählen Sie Eli nicht, was Sie heute Morgen herausgefunden haben?"

Zögernd gab D'arcy zu, dass sie in letzter Zeit zu bereitwillig die falschen Schlüsse aus seinem Verhalten gezogen hatte, besonders gegenüber anderen Frauen. Sie wollte ihm einen Vertrauensvorschuss geben, ihm vertrauen. „Ich schätze, ich brauche eher Bestätigung als Groll."

Eli warf einen Blick auf Simon. Simon beugte sich vor, die Hände vor seinem Kinn gefaltet, als ob er den kostbarsten, winzigsten Schatz zwischen ihnen verborgen hielte, seine blauen Augen leuchteten vor Erwartung wie ein Sommerhimmel. Kate konnte ihn fast hören, wie er Eli anfeuerte. Eli straffte seine Schultern. „Ich weiß, D'arcy." Er schluckte, sein hervorstehender Adamsapfel glitt an seinem gebräunten Hals auf und ab. „Ich glaube … nein, ich bin mir ziemlich sicher, dass ein Großteil … meines Ausrastens nur meine alten Unsicherheiten sind. "

„Ich glaube, das weiß ich", sagte D'arcy. Sie legte eine Hand leicht auf seine auf dem Tisch.

„Ich meine, es liegt nicht mal an dir. Ich bin immer noch ziemlich überwältigt von dem, was passiert. Vielleicht habe ich Angst, dass es nicht anhält. Dass ich durchschaut werde, auf den Boden der Tatsachen zurückgeholt, weißt du?" Elis Augenbrauen neigten sich wie Klammern in seiner gefalteten Stirn, und der ernste, besorgte Ausdruck in seinen dunklen Schokoladenaugen ließ Kates Herz schmelzen.

Meine Güte, sie wünschte sich so sehr, dass diese beiden es schaffen würden. Es war für sie so offensichtlich, dass sie sich sehr liebten. Kate richtete sich auf, holte tief Luft und füllte ihre Lungen. *Ich bin gut darin. Ich kann ihnen wirklich helfen. Wir machen Fortschritte.*

„Oh, das sollte ich über dich wissen." D'arcys rauchige haselnussbraune Augen waren von unvergossenen Tränen verglast. „Aber ich weiß auch, dass ich ziemlich hart zu dir war, Babe. Ich sehe ein, wie meine Forderungen dazu beigetragen haben, dich wegzustoßen." Sie bot ein zitterndes Lächeln an.

„Brillant. Ich bin so aufgeregt. Wir kommen hier zum Kern der Sache, ihr zwei. Ich denke, es ist klar ersichtlich, dass wir am Vertrauen arbeiten müssen. Seid ihr bei mir?" Sie musterte sie mit ihrem Blick, auf der Suche nach Konsens. Sie fasste ihre Beobachtungen zusammen. Kate schloss ihre Mappe, setzte sich gerade hin und kramte einen Moment in ihrer Tasche, um ihren Klienten einen Moment zu geben, sich zu sammeln.

„Okay. Für heute sind wir fertig. Glauben Sie, Sie sind bereit, nächste Woche mit einem Aktionsplan zu beginnen? Ich denke, wir sind bereit, über die Zukunft zu sprechen." Als beide ihre Blicke voneinander lösten und sie ansahen, ihre Verwirrung aus den Augen blinkend, beantwortete sie ihre implizite Frage. Sharon zog wieder eine finstere Miene. Simon hingegen lehnte sich mit offenem und amüsiertem Gesicht zurück. Sie fragte sich, nicht zum ersten Mal, was er an dem ganzen Prozess so verdammt komisch fand. Zumindest verstand sie jetzt, wie skeptisch er ihrer Arbeit gegenüber war. „In der Mediation entwerfen wir gemeinsam eine Vereinbarung, die die Wünsche jeder Partei darlegt und zu zukünftigen Handlungen verpflichtet. Das ist ein wichtiger Schritt auf dem Weg zur Versöhnung. " Ihr beruhigendes Lächeln wurde mit leeren Blicken erwidert. „Ich nehme an, das ist es, was Sie sich davon erhoffen?"

„Findest du nicht, dass der Übergang zu einer Vereinbarung ohne weitere Diskussion etwas voreilig wäre, wenn man den Vormittag bedenkt?", fragte Simon, sein Blick skeptisch.

„Ich stimme zu. Das scheint ein ziemlich gewagter Vertrauensvorschuss zu sein", sagte Sharon.

Ruhig bleiben. Sie verstanden ihre Methoden nicht. „Ganz und gar nicht. Vertrauen Sie mir, das habe ich schon hundertmal durchgemacht. " Oder jedenfalls fünfzigmal. „Das ist alles Teil davon, wie dieser Prozess ablaufen sollte", sagte sie. „Ich werde es nächste Woche im Detail erklären, aber es genügt zu sagen, ich möchte Sie mit sehr spezifischen Zielen nach Hause schicken. Es wird nicht so einfach sein, in unruhige Gewässer zurückzugleiten, wenn Sie einen Aktionsplan haben, der aus Wünschen, Bedürfnissen und einer Verpflichtung zu Verhaltensänderungen besteht, den Sie dann zu Hause anwenden können. die Arbeit ist noch nicht vorbei." Sie lachte leise über ihre Verblüffung. „Letzte Sache", sie stand auf und verteilte Karten. „Nächste Woche probieren wir einen neuen Treffpunkt aus. Hier ist die Adresse. Es ist ein bisschen unkonventionell, aber ich denke, wir werden uns dort wohler fühlen. Ich hoffe, das ist für Sie nicht zu umständlich, Sharon." Sie lächelte gequält, aber in ihrem Herzen war Gift. Sie wäre nur zu erfreut, wenn Sharon nicht teilnehmen könnte.

Jetzt, da der Konflikt beigelegt war, war die Atmosphäre unbeschwert, als alle zum Gehen aufstanden. Eli bot an, mit D'arcy eine Runde mit seinem Motorrad durch den Stanley Park in der Sonne zu drehen. Als sie zögerte, nahm er seinen Helm und sagte: „Ich habe einen zweiten. Komm schon, cher." Er zog an ihrem Arm, ein äußerst verführerisches Lächeln in seinen funkelnden, dunklen Augen. Wie könnte D'arcy da widerstehen? Er zupfte eine Zigarette aus der Packung in seiner Tasche, klemmte sie sich zwischen die Lippen und grinste. D'arcy lächelte zurück, schüttelte den Kopf, zog die Zigarette wieder heraus und warf sie beiseite.

„Hey!", beschwerte er sich.

Bevor sie den Konferenzraum verließen, zog Kate D'arcy zur Seite und sagte leise: „Sorgen Sie diese Woche für etwas Schlaf, ja?", und drückte liebevoll ihren Arm. Simon, Sharon und Kate standen da und sahen zu, wie Eli und D'arcy gingen, und es gab zustimmendes Grinsen, als sie sahen, wie Eli seine Finger mit D'arcys verschränkte.

„Hmmph. Das hätte ich nie gedacht", sagte Sharon. „Nun, einen schönen Tag euch beiden. Bis nächste Woche dann", und sie folgte ihnen hinaus. Im letzten Moment drehte sie sich noch einmal um. „Oh, Simon. Sehen wir dich dann am Samstagabend?"

„Ähm. Ich ... wahrscheinlich, ja."

„Gut. Gut. Ich sehe dich dann dort."

Kate spürte einen Stich der Verärgerung. Was konnten Simon und Sharon am Wochenende *zusammen* unternehmen? Sie schienen eine unwahrscheinliche Kombination zu sein. Aber dann erinnerte sie sich, dass Sharon eine Freundin von Simons Frau war. Zweifellos bewegten sie sich im selben sozialen Kreis. Es ging sie auf jeden Fall nichts an. Sein Privatleben war nicht ihre Angelegenheit. Sicherlich war sie nicht neidisch. Nicht im Geringsten.

Wie üblich setzte sich Kate wieder hin, um ihre Fallnotizen zu machen, nachdem alle anderen gegangen waren. Simon fing ihren Blick auf dem Weg nach draußen auf. Sie konnte nicht anders. „Übrigens, Simon. Auch wenn ich sicher bin, dass deine Handlungen gut gemeint waren, würde ich es in Zukunft schätzen, wenn du dich bei mir erkundigst, falls du eine Einzelsitzung mit deinem Klienten wünschst, anstatt aus dem Raum zu stürmen. Ich bin es durchaus gewohnt, mit den Ausbrüchen meiner Klienten umzugehen, weißt du."

Er starrte sie schweigend an, sein Gesicht ausdruckslos. Ob er wütend war, konnte sie nicht sagen. „In Ordnung." Nach einem Moment nickte er langsam und ging, sie mit dem Anblick seines verdutzten Gesichtsausdrucks zurücklassend.

SECHS

Die gleißende Nachmittagssonne blendete Kate, als sie auf die Straße trat und, die Augen zusammenkneifend, stehen blieb, um ihre Sonnenbrille aus der Tasche zu fischen. Sie erinnerte sich an ihren Tee mit Simon, lächelte in sich hinein und dachte daran, wie angenehm es wäre, wieder draußen zu sitzen. Das war wahrscheinlich der letzte Rest Sonnenschein, den sie vor dem nächsten Frühling sehen würde. Sie würde sich ein schönes Mittagessen in einem Restaurant gönnen und sich von ihren launischen Klienten und deren einmischenden, nervtötenden Anwälten ablenken. *Ich weiß auch schon genau, wo.*

Zwei Blocks weiter näherte sie sich Luigi's, stellte jedoch bestürzt fest, dass sich eine Menschentraube im Eingangsbereich mit ähnlichen Absichten gebildet hatte. Sie würde lange auf einen Tisch warten müssen. Sie hielt auf dem Gehweg inne, blickte auf ihre Uhr und musterte die Menge. Eine schnelle Bewegung erregte ihre Aufmerksamkeit, und als sie hinübersah, war sie verblüfft, Simon allein an einem kleinen Tisch im Freien sitzen zu sehen, der mit einer Speisekarte in der Luft winkte. Sie schlenderte hinüber, ihr Magen zog sich zusammen, und sie fühlte sich nach ihren Abschiedsworten unbehaglich.

„Hey, das ist kein asiatisches Restaurant. Was machst du hier?", zwang sie sich zu einem Lachen.

Er grinste, ein wissendes Leuchten in seinen blauen Augen. „Hast du versucht, mir auszuweichen, indem du Italienisch gewählt hast?" Er schwenkte ein Glas Rotwein, die einzige Zierde auf dem mit Plastik überzogenen, rot-weiß karierten Tischtuch.

Sie fürchtete, ihr heißes Gesicht verriet ihre Verlegenheit. „Sei nicht albern. Ich war schon mal hier, das Essen ist ausgezeichnet."

„Setz dich zu mir", lud er sie ein. „Sonst musst du eine ganze Weile warten. Es scheint, ich bin gerade noch rechtzeitig gekommen."

Was? Sie zögerte und biss sich auf die Lippe. „Sicher." Sie zuckte mit den Schultern und trat um die Absperrung herum. „Erwartest du niemanden?"

„Nur dich", lächelte er, als sie einen Stuhl hervorzog und sich ihm gegenüber niederließ. „Hier", er reichte ihr die Speisekarte, „ich habe mich schon entschieden."

„Oh, ich glaube, ich weiß schon, was ich bestellen werde, es sei denn, es gibt besondere Angebote, die mich in Versuchung führen", erwiderte sie und schlug die Karte auf, um einen Blick auf das Tagesmenü zu werfen. „Hmm. Ich bleibe beim Pesto."

„Gute Wahl. Weißt du, er baut sein eigenes Bio-Basilikum an ..." Ein junger Kellner schlängelte sich durch die überfüllte Terrasse und lächelte sie an.

„*Buon giorno, Signore.* Sie haben Gesellschaft." Er nahm ihre Bestellungen auf; Simon bestellte ebenfalls das Pesto. Der junge Mann grinste Simon an. „*Signorina*", er neigte leicht den Kopf und traf ihren Blick mit einem spitzbübischen Grinsen.

„Das sieht verdammt gut aus", sagte Kate und betrachtete Simons Wein. „Ich glaube, ich nehme auch einen", sagte sie zu dem Kellner, bevor er sich abwandte. „Ich weiß nicht, wo sie hier in Vancouver junge Italiener finden, die als Kellner arbeiten, aber es trägt auf jeden Fall zum Ambiente bei."

Simon kicherte. „Octavio ist hier geboren, drüben in der Nähe vom Drive, obwohl seine Eltern und Großeltern eingewandert sind. Ich glaube, er bekommt mit dem Akzent besseres Trinkgeld."

Sie lachte. Während sie auf das Essen warteten, ließen sie den Morgen Revue passieren. „Tut mir leid, wenn ich mich nicht ans Protokoll gehalten habe", sagte er mit unverkennbarer Aufrichtigkeit. „Ich habe einfach reagiert, als ich gesehen habe, wie Eli die Fassung verloren hat. Ich wollte nicht, dass er etwas sagt, was er nicht zurücknehmen konnte. Ich habe versucht zu helfen."

Kate senkte den Blick und nahm seine Entschuldigung an. „Was hast du überhaupt zu ihm gesagt?"

Simons Mund verzog sich zur Seite und sein Blick sank. „Äh. Männersache. Vertraulich."

Was auch immer es war, er schien einen Draht zu Eli zu haben, und das sagte sie auch. Ihr Groll verflog angesichts seines verlegenen Lächelns.

„Ich fühle mich im persönlichen Gespräch mit meinen Klienten viel wohler als in der öffentlichen Arena eines Gerichtssaals", erklärte Simon. „Zu introvertiert, schätze ich."

„Das erinnert mich an etwas", sagte Kate und nippte an ihrem Wein. „Ist es das, was aus dem Strafrecht geworden ist? Du warst früher so leidenschaftlich deswegen. Ich dachte, du wärst inzwischen …", sie zögerte. Vielleicht war das keine diplomatische Frage. „Ich weiß nicht …" Sie wedelte mit der Hand in der Luft, wischte die Frage beiseite und griff stattdessen nach einem Stück Brot.

Er lachte. „Schon gut. Manchmal frage ich mich auch, was aus meinen Träumen geworden ist." Er zupfte etwas Brot ab und kaute nachdenklich darauf herum. „Es ist wohl kompliziert. Ich habe eine Zeit lang im Strafrecht gearbeitet, bis ich meine Anwaltsprüfung bestanden hatte und dann noch eine Weile länger." Er zögerte und fügte leise hinzu. „Damals war ich noch mit Rachel zusammen, bevor Maddie geboren wurde. Wir waren beide sehr ehrgeizig."

Sie blickte schnell auf. „Sharon hat es erwähnt. Du bist geschieden?" Sie wusste, dass es sie nichts anging, aber ein Teil von ihr konnte nicht anders, als nach Details zu bohren.

„Nein, noch nicht. Seit zwei Jahren getrennt. Meine Frau ist auch Anwältin, und eine sehr gute. Sie hat nicht kürzergetreten, als unsere Tochter geboren wurde, also musste ich es tun." Er zuckte mit den Schultern und schenkte Kate ein schiefes Lächeln, und sie sah, dass es voller Traurigkeit war. „Ich bin zuerst ins Wirtschaftsrecht gewechselt. Aber ich habe da sowieso nicht wirklich reingepasst. Manchmal …", er blickte zum Blätterdach der Bäume auf, das filigrane Schatten über den Tisch warf und in der sanften Brise raschelte, „… manchmal laufen die Dinge einfach nicht so, wie man es erwartet."

Kate nickte. *Das kannst du laut sagen.* Aber sie wollte sein wehmütiges Geplauder nicht unterbrechen. Sie drängte ihn allein mit ihren Augen zum Weiterreden und nippte an ihrem Wein.

Simon seufzte. „Dann fand ich das Gesellschaftsrecht einfach zu langweilig, um es zu ertragen. Ich habe nicht wirklich ein Händchen fürs Geschäftliche, also bin ich vor ein paar Jahren ins Scheidungs- und

Privatkundenrecht gewechselt. Es hat vielleicht nicht den Glanz oder das Aufwärtspotenzial, aber es ist einfacher, das ist sicher, mit regelmäßigeren Arbeitszeiten. Aber das ist nicht der einzige Grund, warum ich die Änderungen vorgenommen habe. Allein die Nähe zu all diesen rücksichtslosen, gierigen Leuten hat mich krank gemacht. Immer hat jemand versucht, einen anderen auszunutzen. Ich konnte mich nicht Tag für Tag in dieser Welt vergraben. *Nicht...*", fügte er hinzu, „... dass ich im Scheidungsrecht keine Rücksichtslosigkeit und Gier sehe." Er lachte. „Es war nicht der Nervenkitzel, den ich in meiner idealistischen Jugend erwartet hatte", warf er ihr ein schiefes Grinsen zu, um die Sache herunterzuspielen.

„Also, siehst du deine Tochter oft?", fragte Kate.

Simon warf den Kopf zurück und brach in Gelächter aus. „Jeden Tag." Als Reaktion auf ihren verwirrten Gesichtsausdruck gluckste er, streckte die Hand aus und tätschelte ihren Handrücken. Statt Beruhigung zu spüren, jagte ihr seine Berührung einen Schauer der Erregung durch den Körper. Er wurde wieder ernst und sagte: „Als Rachel und ich uns vor zwei Jahren getrennt haben, ist Maddie bei mir geblieben. Obwohl wir bei der Scheidungsvereinbarung nicht viel weitergekommen sind", fügte er fast wie ein nachträglicher Gedanke hinzu. „Ich will das alleinige Sorgerecht für Madison. Rachel hatte sowieso nie Zeit für sie, also ist sie heutzutage nicht mehr sehr involviert. Aber sie pocht trotzdem auf das geteilte Sorgerecht, nur um mich zu ärgern. Glaube ich."

Kate brauchte einen Moment, um zu verarbeiten, was er sagte. Als ihr die Erkenntnis dämmerte, öffnete sie den Mund, zögerte und sagte dann: „Willst du mir damit sagen, dass deine Tochter die ganze Zeit bei dir lebt?"

„Ja. Rachel reist viel. Sie arbeitet einfach mehr als ich. Es macht Sinn. Deshalb habe ich das Haus gekauft." Er lächelte und zuckte mit den Schultern. „Ich habe sowieso den größten Teil der Erziehungsarbeit geleistet. Maddie ist mein kleines Mädchen, also hätte ich mich nicht von ihr trennen können, nicht einmal in Teilzeit." Er betrachtete sein Glas und drehte es immer wieder im Kreis.

Kates Herz schwoll vor Mitgefühl über. Sie konnte sich Simon kaum als Vater vorstellen, geschweige denn als alleinerziehenden. Welch beunruhigende Vorstellung, die sie in ihr Bild von ihm integrieren musste. Sie hatte wirklich keine Ahnung, wer er war, aber dieser neue Simon gefiel ihr zu gut, viel zu gut für ihr eigenes Wohl.

„Ihr müsst euch sehr nahestehen", sagte Kate. „Ich meine, entscheiden die Gerichte nicht normalerweise …" Sie hielt inne und sah verlegen zur Seite. „Schon gut. Tut mir leid."

„Nein, nein. Schon gut." Simon hob die Brauen, seine Augen wachsam. „Es ist definitiv viel seltener. Obwohl es nicht unbekannt ist. Ich habe sie im Grunde allein großgezogen. Und Rachel würde keinen Einspruch erheben, wenn Maddie die ganze Zeit bei mir leben würde … zumindest sagt sie das, an den meisten Tagen. Wenn sie sich kooperativ fühlt." Sein Lachen war gezwungen und brüchig, und er presste die Lippen zu einem dünnen, entschlossenen Strich zusammen. „Deshalb sind wir noch verheiratet. Ich sehe viele Kinder, die zu ihren Müttern nach Hause gehen, selbst wenn sie es nicht sollten. Ich bin nicht bereit, die veralteten Ansichten der Gerichte auf die Probe zu stellen. Ich will nicht, dass Maddie ihre Mutter verliert, aber ich bin entschlossen, dass sie nicht ihren Vater verliert."

Was für ein herzzerreißendes Dilemma. Welche Art von Mutter *würde nicht* das Sorgerecht für ihr kleines Mädchen wollen? Kate fragte sich, ob das der Hauptgrund war, warum er nicht geschieden war, oder ob er noch Hoffnungen auf eine Versöhnung mit Rachel hegte. Sie war neugierig auf Simons Frau und die Auswirkungen, die dies auf seine Karriere gehabt haben musste, konnte aber nicht weiter nachbohren. „Also. Jetzt, wo du Scheidungsanwalt bist, gefällt es dir? Hast du schon einmal mit einem Mediator zusammengearbeitet?"

Simon spannte sich an, sein Blick war abwesend. Mehrere Augenblicke vergingen.

„Simon?"

„Was? Tut mir leid, du hast nach … dem Scheidungsrecht gefragt?"

Sie lächelte und nickte, musterte ihn mit zusammengekniffenen Augen und verbarg ihren Mund hinter einem zarten Abtupfen ihrer Serviette.

„Ähm. Ob es mir gefällt? Nun ja. Ja und nein. Ich bin sehr gut darin, vielleicht weil ich selbst mittendrin stecke. Ich scheine ein Talent dafür zu haben, die wirklich heiklen Fälle voranzubringen. Ich glaube, das liegt daran, dass ich es vermeide, aufwieglerisch zu sein, im Gegensatz zu vielen Anwälten." Er hielt inne. „Ich ermutige meine Klienten, die emotionalen Kämpfe von den rechtlichen zu trennen."

Genau in diesem Moment brachte der Kellner ihre Pasta, und es dauerte ein paar Minuten, bis sie weitersprechen konnten. Kate machte sich über ihr Mittagessen her und ließ ihn weitererzählen.

„Du isst ja, als meintest du es ernst", lachte er.

Sie blickte überrascht auf. „Es ist Pasta", sagte sie zu ihrer Verteidigung.

Er hob sein Weinglas und nahm einen Schluck. „Ich schätze, ich kann es nicht ertragen, wenn Leute sich gegenseitig zerfleischen. Die Leute sind nicht sonderlich glücklich darüber, sich gegenseitig zu zerstören, sobald der Gerichtsprozess beginnt. Alle leiden, besonders die Kinder. Sie gehen alle beschädigt daraus hervor."

„Damit hätte ich auch meine Schwierigkeiten", sympathisierte sie und senkte den Blick, während sie ihre Serviette zurechtrückte. Sie fühlte eine starke Affinität zu seinen Ansichten und es gefiel ihr, dass er sich wohlfühlte, über die Dinge zu sprechen, die ihr wichtig waren.

„Ich schätze, ich bin altmodisch, oder sentimental, oder …"

„Idealistisch?", schlug sie vor und erwiderte seinen Blick.

Er grunzte. Ein Funke des Verstehens sprang zwischen ihnen über. „Mmm. Vielleicht ist es das. Ich sehe Familien gerne heil."

Kate nickte erneut. „Und Mediation? Hast du damit schon Erfahrungen gemacht?"

Sein Gesicht verzog sich, seine Wangen röteten sich, und sie fragte sich, ob er endlich gestehen würde, dass er es für einen Haufen Quatsch hielt, so wie Sharon. „Klienten von mir waren schon in der Mediation, meistens wegen Sorgerechtsfragen, aber ich war nicht involviert." Er zögerte. „Das einzige Mal, dass ich Mediation erlebt habe, war ich der … Klient." Er senkte sein Kinn und verzog das Gesicht.

„O-oh?"

Er räusperte sich und nahm einen Schluck Wein. „Wir … Rachel und ich haben es versucht … vor etwa einem Jahr … es war nicht sehr …" Er stieß einen entnervten Seufzer aus, verzog das Gesicht, und sie sah ihn immer noch nur an. „Ähm. Ich … äh … ich bin rausgegangen. Der … es schien mir, der Mediator war ziemlich … nicht objektiv. Ich fand den Prozess sehr frustrierend." Er stach mit der Gabel in seine Linguine und vermied ihren Blick.

„Oh. Verstehe." Sie hatte schon Klienten erlebt, die Sitzungen abgebrochen hatten. Aber sie hätte ihn als ruhiger, rationaler eingeschätzt.

Er blickte auf. „Du zweifelst an mir?"

Sie war verblüfft. Sie wusste, dass es nicht unmöglich war, dass einige Mediatoren trotz ihrer Ausbildung Partei ergriffen. Es war eine Schande und brachte sie alle in Verruf. „Tut mir leid." Sie schob sich

eine Gabel voll Pesto in den Mund und kaute. „So sollte es nicht sein.
"

Nach einem weiteren Moment sagte er: „Bist du sehr erfolgreich dabei, Klienten bei der Versöhnung zu helfen?"

„Ziemlich erfolgreich. Man kann nicht jedem helfen." Sie zögerte. „Hoffst du ... immer noch auf eine Versöhnung mit Rachel?"

„Nein." Simons Augen blitzten auf. „Ich bin nicht sicher, ob ich es damals überhaupt war. Ich hatte nur das Gefühl, ich müsste es versuchen. Rachel wollte nie bei uns bleiben. Aber ich schätze, es fiel mir schwer, Maddies Mutter loszulassen."

„Manche Leute sollten wirklich nicht zusammen sein." Kate konzentrierte sich auf ihr Essen. „Aber obwohl ich an anderen Arten von Fällen arbeite ... nein, selbst wenn ich das tue, versuche ich immer, Familien wieder zusammenzubringen. Selbst wenn Paare sich am Ende scheiden lassen, tun sie es tendenziell einvernehmlicher. Aber meine Philosophie ist therapeutisch, und ich habe meinen Ruf auf meinen Erfolg bei Versöhnungen aufgebaut." Kate dachte über die Fallstudie nach, die sie bei der Preisverleihung im Januar präsentieren wollte. Bisher lief es gut, und sie machte sich keine Sorgen mehr, dass Simon ihre Arbeit erschweren würde. Tatsächlich fühlte es sich an, als wäre er auf ihrer Seite.

„Das stimmt. Es gibt also andere ... Philosophien?"

„Oh, ja. Aber natürlich gibt es Mediatoren, die in den verschiedensten Bereichen arbeiten – in Unternehmen, Gewerkschaften, der Regierung ...", ließ sie den Satz ausklingen. „Sie haben andere Ziele. Die Beziehung ist aber normalerweise ein wichtiger Faktor, wenn nicht sogar der wichtigste."

„Machst du nur Scheidungsmediation?"

„Nein. Familienmediation und etwas Gemeindearbeit. Du wärst überrascht, worüber die Leute streiten. Sorgerecht für Kinder, natürlich. Familienunternehmen. Missbrauch. Eigentum. Testamente und Nachlässe. Das ist ein beliebtes Thema." Sie lachte.

„Das würde mich interessieren", Simon beugte sich ernst vor. „Es ist eine Erweiterung dessen, was ich jetzt tue, mit einem anderen Ziel – einem positiveren."

„Vielleicht solltest du darüber nachdenken, in die Mediation zu wechseln. Viele Mediatoren sind Anwälte, weißt du."

Simon machte ein ironisches Gesicht. „Das *wäre* ironisch."

Sie sprachen noch eine Weile über das Geschäft der Mediation.

„Du hast erwähnt, dass du über die Krisenberatung zur Mediation gekommen bist. Wie ist das passiert, wenn ich nicht zu neugierig bin?" Simon aß sein Mittagessen und wartete auf ihre Antwort.

Ihre Brust zog sich zusammen, und sie senkte ihr Kinn, schluckte. „Nun. Das bist du. Aber ... es ist okay." Kate zögerte. Sie konnte es erzählen, ohne die Verbindung zu ihm, zu ihnen, herzustellen. „Ich habe die Krisenberatung auf die harte Tour entdeckt. Sie hat in meinem Leben einen großen Unterschied gemacht, als ich an einem Tiefpunkt war. Danach habe ich mich freiwillig gemeldet. Nach ein paar Monaten wurde mir klar, dass es mir nicht nur ein wunderbares Gefühl gab, anderen auf diese Weise zu helfen, sondern dass ich auch ein echtes Talent dafür hatte."

Simon runzelte die Stirn, sagte aber nichts.

„Ich habe hier und da ein paar Kurse belegt, und dann habe ich das Programm am Justice Institute entdeckt. Mein Hintergrund ist nicht direkt Psychologie oder Jura, aber ich habe Zusatzqualifikationen erworben. Alles in allem habe ich ein paar Jahre studiert, bevor ich mich qualifiziert habe. Es ging schnell. Um klinische Psychologin zu werden, hätte ich noch sechs oder sieben Jahre zur Uni gehen müssen, einen Doktortitel machen ... Dafür hatte ich wirklich nicht die Geduld. Auf diese Weise konnte ich sofort anfangen zu arbeiten." Kate hielt eine Hand offen, die Handfläche nach oben. „Nicht, dass ich eine Beraterin bin, natürlich", fügte sie hinzu.

„Es ist also eher eine Art Spezialisierung, die auf eine andere Ausbildung aufbaut. Deshalb machen es wohl Anwälte und Therapeuten."

Sie nickte.

„Und es ist zielorientierter, stelle ich mir vor, als Familien- oder Paarberatung, die einfach immer weitergehen und dann im Sande verlaufen kann."

„Genau. Ich glaube, du wärst ein großartiger Mediator. Du hast Empathie", sie hob den Blick zu ihm, spürte, wie ihr Gesicht heiß wurde, und ein kleines Lächeln zupfte an ihren Lippen. „Du bewahrst bei schwierigen Leuten einen kühlen Kopf. Das ist für manche eine Herausforderung." Sie hob den Zeigefinger, ihre Begeisterung sprudelte über. „Und du bist ein scharfer Beobachter des menschlichen Verhaltens. Ich habe gesehen, wie du beobachtest. Studierst. Analysierst. Das sind genau die Qualitäten, die du brauchst." In diesem

Moment fühlte Kate sich, als wären sie allein und seine Aufmerksamkeit wäre so auf sie gerichtet wie ihre auf ihn.

Er neigte den Kopf, um ihr Gesicht zu studieren. „Du hast mich fast überzeugt. Du liebst offensichtlich, was du tust."

„Ja, das tue ich. Es ist ein großartiges Gefühl, zu finden, wofür man im Leben bestimmt ist. Es ist sehr bestärkend und gibt Energie. Ich gehe jeden Tag gerne zur Arbeit." Es war wahr. Sie liebte ihre Arbeit.

„Ich bin nicht sicher, ob ich dein ... ich weiß nicht. Engagement habe, schätze ich." Er nippte an seinem Wein. „Also, wie ist es bei dir? Ich nehme an, du bist nicht verheiratet?"

„Nein. War ich nie. Ich treffe mich seit ein paar Jahren mit jemandem."

„Ernsthaft?"

Sie hob eine Schulter. „Mein Leben dreht sich hauptsächlich um meine Arbeit."

Seine Augen verengten sich, aber er sagte nichts.

Ihr Gespräch schwenkte zu leichteren Themen, Essen, Büchern und Reisen. Kate lauschte neugierig, wie Simon von seinen Reisen in Japan, Hongkong und Thailand erzählte und von seiner Entdeckung verschiedener neuer kulinarischer und kultureller Erfahrungen auf dem Weg. Plötzlich, trotz ihrer Bedenken, mit ihm zusammen zu sein, konnte sie nicht genug bekommen. Sie stützte sich auf die Ellbogen.

„Bei jeder neuen Reise, die ich plane, versuche ich, ein Land oder eine Region zu besuchen, die ich noch nicht gesehen habe. Im Moment denke ich darüber nach, ob ich bereit für eine Trekkingtour im Himalaya bin. Ich bin nicht sicher. Es ist schwer, nicht an die Orte zurückzukehren, die mir wirklich gefallen haben. Es ist verlockend, einfach in einer Hängematte in Phuket zu liegen. Heutzutage ist es eine Abwägung zwischen Essen und Kultur und dem Erleben der spirituellen Mekkas."

„Bleibt Madison bei deiner Frau, wenn du wegfährst?", fragte Kate und fragte sich, was genau er in einem spirituellen Mekka tat.

Ein scharfes Lachen entfuhr seinen Lippen. „Oh. Nein. Nicht für die zwei oder drei Wochen, die ich brauche. Da habe ich großes Glück; meine Eltern und mein Bruder helfen sehr viel aus."

„Du interessierst dich also auch für östliche Philosophien?" Ihr Kopf wirbelte von seinen unzähligen Interessen und Aktivitäten. Es war schwer für sie, diesen sensiblen, komplexen, spirituellen Mann mit dem brillanten, karriereorientierten Partylöwen in Einklang zu bringen, den sie einst kannte. Sie war fasziniert.

„Ja, je älter ich werde, desto mehr. Wenn ich nicht reise, lese ich sehr viel. Die Klassiker, Poesie und Philosophie. Ich weiß, es klingt, nun ja, exzentrisch. Vielleicht ein bisschen schrullig. Aber …"

Sie schüttelte den Kopf, um zu protestieren, aber er fuhr fort.

„Du bist sehr höflich." Er lachte leise, mit dem selbstironischen, verlegenen Grinsen und den schüchtern gesenkten Lidern, die sie schon immer so liebenswert gefunden hatte. „Normalerweise, wenn ich bei meinem Thema warm werde, winden sich die Leute. Ich fürchte, meine Interessen sind im Laufe der Jahre etwas esoterisch geworden."

„Nun, ich erinnere mich, dass du ein ziemlicher Fan von Rockmusik, Profisport und, ähm, Bier warst", lachte sie, und er stimmte mit einem schallenden Lachen ein und warf den Kopf zurück. Sie war berührt von seiner mühelosen Anmut, der unbefangenen Art, wie er seinen Körper hielt. Es war sehr ansprechend.

„Jeder verändert sich, nicht dass ich diese Beschäftigungen ganz aufgegeben hätte", sagte er, schüttelte den Kopf und drückte seine Stirn in seine verschränkten Hände. „Ich schätze, ich habe nie aufgehört, nach Antworten zu suchen. In den Texten von Rocksongs habe ich sie sicher nicht gefunden, auch wenn sie mir mit neunzehn relevant erschienen sein mögen. Wenn überhaupt, haben sie nur noch mehr Fragen aufgeworfen." Er blickte zu ihr auf, Humor funkelte in den himmelblauen Tiefen seiner Augen. „Was ist mit dir? Bist du viel gereist?"

Kate wiegte ihren Kopf unbestimmt. „Nicht ganz so viel wie du, aber ich war ein paar Mal in Europa. Und Alex und ich waren auf der Halbinsel Yucatán. Ich scheine mich beim Reisen mehr zur europäischen Geschichte und Kunst hingezogen zu fühlen. Ich bekomme nie genug von den Großen Meistern."

„Alex … ist er –?" Er zog die Augenbrauen fragend zusammen.

Sie zögerte. „Alexa Jenner? Du erinnerst dich vielleicht an sie." Kate zuckte mit den Schultern und fühlte sich für einen Moment unbehaglich, weil sie in ihren Erinnerungen kramen mussten. Vielleicht würde er es nicht. Sie war sich nicht sicher, wie sehr er damals auf solche Dinge geachtet hatte. Jetzt schien ihm allerdings nicht mehr viel zu entgehen.

„Ja. Ich erinnere mich. Kleine, kurzhaarige Brünette? Sie war in deinem Wohnheim", nickte er, sein Blick wurde unsicher und glitt zur

Seite. „Ich war vor Jahren mal in Griechenland und Italien. Aber am Ende saß ich auf einem Felsen, sann über zerfallene Zivilisationen nach und dachte über das Leben nach, anstatt Museen und so was zu besichtigen."

Er hielt inne.

„Was hältst du von Elis Arbeit?", fragte er, und sein Gesichtsausdruck verriet nichts von seiner eigenen Meinung.

Sie erinnerte sich an seine Kommentare im Konferenzraum. „So wie ich mich erinnere, schienst du zu denken, dass sie etwas taugte. Warst du nur höflich?"

„Aah. Aber ich habe dich zuerst gefragt." Sein Mund verzog sich auf einer Seite zu einem neckischen Lächeln, und seine weißen Zähne blitzten sexy auf.

Sie lächelte zurück. „Du hast meine Kommentare an dem Tag nicht mitbekommen. Ich hatte Eli gerade gesagt, dass mir seine Arbeit *sehr* gut gefällt. Und ich war nicht einfach nur höflich. Ich finde, er ist großartig. Wirklich talentiert und sehr, sehr klug."

„Mmhmm. Ich auch, obwohl ich eigentlich noch mal einen Blick darauf werfen wollte." Er grinste. „Falls du jemals die Gelegenheit hast, durch Asien zu reisen, wirst du von der Kunst und Architektur dort vielleicht überrascht sein. Als ich in Japan war –", wurde er vom Klingeln seines Handys unterbrochen und hielt inne, um es aus seiner Tasche zu kramen. „Entschuldige mich. Tut mir leid. Hallo?"

Kate saß still da, nippte an ihrem Wein und beobachtete Simon. Er war so vielseitig und umsichtig, und das alles, während er alleinerziehender Vater seiner Tochter war. Wie schaffte er das nur?

Der Kellner nutzte die Gelegenheit, ihre leeren Teller abzuräumen, und lächelte sie warm an. „Cappuccino, Signorina? Espresso?", fragte er leise, und sie hob eine Hand, um anzudeuten, dass sie einen Moment brauchten. Er nickte und entfernte sich wieder. Simons Gesichtsausdruck wechselte schnell von neugierig zu besorgt, während er am Telefon zuhörte.

„Heute Morgen ging es ihr gut. Wann hat das angefangen?" Er lauschte. „Hat sie irgendwas gegessen?" Eine weitere Pause. „Okay. Ja. Ich bin sofort da. Gib mir ungefähr zwanzig Minuten. In Ordnung. Danke." Er legte auf und erhob sich von seinem Stuhl.

„Ärger?", fragte Kate und spürte, wie ihre heitere Stimmung verflog, ahnend, dass ihr Mittagessen vorbei war.

„Ja. Ich fürchte, ja. Das war Maddies Kita. Sie scheint sich nach dem

Mittagessen irgendetwas eingefangen zu haben. Sie spuckt und hat Fieber. Ich muss sie abholen. Es tut mir leid." Er kniff sich in den Nasenrücken und runzelte die Stirn, obwohl er bereits abgeschaltet hatte, gedanklich schon weg war. Er zwang sich zu einem gequälten Lächeln und bückte sich, um seine Aktentasche aufzuheben.

Sie spürte, wie das leichte, prickelnde Glücksgefühl, das sie während des Mittagessens geteilt hatten, verflog und ihr Herz ihr in die Magengrube sank. Sie fühlte die starke Anziehungskraft und noch etwas mehr. Ein Verlangen, ihn zu trösten. Sie spürte, dass er trotz der Hilfe seiner Familie sehr allein war. „Schon gut. Sie braucht dich. Und wir sind hier sowieso fertig. Es war ein tolles Mittagessen. Vielen Dank für … alles. Es hat Spaß gemacht."

„Ich bin froh, dass du mich gefunden hast", sagte Simon, nahm sich die Zeit, ihren Blick zu erwidern, und sie glaubte ihm, obwohl es offensichtlich war, dass er abgelenkt und besorgt war. Ein Anflug von Bestürzung huschte über sein Gesicht, und er sog scharf die Luft ein. „Die Rechnung!" Er kramte nach seiner Brieftasche.

„Die übernehme ich. Denk nicht einmal dran." Sie legte ihm leicht eine Hand auf den Arm, um ihn aufzuhalten. „Wirklich. Ich hoffe, Madison geht es gut. Bestimmt … Geh einfach."

Er schüttelte den Kopf, streckte die Hand aus und legte sie auf ihre Schulter, sein Daumen drückte sanft zu und glitt über den Rand ihres Schlüsselbeins. Diese kleine Geste fühlte sich wie eine bedeutsame Umarmung an und raubte ihr den Atem. „Danke. Vielen Dank. Wir sehen uns nächste Woche."

Und er war weg. Er ließ Kate zurück, die dasaß und über die erstaunliche Menge an Informationen nachdachte, die er über sich preisgegeben hatte, während ihre Schulter brannte und von seiner Wärme und der Erinnerung an seine Berührung pochte. Sie konnte sich nicht erinnern, jemals jemanden wie ihn getroffen zu haben. Nicht einmal ihn selbst mit neunzehn. Diese verträumte Seite hatte er schon immer gehabt, selbst damals, dachte sie. Das Seltsamste von allem war der Versuch, zu ergründen, wie er diesen Weg gegangen war, wie er von dort nach hier gelangt war, mit allem, was sonst noch in seinem Leben vor sich ging. Der Kellner kehrte zurück, die Kinnlade heruntergeklappt, anscheinend verwirrt, dass das charmante Tête-à-Tête so abrupt geendet hatte. Kate bestellte eine Tasse grünen Tee, entschlossen, noch eine Weile sitzen zu bleiben und über das

erstaunliche Wiederauftauchen von Simon Sharpe in ihrem Leben
nachzudenken.

~

K ate war froh, einen Abend auszugehen und eine Ausrede zu
haben, das neue violette Chiffonkleid zu tragen, das sie kürzlich
gekauft hatte. Der Wohltätigkeitsball des Kinderkrankenhauses war der
perfekte Anlass, und sie freute sich darauf, sich mit den alten Arbeitskollegen auszutauschen, die sie eingeladen hatten, sich ihnen
anzuschließen.

Sie drängte sich durch die dichte Menge, begierig auf ihr erstes Glas
Wein. Zu viele Körper, die meisten größer als sie, drängten sich an sie,
eine stechende Mischung aus Parfüms, Alkoholfahnen und, selbst zu
dieser frühen Stunde, Schweiß, der ihre Sinne überforderte. Andererseits war es schön, die Leute schick gekleidet zu sehen, besonders die
Männer in ihren Smokings. Ein großes, breitschultriges Exemplar
weiter vorn erregte ihre Aufmerksamkeit. Das warme Licht der Kristall-
lüster über ihnen funkelte in seinen goldenen Wellen. Sie fühlte sich
plötzlich atemlos, die Haut in ihrem Nacken kribbelte. Er sah fast aus
wie – er drehte den Kopf – hey, es *war* tatsächlich Simon.

Ihr Puls raste, und sie hob die Stimme, um ihn zu rufen. „Hey,
Nachbar. Ich hätte erwartet, dass du heute Abend mit einem Buch über
Konfuzius oder das I-Ging zu Hause bist, und dich nicht in deinem
Smoking unter die Schickeria mischst."

Bei der vertrauten Stimme wirbelte Simon herum, sein Blick suchte
die dichte Menge ab.

„Hier", sagte sie mit einer kleinen Winke. „Entschuldigung", sie
boxte sich mit dem Ellbogen zwischen zwei Männern hindurch und
trat an ihn heran. Er starrte sie mit offenem Mund an, hatte aber immer
noch nichts gesagt. „Du siehst heute Abend ziemlich nach Bond aus.
Oder würdest es zumindest, wenn du nicht so einen leeren Gesichtsausdruck hättest", neckte sie ihn.

Dann sprach er, seine Stimme rau und tief. *„Deine zwei großen Augen
töten mich auf der Stelle/Ihre Schönheit erschüttert mich, der ich einst
gelassen war/Geradewegs durch mein Herz ... der Stich ist rasch und
schneidend."*

„Hmm?" Ihr Grinsen verschwand, und sie starrte ihn verständ-
nislos an. Was hatte er gesagt?

„Chaucer", murmelte er. Er schluckte. „Sorry. Ich mache dich nicht an. Ich will nur sagen, du siehst ... umwerfend aus."

Ihr Puls beschleunigte sich. „Oh." Sie schaute auf seine Krawatte und spürte, wie ihr Gesicht heiß wurde. „Danke."

„Kann ich dir einen Drink holen?"

„Ich war gerade auf dem Weg", sagte sie und umklammerte ihre perlenbesetzte Abendtasche. „Ich dachte an ein Glas Weißwein."

„Wie wäre es mit Champagner?", schlug er vor. Als sie nickte, drängte er sich an die Bar, legte seinen Arm hinter sie, um sie näher zu führen, und legte seine Fingerspitzen leicht auf die nackte Haut ihres Rückens, um sie neben sich zu halten. Sie versteifte sich leicht, schauderte, und zog die Schultern hoch, Gänsehaut bildete sich auf ihrer Haut. Er bestellte zwei Gläser, hob sie dann hoch und drehte sich zu ihr um.

„Solltest du nicht einen Martini trinken? Du weißt schon, geschüttelt ..."

„Das bin ich nicht", lachte er, schüttelte den Kopf und reichte ihr ein Glas. Sie nahm einen Schluck und rümpfte die Nase, als die Bläschen sie kitzelten. Sein Mund verzog sich zu einem schiefen Lächeln.

„Da lachst du schon wieder über deinen eigenen kleinen Witz." Sie schnalzte mit gespieltem Ärger mit der Zunge, insgeheim begeistert von seiner Nähe und seiner erneuten Aufmerksamkeit. „Und ich habe dich als so eine Art ... bärtigen Mystiker auf einem Hügel gesehen."

„Hah! Das könnte der Wahrheit näherkommen. Es ist schon vorgekommen, dass ich vergessen habe, mich zu rasieren oder zum Friseur zu gehen, aber meine Tochter hält mich auf Trab. Sie mag ihre Männer glatt rasiert."

„Eine Frau nach meinem Geschmack", erwiderte Kate, ihre Blicke trafen sich kurz, bevor sie wegsah.

„Wie geht es ihr übrigens? Als ich dich das letzte Mal sah, war sie krank."

„Viel besser, danke. Es war wohl ein kurzlebiger Magen-Darm-Virus. Sie war gestern schon wieder im Kindergarten, so gut wie neu."

Genau in diesem Moment kündigte der Zeremonienmeister an, dass das Abendessen in Kürze serviert werden würde.

„Sie erholen sich schnell, nicht wahr?"

„Wo sitzt du zum Abendessen?", wagte er zu fragen und griff nach ihrem Ellbogen, der bei seiner Berührung erneut kribbelte. „Bist du mit jemandem hier?"

Sie zuckte zusammen, als sie an Jay dachte, der formelle Spendenaktionen verabscheute und sich geweigert hatte, sie heute Abend zu begleiten, und antwortete, ein wenig atemlos, während sie durch den Raum blickte: „Oh, Tisch zwölf, da drüben. Eine Gruppe, die ich sozusagen von meiner ehrenamtlichen Arbeit im Krankenhaus kenne. Hauptsächlich Sozialarbeiter und psychiatrische Krankenschwestern." Sie sprach zu schnell.

„Ich hätte wissen müssen, dass du irgendwie mit den Patienten zu tun hast", sagte er.

„Das ist nichts. Die Sozialarbeiterin des Krankenhauses ruft mich von Zeit zu Zeit an, wenn es ein kleines Problem mit den Familien gibt", zuckte sie mit den Schultern, und ihr durchsichtiger Schal verrutschte und entblößte eine Schulter. Simon starrte sie an, und sie zog verlegen ihren Schal wieder hoch.

„Äh. Also, wenn dein Freund nicht mit dir hier ist, würdest du dich vielleicht zu mir setzen? An meinem Tisch ist noch Platz", beeilte er sich zu erklären, „und eine Gruppe sehr langweiliger alter Anwälte, deren Abend durch deine Gesellschaft ausgezeichnet würde, ganz zu schweigen von meinem eigenen."

Eine kleine Welle von Schuldgefühlen überkam sie. Konnte sie die Kollegen, die sie eingeladen hatten, im Stich lassen? Sie wusste, dass sie es verstehen und sie anfeuern würden. „Vielleicht für eine Weile?"

Bei ihrem Zögern fügte er hinzu: „Ich beiße nicht."

„Ich … äh … ich nehme an. Sicher." Sie neigte den Kopf. „Ich sage ihnen nur kurz Bescheid. Welcher Tisch?"

„Einunddreißig. Genau da." Er zeigte dorthin, stand so nah bei ihr, dass sie seine Blickrichtung teilen konnte, und sie atmete tief den frischen, herben, männlichen Duft seines Haares und seiner Haut ein, ein Hauch seines zitrusartigen, vage vertrauten Eau de Cologne, der ihr den Kopf verdrehte. „Ich werde warten." Er schlenderte langsam von ihr weg zu dem Tisch und blieb neben seinem Stuhl stehen, um sie quer durch den Raum zu beobachten.

Es war ihr unangenehm, ihren Freunden Simon zu erklären, besonders da ein paar von ihnen Jay kannten. „Er ist nur ein alter Freund", sagte sie, den Kopf schüttelnd, und versuchte, sich selbst ebenso zu überzeugen wie sie. Einige von ihnen drehten sich um, um ihn zu begutachten, und warfen ihr dann zustimmende, schelmische Blicke und Nicken zu. „Wir sehen uns später." Sie bückte sich, um ihr Auktionslos aufzuheben. Errötend winkte sie ihren Kollegen kurz zu und drehte sich wieder in seine Richtung.

Die älteren Anwälte an seinem Tisch waren kühn und unanständig. Als Simon sie den Partnern aus der Kanzlei vorstellte, in der er vor Jahren sein Referendariat gemacht hatte, standen sie auf, verbeugten sich und umgarnten sie wie Schuljungen. Aber sie war es mehr als gewohnt, sich unter berufstätigen Männern zu behaupten, selbst unter jüngeren und aggressiveren. Und ihr Interesse war in Wahrheit eher väterlich als echt. Ein alter Kerl hatte ein Gesicht wie eine verschrumpelte Apfelpuppe.

Während das Abendessen serviert wurde, beobachtete Simon sie schweigend. Ihre Bemühungen um ein Gespräch fühlten sich gezwungen an, und sie wand sich unter seinem Blick. *Was macht er da?* Sie aßen in schüchternem Schweigen, sie versuchte Smalltalk zu machen, und er starrte und lächelte, mit Hitze in seinen Augen.

Als die Teller abgeräumt und die Live-Auktion zu Ende ging, beugte er sich zu ihr und flüsterte: „Wenn ich dich eine Minute mit diesen alten Lüstlingen allein lasse, kommst du klar?" Sie lachte nur und zog eine Augenbraue hoch. Er schlenderte langsam davon.

Zwischen Geboten und Geplänkel wandten die älteren Männer an ihrem Tisch schließlich ihre Aufmerksamkeit ab. Das gab ihr die Gelegenheit, zu ihrem Tisch mit Freunden zurückzukehren und eine Weile zu plaudern, obwohl sie deren Fragen nach dem geheimnisvollen Mann abwehren musste. „Wir arbeiten nur zusammen an einem Fall, das ist alles." Simons vorübergehende Abwesenheit gab ihr auch ein wenig Raum, über den seltsamen Abend nachzudenken, besonders jetzt, da er sie nicht mehr so unerbittlich anstarrte.

Sie war immer noch fassungslos, ihn hier getroffen zu haben. Aber mehr noch, sein Verhalten brachte sie durcheinander. Er benahm sich wie ein verliebter Verehrer, starrte sie an und (*keuch*) rezitierte Gedichte, lud sie zum Abendessen ein. Aber dann saß er einfach nur da, unnahbar, und beobachtete sie mit diesem ärgerlichen halben Lächeln auf seinem hübschen Gesicht und einer Frage in seinen halb geschlossenen Augen, und brachte kaum zwei Worte hintereinander hervor. Sie stellte sich vor, wie sein geschäftiges Gehirn grübelte und sich fragte, wer sie war, wie sie sich verändert hatte, genau wie sie selbst. Sie hatte sich verpflichtet gefühlt, die Stille mit leerem Geschwätz zu füllen, was sie nichtssagend und unbeholfen wirken ließ. Seine Aufmerksamkeiten wärmten und beunruhigten sie zugleich. *Ist er immer noch schüchtern? Spielt er mit mir? Was zum Teufel denkt er?* Ihr Verstand sprang wieder zu Jay. *Warum denke ich solche Gedanken überhaupt?*

Diskret betrachtete sie seinen Weg durch den Raum. Er schritt mit einer geschliffenen und selbstbewussten Haltung und machte in seinem schwarzen Smoking eine schneidige Figur, mit seiner Größe, den breiten Schultern und den schmalen Hüften. Er bewegte sich mit elfenhafter Anmut, das Kerzenlicht glitzerte in seinem goldenen Haar. Sie hatte angenommen, er sei auf die Herrentoilette gegangen, aber er blieb abrupt stehen und wechselte Worte mit einer atemberaubenden Schönheit in einem eleganten marineblauen Etuikleid. Ihr glänzendes kastanienbraunes Haar strömte ihren Rücken hinab wie die Mähne eines Rennpferdes, und sie hatte eine passende, schlanke, sehnige Model-Figur.

Sie gaben ein beeindruckendes Paar ab. Sie standen eng beieinander – sie war fast so groß wie Simon – und der Grad ihrer Vertrautheit war an der Nähe ihrer Gesichter und ihrem festen Augenkontakt offensichtlich. Kates Stärke war das Lesen nonverbalen Verhaltens, und es war klar, dass sie sich gut kannten. Simon stand steif mit dem Rücken zu ihr, die Arme an den Seiten, die Hände zu Fäusten geballt, aber der Ausdruck der Frau war schwül und verführerisch, und Kate konnte nicht umhin, sich zu fragen, wer sie war und welchen Anspruch sie auf Simons Aufmerksamkeit hatte.

Aber, ertappte sich Kate, *welchen Anspruch habe ich darauf?* Sie war lächerlich, nur wegen eines unschuldigen Flirts und ein wenig oberflächlicher Schmeichelei. Es war gefährlich, solche Gedanken zuzulassen. Sie begann sofort, sich Simon so vorzustellen, wie er vor all den Jahren gewesen war – als er ihr gehört hatte. Obwohl er damals nicht so geschliffen und weltgewandt war, war er sowohl romantisch als auch leidenschaftlich. Warum löste er so starke Emotionen in ihr aus, obwohl sie ihn in Wahrheit kaum kannte? Sie war wieder von ihm fasziniert, so leicht. Es war zu leicht, sich auch vorzustellen, das Objekt seiner Begierde zu sein.

Es erschreckte sie, den Gedanken Spielraum zu geben, und sie unterdrückte sie mit rücksichtslosen Erinnerungen daran, wie er sie zurückgewiesen hatte und wie sie daran zerbrochen war. Ein Schauer huschte über ihre nackte Haut, und sie zupfte an den Rändern ihres dünnen Schals. Sie konnte sich nicht zutrauen, ihre wahren Gefühle zu beurteilen, auch wenn es sich wunderbar anfühlte, sich vorzustellen, dass diese Art von Verliebtheit und Verlangen sie überkam. Sicherlich spielte er nur und meinte nichts mit seinem Flirt. Der Raum schwankte, als Schwindel ihren Kopf übermannte, ihr Magen zog sich zusammen und krampfte sich. Sie saß aufrecht, versteifte sich und schloss die Augen, versuchte, durchzuatmen. Es war das Beste, dem ein Ende zu setzen, bevor es weiterging. Sie würde sowohl ihre Augen als auch ihr Herz von seinen Begegnungen mit anderen Frauen abwenden. Es ging sie nichts an.   ·

Als sie sah, wie er zu ihrem Tisch zurückkehrte, entschuldigte sie sich und machte sich auf den Weg zurück. Aber als er ankam, war er verändert, und sie stellte fest, dass sie seinem heißen Blick nicht länger standhalten musste. Sie versuchte, sich nichts daraus zu machen; obwohl er nicht mehr oder weniger als zuvor sprach, war er angespannt, zappelig, zurückhaltender und schaute nicht sie, sondern sein Besteck an. Er führte eine lustlose Unterhaltung mit dem Mann zu seiner Rechten und ignorierte sie für lange Zeit, während der Nachtisch vor ihnen abgestellt und Kaffee und Tee serviert wurden. Was war mit ihm passiert? Plötzlich fühlte sie sich kalt und unwillkommen. *Ich sollte Gute Nacht sagen und mich wieder zu meinen Freunden gesellen.*

Kates Appetit auf Süßes war vergangen, und obwohl sie sich einredete, dass es ihr nichts ausmachte, konnte sie sich nicht helfen, deprimiert zu sein. Sie fühlte, wie sich Hitze in ihrem Kopf aufbaute. Sie vermisste seinen Blick auf ihr, obwohl er sie zittrig und übel werden ließ, als stünde sie als Amateurin auf der Bühne und hätte ihren Text vergessen. Nachdem ein weiterer leerer Austausch mit dem Anwalt zu ihrer Linken endete, konnte sie nicht länger so tun, als hätte sie Simons Stimmung nicht bemerkt.

„Du bist still geworden", bemerkte sie.

Es gab eine lange Pause, als er an seiner Teetasse nippte und sie absetzte. „Das bin ich oft." Jetzt war er kurz angebunden. Nicht der charmante Romantiker von vor einer Stunde. Er schien seine harten Worte zu bereuen und sagte nachgebend: „Ich bin auf dem Rückweg Sharon begegnet." Er drückte seine drei mittleren Finger gegen seine gerunzelte Stirn und rieb sie mit geistesabwesender Miene.

„Oh? Sie ist auch hier?" Das Gespräch fühlte sich gezwungen an, mit langen, peinlichen Pausen, und sie war sicher, er wäre lieber überall anders als hier bei ihr. Es musste ihm peinlich sein, dass Sharon sie zusammen sah. „Ich kann sie mir bei einer Veranstaltung wie dieser nicht vorstellen."

„Sie ist tatsächlich ziemlich gemeinnützig engagiert. Sie hat mir die Karte besorgt, darauf bestanden, dass ich komme", antwortete er und blickte auf ihr Kinn. Sein Kiefer mahlte, bildete Grübchen, als er die Zähne zusammenbiss, die Lippen schmal.

Kate erinnerte sich an ihren Austausch am Dienstag. „Du wirkst aufgebracht. Hat sie etwas gesagt?"

Seine Augen schlossen sich langsam und öffneten sich wieder, zum Himmel blickend. „Fast alles, was sie sagt, ärgert mich. Es scheint, sie hat herausgefunden, dass wir ...", er bewegte einen Finger zwischen ihnen hin und her, um anzuzeigen, welches „wir" er meinte, „... an der Uni viel mehr als nur Bekannte waren. Ich hoffe, sie macht keinen Ärger. Ich würde es ihr zutrauen."

„Ooh. Oh! Ich hatte mir Sorgen gemacht, dass wir mehr hätten offenlegen sollen. Und jetzt?" Kate dachte laut nach und kaute auf der Innenseite ihrer Wange. Das könnte heikel werden, besonders wenn Sharon beschließen sollte, die Sache öffentlich zu machen. „Ich meine ... nicht, dass irgendetwas –"

„Jetzt? Nichts. Wir werden sicherstellen, dass wir ihnen keinen weiteren Gesprächsstoff liefern." In dem Seeblau seiner Augen lag eine kalte Distanz, eine Flachheit, die sie schon lange nicht mehr erlebt hatte. Es ließ sie schaudern, sich an diese andere Seite von ihm zu erinnern. Er konnte rücksichtslos sein, wenn er wütend war; hart und kalt wie eine Stahlklinge. Die Botschaft war jedenfalls deutlich genug.

Nichts, worüber *wer* reden könnte? Ihr Magen zog sich zusammen. „Ich frage mich, wie sie das herausgefunden hat?", überlegte Kate und stocherte gleichgültig in ihrer Mousse. Sie wollte diese eisigen Augen nicht mehr auf sich gerichtet haben.

Er grinste höhnisch. „Manche Frauen machen es sich zur Aufgabe, in den Angelegenheiten anderer Leute herumzustochern und alles, was sie herausfinden, gegen sie zu verwenden. Sharon ist eine ziemlich typische Berufstätige, die sich mit Krallen und Kratzen an die Spitze kämpft und dabei über Leichen geht." Simons Kiefer war wie Granit, und sein Blick traf ihren nicht, während er sein Urteil fällte.

Sie konnte kaum glauben, was sie da hörte. Wo kam das denn her? Kate spürte einen harten Stoß Wut durch sich fahren und umklammerte ihre Gabel mit weiß geknöchelten Fingern, sie auf ihn richtend. „Berufstätige *Frau*, meinst du wohl? Ich kann nicht glauben, dass du einen so offenkundig sexistischen und kleinlichen Kommentar machen würdest. Du klingst wie ein Frauenfeind, obwohl ich weiß, dass du keiner bist. Vielleicht bist du es, der Probleme mit dem Wettbewerb am Arbeitsplatz hat, nicht Sharon."

Er fuhr sich mit der Zunge über die Wange und warf einen misstrauischen Blick auf ihre feindselige Gabel, seine Nasenflügel bebten, und antwortete: „Es ist etwas Wahres an dem, was ich gesagt habe, und das weißt du. Es war nicht meine Absicht, dich zu beleidigen."

„Zu spät, fürchte ich." Sie starrte ihn einen langen Moment lang an, abschätzend, während ihre surrenden Nerven sie so stark zittern ließen, dass sie kaum Luft bekam. Ihre Brust schmerzte vor Anspannung. In ihrem Inneren herrschte Aufruhr. Vielleicht war er nicht der aufgeklärte Mann, für den sie ihn hielt, oder der er vorgab zu sein. Vielleicht war alles nur ein Schauspiel, um sie loszuwerden, damit er in die Gesellschaft dieser Göttin im blauen Kleid zurückkehren konnte. Oder vielleicht hatte sie sich seinen Charme und seine Einsicht nur eingebildet, hervorgeholt aus den Jahren der Fantasien, die sie sich ausgemalt hatte. Sie drehte den Kopf hin und her und nagte an ihrer Oberlippe. So oder so, sie hatte genug. Unmöglicher Mann. „Ich glaube, ich gehe rüber und besuche meine Freunde vom Krankenhaus. Entschuldige mich." Sie stand auf. „Gute Nacht."

SIEBEN

Alexa runzelte die Stirn. „Ich mache mir Sorgen um dich, Kate."
„Mir geht's gut. Ehrlich. Es ist nur so seltsam. Ich weiß nicht, was ich denken soll."

„Du hättest dich von ihm fernhalten sollen. Wahrscheinlich ist das nur eine sorglose Masche, die er seit Jahren perfektioniert hat, um Frauen zu beeindrucken und einzufangen", schloss Alexa und stach giftig in ein Brokkoliröschen.

„Na ja, es passt eher zu seinem widersprüchlichen Verhalten von … damals", versicherte Kate sich selbst. Nachdenklich zerkaute sie einen Bissen Salat. Zum Glück war Alexa da, um das Chaos ihrer widersprüchlichen Gefühle nach der verstörenden Begegnung mit Simon gestern Abend mit ihr zu teilen.

„Er hat sich also doch nicht geändert. Er ist nur geschliffener. Vielleicht ist er sich nicht einmal bewusst, dass er seinen Charme wie einen Schalter an- und ausknipst." Die abrupte Kehrtwende von letzter Nacht war wahrscheinlich dazu gedacht, sie abzuwimmeln oder ihr zu verstehen zu geben, dass er nur mit ihr spielte, da er offensichtlich auch mit dieser umwerfenden Rothaarigen geflirtet hatte. „Er schien wirklich verlegen zu sein, dass Sharon von uns erfahren hat. Ich bin es jedenfalls." Kate spürte, wie sich ein schmerzhafter Knoten in ihrem Magen zusammenzog, und unterdrückte ein Aufstoßen. Sie schob eine leuchtend rote Tomatenspalte beiseite und beäugte die Reste ihres Salats. „Bist du sicher, dass dieser Feta in Ordnung ist?"

„Also, ich würde ihm keinen Vertrauensvorschuss geben", sagte Alexa. „Männer wie er wissen ganz genau, was sie tun. Ich habe schon einige von der Sorte gekannt. Ich würde ihm nicht trauen oder seinen Flirt ernst nehmen." Sie stand auf, um ihre Teller abzuräumen, und warf sie auf den Stapel schmutzigen Geschirrs in ihrer Spüle. Sie drehte sich um und zeigte auf Kate. „Was ja auch in Ordnung wäre, wenn du nicht so verletzlich wärst. Warum war Jay überhaupt nicht bei dir?"

„Wollte nicht mitkommen." Kate schüttelte den Kopf. „Ich wünschte, ich wäre nicht so leichtgläubig."

„Das liegt nur daran, dass es *er* ist, weißt du. Wenn du ein dickeres Fell hättest und nur spielen und dann weiterziehen wolltest, würde ich mir nicht so viele Sorgen um dich machen. Es ist diese naive Besessenheit vom ‚glücklich bis ans Ende ihrer Tage', die dich in Schwierigkeiten bringt."

Alexa stellte zwei Tassen dampfenden Kaffee vor sie und setzte sich wieder.

„Vielleicht." Es war eine Erleichterung, ihn endlich abstempeln und mit klarem Kopf und ruhigem Herzen weitermachen zu können. Aber sie fühlte sich nicht ruhig. „Trotzdem gab es für ihn keinen Grund, letzte Nacht so gehässig zu werden. Wir müssen schließlich zusammenarbeiten, und es scheint wenig diplomatisch, mich zu beleidigen." Etwas passte nicht zusammen.

„Es wäre für dich einfacher zu arbeiten, wenn er gar nicht da wäre. Du musst die Männer vergessen und dich auf deine Karriere konzentrieren." Ihre Blicke trafen sich, Alexas Kritik war unmissverständlich. „Also, warum wollte Jay nicht mit dir gehen?"

Kate verdrehte die Augen gen Decke. „Weil ich ihm keine Antwort geben konnte und er jetzt eingeschnappt ist."

„Und warum ist das so?"

Kate zuckte mit den Schultern. Sie nahm einen Schluck Kaffee und verzog bei dem bitteren Geschmack das Gesicht. „Weiß nicht. Ich schätze, ich bin noch nicht bereit."

„Warum bist du nicht bereit? Du hast erwartet, dass er dir einen Antrag macht. Das hast du mir doch erzählt. Warum kannst du dich nicht entscheiden?"

Kate sackte in ihrem Stuhl zusammen. „Ich bin nicht sicher, ob es das Richtige ist. Es fühlt sich an, als würde ich mich zufriedengeben."

„Tja, das hast du auch gesagt. Aber es ist das, was du willst. Stabilität. Sicherheit. Eine Familie."

„Aber ... irgendetwas fehlt. Ich habe einfach keine ausreichend starken Gefühle für Jay."

„Im Gegensatz zu Simon."

Kate sah auf.

Alexa hatte richtig gefolgert, dass Kate von Simons Aufmerksamkeit letzte Nacht geschmeichelt und beunruhigt war und sich sorgte, dass es ihr zu Kopf steigen würde. Kate hatte sich nicht anmerken lassen, wie tief sie gestört war, weder durch den Flirt noch durch seine plötzliche Gleichgültigkeit.

„Er bringt mich wirklich durcheinander."

Sie redete sich ein, dass es keine Rolle spielte, aber seine Worte hatten sie verletzt. Wieder einmal.

Wir werden ihnen mit Sicherheit keinen weiteren Grund zum Reden geben.

Tja, was hatte sie erwartet? Nur weil sie bei seinem Anblick immer noch weiche Knie bekam, hieß das nicht, dass er begierig darauf war, wieder eine Beziehung mit ihr anzufangen. Es riss sie innerlich entzwei, legte rohe Wunden frei, von denen sie geglaubt hatte, sie seien längst verheilt, und untergrub ihr Selbstvertrauen wie seit Jahren nichts mehr. Das Gefühl des Verrats war allzu vertraut. Sie kannte sich selbst nicht wieder, so verwirrt war sie; Verlangen, Angst, Wut und Unsicherheit vermischten sich trotz ihrer Rationalisierungen zu einem giftigen Gebräu.

Alexa sagte nichts, saß nur da, trank ihren Kaffee und blickte Kate nachdenklich an.

„Ich weiß, es ist irrational! Und es ist wahrscheinlich unfair Jay gegenüber. Ich fühle mich schrecklich. Es ist nicht seine Schuld. Aber sollte ich nicht starke Gefühle für den Mann haben, mit dem ich den Rest meines Lebens verbringen werde?"

E in Strandspaziergang war genau das Richtige, um Kate zu beruhigen und ihr beim Nachdenken zu helfen. Der Nieselregen der letzten Nacht hatte alles nass glänzen lassen, aber der Himmel war aufgeklart, und sie freute sich auf etwas Zeit draußen an der frisch gewaschenen Luft. Sie ging quer durch den Uferpark in Richtung Kits Beach. Während sie lief, kam wieder Schwung in ihre Schritte. Vielleicht würde sie sogar weiter nach Granville Island gehen, um auf dem

Bauernmarkt ein paar Lebensmittel zu kaufen und ein Wassertaxi nach Hause zu nehmen.

Der Herbst in Vancouver war nie so wie im Osten, wo kaltes, trockenes Wetter für spektakuläre Farben sorgte. Aber trotzdem gab es Momente, und an einem kühlen, sonnigen Tag am Wasser zu sein, war ein Vergnügen, das sie gegen nichts eingetauscht hätte. Obwohl die Blätter der Ahorne und Ulmen im Park eine gedämpfte Mischung aus Rostrot, Grüngold und Braun waren und das zertrampelte, nasse Gras von verrottetem, braunem Laub glitschig war, glitzerte die Nachmittagssonne auf dem Wasser der English Bay und die indigoblauen North Shore Mountains erhoben sich über dem Wasser. Alles schimmerte, das Blau und Grün war lebendig und voller Leben. Sie hatte ein tolles Leben, schloss sie, und ihre Stimmung hob sich. Sie hatte ihre Gesundheit, Arbeit, die sie liebte, ein wunderschönes Zuhause, gute Freunde und eine unterstützende Familie. Was könnte man sich mehr vom Leben wünschen? Wenn sie es wollte, könnte sie sogar Heirat und eine Familie haben. Sie konnte immer noch alles haben.

Jay hatte ihr heute Morgen ein paar Rosen mit einer süßen Nachricht geschickt: *Es tut mir leid. Das war der unromantischste Antrag der Geschichte. Ich nehme ihn zurück. Ich kann das besser. Ich habe gespürt, wie du mir entgleitest, und bin in Panik geraten. Ich liebe dich.* War das wirklich ein Rückzieher? Hatte er es sich anders überlegt? Auch wenn sie im Moment nicht das für ihn fühlte, was sie ihrer Meinung nach sollte, war er sehr süß. Er hatte sie nur überrumpelt. Vielleicht würde die Liebe mit der Zeit wachsen.

Andererseits fragte sich ein Teil von ihr, ob ihre extreme Reaktion auf Simon nicht einfach ihr Kopf war, der ihr sagte, sie brauche eine Pause von Jay.

Sie würde sich von dieser Episode mit Simon nicht unterkriegen lassen. Sein Auftauchen hatte etwas in ihr ausgelöst, ein Echo der Probleme, die sie einst geplagt hatten, und ihre alten Ängste und Obsessionen hatten ihre hässlichen kleinen Köpfe erhoben. Sie war überempfindlich, was Simon betraf. Sie musste nur ihre Gefühle sortieren, und alles würde wieder normal sein. Was sie als Schmeichelei und Flirt wahrgenommen hatte, war nur sein natürlicher Charme, und wahrscheinlich meinte er nichts damit.

Angesichts ihrer beruflichen Beziehung und Sharons unwillkommener Beobachtung war das auch gut so. Es war eine Erleichterung zu wissen, dass es keine weiteren Hindernisse für eine erfolgreiche Lösung des Falls gab. Er war ihr zu wichtig, um ihn durch Grübeleien und neurotische romantische Fantasien zu vermasseln.

Sie atmete tief die saubere, kühle, feuchte Luft ein und ging mit zum Himmel geneigtem Gesicht weiter an dem fast leeren Spielplatz vorbei. Sie wäre vielleicht direkt daran vorbeigegangen, wäre da nicht das entzückte Quietschen eines kleinen Mädchens am Klettergerüst gewesen, das die ruhige Atmosphäre durchbrach.

„Papa! Schau mich an, Papa!"

Kate blickte gerade rechtzeitig auf, um zu sehen, wie Simon dem Kind zulächelte und zuwinkte und antwortete: „Ich schaue zu, Schatz. Ich sehe dich."

Oh Gott! Sie blieb wie angewurzelt stehen, erstarrt, ihr Magen fiel wie ein Stein in die Tiefe. *Wie konnte das ständig passieren?* Sie hatte ihn fünfzehn Jahre nicht gesehen, und plötzlich stolperte sie an jeder Ecke über ihn. War er die ganze Zeit da gewesen, am Rande ihrer Welt, und sie hatte es nie bemerkt? War es eines dieser „Über-sechs-Ecken-kennt-jeder-jeden"-Dinge?

Kate blickte nach links und rechts und schluckte den Kloß der Furcht hinunter, der sich in ihren Hals schob. Sie war für sie gut sichtbar, wenn er sich umdrehen sollte, kein Platz zum Verstecken auf dem offenen Feld. Unsicher, was sie tun sollte, stand sie einige Augenblicke am Rand des Spielplatzes und starrte sie an. Wenn sie ihren Weg fortsetzte, würde er sie sicher sehen. Aber sie konnte ihn kaum ignorieren, trotz seiner Unhöflichkeit von letzter Nacht. Dennoch brachte sie es nicht über sich, vorzutreten und ihn zu grüßen.

Dort verharrend, ungesehen, am Rande seines Lebens, eine unwillkommene Zuschauerin, überkam sie eine Welle der Übelkeit. Sie schwitzte, zitterte und fühlte sich seltsam schwach. Bilder von quälend ähnlichen Vorfällen aus längst vergangenen Zeiten und an anderen Orten blitzten in ihrem Kopf auf, und sie verspürte trotz der Konsequenzen einen starken Drang wegzulaufen.

Das kleine Mädchen hielt inne, saß oben auf dem Gerüst und starrte sie an.

„Hi", rief sie winkend. Kate war gefangen, hielt den Atem an. Simon drehte sich langsam zu ihr um, neugierig, ahnungslos.

Sie blickte ihn an und antwortete seiner Tochter und begrüßte ihn mit einer einzigen verlegenen Geste; sie hob kurz die Hand und krächzte: „Hi." Sein Gesicht war eine filmreife Parade von Emotionen, die deutlich nacheinander projiziert wurden – Schock, Freude, Verlegenheit, Ärger und Verwirrung.

„Kate?" Seine Stimme klang überrascht, wenn auch gedämpft. Sie näherte sich zögernd. „Ich beiße nicht, weißt du", sagte er, und ein Mundwinkel zuckte nach oben.

„Wirklich", sagte sie todernst und unterdrückte ein Lächeln; seine Verlegenheit war so offensichtlich und gutmütig. Oder etwa nicht? Sie ballte unsicher die Fäuste. *Warum bin ich in seiner Nähe so unfähig, objektiv zu sein?* Sie blieb neben ihm stehen, die Hände in die Taschen geschoben, und blickte zu dem Mädchen, das Mühe hatte, die Leiter hinunterzukommen, neugierig auf die Fremde, die sich eingemischt hatte. Sie hatte einen zerzausten Schopf heller kakaobrauner Locken und trug einen kleinen grünen Steppmantel.

„Papa, hilf mir runter", rief sie. Simon ging hinüber und hob sie herunter, als wäre sie federleicht, und trug sie zurück zu Kate.

„Madison, das ist Kate. Kate, das ist meine Tochter Maddie." Er strahlte Madison voller Stolz und Zuneigung an.

„Schön, dich kennenzulernen, Madison", sagte Kate, und ihr Herz zog sich beim Anblick des wunderschönen kleinen Mädchens zusammen.

„Hi", sagte Madison und musterte Kate aufmerksam, ihre hellgrünen Augen von langen braunen Wimpern umrahmt und ihre runden kleinen Wangen apfelrot. Sie runzelte die Stirn. „Bist du Papas Freundin?"

Kates Mund klappte auf. „Äh. Nein, Schatz. Wir ... wir arbeiten zusammen."

„Oh." Maddie wand sich und trat, bis Simon sie wieder absetzte, eindeutig uninteressiert an Arbeitskollegen, und rannte davon. „Schau, wie ich klettere", forderte sie.

Simon stand Schulter an Schulter mit Kate und sah zu, wie Madison die Strickleiter hochkletterte. „Ich schulde dir eine Entschuldigung."

Nein, sag das nicht! Ich habe dich gerade erst durchschaut. „Mir nicht", sagte sie und versuchte, die Fassung zu bewahren.

Sein leises Lachen hatte einen zynischen Unterton. „Vielleicht schulde ich allen berufstätigen Frauen eine Entschuldigung. Aber dich habe ich letzte Nacht beleidigt, also entschuldige ich mich bei dir. Ich neige dazu zu verallgemeinern, wenn ich verärgert bin."

„Ja, allerdings." Kate scharrte mit ihren Stiefeln über das feuchte Rindenmulch und setzte dessen modrigen Zedernduft frei.

Einen Moment lang war er still, dann wandte er sich ihr zu. „Ich fühle mich mies, weil ich den Abend so verdorben habe. Wir hatten eine nette Zeit. Ich würde es wirklich gerne erklären, wenn du mich lässt."

Sie konnte nicht vermeiden, sich ihm zuzuwenden und seinen Blick zu erwidern, wenn auch mit Bangen. Sein Blick war klar und aufrichtig, und ihr Herz schmolz zusammen mit ihrer Entschlossenheit. „Das kann ich dir schlecht verwehren." Ihr Blick wich aus, aus Angst vor dem beständigen Sog der Anziehung, der sich durch sie schlängelte.

„Wohin gehst du? Kannst du mit uns auf eine Tasse Tee kommen? Wir haben hier auf unserem Heimweg angehalten und sind schon eine Weile hier; Maddie muss etwas essen."

„Ähm. Okay." Sie lächelte und schüttelte den Kopf, hin- und hergerissen. *Oh, Mist.* Sie fingerte nervös an ihrem Anhänger. *Ist das ein Test?*

„Komm, Maddie. Lass uns einen Snack holen", rief er, und Maddie kam sofort angerannt, eine Tatsache, die Kate mit einiger Verwunderung zur Kenntnis nahm. Sollten Vorschulkinder nicht quengelig und aufsässig sein?

Sie gingen den Weg zurück, den sie gekommen war, zu einer Reihe von Cafés und Geschäften in der Cornwall Street. Unterwegs erklärte er, dass er Madison gerade von ihrer Mutter in Richmond abgeholt hatte, wo sie das ganze Wochenende gewesen war, und dass sein Haus nicht weit entfernt sei. Nah genug an Alexas Wohnung, sodass Kate sich wunderte, warum sie sich vor heute noch nie begegnet waren. Er führte sie zu einem kleinen Coffeeshop an der Ecke mit einer ramponierten, leuchtend orangefarbenen Tür und einem handgemalten Holzschild, das verkündete, dass sie im *Aster's Cafe* angekommen waren. „Es ist eine Art alter Hippie-Treff, aber sie backen tolle hausgemachte Muffins, und sie haben Spielzeug", sagte er und hob vielsagend die Brauen. Sie setzten sich am Fenster in einen breiten Sonnenstrahl, der schräg über die mit Mosaik gefliesten Tischplatten fiel und Scherben aus roter, gelber und kobaltblauer Keramikglasur zum Leuchten brachte. Er setzte Maddie auf einen Stuhl, ging zum Tresen, um zu bestellen, und kehrte kurz darauf mit Tee, Muffins und einem rosa Plastikbecher Milch zurück.

„Ich will Saft", schmollte Maddie.

„Ich weiß. Aber jetzt ist Zeit für Milch", antwortete er gelassen und lächelte Kate an. Maddie protestierte nicht weiter, sondern trank ihre Milch und aß den halben Muffin, den Simon zerstreut auf eine Serviette vor sie gelegt hatte. Sie bemerkte weder den Milchbart noch die Krümel, die an ihren süßen Wangen klebten, und ihr Schmollen dauerte nur ein paar Minuten. Kate hingegen war von Simon in der Rolle des Vaters fasziniert und konnte sich kaum konzentrieren. Bald drehte sich Maddie auf ihrem Stuhl hin und her und beobachtete einen großen Golden Retriever, der draußen angebunden war.

„Ich war aus mehreren Gründen verärgerter, als ich letzte Nacht zugeben wollte", sagte Simon. Kate sah fragend auf. Er fuhr fort: „Bevor ich Sharon traf, habe ich meine Frau gesehen."

Aha! Das war sie also. „Mir ist aufgefallen, dass du angehalten hast, um mit jemandem zu reden", bot sie in neutralem Ton an und warf einen Blick auf Maddie und den Hund. „Deine Frau ist sehr schön."

„Hm. Ja, das finden die Leute. Sie ist magersüchtig. Aber wichtiger ist, sie hätte nicht dort sein dürfen." Simon blickte zu Maddie. „Wenn du mit deiner Milch fertig bist, Maddie, kannst du in die Spielecke gehen." Sie wirbelte auf ihrem Stuhl herum, schluckte ihre restliche Milch hinunter, wischte sich das Gesicht am Ärmel ab und sprang in einer verschwommenen Bewegung auf.

„Sie ist sehr brav", lächelte Kate, trank dankbar ihren heißen Tee und sah zu, wie Maddie sich in die Spielecke setzte und entschlossen in einem Haufen schmuddeliger Puppen und Autos mit fehlenden Teilen wühlte.

„Ja. Das ist sie. Normalerweise", fügte er hinzu und schürzte die Lippen. „Ich bin überrascht, dass sie nicht mehr austickt. Sie muss mit viel Enttäuschung umgehen. Eigentlich soll sie jedes zweite Wochenende bei Rachel verbringen, aber Rachel sagt aus dem einen oder anderen Grund ziemlich oft ab. Sie reist ... Es ist für uns beide sehr frustrierend, wie du dir vorstellen kannst. Maddie versteht das nicht."

„Ah. Ich verstehe. Also war das Rachels Wochenende und –"

„Sie hat sie bei einer Babysitterin gelassen – einer Fremden –, nachdem sie letzte Woche krank gewesen war. Ich war stinksauer." Er sprach mit zusammengebissenen Zähnen, sein Gesicht verdüsterte sich mit seinen Worten, und Kate glaubte ihm. Offensichtlich wollte er nur das Beste für seine Tochter.

„Ich kann sicherlich verstehen, warum dir das die Laune verdorben hat", sagte Kate mitfühlend. Sie verstand, womit er zu kämpfen hatte.

Maddie sah nicht nur selten ihre Mutter, sondern der arme Simon hatte auch keine Zeit für sich.

„Das ist noch nicht alles. Ich fürchte, sie hat eine Bemerkung über dich gemacht, und ich war schon so aufgebracht, dass ich ihr erzählt habe, wir wären alte … Liebhaber gewesen, nur um sie zu ärgern." Er zuckte zusammen. „Ich bin der Schuldige." Kates Gesicht muss ihre Bestürzung gezeigt haben, denn Simon nickte, blickte zu Boden und fuhr fort: „Nach Sharons schnippischen Kommentaren wusste ich, was für ein großer Fehler das war. Mir hätte klar sein müssen, dass sie direkt zu Rachel rennen würde, um zu tratschen. Es war dumm, und es tut mir aufrichtig leid." Er sah sie an, seine Augen flehend. „Danach war ich genauso wütend auf mich selbst wie auf die beiden. "

Sie zögerte. Es war sehr schwierig, sich nicht beeinflussen zu lassen. Sie seufzte. „Na gut. Es sei dir vergeben. Ich frage mich, was daraus wird."

Simon gab zu, dass er erleichtert sei, die Gelegenheit zu haben, sich vor ihrem Treffen am Dienstag zu entschuldigen.

„Das bin ich auch", erwiderte Kate, „glaube ich." Sie hielt inne. „Ich habe Schwierigkeiten, dich einzuschätzen." Er blickte sie an, seine sandfarbenen Brauen zusammengezogen. Der breite Streifen Sonnenlicht vom Fenster war im Laufe des Nachmittags über den Tisch gewandert und malte nun ein helleres Trapezoid aus Azurblau wie einen Rahmen an die kobaltblaue Wand hinter ihnen. Auf seinem Weg hob es sein windzerzaustes Haar hervor, ließ blasse Strähnen zwischen dem brünierten Gold aufleuchten und illuminierte die grobe Textur seines Lammfellkragens.

„Ich bin nicht so mysteriös. Du kennst mich besser, als du denkst." Sie warf ihm einen nervösen Blick zu. „Erzähl stattdessen von dir. Was ist nach deinem Abschluss aus dir geworden? Was hat dich dazu bewogen, das Fach zu wechseln?"

Sie spielte mit ihrer Teetasse und drehte sie in ihren Fingern hin und her. Sie musterte Simon durch den Vorhang ihrer zerzausten Ponyfransen.

„Ich schätze, es war die Beratungserfahrung, die den Ausschlag gab", sagte sie schließlich. „Zuerst war ich auf der Empfängerseite, nach einer schlechten Phase in meinen … Zwanzigern", sie hielt inne und begegnete kurz seinem Blick, „und das war so bedeutsam, dass ich später freiwillig bei Speakeasy mitgearbeitet habe; erinnerst du dich an diesen studentischen Peer-Beratungsdienst, den die Alma Mater Society betrieb?"

Er nickte.

„Danach habe ich für kurze Zeit in einem Krisenzentrum für Vergewaltigungsopfer gearbeitet."

Seine Augenbrauen schossen wie Flaggen in die Höhe, aber er sagte nichts.

Sie fuhr hastig fort. „Wie ich schon sagte, ich schien gut darin zu sein. Obwohl ich eigentlich vorhatte, für ein Aufbaustudium in Stadtplanung an die Uni zurückzukehren, war mein Herz nicht mehr dabei. Ich habe einfach meine Meinung geändert." Sie zuckte mit den Schultern und lächelte. „Es scheint, ich war dazu bestimmt, Menschen direkter zu helfen."

„Also *bist* du wieder zur Uni gegangen?", fragte er.

„Ja und nein. Ich habe ein paar Kurse belegt, nur um zu sehen, ob ich auf dem richtigen Weg bin, in Ethik und Psychologie an der UBC. Dort bin ich übrigens Sharon zum ersten Mal begegnet." Sie verzog ein Gesicht, das ihre gemeinsame Erfahrung mit Sharon so ziemlich zusammenfasste. „Dann entdeckte ich das Mediationsprogramm am Justice Institute, und es gab eigentlich keine Zulassungsvoraussetzungen. Es ging schnell. In ungefähr zwei Jahren war ich bereit, zu arbeiten."

„Tja. Ich denke, du hast das Richtige getan." Er lächelte. „Ich kann dich mir nicht hinter einem Schreibtisch im Rathaus vorstellen. Ich finde, du bist als Mediatorin sehr effektiv, nach dem zu urteilen, was ich bisher gesehen habe. Deine aufrichtige Empathie ist offensichtlich; sie strahlt dir förmlich aus dem Gesicht", fügte er hinzu, „und ich denke, die Leute spüren das und öffnen sich dir." Eine heiße Röte stieg ihm bis in die Ohrenspitzen und färbte sie fuchsienrot.

„Du eingeschlossen?", grinste sie. „Oder bist du zu jedem, den du triffst, so aufrichtig?"

„Äh. Ich weiß nicht, wie ich darauf antworten soll, also werde ich es gar nicht erst versuchen", lachte er. Er verbarg seine Verlegenheit, indem er sich umdrehte, um nachzusehen, wie es Maddie in der Spielecke ging. Sie war in ein Fantasiespiel vertieft und lieferte kaum hörbare Kommentare zum sich entfaltenden Drama ihrer kaputten Puppen. „Was ist, wenn du nicht gerade mediierst? Was unterhält dich?
"

Sie unterdrückte ein weiteres wissendes Lächeln und schnalzte nachdenklich mit der Zunge. „Ich mache die meiste Zeit Yoga", sagte sie, neigte den Kopf und starrte an die Decke. „Und ich zeichne und male ein wenig." Sie warf ihm einen vielsagenden Blick zu. „Aber frag mich niemals, ob du sie sehen darfst. Und, mal überlegen ... ich lese viel. Ich lese gern."

„Was liest du denn gerne?", wollte er wissen und lehnte sich auf seinen Ellbogen, um ihr ins Gesicht zu schauen.

„Nichts so Obskures wie du. Ich lese Romane, Biografien. Ich mag Menschen, weißt du noch? Ich bin süchtig nach dysfunktionalen Beziehungen. Den Dramen der Leute." Sie lachte über ihren selbstironischen Humor, und er lachte mit ihr.

„Und du magst indisches Essen", warf er ein. Sie nickte, und er fragte: „Warst du schon mal dort?"

„Nein. Nein." Sie schüttelte den Kopf und fügte hinzu: „Alexa und ich reden immer davon, hinzufahren, aber die Arbeit hält uns beide so auf Trab. Sie ist Architektin, wusstest du das?"

„Nein. Wusste ich nicht." Er hielt nachdenklich inne, und seine Lippen verzogen sich. „Ich kann mir vorstellen, dass sie sich in diesem Umfeld gut schlägt."

„Du meinst, in einem traditionell männlichen Beruf?", erkundigte sich Kate mit einem spitzbübischen Lächeln. „Ja. Du solltest sie mal mit einem Schutzhelm sehen. Sie kann ganz schön austeilen." Das entlockte ihm ein breites Grinsen, und Kate fand sich dabei wieder, ihn nachzuahmen. Sie wurde wieder ernster. „Sie ist auch eine wirklich talentierte Designerin."

„Das ist interessant. Es erstaunt mich immer wieder, worin die Leute gut sind." Sie unterhielten sich noch eine Weile so weiter, sprachen über verschiedene Leute, die sie kannten, und ihre verborgenen Talente und lachten. Dann erschien Maddie an seinem Ellbogen und zupfte daran.

„Daddy. Ich muss Pipi", bot sie im Bühnenflüstern an, was die anderen Café-Gäste zum Lächeln brachte. Er machte Anstalten aufzustehen.

„Entschuldige mich bitte. Wir sind gleich wieder da", sagte er.

„Ich sollte mich sowieso besser auf den Weg machen", sagte Kate. „Es wird spät, und ich wollte auf dem Heimweg noch einkaufen."

„Können wir dich mitnehmen?", bot er an. „Ich hatte gehofft, wir könnten über Sharon reden, vielleicht eine Strategie für Dienstag ausarbeiten."

„Oh." Sie atmete tief durch. „Warten wir doch einfach ab, was sie tut. Ich denke, unsere beste Vorgehensweise ist, ehrlich zu sein, aber die Sache herunterzuspielen. Wir wollen den Fall nicht gefährden. Es ist wirklich schon so lange her, wir könnten es ganz vergessen haben, weißt du." Sie errötete und wich seinem Blick aus. „Die Details sind für niemanden wichtig, oder?"

„Ri-ichtig", antwortete er skeptisch. „Obwohl es kein Verbrechen ist, ein wenig in Erinnerungen zu schwelgen", fügte er hinzu, „oder sich wieder kennenzulernen, was das betrifft."

Sie zwang sich zu einem Lächeln, um den Nervenkitzel und die Angst zu verbergen, die seine Worte auslösten.

„Daddy!", drängte Madison.

„Okay. Na gut. Dann bis Dienstag", sagte Kate, stand auf und griff nach ihrem Leinenrucksack.

Maddie zog Simon in Richtung des schmalen Korridors im hinteren Teil des Cafés, und er verschwand mit einem entschuldigenden Blick über die Schulter.

ACHT

K ate war gerade von einem Notfalleinkauf beim Laden an der Ecke für frische Kaffeesahne zurückgekehrt, als der Summer läutete. Er klang nicht unähnlich dem knirschenden Getriebe eines sehr großen Lastwagens und ließ sie wie immer zusammenzucken. Sie zupfte nervös an ihrem Pullover und ging zum Telefon, um abzuheben.

„Kate. Ich bin's, D'arcy, und Simon ist auch hier."

Sie blickte sich noch einmal in ihrem Loft um, um sicherzugehen, dass sie nicht vergessen hatte, irgendwelche persönlichen Dinge wegzuräumen. Alles sah ordentlich aus; das kühle, graue Licht flutete durch die industriefähigen Fenster. *Okay. Ich bin bereit.* „Kommt ruhig hoch", sagte sie und drückte die Knöpfe.

Ein paar Minuten später riss Kate die Tür auf, hieß sie mit einem Lächeln willkommen und lud sie ein, es sich bequem zu machen, während sie schnell zurück in die Küche eilte, dem pfeifenden Wasserkessel hinterher.

Ohne es zu beabsichtigen, schnappte sie Gesprächsfetzen auf, während sie ihre Mäntel auszogen und sich in ihrem Loft umsahen.

„Ist das ihr Zuhause oder ihr Büro?", sagte Simon.

„Schwer zu sagen. Es ist ziemlich schick. Schau dir die Aussicht an! Durch die Lücke da kann man Science World sehen. Und den Jachthafen."

Sie spähte um den Türrahmen und sah, wie Simon denselben Lammfellmantel, den er am Sonntag getragen hatte, über einen Stuhl warf und sich vorbeugte, um blinzelnd die Kunst an der langen Backsteinwand zu betrachten.

„Was ist das?", fragte D'arcy. Kate duckte sich zurück in die Küche und sah nach ihren Muffins.

„Sieht aus wie eine alte Kabeltrommel", sagte Simon. Kate verpasste die darauffolgende gemurmelte Unterhaltung und lächelte über ihre Reaktion auf ihren Couchtisch. Alexa hasste ihn, aber sie hatte es nie bereut, dieses alte Gerümpel gerettet zu haben, und die Leute machten immer eine Bemerkung dazu.

„Ich kann diese Wohnung einfach nicht fassen", keuchte D'arcy. „Sie ist wirklich umwerfend." Kate hörte D'arcys Absätze in ihre Richtung klackern. „Kate?", rief sie.

„Hier drin", rief Kate vom Torbogen aus und bemerkte, wie Simon umherwanderte und neugierig Dinge berührte. Hier eine Vase, da ein Buch. Sie sah ihm zu, wie er sich durch einen kräftigen Sonnenstrahl bewegte, die Luft voller schwebender Staubkörnchen, und er wirkte wie eine Figur in einer Szene aus einem alten Film. Er bewegte sich zum Seitenfenster, und sie wandte sich ab.

„Ist das dein Zuhause?", fragte D'arcy und lehnte sich in den Türrahmen, während Kate Tassen und Teller auf einem Tablett anordnete.

„Schsch. Ja, aber ich halte meine persönlichen Sachen außer Sichtweite und meinen Wohnbereich irgendwie neutral. Er ist heimelig, aber nicht zu ... zu, du weißt schon?"

Der Summer ertönte erneut, und Kate trug das Tablett mit dem Geschirr, stellte es auf die Kante ihres gedrechselten Eichentisches, schob einen Stapel Bücher beiseite und stützte es mit einer Hüfte ab, um zum Telefon zu greifen.

„Hallo", trällerte sie hinein. „Oh, Sharon. Hallo. Kommen Sie ruhig hoch, fünfter Stock, gelbe Tür." Sie legte den Hörer auf, nahm das Tablett und ging zum Sofa. „Pünktlich auf die Minute. Hallo, Simon. Nimm Platz, wenn du magst, wir sind gleich bei euch. D'arcy passt auf den Ofen auf. Meine Muffins piepen gleich." Sie warf ihm ein schüchternes Lächeln zu.

„Muffins?", sagte er.

Sie errötete. „Ach, das ist nichts." Sie stellte das Tablett ab und machte eine vage Handbewegung.

„Diese Wohnung ist unglaublich", sagte er leise und schüttelte den Kopf. „Du wohnst hier?"

Sie verschränkte die Arme vor der Brust, sah auf den Boden und scharrte mit einem Fuß über den Beton. „Das ist Alexas Entwurf. Ich hatte Glück, diese Wohnung früh zu kaufen. All die neuen, sogenannten Lofts sind so klein. In kleine Kaninchenställe zerstückelt", sagte sie. Ihr Herz schlug einen Stakkato-Rhythmus, und ihre Atmung war viel zu schnell. „Aber ich konnte mir kein Büro und eine Wohnung leisten, also ..." Sie hielt abrupt inne, spürte, wie ihr Gesicht heiß wurde, und zuckte mit den Schultern. „Ich hole nur schnell den Kaffee." Sie drehte sich um und schritt wieder davon. Es klopfte, und sie öffnete die Tür, als sie vorbeiging. „Herein, Sharon."

Sharon betrat den Raum und sah sich um. „Ah. Simon", sagte sie schließlich, als sie ihn bemerkte, und schritt in seine Richtung. Kate sah zu, wie Sharon ihre Aktentasche öffnete und ihren Kram aufbaute wie eine Händlerin, die ihre Waren an einem Basarstand ausbreitet, und Simon setzte, nicht überraschend, seinen Streifzug fort und steuerte auf ihren Schreibtisch zu. Nachschlagewerke und Zeitschriften stapelten sich hoch, obwohl sie Kundenunterlagen und Fallnotizen immer sorgfältig wegschloss. Sie stöhnte, fragte sich, was er wohl dachte, und kehrte in die Küche zurück. Was war schlimmer: dass Simon in ihrem Arbeitsbereich herumschnüffelte oder dass er dasaß, während Sharon ihn ins Kreuzverhör nahm?

Ein paar Minuten später, als sie herauskam, unterdrückte sie ein Lachen. Er sprach mit singender Stimme zu Oscar.

„Hallöchen", sagte er zu ihm. Als Antwort entrollte Oscar seinen langen, dünnen Rumpf, streckte seine stelzenartigen Beine mit voll ausgefahrenen Krallen durch die Sprossen der Stuhllehne und starrte ihn träge aus grünen Augen an. Simon zuckte angewidert zurück. „Wer hat dich denn verprügelt, Kumpel? Du bist wirklich die hässlichste Katze, die ich je gesehen habe", sagte er.

Kate lächelte und schlich sich von hinten an ihn heran. „Das ist Oscar." Simon schrak zusammen. „Er hatte ein hartes Leben", lachte sie leise.

„Das will ich meinen", erwiderte Simon, und seine Ohren wurden rosa.

Kate bückte sich, um den Klumpen aus Knochen und Fell aufzuheben, rollte ihn auf ihrem Arm zusammen und kraulte seinen dünnen Hals. Er drehte sein Gesicht zu ihrer Brust und vergrub es dort, wobei sofort ein lautes, sägendes Geräusch aus seinem Bauch drang, und knetete sie wie einen Teigklumpen.

„Er weiß offensichtlich, wo es langgeht."

„Ich habe ihn vor ein paar Jahren halbtot in einem Müllcontainer gefunden und ins Tierheim gebracht. Aber dann konnte ich ihn einfach nicht dort lassen, mit seinem räudigen Fell und den zerbissenen Ohren. Niemand sonst hätte ihn gewollt. Er ist sehr glücklich, jetzt hier ein Zuhause zu haben", sagte sie, gurrte ihn an, „Nicht wahr, alter Junge?", und zog sein hässliches Gesicht aus ihrer Achselhöhle, um ihm in die Augen zu sehen. „Er ist sehr anhänglich, wenn du Katzen magst, aber er stinkt, da warne ich dich. Er kann nichts dafür. Er hat mehr als nur ein paar chronische Gesundheitsprobleme." Sie streckte die Hände mit der Katze, die wie ein schlaffer Lumpenmopp daran hing, nach vorne, und Simon blieb nichts anderes übrig, als ihn blinzelnd entgegenzunehmen.

Er rümpfte die Nase. „Ich mag Katzen. Wir haben tatsächlich eine. Lucy. Sie ist Diabetikerin."

Was war das, ein Kräftemessen, wer mitleidiger mit armseligen Tieren war? Sie lächelte gequält und ging weg, um sie einander bekannt werden zu lassen.

„Aua! Fffk." Sie hörte Simon einen leisen Fluch ausstoßen, als sie wegging. „Schon gut. Ich hab's kapiert, nicht dein Fahrgestell anfassen", murmelte er, als Oscar davonhuschte, und sie lachte in sich hinein.

D'arcy brachte das Tablett mit den dampfenden Muffins herein, und Kate folgte mit einer Teekanne in der Hand. „Fehlt nur noch Eli?", fragte sie niemanden im Besonderen. „Wie spät ist es?"

Simon drehte sein Handgelenk um, um auf seine Uhr zu schauen. „Es ist 9:45 Uhr", berichtete er. Er folgte Kate, lutschte an seinem Finger und setzte sich.

Sharon war endlich fertig mit Telefonieren und bemerkte Kate gegenüber, dass ihr Loft reizend sei, dann beschwerte sie sich über Eli. „Was ist hier los? Wir können nicht den ganzen Tag warten."

„Ich rufe ihn mal an. Vielleicht hat er sich verfahren oder so", bot Simon an. Er wählte und wartete. „Keine Antwort", berichtete er. Genau in dem Moment klingelte Kates Telefon, und sie entschuldigte sich. Natürlich war es Eli, und sie ließ ihn herein. Er trug seine übliche braune Lederjacke und Jeans, den Motorradhelm in der Hand.

„Hi-ya Kate. Tut mir leid, dass ich zu spät bin. Ich hab mich verfranzt." Er sah sich mit offenem Mund um. „Toller Ort. Wow, hier könnte ich leben und malen. Das Licht!"

„Bedient euch ruhig an Kaffee oder Tee, alle, und nehmt euch einen Muffin, solange sie heiß sind. Fangen wir an."

„Du hast Muffins gebacken", sagte Sharon ausdruckslos, während die anderen nach Tellern und Tassen griffen. Sharon warf Simon einen seltsamen Blick zu, und er hob nur hochmütig die Augenbrauen als Antwort, ließ sich neben Sharon nieder, einen Muffin auf dem Knie balancierend, die Mundwinkel zuckten.

Kate saß in einem Sessel am offenen Ende des Sofas und wartete, bis sich alle anderen hingesetzt hatten. Sie lächelte Eli und D'arcy, die nebeneinander saßen, und Sharon warm an. Kate würde Sharon am liebsten die Meinung geigen, weil sie immer etwas zu kritisieren fand, aber sie musste zugeben, dass Sharon im Moment am längeren Hebel saß und sie vorsichtig sein mussten. Sie wartete auf Sharons Offenbarung, aber sie kam nie. Vielleicht wartete sie darauf, dass sie eine schmutzige Affäre gestanden.

Das aufkommende Gefühl der Furcht ignorierend, fasste Kate die Kernpunkte der letzten Sitzung zusammen, hob Eli und D'arcys Stärken hervor und fasste auch ihre Bedenken zusammen, wobei sie all ihre Worte und Handlungen in ein sauberes Päckchen destillierte, das jeder leicht verdauen konnte. Obwohl sie die Idee bereits zu Beginn ihrer Sitzungen vorgestellt hatte, verbrachte sie eine halbe Stunde damit, den Zweck einer Versöhnungsvereinbarung zu erklären, die einen Aktionsplan aus Wünschen, Bedürfnissen und einer Verpflichtung zu Verhaltensänderungen sowie eine Erklärung gemeinsamer Ziele beinhalten würde. Viele Leute fanden das eine seltsame Idee, bis sie erklärte, dass die Erstellung der Vereinbarung der eigentliche Sinn der Sache war. D'arcy und Eli hörten aufmerksam zu, Eli hielt D'arcys Hand leicht in seinem Schoß, weniger unruhig als sonst.

Nach einer Weile reichte Kate beiden Formulare und bat sie, die Lücken als Grundlage für einen Vertragsentwurf auszufüllen, woraufhin sie ein Dokument zur Prüfung für sie entwerfen würde. Während sie vor sich hin kritzelten und Sharon über Darcys Schulter schielte, entschuldigte sich Simon, stand auf und stellte seinen Teller auf den Tisch. „Ähm. Wo ist das …?"

„Oh. Um die Ecke von der Küche." Sie deutete auf den Raumteiler. „Gleich dahinter, links."

Kate beobachtete, wie Sharon zappelte und ihren Blick nicht von Simons Weg quer durch den Raum abwenden konnte. Kate war genauso angespannt und wartete darauf, dass er zurückkam. Er brauchte furchtbar lange im Badezimmer. Nach einigen weiteren Minuten stand Sharon schließlich ebenfalls auf und entschuldigte sich, und Kate wünschte, sie könnte ihr nachjagen und sie daran hindern, Simon wegen dem, was sie erfahren hatte, zur Rede zu stellen. Sie steckte eine Haarsträhne hinter ihr Ohr und wischte ihre verschwitzten Handflächen an ihren Hosenbeinen ab, wünschte, sie könnte etwas tun, und hoffte, Simon könnte unter Druck die Ruhe bewahren.

Als keiner von beiden zurückkehrte, befürchtete Kate, dass sie in einen Streit verwickelt waren. Das Beste, was sie tun konnte, war, die Sitzung abzuschließen und alle so schnell wie möglich hier rauszubekommen. Nach viel gemurmelter Diskussion war es fast Mittag, als Eli und D'arcy ihre Formulare ausfüllten, also stand sie auf und verabschiedete sich, während sie sie in Richtung Tür führte. Es war eine produktive und friedliche Sitzung gewesen – zumindest an der Oberfläche.

Endlich kamen Simon und Sharon nebeneinander aus der Galerie. Kate drehte sich zu ihnen um, hielt den Atem an und versuchte, Simons Gesicht zu lesen. „Da seid ihr ja." Sie versuchte zu lächeln, aber ihr Gesicht fühlte sich steif an. Simon schenkte ihr ein subtiles, beruhigendes Lächeln, aber sie bemerkte seine Anspannung. Sie versuchte, eine fröhliche Miene aufzusetzen. „Wir haben hier die Zutaten für eine Versöhnungsvereinbarung ausgearbeitet, die ich entwerfen werde. D'arcy und Eli haben ein paar Hausaufgaben, aber ich hoffe, wir können das nächste Woche zusammenstellen."

„Nun. Herzlichen Glückwunsch", bot Simon an, „Ich freue mich darauf, das mit dir durchzugehen, Eli."

Eli lächelte. „Das solltest du besser, Simon. Nur um sicherzugehen, dass ich nicht versprochen habe, das Malen oder Essen und Trinken aufzugeben." Er fingerte an seiner Zigarettenschachtel, lachte und blickte zu D'arcy.

„Eli!", sie gab ihm einen liebevollen Rippenstoß und schmollte kokett, und er legte einen Arm um sie und drückte ihr einen lauten Kuss auf die Lippen. Sie errötete und blickte nach unten, ließ aber ihren Körper an seinen entspannen, als er sie weiter festhielt. Eli blickte zu Simon, und sein Lächeln verzog sich zu einer Seite, verlegen.

„Nun, wir sollten dann mal los. Bis nächste Woche dann, alle zusammen", sagte Eli und wandte sich zur Tür. „Mittagessen, Chérie?", sagte er an D'arcys Haar, sein Ton war flirtend.

„Ich rufe dich an", sagte Simon.

„Ich lade dich auch zum Essen ein, Simon. Nächstes Mal", lächelte Eli erneut, klemmte sich eine Zigarette zwischen die Lippen und ging zur Tür hinaus.

„Ich fürchte, ich habe ein Geschäftsessen, sonst hätte ich angeboten, euch beide einzuladen", sagte Sharon, ihre Augen verengten sich, während sie von Simon zu Kate und zurück blickte. „Wir könnten unser kleines Gespräch fortsetzen, Simon." Kate schauderte, als Sharons Adlerblick sich auf sie richtete. „Aber es *gibt* da eine Sache, über die ich gerne privat mit *Ihnen* sprechen würde, Kate. Darf ich Sie anrufen?" Sie schnurrte fast, aber Kate war sich sicher, dass sie es mit einer sehr großen Raubkatze zu tun hatte.

„Sicher, Sharon. Ich habe morgen früh Zeit, wann immer es Ihnen passt", antwortete Kate, ein leichtes Beben in ihrer Stimme. Sie verschränkte die Arme, griff nach ihrem Anhänger und erinnerte sich daran, dass es auch hierfür einen Grund gab.

Sharon warf Simon einen warnenden Blick zu, als sie sich zur Tür drehte, ihre Aktentasche in ihrer kleinen, festen Faust umklammert. „Soll ich Sie hinausbegleiten, Simon?"

Simon zögerte. „Es gibt da eine Information, die ich von – äh, Kate bekommen muss, bevor ich gehe. Gehen Sie nur vor." Sie verzog das Gesicht und ging zur Tür. „Du wolltest mir doch den Lehrplan für das Mediationsprogramm zeigen, erinnerst du dich?", fügte er an Kate gewandt hinzu, fletschte die Zähne und hatte einen hoffnungsvollen Ausdruck im Gesicht.

Sie stießen beide einen hörbaren Seufzer der Erleichterung aus, als die Tür hinter Sharon ins Schloss klickte, lauschten ihren Absätzen, die zum Aufzug ticktackten, und wandten sich dann mit einem ausgestoßenen Lachen einander zu.

Sie bedeckte ihren Mund mit einer Hand und schüttelte den Kopf. „Ich bin so erleichtert, dass sie nichts öffentlich gesagt hat", sagte Kate, drückte sich die Finger an die Stirn, „aber ich glaube, sie wird es mir morgen heimzahlen." Sie wusste genau, worüber Sharon mit ihr sprechen wollte. „Ich finde, heute lief sehr gut. Warum kann sie es nicht einfach auf sich beruhen lassen?", flehte sie und ballte beide Fäuste vor Frustration. „Offensichtlich gibt es keinen Interessenkonflikt. Da läuft nichts. Und wir sind mit dem Fall fast fertig."

„Sie scheint entschlossen zu sein, das anders zu sehen. Alles, was *ich* tue, scheint jedenfalls verdächtig. Ich fühle mich, als würde sie mich überwachen."

„Oh", sagte Kate, plötzlich nervös, ihre Brauen zogen sich zusammen. „Du solltest besser nicht länger bleiben."

„Sie ist schon weg. Wir tun hier nichts Falsches", rationalisierte Simon.

„Ja, ich weiß", war Kates einziger Kommentar, aber sie war trotzdem besorgt. „Was hat sie genau zu dir gesagt?", fragte sie, als sie zurück zum Couchtisch ging und Tassen und Untertassen auf ein Tablett stapelte. Simon folgte ihr und half, das Geschirr aufzusammeln.

„Lass mich mal", sagte er und nahm ihr das beladene Tablett ab. „Ich werde aus ihren Motiven nicht schlau." Er stand da und sah ihr zu, wie sie Kissen aufschlug und auf das Sofa warf. Sie folgte ihm in Richtung Küche, während er sprach. „Einerseits waren wir nicht ganz ehrlich über unsere Vergangenheit. Dann hat sie uns zusammen im … sitzen sehen." Er trug das Tablett durch den Küchenbogen und sah sich um.

„Stell es dorthin", sagte Kate und zeigte. „Aber sie wusste ganz genau, dass wir nicht einmal wussten, dass wir uns dort treffen würden. Um Himmels willen, sie hat deine Karte selbst besorgt."

„Ich weiß. Ich kann verstehen, warum sie misstrauisch ist, aber ich glaube, das eigentliche Problem ist, dass ich ein ziemlicher Idiot zu Rachel war." Er stellte das Tablett ab und sah sie zerknirscht an, seine schlaksige Gestalt lehnte mit gebeugten Schultern an der Theke. „Jedenfalls betont sie das Konfliktproblem mir gegenüber nicht. Sie war immer Rachels Freundin; wir standen uns nie nahe. Jetzt scheint sie diese Vorstellung zu haben, dass ich ihren Schutz und ihre Wohltätigkeit brauche. Sie bietet Mahlzeiten und Gesellschaft an, als wäre ich eine Art hoffnungsloser Einsiedler. Es ist seltsam."

„Ha ha. Darauf kannst du wetten", sagte Kate und öffnete die Spülmaschine.

„Was soll das denn heißen?" Simon half ihr, Tassen in den Korb zu räumen.

„Ich meine …", zögerte sie und richtete sich auf. *Was zur Hölle?* „Ich meine, du bist … äh … jetzt eine ziemlich gute Partie. Was lässt dich denken, dass sie aus reiner Nächstenliebe handelt? Vielleicht will sie etwas von *dir*." Sie sah ihn bedeutungsvoll an. Simon schaute auf, seine Augen waren weit aufgerissen.

„Aah. Kaum. Ich kenne sie seit Jahren. Sie ist nicht auf diese Weise an mir interessiert."

„Da wäre ich mir nicht so sicher. Vielleicht hat sie nur auf ihre

Chance gewartet. Du bist ein netter … Mann, gut aussehend, professionell, warum also nicht?"

Er musterte sie genau. „Danke, aber … Nun, abgesehen von Rachel, bringe ich Altlasten mit", sagte er mit ernstem Gesicht. „Und sie wirkt auf mich genauso wenig wie der Muttertyp wie Rachel."

„Nennst du Madison eine Altlast?" Sie wollte ihn eigentlich nur aufziehen, aber er schien fest entschlossen, sie ernst zu nehmen.

Er drehte sich um, um einen Teller in den unteren Korb zu stellen. „Du weißt, was ich meine. Ich bete sie an, natürlich. Sie ist mein Baby. Aber ein kleines Kind schränkt den Lebensstil ganz schön ein."

„Ich glaube, die einzigen Altlasten, die du hast, sind in deinem Kopf. Madison ist ein Gewinn. Sie ist ein wunderschönes, süßes kleines Mädchen. Welche Frau *würde* keine fertige Familie wollen, zu der sie gehört?"

Er stand mit dem Rücken zu ihr. „Einschließlich dir?"

Kates Herz hämmerte in ihrer Brust. Was meinte er damit? Wahrscheinlich nichts, entschied sie blitzschnell. *Reiß dich zusammen, Kate! Spiel es runter.* „Äh. Sicher. Ich will eines Tages eine Familie. Aber der Punkt ist, Sharon ist eine normale, gesunde Frau, intelligent, attraktiv, auch wenn sie rüberkommt wie ein Panzer. Und sie kennt dich. Ich würde diese Möglichkeit nicht ausschließen. Bist du an ihr interessiert?"

Das Geräusch, das aus ihm drang, war mehr ein Gurgeln als ein Kichern. „Nein", sagte er mit deutlichem Nachdruck und hielt inne. „Wie auch immer, ich weiß nicht. Ihre Taktik wirkt etwas zu aggressiv für eine Verführung." Er schauderte, sein Mund verzog sich. „Sie macht mir regelrecht Angst." Zerstreut pflückte er Krümel von der Muffinform, die auf der Arbeitsplatte stand, und knabberte daran.

„Das will ich meinen", lachte nun auch Kate. „Ihr fehlt ein gewisses Etwas."

„Jaaa. Wie warmes Blut."

Lachend stapelte sie ihre Muffinform und ein paar einzelne Utensilien in die Küchenspüle und wischte die Krümel von der Arbeitsplatte, wobei sie sich zum ersten Mal fragte, wie lange er noch bleiben wollte. „Hast du Hunger?"

Simon zuckte mit den Schultern und runzelte leicht die Stirn, als hätte er noch nicht darüber nachgedacht. Dann, wie auf Stichwort, knurrte sein Magen laut. Farbe schoss ihm ins Gesicht und an den Hals.

„Offenbar", entschuldigte er sich. „Warum gehen wir nicht kurz raus und holen uns was? Ich lade dich auf ein Sandwich ein."

„Ich habe einen Topf hausgemachte Suppe, falls du interessiert bist", bot sie an und hob fragend die Augenbrauen. Es konnte ja nicht schaden, ihm ein Mittagessen anzubieten, redete sie sich ein. Sein Gesicht erhellte sich.

Er hob eine wenig überzeugende Hand. „Ich will mich nicht aufdrängen oder dir das Gefühl geben ... du weißt schon ..."

Sie seufzte. „Wie du schon sagtest, es schaut keiner zu. Und es ist nur Suppe. Es ist einfacher, in dieser Gegend zu Hause zu essen. Es gibt ein paar Lokale zum Mittagessen, aber die sind mittelmäßig, und ich bin ziemlich gelangweilt von ihnen." Sie öffnete den Kühlschrank, holte einen großen Topf heraus, stellte ihn auf den Herd und zündete die Flamme an.

Er stand da und sah ihr zu. „Kochst du gerne?", fragte er nach einem Moment. *Plaudert er nur belanglos oder werde ich hier interviewt?*

„Ich mag es ganz gern. Ein Mensch muss schließlich essen. Und man kann nicht jeden Tag in Restaurants essen." Sie zog einen hölzernen Rührlöffel heraus und öffnete den Deckel.

„Du wirkst so ... häuslich", kommentierte er. „Du erinnerst mich an meine Mutter."

Sie sah ihn schief an. „Na, danke! Das ist doch nicht so schlimm, oder?" Sie verzog das Gesicht und ruderte zurück. „Häuslich zu sein, meine ich. Über deine Mutter kann ich nichts sagen." Sie wandte sich der Spüle zu und spürte ein heiß-kaltes Prickeln an ihrer Wirbelsäule und im Nacken. *Was für eine Idiotin!*

Er blinzelte sie an, als ob er die Frage wirklich in Betracht zog. Sie wand sich unter seinem durchdringenden blauen Blick. Er holte tief Luft und sagte: „Nein. Tut mir leid. Ich meinte es als Kompliment. Es ist nur anders, als ich es gewohnt bin, das ist alles."

„Du kochst also nicht selbst?"

„Doch, eigentlich ziemlich viel. Muss ich ja, mit Maddie. Aber Rachel hat es nicht getan. Nie. Nicht mal ein Ei." Er lachte leise, seine Verachtung spiegelte sich in seinem Gesichtsausdruck wider.

Das konnte Kate sich gut vorstellen. Sie konnte sich diese statuenhafte, elegante Frau nicht mit einer Schürze in der Küche vorstellen. „Also hast du die Küchenpflichten in der Familie übernommen?" Sie rührte langsam die Suppe um.

„Mmm. Ich schätze schon. Als Junggeselle war ich immer kompetent. Weißt du, Burger und Spaghetti, solche Sachen. Aber als Maddie dann kam, musste ich mich so ziemlich um alles Häusliche kümmern. Das war die Abmachung." Er schien einen Moment nachzudenken und lehnte sich mit verschränkten Armen an der Arbeitsplatte zurück. „Das Kindermädchen hat ein paar Jahre geholfen. Aber seit Rachel weg ist, verbringe ich wohl mehr Zeit zu Hause. Und ehrlich gesagt, würde ich keine Freunde sehen, wenn ich keine Dinnerpartys veranstalten würde. Also habe ich gelernt, experimentiert. Ich glaube, ich bin jetzt ein ziemlich anständiger Koch."

„Du gehst nicht viel aus? Holst dir manchmal einen Babysitter?" Kate bohrte nach, neugierig, wie eingeschränkt sein Leben zu sein schien.

Er seufzte, sein Gesicht war angespannt. „Maddies Familienleben ist schon so dysfunktional, ich lasse sie ungern bei Fremden. Sie ist manchmal bei meinen Eltern und bei meinem Bruder, wenn er gerade zwischen zwei Freundinnen ist", lachte er. „Aber ich habe noch niemanden gefunden, bei dem sie sich wirklich wohlfühlt. Das Kindermädchen ist erst seit ein paar Monaten weg, also gewöhnen wir uns noch um. Das riecht wirklich gut."

Sie rührte die Suppe noch einmal um, beugte sich vor, um den duftenden Dampf zu riechen, der aus dem Topf aufstieg. Sie schöpfte einen Löffel voll heraus, pustete kurz darauf, drehte sich zu ihm um und bot ihm an, zu probieren. „Braucht sie Salz, meinst du?"

Seine Augen weiteten sich vor Freude und Überraschung, als er einen kleinen Löffel voll probierte. „Nein. Wow, ist die gut. Was ist das?
"

„Oh, ich weiß nicht. Übrig gebliebenes Knoblauch-Brathähnchen, Mais, Kartoffeln und was auch immer für eine Cremesuppe. Ich hab das einfach zusammengeworfen." Sie öffnete einen Schrank neben seinem Kopf, holte zwei Schalen heraus, stellte sie auf die Arbeitsplatte und fischte eine Kelle aus einer Schublade, um sie zu füllen. „Da drin sind ein paar Brötchen", deutete sie mit der Kelle auf einen anderen Schrank, „Macht es dir was aus?" Er schien von ihrer Aufforderung, zu helfen, nicht aus der Fassung gebracht zu sein. Wie erfrischend, dachte sie, einen Mann zu finden, der sich in der Küche wirklich wohlfühlte. Besonders Jay schien es für selbstverständlich zu halten, dass sie ihn fütterte und bediente. Das hatte sie schon immer geärgert und warf einen Schatten auf andere zukünftige Probleme. Dann hielt sie inne. Sie war um Himmels willen nicht mit Simon zusammen! Warum verglich sie ihn mit Jay, der praktisch ihr Verlobter war? Fast. Sozusagen.

Warum deprimierte sie dieser Gedanke?

Nachdem Kate die Sachen für das Mittagessen auf das Tablett gestellt hatte, sagte sie: „Wenn du das tragen kannst, mache ich auf dem Tisch Platz."

Kaum saßen sie, machte er sich mit Gusto daran. „Das ist eine wirklich köstliche Suppe", sagte er. „Und du hast kein Rezept benutzt?"

„Nein. Suppe ist eine Art intuitive Sache. Ich habe ein grobes Grundgerüst." Sie nahm einen weiteren Löffel, dachte darüber nach und zuckte mit den Schultern. „Also, was meintest du damit, dass Sharon dich ‚beschützen' will?"

Er runzelte nachdenklich die Stirn. Er brach ein Brötchen auf und zögerte. „Sie scheint zu denken, du wärst ein bisschen … äh … vielleicht berechnend oder so. Ich bin nicht sicher. Ich lese zwischen den Zeilen." Er lächelte sie über den Tisch hinweg an, seine Augen lachten. „Du *bist nicht* berechnend, oder?"

Sie wusste nicht, was sie sagen sollte, und schüttelte ungläubig den Kopf. Warum sollte Sharon das über sie andeuten? Was hatte sie ihr je getan? Aber vielleicht war ihre Theorie ja richtig. Sharon wehrte möglicherweise einfach nur wahrgenommene Konkurrenz ab. Sie lächelte. „Kaum. Ich hoffe, sie macht mir das Leben nicht allzu sehr zur Hölle, während sie zum Todesstoß ansetzt."

Seine Augen weiteten sich in gespielter Angst. „Hilf mir, Kate."

„Scherzt du? Ich halte mich von euch beiden schön fern. Ich weiß, was gut für mich ist." Sie scherzte mit ihm, hoffte aber, dass er die versteckte Botschaft verstand. Sie würde ihre Karriere nicht wegen eines unvorsichtigen Flirts aufs Spiel setzen oder zulassen, dass ihre Anziehungskraft auf ihn oder ihre verwirrten Erinnerungen ihre ruhige, klare und professionelle Handhabung dieses Falles oder gar ihr geordnetes Leben beeinträchtigten. „Da musst du allein durch, Kumpel." Sie lachte. „Noch mehr?"

Er nickte eifrig, und sie nahm seine Schale mit in die Küche, um sie nachzufüllen und den Wasserkocher für Tee anzustellen. Als sie zurückkam, versuchte sie, das Gespräch von ihrem gemeinsamen Problem mit Sharon wegzulenken. Sie würde bald genug herausfinden, was Sharon geplant hatte. Sie schwiegen für ein paar Augenblicke, während er seine zweite Portion aß. Sie war überrascht, wie einfach es war, mit ihm zusammen zu sein, wenn man alles bedachte. Auch wenn eine nagende Spannung in ihrem Bauch zurückblieb, fast wie Lampenfieber, konnte sie nicht verhindern, seine warme, intelligente Gesellschaft einfach zu genießen. Sie lehnte sich zurück und stützte ihr Kinn auf eine Faust.

„Erzähl mir mehr über Rachel. Was ist schiefgelaufen?"

Er blickte auf, sein Gesicht verschloss sich stirnrunzelnd, und sie bereute sofort, ihre Grenzen überschritten zu haben. *Verdammt, Kate! Immer die Vermittlerin spielen, nie nur eine Freundin.* Eine Schüssel Suppe gewährte ihr keinen Zutritt zu seinen tiefsten Geheimnissen.

„Tut mir leid. Ich hätte nicht ..."

„Nein." Er wischte sich den Mund mit einer Serviette ab und schüttelte den Kopf. „Schon okay." Er dachte einen Moment länger nach, zupfte an seinem Kinn und spiegelte ihre Haltung. Zum ersten Mal bemerkte sie seinen zerkratzten Finger und verfluchte ihre psychotische Katze.

Er begann, seine Geschichte zu erzählen.

Der brillante juristische Verstand, der sexy Körper und der intensive, lebhafte Ehrgeiz, der ihn im Studium so begeistert hatte, wurden ihm zum Verhängnis. Er verliebte sich Hals über Kopf in Rachel, überzeugte sie, ihn direkt nach dem Studium zu heiraten, und dann ...

„Ich war so naiv. Ich weiß nicht, was ich erwartet habe." Es gab keine Flitterwochen. Nur Arbeit, Arbeit und noch mehr Arbeit. Und wenn Rachel mal feierte, dann feierte sie hart. Als ob sie vor etwas weglief, obwohl er ein paar Jahre brauchte, um herauszufinden, was es war. Er hatte das Gefühl, dass sie sich nie so auf ihre Ehe eingelassen hatte wie er. Sie war distanziert und emotional unzugänglich. Für ihre männlichen Kollegen war immer mehr Zeit als für ihn. Er runzelte die Stirn bei der Erinnerung. Kate hatte den Eindruck, dass Rachel mehr tat, als nur mit ihren Kollegen zu arbeiten.

Er erzählte, wie schön sie gewesen war. Zumindest hatte er das gedacht. „Meine ideale Frau", sagte er mit Verachtung in der Stimme. Aber im Laufe der Jahre wuchsen ihre Eitelkeit und Oberflächlichkeit. Die Diäten, die Implantate, die gefärbten Haare, die überzupften Augenbrauen, die Kollageninjektionen. All die teure Designerkleidung und der Schmuck. Sie war perfekt, hatte er gedacht, und wurde, Schritt für unaufhaltsamen Schritt, grotesk. „Ich verstand nur allmählich, wie hoffnungslos unsicher sie ist."

„Aber sie ist wirklich eine schöne, elegante Frau."

„Ich schätze, an der Oberfläche. Ich habe ihre wahre Natur erkannt, die tatsächlich monströs war. Ich kam nicht an sie heran. Sie sah aus wie ein Laufstegmodel, aber sie fühlte sich an wie eine Schaufensterpuppe." Er tat Kate so leid, sein Gesicht war von tiefen Falten durchzogen, und sein Blick war nach innen gekehrt.

„Rachel ärgerte sich über Maddies Existenz von dem Moment an, als sie schwanger wurde, was natürlich ein Unfall war. Ich musste sie buchstäblich anflehen, das Baby zu behalten. Sie war entsetzt bei der Vorstellung, Mutter zu sein. Sie ... wurde schlimmer." Er zögerte. „Siehst du ... Rachels Familie war ... wie soll ich sagen." Er griff nach Worten in die Luft, eine tiefe Traurigkeit spiegelte sich in seinen Augen. „Ihr Vater war sehr mächtig und distanziert und emotional missbräuchlich, jedenfalls gegenüber ihrer Mutter. Und ihre Mutter flüchtete sich in ihre eingebildeten Krankheiten, ihr Valium und ihre Schlaftabletten. Sie war auch nicht für Rachel da. Rachel wuchs auf und sah zu, wie ihre Mutter kauerte, schrumpfte und fett wurde. Rachel hat ihr Leben damit verbracht, sowohl nach der Art von Macht und Freiheit zu greifen, die sie sich bei ihrem Vater und ihren älteren Brüdern vorstellte, als auch gleichzeitig zu versuchen, schön und glamourös genug zu sein, um die Liebe zu verdienen, die sie so verzweifelt brauchte. Sie ist nie zufrieden. Maddie zu haben, schien ihr den Rest gegeben zu haben. Ihre zeitweise Anorexie entwickelte sich zu Bulimie, ihre Obsessionen und Ängste wuchsen, sie stieß uns von sich. Sie versteckt sich nun schon so lange hinter dieser Fassade, ich weiß nicht, ob sie jemals den Weg hinaus finden wird." Simons Augen waren fern, glasig. „Ich hatte immer gehofft ..."

Kate lauschte in stillem Entsetzen. Kein Wunder, dass er von ihrer Trennung so am Boden zerstört und von ihrer Vernachlässigung Maddies so frustriert war. Sie spürte, wie Tränen in ihren Augenlidern und im Hals brannten. „War sie in Therapie?" Sicherlich hätte Rachel mit einer Therapie gerettet werden können, zusammen mit ihrer Familie, wenn nur früher etwas unternommen worden wäre.

„Sie ist keine Frau, die Schwäche zugeben würde." Simons Lächeln war ironisch und zutiefst traurig. „Sie hat mir Maddie an dem Tag übergeben, an dem sie geboren wurde. Ich war überglücklich, Vater zu sein." Nach einer Woche war sie wieder bei der Arbeit und überließ es ihm, die Logistik der Elternschaft und Kinderbetreuung zu regeln. Kate konnte es kaum ertragen, ihm in die Augen zu sehen; es waren flüssige Teiche aus Schmerz und Enttäuschung. Am Ende nahm er die sechsmonatige Elternzeit, die seine Kanzlei erlaubte, und organisierte dann ein Kindermädchen für zu Hause.

„Das war vor vier Jahren."

„Das tut mir leid. Es muss sehr schwer für dich gewesen sein."

„Nicht schwer in dem Sinne, dass – es war ein relativ normales Leben – nur enttäuschend, dass ich es allein tun musste. Die Rachel, von der ich dachte, ich hätte sie geheiratet, existierte einfach nicht. Ich hatte mir erträumt, dass die Dinge ganz anders laufen würden." Seine Stimme verklang. Sie wunderte sich, dass er überhaupt noch Kampfgeist in sich hatte.

Kate nutzte die Gesprächspause, um den Tee zu holen, und erinnerte sich an seine Vorliebe für Süßes und holte eine Tüte gekaufter Haferflockenkekse aus dem Schrank. Er griff nach den Keksen, wie andere Leute nach Kartoffelchips griffen, handvollweise, tauchte sie in seinen Tee und setzte seine Geschichte fort. Momentan sollte Rachel Maddie alle zwei Wochen für das Wochenende nehmen. Sie hatten Glück, wenn sie es einmal im Monat schaffte. Deshalb hatte er am Samstagabend die Beherrschung verloren. Arme Maddie. Vielleicht war sie jung genug, dass es auf lange Sicht nicht viel ausmachen würde. Kate bezweifelte das. Madison brauchte eine Mutter, eine richtige Mutter; jedes Kind brauchte das, egal wie wundervoll ihr Vater war. Vier. Fünf. Sechs, zählte sie die Kekse, die er aß.

„Und du hast nie jemand anderen kennengelernt?" Sieben. Acht.

Simon zuckte mit den Schultern. „Es sind erst zwei Jahre. Es war keine Zeit für Verabredungen. Außerdem bin ich immer noch zu wütend und zu … erschöpft." Simon rieb sich mit den Knöcheln die Augenhöhlen, und sie konnte sehen, dass es stimmte. „Und Maddie geht vor. Immer." Sein Gesicht war von Entschlossenheit gezeichnet.

Er griff nach zwei weiteren Keksen. „Okay, das sind jetzt schon neun." Er erstarrte mit der Hand in der Tüte und blickte mit einem schuldigen Ausdruck auf.

„Du zählst?"

Kate grinste ihn an, froh, ihn von seiner tragischen Geschichte abzulenken. „Ich ziehe dich nur auf, iss nur. Aber wie bleibst du so schlank, wenn du so viel Zucker und Kohlenhydrate isst?" Sie dachte, er hätte genug ernsthafte Reflexion hinter sich.

„Ich laufe hauptsächlich. Und ein paar verschiedene Sportarten, wenn ich die Gelegenheit dazu bekomme, Hockey, Basketball, was auch immer." Er zuckte mit den Schultern. „Und ich nehme an, es liegt mir in den Genen." Er biss mit einem Grinsen in Nummer zehn.

„Tut mir übrigens leid wegen deines Fingers", sagte sie und deutete auf seinen Verband. „Oscar kann launisch sein."

Er lachte. „Meine eigene Schuld. Mach dir keine Sorgen."

Nicht lange danach entschuldigte er sich dafür, den ganzen Nachmittag damit verbracht zu haben, ihr Essen und ihre Zeit aufzubrauchen. „Was ist das nur an dir? Du bringst mich dazu, dir all meine Geheimnisse erzählen zu wollen", hatte er gesagt, ihre Wange mit einer Fingerspitze berührt und war gegangen, nachdem er ihr das Versprechen abgerungen hatte, sie über Sharons Manöver auf dem Laufenden zu halten.

Wie hatte der Tag nur so eine Wendung nehmen können? Sie hatte den Tag mit dem festen Vorsatz begonnen, mehr Abstand zwischen sie zu bringen. Stattdessen hatte er Stunden in ihrem persönlichen Bereich verbracht, ihr sein Herz ausgeschüttet, und sie empfand mehr Wärme und Mitgefühl für ihn als je zuvor. Jedes Mal, wenn sie eine Mahlzeit teilten, dachte sie, geriet sie tiefer in Schwierigkeiten. Nun, es war eine Sache, Freunde zu werden. Sie musste sich nur mehr anstrengen, um sich sowohl körperlich als auch emotional zu distanzieren.

NEUN

K ate kam im Gemeindezentrum an, um sich mit Alexa zu ihrem
regelmäßigen Squash-Spiel zu treffen, jeden Mittwoch um halb
fünf. An manchen Tagen war es schwierig, sich loszueisen, aber Kate
schaffte es. Sie hatten es vor Jahren zu einer Priorität gemacht, als ihre
vollen Terminkalender sie auseinandergetrieben hatten, und
versuchten, zwei Fliegen mit einer Klappe zu schlagen: fit zu bleiben
und in Kontakt zu bleiben. Es war eine von Kates Lieblingsbeschäfti-
gungen. Und mit der Zeit war sie eine ziemlich beeindruckende
Squash-Spielerin geworden.

Nachdem sie sich angemeldet hatte, ging sie in die Umkleidekabine,
um sich umzuziehen, und hielt nach Alexa Ausschau. Sie kam oft zu
spät und quetschte ihre Squash-Verabredung am späten Nachmittag
zwischen Besprechungen und noch mehr Besprechungen. Die
Architektur schien ihr keine geregelten Arbeitszeiten zu erlauben.
Alexa war eine treue Freundin, aber unzuverlässig.

Während sie sich anzog, dachte Kate darüber nach, wie lange sie
und Alex schon befreundet waren, seit sie sich mit achtzehn in einem
Kunstgeschichtskurs kennengelernt und entdeckt hatten, dass sie im
selben Wohnheim wohnten. Simon hatte sie an ihr jugendliches Interesse an Stadtplanung erinnert, und sie fragte sich, ob sie wie Alexa als
Beraterin geendet wäre, die ihren Kunden jederzeit zur Verfügung
stand und von einer Deadline zur nächsten lebte. Na ja, sie zuckte mit
den Achseln, das spielte jetzt ohnehin keine Rolle mehr.

Stattdessen hatte sie ihre Berufung in der Mediation gefunden. Sie war glücklich. Und sie half Menschen auf eine direktere und unmittelbarere Weise, als es die Arbeit als Planerin gewesen wäre, und das, so hatte sie gelernt, war ihr wichtig. All diese Bürokratie hätte sie sowieso wahrscheinlich in den Wahnsinn getrieben. Sie schloss ihre Sachen ein und machte sich auf den Weg durch den Kraftraum zu den Squash-Courts. Ein Grund mehr, nicht zu riskieren, ihre große Chance auf Anerkennung zu vermasseln und diese wichtige Fallstudie in den Sand zu setzen, indem sie Simon gegenüber schwach und naiv war. Sie konnte es sich im Moment nicht leisten, von der Rolle zu sein.

Sharons herrischer Anruf heute Morgen hatte sie wütend gemacht, aber sie wusste, dass in ihren Anschuldigungen ein Körnchen Wahrheit steckte. Obwohl zwischen ihr und Simon angeblich nichts Unanständiges vor sich ging, außer dass sie sich wieder näherkamen, gab es einen beunruhigenden Unterton, und sie war sich nicht sicher, was er zu bedeuten hatte. Er machte sie nervös. Sie schien in seiner Gegenwart so sentimental und durcheinander zu werden und hatte wirklich keine Ahnung, ob es nun seine jetzige Nähe oder die Erinnerung an ihre damalige gemeinsame Zeit war, die diese Reaktion hervorrief. Sie war wütend auf sich selbst wegen dieses Mangels an Kontrolle, aber noch mehr dafür, dass sie sich selbst nicht besser kannte. Sie hatte in Beratungen und Schulungen so hart daran gearbeitet, zu lernen, ihren objektiven Verstand von ihren Gefühlen zu trennen, dass sich dieser Zustand der Verwirrung wie ein großer Rückschlag anfühlte.

Nachdem sie ihren Schläger, ihr Handtuch und ihre Wasserflasche in den Court geworfen hatte, lief sie im Flur auf und ab und warf alle paar Minuten einen Blick auf die große Wanduhr. Ihre gebuchte Zeit lief bereits seit zehn Minuten; irgendetwas musste Alexa aufgehalten haben. Die gedämpften Geräusche von quietschenden Schuhen und Rufen hallten von den benachbarten Courts herüber. Sie lief hin und her und zappelte herum, frustriert darüber, dass ihr Training ausfiel. Sie musste Dampf ablassen.

„Du siehst aus, als wärst du auf hundertachtzig", sagte eine vertraute Tenorstimme hinter ihr. Sie zuckte zusammen und wirbelte herum.

„Was?" Wenn man vom Teufel spricht. „Schon wieder du!" Simon, ausgerechnet Simon, stand in Sportkleidung im Flur, glänzte vor

Schweiß, und sein dunkelblondes Haar klebte in feuchten Strähnen an seinem Hals und seiner Stirn.

„Das wird langsam unheimlich, was?", lachte er. Er hatte die Arme vor der Brust verschränkt, einen Squash-Schläger unter den Arm geklemmt, und die Vorderseite seines Shirts war schweißdurchtränkt. Auf seinem hübschen Gesicht lag ein amüsiertes Grinsen, das ihr Inneres hüpfen und ihren Puls wild flattern ließ. Oder lag es an den langen, schlanken Muskeln seiner nackten Arme und Beine?

„Ich bin *jede* Woche hier", sagte sie und schüttelte ungläubig den Kopf. „Stalkst du mich?" Oh, Gott. Wie konnte sie das nur sagen?

„Nein. Ich springe heute nur für einen Freund ein." Schweißrinnsale liefen ihm an den Schläfen hinunter, und er griff nach dem Handtuch um seinen Hals und wischte sich damit ab, was sein Haar noch mehr durcheinanderbrachte. „Hat dich deine Partnerin versetzt?", fragte er träge, musterte sie von oben bis unten und nahm ihre Kleidung und den leeren Court neben ihnen zur Kenntnis, den sie anscheinend für sich hatte.

Sie war verblüfft von seiner entspannten Körperlichkeit. Er war so groß und dünn, dass ein Anzug seine schlaksige Kraft verbarg. Als sie ihn jetzt ansah, erinnerte sie sich an seine sehnige Muskulatur. Seine langen Gliedmaßen waren schlank, aber stark, wie die eines Langstreckenläufers. Flüssige Hitze breitete sich in ihrer Körpermitte aus, ließ ihre Brustwarzen hart werden und schoss nach unten. Sie verschränkte die Arme vor der Brust, was jedoch nur dazu führte, seine Aufmerksamkeit dorthin zu lenken. „Ähm. Sieht so aus … vielleicht." Ihr fiel nichts anderes ein, was sie sagen konnte, so nervös machte sie seine halb bekleidete, verschwitzte Anwesenheit. „Äh, Alexa kommt oft zu spät", fügte sie unbeholfen hinzu.

„Also, ich bin gerade mit meinem Spiel fertig", sagte er gedehnt, „aber ich helfe dir gerne beim Aufwärmen, während du wartest." Er warf einen weiteren Blick auf den leeren Court.

„Oh. Ich weiß nicht …" Ihr wurde von Minute zu Minute wärmer. Wollte sie gegen ihn Squash spielen?

„Wenn sie auftaucht, ist's gut. Wenn nicht, können wir ein Spiel machen. Ich bin zwar k. o., aber …", er zuckte mit den Achseln.

Kate zuckte ebenfalls mit den Achseln. Ihr fiel keine höfliche Art ein, sein Angebot abzulehnen. Es schien freundlich gemeint zu sein, und sie wollte ihn nicht vor den Kopf stoßen. „Danke", sagte sie. *Warum kann ich ihm nicht aus dem Weg gehen?*

„Ich hole mir nur schnell was zu trinken und bin gleich wieder da", sagte er, drehte sich um und schritt auf diesen langen, schlanken Beinen den Flur entlang. Sie starrte ihm einen Moment lang wie gebannt auf den Hintern, dann riss sie sich innerlich zusammen und betrat den Court. Sie nahm ihren Schläger und schlug den Ball ein paar Mal in die Luft, bevor sie ihn gegen die Wand ditschte.

Endlich machte ihr Handy ein Geräusch, und sie las Alexas Nachricht: *Sorry, sorry! Erkläre ich später.*

Als er ein paar Minuten später zurückkam, hatte er sich abgetrocknet und ein frisches, schneeweißes T-Shirt angezogen. Er sah noch sexier aus, falls das überhaupt möglich war. Er stand so nah, dass sie die berauschende Mischung aus frisch gewaschener Baumwolle, erwärmt von seinem Körper, vermischt mit dem maskulinen Moschus seines Schweißes und einem Hauch von Seife, riechen konnte.

„Noch keine Alexa da?", fragte er.

„Sie kommt nicht. Ich schätze, sie ist bei der Arbeit hängen geblieben", erwiderte Kate, jetzt unruhig. „Lass uns anfangen." Sie beschlossen, direkt mit einem Spiel zu beginnen. Zuerst waren sie höflich und spielten sich den Ball einträchtig zu, *bing, bonk, bing, bonk.* Sie dachte, er sei müder, als er zugab. *Oder denkt er, ich sei so eine Amateurin, dass er es in seinem erschöpften Zustand mit mir aufnehmen kann? Ich brauche eine Herausforderung.* Keiner von beiden hatte einen einzigen Schlag verpasst, also beschloss Kate, das Tempo und die Aggressivität ihres Spiels zu steigern, um zu sehen, was er tun würde. Er erwiderte jeden ihrer Schläge ohne erkennbare Anstrengung. Schließlich machte sie einen Punkt, dann er, und so weiter. Er lächelte gelassen, während er spielte, und sagte nichts. *Er denkt, er spielt mit mir. Was für eine Frechheit!* Die Intensität steigerte sich von Minute zu Minute, bis Kate mehr so spielte, wie sie es gewohnt war; sie waren sich sehr ebenbürtig. Ihr wurde heiß. In mehr als nur einer Hinsicht. Sogar die Haut an ihren Knien und Schienbeinen prickelte vor Schweiß.

„Ich bin mir nicht sicher, warum ich mir ein sauberes Shirt ange-zogen habe", lachte er, als sie zwischen den Sätzen für einen Schluck Wasser anhielten. Sein T-Shirt war unter den Armen und in der Mitte seines Rückens und seiner Brust bereits durchnässt. Sie zog ihr T-Shirt über den Kopf und warf es auf den Boden. Darunter trug sie ein dehn-bares Yoga-Tanktop, ein wenig freizügig, aber sie konnte die Hitze nicht ertragen. Sie hatte Aufschlag. Er schien abgelenkt zu sein und sah

zu, wie ihr Schlag an ihm vorbeischoss. Sie drehte sich mit hochgezogenen Augenbrauen und einem süffisanten Lächeln im Gesicht um.

„War das zu schnell für dich? Oder bist du nur stehen geblieben,
weil du unbedingt ein Gentleman sein und verlieren willst? Das ist
nicht nötig, weißt du. Du wirst sowieso verlieren. Mit oder ohne
Anstand." Sie lachte, schnappte sich den Ball und drehte sich weg,
bevor er antworten konnte. „Hier ist deine zweite Chance. Vermassel
sie nicht."

Der Ball knallte gegen die Vorderwand und raste mit ungeheurer
Geschwindigkeit und Präzision in seine Richtung. Er hechtete zur Seit-
enwand und schnippte mit dem Handgelenk, kam aber einfach nicht
nah genug heran.

„Unfair", jammerte er. „Du hast dein Shirt ausgezogen. Das ist ein
unfairer Kampf." Er lächelte verlegen, als sie ihn mit großen, erstaunten
Augen ansah.

„Oh, wirklich? Wir benutzen jetzt also lahme Ausreden?"

„Na ja … ich bin langsam etwas erschöpft; ich bin schon seit einein-
halb Stunden dabei", sagte er.

„Du wirst wohl alt. Das war *früher* kein Problem, soweit ich mich
erinnere", neckte sie ihn, schlug sich dann aber sofort die Hand vor den
Mund, während ihr Gesicht plötzlich heiß brannte. Als er die Augenbrauen hochzog, murmelte sie: „Oh. Mein. Gott. Habe ich das wirklich
laut gesagt?" *Wie konnte ich nur so etwas Dummes tun?*

Er schien amüsiert über ihre Anspielung auf ihre vergangene Intimität. Sie hatte jede konkrete Erwähnung ihrer Romanze peinlich genau
vermieden, nicht nur vor anderen, sondern selbst dann, wenn sie
zufällig allein waren. Und jetzt das.

Sein Mund verzog sich zu einem Lächeln, und er trat kopfschüttelnd auf sie zu. „Schon gut. Früher oder später musste einer von uns
es erwähnen. Vielleicht ist es an der Zeit, dass wir darüber reden, es
offen ansprechen."

Ihr Magen verkrampfte sich, als er näher kam, und Panik stieg in
ihr auf. Sie rieb sich die Arme und spürte, wie noch mehr Hitze durch
sie strömte. „Eigentlich hatte ich gehofft, dass wir das nicht tun
würden", versuchte sie erfolglos zu lächeln, und ihr Blick tanzte über
seine glänzenden Schultern.

„Und warum nicht?", fragte er, plötzlich ernst. „Ich habe mich nach
dir gerichtet, aber ich verstehe wirklich nicht, warum wir Spielchen
spielen. Wen machen wir uns hier eigentlich was vor?"

„Ich würde eigentlich lieber so tun, als wäre es nie passiert", sagte sie, sich bewusst, dass ihre Atmung und ihr Herzschlag sich beschleunigten. Sie schaute auf den Boden hin und her, mied seinen Blick und wünschte, sie könnte überall sein, nur nicht hier, um dieses Gespräch mit Simon zu führen. Sie standen, wo sie waren, ein paar Meter voneinander entfernt, und sahen sich im Squash-Court an.

„Sag das nicht. Das sind einige meiner schönsten Erinnerungen", lachte er und versuchte, die Stimmung aufzulockern. Seine Augen leuchteten, als er sprach, und sein Blick senkte sich zu ihrem Mund, tiefer, und wanderte wieder nach oben, um ihren zu treffen.

„Oha. Das ist nicht dein Ernst", zischte sie. *Wie konnte er ... Was dachte er sich ...?*

„Doch, absolut. Ich meine, wirklich. Ich dachte, du hättest unsere gemeinsame Zeit auch genossen. Vielleicht lag ich da falsch."

„Ich kann nicht fassen, dass wir dieses Gespräch führen." Ihr Gesicht kribbelte vor Hitze, und sie rieb sich mit der Hand die Stirn, den Kopf gesenkt, während sie ihren Squash-Schläger immer noch mit weißen Knöcheln umklammerte.

Er ging auf sie zu und blieb einen knappen halben Meter entfernt stehen, legte sanft seine Fingerspitzen auf ihre nackte Schulter, die warm und schweißglatt war. Sie zuckte zusammen und erstarrte bei dem Stromschlag, der ihre Haut kribbeln ließ. „Hey. Das macht dir wirklich zu schaffen, nicht wahr?" Er hob ihr Kinn mit einem Finger an und versuchte, ihren Blick zu treffen, aber sie hielt ihn abgewandt und versuchte, die Tränen zu verbergen, die aufstiegen und brannten.

Sie drehte den Kopf zur Seite und rieb sich das Kinn, wo er sie berührt hatte.

Plötzlich neigte er den Kopf und küsste ihre angespannten Lippen, schnell und fest, was einen Hitzeschock durch sie jagte und sie noch mehr verwirrte. Mit einem leisen Stöhnen drückte er seinen Mund fester auf ihren.

Hör auf! Nein! Sie stieß sich von ihm weg, sog den Atem ein und stand wie erstarrt da, starrte ihn an, als hätte sie einen Geist gesehen, während ihr Herz hämmerte. *Habe ich das provoziert? Habe ich ihn ermutigt?* Sie überprüfte sich selbst. Sie hatte gelernt, nicht für alles, was in ihrem Leben schiefging, die Schuld bei sich zu suchen. Aber sie konnte auch nicht mehr länger so tun, als wäre diese Chemie zwischen ihnen nicht real oder als wäre er nicht an ihr interessiert.

Er trat mit einem matten Lächeln zurück, sein Blick suchte den ihren. „Lass uns in die Cafeteria gehen und uns hinsetzen. Es wäre gut, ein bisschen zu reden", schlug er vor. „Ich denke, mit Squash sind wir für heute fertig."

Sie nickte steif, vermied Augenkontakt, und sie sammelten ihre Sachen ein und verließen den Court. Wie betäubt folgte sie ihm in ein kleines Café neben der Rezeption, und sie setzten sich an einen Tisch am Fenster mit Blick auf die Straße.

Der Himmel war von einem klaren, intensiven und leuchtenden Blau, und ein frischer Wind rüttelte und zitterte an den noch an den Bäumen am Gehweg hängenden, braunen, verschrumpelten Blättern, wie lilliputanische Flaggen. Ein stetiger Strom von Menschen kam und ging, Leute in Anzügen und Mänteln, Mütter mit Kinderwagen und Kindern im Schlepptau, einige in Sportkleidung und andere in Straßenkleidung, gegen den Wind gekauert, ihre Kleidung flatterte heftig.

Einige Minuten lang saßen sie schweigend da und starrten aus dem Fenster. Kate suchte nach einer Erklärung für ihre extreme Aufregung. Das war nicht, was sie erwartet hatte. Sie spürte, wie er sich umdrehte, um sie forschend und eindringlich anzusehen, dann sprach er mit gedämpfter Stimme.

„Schau, ich weiß, es hat nicht gut geendet. Ich bin mir nicht sicher, ob ich genau verstehe, was damals passiert ist."

Sie kniff anklagend und skeptisch die Augen zusammen, aber er fuhr fort. Konnte sie ihm vorwerfen, dass er keine Ahnung hatte, dass er ihr das Herz gebrochen hatte?

„Aber das ist so lange her und wir waren nur Kinder. Können wir es nicht einfach als Erfahrung abhaken und weitermachen? Wir sind jetzt erwachsen." Er streckte seine Hand nach ihr aus. „Wir haben uns kennengelernt ... mögen uns, nicht wahr? Können wir nicht einfach so weitermachen und uns entspannen?" Er griff plötzlich hinüber und nahm ihre Hand, die schlaff auf dem Tisch zwischen ihnen lag, und strich sanft mit seinem Daumen darüber.

Sie zog ihre Hand weg. *Wie kannst du es wagen?* Ihre Reaktion war unmittelbar und heftig. Sie funkelte ihn an und zog wütend die Stirn kraus. „Denk nicht eine Minute lang, dass ich, nur weil du mich geküsst hast, plötzlich reif für die Ernte bin. Ich bin kein leichtes Ziel. Die Vergangenheit gibt dir nicht ... Ich bin nicht daran interessiert, ... etwas ... anzufangen!"

„Whoa." Er wich zurück und hob beide Hände mit den Handflächen nach außen. „Ich dachte ... Ich weiß, dass du jemanden triffst, aber mir schien, wir steuerten darauf zu. Immer mit der Ruhe. Ich dachte, du … Ich wollte nur klarstellen, dass wir uns nicht wegen der Vergangenheit den Kopf zerbrechen müssen. Vergiss es einfach. Lass uns von vorne anfangen."

Sie richtete sich mit geblähten Nüstern auf. *Was für eine Arroganz! Wie konnte er so oberflächlich, so herzlos sein?* „Vielleicht ist dein lückenhaftes Gedächtnis schuld", sagte sie eisig. „Ich erinnere mich zufällig an jedes Detail unserer sogenannten Beziehung. Einschließlich des Endes. Und für mich war es eine ziemlich große Sache. Danke für die Erinnerung. Ich erinnere mich jetzt deutlich daran, wie gefühllos und unempfindlich du sein kannst."

Er öffnete den Mund, um etwas zu sagen, schüttelte den Kopf und schloss ihn wieder.

Sie kaute auf ihrer Lippe und starrte ihn unter zusammengezogenen Brauen an, ihr Blickfeld verdunkelte und verengte sich, dann sprang sie auf, drehte sich auf dem Absatz um, schnappte sich ihren Schläger und stürmte ohne ein weiteres Wort zur Tür hinaus, verzweifelt bemüht, so viel Abstand wie möglich zwischen sich und Simon zu bringen. *Was für eine Närrin! Wie konnte ich mich wieder in eine solche Lage bringen? Habe ich denn gar nichts gelernt?!*

Sie schritt in ihren Sportschuhen davon, ihre Arme und Beine nackt im kalten Oktobersonnenschein. Eine Windböe verursachte eine Gänsehaut und sie fröstelte. Sie marschierte mehrere Minuten lang wütend weiter und ließ sich dann mit einem Schnaufen auf einer Stützmauer nieder, schwer atmend und wütend mit den Zähnen knirschend. *Oooh.* Warum war ihr Leben plötzlich in einem solchen Aufruhr? *Shanti-mukti-shanti-mukti*, zwang sie ihre Atmung, sich zu verlangsamen, und ihr Blick normalisierte sich wieder. Sie saß da und beobachtete trockene braune Blätter, die von Windwirbeln vom Platz gehoben wurden, nach oben spiralten, unberechenbar in der bewegten Luft tanzten, anderswo wieder zu Boden fielen, nur um von der nächsten Böe erneut weggerissen zu werden. Sie empfand eine besondere Empathie für sie, passive Opfer ihres Schicksals.

Warum hatte Simon die Macht, sie in eine solche Leidenschaft zu versetzen? Wenn es nicht Nervosität war, war es Lust oder Wut oder Besessenheit. Nie in zwei Jahren mit Jay hatte sie einen solchen Gefühlstumult erlebt. Vielleicht war es das, was sie davon abhielt, eine Verpflichtung einzugehen. Andererseits, hatte sie nicht genau dieses Gefühl des verlorenen Selbstkontrolle seit Jahren vermieden?

Reflexartig fingerte sie an ihrem Endlosknoten-Anhänger und fragte sich, ob all dieses Chaos dazu bestimmt war, ihr eine Lektion zu erteilen.

Ihr fiel ein, dass sie zurückmusste, um ihre Kleidung und Autoschlüssel aus der Umkleidekabine zu holen. Sie würde auf jeden Fall warten, bis Simon längst verschwunden war.

* * *

„Kathryn O'Day." Sie griff nach dem Telefon, ihre Gedanken immer noch bei ihren Fallnotizen, und dachte, es sei Jay wegen Halloween. Sie bereute schon, zugesagt zu haben, zur Party zu gehen, aber sie hatte es versprochen.

„Ähm. Kate? Hier ist Simon." Eine leere, elektronische Stille hallte in der Leitung. „Hör zu. Leg nicht auf."

„Ich lege bei Leuten nicht auf." Ihr Herz hämmerte. Warum rief er an? Sie hatte sich die letzten beiden Tage wie ein Roboter bewegt, entschlossen, nicht nachzudenken.

„Nein … du stürmst nur davon. Du warst sehr aufgebracht. Ich lasse Dinge nicht gerne so offen stehen. Du wirkst scheu", sprach er es vorsichtig an.

„Ich bin keine Katze." Es folgten mehrere Sekunden Schweigen. Jetzt klang sie zickig und unreif. Sie stieß einen schweren Seufzer aus. „Du hast eine Grenze überschritten, aber ich habe überreagiert. Das ist alles. Tut mir leid. Vergessen wir es einfach."

„Ich will es nicht vergessen. Ich will es klären. Wir beide haben Erinnerungen daran, was passiert ist. Ich nehme an, wir hatten sehr unterschiedliche Erfahrungen und … na ja, ich würde deine gerne verstehen, es durchsprechen." Seine Stimme war außergewöhnlich ruhig, und er sprach langsam, als hätte er es mit einer Psychopathin oder einem Kind zu tun.

Urgh! „Was, wenn ich das nicht will?"

„Bitte, Kate. Ich werde dich nicht zwingen, etwas zu sagen, womit du dich nicht wohlfühlst. Aber ich hätte gerne eine Chance. Ich denke nur, es ist eine gute Idee … äh … reinen Tisch zu machen. Wir müssen immer noch zusammenarbeiten. Ich denke, das wird helfen, die Spannung abzubauen. Bitte."

Sie ließ ihn ein paar Augenblicke warten. Er hatte recht. Wie konnten sie ihre Sitzungen so fortsetzen? Sie stieß einen weiteren langen Seufzer aus. „In Ordnung. Wann?"

„Vor der nächsten Sitzung. Aber ich muss heute Abend mit Maddie eine Süßes-oder-Saures-Runde drehen. Wie wäre es morgen Abend? Maddie ist dieses Wochenende bei Rachel." Er hielt inne. „Darf ich dich in mein liebstes indisches Restaurant einladen?"

Sie schnalzte mit der Zunge. Verdammt. Er wusste, dass sie indisches Essen mochte. „Nur reden, also. Das ist alles."

„Und essen. Vergiss das Essen nicht." Ein Anflug von Lachen lag in seiner Stimme. „Ich kann dich abholen –"

„Nein. Ich treffe dich dort. Wo ist es?" Das war kein Date. Sie würde es ihm nicht leicht machen. Sie nahm einen Stift und tippte ungeduldig auf einen Notizblock.

Er seufzte. „In Ordnung. Es ist das Balki Tandoori, auf der Victoria Drive. Um sieben Uhr?"

„In Ordnung. Ich werde da sein."

ZEHN

E in lautes Klopfen an ihrer Tür wenig später ließ Kates Herz bis zum Hals schlagen.

Hatte Simon beschlossen, sein Glück herauszufordern und heute bei ihr aufzutauchen? Aber nein. Das war lächerlich. Das würde er niemals tun. Selbst ihre exzentrische Nachbarin Lena rief vorher an, obwohl sie nur auf der anderen Seite des Flurs wohnte. Es gab nur eine Person, die ohne Vorwarnung auftauchen würde.

Sie ging zur Tür und spähte hinaus. Jep. Es war Jay, die Arme voller großer, weicher Bündel und mit einem dämlichen Grinsen auf seinem gut aussehenden Gesicht. Sie seufzte, schüttelte den Kopf, öffnete die Tür und zog sie weit auf.

„Jay."

„Hey, Baby." Er stürmte an ihr vorbei, direkt zum Sofa, und ließ seine Ladung fallen. Die Plastiktüten stießen ein zischendes Seufzen und einen Hauch feuchter, nach Mottenkugeln riechender kalter Luft aus. „Warte nur, bis du siehst, was ich habe."

Sie schloss die Tür und folgte ihm, wobei sie versuchte, das Gefühl der Verärgerung über sein plötzliches Eindringen zu unterdrücken. Sie war in letzter Zeit nicht sehr nett zu ihm gewesen. Sie musste sich mehr anstrengen.

Er drehte sich um, stürzte sich auf sie, nahm ihr Gesicht zwischen seine kalten Hände und drückte ihr einen langen, hungrigen, besitzergreifenden Kuss auf den Mund. „Mmmh. Gott, ich habe dich vermisst.

Habe dich in letzter Zeit viel zu selten gesehen. Was hast du so gemacht?"

Sie zuckte mit den Schultern. „Hauptsächlich gearbeitet. Ich bin ziemlich in diesen neuen Fall involviert. Mache mir Notizen für meine Dankesrede im Januar. Ich mag das Paar wirklich, und wir sind schon bei einem Entwurf für eine Versöhnungsvereinbarung, also läuft es gut."

Er drückte ihr einen weiteren schnellen Kuss auf die Lippen. „Das liegt daran, dass du so brillant bist." Er streifte seinen Mantel ab und warf ihn auf das Sofa. „Warst du überhaupt aus?"

Ihre Brust zog sich in Wellen der Schuld zusammen, als sie sich an ihre Begegnungen mit Simon auf dem Ball, ihr langes Gespräch am nächsten Tag, ihre gemeinsamen Mittagessen und ihr spontanes Squash-Spiel erinnerte. Ganz zu schweigen vom Abendessen morgen. Sie schluckte. Sie hatte Simon in letzter Zeit öfter gesehen als Jay. „Ich habe mich ein paar Mal mit Alex getroffen."

Jay kämpfte mit den Reißverschlüssen von zwei sperrigen Kleidersäcken.

„Was ist das alles?"

Er grinste sie über seine Schulter an. „Unsere Kostüme! Ich habe sie gerade abgeholt."

Sie zuckte zusammen. „Äh. Du weißt doch, dass ich es hasse, mich zu verkleiden."

Er zog etwas Rüschenartiges heraus, hielt es ihr hin, drückte das Kostüm dann zwischen ihre Körper und küsste sie erneut, während er seine Hüften gegen ihre rieb. „Sag das nicht. Ich will dich so sehr darin sehen." Er trat einen Schritt zurück.

Sie blickte nach unten und erkannte sofort ein stereotypisches englisches Dienstmädchenkostüm im Playboy-Häschen-Stil und stöhnte. „Auf keinen Fall! Das ziehe ich nicht an!"

Er setzte einen schüchternen Dackelblick auf. „Bitte. Du wirst darin so heiß aussehen. Ich werde dich die ganze Nacht wollen und du kannst mich quälen." Seine Hand glitt um ihre Hüfte und zog sie wieder an sich, um zu demonstrieren, dass er weder Quälerei noch knappe Kostüme brauchte, um in Stimmung zu kommen. „Die Vorfreude wird so süß sein", knurrte er.

Vorfreude auf was? Ihr Inneres verkrampfte sich unwillkürlich, als ihr Körper sich an sein enthusiastisches Liebesspiel erinnerte. Es waren ein paar Wochen vergangen. Er war potent und athletisch und sie hatten immer eine gute Zeit im Bett gehabt. Aber der Gedanke, heute Nacht mit ihm zu schlafen, beunruhigte sie. Es fühlte sich … falsch an.

Sie legte das Dienstmädchen-Outfit weg. „Das bin einfach nicht ich, Jay. Müssen wir auf diese Party gehen? Ich bin wirklich nicht in der Stimmung."

Er hob eine teuflische Augenbraue. „Ich weiß, was du meinst. Wir könnten uns auch verkleiden und hier unsere eigene Party machen. Und zwar sofort."

Es war erst vier Uhr nachmittags. „Auf keinen Fall. Ich muss noch arbeiten."

„War nur ein Scherz. Wie auch immer, wir müssen zu Miles' Party gehen. Wir verhandeln gerade über einen großen Vertrag. Das könnte den Deal für mich besiegeln. Ich gehe dir für ein paar Stunden aus dem Weg. Aber du musst es zuerst für mich anprobieren."

Sie schnitt eine Grimasse. „Und was ist deins?"

Er machte wieder eine spitzbübische Miene. „Deshalb habe ich meins hierher mitgebracht. Du musst mir beim Make-up helfen."

„Was für ein Make-up?"

Er zuckte mit den Schultern. „Blut und so Zeug."

Sie schloss die Augen. Er war wie ein Zwölfjähriger. Warum konnte er sich nicht wie ein obskurer Philosoph aus dem achtzehnten Jahrhundert verkleiden? Ein römischer Senator oder Fitzwilliam Darcy. Etwas Würdevolles. Warum musste es immer ein Zombie oder etwas Ähnliches sein? „Was sollst du denn sein?"

„Chop-Top Sawyer!" Er drehte seinen Kopf zur Seite und beäugte sie auf eine sehr unheimliche Weise. Es erinnerte sie an Igor, aber sie war sich sicher, dass es noch schlimmer war.

Sie traute sich kaum zu fragen. „Wer?"

„Aus *Texas Chainsaw Massacre Two*. Ernsthaft, kennst du den nicht?"

„Musst du das fragen?"

Er lachte. „Ach, na ja. Ist schon okay. Ich habe Fotos." Er wühlte in seinen Taschen. „Du solltest mal diese hässlichen braunen Zähne sehen, die ich gefunden habe. Und eine Glatzenperücke mit strähnigem Haar."

„Und das soll sexy sein?"

Sein Gesichtsausdruck veränderte sich, verwirrt. „Nein. Wolltest du, dass *ich* sexy bin?"

„Du willst immer, dass *ich* etwas Sexyes bin." Und Kitschiges. Und Schlampiges.

„Ja. Na und?"

„Na und? Das geht in beide Richtungen, weißt du. Axtmörder sind nicht gerade sexy."

„Kettensägen ... Aber das macht viel mehr Spaß."

Kate holte tief Luft und seufzte schwer, während sie sich fragte, ob er vorhatte, mit einer echten Kettensäge auf die Party zu gehen. Es gab keine Möglichkeit, ihn dazu zu bringen, es aus ihrer Perspektive zu sehen.

Er schob ihr das Dienstmädchen-Outfit hin. „Geh und probier es an. Sei kein Spielverderber. Bitte?"

Er würde nicht nachgeben. Mit zusammengebissenen Zähnen packte sie das Bündel und marschierte in ihr Schlafzimmer, um ihm den Gefallen zu tun. Sie riss sich ihre Yogahose und ihr Sweatshirt vom Leib und zwängte sich in das lächerlich knappe Kleidchen, das kaum ihren Schritt bedeckte, und band die winzige weiße Schürze darüber. Sie starrte sich im Spiegel ihrer Kommode an. Ihre Brüste quollen praktisch aus dem tief ausgeschnittenen Oberteil. Es war noch schlampiger, als sie erwartet hatte, und sie sah dumm und billig aus. Jay erwartete wahrscheinlich auch noch hochhackige Schuhe. Sie würde die ganze Nacht frieren und sich unwohl fühlen und die grapschenden Pranken jedes Kerls auf der Party abwehren müssen, einschließlich des schleimigen Miles, den sie verabscheute. Auf gar keinen Fall würde sie das in der Öffentlichkeit tragen.

„Was dauert so lange?", brüllte Jay aus dem anderen Zimmer.

„Einen Augenblick!"

Sie ließ sich auf ihr Bett fallen, um nachzudenken. Wie sollte sie da wieder rauskommen? Bei Jay war es immer das eine oder das andere. Sie schienen nie dieselben Dinge zu wollen, dieselben Dinge zu genießen. Es war immer ein Kampf. Er war wie ein großes Kind, ein wenig wild, wollte spielen, aber seine Vorstellung von Spiel machte sie ausnahmslos unbehaglich. Und er war schwer von Begriff, wenn sie versuchte, die Dinge zu erklären, die sie mochte. Sie hatte immer gelächelt und es ertragen, weil er so gutmütig und lebenslustig war. Jetzt wurde ihr klar, dass dieser andauernde Kampf Teil des Problems war. Sie waren so grundverschieden.

Er war ein Partytier, wollte immer in Bars und auf Partys gehen, trinken und mit Gruppen von Freunden tanzen, oder häufiger mit Pseudo-Freunden, die eher Arbeitskollegen oder potenzielle Kunden von ihm waren. Er trank zu viel und benahm sich ungehobelt. Aber immer wenn sie wollte, dass er sie zu einer gesellschaftlichen Veranstaltung ihrer Wahl begleitete, wie einem Theaterstück oder dem Wohltätigkeitsball, sagte er ab und schob tödliche Langeweile vor.

Sie mochten nicht dasselbe Essen, dieselbe Musik oder dieselben Filme. Dasselbe galt für Urlaube. Sie liebte es, in andere Kulturen zu reisen, um Neues zu erkunden und zu erleben. Er fuhr nur nach Florida, Hawaii oder Mexiko, um zu trinken und am Pool zu liegen. Oder wahrscheinlicher, um zu trinken, während er am Pool lag, und mit anderen betrunkenen Fremden zu feiern und zu tanzen. In zwei Jahren hatten sie genau zwei gemeinsame Reisen unternommen, eine ihrer Wahl und eine seiner. Sie waren beide unglücklich gewesen.

Dann gab es Momente, in denen ihre gemeinsame Zeit schön und romantisch war, wenn sie irgendwie einen glücklichen Mittelweg gefunden hatten und ihre gegenseitige Anziehungskraft ihren Höhepunkt erreichte. Er war witzig und charmant. Aufmerksam und bewundernd. Großzügig mit Abendessen und Geschenken und immer verfügbar. Sex mit Jay war immer lebhaft und heiß. Aber auch hier geschah es immer zu seinen Bedingungen. Ihre Stimmungen und Vorlieben nahm er selten zur Kenntnis.

Sie begann sich zu fragen, warum seine Unreife und sein Narzissmus, denn so sah sie es jetzt, sich nie zuvor wie ein Ausschlusskriterium angefühlt hatten. Sie nahm an, es lag daran, dass nichts Besseres aufgetaucht war. Und weil er sie wollte. Und es fühlte sich gut an, begehrt zu werden.

Sie kaute auf ihrer Lippe und fragte sich, ob sie ihre Probleme mit dem Selbstwertgefühl während der Therapie wirklich vollständig aufgearbeitet hatte. Wenn sie ganz ehrlich war, hatte sie Angst, nie jemanden zu finden, mit dem sie ihr Leben verbringen konnte, der ein perfekter Begleiter und eine Ergänzung für sie war. Es war doch vernünftig, Kompromisse eingehen zu müssen, oder?

Oder war es das nicht?

„Katie!"

Sie rappelte sich auf. Sie musste eine Entscheidung über Jay treffen. Ihr Kinn sank, während sie minutenlang blind auf den Boden starrte. Sie hasste es, ihn zu enttäuschen, wenn er doch nur die besten Absichten hatte. Aber jetzt war ein so guter Zeitpunkt wie jeder andere, der Wahrheit ins Auge zu sehen. Besser, als das dämliche Dienstmädchen-Kostüm vorzuführen oder später auf die langweilige Party zu gehen. Besser, als Sex mit einem betrunkenen Chop-Top-wer-auchimmer nach der Party ertragen zu müssen. Besser, als mit den Lügen weiterzumachen.

Kate musste Jay die Wahrheit sagen. Sie konnte ihn nicht heiraten.

Sie zog sich schnell wieder ihre eigene Kleidung an und sammelte das rüschenbesetzte Kostüm zusammen mit ihrer Entschlossenheit ein, um sich Jays Enttäuschung und unvermeidlichem Schmerz zu stellen.

„Komme schon!" Sie zwang sich, zurück ins Wohnzimmer zu gehen, wo Jay wartete.

„Hey, warum bist du nicht–?"

„Wir müssen reden, Jay."

Seine dunklen Brauen zogen sich zusammen.

Sie wandte sich von seinem herausfordernden Blick ab und zwang sich dann, ihn voller Vorahnung wieder anzusehen. Er schien wie erstarrt, die Teile seines Kostüms hingen in seinen schlaffen Händen. Sein dunkles Haar war feucht, eine verirrte Strähne lag zerzaust auf seiner Stirn. Das ließ ihn seltsam unschuldig wirken, wie ein kleiner Junge.

„Jay, ich ..."

„Was ist los?" Er schien nicht in der Stimmung zu sein zuzuhören, aber sie wusste, was sie tun musste.

„Ich habe viel nachgedacht."

Erkenntnis leuchtete in seinen dunklen Augen auf. „Tu das nicht, Katie. Ich habe dir gesagt, ich kann warten."

„Ich weiß ..."

Seine Stimme war schroff. „Ich glaube nicht, dass du einen anderen Mann finden wirst, der warten würde, während er auf Abstand gehalten wird. So habe ich mir das nicht vorgestellt, Kate. Wir sind seit zwei Jahren ein festes Paar. Ich dachte ... Ich fühle mich, als ob ..." Er warf ihr einen misstrauischen Blick zu und senkte den Blick, was seine Aufregung widerspiegelte. „Es geht nicht nur um dich. Ich fühle mich betrogen."

Kate zuckte zusammen. Ihre Brust zog sich zusammen, Schuldgefühle überkamen sie, vermischt mit der Angst, es endlich zu beenden.

Sein Mund bewegte sich, sein Blick suchte ihr Gesicht ab. Vielleicht kannte er die Antwort, bevor er sprach. Seine Stimme klang angespannt und leise. „Wirst du mich heiraten oder nicht? Warum antwortest du mir nicht?"

Kate kaute auf ihren Lippen, schluckte das brennende Gefühl in ihrem Hals hinunter und hob einen furchtsamen Blick zu seinem

Gesicht. „Nein. Natürlich hast du recht. Ich kann es nicht." Während
sie sprach, verzog sich ihr Gesicht und sie verlor ihre Fassung, Tränen
brannten in ihren Augen. Wie konnte sie ihm erklären, dass er zu viel
Stil und nicht genug Tiefgang hatte? Dass ihre Werte einfach nicht
übereinstimmten? Wie konnte sie ihm das sagen, ohne seine Gefühle
noch mehr zu verletzen? Sie ballte eine Faust und hielt sie an ihr Herz,
sie fühlte sich wie ein schrecklicher Mensch. „Es tut mir leid, Jay. Du
bist ein wunderbarer Mann. Aber du bist nicht der richtige Mann für
mich. Ich weiß, dass du frustriert und verletzt bist." Ihre Stimme
zitterte und brach. „Du hast jedes Recht dazu."

Durch ihre Tränen konnte sie sehen, wie auch seine Augen sich füll-
ten. Seine Nasenflügel bebten und er biss die Zähne zusammen, um
sich zu beherrschen. Sein Kopf schüttelte sich kaum merklich von einer
Seite zur anderen, eine harte, weiße Linie umrahmte seine Lippen.
Schließlich sprach er. „Ich glaube das einfach nicht. Ich dachte ..."
Seine Stirn legte sich in Falten, und sie konnte sehen, wie sich sein
Schmerz in Wut verwandelte.

„Sag mir einfach, warum, verdammt noch mal. Was könntest du dir
unmöglich wünschen, das ich dir nicht geben kann?"

Sie schüttelte den Kopf. „Gar nichts. Du bist ein guter Mensch.
Freundlich, großzügig und lebenslustig. Du bist sehr attraktiv. Du bist
alles, was sich eine Frau wünschen kann. Du warst gut zu mir, und ich
mag dich sehr. Aber ..." Ihr Blick schweifte ab, ihre Lippen zitterten.

„Aber?"

„Ich fühle nicht das für dich, was ich sollte. Ich liebe dich nicht ...
genug."

Jay starrte sie schweigend an, ein Muskel in seinem Kiefer zuckte.
Dann verloren seine braunen Augen ihren Fokus, wandten sich nach
innen und sein Kiefer erschlaffte. „Aber ich liebe dich, Kate. Ich liebe
dich wirklich."

Sie konnte nur nicken und wieder nicken. „Ich glaube dir, Jay. Du
wirst jemand anderen finden, den du lieben kannst, das weiß ich. Aber
ich habe nicht das Gefühl, dass wir zusammenpassen." Sie sprach
durch die Tränen, die ihr über das Gesicht liefen.

~

K ate gespreizte Hand lag auf den offenen Seiten des Romans, der in ihrem Schoß ruhte, ihr Herz war schwer. Ihre Augen starrten unkonzentriert auf das geschwärzte Busfenster und die lebhaften, vielschichtigen und bunten Spiegelungen der anderen Fahrgäste, die in ihre Wintermäntel, Schals und Mützen gehüllt waren. Überhitzte Körper machten die Atmosphäre feucht, abgestanden und stickig, aber sie war froh, unter einer Gruppe von Fremden im Bus zu sein, allein mit ihren Gedanken, trotz allem. Sie fühlte Erleichterung, Jay endlich eine Antwort gegeben zu haben. Und Schuld, diese Erleichterung zu empfinden, und über den erdrückenden Schmerz, den sie auf seinem Gesicht gesehen hatte, als sie letzte Nacht mit ihm Schluss gemacht hatte. Das hatte ihn nicht davon abgehalten, heute Nachmittag erneut bei ihr aufzutauchen, inständig bittend.

Sein übliches Draufgängertum war einer flehentlichen, von Verzweiflung gefärbten Art gewichen. Seinen Heiratsantrag rundweg abzulehnen, hatte diesmal Eindruck auf ihn gemacht. Er verstand, dass sie mit einigen schwierigen Problemen zu kämpfen hatte, dass es nicht nur Bindungsangst war. Es war komplizierter als das.

Seine Augen waren glasig, als er sagte: „Bitte sag nicht ‚nie', Kate. Ich liebe dich. Lass mich dich heute Abend zum Essen einladen, dann reden wir darüber. Ich weiß, ich habe die Dinge überstürzt. Ich kann geduldig sein. Ich verspreche es."

„Das ist keine gute Idee, Jay. Außerdem habe ich heute Abend tatsächlich eine Verabredung zum Abendessen. Ich bin gerade auf dem Weg zum Bus."

Sein Gesichtsausdruck war verfallen. „Eine Verabredung? Mit Alexa? Um mich in die Mangel zu nehmen?"

„Nein. Ein alter Freund aus dem College. Jemand, den du nicht kennst." Es hatte keinen Sinn, ihn unnötig aufzuregen. Es war ja nicht so, dass es heute Abend ein richtiges Date war.

„Ich habe vergessen zu erwähnen, ich habe die Rosen am Montag bekommen. Danke."

Seine Augen verengten sich in den Winkeln, selbst als er hoffnungsvoll lächelte. „Ich nehme dich mit. Mein Auto steht um die Ecke. "

„Nein. Danke. Das geht schon. Ich habe ein Buch dabei. Ich brauche etwas Abgeschiedenheit, bevor ich dort ankomme." Sie hatte sich abgewandt, innegehalten und sich wieder umgedreht. Eine frische Welle der Schuld überkam sie, als sie sich plötzlich an die guten Zeiten erinnerte, die sie in den letzten zwei Jahren geteilt hatten. Jay war gut und freundlich, ein kluger, hart arbeitender Kerl und es machte Spaß, mit ihm zusammen zu sein, zumindest manchmal.

Kate wusste nicht, ob es so etwas wie einen Seelenverwandten gab, aber es war nicht Jays Schuld, dass er nicht ihrer war oder dass er nicht irgendeinem imaginären Standard entsprach, der sich in ihr Herz eingeprägt hatte. Sie legte eine Hand auf seine breite Brust, begegnete seinen dunklen, besorgten Augen und sagte: „Du bist sehr lieb. Es tut mir so leid." Sie presste die Lippen zusammen, schüttelte leicht den Kopf und konnte nichts mehr sagen. Dann zuckte sie mit den Schultern und ging, während sie das Bild von Simon aus ihren Gedanken verbannte.

Der Bus ruckelte zum Stehen und ein Mann in einer aufgeblähten, glänzend blauen Daunenjacke fiel mit einem „Oomph!" schwer auf den Sitz neben ihr und verströmte eine üble Wolke aus Zwiebeln und altem Zigarettenrauch, und sie wandte ihr Gesicht ab. Sie wischte ein Loch in die beschlagene Scheibe und spähte in die schwarze Nacht, um ihren Standort auszumachen. Es gab heute Nacht keinen Mond, an dem man sich orientieren konnte, nur die vereinzelten Becken aus grünlichem Straßenlicht bildeten ein Flickwerk zur Navigation und beleuchteten gelegentlich einen Strang feuchten Toilettenpapiers, der über einem Rasen oder einer Hecke verteilt war, Überreste der Feierlichkeiten der letzten Nacht. Noch ein paar Blocks, dann würde sie klingeln.

Vielleicht hätte sie Jay sagen sollen, dass sie einfach nur Freiraum brauchte, um andere Leute zu treffen. Aber sie hatte Angst, dass seine besitzergreifende Art und seine Eifersucht gegen sie arbeiten und er noch mehr Druck ausüben würde. Sie wollte sowieso nicht *wirklich* jemanden treffen. Sie hatte nur zugestimmt, mit Simon zu Abend zu essen, um zu reden. Was auch immer Simon dachte, sie war entschlossen, es platonisch zu halten und lediglich zu versuchen, ihre Beziehung wieder auf eine friedliche, freundschaftliche Ebene zu bringen, bevor die Arbeit sie nächste Woche in die Gesellschaft des anderen zwang. Er schien nach ihrem Streit wirklich eine Art Abrechnung zu brauchen. Vielleicht fühlte er sich schuldig.

Ihr Magen verkrampfte sich erneut mit einer frischen Welle des Bedauerns darüber, Jay gehen gelassen zu haben. Es war möglich, dass er das letzte Gute war, was zwischen ihr und einem langen, einsamen Leben als Single-Frau stand. Oder nicht genau das, aber dass sie nicht die Zeit oder Energie hatte, wieder auf die Suche zu gehen oder an einer neuen Beziehung zu arbeiten. Sie sollte sich darüber eigentlich keine Sorgen machen. Sie war autark und unabhängig. Sie musste nicht heiraten. Nur wollte sie nicht allein sein.

Aber die Wahrheit war, sie träumte immer noch von all diesen Dingen, so traditionell und widersprüchlich sie auch sein mochten, trotz ihrer jahrelangen hartnäckigen Rebellion gegen die Erwartungen ihrer Mutter und der Gesellschaft. Sie wollte doch Kinder haben. Es zuzugeben fühlte sich wie ein Verrat an allem an, wofür sie gekämpft hatte, an allem, was ihr lieb und teuer war, aber es war trotzdem wahr. Sie war offensichtlich eine Frau einer Generation, die zwischen zwei widersprüchlichen Wertesystemen gefangen war, zwei sehr unterschiedlichen Träumen, die manchmal praktisch unvereinbar schienen. Sie drückte den Klingelknopf und stand auf, während sie versuchte, eine kleine Stimme in ihrem Kopf zu ignorieren, die warnte: *Deine sture Unabhängigkeit ist nur eine Maske, um deine Angst vor Ablehnung zu verbergen.*

Nun, darum hatte sie sich gekümmert, indem sie jeden anständigen Mann, mit dem sie je ausgegangen war, zurückgewiesen hatte.

Sie steckte ihr ungelesenes Buch in ihre Tasche und stieg aus dem halb leeren Bus in einen kalten Nordwindstoß, der ihr die Haare ins Gesicht schlug und ihren Schal herumwirbelte. Sie zog ihren Mantelkragen enger ans Kinn und senkte den Kopf für den kurzen Marsch zum Victoria Drive, der dunkle Nachthimmel hüllte sie in einen Mantel der Einsamkeit.

Voller Beklommenheit zog Kate die Tür des kleinen indischen Restaurants auf, warme Luft zog sie aus der rauen Herbstnacht herein, winzige Messingglöckchen kündigten ihre Ankunft an. Sie hob eine behandschuhte Hand, um die verirrten Haarsträhnen wegzuschieben, die sich in ihrem Mund und ihren Wimpern verfangen hatten. Sie wünschte sich sehnlichst, sie hätte einen Weg gefunden, diese Konfrontation zu vermeiden. Der Grund ihres Magens fühlte sich hart und schwer wie Granit an. Warum hatte sie nicht einfach Nein sagen können? Bei der Arbeit hatte sie keine Probleme, Grenzen zu setzen. Ihre Brust fühlte sich hohl an, und jeder Atemzug war zu dünn und hart, als wären ihre Rippen geprellt.

Egal wie entschlossen sie war, Abstand zwischen sich und Simon zu bringen, sie schien gezwungen zu sein, sich immer mehr mit ihm zu verstricken. Und hier waren sie nun und brachen wieder gemeinsam das Brot. Egal wie unwohl sie sich bei der Auseinandersetzung mit

ihrer Vergangenheit fühlte, sie fand Simon immer noch unwider-
stehlich. Alles, was Jay nicht war, war Simon, und das zog sie an. Er
war so entschlossen, alte Wunden zu untersuchen, dass es keinen Weg
gab, es zu vermeiden, obwohl allein der Gedanke daran sie körperlich
krank machte.

Er hatte keine Ahnung, dass er die Büchse der Pandora öffnete.

Kling, kling, kling. Sie hielt den Atem an. Es war wie das Betreten
einer anderen Welt. Der lange, schmale Raum war schummrig
beleuchtet, doch in der Dunkelheit lauerte ein Gefühl von etwas Exotis-
chem und Lebendigem, wie ein Krokodil, das unter stillen Wassern
schläft. Das erste, was sie traf, war eine Wand aus reichen, komplexen
Aromen: Kurkuma, Kreuzkümmel, Bockshornklee, Zimt und Curry, ein
Hauch von Anis, als sie an der kleinen Schale mit *Sonf* am
Empfangstresen vorbeiging. Leise Sitar-Musik wob sich in ihr Bewusstsein, obwohl sie so subtil war, dass sie sich anstrengen musste, sie zu
hören. In der Dunkelheit flackerten kleine Öllaternen auf den Tischen,
die im Lampenlicht mit einer Reihe von bunten Sari-Seiden, die unter
Glas eingeschlossen waren, leuchteten: Safran, Indigo und Magenta.
Der Kontrast zu den Farben und Texturen ihrer Alltagswelt hatte eine
narkotische Wirkung.

Die Atmosphäre war hypnotisch. Kate konnte nicht sagen, ob
Simon irgendwo in den Schatten saß und ihre verwirrte Ankunft
beobachtete.

Ein gut aussehender Mann mittleren Alters mit einem schwarzen
Bürstenschnurrbart und einem Hauch von Weiß an den Schläfen trat
auf sie zu. Er trug eine ecrufarbene Tunika mit Nehru-Kragen und
dunkle Hosen, seine weißen Zähne blitzten in seinem warmen,
braunen Gesicht, einladend. „Guten Abend, guten Abend. Sie möchten
einen Tisch?"

„Ich treffe jemanden", sagte sie.

„Aah. Ja. Simon?" Dunkle Brauen schwebten über seinen schwarz
funkelnden Augen.

Sie nickte zögernd und zog die Stirn kraus.

Sein Lächeln wurde breiter. „Simon ist noch nicht angekommen.
Bitte. Hier entlang. Ich habe unseren allerbesten Tisch für Sie
vorbereitet."

Der Mann führte sie zu einem, wie ihr schien, ganz normalen Tisch
an der hinteren Wand, weg von den kalten, blinden Fenstern mit Blick
auf die verlassene Straße. Trotz der hauchdünnen Vorhänge, die den

unteren Teil dieser Fenster abschirmten, hatten sie einen verlassenen Aspekt, und sie war froh darüber. Ihr Tisch war nur insofern besonders, als der Wandteppich, der darüber hing, größer war als die anderen. Seine Tischdecke war aus tief indigoblauer Seide, bestickt mit winzigen metallischen goldenen Sternen und Monden, und sie dachte, es sei vielleicht *Sari*-Seide, als sie den Rand betastete. Sie war sehr schön. Vielleicht würden diese Himmelskörper sie auf dieser rätselhaften Etappe ihrer Reise leiten.

Sie ließ sich auf ihrem Stuhl nieder, schauderte, als die Kälte ihren Körper verließ, und zog Mantel, Handschuhe und Schal aus, während sie sich umsah. Kleine bemalte und bestickte Wandteppiche hingen an dunklen Holzstangen an den Seitenwänden, mythische Hindu-Erzählungen in Blau, Grün, Schwarz, Rosa und Silber skizziert, winzige eingebettete Spiegel schimmerten und Folienquasten zitterten in der leicht bewegten Luft. Sänften, die Prinzen trugen; verschiedene Götter und Göttinnen; im Geiste hakte sie sie ab, all die üblichen Verdächtigen.

Sie drehte den Kopf und betrachtete den großen Wandteppich neben sich. Illustrationen aus dem Kamasutra schwebten über ihr. Sie betrachtete sie, die stolze yogische Haltung der Jungfrauen, ihre nackten Brüste, die einladend hervorstachen, lange Strähnen glänzenden schwarzen Haares, die starken männlichen Profile ihrer jungen Liebhaber, ihre verschlungenen Glieder und großen, ausdrucksstarken, kohlschwarzen Augen. Sie spürte eine viszerale Reaktion in ihrem Unterleib und nahm die Speisekarte zur Hand, um sie durchzusehen und ihre Gedanken von der schwebenden Sinnlichkeit der Bilder um sie herum abzulenken, wobei sie sich fragte, ob die Wahl ihrer Kunstwerke sie ihre familienfreundliche Bewertung gekostet hatte.

Der Kellner war gerade auf dem Rückweg, als sich die Tür mit dem Bimmeln kleiner Messingglocken erneut öffnete und einen kalten Windstoß hereinließ, der die Tischdecken und Wandteppiche für einen Moment aufwirbelte und sich ebenso schnell legte, wie die Tür sich schloss. Sie sahen beide auf und erblickten Simons große Gestalt, die sich im Eingangsbereich duckte. Der Kellner eilte zu ihm hinüber.

„Simon. Wie schön, dich zu sehen, mein Freund", sagte er mit klangvoller Stimme und streckte beide Hände aus. Es gab noch ein paar andere Gäste, aber er schien sich nicht darum zu kümmern, ob er sie beim Essen störte.

„Lali, wie ist es dir ergangen?", begrüßte Simon ihn mit einem festen Händedruck, braunes Leder auf brauner Haut. Dann, zu Kates Erstaunen, ließen sie einander los, umarmten sich kurz, klopften sich gegenseitig auf den Rücken und lachten.

„Ausgezeichnet. Ausgezeichnet." Lali nahm diskret die in einer braunen Papiertüte verpackte Flasche, die Simon in seiner behandschuhten Faust umklammert hielt, und während er auf Kate deutete, eilte er damit davon und rief etwas auf Hindi in den hinteren Teil des Restaurants.

Eine Frauenstimme, ein leiser, musikalischer Alt, ertönte dennoch vernehmlich aus dem hinteren Teil des Restaurants: „Simon, Liebling, wie geht es dir?"

„Hey, Sarita", antwortete Simon und winkte der unsichtbaren Stimme zu. Er wandte seine Aufmerksamkeit Kate zu, und ein Mundwinkel hob sich, als er näher kam. „Guten Abend. Entschuldige, dass ich zu spät bin. Ich habe ein paar Schwierigkeiten ... äh, Rachel zu erreichen."

Sie erwiderte nichts, sondern zog nur die Augenbrauen hoch. So leicht würde sie sich nicht geschlagen geben, auch wenn es ihr ein irrationales Vergnügen bereitete, ihn vor sich stehen zu sehen, wie er seinen Lammfellmantel abschüttelte und sich niederließ. Ihre Brust weitete sich und sie wurde von Wärme durchströmt, als würde ein guter Brandy ihre Kehle hinunterrinnen.

Er zog sein Handy aus der Tasche, warf einen Blick auf den Bildschirm und legte es sorgfältig neben sich. Er entschuldigte sich und erklärte, er warte seit zwei Tagen darauf, dass Rachel ihn zurückrufe, und es sei wichtig. Er wirkte angespannt.

„Ist alles in Ordnung?"

„Ja, sicher. Koordinationsprobleme." Er beugte sich vor, wobei ein Hauch kühler Luft und männlicher, frischer und herber Düfte von ihm ausging. „Wartest du schon lange?"

„Ich bin gerade erst angekommen", sagte sie. „Du scheinst hier ja Stammgast zu sein."

Lachend sagte er: „Saritas jüngerer Bruder Rajit war mit mir auf der juristischen Fakultät. Wir kamen oft hierher auf der Suche nach einer warmen Mahlzeit und einer Flucht vor dem Wahnsinn. Es war wie ein zweites Zuhause, und Sarita und Lali fühlen sich fast wie Familie an."

„Sie sind sehr herzlich und einladend."

Er nickte und lächelte, als Lali mit einer geöffneten Flasche Weißwein in einem Eiskübel zurückkehrte.

„Was meinst du, Simon, ich habe diese höchst ungewöhnliche Flasche Wein im Keller gefunden. Ich dachte, du möchtest sie vielleicht probieren." Er füllte ihre kleinen Gläser bis zum Rand, stellte die Flasche auf den Tisch und drapierte ein Leinentuch um ihren langen grünen Hals. Er stand da und strahlte sie an, bis Kate sich über seinen Zweck wunderte. Sie hob ihr Glas und kostete den Wein, wartend, dass etwas geschah.

Simon räusperte sich. „Kate, Lali möchte, dass ich dich vorstelle. Lali, das ist Kate O'Day, eine Arbeitskollegin." Letzteres sagte er mit Nachdruck.

Lali drehte sich um und machte eine kleine Verbeugung. „Eine Freude, Sie kennenzulernen, Kate O'Day", sagte er und zog sich zurück. „Ich hoffe sehr, dass Sie Ihr Essen bei uns genießen werden." Er drehte sich um und verschwand.

Sie hob ihr Glas. „Also, was hat es damit auf sich? Du hast den mitgebracht."

„Dir ist es aufgefallen. Ich habe mich jahrelang über Lalis Weinkarte beschwert, aber er behauptet, es gäbe wenig Nachfrage nach Wein und seine Kunden seien mit dem billigen Fusel, den er auf Lager hat, zufrieden. Also haben wir eine kleine Abmachung getroffen." Er grinste und hob sein Glas. „Auf etwas Genießbares."

Sie stieß mit ihm an und nahm einen weiteren Schluck. „Er ist sehr gut."

„Das ist einer meiner Lieblingsweine aus dem Elsass-Lothringen, eine Sylvaner-Rebsorte. Ich finde, er passt besser zu indischem Essen. Die Würze eines Gewürztraminers konkurriert irgendwie mit Curry. Der passt besser zu asiatischem Essen." Er nippte und sah sich um. „Also, was denkst du?"

„Es ist ein charmanter Ort. Mir gefällt es, obwohl ich mir mein Urteil natürlich vorbehalten muss, bis ich das Abendessen gekostet habe." Sie neigte den Kopf.

„Da brauchst du dir keine Sorgen zu machen. Du wirst nicht enttäuscht sein. Sarita ist eine fabelhafte Köchin und am Wochenende hat sie gute Hilfe da hinten."

Sie wollte etwas zu den Wandteppichen sagen, spürte aber die erdrückende Präsenz des einen über ihren Köpfen und beschloss, sie lieber nicht zu erwähnen.

Aber es sollte nicht sein. „Ist die Einrichtung nicht großartig? Sie haben letzten Frühling neu dekoriert. Ich liebe die neuen Farben hier

drin. Ich fühle mich, als wäre ich eine Million Meilen entfernt", sagte
Simon verträumt und wiederholte damit ihre eigene Reaktion, „oder in
einer anderen Zeit, vor langer, langer Zeit. Der dort ist mein Favorit –
die blauen." Er zeigte darauf.

„Das ist Rama, eine von Vishnus Inkarnationen, und seine Frau Sita.
Sie gelten als der ideale Mann und …" Sie hielt inne, errötete und biss
sich auf die Lippe. „… ideale Frau." *Warum kann ich nicht einfach meinen
Mund halten?* Er hob erstaunt die Brauen.

„Und das weißt du, weil …"

„Ich habe vor Jahren einen Kurs in der Geschichte der östlichen
Kunst belegt und mich seitdem weiter mit der hinduistischen
Mythologie beschäftigt. Ich habe dir doch gesagt, dass ich eines Tages
dorthin reisen möchte, oder?"

„Okay. Jetzt musst du mir den Rest erzählen." Er nickte, lächelte
erwartungsvoll und deutete mit einer ausladenden Handbewegung auf
die Wände.

Sie schnalzte mit der Zunge, seufzte und kniff die Augen zusammen. Es war so einfach, dem Zauber seines Charmes zu verfallen. „Na
gut. Auf der anderen Seite von Rama und Sita, der sehr glitzernde da,
das ist Indra, die Göttin des Firmaments, mit ihren tausend Augen."

„Eine weibliche Gottheit, die alles sieht?"

„Oh, ich glaube nicht, dass das Geschlecht für die Hindus eine
große Rolle spielt. Dann", sie zeigte darauf, „in der Mitte ist natürlich
Brahma, der Schöpfer, mit seinen vier Köpfen."

Er kniff die Augen zusammen und nickte. „Praktisch."

„Du meinst wohl kopflastig." Sie verzog die Lippen. „Neben ihm ist
Shiva, der seinen ekstatischen Tanz vollführt. Er ist sozusagen der Gott
des Todes und der Wiedergeburt." Sie drehte den Kopf. „Oh, und da,
der Dicke mit dem Elefantenkopf und mehreren Armen, das ist Gane-
sha. Und siehst du seine Ratte da, zu seinen Füßen? Das ist sein Helfer.
Geschäftsleute mögen ihn. Er beseitigt Hindernisse." Sie lachte leise.

„Faszinierend. Was ist mit dem da?" Er zeigte auf einen kleinen an
der Stirnwand.

Sie drehte sich in ihrem Stuhl und sah aus dem Augenwinkel, wie
er wieder auf sein Handy schaute, sein Kiefer angespannt, seine Stirn in
Falten gelegt. „Mmm. Sieht aus wie Krishna. Sieh mal, er hat den Lotus,
das Muschelhorn und eine Keule. Und diese kleine Frau neben ihm ist
seine Geliebte und Verehrerin, Radha. *Sie* ist eine bloße Sterbliche."
Bitte schau nicht hoch, flehte sie stumm. Sie hielt den Atem an, während

sie zusah, wie er den Raum absuchte und schließlich den Hals nach oben reckte, sein Mund öffnete sich.

„Und diese Leute?"

Sie holte tief Luft. „Das sind auch keine Götter." Sie zögerte und betrachtete seinen aufmerksamen Ausdruck durch zusammengekniffene Augen. „Für mich sieht das wie eine Illustration aus dem Kamasutra aus. Wahrscheinlich die vier Umarmungen."

Sie sah zu, wie sein Kopf herumfuhr und er zusammenzuckte, aber aus seinem offenen Mund kamen keine Worte. Dann schien er seine Fassung wiederzuerlangen, drehte sich um und betrachtete es erneut, auf seiner Lippe kauend.

„Ich nehme an, das ist der Grund, warum Lali dies für seinen besten Tisch hält, reserviert für Freunde", fügte sie spöttisch mit einem Augenzwinkern hinzu.

„Es tut mir leid. Ich wusste es wirklich nicht." An seinem schuldbewussten Gesichtsausdruck konnte sie erkennen, dass er die Wahrheit sagte, obwohl ihm die Ironie der Situation offensichtlich auch nicht entgangen war. Er unterdrückte ein Lächeln, während zwei rote Flecken auf seinen Ohren aufleuchteten. Er blickte noch einmal hinauf. „Es ist ziemlich schön." Ein flüchtiges Grinsen entkam ihm und er wechselte das Thema. „Sollen wir bestellen?"

Puh. Weiter im Text. Sie nickte enthusiastisch. Sie war begierig darauf, die Küche zu probieren.

„Hast du irgendwelche Favoriten? Oder ist das eine dumme Frage? ", fragte er.

Kate lachte und öffnete ihre Speisekarte, überflog sie, obwohl sie erwartete, meist vertraute Gerichte zu finden. „Ich mag *Bharta* sehr gern. Magst du Auberginen?"

„Sicher. Sie machen hier ein großartiges Lamm-Korma", schlug er vor.

Sie verzog das Gesicht. „Ich meide rotes Fleisch in der Regel. Aber nur zu."

„Nein. Das ist schon in Ordnung. Wie wäre es dann mit dem Fisch-Korma?"

Sie nickte zustimmend. Sie besprachen noch ein paar andere Optionen. Mit der Nase in der Speisekarte vergraben, sagte Simon: „Und ich lasse immer Platz für …"

„Butter-Chicken?"

Er sah auf und grinste. „Woher wusstest du das?"

„Wer mag kein Butter-Chicken?" Sie zuckte mit den Schultern.

Sie bestellten ihr Essen, und sie waren sich einig, dass es mehr als genug war, aber dass man sich kaum beschweren konnte, wenn man ein wenig übrig gebliebenes Curry mit nach Hause nahm. Mit ihren frisch nachgefüllten Weingläsern hob Simon seines und sprach einen Toast aus. „Auf ... gutes Essen und gute ... Freunde." Sie stieß stumm an und nippte an ihrem Wein. Sie nahm an, er stand kurz davor, das Thema ihrer Vergangenheit anzusprechen, und wartete, während die Spannung sowohl in ihr als auch zwischen ihnen knisternd zunahm. Sie strich sich eine Haarsträhne hinter ein Ohr und betrachtete aufmerksam ihre Fingernägel, ihr Atem ging flach.

Stattdessen begann er eine lustige Geschichte über seine Reisen in Thailand zu erzählen. Er hatte sich mit einigen interessanten jungen Leuten angefreundet, die ihn mit nach Hause genommen hatten, und er hatte fast eine Woche damit verbracht, deren Mutter zu beschatten und an ihrer Seite kochen zu lernen. „Sie hielten mich alle für ausgesprochen seltsam. Während sie tanzen gingen, kämpfte ich mich durch die Menschenmassen auf dem Markt und schnippelte Gemüse."

Sie lachte. „Du bist bemerkenswert."

Er wartete, bis ihre Gerichte vor ihnen standen und die reichen Aromen des wunderbaren Essens aufstiegen, um ihre Nasen zu füllen. Er servierte ihr, bevor er seinen eigenen Teller füllte, und hielt mit erhobener Gabel inne. *Guten Appetit.*

Es war ausgezeichnetes Essen, und Kate probierte die verschiedenen Gerichte, zusammen mit dem Trio hausgemachter Chutneys, die Lali in einer dieser typisch indischen Servierschalen brachte, mit drei winzigen Silbertöpfen auf einem Dreifuß und drei winzigen Löffeln. „Probier das Tamarindenchutney", schlug sie vor.

Nachdem die erste Hungerwelle gestillt war, nahmen sie sich einen Nachschlag und aßen langsamer, nippten am Wein, der, wie sie feststellte, eine ausgezeichnete Ergänzung zum Essen war, mit seinem fruchtigen Aroma und der mineralischen Basisnote. Das musste sie sich merken.

Sie sprachen über viele Dinge. Er war weltgewandt, philosophisch, weit gereist, abenteuerlustig, unprätentiös, spirituell, sehr belesen. Kate dachte, sie könnten die Gesellschaft des anderen wirklich genießen, wenn es für sie nur nicht so kompliziert wäre. Der Kontrast zu Jay war erschütternd. Simon faszinierte sie ehrlich. Er war offen für neue Erfahrungen und lebenslanges Lernen und die Weisheit anderer, sogar von Kindern. Er sprach liebevoll über Madison, wie erstaunlich sie sei, wie sehr er jeden Tag von ihr beeindruckt sei. Kate entdeckte, dass er immer noch gleichzeitig las, fernsah und Musik hörte. Sie lachte bei der Erinnerung. Er hatte einen ziemlichen Intellekt, nahm sich aber nicht zu ernst.

In einer Gesprächspause überprüfte er noch einmal sein Telefon. Dann atmete er hörbar ein. „Schau mal, Kate. Ich will das hier nicht vergiften." Er wartete und suchte ihr Gesicht ab. Sie starrte misstrauisch in seine klaren blauen Augen, das Essen in ihrem Magen fühlte sich plötzlich erdrückend schwer an. „Ungeachtet von Sharons Drohungen genieße ich es wirklich … wirklich, dich wieder kennenzulernen. Ich will es nicht ruinieren, aber … wir können nicht darum herumtanzen. Es fühlt sich fast an, als wären wir nicht mehr dieselben Leute wie vor all den Jahren. Und vielleicht sind wir das auch nicht. Wir waren erst neunzehn, Kate. Und wir haben damals etwas ineinander gesehen, das jetzt immer noch da ist. Aber wir waren noch nicht wirklich erwachsen, oder?"

Er hatte einen guten Punkt, aber … „Wir waren auch keine Kinder mehr."

„Was nicht heißt, dass unsere Erfahrungen nicht echt waren." Er schüttelte den Kopf. „Was ich sagen will, ist, ich glaube, das *Ich*, das du damals kanntest, war ziemlich roh. Ich hatte viel zu lernen. Ich blicke auf diese Zeit meines Lebens zurück und – ich habe Dinge, die ich bereue. Tun wir das nicht alle?"

Wem sagst du das! Sie blies die Luft durch ihre Wangen, plötzlich nervös. Sie konnte nicht glauben, dass sie nach all den Jahren Simon Sharpe gegenübersaß und tatsächlich über eines der traumatischsten Ereignisse ihres jungen Lebens sprach. Das Gefühl war unwirklich, als befände sie sich in einer Traumlandschaft oder einem verdrehten Albtraum. Lali tauchte aus den Schatten auf und räumte leise ihr schmutziges Geschirr ab, sensibel für die Tatsache, dass sie in ein privates Gespräch vertieft waren. Sie nickte Simon zu, er solle weitermachen. Solange er redete, musste sie es nicht.

Er starrte in sein Weinglas und schwenkte es. „Nachdem wir in dem Jahr für den Sommer nach Hause gefahren waren, ging ich irgendwie davon aus, dass wir weitergezogen waren. Das war damals so ziemlich mein *Modus Operandi*. Es war nachlässig. Ich schätze, ich war feige, wenn es um Gefühle ging, aber ich war zu jung, um über … ", er zuckte mit den Schultern, „… Spaß nachzudenken. Alles, was tiefer ging, war einfach noch nicht auf meinem Radar. Ich hatte einen Plan."

„Ich nehme an, du warst ziemlich panisch, als ich dann angerufen habe", sagte sie, kühl und neugierig. Sie erinnerte sich deutlich daran, wie sie sich den ganzen Sommer über nach ihm verzehrt und sich gefragt hatte, warum er nicht angerufen oder geschrieben hatte, wobei ihr Herz mit jedem Tag ein bisschen mehr brach. Dummerweise hatte sie angenommen, dass sie im September dort weitermachen würden, wo sie im Mai aufgehört hatten.

„Ich war wohl ein typischer Kerl. Ich war nicht auf der Suche nach etwas Langfristigem. Vielleicht hatten wir etwas, das es wert war, weiterverfolgt zu werden. Ich weiß es nicht. Wahrscheinlich schon. Aber ich war für so etwas nicht bereit."

Ich war es! Ich war in dich verliebt! Ich dachte, du empfindest dasselbe. Stattdessen sagte sie: „Ich schätze, junge Mädchen sind romantischer, vielleicht idealistischer." *Wenn du nur wüsstest, wie verliebt ich in dich war!* Wie hingerissen, wie ekelhaft abhängig. Ein Teil von ihr wünschte, er könnte verstehen, was er ihr bedeutet hatte, aber der andere Teil scheute sich davor, zu enthüllen, wie beschädigt sie war. Ihre Liebe war eine Krankheit. Vielleicht konnte sie das hier mit intaktem Stolz überstehen. Wenn es ihr Herz nur nicht so schmerzen ließe, sich zu erinnern.

„Da bin ich mir nicht so sicher", er schüttelte den Kopf und schloss die Augen. „Ich hatte damals eine ziemlich feste Vorstellung von der idealen Frau, nach der ich suchte. Ich habe wahrscheinlich ein paar Herzen gebrochen, als ich die Optionen durchging. Es ist nicht so, dass ich ... Fehler gefunden hätte ... genau", sagte er, sichtlich verlegen über dieses Eingeständnis. „Es ist nur so, dass ich ... nach etwas Bestimmtem gesucht habe."

„Rachel?", schlug sie vor und hob eine Braue.

Er bellte vor Lachen. „Das ist die ultimative Ironie, nicht wahr? Ich schätze, ich habe genau das bekommen, was ich verdient habe." Sein Blick schnellte zu seinem Telefon, sein Ausdruck war entnervt.

„Wonach hast du gesucht?"

Er musterte ihr Gesicht einen langen Moment lang, die Brauen tief gezogen, und sie fühlte sich unter seiner genauen Betrachtung seltsam entblößt, als würde er sie an diesem überholten Maßstab messen. „Ich glaube, in meiner Naivität dachte ich, die perfekte Frau würde nicht wirklich von mir abhängen, so wie die Generation meiner Eltern. Sie wäre autark und autonom, mit ihrem eigenen Leben." Seine Augenbrauen hoben sich verärgert, als wollte er sagen: *Ich habe mehr bekommen, als mir lieb war.* „Auf diese Weise könnte ich sowohl den Kuchen haben als auch davon essen. Es hatte etwas mit Selbstbestimmung zu tun … Freiheit. Ich hatte schreckliche Angst davor, Opfer bringen oder teilen oder mich wirklich binden zu müssen, ich weiß nicht. Einfach ein egoistischer, unreifer Mistkerl, nehme ich an. Wie du letzte Woche gesagt hast."

Sie biss sich auf die Lippe und erinnerte sich. „Es tut mir leid, dass ich dich so angefahren habe. Ich weiß nicht, was ich mir dabei gedacht habe."

„Ist schon gut. Es hat *mich* zum Nachdenken gebracht. Und das ist gut so." Er sog die Luft durch die Zähne ein und fuhr sich mit den Händen durchs Haar. „Das ist ein passender Zeitpunkt in meinem Leben, um einige dieser früheren Ideen zu überdenken. Ich glaube, der Kreis hat sich geschlossen." Er hielt inne, streckte die Hand nach ihrer aus, hielt sich aber zurück und berührte nur zögernd ihre Fingerspitzen mit seinen. Es war wie ein elektrischer Strom, die Hitze wanderte ihren Arm hinauf und durch ihren Körper und alarmierte sie. „Es tut mir wirklich leid, Kate, wenn ich dich verletzt habe. Und ich nehme an, das habe ich. Es spielt jetzt kaum eine Rolle, wie ich es rechtfertige."

Ihr Herz taute bei seinen Worten auf. Seine Entschuldigung war aufrichtig, aber sie spürte auch eine gewisse restliche Bitterkeit über seine zerbrochenen Träume und damit einhergehend ein tiefes Gefühl der Einsamkeit. „Du musstest doch in die entgegengesetzte Richtung rennen wollen, wann immer du mich in dem folgenden Herbst hast kommen sehen." Ugh! Warum konnte sie es nicht gut sein lassen?

„Nein." Sein Blick wanderte zur Decke, während er die Schultern hob. „Ich war dumm genug zu glauben, dass jeder meine Weltanschauung teilt. Ich hatte wirklich keine Ahnung, dass du auf mehr gehofft hast. Aber ich habe es trotzdem genossen, dich zu sehen … auf eine Weise." Sein Lachen hatte einen skeptischen Unterton.

„Ich habe mich wie eine Ausgestoßene gefühlt", wagte sie zu sagen. Seine Ehrlichkeit gab ihr Mut. „Ich dachte wirklich, dass … was wir hatten … etwas Einzigartiges war", wagte sie und blickte zum Wandteppich hinauf. „Für dich muss ich wie eine klammernde Klette gewirkt haben, die dich erstickt. Ich war offensichtlich auch naiv." Sie dehnte das letzte Wort und fühlte sich dumm, dass ihr Leben wegen etwas so scheinbar Unschuldigem aus den Fugen geraten war.

Jetzt ergriff er ihre Hand, sein Gesicht schmerzerfüllt. „Es tut mir so leid. Ich wollte nie so viel Schmerz verursachen. Ich kann nicht verstehen, warum du *mich* nicht gemieden hast, nach dem, was ich getan habe. Wir schienen uns in den nächsten paar Jahren ziemlich oft über den Weg zu laufen."

Sie zuckte zusammen und erinnerte sich daran, wie viel Zeit und Energie sie darauf verwendet hatte, ihn im Auge zu behalten, herumzuschleichen und zu hoffen, dass er auftauchen würde. Er war ihre Sonne, ihr Mond und ihre Sterne. Zusammen mit den Bildern kamen die lange unterdrückten Gefühle. Kates Magen zog sich zusammen, als sie die Angst aufkommen spürte. Rumorender Magen, kalter Schweiß, Zittern. Ihre Sicht verengte sich, wurde dunkel und verschwommen. Es summte in ihren Ohren. Sie wollte rennen, weit und schnell.

Er bemerkte es. „Kate? Ist alles in Ordnung? Du siehst aus, als würdest du gleich in Ohnmacht fallen."

Sie hielt das für eine deutliche Möglichkeit. Sie umklammerte seine Hände mit weißen Fingern.

„Es tut mir leid. Es ist mir so peinlich. Du musst gedacht haben, ich hätte ... ich hätte ... dich gestalkt oder so." Ihr Kopf drehte sich, ihr war schwindelig.

Er verzog das Gesicht. „Neeein. Aber ich schätze, ich habe mir schon irgendwie Sorgen gemacht. Du wirktest nach einer Weile so verlassen und irgendwie ...", er hielt inne.

„Pathetisch?", bot sie an. Sie kniff die Augen fest zusammen, Echos von Scham und Traurigkeit über ihr verkorkstes Ich füllten ihren Geist, drückten auf sie, und sie spürte, wie Schweißperlen auf ihrer Stirn aufblühten.

„Vielleicht – bedürftig? – ist ein besseres Wort. Ich wusste nicht wirklich, was du von mir wolltest. Zu diesem Zeitpunkt hatte ich Rachel kennengelernt und wusste nicht, was ich tun sollte, wenn du in der Nähe warst. Ich konnte dich nicht zu einem Date einladen. Aber ich dachte, diese Party wäre sicher. Eine Geste ..." Er zuckte mit den Schultern und wand sich auf seinem Sitz. „Vielleicht würdest du mich mit Rachel sehen und den Wink verstehen." Die Erinnerungen an diese Nacht hingen wie ein Gespenst über ihnen, hartnäckig, giftig und zerstörerisch. Sie wünschte, sie könnte sie aus ihrer gemeinsamen Erinnerung tilgen.

„*Deshalb* hast du mich eingeladen?" Kate starrte ihn ungläubig an.

„Das Problem ist, *sie* ist an diesem Abend nie aufgetaucht", nickte er verärgert, „und *du* schon. Es war nie so gedacht, dass die Dinge so enden." Er drückte ihre Hände, beruhigend.

Fragmentarische Bilder ihrer kalten, angespannten, gewaltsamen Vereinigung blitzten in ihrem Kopf auf und lösten eine Übelkeit erregende, krampfartige Reaktion in ihrem Bauch aus. Er hatte so frustriert und … was? Wütend? gewirkt. Warum? Sie fühlte sich taub, distanziert, als er seine eigenen Gedanken und Gefühle in dieser Nacht erklärte. Es war ihr nie in den Sinn gekommen, sich zu fragen, was *er* durchgemacht hatte.

„Ich war wütend auf Rachel, weil sie an meinem Geburtstag nicht aufgetaucht war. Und verletzt, tief verletzt. Ich hatte mich Hals über Kopf in sie verliebt, aber sie war unberechenbar. Ich glaube, ich habe diese Wut und diesen Schmerz an dir ausgelassen, weil du da warst statt sie. Da warst du, deine Augen … starrten mich an." Seine Augen wurden glasig. Endlich erinnerte er sich. „Ich schäme mich, dass ich so ein hirnloser Rohling war, der sich überhaupt nicht um dich gekümmert hat, oder darum, warum du bei mir sein wolltest", flüsterte er. Sein Gesicht spiegelte etwas von dem Schmerz wider, den sie fühlte. „Ich weiß nicht warum. Ich konnte den … den *Blick* in deinen Augen nicht mehr ertragen. Ich schätze, ich wollte dich vertreiben …" Seine Stimme erstarb. „Sex … sollte niemals so sein – so kalt. Es tut mir leid."

Ihre Augen füllten sich mit Tränen. Sie schüttelte den Kopf. Ihre Stimme war kaum hörbar und zitterte. „Du hast mich nicht verletzt, Simon, außer …", sie drückte ihre zitternde Hand an ihre Brust, „… außer hier. Ich war krank … verletzlich, depressiv. Ich wusste nicht, was ich tat. Es ging nicht wirklich um dich; ich … dachte es nur. Es tut mir so leid." Ihre Lippen zitterten und sie kniff die Augen fest zusammen, wodurch heiße Tränen freigesetzt wurden, die auf ihre Hände fielen.

„Es tut dir leid." Er sah aus, als stünde er selbst kurz vor den Tränen, sein Kiefer war angespannt und arbeitete. Er stand abrupt auf. „Hör zu. Lass uns hier verschwinden. Wir können zu mir gehen. Ich mache einen ziemlich guten *Chai*", sagte er mit gezwungener Fröhlichkeit. „Bist du mit dem Auto da?"

Sie schüttelte ruckartig den Kopf. „Nein, ich habe den Bus genommen." Ihre Worte waren hölzern, und sie wischte sich mit einer wütenden Hand über die hilflosen Tränen und wandte ihr Gesicht zur Wand.

„Gut." Er drehte sich um und ging, um die Rechnung zu bezahlen, während sie in steinernem Schweigen dasaß und ihm mit dem Blick folgte. Simon wurde in eine freundliche Debatte mit Lali verwickelt, der seine Kreditkarte immer wieder wegschob und lachte. Schließlich gab Simon nach.

„Gute Nacht, Lali." Simon schüttelte den Kopf und kehrte zum Tisch zurück, wobei er verstohlen wieder auf sein Telefon schaute. „Lass uns gehen."

Kate rümpfte die Nase. „Du scheinst dich sehr mit dieser Situation zu beschäftigen. Vielleicht gehe ich einfach nach Hause."

Er runzelte die Stirn, hob ihren Mantel auf und hielt ihn, während sie hineinschlüpfte, dann zog er seinen eigenen an. „Nein, bitte. Ich möchte Zeit mit dir verbringen. Es ist nur so, dass ich gerne zu Hause wäre, falls Rachel Maddie absetzt." Er räusperte sich.

Draußen vor der Tür peitschte der kalte Wind an ihrer Kleidung. Er legte einen Arm um ihre Schultern, hielt sie fest und führte sie einen halben Block weiter zu seinem geparkten Auto.

Sie fuhren schweigend, sammelten sich, erinnerten sich, rissen sich zusammen.

Sein klingelndes Handy ging ihr auf die Nerven. Er zuckte zusammen und griff schnell danach. „Hallo?" Er warf einen Blick auf Kate. Sie starrte ausdruckslos aus dem Fenster und gab ihm Raum.

Seine Stimme war stahlhart. „Jaaa. Verdammt, das kannst du nicht machen, Rachel! Wo zum Teufel bist du gewesen?"

Sie biss sich auf die Lippe und rieb ihre Hände an ihren Hosenbeinen, seine Anspannung übertrug sich auf sie.

Er hörte einen Moment zu. „Du hättest zuerst mit mir reden sollen. Ich kam mir vor wie ein Idiot, als die Schule anrief und nach ihr suchte. Was für Eltern sind wir denn –" Er sah wieder zu Kate, die ihn nun besorgt mit gerunzelter Stirn ansah, und er verzog das Gesicht.

Sein Gesicht zeigte Unglauben. „Wann bringst du sie nach Hause?" Er hielt inne und lauschte. „Wir reden später."

Er legte auf und kochte mehrere Minuten vor Wut, seine Knöchel waren weiß auf dem Lenkrad, bevor er einen weiteren Blick auf Kate warf.

Sie sah ihn nervös an. „Alles … in Ordnung?"

Er nickte schwach und schloss die Augen in einem langsamen Blinzeln. „Jetzt schon. Sie hat Maddie am Mittwochnachmittag vom Kindergarten abgeholt, ohne mir ihre Pläne mitzuteilen." Er schüttelte den Kopf und konzentrierte sich auf die dunkle Straße. „Das hat sie noch nie gemacht. Wenn überhaupt, bringt sie Maddie normalerweise früher zurück."

„Das tut mir leid. Die ganze Zeit ... du musst dich krank vor Sorgen gemacht haben."

Er nickte schweigend, sein Kiefer war fest zusammengepresst. „Vielleicht bin ich paranoid, aber in letzter Zeit ... ich weiß nicht. Ich mache mir Sorgen, dass sie sich plötzlich mehr für Maddie interessiert. Ich glaube, sie macht das als Machtspiel, um mich wegen des Sorgerechts verrückt zu machen, aber ... es sendet auch eine verwirrende Botschaft an Maddie."

Der arme Mann. Kate streckte eine Hand aus und drückte sanft seinen Arm. Jetzt verstand sie, wie Rachels unberechenbares Verhalten eine Bedrohung darstellte.

ELF

Bei ihm zu Hause angekommen, ließ er sie auf dem Sofa nieder, machte schnell ein Feuer im Kamin an und schlüpfte dann in die Küche, um die Reste in den Kühlschrank zu stellen und einen Topf *Chai* zu kochen. Die Luft erfüllte sich mit den sanften Klängen einer Bluesgitarre. Wenige Minuten später trug er das Teetablett ins Wohnzimmer und stellte es vor ihr ab. Das Feuer knisterte gemütlich und wärmte den Raum. Er wirkte verlegen und fummelte nervös herum. „Hör mal, das tut mir leid …"

Sie lächelte und wischte seine Bedenken mit einer Handbewegung beiseite. „Du hast ein schönes Haus", sagte sie, um ihn zu beruhigen.

Er goss zwei Becher Tee ein, während die warmen, würzigen Aromen von Zimt und Kardamom die Luft erfüllten.

„Danke", sagte sie und nahm den Becher entgegen, den er ihr reichte.

Er ließ sich neben ihr auf dem Sofa nieder und nahm seinen Tee. „Danke. Es ist ein gutes Haus. Ziemlich traditionell allerdings. Nicht wie bei dir. Ich komme immer noch nicht über dieses Loft hinweg. Es passt wirklich zu dir."

„Das bin ich, aber das ist auch Alexa. Ich musste mir eine Menge Genörgel anhören, bevor sie nachgab und mich meinen Mix aus Antiquitäten, modernen Sachen und seltsamer Kunst zusammenwürfeln ließ. Es war mein Kompromiss. Wenn es nach ihr ginge, wäre es so schnörkellos und kalt wie ein Bauhaus-Ausstellungsraum." Sie nahm einen Schluck.

„War eines dieser Bilder an der Wand von dir?"

Sie sah ihn an und dann wieder weg. „Ah. Nein. Meine Sachen sind mehr Therapie als Kunst für die Öffentlichkeit."

Sie saßen einige Minuten in angenehmem Schweigen da und tranken ihren Tee.

„Ich habe mich etwas wegen deiner Muffins gefragt."

„Wa–? willst du das Rezept?" Sie nahm einen wärmenden Schluck von ihrem *Chai* und sah ihn spielerisch über den Rand ihres Bechers an.

„Ja, tatsächlich. Aber darum geht es nicht. Du hast gesagt, Backen sei einfacher als Einkaufen, aber … ich habe den Eindruck, dass es strategischer war." Er musterte ihre Reaktion.

Ein langsames Lächeln breitete sich auf ihrem Gesicht aus. Er war klüger als der Durchschnitt. „Erwischt. Es ist mir die Mühe wert, Muffins zu backen, nur um den Raum mit dem Duft von Zimt, Äpfeln, Vanille und so weiter zu füllen. Das wirkt Wunder für die Versöhnung."

Er schüttelte den Kopf. „Und ich dachte noch, wie charmant häuslich du bist, und dabei experimentierst du im Bereich der menschlichen Psyche."

„Es funktioniert." Sie wurde von einem stillen Lachen geschüttelt.

Er beugte sich zu ihr, legte seinen Arm auf die Sofalehne hinter ihre Schultern und warf ihr einen heißen Blick zu, wobei er anzüglich mit den Augenbrauen zuckte und mit dem Kopf wackelte. „Gefällt dir dein *Chai*, meine Dame?", fragte er mit tiefer, verführerischer Stimme und einer ziemlich guten Nachahmung von Lalis Akzent.

Sie setzte sich aufrecht hin, gespielte Empörung im Gesicht und ein Lachen, das sich tief in ihrem Bauch anbahnte. „Du hast meine eigenen hinterhältigen Methoden gegen mich eingesetzt!" Sie lachten zusammen, und sie entspannte sich in seinem Arm und lächelte zu ihm hoch, während sie ausatmete. Wie konnte sie Angst vor ihm haben? Sie hatte nie einen sanfteren, freundlicheren Mann gekannt. „Sehr therapeutisch."

Ihre Blicke trafen sich und hielten stand, und sie spürte, wie ihr Atem kürzer und ihr Herz schneller wurde. Sie atmete seinen warmen, sauberen, männlichen Geruch ein, vermischt mit den exotischen Gewürzen Indiens. Die Wärme seines Arms an ihrem Nacken und sein würziger Atem in ihrem Gesicht vermischten sich, und ihr Kopf füllte sich mit den gestickten Bildern indischer Mägde und Männer in umschlungenen Umarmungen. Die Mischung war berauschend.

Ernsthaft suchte er ihr Gesicht nach Hinweisen ab. „Ich weiß, ich sollte das nicht tun, wegen deines Freundes ..." Er schluckte. „Aber wenn ich dich wieder küsse, wirst du mich dann anschreien und in die Nacht stürmen?" Ihre Nüstern bebten, ein Pfeil aus Hitze schoss durch sie hindurch bis in ihren Kern. Sie hatte immer noch Angst, aber sie kribbelte auch vor Vorfreude.

„Nein", flüsterte sie. „Ähm. Das ist ... vorbei."

Seine Augen verdunkelten sich zu Stahl, goldene Sterne spiegelten das knisternde Feuer wider. Er überbrückte den kurzen Abstand zwischen ihnen und berührte sanft mit seinen Lippen ihren Mund. Es war elektrisierend. Zuerst rührte sie sich nicht, aber dann reagierte sie und erwiderte den Druck seines Kusses. Er zog sich leicht zurück und neigte den Kopf. „Ich war unfreundlich zu dir, Kate. Ich war grausam. Du hattest es nicht verdient, so behandelt zu werden." Er strich ihr sanft über das Gesicht und hob ihr Kinn an, sodass er ihr in die Augen blicken konnte.

Dunkle Erinnerungen blitzten durcheinander in ihrem Kopf auf, zerfetzten und zerrissen ihren Frieden. Irrational. Hör auf. Vergiss es einfach. „Simon, ich ..." Sie zitterte erneut.

„Fürchte dich nicht vor mir, Kate", flüsterte er an ihre Lippen, „ich werde dich nicht wieder verletzen. Lass es mich dir zeigen." Er küsste ihre Augen, ihre Nase, ihre Wangen und Ohren. Er fuhr mit den Fingern durch ihr Haar, strich es von ihrem Nacken und pflanzte Küsse dorthin.

Ein leises Stöhnen kam tief aus ihrer Kehle, und sie ließ ihren Kopf in seine schalenförmige Hand zurückfallen, ließ ihn näherkommen, und er verschlang ihre Weichheit.

„Ich will dich, Kate. Du hast keine Ahnung, wie sehr ich dich gewollt habe, seit ich dich wiedergesehen habe." Er küsste sie erneut, und diesmal ergab sie sich seiner plündernden Zunge, ließ ihre eigene tanzen und parieren und verlor sich im weichen, feuchten Inneren seines Mundes. Sie fielen zurück auf die Kissen des Sofas, und es schien, als würden die Jahre dahinschwinden und sie wären so vertraut und gierig nacheinander wie in ihrer optimistischen und unschuldigen Jugend.

Als seine Hände über die Konturen ihres Körpers strichen, war sie erstaunt, dass die Chemie, die sie vor sechzehn Jahren gekannt hatten, ungebrochen war. Sie mochten jetzt andere Menschen sein, gereift, geformt von ihren getrennten Leben, aber ihre Körper, ach, ihre Körper erinnerten sich. Sie waren füreinander geschaffen.

Er knöpfte geschickt ihre Bluse auf, ließ eine Hand hineingleiten und strich mit seinen Nägeln leicht über die seidige Rundung ihrer Brust.

Sie keuchte. „Simon, bitte …" Sie bog sich nach oben, seinem drängenden Verlangen entgegen, und er beugte sich hinunter, um ihr Schlüsselbein zu küssen und dann zu lecken, die Höhlung ihrer Kehle und die sanft ansteigenden Hügel ihrer Brüste.

Danach hatte sie keine Erinnerung mehr, nur noch Eindrücke von wildem Zerren an Kleidern und einem Durcheinanderpurzeln zwischen den Kissen auf den Teppich vor dem Kamin, wo sie sich ihrer gegenseitigen Leidenschaft hingaben. Sie konnte nur rätseln, welche faszinierenden, metaphorischen Namen das Kamasutra für die Art und Weise hatte, wie ihre Körper ineinandergriffen, wie zwei Teile eines Ganzen, Glieder verschlungen, Blut pochend und pulsierend, vereint. Schließlich fanden sie den Schlaf, verheddert wie Sesam und Reis in ihrer abgelegten Kleidung, schweißgebadet, erschöpft, während das Feuer herunterbrannte und ihre glatte Haut wärmte.

Irgendwann mitten in der Nacht gab es ein Kreischen und einen dumpfen Schlag auf ihnen, gefolgt von einem Krachen, das sie mit einem Ruck weckte, ihr Herz hämmerte. „Wa–?" Kate fuhr auf, desorientiert. „Wo?"

Simon lachte. „Das ist nur Lucy, meine Katze. Sie hat heute Abend ihr Abendessen nicht bekommen." Er schleppte sich hoch und in die Küche, um sie zu füttern, und kehrte zurück, um Kate zitternd in dem Meer aus abgelegter Kleidung und verstreuten Kissen vorzufinden, wie sie benommen auf die letzten glühenden Kohlen im Kamin starrte. „Lass uns nach oben gehen und es uns gemütlich machen. Dafür bin ich zu alt." Er griff nach ihrer Hand, zog ihre schlaffe Gestalt hoch, und sie folgte ihm die Treppe hinauf, wobei sie die grüngoldenen Lichter bewunderte, die das Straßenlicht entlang seiner schlanken Glieder und dem glatten Ansatz seiner muskulösen Schultern und seines nackten Hinterns zeichnete. Er führte sie in sein Schlafzimmer, wo sie, sanft vom Schlaf, erneut miteinander schliefen, langsam, hypnotisch und köstlich, und wieder einschliefen, ihr Kopf an seine Schulter geschmiegt.

~

Was willst du von mir? Simons Stimme drang wie ein Knurren zwischen fest zusammengebissenen Zähnen hervor. *Was willst du von mir?* Sein Gesicht beugte sich über ihres, wutentbrannt, seine Augen kalt und hart wie Eis, die Lippen zu einem Hohngrinsen zurückgezogen. Seine Worte schnitten wie ein Messer in sie, und Kate spürte einen scharfen, sengenden Schmerz durch sie hindurchreißen, der aus ihrem tiefen, dunklen, verborgenen Zentrum aufstieg. Heiße Tränen brachen hervor, quetschten sich hinter ihren geschlossenen Lidern auf ihre Wangen, und ein gequältes Schluchzen erschütterte ihren Körper.

Die Wucht riss sie aufrecht, und als sie zitternd im Bett saß, die Kehle eng vor unterdrückten Tränen, tauchte sie panisch aus dem Albtraum auf, der nach vielen Jahren des Schlummern zurückgekehrt war. Er hinterließ sie in kaltem Schweiß, zitternd, schwindelig und übel. Graues Licht der frühen Morgendämmerung füllte den schummrigen Raum wie ein Gazetuch.

Neben ihr murmelte Simon und drehte sich um, sein Arm griff nach ihr, glitt an ihrer steifen Seite ab und fiel schlaff auf die zerwühlten Laken zurück. Er wachte nicht auf. Sie musste geträumt haben, laut zu schluchzen. Sein Gesicht war im Schlaf friedlich, seine kurzen blonden Wellen lagen kreuz und quer, seine Lippen waren schlaff und sinnlich. Er war so ein wunderschöner Mann.

Hitzewellen durchzuckten ihren Körper bei der Erinnerung an ihre Nacht der Leidenschaft. *Wie konnte ich das tun?* Das war Simon Sharpe. *Wie hätte ich widerstehen können?* Das war schließlich Simon. Ihr Simon.

Kate saß still da, wischte sich die nassen Augen und achtete auf ihre Atmung, wie man es ihr beigebracht hatte, um sich zu beruhigen, und lauschte seinem gleichmäßigen Atmen, ein Trost. Nach einigen Minuten ließen ihre Tränen nach, und sie konnte ruhig über den Traum nachdenken. Er kam früher häufiger, und während ihrer Ausbildung und Therapie immer häufiger, mit mehr Details, als sie ihr Trauma wieder aufarbeitete.

Nur mit Roses Hilfe und durch sorgfältiges Nacherzählen der Details des Traums konnten sie gemeinsam verstehen, dass Kate unterdrückte Erinnerungen an ihre Vergewaltigung in der High School auf die schmerzhafte, dumme Begegnung mit Simon Jahre später übertragen hatte. Die verschlungenen Windungen des menschlichen Geistes verblüfften sie immer noch.

Mit Simon zu schlafen, nach all den Jahren wieder mit ihm zu lieben, musste diese Erinnerungen erneut ausgelöst haben. Eine gründliche Analyse und sorgfältige Rekonstruktion der beiden, völlig getrennten und unabhängigen Ereignisse hatten es Kate ermöglicht, die Fäden zu entwirren und zu einem Verständnis zu gelangen. Mit Roses Hilfe konnte sie erkennen, wie ihr Schmerz und ihre Demütigung über Simons Zurückweisung und seine verblüffende Wut und Härte, als sie eigentlich hätten miteinander schlafen sollen – aber nein, das war ihre Fantasie. In jener Nacht war das nur ein Fick gewesen. Ein verzweifelter für sie, in ihrem wahnhaften Versuch, Simon zurückzugewinnen. Für ihn war es – nun, jetzt verstand sie es ein wenig besser, ein bitterer und nachtragender. Ein gequälter. Ein gequälter Fick.

Nun, wenn das kein ausreichender Hinweis darauf war, warum die Begegnung es tief unterdrückten Erinnerungen an jene Vergewaltigung in ihrem letzten Highschool-Jahr ermöglicht hatte, an die Oberfläche zu kommen, dann wusste sie auch nicht. Ein freudloses, stilles Lachen schüttelte sie. Wenigstens konnte sie jetzt die Ironie darin erkennen.

Rose sagte, es sei cukup häufig, dass Erinnerungen an ein traumatisches Ereignis jahrelang, manchmal für immer, vollständig unterdrückt werden. Es war die Art des Gehirns, sich vor dem zu schützen, was es nicht verstehen, nicht bewältigen konnte. Sie vermutete, dass das stimmte. Trotz all ihrer Klugheit und ihres Ehrgeizes als junge Frau war sie bemerkenswert naiv, behütet und immun gegen die harten Realitäten der Welt gewesen. Wer hätte gedacht, dass eine Abschlussreise nach Griechenland für ein Kleinstadtmädchen ein so böses Erwachen bereithalten könnte? Zu böse, anscheinend. Sie hatte es weggesperrt. Bis Simon unwissentlich die Tür aufgeschlossen hatte.

Gänsehaut überzog ihre nackten Arme und ihren Rücken, und sie fröstelte. Sie lehnte sich zurück und zog die Decke über ihren nackten Körper, lag abseits von ihm. Sie drehte sich auf die Seite und starrte in den Schatten seines Zimmers auf sein schlafendes Gesicht, erinnerte sich an jene Nacht und betrachtete sie in einem neuen Licht.

Kate war mehr als begeistert von der Einladung zur Party in seinem Haus gewesen – tatsächlich in seinem Haus –, sie war berauscht und schwindelig vor Vorfreude. Es war sein einundzwanzigster Geburtstag. Alexa hatte widerwillig zugestimmt, mit ihr zu gehen, ein Trost und ein

Sicherheitsnetz. Abgesehen davon, dass sie sich auf dem Campus über
den Weg gelaufen waren, hatte sie ihn fast zwei Jahre lang nicht
gesellschaftlich gesehen, obwohl sie jeden seiner Schritte kannte. *Das
war bedeutsam.*

Dort angekommen, durchsuchte sie das Haus nach ihm, auf der
Pirsch wie eine hungrige Löwin. Sie war auf Simon fixiert, ihr
Verlangen fraß sie bei lebendigem Leibe auf, völlig besessen.

Schon leicht vom Alkohol benommen, konnte sie ihn in einem Stuhl
sitzen sehen, wie er zurückstarrte, der Gejagte, sein Körper pulsierte
näher, weiter, näher, weiter, der kinematografische Effekt der Vision
eines psychotischen Regisseurs, als ob sie das Zielfernrohr ihrer Waffe
fokussierte und ihre Beute ins Visier nahm. Alles außer ihm war der
Sicht, dem Fokus, dem Verständnis entschwunden. Nur er, er allein. Sie
studierte seine Züge, als sie vergrößert, übertrieben, von ihrer Faszina-
tion verzerrt wurden. War er so perfekt und schön, wie sie glaubte? Er
war grüblerisch und düster und schien von ihrem Starren hypnotisiert
zu sein. Sie tauschten keine Höflichkeiten aus. Sie hatten beide reichlich
getrunken. Er stand bedeutungsschwer auf, ohne den Augenkontakt zu
unterbrechen, und sie folgte ihm – Sinnlichkeit und Verführung
verloren – in sein Schlafzimmer. Warum war sie hier? Sie wusste die
Antwort jetzt nicht. Vielleicht stand sie bereits am Rande eines Zusam-
menbruchs, und ihre Begegnung mit Simon war nur ein unglücklicher
Zufall.

Sie erinnerte sich, viel später, dass sie und Alex einen langen, langen
Heimweg gegangen waren, in den frühen Morgenstunden, der Himmel
verblasste von Schwarz zu Violett zu Blau, während ihr Ego zu einem
Haufen feiner grauer Asche zerfiel. Ihr Leben nach dieser Nacht war
ein riesiges, klaffendes Loch. Eine tiefe Depression setzte ein, und das
war der Beginn ihres Abrutschens auf dem Weg zu einem psychischen
Zusammenbruch.

Sie fröstelte erneut und rückte für etwas Wärme näher an ihn heran.
Schläfrig rollte er sich auf die Seite und schlang seinen Arm um sie, zog
sie näher an sich, in die Wärme seiner Umarmung. Sie schmiegte sich
dorthin und fühlte sich für den Moment sicher. Ein Teil von ihr wollte
sich ihm anvertrauen und ihre Erfahrung mit ihm teilen. Vielleicht
würde es ihm helfen, ihr unberechenbares, bizarres Verhalten ihm und
ihrer Beziehung gegenüber zu verstehen und vielleicht sogar zu verzeihen, sowohl damals als auch jetzt.

Schließlich hatte sie mit Hilfe verstanden, dass ihre gesamte

Beziehung mit Simon von Anfang an zum Scheitern verurteilt war. Sie hatte ihn in einer verletzlichen Zeit als Stütze benutzt, als Flucht vor dem, was in Europa geschehen war. In jenem Frühling war ihr Selbstwertgefühl auf einem absoluten Tiefpunkt. Simon erschien als ihr Ritter in strahlender Rüstung. Wie hätte sie ihn je in einem anderen Licht sehen können? Er war nur ein Mann – ein sehr junger dazu. Es war ihm gegenüber nicht fair. Und es war auch keine echte Beziehung. Das konnte es niemals sein.

Aber das waren ihre dunkelsten Tage gewesen. Wollte sie wirklich, dass er das über sie wusste? Sie hatte es nie jemandem erzählt, außer Rose und jetzt Alexa. Schon gar nicht Jay oder irgendeinem anderen Liebhaber. Es war einfacher, ja, sogar weitaus besser, jetzt einfach zu gehen. Sie mochte jetzt gesund sein, aber irgendwie fühlte sie sich, wenn es um Simon ging, so zerbrechlich. Sie konnte sich niemals wieder erlauben, so verletzlich zu sein. Jeder Moment, den sie mit ihm verbrachte, brachte diese Erinnerungen näher und machte sie körperlicher, weniger abstrakt. Sie würden immer ein Teil von ihr sein, erkannte sie. Wie konnte sie jemals ihrer eigenen Anziehung zu ihm trauen? Ihre Motive würden in ihrem Kopf für immer verworren sein. Sie wäre weit weg von ihm besser dran, und er wäre ohne sie besser dran, dachte sie, als sie schließlich wieder in den Schlaf glitt.

Als sie das zweite Mal erwachte und den Traum für einen Moment vergaß, lag das daran, dass etwas sanft an ihrem Oberschenkel entlangstrich und sie kitzelte. Jetzt ruhig, öffnete sie langsam die Augen und nahm den sauberen, hellen, quadratischen Raum in sich auf. Sie versuchte zu verstehen, wo sie war. Weiche, braune Wände, eine strahlend weiße Decke und Zierleisten, durchsichtige, leuchtende Vorhänge an dem großen, traditionellen Fenster neben ihr, die sich sanft in der warmen Luft bauschten, die vom Heizregister aufstieg. In der Mitte der Decke hing eine elegante, altmodische Leuchte aus Depressionsglas und Bronze, die ein weißes Gipsmedaillon teilweise verdeckte. Simons Schlafzimmer, erkannte sie, und die vergangene Nacht strömte in umwerfenden Details auf sie ein. Es – Simons Katze? – kitzelte sie erneut und sie griff hinunter, um es zu berühren. Stattdessen fand sie ihre Hand plötzlich in einem warmen, festen Griff wieder.

„Fass das nicht an, es sei denn, du bist auf die Konsequenzen vorbereitet." Simons heisere, schläfrige Stimme, warm an ihrem Scheitel, enthielt ein Lachen.

Oh!

„Ich dachte, du schläfst noch." Er ließ ihre Hand los und sie spürte das Gewicht seines Arms auf sich, als er sie zu sich zog, ihren Körper zu sich herüberrollte, wobei seine Hand über ihren nackten Rücken zu ihrer Pobacke unter dem Laken glitt und sie fester an sich drückte. Seine Morgenerektion, also doch keine Katze, war nun zwischen ihnen gefangen und drückte eindringlich gegen ihren Bauch. Eine Spirale knisternder Hitze entrollte sich in ihrer Mitte.

Sie legte den Kopf in den Nacken und blickte in seine Augen, die im Morgenlicht aus dem Fenster hinter ihr in einem hellen, durchscheinenden Poolblau leuchteten.

„Guten Morgen, Kate." Er lächelte schläfrig und küsste sie. Ihr Körper reagierte, ohne um Erlaubnis zu fragen, ihr Inneres verflüssigte sich und kochte, ihr Herz beschleunigte sich, ohne Rücksicht auf ihren früheren Vorsatz. Die Leidenschaft der letzten Nacht hallte in ihren Adern wider und pulsierte zwischen ihren Beinen.

„Bist du nicht erschöpft?", lächelte sie.

„Überhaupt nicht. Ich fange gerade erst an. Und du?", fragte sein Gesicht.

„Neeeein. Nicht…" Er raubte ihr mit einem eindringlichen Kuss den Atem, und ihr Herz sprang ihr bis zum Hals und hämmerte seine Forderungen.

Er zog sich zurück, seine blauen Augen funkelten spitzbübisch. „Erzähl mir von dem Wandteppich. Den vier Umarmungen."

Sie kniff die Augen fest zusammen und stieß ein kleines Lachen aus, lächelnd. „Äh, okay. Mal sehen, ganz oben war ‚die umschlingende Weinrebe'. Daneben ‚den Baum erklimmen'."

Er verzog das Gesicht und verdrehte die Augen zur Decke, als ob er sich an die Bilder über dem Tisch von letzter Nacht erinnern wollte. „Stimmt. Ich erinnere mich." Er schüttelte kurz den Kopf und beugte sich vor, um zarte Küsse auf ihrem Hals und entlang ihrer Brüste zu verteilen.

Sie schauderte, und ein heißer Pfeil schoss ihr zwischen die Beine und pulsierte bei der Erinnerung an ihre gemeinsame Leidenschaft in der Nacht. „In der unteren linken Ecke war, glaube ich, ‚Sesam und Reis', aber ich habe nie herausfinden können, ob sie Pflanzen oder Essen meinen." Sie erinnerte sich an die beiden liegenden Körper, deren Arme und Beine ineinander verschlungen waren.

„Jetzt kommen wir zu meinem Favoriten", sagte er. „Er scheint am romantischsten zu sein. Mit der Frau, die auf dem Schoß des Mannes gekauert ist, ihre Arme so fest verschlungen." Simon traf ihren Blick, nackt und klar.

„Die letzte stellt ‚Milch und Wasser' dar. Es ist die Umarmung eines Mannes und einer Frau, die sehr verliebt sind." Kate erinnerte sich an die Adlernasen und die sich intim berührenden Stirne der Figuren, ihre Blicke ineinander verhakt, und ihr Herz zog sich vor Sehnsucht zusammen. Sie räusperte sich und schaute weg.

„Du hast also auch einen Kurs über das Kamasutra belegt?", neckte er sie und streichelte federleicht ihre Rippen.

„Neeeein. Nur ein bisschen leichte Lektüre." Sie lächelte und spürte, wie ihr die Hitze in die Wangen stieg und mit der Röte konkurrierte, die von seinen Fingerspitzen ausstrahlte, als er eine zarte Linie ihren Oberschenkel hinabzeichnete. „Du etwa nicht? Du bist doch der östliche Mystiker."

„Ich habe das Kamasutra nie als mystisch betrachtet", murmelte er, seine Lippen auf der Haut in der Kuhle zwischen ihren Rippen.

„O-oh. Es ist ein sehr philosophisches Dokument. Es besagt, dass selbst ein unwissender Mann Respekt erlangen kann, wenn er die vierundsechzig Arten kennt."

„Verstehe. Das muss ich mir mal ansehen. Offensichtlich sind meine Studien unvollständig." Er stemmte sich über sie, seine Schultern und seine Brust spannten sich an, als er an ihrer Oberlippe knabberte, leckte und küsste, sein Verlangen beim Erwachen so fordernd und ungeduldig wie die Morgensonne, die am Horizont drängte. Er ließ sich auf die Ellbogen sinken, sein Mund wanderte ihren Hals hinab, um an ihren Brüsten zu lecken und zu knabbern, und innerhalb von Sekunden stöhnte sie vor Vergnügen und krümmte sich in Erwartung, als er langsam in sie glitt. Jede Zelle ihrer Haut, wo sie sich berührten, entzündete sich. Ihr Körper war wach und lebendig und sehnte sich nach seinem auf eine Weise, die sie seit Jahren nicht mehr gekannt hatte. Was war es an ihm, das sie so aus der Fassung brachte? Er war erfrischt und seine Ausdauer erneuert. Sie liebten sich langsam, genüsslich, kosteten jede köstliche Empfindung aus, die ihre Körper ineinander hervorriefen, und kamen zusammen in einer langen, langsamen, atemlosen Welle der Befriedigung, seine blauen Augen dunkel und intensiv auf ihre gerichtet.

Danach blieben sie verbunden, die Beine verschlungen, ihr Atem vermischt, keuchend, albern grinsend, bis sich ihre Herzen verlangsamten und sie wieder schläfrig wurden. „Jetzt sind wir Sesam und Reis", murmelte er mit geschlossenen Augen. Sie lagen reglos in dem Sonnenstrahl, der sich über die zerknitterten weißen Laken erstreckte. Er streichelte langsam, schläfrig ihre Haut, erkundete jede Kurve und Vertiefung, glitt nach unten und dann wieder nach oben, reizte ihre Brustwarzen. Sein Interesse erwachte wieder, und erstaunlicherweise spürte sie, wie er wieder in ihr anschwoll, als er seine schlanken Hüften und langen Oberschenkel hin und her bewegte. Kate war erstaunt, dass Simon so schnell wieder bereit zu sein schien. Wie viele Minuten hatten sie hier gelegen? Vielleicht zehn. Er schien unermüdlich.

„Wie alt bist du, Kleiner?", fragte sie neckend.

„Ähm. Ah… dreißig… mhm… irgendwas. Ich kriege das Rechnen im Moment nicht hin." Er kicherte. „Ich glaube, fünfunddreißig. Ja, das ist es. Ist das plötzlich wichtig?" Er vergrub sein Gesicht in ihrem Hals und schmiegte sich an sie, küsste ihr Ohrläppchen und begann sich mit langsamen, sinnlichen, fließenden Stößen hinein und hinaus zu bewegen, wobei er sein Tempo und seine Intensität allmählich steigerte.

„Als du das früher gemacht hast", murmelte sie, „dachte ich, es wäre nur jugendlicher Überschwang und Männlichkeit." Erstaunlicherweise spürte sie, wie sie auf seine langsamen, verführerischen Bewegungen reagierte, obwohl sie sich ganz sicher war, keinen Finger rühren zu können.

Er lachte leise in ihren Hals. „Also, ich kann nicht für andere sprechen. Aber es hat nichts mit dem Alter zu tun." Er hob seinen zerzausten blonden Kopf und blickte ihr tief in die Augen, hielt sie dort in einer Decke aus Wärme und intensivem Verlangen gefangen. „Du bist es, Kate. Ich kann nicht genug bekommen. Ich kann meinen Hunger nach dir nicht stillen." Er wandte den Blick nicht ab, mit jedem bewussten Stoß trug er sie beide allmählich höher und höher und höher und darüber hinaus, wie Falken in einem Aufwind, schwebend, treibend, sinkend, sie beobachtend, um sicherzustellen, dass sie Schlag für Schlag bei ihm blieb, sie in seinem konzentrierten Blick haltend.

Niemand, niemand sonst hatte ihr je dieses Gefühl gegeben.

Wie konnte sie der mächtigen Anziehungskraft dieses wunderschönen, wunderschönen Mannes widerstehen, wenn *er* alles war, was sie sich je gewünscht hatte? Und jetzt wollte er sie auch. Oder er dachte, er wollte sie. Nein. Nein, sie musste stark sein. Sie spürte, wie sich die Hitze der Tränen in ihrer Kehle aufbaute. Das musste ein Abschied sein. Ihr Herz zog sich schmerzhaft zusammen und Tränen fluteten ihre Augen und ließen sein Gesicht verschwimmen. Auch seine Augen glänzten mit unverdrückten Tränen. Wie konnte etwas, das sich so richtig anfühlte, so sehr, sehr falsch sein?

Danach, als sie wirklich erschöpft dalagen, spielte Simon mit einer ihrer Haarsträhnen und sagte eine ganze Weile nichts. „Kate?"

„Mmm?"

„Daran könnte ich mich sehr gut gewöhnen", flüsterte er.

Sie wartete, unfähig, etwas zu sagen. Ihr Atem wurde von so mächtigen Gefühlen als Geisel gehalten, dass sie dachte, sie könnte ganz verschluckt und davongetragen werden, wie Jona im Wal.

„Ich dachte nicht, dass ich diese Gefühle jemals wieder für jemanden empfinden würde. Du bringst mich dazu, Risiken einzugehen und wieder zu leben. Ich fühle mich sicher bei dir, Kate."

Kate spürte, wie Panik in ihr aufstieg, sie in einer Welle aus Hitze und Kälteschauern überzog und sie von innen heraus erzittern ließ. Auch sie spürte etwas Ähnliches wie Liebe in sich aufsteigen. Aber es gab ihr kein Gefühl von Sicherheit. Sie hatte zu viel Angst davor, um es beim Namen zu nennen. Sie wusste, dass sie ihn wollte; dagegen konnte sie nichts tun. Aber sie war nicht mehr naiv. Wahre Liebe, die Art, die hielt, wenn es sie überhaupt gab, musste etwas viel Schwereres, Vernünftigeres sein, nicht dieser wilde, flatternde Höhenflug, der sie emporhob und drohte, sie in Stücke zu zerschmettern, dieses verzweifelte, verzehrende Bedürfnis. Es war zu intensiv und außer Kontrolle für sie. Diesen Gefühlen war nicht zu trauen. Sie wusste nicht, was das war, aber ihr Puls raste und sie spürte das dringende Bedürfnis zu fliehen.

„Oh, Simon. Fang damit bitte nicht an." Sie zog sich von ihm zurück und der Zauber war gebrochen.

„Lauf nicht weg", flehte er leise. „Ich verlange nichts. Ich g—."

Sie schnellte aufrecht, fühlte sich benommen und schwindelig. „Ich sollte besser gehen." Sie blickte sich panisch um und verspürte das plötzliche Bedürfnis, allein zu sein, zu meditieren, bis sie ruhig war und ihre zerstreuten Gedanken sammeln konnte. „Wo sind meine Sachen?"

„Was machst du da? Tu das nicht." Er setzte sich auf und berührte sie leicht an der Schulter. „Ich versuche, dir etwas zu sagen."

Kate versteifte sich und wich seiner Berührung aus. „Ich weiß, was du zu sagen versuchst, Simon." Sie warf ihm einen harten Blick über die Schulter zu und wandte sich ab. „Ich weiß nicht, ob du aalglatt oder hoffnungslos romantisch bist. Ich weiß nicht, wer du bist." Sie vergrub ihr Gesicht in den Händen und rieb sich die Handballen in die Augenhöhlen, um die Flut hysterischer Tränen zu unterdrücken, die auszubrechen drohten. Was hatte sie nur *getan*? Sie war so sehr in Simon vertieft gewesen, dass sie nicht einmal an Jay gedacht hatte. Wie konnte sie das so kurz nach der Trennung von Jay tun? „Ich weiß, wer ich *nicht* bin. Ich bin *nicht* das Mädchen, das dich vor fünfzehn Jahren geliebt hat. Ich bin *nicht* die, mit der du glaubst, zusammen sein zu wollen. Genauso wenig bin ich die Klette, vor der du weggelaufen bist. " Ihre Stimme wurde lauter und brach.

Simon fuhr auf, stand auf, zog seinen Morgenmantel an und stapfte zu ihrer Seite des Bettes, um sich ihr zuzuwenden. Als er sprach, klang seine Stimme rau. „Trau mir zu, mein eigenes Herz zu kennen, Kate. Ich rede nicht über die Vergangenheit. Wir sind keine Kinder mehr." Er stieß einen entnervten Seufzer aus, kniete neben ihr am Bettrand nieder und blickte ernst zu ihr auf. „Ich rede über dich und mich, genau jetzt, genau hier." Er nahm ihre Hand und legte sie auf seine Brust. „Fühl das. Das ist echt."

Nein. Bitte, Gott, gib mir Kraft. Diese Intensität des Gefühls war es, was sie schon einmal gefühlt hatte. Und das war eine Lüge. Es war ihr Verderben. „Du kannst mich nicht kennen. Du neigst jetzt genauso dazu, dich in irgendeine abstrakte Vorstellung zu verlieben, wie du es immer getan hast. Du bist in die Liebe verliebt. Du machst dir selbst etwas vor. Glaub mir, ich weiß, wovon ich rede. Ich bin nicht die Antwort auf deine Träume oder die Lösung für deine Familienprobleme. Werde realistisch. Werde erwachsen. Das, was du suchst, existiert nicht. Und wenn doch, dann bin ich es *sicherlich* nicht!"

Kate wusste nicht, ob sie mit Simon sprach oder mit dem Teil von sich selbst, der loslassen und wieder Hals über Kopf in ihn verliebt sein wollte.

Simons Gesicht verzog sich, sein Mund war gespitzt, als hätte er eine bittere Pille geschluckt. „Du liegst falsch. Du bist diejenige, die die Wahrheit nicht sehen kann. Oder nicht sehen will, weil du vor etwas Angst hast. Ich bin kein junger Narr. Wenn es eine Sache gibt, die ich auf die harte Tour gelernt habe, dann ist es, dass echte Beziehungen auf Gegenseitigkeit beruhen. Niemand ist perfekt, Kate. Aber wir alle brauchen jemanden."

Kate schloss die Augen. Sie durfte seinen Argumenten nicht

nachgeben, so verlockend sie auch sein mochten, so sehr sie sich auch einen einfachen, romantischen Ausgang dieses Debakels wünschte. Sie durfte sich nicht wieder in ihm verlieren.

Kate konnte seinem ernsten Blick nicht standhalten, stählte sich und zwang ihren Willen, ihr Herz zu beherrschen. Sie verschränkte die Arme vor ihren nackten Brüsten, eine Hand über dem Anhänger an ihrem Hals, und drehte sich zu ihm um, den Blick abgewandt, das Kinn vorgeschoben. „Hör zu. Das war ein Fehler. Ein großer Fehler. Mit all dem Ballast unserer Vergangenheit, deiner fragilen Familiensituation und den zusätzlichen Komplikationen durch Interessenkonflikte hätten wir es besser wissen müssen, als das geschehen zu lassen. Diese Situation ist unmöglich. Das darf einfach nicht passieren."

Er schien in sich zusammenzufallen, und sie wusste, dass sie ihn übertrumpft hatte. Für den Moment. „Es *passiert* aber, Kate. Du kannst es nicht aufhalten. Warum vertraust du mir nicht? Vertraust du dir selbst nicht? Was ist los mit dir?"

Sie stand abrupt auf, riss das Laken vom Bett, wickelte sich darin ein und schaute weg. Sie hob eine Hand, um ihn zum Schweigen zu bringen und seine greifende Hand wegzustoßen, und verließ den Raum, entschlossen, ihre Kleidung zu finden, während ihr Herz donnerte.

ZWÖLF

Sie sah den Schmerz in seinem Gesicht, als sie ging, und spürte ihren eigenen, quälenden Verlust und ihre Orientierungslosigkeit. Im Zimmer war plötzlich keine Luft mehr. Sie konnte kaum atmen. Was für ein Dummkopf sie doch war, sich in eine solch schutzlose Lage zu bringen. Sie raste die Treppe hinunter, stolperte beinahe über das Laken, das sie hinter sich her zerrte, und schnappte sich ihre verstreuten Kleidungsstücke vom Sofa und dem Boden des Wohnzimmers, während sie nach ihrer Tasche suchte. Die chaotische Szene ihrer leidenschaftlichen Liebesnacht erfüllte sie mit Panik. *Was habe ich getan? Was habe ich hier nur angefangen?* Hatte sie denn gar keinen Verstand? Keinerlei Selbstbeherrschung? Sie fand unten ein Gästebad und wusch sich schnell das Gesicht, fuhr sich mit nassen Händen durch das zerzauste Haar, schüttelte es aus und brachte sich so gut es ging wieder in Ordnung, schmerzlich erinnert an ihren Traum und ihren heimlichen Abschied im Morgengrauen vor vierzehn Jahren.

Als sie aus dem Bad kam, stand er mit verschränkten Armen im Flur, in verwaschenen, tief sitzenden Jeans, mit nacktem Oberkörper und barfuß. Sie konnte den Ausdruck von Schmerz und Verachtung in seinen schönen Zügen nicht ertragen. „Willst du einen Tee?", bot er mit ausdrucksloser Stimme an und wartete mit zusammengepressten Lippen.

Es war zu verlockend, zu ihm zu gehen, ihn zu berühren. Er sah in diesem Moment so verletzlich aus, dass sie beinahe vergessen konnte, dass sie diejenige war, die in Gefahr war. Sie zwang ihr Herz, nicht mehr so wild in ihrer Brust zu hämmern. Sie schüttelte schnell den Kopf. „Ich muss gehen."

„Geh nicht so", flehte er.

Sie hielt inne und holte zitternd Luft. „Bitte versteh mich, Simon. Ich will dich nicht verletzen. Ich mag dich wirklich. Aber das Ganze ist zu einem verwirrenden Durcheinander geworden. Wir haben uns in etwas gestürzt, ohne die Konsequenzen zu bedenken, aus was für verwickelten Gründen auch immer. Unser Leben ist zu kompliziert. Ich bin nicht das, was du brauchst. Und du bist ganz sicher nicht das, was ich brauche. Wir können nicht zurück." Sie hob beide Hände mit den Handflächen nach außen. „Wir spielen hier mit dem Feuer. Vielleicht bist du bereit, Risiken für deine Karriere und deine Familie einzugehen, aber ich bin es nicht."

„Du klingst genau wie ich vor sechzehn Jahren." Seine Stimme war voller Verachtung. „Hast du Angst vor Nähe? Ist es das? Oder ist die Bindung das Problem? Was ist *deine* Ausrede?"

Sie schnalzte mit der Zunge und verdrehte die Augen, dann erwiderte sie seinen Blick mit einem stählernen Funkeln. Sie ignorierte die Stimme in ihrem Kopf, die zugab, wie nah er der Wahrheit gekommen war. „Du kannst es sehen, wie du willst. Es ist irrelevant. Ich gehe und ich will das nicht weiterverfolgen." Sie machte eine schneidende Bewegung mit der Hand durch die Luft.

Sie warf einen verstohlenen Blick auf ihn und war alarmiert von seinem finsteren Gesicht und dem angespannten Kiefer. Seine sandfarbenen Brauen waren über seinen Augen zusammengezogen, die eiskalt und ausdruckslos waren, genau wie seine Stimme, als er sprach.

„Ich dachte wirklich, ich hätte dich verstanden. Du sagst das eine, aber deine Taten sagen etwas anderes. Wen belügst du, Kate, mich oder dich selbst?"

Die Verachtung in Simons Stimme wuchs, als sich seine Lippe verächtlich kräuselte. „Vielleicht war mein erster Eindruck von dir doch näher an der Wahrheit. Bist du nur eine weitere kaltherzige Frau, die sich nur um ihre Karriere kümmert?" Er schob das Kinn vor.

„Sei nicht …" Sie hielt inne.

Versuchte er, einen Streit vom Zaun zu brechen? Sie knirschte mit den Zähnen, während ihr Körper vor Anspannung zitterte. Wut packte ihre Eingeweide wie eine Faust und zerquetschte sie. Sie hatte den plötzlichen Drang, diesem unverschämten Gesicht eine zu verpassen. Sie warf ihm einen giftigen Blick zu und wandte sich zur Tür, riss sie mit solcher Wucht auf, dass sie gegen die Wand krachte. Sie brauchte die Gewalt, um die Tränen zurückzuhalten, die auszubrechen drohten – schon wieder. In letzter Zeit weinte sie ständig. Er folgte ihr hinaus auf die überdachte Holzveranda und sagte nichts. Was gab es noch zu sagen?

„Wer spielt hier mit wessen Gefühlen? Warum *bist* du überhaupt noch verheiratet? Hast du dir diese Frage schon mal gestellt?" Sie keuchten beide und waren sichtlich geladen, als sie sich wegdrehte und beinahe mit einem jungen Mann zusammenstieß, der die Stufen heraufsprang. Sie schnappte überrascht nach Luft.

„Will!" Es war Simon, der zuerst sprach, leise, schockiert.

„Si-mon." Der Mann trat zur Seite, sein Blick wanderte von Simons halbnacktem Zustand zu Kate und wieder zurück. „Guten Morgen?", sagte er mit einem besorgten Unterton.

Simon warf ihm einen strafenden Blick zu. „Kate. Ich glaube nicht, dass du meinen jüngeren Bruder Will schon kennst. Will, das ist Kate." Seine Stimme war kurz angebunden und er sagte nichts weiter. Kate stellte sich vor, wie die Szene aussehen musste, und blickte verlegen zwischen Simon und Will hin und her. Obwohl Simon in puncto Größe und Aussehen die Nase vorn hatte, gab es eine deutliche Familienähnlichkeit.

Simon sah Will über ihre Schulter hinweg vielsagend an. „Ist etwas nicht in Ordnung?", fragte er mit einem gezwungenen Lächeln.

„Nei-in." Will blickte unbehaglich zu Kate. „Ich muss meine Eishockeyausrüstung holen. Hab heute ein frühes Spiel." Will lächelte Kate matt an, aber sein Blick war forschend und neugierig.

Simon räusperte sich. „Stimmt. Äh. Die Ausrüstung ist in der Garage. Ich hole sie dir." Er drehte sich um und ging zur Seite des Hauses. Kate versuchte, ihre Wut hinunterzuschlucken und eine Ruhe vorzutäuschen, die sie nicht empfand, aber sie zitterte.

Sie und Will standen ein paar Minuten lang in unbehaglichem Schweigen da. Kate seufzte. Gab es keinen Ausweg aus dieser lächerlichen Situation? Sie blickte weg und musterte die Straße. Könnte sie einfach die Straße entlanggehen und nach einer Bushaltestelle suchen?

Wills zusammengekniffene Augen musterten sie von oben bis unten und verweilten auf ihrem nassen Haar. „Du hast hier übernachtet?"

Kate hob das Kinn. „Ich wüsste nicht, was dich das angeht, ehrlich gesagt", fauchte sie.

„Ich passe auf meinen Bruder auf. Ist das so außergewöhnlich?"

Sie zuckte mit den Schultern und drehte den Kopf weg.

„Ihr scheint mir beide seltsam gereizt für frisch Verliebte, wenn du mich fragst."

„Habe ich nicht. Was weißt du schon darüber?"

„Ich weiß mehr als nur ein oder zwei Dinge über Simons Liebesleben. Er *hat* keins. Die Wahrheit ist, ich bin schockiert, dich hier überhaupt anzutreffen." Er kniff die Augen zusammen, als ob er allein durch pure Konzentration die Fakten herausfinden könnte.

„Vielleicht weißt du nicht alles über ihn." Warum ließ sie sich auf einen Wettstreit mit diesem Mann ein? Sie kannte ihn nicht. Sie würde ihn wahrscheinlich nie wieder sehen. Er konnte denken, was er wollte, das war ihr egal. Sie starrte ihn an, versucht, einfach zu gehen, ohne sich von Simon zu verabschieden, aber es fühlte sich falsch an.

Will schüttelte wissend den Kopf. „Simon schläft nicht mit jeder. Er stellt Maddies Bedürfnisse immer vor seine eigenen." Er legte den Kopf zur Seite. „Aber anscheinend hast du das Muster durchbrochen, wer auch immer du bist, Kate." Er sprach ihren Namen bedeutungsvoll aus und zog eine Augenbraue in einer seltsamen Nachahmung von Simons vertrauter Geste hoch, während er sie musterte. „Er ist ein einsamer und verletzlicher Träumer. Ich hoffe nur, er wird nicht verletzt ... schon wieder." Es klang mehr nach einer Drohung als nach einem Wunsch.

Sie sträubte sich. „Ich versichere dir, dass ich keinerlei Absichten auf deinen Bruder habe, der auf sich selbst aufpassen kann und für sein eigenes, verletzliches Herz voll verantwortlich ist, so wie wir alle. Wir sind alte Freunde von der Universität." Wills Augen weiteten sich, sichtlich erstaunt über dieses Detail. Sie verschränkte die Arme, zupfte an ihrem Anhänger und tippte mit dem Fuß auf den Boden. „Hör mal, kannst du ihm einfach sagen, dass ich –"

Genau in diesem Moment erschien Simon mit einem Hockeyschläger in der Hand und einer großen Sporttasche über der Schulter. Eine Welle körperlichen Verlangens durchzuckte sie beim Anblick seiner nackten Brust und seiner schlanken Hüften, und sie schob sie beiseite. Er ließ die Tasche am Rand der Einfahrt fallen und schlenderte herauf, reichte Will den Schläger und nahm ihre Gesichtsausdrücke wahr. „Ich sehe, ihr habt euch schon bekannt gemacht. Solltest du nicht Maddie abholen?"

Will runzelte die Stirn. Er schüttelte leicht den Kopf, seine Augen fragend.

„Rachel hat gesagt, sie hätte dich angerufen. Hast du deine Nachrichten überprüft?", fragte Simon.

„Ja. Ich habe nie was von ihr gehört. Was ist los?"

Simon kaute nachdenklich auf seiner Lippe, die Augenbrauen zusammengezogen. „Ich weiß nicht. Sie hat sich diese Woche komisch verhalten. Sie hat Maddie seit Mittwoch."

Ungläubigkeit zeichnete sich auf Wills Gesicht ab. „Wow. Das ist wirklich komisch."

„Nun, entschuldigt, dass ich eure Grübeleien unterbreche, meine Herren, aber ich muss wirklich los, also sage ich Auf Wiedersehen … bis Dienstag dann", sagte sie fröhlich, zwang sich zu einem Lächeln und hoffte zu entkommen, bevor weitere Drohungen ausgesprochen oder Fragen gestellt wurden.

„Warte. Ich fahre dich", bot Simon an. Obwohl seine Art immer noch steif war, schien er jetzt niedergeschlagen.

„Nein, danke. Ich laufe zum … Bus." Sie zog ihre Jacke enger um den Hals und blickte nach oben. Der Himmel war dicht und grau, die Luft kalt und feucht.

„Es fängt jeden Moment an zu regnen. Ich bringe dich nach Hause", beharrte Simon gereizt.

Nein! Sie schüttelte den Kopf, ihr Hals schnürte sich zu. Kate traute sich nicht zu, jetzt mit ihm allein zu sein; ihre Gefühle waren so widersprüchlich und verwirrt. Sie würde sicher weinen und Dinge sagen, die sie bereuen würde. Sie wollte sich in seine Arme werfen und um Vergebung flehen. Solche Gedanken durfte sie gar nicht erst zulassen.

„Hey, ich fahre sowieso los. Kann ich dich irgendwo absetzen?" Will sah Kate an. Der Blick sagte, es sei ihm so oder so egal, aber sie spürte, dass er nach weiteren schmutzigen Details grub.

Sie kaute auf ihrer Lippe und wog ihre Optionen ab: Simons nachtragende Augen, der dunkle, dräuende Himmel, Wills Predigt. Mit dem Bruder würde sie besser fertigwerden. „Danke. Das wäre nett." Sie und Simon tauschten einen langen, harten Blick aus, bevor sie in Wills rostigen Dodge Pick-up stieg und die Tür zuschlug. Sie zwang sich, nicht aus dem Fenster zu Simon zu schauen, und ihre Brust zog sich mit einem schrecklichen Gefühl des Verlustes zusammen.

Trotz Kates Befürchtungen, dass Will seine bohrenden Fragen auf dem Weg zur Bushaltestelle erneuern würde, sagte er überhaupt nichts, und Kate saß schweigend, kerzengerade da, starrte aus dem Fenster und dachte über diesen beschützerischen kleinen Bruder und seine warnenden Worte nach. Je früher sie von beiden weit wegkam, desto besser.

Als sie schließlich anhielten, drehte er sich halb zu ihr um. „Es tut mir leid, dass ich in euren Liebesstreit geplatzt bin. Ich weiß, es geht mich nichts an." Er streckte versöhnlich eine Hand aus. „Aber du musst verstehen, dass mein Bruder seit der Trennung von Rachel nicht mehr gedatet hat. Nicht ein einziges Mal." Will kniff kurz die Augen zusammen und schüttelte den Kopf, ein Grübchen spannte sich in seiner Wange. „Ich hasse es. Ich habe ihn vergöttert, bevor sie ihn zu Fall gebracht hat. Er hätte alles sein können." Er hielt inne und warf ihr einen Blick zu.

Sie starrte ihn stumm und schockiert an. *Meint er das ernst?*

„Ich weiß nicht, worüber ihr euch streitet, aber es sieht nicht nach dem Ergebnis eines One-Night-Stands aus. Da ist mehr im Gange. Ich weiß auch, dass du nicht einmal in Simons Haus oder in seinem Leben wärst, wenn du nicht jemand sehr Wichtiges für ihn wärst." Er hielt inne und runzelte missbilligend die Stirn, während er auf seiner Wange kaute.

Sie sagte nichts, sondern erwiderte seinen Blick.

„Ich hoffe nur, was auch immer das Problem ist, dass ihr es klärt. Seinetwegen. Ich glaube nicht, dass er einen weiteren Herzschmerz überleben würde."

Mein Gott!, dachte Kate, als sie aus dem Truck stieg. *Als wäre das nicht schon schwierig genug. Schuldgefühle sind genau das, was mir noch gefehlt hat.* Es reichte aus, um sie fragen zu lassen, ob Simon das Opfer und sie die Bösewichtin in dieser Szene war. Wie würde sich der beschützerische Bruder fühlen, wenn er wüsste, dass Simon eine Beziehung wollte und Kate ihm eine Abfuhr erteilt hatte? Sie wusste, dass sie etwas Schlimmes tat und ihn verletzte, aber sie tat es aus dem richtigen Grund. Kate konnte das Risiko nicht eingehen.

DREIZEHN

Ihre hauchdünnen Gardinen verschleierten einen flachen, silbernen Himmel und milderten die imposante Wirkung des eiskalten Wintermorgens nur teilweise. Kate fröstelte. Sie hatte versucht, dem kalten Wetter mit frischem Kaffee, Gewürztee und warmen Muffins entgegenzuwirken, wobei sie sich wehmütig an ihr Gespräch mit Simon erinnerte.

Er kam als Letzter an, ganz offensichtlich mit Absicht, und Kate war so angespannt, dass sie nicht wusste, wie sie die Sitzung überstehen sollte. *Konzentration! Disziplin!* Heute mussten sie den vorläufigen Vertragsentwurf durchgehen, und dann waren sie auf der Zielgeraden. Dieser Fall könnte endlich abgeschlossen werden und das Chaos, das er in ihr Leben gebracht hatte, könnte damit ebenfalls ein Ende finden. Hoffentlich.

Sharon öffnete ihm die Tür, und er schlenderte zum Sitzbereich und nahm leise auf einem der niedrigen, gepolsterten schwarzen Würfel Platz, die die Lücke in der Sofalandschaft schlossen. Seine langen Beine falteten sich wie die eines Grashüpfers, die Knie berührten fast die Ellbogen. Er sah unbequem aus.

D'arcy kaute bedächtig auf einem Muffin mit einer Intensität an Konzentration, die bezeichnend für ihren eigentümlichen, grenzenlosen Appetit war. Kate fiel auf, dass D'arcy in letzter Zeit ständig zu essen schien, und die Ergebnisse wurden langsam sichtbar. Ihr rundes

Gesicht wirkte nicht mehr wie gemeißelt und glamourös, sondern einfach nur pausbäckig. Sie nahm an, es war der Stress.

Kate kam direkt zur Sache. Als sie den Entwurf mit ein paar Änderungsvorschlägen vorlas, warf Sharon ein. „Ich glaube, der Entwurf ist in der Frage der Finanzen immer noch zu vage. Egal wie gut die Absichten von D'arcy und Eli zu Beginn auch sein mögen, Geldangelegenheiten sind immer eine Quelle für Konflikte, und die Dinge könnten angesichts ihrer ungewöhnlichen finanziellen Vorgeschichte leicht wieder aus dem Ruder laufen."

Kate pflichtete Sharon bei und gestand, dass sie finanzielle Angelegenheiten heruntergespielt hatte. „Ich stimme Ihnen zu, Sharon. Geld wird zwischen D'arcy und Eli angesichts ihrer Anfänge immer ein heikles Thema sein. Obwohl es niemals vorschreibend sein kann. Die Zukunft ist immer ungewiss." Sie schlug eine Beispielklausel vor. „Wie stehen Sie dazu?", fragte sie und wandte sich an Eli und D'arcy, die wie üblich nebeneinander auf dem langen Sofa saßen, ihre Oberschenkel berührten sich wie zwei Elektroden, zwischen denen ein unsichtbarer, aber greifbarer Strom der Hoffnung floss.

„Das klingt vernünftig", antwortete D'arcy und überflog die Papiere, die sie in der Hand hielt. Eli zappelte herum, trommelte mit seinen langen Fingern auf seinem Knie und fuhr mit einer sehnsüchtigen Liebkosung die rechteckigen Umrisse der Zigarettenschachtel in seiner Tasche nach.

Vorschläge und Ideen für einen Rahmen finanzieller Verantwortlichkeiten wurden kritisiert und diskutiert, bis sie ein paar Klauseln hinzugefügt hatten, die alle zufriedenstellten.

Kate versuchte, Simon überhaupt nicht anzusehen, aber als sie sich gegen ihren Willen und wider besseres Wissen dabei ertappte, wie sie einen Blick in seine Richtung warf, starrte er sie fast immer an, mit Falten zwischen den Brauen, während er sich nachdenklich über den Mund oder das Kinn rieb. Er sprach kaum.

„Simon. Sie sind sehr ruhig. Irgendwelche Anmerkungen?", fragte Sharon, der offenbar dasselbe auffiel. Erschrocken blickte er auf, ließ den Blick über die Gruppe schweifen, und sein Blick traf zum ersten Mal auf den von Kate. Sie schaute schnell weg, genau wie er.

Er richtete sich auf. „Nicht zu den Geldangelegenheiten. Mit den Änderungen, die Sie dort vorgeschlagen haben, bin ich einverstanden." Er hielt inne. „Ich wollte jedoch vorschlagen, dass wir den Abschnitt über die Familie durchgehen. Ich denke, da gibt es einige lose–"

Kate räusperte sich verärgert. „Okay. Das ist in Ordnung. Ich würde gerne die nächsten beiden Abschnitte aufräumen, bevor wir weitermachen." Sie blickte auf, aber ihr Blick reichte nur bis zu seinem Kinn, ihre Lippen waren fest aufeinandergepresst.

„Wie auch immer", murmelte er.

Sie kehrte zu ihrem Entwurf zurück und wurde einen Moment später von seinem „Oh, Kate?" aufgeschreckt.

Sie blickte scharf auf, diesmal direkt in seine Augen. „Ja?" Er schickte ihr eine stumme, wütende Botschaft. *Bist du noch da?* Ihre Lider flatterten, unfähig, seinem Blick standzuhalten. Sie war schuldig.

Er blinzelte langsam und sah weg, seine Meinung war deutlich gemacht. „Schon gut. Das kann warten." Kates Brauen zogen sich zusammen, sie blinzelte einmal, zweimal und sah mit einem finsteren Blick nach unten. Was für ein Spiel spielte er da? *Er versucht, mich auf die Palme zu bringen, indem er sich wie ein verschmähter Liebhaber benimmt.* Obwohl er genau das ist, meldete sich eine kleine Stimme.

Nach einer unangenehmen Pause hob Kate das Kinn und fuhr fort. „Der nächste Abschnitt, den ich durchgehen möchte, betrifft die Verantwortlichkeiten im häuslichen Bereich. Hier, in Absatz zweiunddreißig, haben wir meiner Meinung nach einen Anfang gemacht, aber er ist viel zu kurz und … nun ja, ehrlich gesagt, ziemlich abstrakt."

„Aber ich kann nicht kochen", beschwerte sich Eli. „Überhaupt nicht", jammerte er.

„Konnte ich auch nicht, als ich von zu Hause auszog", entgegnete D'arcy. Eli schnitt eine Grimasse.

Simon sprang ein, um D'arcy und Kate zu helfen, Eli davon zu überzeugen, dass das Mithelfen beim Kochen nicht nur seine Verantwortung sei, sondern auch eine großartige Gelegenheit, kreativ zu sein.

D'arcy beugte sich vor und drückte ihm einen dicken Kuss auf die Wange. „Das wird Spaß machen. Ich verspreche es." Sie alle lachten. „Das bedeutet natürlich auch abwaschen."

Eli sah aus, als würde er gleich weinen, obwohl er es jetzt sichtlich übertrieb. „Könnten wir nicht einfach eine Hilfe einstellen?" Er zog mit geübter Leichtigkeit seine Zigarettenschachtel heraus und klopfte nervös darauf.

Alle sahen ihn missbilligend an. „Eli!", riefen sie im Chor.

„Vielleicht irgendwann. Sie beide sind ja kaum mittellos", sagte Kate. „Aber es geht darum, sich erst einmal eine gemeinsame Basis zu schaffen. Ihre Rollen zu finden. Erinnern Sie sich an all die Diskussionen, die wir über extravagante Käufe und Geschenke hatten. Niemand sagt, dass diese Dinge falsch sind oder dass Ihre großzügige Art etwas Schlechtes ist. Es geht darum, diesen Impuls mit der Verantwortung gegenüber D'arcy und Ihrer Zukunft in Einklang zu bringen."

Simon und Eli tauschten einen bedeutungsvollen Blick, und Eli nickte und atmete tief durch, während er eine unangezündete Zigarette zwischen seine sinnlichen Lippen legte. Er lehnte sich zurück, legte einen Arm um D'arcys Schultern, und sie schenkte ihm ein Lächeln.

„Es geht wirklich darum, Optionen aufzuzeigen und einige objektive Standards zu verwenden. Also, versuchen wir es mit dieser Formulierung …", schlug Kate vor und las aus ihren Notizen vor, während die anderen Markierungen in ihren Vertragsentwürfen machten.

Simon entschuldigte sich leise und schlenderte durch das Loft, während sie die nächsten beiden Abschnitte beendeten. Ein Teil von Kates Gedanken ging mit ihm, sie vermisste ihn, obwohl sie sich kaum ansehen, geschweige denn miteinander reden konnten.

Einige Minuten später kehrte Simon zurück und blieb hinter dem Sofa stehen, wobei er sein Gewicht von einem Fuß auf den anderen verlagerte. Langsam dämmerte ihr die Erkenntnis, dass ein unangenehmer Geruch in den Raum geweht war. *Oh Gott, Oscar.* Sie stand auf.

„Simon?"

„Äh … Kate. Ich … äh … ich glaube, Sie sollten vielleicht …" Er gestikulierte hilflos. Er sah Kate flehentlich an, seine Augenbrauen in mitleidigen Klammern hochgezogen, jeglicher Ärger für den Moment vergessen.

Genau in diesem Moment, bevor sie etwas sagen konnte, hatte der Übeltäter selbst einen dramatischen Auftritt. Oscar schoss durch den Raum, als wäre er vom Teufel verfolgt, auf den Konsolentisch im Flur, wo eine Blumenvase ins Wanken geriet.

„Oscar!" Kate sprang auf. „Du unartiger Kater." Sie bückte sich schnell, um ihn hochzuheben. „Bitte entschuldigen Sie uns einen Moment." Errötend eilte sie mit der schuldigen Katze zum Badezimmer. „Böse Mieze", flüsterte sie, während Eli schallend lachte und Sharon mit der Zunge schnalzte.

„Ich werde nur …" Simon räusperte sich und folgte ihr zu einem Chor gedämpften Gelächters.

„Oh, Oscar, fühlst du dich nicht gut, Kätzchen?" Sie setzte ihn in ihrem Schlafzimmer ab und schloss die Tür, dann öffnete sie die Verbindungstür zwischen ihrem Gästebad und ihrem privaten Bad, wo sie Oscars Katzenklo aufbewahrte, und beseitigte das Problem effizient – Oscar hatte sein Katzenklo um etwa fünfzehn Zentimeter verfehlt. Sie spülte die anstößige Substanz weg, versprühte Lufterfrischer in den Räumen, schaltete den Lüfter ein und desinfizierte gerade den Boden, als sie bemerkte, dass Simon im Türrahmen lehnte und ihr zusah.

„Ich habe es gerochen, aber ich habe nicht gesehen, wo ... du weißt schon ..." Er erstickte fast beim Versuch, nicht zu lachen. Es war zu bizarr, um es zu glauben.

„Sei nicht albern, damit konntest du nichts anfangen. Das ist mir so peinlich. Ich gebe mir wirklich Mühe, meine persönlichen ... Sachen von meinem Arbeitsbereich zu trennen, aber– Manchmal werden seine Krankheiten etwas unordentlich." Sie stand auf und wusch sich gründlich die Hände in ihrem eigenen Waschbecken, während er unbeholfen hinter ihr stand, die Hände wie belastende Beweisstücke in die Taschen geschoben, und durch die Tür in ihr Schlafzimmer spähte.

Endlich blickte sie auf und traf seinen Blick im Spiegel. Ihre ernsten Mienen wichen einem Schmunzeln, dann einem Grinsen und zerfielen schließlich in lautes Gelächter, das ihnen die Tränen in die Augen trieb.

Sie trocknete ihre Hände und drehte sich zu ihm um, immer noch lachend, und sein Lächeln erstarb plötzlich. „Kate", flüsterte er.

Ihr Herz sprang ihr bis zum Hals und schlug wie ein gefangener Vogel. Als sie seine Absicht erkannte, wurde sie nüchtern. „Tu das nicht."

Er ergriff ihre Schultern und zog sie ernsthaft zu sich. „Wir müssen reden. Wir können die Dinge nicht so stehen lassen."

„Es gibt nichts zu besprechen." Sie versuchte, sich loszureißen.

„Kate." Er suchte ihren Blick. Sie schüttelte stumm den Kopf und senkte den Blick. Er beugte schnell den Kopf und streifte mit seinen Lippen ihre, aber sie drehte den Kopf weg und hielt den Atem an. „Lauf nicht vor mir weg." Er ergriff ihr Kinn mit den Fingerspitzen und wollte sie erneut küssen, aber sie drehte ihren Körper weg.

„Simon", zischte sie. „Um Himmels willen. Sei doch vernünftig." Sie schlüpfte aus dem Badezimmer, schloss die Verbindungstür und schritt von ihm weg. Ihr Puls hämmerte, und sie war sich sicher, dass ihr gerötetes Gesicht sie verraten würde. Wie konnte sie weitermachen, wenn er darauf bestand, sich so zu verhalten?

Kate kehrte zur Gruppe zurück, verbarg ihr Unbehagen mit einem gezwungenen, aufgeregten Lachen, entschuldigte sich für Oscars mangelnde Hygiene und schlechtes Timing und bot frischen Kaffee mit einer atemlosen, aufgeregten Stimme an, die sogar in ihren eigenen Ohren leicht hysterisch klang. Simon gesellte sich wieder zu ihnen und setzte sich mürrisch und ohne ein weiteres Wort hin.

Sharon beäugte ihn misstrauisch, und er schenkte ihr ein unehrliches Grinsen, und Kate fühlte sich, als würde sie am Rande eines Abgrunds balancieren. Jeder Dummkopf konnte sehen, dass jetzt etwas nicht stimmte. Und Sharon war kein Dummkopf.

„Also gut. Wo waren wir?", fuhr Kate in einem schrillen, künstlichen Ton fort.

„Wir beendeten gerade den Abschnitt über Rücksprache und gemeinsame Entscheidungsfindung. Ich habe etwas entworfen, während Sie weg waren. Sehen Sie es sich an." Sharon reichte Kate eine Seite, die sie überflog. Sharon war jetzt schrecklich hilfsbereit, als ob sie es kaum erwarten könnte, dass diese Sitzungen enden.

Kate nickte steif, machte eine kleine Änderung und reichte es an D'arcy und Eli weiter. „Das könnte funktionieren. Was meinen Sie?" Eli hielt das Papier, während sie lasen, und gab es dann an Simon weiter, der es schnell überflog.

So sehr sie es auch wollte, sie konnte nicht vergessen, dass Simon vorhin darum gebeten hatte, etwas anzumerken. „Simon. Sie wollten etwas zum Abschnitt über die Familie hinzufügen?"

„Ja." Er blätterte eine Seite um. „Ja, hier sind meine Notizen. Ich fand den Entwurf etwas einseitig. Ich weiß, die Sorge galt der Einmischung. Aber es sollte wirklich Platz für die Familie im Leben eines jeden Paares geben. D'arcys Eltern sind bereits am anderen Ende des Landes."

Kate bemerkte, wie Eli sich versteifte. „Aber manche Familien schaden wirklich mit ihrer Einmischung", sagte Kate spitz, erinnerte sich an den aufdringlichen Anruf von Mrs. Duchamp, hielt Simons Blick stand und zog sich dann wieder zurück.

„Zweifellos. Aber ich glaube, dass die meisten Familien sich einmischen, weil sie sich sorgen." Er hob das Kinn. „Vielleicht könnte das Problem gelöst oder zumindest gemildert werden, nicht indem man die Beteiligung der Familie ausschließt, sondern indem man genug Zeit miteinander verbringt, um sicherzustellen, dass es eine starke Grundlage für die Beziehung und eine bessere Wertschätzung für den Charakter des anderen gibt."

„Sie haben meine Schwiegereltern nicht kennengelernt, Simon", sagte Eli mit einem scharfen Blick, sein Kiefer trat hervor. „Sie haben mir nie auch nur die geringste Chance gegeben. Schon bevor sie mich kannten, hatten sie mich als eine Art Versager abgeschrieben. Ich habe sie kaum gesehen, seit wir verheiratet sind, und sie sind kaum höflich, wenn ich ans Telefon gehe."

„Sind Sie für einen Besuch nach Montreal gefahren, seit Sie zusammen sind?", erkundigte sich Kate. Sie wollte Simon nicht zustimmen, aber er hatte einen stichhaltigen Punkt.

„Natürlich", sagte D'arcy. „Sofort, als wir beschlossen zu heiraten. Es ist nicht gut gelaufen." Ihre Stimme erstarb.

Eli schnaubte bitter. „Das ist eine Untertreibung."

„Wir haben schließlich hier geheiratet, ohne sie", fügte D'arcy hinzu.

„Und Sie haben sie seitdem nicht mehr gesehen?", fragte Simon.

„Ich habe keine Zeit mit ihnen verbracht, nein, und das aus gutem Grund", erwiderte Eli finster. „Sie verachten mich."

„Eli! Das stimmt nicht. Ich weiß, es fällt dir schwer, das zu glauben, aber Mama und Papa mögen dich. Sie machen sich nur große Sorgen. Sie sind mir gegenüber sehr beschützerisch, also war die ganze Sache ein Schock für sie", erklärte D'arcy.

„Das ist sechs Jahre her, Cherie", sagte Eli, lehnte sich zurück und verschränkte die Arme.

Simon sprang ein. „Genau das ist mein Punkt." Er stieß den Zeigefinger in die Luft. „Sie hatten vor *sechs* Jahren einen holprigen Start und haben sich nie davon erholt. Anstatt diese teilweise Entfremdung zu tolerieren, die für D'arcy kaum einfach sein kann und unpraktisch ist, wenn Sie Kinder haben und sie Großeltern werden, warum nehmen Sie nicht an, dass Sie von vorne anfangen müssen?" Er holte tief Luft und breitete flehend die Hände aus. „Ich meine, sich vornehmen, Zeit miteinander zu verbringen und sich kennenzulernen? " Simon faltete die Hände und sah erwartungsvoll in die Runde. „Ein bisschen eine Bindung aufbauen."

„Ich fahre regelmäßig zurück, aber sie reden nicht miteinander", sagte D'arcy leise. „Jedes Jahr laden sie uns zu einem Besuch ein. Uns beide. Tatsächlich gibt es eine stehende Einladung für Weihnachten." D'arcy beugte sich ernst vor. „Warum fahren wir dieses Jahr nicht hin?"

„Auf keinen Fall!" Eli hob protestierend die Hände. „Nach den Dingen, die sie zu mir gesagt haben?"

„Welche Dinge?", fragte Simon.

Moment mal. Wer leitet hier eigentlich die Sitzung? Kate funkelte Simon an, ihre Nasenflügel bebten vor Ärger. „Bleiben Sie ruhig, bitte, Eli. Vielleicht könnten Sie uns erzählen, was vor sechs Jahren passiert ist, das Ihnen einen so schlechten Start beschert hat."

Er versteifte sich und senkte den Blick. „Es gibt nichts zu erzählen. Sie mochten mich nie."

„Eli. Sie tun es. Du musst ihnen auch eine Chance geben", sagte D'arcy.

Eli sprang auf und trat ein paar Schritte von der Gruppe weg. Kates Herz raste wild. *Was ist hier los?* Kate warf Simon einen Blick zu. *Tu was!* Sharon starrte Eli an, als könnte er explodieren, und Kate dachte, sie könnte recht haben. Simon stand ebenfalls auf, ging auf Eli zu und sprach leise. „Setzen Sie sich. Erzählen Sie uns mehr."

Elis dunkle Augen waren gequält. Er stand da mit geballten Fäusten. „Nein. Lassen Sie es einfach gut sein. Ich werde nicht bei diesen Leuten zu Kreuze kriechen."

Kate trat beschwichtigend auf sie zu, ihre Stimme ruhig und sanft. „Bitte setzen Sie sich. Vielleicht sind wir das falsch angegangen. Ich glaube, ich verstehe, worauf Simon hinauswill, aber es muss für Sie nicht bedrohlich sein. Lassen Sie uns einfach ein bisschen darüber reden." Sie legte Eli sanft eine Hand auf den Arm und versuchte, ihn zurück auf seinen Platz zu locken. D'arcys Gesicht war grimmig. Eli riss seinen Arm los und schritt ein paar Meter weg, wobei er ihnen den Rücken zukehrte.

D'arcy stand auf und folgte ihm. „Babe, warum rufen wir sie nicht gleich an? Du musst nicht dorthin zurück. Vielleicht könnten wir sie für Weihnachten hierher einladen. Wir können ihnen unsere Wohnung zeigen, ihnen eine Tour durch dein Atelier und die Galerie geben. Das würde ihnen wirklich die Augen öffnen. Und dann würdest du auch sehen. Sie sind nicht gegen dich." D'arcys Stimme stieg und fiel in einem beruhigenden Schlaflied, während Elis Schultern sich noch angespannter zusammenzogen.

Oh, das war schlecht. Richtig, richtig schlecht. Die Spannung im Raum baute sich auf. Kate konnte spüren, wie Eli sich einer Katastrophe näherte. Sie trat auf Simon zu und zischte, als sie sich nah zu ihm lehnte: „Warum hast du das zur Sprache gebracht? Wir waren so kurz davor."

Simon wirbelte zu ihr herum, ganz anders als sein übliches

gelassenes Selbst. „Das nennst du kurz davor? Du musst doch ... Das wurde nur oberflächlich behandelt. Ich habe es sofort gesehen. Das ist ein großer Stolperstein ..." Er senkte die Stimme. „Sie müssen das aufarbeiten."

„Sie hätten sie nicht aufzustacheln brauchen", sagte sie entrüstet. Sie ballte die Fäuste und runzelte die Stirn. Verdammt, sie war mit den Nerven am Ende. Sie verhielt sich überhaupt nicht wie eine Mediatorin.

„Ich habe sie nicht aufgestachelt. Es ist bereits da. Man kann sich nicht vor alten Wunden verstecken. Man muss sich ihnen stellen", er blickte ihr forschend in die Augen, und sie konnte sehen, dass er zu ihr, über sie, sowie über Eli und D'arcy sprach.

„Warum tust du das?", stöhnte Kate und die Worte entwichen ihr durch zusammengebissene Zähne. Sie waren nur wenige Zentimeter voneinander entfernt, und ihr Gespräch blieb den anderen nicht verborgen, das wusste sie.

„Ich bin ein ehrlicher Mann. Und ich erwarte Ehrlichkeit von allen anderen." Er begegnete ihrem Blick standhaft. „Es gibt zu viele Geheimnisse und Lügen in diesem Raum." Er atmete tief ein, ließ die Schultern fallen und atmete aus.

Kate bemerkte, wie Sharon sie anstarrte. Sie wusste, dass er Recht hatte. Nicht nur war mit D'arcy etwas Seltsames los, das sie nicht hatte ergründen können, sondern Eli hielt auch an einigen tief verwurzelten Problemen mit seinen Schwiegereltern fest, die ihrer Beziehung immer im Weg stehen würden, wenn sie nie gelöst würden. Aber Simon hätte privat mit ihr sprechen sollen. Als ob er eine Chance gehabt hätte. Sie seufzte und strich sich mit den Fingerspitzen über die gerunzelte Stirn.

Sharons Gesicht erschien plötzlich zwischen ihnen wie eine hervorschießende Kobra, ihr Lächeln starr und feindselig. „Glauben Sie bloß nicht, dass ich nicht weiß, was hier vor sich geht", spie sie. „Und Sie dachten, ich würde Ihnen Schwierigkeiten machen. Es sieht so aus, als hätten Sie sich diesmal selbst welche eingebrockt." Sie entfernte sich in Richtung D'arcy, die immer noch auf Eli einredete.

„Eli, bitte überleg es dir noch einmal. Wenn wir sie einladen würden ... Besser noch, wenn *du* sie zu Weihnachten einladen würdest, würde das so viel bedeuten. Du hast keine Ahnung, wie das die Dinge ändern würde", flehte D'arcy, ihre Stimme ein trostloses Wimmern.

„Das werd ich nicht erleben, D'arcy." Eli war plötzlich kühl und ruhig, auf eine gefährliche Weise, die Kate beunruhigte, ihre Sinne prickelten.

„Eli, bitte." D'arcy klagte und trat näher an ihn heran, ihre Hand auf seinem Arm.

„Auf gar keinen verdammten Fall! Sie müssten auf Händen und Knien in unterwürfiger Entschuldigung angekrochen kommen, bevor ich es auch nur in Betracht ziehen würde." Sein Lächeln war sardonisch, und er neigte den Kopf, während er D'arcy ansah, seine ebenholzfarbenen Augen blitzten.

D'arcy zuckte zurück und wich aus. „Wir müssen das klären. Du weißt, dass wir das müssen."

„*Du* musst das, *Chere*. Du musst dich entscheiden, wem du vertraust. Mir oder ihnen. Wenn du mich wählst, bin ich für dich da. Aber wenn du Mama und Papa in deinem Leben haben willst, kannst du auf mich verzichten!"

„Eli. Keine Ultimaten. Bitte, seien Sie vernünftig." Kate versuchte einzugreifen, aber sie wusste, es war zu spät.

„Nein. Es ist kein Ultimatum." Er war beunruhigend ruhig, seine Stimme flach. „Mir ist gerade klar geworden, dass ich es so *verdammt* leid bin, eine Schachfigur im Spiel eines anderen zu sein. Ich habe mein eigenes Leben zu leben. Ich brauche das nicht." Eli schnappte sich seine Jacke von der Lehne eines Esszimmerstuhls und schlenderte zur Tür, als hätte er gerade achtlos seine Ehe weggeworfen. Er öffnete sie und ging, ohne sich die Mühe zu machen, sie hinter sich zu schließen.

„Nein-iiiin." D'arcy schluchzte hilflos. Sie drehte den anderen den Rücken zu, kramte in ihrer Tasche nach einem Taschentuch und weinte hinein, ihre Schultern zitterten.

Kate trat näher und rieb ihr den Rücken. „Beruhigen Sie sich, D'arcy. Sie wissen doch, wie unberechenbar er sein kann. Geben Sie nicht auf. Wir kriegen das schon noch hin."

„Ha!", platzte es aus Sharon heraus. „Da bin ich mir nicht so sicher. Ich wusste, dass das nie funktionieren würde. Madame Duchamp hatte die ganze Zeit recht. Genau das hat sie vorhergesagt."

„Was?", wirbelte D'arcy herum, ihr Gesicht von Wimperntusche verschmiert.

„Als Ihre Mutter mich engagierte, sagte sie, dass es am Ende Eli sein würde, der alles hinschmeißt. Sie sagte, er sei ein sturer kleiner Junge, der immer seinen Kopf durchsetzen müsse."

„Ich weiß, dass meine Mutter ihn nicht gutheißt, aber sie würde sich niemals wünschen, dass wir uns trennen. Sie weiß, dass ich Eli liebe."

Der Tränenstrom setzte wieder ein, während sich ihre Züge jämmerlich verzogen.

„Sie weiß, dass es Ihnen ohne ihn besser gehen wird", schalt Sharon.

Kate umarmte D'arcy und rieb ihr wieder den Rücken, um sie zu beruhigen. Bitter wandte sie sich an Sharon. „Ich habe die ganze Zeit vermutet, dass Sie persönliche Interessen verfolgen, Sharon. Mehr als nur Skepsis gegenüber der Mediation. Sagen Sie mir die Wahrheit. Wurden Sie engagiert, um sicherzustellen, dass es nicht funktioniert? Ist es das?" Kate reckte ihr Kinn in Sharons Richtung, wobei ihre Stimme vor Wut anstieg.

„Das würde Ihnen gefallen, nicht wahr", war Sharons Stimme voller Gehässigkeit. „Das würde es Ihnen so einfach machen. Dann müssten Sie Ihr Versagen nicht eingestehen. Aber nein, ich fürchte, das stimmt nicht. Skeptisch hin oder her, ich bin in guter Absicht hier. Die Duchamps wollen wirklich nur das, was ihr kleines Mädchen glücklich macht, so töricht es ihnen auch erscheinen mag. Nein, ich fürchte, Sie werden sich den Grenzen Ihrer idealistischen Methoden stellen müssen. Darum geht es doch, nicht wahr? Sie waren aus Ihren eigenen Gründen mehr an einer Versöhnung interessiert als deshalb, weil es das Richtige für Ihre Klienten ist." Sharon kniff die Augen zusammen. „Ich weiß von Ihrer kleinen Auszeichnung, wissen Sie. Ich glaube, Ihre romantische Verstrickung hat Sie aus dem Konzept gebracht und Ihre professionelle Integrität kompromittiert." Sie warf den Kopf trotzig zurück, ihre kleinen, raubtierhaften Zähne blitzten zwischen schmalen, unlächelnden Lippen hervor, und Kate wurde eiskalt. „Sie können übrigens damit rechnen, dass ich eine Beschwerde einreichen werde."

„Sharon. Tun Sie das nicht, bitte", bat Simon scharf.

Sharon ignorierte ihn, griff ebenfalls nach ihrem Mantel und warf Simon einen vernichtenden Blick zu. „Lassen Sie mich wissen, wann das Scheidungsverfahren wieder aufgenommen werden soll, meine Liebe", sagte sie mit kühler Stimme zu D'arcy und ging ruhig durch die offene Tür hinaus.

D'arcy brach in neue Tränen aus und Kate hielt sie eine Weile, bis sie sich beruhigt hatte. „Es ist nicht vorbei. Machen Sie sich keine Sorgen. Heute sind alle emotional. Geben wir uns etwas Zeit, um uns zu beruhigen und ein wenig nachzudenken. Ich rufe Sie in ein paar Tagen an. Wir werden alles durchgehen und einen Plan machen." Sie nahm D'arcys Gesicht in ihre Hände und nickte mit einem ermutigenden Lächeln, obwohl ihre Entschlossenheit schwand. Was genau sollte dieser Plan sein? Viel schlimmer konnten die Dinge nicht werden.

D'arcy hob den Kopf, die Brauen zusammengezogen, und sie sah so jung und verletzlich aus. „Worüber hat Sharon geredet? Welche Beschwerde?"

Kate schloss die Augen, resigniert. Es war an der Zeit, sich ihren Problemen zu stellen. „Setzen Sie sich einen Moment, D'arcy." Sie führte D'arcy zurück zum Sofa und setzte sich ihr gegenüber, nach vorne gelehnt, die Ellbogen auf die Knie gestützt. „Ich hätte schon vor langer Zeit mit Ihnen darüber sprechen sollen." Simon verweilte, stand mit verschränkten Armen da, beobachtete sie und kaute auf der Innenseite seiner Wange herum. Sie seufzte. „Worauf Sharon sich bezieht ... ist die Tatsache, dass Simon und ich ... im College mehr als nur Bekannte waren. Viel mehr." D'arcys Augen weiteten sich. „Technisch gesehen hätten wir diese Tatsache offenlegen müssen, sobald er an jenem ersten Tag den Sitzungssaal betreten hat." Sie rutschte auf ihrem Sitz hin und her. „Aber es war so lange her und wir hatten keinen Kontakt gehalten. Ich ... weiß nicht, warum, aber ich habe es einfach dabei belassen. Und Simon auch." Sie blickte D'arcy ins Gesicht. „Das war falsch."

„Fahren Sie fort ..."

„Nun, das ist es. Wir haben uns wieder angenähert, offensichtlich. Dann hat Sharon herausgefunden, dass wir uns kannten ... dass wir, ah ... eine Beziehung im College hatten, und seitdem macht sie deswegen einen Aufstand."

„S-sind Sie wieder zusammen?", fragte D'arcy mit großen Augen.

Kate stockte der Atem in der Brust. „Nein!"

„Ja", sprach Simon gleichzeitig. Kate warf ihm einen harten Blick zu.

D'arcy blickte von einem zum anderen, als ihr ein Licht aufging. „Oh. Ich verstehe."

Kate holte tief Luft. „Es ist kompliziert, D'arcy. Wegen der Vergangenheit. Aber ich verspreche Ihnen, solange ich Sie vertrete, gilt meine volle Konzentration Ihnen und Eli und Ihren Bedürfnissen. Sie können mir vertrauen, dass ich vollkommen unparteiisch bin und Sie beide berate und vertrete. Unsere ..." Sie machte eine Geste zwischen Simon und sich selbst, „... Beziehung darf keinen Einfluss auf Ihren Fall haben, ganz gleich, was Sharon andeuten mag. Sie versucht nur, Ärger zu machen." Sie lächelte beruhigend.

„Das gelingt ihr, nicht wahr?"", sagte D'arcy.

Kate presste die Lippen zusammen. „Das wird sich noch zeigen. Sie weiß, dass ich im neuen Jahr eine Auszeichnung für meine Karriere erhalten soll. Also denkt sie, sie hat mich in der Hand. Wie auch immer, das sollte Sie nicht kümmern, also machen Sie sich keine Sorgen. Ich kümmere mich darum." Kate blickte zu Simon hinüber, der mit zusammengepressten Lippen und vor der Brust verschränkten Armen dastand. Eine Welle der Nervosität durchzuckte sie, von den Knien bis zum Hals.

Simon begleitete D'arcy zur Tür und, nachdem sie gegangen war und er sie hinter ihr geschlossen hatte, drehte er sich zu Kate um, ein besorgter Ausdruck im Gesicht, der Kiefer angespannt, der Mundwinkel zuckte.

In diesem Moment schien Simon die Ursache all ihrer Probleme zu sein. Die Bande ihrer strapazierten Emotionen rissen. „Was zum Teufel denkst du, was du da tust? Wir hatten diesen Fall fast gelöst."

Simon zuckte mit den Schultern und ging auf sie zu. „Es gab keine Gelegenheit, mit dir über meine Bedenken bezüglich Eli oder D'arcy zu sprechen. Vielleicht hättest du es anders gehandhabt. Aber unter den Umständen …" Er hob beide Hände, die Handflächen geöffnet, und zuckte mit den Schultern. „Es musste raus. Ich konnte sehen, wie es schwelte."

Wut stieg in ihr auf, ihre Stimme blieb ihr im engen Hals stecken und drohte zu brechen. Eine steinhart Anspannung baute sich in ihrer Brust und ihrem Bauch auf. „Darauf kannst du wetten, dass ich es anders gehandhabt hätte. Was macht dich plötzlich zum Experten für Mediation? Du bist derjenige, der das Feuer geschürt hat. Es wäre kein Problem gewesen."

„Blödsinn. Erzähl mir nicht, dass du es nicht gesehen hast. Dass du mit einer so oberflächlichen Analyse zufrieden bist", Simons Stimme erhob sich entrüstet, und sein Gesicht verdüsterte sich. „Es wäre ihnen um die Ohren geflogen. Sie wären in Monaten wieder vor dem Scheidungsrichter gelandet. Sei ehrlich. Du bist besser als das. Du konntest sie doch nicht in dem Glauben wegschicken, dass alles in Ordnung sei. "

„Wir standen kurz vor einer Lösung. Warum versuchst du, diesen Fall zu sabotieren? Er ist wichtig für mich. Mein Ruf steht hier auf dem Spiel." Kate zitterte jetzt, ihre Wut wich, als sie ihren Fokus von ihrem eigenen emotionalen Aufruhr auf ihre Klienten verlagerte.

„Das ist lächerlich. Ich versuche zu helfen." Simons Hände flogen flehend hoch, als er sich abwandte.

„Wie kann eine große Konfrontation zwischen Eli und D'arcys Familie ihnen helfen? Eli hat kein tieferes Problem mit den Schwiegereltern als den Klassenunterschied. Es sind seine Unsicherheiten. Zu versuchen, sie zusammenzuzwingen, wird nur für alle schmerzhaft sein."

„Ich habe nicht gesagt, dass es einfach werden würde", stimmte Simon leise zu.

„Elis Launen sind so unberechenbar." Kate dachte, dass Simon vielleicht recht hatte. „Er war heute seltsam."

„Ja. Gefährlich kühl. Das hat mir ein sehr ungutes Gefühl gegeben."

„Hat er dir etwas gesagt, worüber du nicht reden darfst?"

„Nein. Ich wünschte, er hätte es getan." Simon hob eine lockere Faust an sein Kinn und nickte bei diesen Worten. „Ich sollte ihn anrufen und sehen, was ich herausfinden kann."

Sie sträubte sich wieder. „Nein." Sie wollte ihn nicht so eng in ihre Arbeit involviert haben. „Ich meine, mach ihn nicht misstrauisch. Ich möchte auch mit ihm reden können. Vielleicht sogar unter vier Augen. Wir haben eine gute Beziehung. Er könnte sich mir anvertrauen", sagte Kate. „Du musst dir keine Sorgen machen."

„*Du* musst an D'arcy arbeiten", sagte Simon.

Oh. Die Sehnen in ihrem Hals spannten sich an. Jetzt sagte er ihr, was sie zu tun hatte.

„Ich bin mehr denn je davon überzeugt, dass sie etwas zurückhält. Sie wirkt gestresst. Sie hat zugenommen. Sie ist so ... emotional auf einmal", fügte er nachdenklich hinzu.

Was für ein idiotischer, sexistischer Kommentar. Kates Frustration wuchs. „Warum sollte sie nicht gestresst sein? Schau dir an, was sie durchmacht. Frauen sind emotional. Männer auch. Na und?"

„Werde nicht gleich so defensiv." Er trat leicht zurück, seine Augenbrauen hoben sich alarmiert. „Ich meine, sie hat sich im letzten Monat so sehr verändert; sie ist wie eine andere Frau. Ich dachte, ich hätte sie ziemlich gut eingeschätzt, als ich sie zum ersten Mal traf. Aber jetzt ist sie weniger selbstbewusst. Und ich habe das Gefühl, sie verbirgt etwas. Das ist die andere Sache, die an die Oberfläche kommen muss, bevor sie sich versöhnen können. Davon bin ich überzeugt."

Kate fiel es schwer, seinem Blick standzuhalten. Sie starrte grüblerisch aus dem Fenster auf den unaufhörlichen Regen. Plötzlich fröstelte sie und erschauderte. „Ich weiß nicht. Ich glaube, sie fühlt sich einfach verletzlich", murmelte sie. „Und warum sollte sie das nicht? Sie findet es schwierig, dir angesichts deines früheren Verhaltens zu vertrauen."

Simon zuckte zusammen. Er schwieg und musterte sie einen Moment lang. „Du meinst – Eli? – *Sein* früheres Verhalten?"

„Das habe ich gesagt." Sie blickte ihn an, fühlte sich rastlos und gereizt und verlagerte ihr Gewicht. Oder etwa nicht?

„Richtig." Er stand einen Moment schweigend da und überlegte. „Ich denke, Eli hat sich tatsächlich sehr weiterentwickelt. Ich glaube, er meint es wirklich ernst mit den Veränderungen. Aber jetzt ist D'arcy an der Reihe, reinen Tisch zu machen. Sie muss ehrlich zu sich selbst und zu ihm sein. Aber da ist noch etwas mehr …", er hielt inne.

„Warum hackst du auf D'arcy herum?" Kate verschränkte die Arme.

Er schüttelte den Kopf, sichtlich verwirrt. „Ich hacke nicht auf ihr herum. Es ist sehr subtil. Ich glaube, wegen des Machtungleichgewichts ist sie es gewohnt …" Er runzelte nachdenklich die Stirn. „Damit er Verantwortung übernehmen kann, muss sie ihm etwas Raum geben. Sie muss ihm vertrauen und sich auf ihn verlassen. Sie muss ihre Kontrolle loslassen. Ein wenig weicher werden."

Sie erstarrte. „Warum bist du so hart zu unabhängigen Frauen? Ich habe den Eindruck, du hättest sie alle gern als sanfte kleine Fräuleins, voller Unschuld und Abhängigkeit."

Simon klappte erstaunt der Mund auf, seine Augen weiteten sich. „Woher kommt das denn jetzt? Ich rede von D'arcy."

„Tust du das?" Kate schüttelte den Kopf und sah ihn an. „Es ist fast so, als hättest du Angst vor starken Frauen. Du hast all deine eigenen Ängste vor mächtigen Frauen auf D'arcy übertragen. Und vielleicht auch auf mich. Musst du deshalb meine Mediationsbemühungen untergraben?"

Er starrte sie einen langen Moment an, die Lippen nachdenklich geschürzt. „Es ist das Gegenteil. Ich dachte, ich hätte eine starke Frau geheiratet. Aber ich habe gelernt, wie wahre Stärke aussieht, das ist alles. Und sie ist nicht hart. Es geht darum, den Mut zu haben, offen und verletzlich zu sein." Simon trat näher, neigte den Kopf, um ihr tief in die Augen zu blicken. „Und ich versuche nicht, mich in deine Rolle hier einzumischen. Ich versuche wirklich, dir zu helfen, ihnen zu helfen. Diese beiden liegen mir am Herzen. Aber sie werden es nicht schaffen mit Leichen im Keller."

„Ich glaube dir nicht", rief sie, wandte sich ab und stemmte die Hände in die Hüften.

„Gott, du kannst stur sein, Frau. Du verleugnest es. Vielleicht hat Sharon recht. Du hast hier einige kritische Probleme übersehen. Ich glaube nicht, dass du klar denkst." Seine Stimme sank zu einem Flüstern. „Ich weiß, dass ich es nicht tue." Er machte einen weiteren Schritt auf sie zu, streckte eine Hand aus und fuhr mit seinen Fingerspitzen leicht über ihre Schulter.

Seine Berührung brannte auf ihrer Haut und entfesselte all die Emotionen, die sie drei Tage lang so fest unterdrückt hatte. „Fass mich nicht an!" Sie wirbelte herum und wich seiner Hand aus.

„Du kannst nicht so weitermachen und so tun, als ob nichts geschehen würde. Als ob es dich nicht berühren würde." Er stand ruhig neben ihr.

Warum musste er so ruhig sein? So erwachsen? Sie fühlte sich, als würde sie in die Enge getrieben. Ein plötzlicher, verzweifelter Gedanke tauchte auf.

„Oh, ich glaube, ich verstehe. Du willst, dass dieser Fall endet, damit du deine eigenen egoistischen Interessen verfolgen kannst. Eli und D'arcy sind dir völlig egal, nicht wahr? Du willst diesen Fall nur beenden, um ihn aus dem Weg zu haben. Das ist es doch, oder?"

Er grunzte zynisch. „Hör mal, wer da redet." Er schüttelte den Kopf und verzog das Gesicht. „Du weißt, dass das nicht fair ist. Ich habe es getan, weil es das *Richtige* ist. Wenn ich gewollt hätte, dass der Fall schnell zu Ende geht, hätte ich nur meinen Mund halten müssen. Wie du sagtest, wir waren dabei, abzuschließen. Du hättest sie glücklich wegschicken und deine Hände in Unschuld waschen können. Aber mir ist es nicht egal, was mit ihnen geschieht. Ich kann nicht so tun, als sähe ich nicht, was ich deutlich sehe. Das wäre unehrlich und unverantwortlich gewesen."

Sie wusste, dass er recht hatte. Zu wissen, dass er es gesehen hatte und sie es übersehen hatte, war das, was sie am meisten aufregte. Sie steckte ihr loses Haar hinter die Ohren. Ihr emotionaler Aufruhr wegen ihrer Beziehung zu Simon hatte ihre Einsichtsfähigkeit wirklich getrübt. Sharon hatte jedes Recht, sie bei der Mediatorenkammer zu melden. Sie hatte zugelassen, dass private Gefühle ihre Objektivität und Effektivität bei der Arbeit beeinträchtigten.

Plötzlich wurde sie von der Vorahnung überwältigt, dass all ihre Jahre harter Arbeit, um sich zu einer angesehenen, kompetenten Mediatorin zu machen, zunichtegemacht worden waren. Ihr Atem wurde kurz und ihre Brust zu eng. Ihr Hals schnürte sich zu, als sie ein Brennen hinter ihren Augen spürte. *Warum passiert das? Was habe ich getan, um all dieses Chaos und diese Störung zu verdienen?* Simons Gesicht verschwamm hinter einem Vorhang aus Tränen und ein leises Wimmern entfuhr ihr.

Dann schlangen sich seine Arme um sie, und sie konnte sich nicht länger zurückhalten, ließ ihre Tränen und ihre Ängste und Enttäuschungen ungehemmt überströmen. Sie spürte seine sanften Hände, die ihren Rücken und ihr Haar strichen, und hörte seine gedämpfte Stimme, die ihr beruhigende Worte ins Ohr säuselte. „Schhhh. Es ist gut. Es wird alles gut."

Einige Minuten später hob sie erschöpft und schniefend den Kopf und nahm das Taschentuch an, das er ihr hinhielt. Sie drehte sich zur Seite, wischte sich die Augen und putzte sich die Nase und dann, das feuchte Tuch in die Tasche steckend, stand sie unsicher da, den Blick gesenkt.

„Besser?", fragte er. Er neigte den Kopf, drückte seine Lippen für ein paar exquisite Momente sanft gegen ihre Stirn und strich ihr noch einmal sanft durchs Haar.

Sie nickte, und ein Schluchzer entfuhr ihrer Kehle. Sie war überrascht, wie viel besser sie sich fühlte, nur weil er sie gehalten hatte, obwohl sich nichts geändert hatte. So sollte es nicht sein. Aber es war so. Oh, wie sehnte sie sich danach, sich in seinen Armen zu verlieren und alles zu vergessen.

„Du glaubst nicht wirklich, was du D'arcy erzählt hast, oder? Dass alles gut werden wird?", fragte er.

Sie blickte zu ihm auf. Sein Ausdruck war nachdenklich, seine Augen suchend. „Nein. Tue ich nicht. Ich weiß es nicht." Vielleicht würde es nicht so schlimm werden, wie Sharon andeutete, aber etwas würde passieren. Kate umklammerte ihren Knotenanhänger und kaute auf ihrer Wange. Vielleicht verdiente sie es, gerügt zu werden.

Sein Mund verzog sich zu einem halbherzigen, asymmetrischen Lächeln und fiel wieder. „Ich schon, tatsächlich."

„Wie kannst du? Du hast gerade zugegeben, dass keiner von uns in letzter Zeit klar denken konnte. Ich bin offensichtlich nicht in der Lage mich zu konzentrieren und nicht so auf meine Klienten eingestimmt, wie ich es sein sollte, wie sehr ich auch mit dem, was du heute getan hast, nicht einverstanden bin."

„Jeder hat ein Privatleben. Aber von den Leuten wird erwartet, dass sie damit umgehen und ihre Arbeit weitermachen. Hier ist das nicht anders, Kate." Er zuckte mit den Schultern. „Wir mögen eine Beziehung miteinander haben, aber das stellt keinen Konflikt mit unseren Rollen als Vertreter für D'arcy und Eli dar." Er hielt inne. „Solange wir ehrlich damit umgehen können."

„Glaubst du das wirklich?" Es war ein tröstlicher Gedanke. Das Problem war, Kate war sich nicht sicher, ob sie ihm das abkaufte.

„Das tue ich. Kann ich dir frischen Tee machen?"

Sie nickte dankbar. Das war das Problem mit Simon, dachte sie. Gerade wenn sie ihn hochkant hätte rausschmeißen sollen, schätzte sie es wirklich, ihn um sich zu haben. Sie hatte sich auf ihn als vertrauenswürdigen Freund verlassen. Und im Moment brauchte sie wirklich einen Freund. *Wie zum Teufel soll ich damit umgehen?*

Er trug zwei Tassen dampfenden Tees zurück ins Wohnzimmer, und sie setzten sich auf das Sofa, mit Blick auf das regennasse Fenster. Sie lehnte sich zurück, die Beine unter sich gezogen, und hielt ihre Teetasse mit beiden Händen umschlossen, ließ den Dampf aufsteigen, um ihr Gesicht zu wärmen, bevor sie einen Schluck der beruhigenden heißen Flüssigkeit wagte. Eine angenehme Stille breitete sich aus, während der Kate seine Anwesenheit körperlich spürte.

Schließlich sprach er. „Ich muss zugeben, ich habe Sharons Fähigkeit, Ärger zu machen, unterschätzt. Ich hätte schon früher versuchen sollen, dem einen Riegel vorzuschieben."

„Also. Siehst du endlich meinen Standpunkt?", fragte sie mit einem matten Lächeln.

Er drehte sich zu ihr um. Zu nah, sie konnte die Wärme seines Körpers spüren, und es tat wilde, rasende Dinge mit ihrem Blut. Er holte Luft und blickte sie an. „Das tue ich. Ja. Und ich bin bereit … es ruhen zu lassen, bis dieser Fall geklärt ist. Ich weiß nicht, wie ich es aushalten soll. Aber lass mich eines ganz klar sagen. Du bist mich nicht los. Wenn das hier vorbei ist, werde ich an deine Tür klopfen und die Scherben aufheben wollen." Sein klarer blauer Blick durchbohrte ihren, als er diese Worte aussprach. Sie waren nicht misszuverstehen.

Ihr Herz sprang ihr ungebeten in den Hals. Kate war sich nicht sicher, ob sie über dieses Geständnis ekstatisch oder verängstigt war. Sie brauchte Zeit, um ihre eigenen Gefühle zu ordnen. Es war also gut, dass Simon bereit war, ihr etwas Raum zu geben.

Es war nicht leicht, seinen hochgewachsenen Körper zu ignorieren,

der sich über ihr Sofa fläzte, den warmen, moschusartigen, männlichen
Geruch von ihm, die Falten in seinem glatten blauen Baumwollhemd
und die wehenden Strähnen goldenen Haares an seinem Kragen und
über seinen elfenhaften Ohren, wie er lässig mit ihr Tee trank, als ob er
hierhergehörte. Aber zumindest verschlang er sie nicht mit seinem
Blick. Seine Anwesenheit war tröstlich, aber auch beunruhigend und
ablenkend. *Ich kann das durchstehen, ohne zusammenzubrechen. Ich kann
ruhig und beherrscht bleiben.*

Sie wagte es, ihm in die Augen zu sehen. Alles, was sie dort sah,
war nackte Ehrlichkeit und Freundlichkeit. Nichts Bedrohliches. Aber
sie hatte trotzdem Angst. „Ich werde nichts versprechen, Simon. Es ist
vielleicht das Beste, wenn wir die Dinge so lassen, wie sie sind. Ich
weiß es nicht. Wir werden sehen."

Er antwortete nicht sofort, sondern blickte sie an, seine himmelblauen Augen leuchteten vor Emotionen und waren gleichzeitig von
Fragen und Zweifeln überschattet. Sie konnte sehen, wie sich die
Muskeln in seinem Kiefer anspannten, seine Nasenflügel bebten und
sein weicher, sinnlicher Mund unwillkürlich zuckte, während seine
Gedanken kreisten. Sie konnte ihn atmen hören vor dem Hintergrund
des stetig trommelnden Regens an den Fensterscheiben. Schließlich ließ
er den Blick sinken und nickte einmal, ohne ein Wort. Als er einen
Moment später aufblickte, hatte er seine rohen Emotionen und sein
Bedürfnis beiseitegelegt und einen entschlossen fröhlichen Ausdruck
aufgesetzt, obwohl sie seine Anspannung immer noch am Beben seiner
Nasenflügel und der Anspannung seines Kiefers spürte.

Sie schenkte ihm ein versöhnliches Lächeln. Egal was passierte, sie
wollte nicht mit ihm streiten.

Er trank seinen Tee aus. „Ich sollte besser gehen. Ich habe heute
Nachmittag einen Klienten." Er stand auf und zögerte dann,
erwartungsvoll. Er schien sich genauso wie sie bewusst zu sein, dass
alles in der Schwebe blieb, unsicher. War das also vorerst ein Abschied?

Sie stand auf und ging mit ihm zur Tür. „Ich halte dich auf dem
Laufenden."

An der Tür drehte Simon sich um, nickte und hob eine Hand, die
nach ihrer Wange griff, aber kurz davor innehielt. Kates Augen weiteten sich, und sie wich leicht zurück. Wenn er sie jetzt berührte, war
nicht abzusehen, was sie tun würde. Er ließ seine Hand mit einem
Seufzer der Resignation fallen.

Als er weg war, stand sie lange an der Tür und dachte nach. Eines war sicher, Simons Rückkehr hatte ihr ganzes Leben auf den Kopf gestellt, und er würde sie nicht länger ihre Gefühle vergraben lassen. Ihre Finger fuhren die Kontur ihres Ewigkeitsknoten-Anhängers nach, wie sie es tat, wenn sie gestresst war oder schwierige Fragen zu bedenken hatte. Sie trug ihn aus einem Grund. Um sie an die Verbundenheit aller Phänomene zu erinnern. In anderen Worten, um sie daran zu erinnern, dass keines dieser Ereignisse isoliert geschah und dass es vielleicht einen Grund für alles gab.

Wenn sie ihren Job, ihr Lebenswerk, ernst nahm und den Menschen wirklich bei ihren Beziehungen helfen wollte und vielleicht auch sich selbst, dann gab es zwei Dinge, von denen sie wusste, dass sie sie tun musste. Kate schwor sich, die Geheimnisse von Eli und D'arcy aufzudecken, was auch immer sie sein mochten. Und sie versprach sich, dass sie ihrer Vergangenheit einen ehrlichen Besuch abstatten würde. Es war an der Zeit, die Leichen aus ihrem eigenen Keller zu räumen.

VIERZEHN

Der Novemberregen hielt unvermindert an und malte einen ununterbrochenen Schleier aus grauen, grenzenlosen Tagen. Nachdem ein paar Tage vergangen waren und Kate von niemandem in dem Fall gehört hatte, versuchte sie, D'arcy zu erreichen. Auch wenn Kate noch keine explizite Strategie hatte, brauchte D'arcy zweifellos Zuspruch. Vielleicht konnte sie sich mit ihr zum Mittagessen verabreden und versuchen, ihr Mut zu machen. Wenn Simon recht hatte und sie ein Geheimnis hütete, könnte der Zeitpunkt genau richtig sein, um es ans Licht zu bringen. Aber es ging niemand ran, und nach wiederholten Versuchen beschloss sie, die Taktik zu ändern und es bei Eli zu versuchen.

Eli blieb unauffindbar. Sie landete immer nur auf seiner Mailbox, und als er ihre Nachrichten nicht beantwortete, fragte sie sich, ob die geringe Chance bestand, dass sie irgendwohin zusammen weggefahren waren. Als sie ihn schließlich am frühen Sonntagmorgen erreichte, in der richtigen Annahme, dass sie ihn im Bett erwischen würde, teilte er ihr mit, dass er gearbeitet hatte. Das war alles. Gearbeitet. Er klang zerstreut und distanziert. Er hatte nicht mit D'arcy gesprochen und hatte keine Ahnung, wo sie war oder ob es ihr gut ging. Es schien, als hätte er seit fast einer Woche keinen Versuch unternommen, sie zu kontaktieren. Er tat sehr überzeugend so, als wäre ihm seine Ehe egal, und sie hatte den deutlichen Eindruck, dass er auflegte und direkt wieder ins Bett kroch.

Als Kate ihre restliche Arbeit erledigt, ihre Ablage gemacht, eingekauft und sogar ihren Kühlschrank geputzt hatte, konnte sie es nicht länger aufschieben, Sharon anzurufen. Sie saß mit einer Tasse Tee da, legte Wäsche zusammen und sah gedankenverloren den Gedenkfeierlichkeiten zum Remembrance Day im Fernsehen zu. Vor dem Hintergrund klagender Dudelsäcke sah sie zu, wie Würdenträger verwitterte Kränze an die Stufen des Kriegerdenkmals legten, und ihr Herz zog sich zusammen bei dem Anblick dieser armen, gebrechlichen alten Männer, die sich tapfer gegen den kalten Wind und den Nieselregen drängten, während ihre schwindende Zahl zäh an den Erinnerungen an die schrecklichsten, traumatischsten Erlebnisse ihrer verlorenen Jugend festhielt. War das wirklich eine gute Sache? Es schien ein unausweichlicher Teil des menschlichen Daseins zu sein, am Schmerz festzuhalten, ihn zu einem Teil des eigenen Lebens zu machen. Während sie über die Bedeutung von Mut nachdachte, drückte sie langsam den Stummschaltknopf und griff endlich zum Telefon. Sie wählte Sharons Handynummer, in der geringen Hoffnung, dass sie nicht im Büro war.

„Ah. Da sind Sie ja. Ich habe mich schon gefragt, wann ich von Ihnen höre", sagte Sharon.

„Ich hatte eher gedacht, dass ich von Ihnen hören würde", erwiderte Kate.

„Was kann ich für Sie tun?"

„Ich habe erfolglos versucht, D'arcy zu erreichen. Und Eli scheint nicht zu wissen, wo sie ist. Vielleicht haben Sie etwas gehört?"

„Sie war die letzte Woche in Montreal. Bei ihren Eltern zu Besuch. Sie soll am zwanzigsten zurückkommen." Sharon klang selbstgefällig. Kate spürte, wie die Wut in ihr hochstieg. Warum sollte Sharon das nicht wissen? D'arcy war ihre Klientin. Die Abfuhr fühlte sich an wie eine verschlüsselte Botschaft. Hatte Kates Geständnis über Simon D'arcy entfremdet? Oder hatte Sharon sie gegen Kate aufgehetzt?

„Oh. Verstehe", antwortete sie. „Ich wollte mich mit ihr treffen. Ich schätze, das muss warten." Was hätte sie sonst sagen sollen? Sie würde ganz sicher nicht das Thema des Interessenkonflikts ansprechen.

„Ich rufe Sie an, wenn ich mit ihr gesprochen habe. Ob sie daran interessiert ist, sich mit Ihnen zu treffen, lasse ich Sie dann wissen."

„Ja. Danke." *Du Miststück!* Kate knirschte mit den Zähnen, bis ein scharfer Schmerz durch ihre Schläfen schoss. Ob sie interessiert ist? Sie brauchte Sharons Erlaubnis nicht, um sich mit D'arcy zu treffen. *Sie ist* auch meine *Klientin. Für wen hältst du dich eigentlich?* „Das wäre sehr nett von Ihnen."

Sharon sagte einige unangenehme Momente lang nichts. Ihre Stimme war, als sie sprach, ein leises, zufriedenes Knurren. Sie genoss es sichtlich, Kate zu quälen, wie eine Katze, die mit einer Maus spielt. „Ich habe die Beschwerde wegen beruflichen Fehlverhaltens nicht fallen gelassen, falls Sie sich das fragen. Ich habe mich bei der Mediator Roster Society über das Verfahren informiert. Ich bin gerade dabei, die Unterlagen zusammenzustellen. Sie können davon ausgehen, dass ich sie in Kürze einreichen werde." Kate spürte, wie ihr Magen bis in die Kniekehlen sank. Sie wollte es tatsächlich durchziehen.

Kate legte sich eine kühle, gleichgültige Stimme zu wie einen Mantel aus Mut, der ihre Wut und Furcht kaum verbarg. „Tun Sie, was Sie tun müssen, Sharon."

Sharon räusperte sich. „Ich nehme an, Sie und Simon machen es sich gemütlich, während der Fall auf Eis liegt."

Eine angespannte, unerbittliche Stille dehnte sich zwischen ihnen aus. „Simon und ich haben uns nicht gesehen; wir sind auch nicht *zusammen*, Sharon. Ihre Drohungen schüchtern mich nicht ein. Ihre Beschwerde hat keine Grundlage."

„Hmmm. Wir werden sehen, was Ihre Geschäftsleitung dazu meint", antwortete Sharon hochmütig. „Offensichtlich sind Sie bereit, Ihre Auszeichnungen für eine nicht ganz so sichere Sache aufs Spiel zu setzen."

Kate war so aufgewühlt, nachdem sie aufgelegt hatte, dass sie mit geballten Fäusten dastand, auf den stummgeschalteten Fernsehbildschirm starrte und über Sharons Drohungen wütete. Als sie schließlich nach unten blickte, sah sie, dass sie das saubere Taschentuch zerknittert hatte, das Simon ihr letzte Woche während ihres Tränenausbruchs gegeben hatte. Jetzt würde sie es bügeln müssen.

Mit etwas Abstand rief Kate Alexa an, um ihren Spa-Termin für den nächsten Nachmittag zu bestätigen. Kate hatte noch keine Gelegenheit gehabt, mit ihr über die jüngsten Ereignisse zu sprechen. In der Zwischenzeit brauchte sie einen Spaziergang, um den Kopf freizubekommen.

Die belebende Novemberluft schlug ihr ins Gesicht und zerzauste ihr Haar, als sie von Yaletown hinunter zur Promenade an der Nordseite des False Creek ging. Sie beschloss, in Richtung Science World zu laufen und unterwegs die Boote im Jachthafen zu bewundern. Obwohl es ein Feiertag war, hielten der kalte Wind und die Böen feuchter Luft, die vom Himmel peitschten, die Menschenmassen in Grenzen. Ein kalter Luftstoß und ein plötzlicher Schauer dicker, eisiger Regentropfen ließen sie anhalten und die Kapuze ihres Anoraks enger ziehen, während sie die Schultern hochzog. Sie drehte sich für einen Moment zum weißen Stahlgeländer und kehrte dem Wetter den Rücken. Metalltakelage und Wanten der am Dock vertäuten Segelboote schwankten und klapperten laut gegen ihre Aluminiummasten, was das Geräusch des Windes für einen Moment übertönte.

Aus dem Augenwinkel glaubte sie, eine vertraute, dunkel gekleidete Gestalt zu sehen, die sich auf der Promenade hinter ihr näherte, aber als sie sich umdrehte, um nachzusehen, war da nichts als ein sich entfernender Radfahrer, der leicht gegen den Wind schwankte, und einige Leute in bunten Jacken, die in der Ferne spazieren gingen. Sie setzte ihren Spaziergang fort und dachte über Sharons lästige Einmischung nach. Sie konnte Kates Leben unglaublich schwer machen, wenn sie diesen Kurs beibehielt. Aber vielleicht bluffte sie auch nur. Es war schon schlimm genug, dass der Fall so furchtbar aus dem Ruder gelaufen war, und jetzt auch noch das. Es beunruhigte sie, wie die Geschäftsleitung der Gesellschaft das sehen würde, was sie getan oder unterlassen hatte. Es war potenziell eine riesige Blamage, besonders weil sie gerade jetzt im Rampenlicht stand. Eine berufliche Rüge, denn das war sicherlich das Schlimmste, was sie ihr antun würden, würde einen Schatten auf ihre Auszeichnung und ihre Präsentation bei der Jahreshauptversammlung werfen. Besonders da Mitteilungen über Rügen und Disziplinarmaßnahmen an die Mitglieder verteilt wurden. Aber konnte sie ihre Beziehung zu Simon einfach wegwünschen, nur weil sie für sie unbequem oder schwierig war? *Will ich das wirklich?*

Beziehung. Sie war sich nicht einmal sicher, ob es das war. So viel emotionaler Ballast, und wofür? Egal, was irgendwann mit Simon passierte, die Gefühle, die er in ihr geweckt hatte, machten deutlich, dass sie mehr brauchte. Sie könnte sich niemals mit weniger zufriedengeben. Bei Jay zu bleiben, wäre ein schrecklicher Fehler gewesen. Sie beide würden es bereuen.

Sie musste diese Fragen ein für alle Mal klären. Sie musste stark sein und sowohl ihre Angst vor dem Alleinsein als auch ihre Angst vor Intimität bekämpfen.

∽

„Mmm." Alexas Augen waren hinter ihrer strengen, eckigen Brille geschlossen. „Das ist genau das, was ich gebraucht habe."

In flauschige weiße Frotteebademäntel gehüllt, saßen sie nebeneinander auf hohen, mit Kunstleder bezogenen Liegestühlen mit Blick auf eine tropische Oase mit Palmen und einem leise sprudelnden Wasserfall, ihre Füße in identische Wannen mit heißem Seifenwasser getaucht. Eine Keramikschale mit Trockenfrüchten und Nüssen stand zwischen ihnen.

„Ich auch. Viel besser als Squash", murmelte Kate, wackelte mit den Zehen im heißen Wasser und atmete den beruhigenden Duft ätherischer Öle ein – etwas Tropisches und süß Blumiges. Sie spürte, wie sie sich beim Geräusch des plätschernden Brunnens entspannte. Seufzend sagte sie: „Wir sollten bald mal wieder nach Maui fahren."

„Tut mir leid wegen der letzten zwei Wochen. Die Arbeit war so intensiv. Zwei Projekt-Deadlines, drei Angebote. Und Krystof wollte meine Hilfe bei der Einstellung von ein paar neuen Praktikanten, also gab es Vorstellungsgespräche, etc."

„Mm-hm." Kate kochte innerlich, wann immer Alexa ihren Chef erwähnte. Sie versuchte, nicht zu viel Verurteilung in ihren Tonfall zu legen, um die Stimmung nicht zu verderben. „Und wie geht es Krystof? " Sie griff nach einer Mangoscheibe und knabberte an ihrem süßen, zähen Fruchtfleisch.

Alexa seufzte. „Du weißt schon. Er ist wieder bei seiner Frau ... mal wieder."

„Ich nehme an, ich muss nicht fragen, ob du noch mit ihm schläfst."

„Nicht im Moment." Alexa rutschte in ihrem Stuhl hin und her und bewegte ihre nassen Füße in der Wanne. „Nur, wenn er von seiner Frau getrennt ist."

Kate knirschte mit den Zähnen. Sie hatten diese Debatte schon eine Million Mal geführt. „Ist dir schon mal in den Sinn gekommen, dass du es überhaupt nicht tun solltest, solange er noch mit ihr verheiratet ist?" Sie verspürte einen Anflug von Schuld, als ihr klar wurde, dass sie irgendwie in eine ähnliche Situation mit Simon geraten war.

Alexa atmete aus und blickte über ihre Brille. „Nicht jedes verheiratete Paar ist dazu bestimmt, zusammen zu sein. Du bist in der Hinsicht etwas voreingenommen. Ich weiß, du würdest es gerne tun, aber du kannst nicht jede gescheiterte Ehe retten."

Zwei junge Kosmetikerinnen betraten den Raum und setzten sich gegenüber von ihren jeweiligen Kundinnen, wobei sie Handtücher und Werkzeugkästen herausholten. Fröhliche Begrüßungen wurden ausgetauscht, Pink- und Weinrot-Töne für den Nagellack ausgewählt, und sie machten sich an die Arbeit. Alexa stieß einen langen, langsamen Atemzug aus.

„Und du? Was gibt's Neues?" Alexa griff nach einer Handvoll Nüsse und Früchte und schob sie sich in den offenen Mund.

Anspannung durchzog Kates Muskeln, und sie fühlte sich benommen. Sie antwortete nicht, obwohl sie wusste, dass Alexa ihr früher oder später jedes Detail aus der Nase ziehen würde.

Alexa richtete sich auf, schob ihre dunkle Brille herunter und funkelte Kate über den Rand hinweg an. „Du machst mir Angst. Langes Schweigen von dir kann nur eines bedeuten. Na los. Rück mit der Sprache raus."

„Ich weiß nicht, wo ich anfangen soll", sagte Kate, während ein heißes Kribbeln in ihren Augen brannte.

„Natürlich am Anfang."

Die beiden jungen Frauen beugten ihre Köpfe über die Zehen ihrer Kundinnen und arbeiteten gewissenhaft.

Kate weihte Alexa in ihr Squash-Spiel mit Simon und dessen beunruhigende Folgen ein. „Er hat mich zum Abendessen eingeladen. Nur um zu reden … du weißt schon … über die Vergangenheit."

„Aha." Alexas Augen funkelten.

Kate fühlte sich verlegen. Sie wusste, dass Alexa ihr weit voraus war und nur die Details brauchte, aber es war unangenehm, die Fakten wiedergeben zu müssen, jetzt, da so viel passiert war. Irgendwie machte es das realer. „Wir waren indisch essen. Und direkt über unserem Tisch hing ein riesiger Wandteppich aus dem Kamasutra." Kate warf ihr einen gequälten Blick zu. Alexa lachte lauthals über Kates Beschreibung der Wandmalereien und Simons offensichtliches Unbehagen, als sie feststellten, dass sie unter solch sinnlichen Bildern saßen. „Von da an ging es nur noch bergab."

„Bergab? Meinst du nicht eher, es lief reibungslos?"

Kate wand sich und hielt ihren Blick auf den plätschernden Wasserfall ihnen gegenüber gerichtet. Die Kosmetikerin zupfte, schnitt und schrubbte an ihren Füßen, was sie ablenkte.

„Und dann hat er dich nach Hause gebracht."

„Nicht so schnell", sagte Kate. „Zuerst musste ich noch eine riesige Panikattacke haben. Dann musste er mich natürlich nach

Hause bringen." Kate wünschte, ihre Geschichte wäre dort zu Ende gewesen.

„Uuund ...?", drängte Alexa, während die Kosmetikerinnen den Atem anhielten.

Kate warf ihnen einen Blick zu und senkte ihre Stimme. „Also, ich weiß nicht, was ich mir dabei gedacht habe, aber ..." Kate spürte ein Schaudern erinnerter sinnlicher Lust. „Oh, Alex. Es ist so kompliziert. Du kannst dir nicht vorstellen, wie schwer das für mich ist."

„Ich kann es mir vorstellen, ja." Sie zögerte nicht eine Sekunde. „Aber hast du mit ihm geschlafen?"

„Pscht."

Ein leises Luftholen kam von einem der Mädchen, was ihr einen strengen Blick von ihrer Kollegin einbrachte, als diese nach ihrer Zange griff.

„Was genau ist los? Was hat er gesagt? Was hat er getan? Was hast *du* getan?" Alexa beugte sich erwartungsvoll vor. „Wie war es im Vergleich zu Jay? Er ist ziemlich heiß."

Sie stöhnte. An Jay zu denken, ließ sie sich nur noch schlechter fühlen. Abscheulich, durcheinander.

Die Kosmetikerin bewegte Kates Füße und wickelte sie in weiche blaue Handtücher. Kate teilte ihre Ängste, wieder mit Simon intim zu werden, und wie sie es wirklich hatte vermeiden wollen, aber etwas anderes war geschehen, etwas, das so sehr außerhalb ihrer Kontrolle lag.

„Kein Vergleich. Es war ein wunderbarer Abend – eine wunderbare Nacht –, sollte ich wohl sagen. Wie eine Wiedervereinigung mit einem verlorenen Teil von mir selbst. Ich habe alles vergessen. Wir passten so wunderbar zusammen. Und er schien genauso zu empfinden."

„Das klingt nach einer guten Sache." Alexa bemerkte, wie die Kosmetikerinnen mit offenem Mund dastanden, aber ihre zusammengekniffenen Augen schickten sie schnell wieder an die Arbeit, wo sie mit geübten Strichen perfekte rote Halbmonde aus Lack malten.

„Aber am Morgen –" Kate zuckte zusammen, als sie sich an die schmerzhafte Kollision seiner zärtlichen Gefühle und ihrer nackten Panik erinnerte. „Am Morgen war es so – er fing an, *etwas* zu sagen ..."

„Nicht dein Ernst." Alexa hielt inne, eine Handvoll getrockneter Aprikosen und Mandeln auf halbem Weg zu ihrem offenen Mund, rauchgrüne Augen durchbohrten Kate über ihre dunkel gerahmte Brille.

„Nun, vielleicht habe ich voreilige Schlüsse gezogen, aber in diesem Moment hatte ich plötzlich so große Angst, ich wusste, wir konnten nicht weitermachen. Ich fühlte mich ziemlich überfordert. Man weiß einfach nicht, was ich hätte sagen können. Und ich wusste, ich wusste einfach, dass ich meinen Gefühlen nicht trauen konnte."

„Ich nehme an, du verliebst dich wieder in ihn, nicht wahr?" Alexas Gesicht war zu dem bekannten schiefen Lächeln verzogen, das sie immer aufsetzte, wenn das Thema Liebe zur Sprache kam, als würde sie von Feen oder Alien-Entführungen sprechen.

„Aber woher soll ich das wissen? Woher weiß ich, dass es Liebe ist und nicht nur eine krankhafte Abhängigkeit? Oder eine Angst vor dem Alleinsein? Vielleicht ist mein perfekter Partner noch gar nicht aufgetaucht. Warum ist das so schwer für mich?"

„Was ist mit Jay?", fragte Alexa ernster. „Hast du ihm schon eine Antwort gegeben?"

Kate schenkte ihr ein trauriges Lächeln und schüttelte den Kopf. „An Halloween. Ich habe ihm endlich gesagt, dass ich einfach nicht die richtigen Gefühle für ihn habe. Dass ich sie niemals haben werde. Glaubst du ernsthaft, ich hätte mit Simon zusammen sein können, wenn ich nicht mit Jay Schluss gemacht hätte?"

„Ich schätze nicht. Nicht du." Alexa schüttelte traurig den Kopf. „Was für eine Verschwendung. Aber du hast Gefühle für Simon."

„Ja. Ich weiß nicht. Ich meine, woher weiß ich, dass es *echt* ist und nicht eingebildet? Ich meine, er ist immer noch verheiratet und hat eine Tochter. Wie kann ich dieser Sache trauen? Ich weiß nicht, was schlimmer ist: fröhlich weiterzumachen und dann abserviert zu werden, weil ich mir eine große Liebesaffäre eingebildet habe, und wieder aus der Asche kriechen zu müssen, oder in ein paar Jahren aufzuwachen und zu denken: ‚Wer zum Teufel *ist* dieser Kerl? Ich kenne ihn nicht einmal!'"

Alexa runzelte die Stirn und verstand Kates Angst. „Du hast Vertrauensprobleme, das weißt du. Aber Simon ist der eine Mann, für den du anscheinend starke Gefühle hast. Nach dem, was du mir erzählt hast, was gibt es da nicht zu lieben? Nur weil du dich schon einmal in ihn verliebt hast und es wieder tust, heißt das nicht, dass es nicht *echt* ist. Vielleicht *ist* er der Richtige. Vielleicht fühlt sich genau das so an." Sie verzog das Gesicht. „Hey. Was weiß ich schon über Liebe? Ich bin nicht einmal überzeugt, dass sie existiert."

Kate griff hinüber und drückte ihre Hand.

„Wie ist er im Vergleich zu Jay oder Grant, zum Beispiel? Grant war auch toll, und das ist im Sande verlaufen." Grant war Kates vorheriger Freund, vor fast drei Jahren, ein dunkelhaariger, gut aussehender Architekt, den Alex ihr vorgestellt hatte und der schließlich frustriert über Kates mangelndes Engagement oder, wie sie sich eingestehen musste, ihre mangelnde Aufmerksamkeit davongestürmt war. Sie war damit zufrieden gewesen, in einem statischen Zustand der Halb-Bindung dahinzugleiten, erleichtert, dass es zumindest keine Schwierigkeiten zu überwinden gab. So hatte sie gedacht. Sie hatte sich sicher gefühlt. Es hatte auch an Grant nicht wirklich etwas auszusetzen gegeben. Nicht ganz groß genug, vielleicht … Es war alles irgendwie lauwarm, das war alles, genau wie bei Jay, und sie hatte ihn nicht vermisst, als er weg war.

Kate seufzte tief als Antwort. „Ich stimme dir zu. Wenn ich ruhig bin und bei ihm bin, liebe ich alles an Simon. Aber in letzter Zeit bin ich ein Nervenbündel. Diese Attacken – ich werde paranoid. Ich-ich glaube, Simon hat Erinnerungen ausgelöst. Ich habe Träume gehabt. Ich weiß, dass ich mit Jay die richtige Entscheidung getroffen habe, aber ich habe die Gelegenheit verpasst, mit einem wirklich guten Mann zusammen zu sein – gut aussehend, erfolgreich, lustig, und ich weiß, dass er mich wirklich geliebt hat – wegen etwas, das mit *mir* nicht stimmt. Was, wenn ich aus den falschen Gründen mit ihm Schluss gemacht habe? Was, wenn meine Vergangenheit mich für immer ruiniert hat, Alex? Bin ich so beschädigt, dass ich mit niemandem eine Beziehung führen kann?"

Alexa dachte lange darüber nach. Es war so still, dass man hätte meinen können, die Kosmetikerinnen hätten aufgehört zu atmen.

Dann sah Alex Kate fest in die Augen. „Ich habe die Antworten nicht, Kate, aber du könntest auf der richtigen Spur sein. Lass mich dir diese Idee vorschlagen. Was, wenn es nicht um den Mann geht und darum, ob er der Richtige für dich ist? Was, wenn dein Fokus auf die perfekte Partnerschaft ein Weg ist, um Verbindlichkeit zu vermeiden? Denn wenn du eine Verpflichtung gegenüber jemandem eingehen würdest, müsstest du dich komplett öffnen und mehr von dir geben, als dir lieb ist."

Kate zog eine finstere Miene. Simons Stimme hallte plötzlich in ihrem Kopf wider. An dem Morgen, an dem sie aus seinem Schlafzimmer gestürmt war, hatte er gesagt: *Niemand ist perfekt, Kate. Aber wir alle brauchen jemanden.*

Tun wir das?

Nach ihrer Pediküre beendete Kate ihre Geschichte in der Umkleidekabine, mit der Nachricht von Sharons aggressiver Haltung zum
beruflichen Fehlverhalten und einer allgemeinen Vorstellung von ihrem
harten Tag mit ihren Klienten.

„Das ist gut. Es kann der Fehlverhaltensbeschwerde nicht schaden,
wenn eine Weile nichts passiert. Wahrscheinlich wird sich das von
selbst erledigen. Mit mehr Zeit zum Nachdenken wird es klarer
werden." Typisch Alex, selbst in der langen Verzögerung das Positive
zu sehen.

„Es sieht so aus, als ob Zeit ohne Simon genau das ist, was ich
bekommen werde, ob ich sie brauche oder nicht. Es ist noch eine
Woche, bis die Ehefrau zurückkehrt, und wer weiß, ob ich den
Ehemann wieder an den Tisch bekomme." Sie beugte sich, um in ihre
Flip-Flops zu schlüpfen. Unbehaglich an die lange Zeit denkend, in der
ihre Besessenheit von Simon ohne jegliche Ermutigung angehalten
hatte, sagte sie mit einem schiefen Lächeln: „Zeit ist nicht immer der
beste Test, weißt du."

Alexa knöpfte ihr Hemd zu und musterte Kate ein paar Momente
lang aufmerksam. „Weißt du, ich würde mir keine Sorgen machen,
Süße. Du bist vielleicht verwirrt, aber in jeder Liebesgeschichte steckt
ein bisschen Fantasie. Wichtig ist, ist es gegenseitig? Gibt es gegenseitige Zuneigung und Respekt? Genug, damit es hält? Ehrlich gesagt,
ich kenne niemanden, der sich so über Beziehungen den Kopf zerbricht
wie du. Ich glaube, du zerdenkst die ganze Sache. Das ist dein Problem
– zu *viel* Therapie. Du hast die Arbeit gemacht. Du bist nicht
verblendet, nur phobisch. Aber sich wieder zu verlieben bedeutet nicht,
dass du einen weiteren Nervenzusammenbruch haben wirst. Das ergibt
nicht einmal einen Sinn." Sie stand auf. „Du musst lernen, dir selbst zu
vertrauen. Ich nehme an, jede wirklich bedeutungsvolle Beziehung
erfordert die Art von Intimität, die bedeutet, dass man sich verletzlich
macht. Du musst daran glauben, dass du überleben wirst, egal was
passiert. Glaube an dich selbst, dass du es wert bist." Sie öffnete ihre
schwarze Lederhandtasche, zog ihr Portemonnaie heraus und legte
einen Zehn-Dollar-Schein auf die Anrichte.

Es klang, als wäre sich Alexa auch nicht sicher, ob Kate sich selbst
trauen konnte, verständlicherweise, da sie sie durch jede emotionale
Prüfung der letzten sechzehn Jahre geschleift hatte.

„Du bist also plötzlich eine Expertin für Intimität", sagte Kate und grinste ihre Freundin an.

„Ja, nun …" Alexa öffnete ihre Arme für eine Umarmung. „Ich weiß, dass es diesmal anders ist, Süße. Du wirkst wirklich angespannt. Du hast viel durchgemacht. Vielleicht brauchst du noch etwas Zeit. Lass es langsam angehen."

Kate schlang ihre Arme um Alexa, gab ihr eine feste Bärenumarmung und einen Luftkuss.

„Ich muss los. Ob du es glaubst oder nicht, ich muss noch ein paar Zeichnungen durchsehen, bevor ich ins Bett gehen kann."

„Du arbeitest viel zu hart." Kate sah ihrer Freundin nach, wie sie in die nasse Nacht eilte, und fragte sich, ob Alexa recht hatte. Auf jeden Fall fühlte sie sich viel besser, weil sie das gesagt hatte. Komisch, sie hatte halb erwartet, dass Alex ihr sagen würde, sie solle Simon vergessen. Sie war immer diejenige, die am härtesten mit Männern ins Gericht ging, besonders mit denen, mit denen Kate im Laufe der Jahre ausgegangen war. Niemand war je gut genug für ihre Freundin Kate. Das hatte Alex nicht davon abgehalten, mit der längsten Reihe von Versagern auszugehen, die Kate je getroffen hatte, einschließlich Krystof. Aber andererseits konnte Alex immer auf sich selbst aufpassen. *Die Frage ist jetzt, kann ich das auch?*

FÜNFZEHN

K ate verbrachte den größten Teil des nächsten Tages damit, sich außerhalb ihres Lofts mit ihren anderen Klienten zu treffen, was wegen des endlosen Regens und der Herausforderung, zu fahren, zu parken und herumzukommen, ohne völlig durchnässt zu werden, eine anstrengende Angelegenheit war. Vancouver war im November ein furchtbar trister Ort, und das konnte sehr entmutigend sein. Es war eine Erleichterung, am späten Nachmittag endlich nach Hause zurückzukehren. Ihr Gespräch mit Alexa hatte sie auf seltsame Weise mit Energie erfüllt, und trotz des langen, ermüdenden Tages hatte Kate ihren Mut zusammengenommen und beschlossen, den Stier bei den Hörnern zu packen – wobei dieser Stier natürlich Sharon war. Sie hängte ihren durchnässten Mantel auf, ließ ihren Regenschirm zum Trocknen offen stehen und kochte sich schnell eine Tasse Tee, bevor sie der Mut verließ.

Sie nahm das Telefon, rief in Sharons Büro an und bat darum, direkt mit ihr sprechen zu können. „Hallo Sharon. Wie geht es Ihnen?", begrüßte sie sie sachlich, als sie an den Apparat kam.

„Wie kann ich Ihnen helfen?" Sharons Stimme hatte ihren üblichen eisigen Unterton. Immer höflich und alles andere als freundlich.

„Ich will nicht um den heißen Brei herumreden. Ich möchte so ehrlich und direkt wie möglich mit dieser Angelegenheit von Ihnen umgehen, sie aus der Welt schaffen, damit wir mit unserer Arbeit weitermachen können."

„Interessante Wortwahl", erwiderte Sharon bissig.

Meine Güte, würde sie denn nie lockerlassen? „Es ist nicht meine Art, Machtspielchen zu spielen. Ich möchte offen mit Ihnen über Simon sprechen."

„Fahren Sie fort. Ich höre." Sharon klang neugierig.

„Ich leugne nicht, dass wir uns damals an der Uni kannten. Ich versuche nicht einmal, Ihnen zu erzählen, dass wir keine sehr enge Beziehung hatten. Aber wir reden von vor sechzehn Jahren, als wir sehr junge Studenten waren, und Beziehungen konnten damals ziemlich oberflächlich sein. Es ist mehr als alles andere eine Peinlichkeit, uns jetzt bei der Arbeit wiederzufinden. Sie können sich vorstellen, wie wir uns an dem Tag gefühlt haben, als er in den Konferenzraum kam."

„Mmm. Vielleicht."

„Der Punkt ist, es war ein Fehler, die Tiefe unserer Beziehung der Gruppe nicht offenzulegen, das gebe ich zu, aber in dem Moment wurden wir überrumpelt. Danach schien es kleinlich, es zur Sprache zu bringen, also haben wir es unter den Tisch fallen lassen. Das war ein Protokollfehler, aber keiner, der aus Sorge um unsere Leistung motiviert war. Es gibt hier keinen Interessenkonflikt, Sharon." Während sie die Worte aussprach, glaubte Kate von ganzem Herzen daran. Unter der Oberfläche lauerte jedoch immer noch die Angst, dass ihr Urteilsvermögen zwar nicht beeinträchtigt war, ihre Konzentration aber schon.

„Ihre Erklärung für die ferne Vergangenheit ist ja schön und gut, Kate, aber Sie können nicht leugnen, dass da eine neue Beziehung entsteht, ob auf dem Fundament der alten oder nicht, ist unerheblich. Sie können nicht leugnen, dass Sie an Simon interessiert sind … romantisch, meine ich natürlich."

„Simon ist ein interessanter Mann, wie Sie sehr gut wissen. Ich werde nicht leugnen, dass wir uns wieder angenähert haben, aber wie unterscheidet sich das von zwei beliebigen Menschen, die zusammenarbeiten? Es hat auf jeden Fall nichts mit unserer früheren Beziehung zu tun." *Nicht so, wie Sie denken.* „Sie kennen Simon besser als ich, und das schon länger. Wenn ich es nicht besser wüsste, könnte ich leicht annehmen, dass Sie an einer Romanze mit Simon interessiert wären. Er ist schließlich eine sehr gute Partie."

Es war eine sehr verklausulierte Gegendrohung. Es war ein gefährlicher Schachzug, das wusste Kate, aber wenn sie Sharon nur lange genug von ihrem hohen Ross herunterbekäme, damit diese zustimmte, ihr etwas Luft zum Atmen zu lassen, könnte sie diesen Fall vielleicht überstehen.

„Netter Versuch." Sharon klang nicht besonders amüsiert. Vielleicht hatte Kate einen wunden Punkt getroffen. Wer konnte das bei dieser Eisprinzessin schon sagen? „Eines gebe ich zu. Simon ist ein Freund, und er hat mit seiner Ehe und Trennung eine ziemliche Tortur durchgemacht. Jeder, dem er etwas bedeutet, würde versuchen, ihn vor weiterem Schmerz zu schützen. Das ist nicht das erste Mal, dass ich das Bedürfnis hatte einzugreifen, als irgendeine ehrgeizige Frau ihn verfolgt hat."

Wirklich?! Simon wäre zweifellos daran interessiert zu erfahren, dass Sharon schon seit einiger Zeit als seine inoffizielle Anstandsdame fungierte. Aber warum? „Das geht mich nichts an. *Ich* verfolge Simon nicht. Tatsächlich bemühe ich mich sehr, jegliche Verstrickungen zu vermeiden." *Und das ist nicht immer einfach!* „Aber ich habe mich immer für meine Klienten eingesetzt, und Sie *wissen*, dass ich in meiner Praxis sehr ethisch handle. Wir mögen uns nicht immer über die Methodik einig sein, aber ich kenne mein Geschäft, und ich weiß auch, dass ich gut in dem bin, was ich tue. Tatsächlich bin ich vielleicht D'arcys und Elis einzige Hoffnung auf Versöhnung. Alle anderen scheinen sie bereitwillig sich selbst zerstören zu lassen, obwohl für mich offensichtlich ist, dass sie es klären wollen."

„Diesen Punkt gestehe ich Ihnen zu. Obwohl ich immer noch nicht überzeugt bin, dass es im besten Interesse meiner Klientin ist", sagte Sharon.

„Ich glaube, das ist es. Sie beide müssen erwachsen werden. Eli ist genauso fähig, ein so hingebungsvoller, verantwortungsbewusster Ehemann zu sein wie jeder andere Mann. Davon bin ich überzeugt." Kate holte Luft. Sie wusste, dass sie Sharon nicht trauen konnte, aber sie fühlte sich irgendwie viel besser, weil sie ein offenes Gespräch geführt hatte. „Wie auch immer, ich freue mich wirklich darauf, D'arcy nächste Woche zu treffen, wenn sie zurückkommt. Ich bin sicher, Eli wird bis dahin bereit sein, weiterzumachen."

„Ich habe gehört ... ihre Mutter reist mit ihr zurück nach Vancouver", bot Sharon an.

Interessant. „Verstehe." Sie hielt inne. „Nun, vielleicht kann ich mich mit den beiden treffen. Vielleicht machen wir dann Fortschritte."

Sharons Antwort war ein Lachen, ein zynisches Gackern, das Kate erschaudern ließ. „Viel Glück dabei."

Vielleicht sollte sie sich von Eli noch ein paar mehr Informationen holen, bevor sie sich mit diesem Plan vorwagte. Plötzlich konnte sie es kaum erwarten, Sharon loszuwerden und Eli anzurufen. Sie hasste es, das Thema erneut anzuschneiden, aber sie musste wissen, wie ihre Situation bei der Gesellschaft sein würde. „Also, werden Sie die Behauptung des Interessenkonflikts fallen lassen?"

„Zu spät, fürchte ich. Ich habe die Beschwerde wegen Verletzung der Gesellschaftsstandards und das dazugehörige Schreiben heute Morgen gefaxt. Es ist erledigt."

Es fühlte sich an, als würde ein großes Gewicht auf Kates Herz drücken. In Sharons Stimme lag kein Hauch von Bedauern. *Verdammt!* „Verstehe." Was gab es da noch für sie zu sagen? Es war jetzt unaufhaltsam. Sie würde gezwungen sein, eine formelle Stellungnahme abzugeben und sich mit den Konsequenzen auseinanderzusetzen. So viel dazu, die ganze Sache privat zu halten. Sie zwang die Worte durch ihre zugeschnürte Kehle, als sie antwortete. „Auf Wiedersehen dann. Wir sehen uns nächste Woche." Das war das Letzte, was sie gebrauchen konnte, und es verlieh ihrer besonderen Auszeichnung einen bitteren Beigeschmack. Sie wäre zu gedemütigt, um sie anzunehmen, geschweige denn, am Podium zu stehen und mit ihrer Methodik zu prahlen. Sie konnte jetzt nicht darüber nachdenken. Sie würde ihre Arbeit tun und sich damit befassen, wenn es nötig war, aber trotzdem spürte sie heiße Tränen der Frustration in ihren Augen brennen, als sie auflegte.

Dann zwang sie sich, Eli zu wählen, trotz ihrer zitternden Hand, und legte genauso schnell wieder auf. Nein. Das hier war zu wichtig, um sich seinen ausweichenden Manövern auszuliefern. Zu viel hing davon ab, Eli und D'arcy wieder an einen Tisch zu bekommen. Zu viel stand auf dem Spiel. Wenn dieser Fall mitten in einer Beschwerde wegen unprofessionellen Verhaltens scheiterte, würde sie noch törichter aussehen.

Und noch wichtiger als ihr Ruf war ihre Verantwortung gegenüber ihren Klienten. Was, wenn sie etwas Entscheidendes übersehen, sie in die falsche Richtung gelenkt, ihr Vertrauen missbraucht hatte, wie Simon angedeutet hatte, weil sie mit ihren eigenen Problemen beschäftigt war? Das würde sie sich nie verzeihen.

Sie schnappte sich ihren Mantel und stürzte aus der Tür. Es war vier Uhr am Freitagnachmittag. Wie lange hatte sie Zeit, bevor Eli beschloss,

Feierabend zu machen und sich seinen Freunden auf einen Drink anzuschließen? Sie floh hinunter zu seinem Atelier an den Docks.

~

E in skeptischer Porzellanmond starrte durch einen schattigen Schleier aus Geheimnis und Scham auf Kate herab und verfolgte ihren langsamen Weg durch den „Strich" in der Powell Street. Sie fuhr durch das Downtown East Side, vorbei an der alten Rogers-Zuckerraffinerie auf der Hafenseite der Eisenbahnschienen, und versuchte, das Lagerhaus zu finden, in dem sich, wie sie wusste, Elis Atelier befand, aber ihre Ortskenntnisse waren lückenhaft. Sie betete, dass er noch da sein würde, *falls* sie ihn finden konnte.

Sie verlangsamte das Tempo und suchte im schwindenden Licht nach dem Eingangstor im Maschendrahtzaun, der parallel zur Straße verlief. Kate spürte den Sog dunkler Augen wie Dolche auf sich gerichtet und fühlte sich gezwungen, die gequälten Blicke der Prostituierten zu erwidern, die an jeder Straßenecke verweilten, unter Regenschirmen zusammengedrängt, ihre hageren, schattigen Gesichter und nackten Beine Vorboten ihrer Vergangenheit und Zukunft. Sie erschauderte, und ihre Mission fühlte sich plötzlich unheilvoll und tollkühn an. Mediatoren machen keine Hausbesuche. *Was, zum Teufel, tue ich hier nur?*

Aber Kate wusste, dass sie weitermachen musste. Ihr Ruf, ihre gesamte Karriere könnte davon abhängen, Eli und Darcy wieder an einen Tisch zu bekommen. Es war jetzt eine Frage der persönlichen Integrität.

Es wurde schwieriger zu sehen, als das Tageslicht schwand, obwohl der Regen etwas nachgelassen hatte. Sie lenkte ihr Auto langsam in eine enge Gasse zwischen zwei identischen, langen Wellblechgebäuden am Hafen, ihr Gefühl des Unheils wuchs, und sie war im Begriff aufzugeben, als sie ein Schild bemerkte, das die Adresse des Gebäudes anzeigte. Ein wenig weiter entdeckte sie ein Garagentor, auf dem ein großes grünes 14E gemalt war. *Das ist es!*

Als sie aus dem Auto in die tiefer werdenden Schatten des Hafengeländes trat, nahm ihre Angst zu, und sie blickte sich mehr als einmal über die Schulter. Zaghaft klopfte sie an die Metalltür neben der großen Nummer. Kein Geräusch außer dem leisen Plätschern der Wellen am betonierten Kai. Sie versuchte es mit dem Türknauf und schlich vorsichtig hinein, als sie ihn unverschlossen vorfand.

„Eli", rief sie zittrig. *Ich muss verrückt sein, um diese Zeit allein hierherzukommen.* „Eli, bist du hier?"

Der Korridor wurde von einer einzelnen nackten Glühbirne, die einige Meter weiter hing, schwach beleuchtet. Stechende Gerüche von Ölfarbe und Terpentin, Tabak, Staub und verrottendem Meeresgetier stiegen ihr in die Nase. Sie blinzelte auf Trümmerhaufen, einen willkürlichen Stapel Holzrahmen, Rollen von Leinwand, Pappkartons, Stücke von Drahtkabeln, leere Farbdosen und zerknüllte Lappen. Ein Brand, der nur darauf wartete, auszubrechen. „Eli?" Sie sollte gehen. Das war Wahnsinn.

Während sie sich ihren Weg durch den Schrott bahnte, erinnerte sie sich daran, warum sie gekommen war ... wie wichtig dies war, sowohl für ihre Klienten als auch für ihre Karriere. Sie ging bis zum Ende, wo sich der Raum plötzlich zu einem höhlenartigen Lagerhaus mit einem staubigen Betonboden öffnete. Sie trat ein und drehte sich um, um den Raum mit weit aufgerissenen, umherschweifenden Augen abzusuchen. Das letzte kühle Glühen des Tageslichts an diesem trüben, nieseligen Tag verblasste schnell. Sie konnte im Zwielicht nur vage Umrisse erkennen. Ihr Herz sank. Auch wenn er unmöglich weit weg sein konnte, schien er nicht hier zu sein.

Als sie sich zum Gehen wandte, stockte ihr der Atem, als die großen, runden Fabriklampen, die an langen Kabeln von der Decke hingen, plötzlich blinkten und allmählich, unheimlich erwachten, zuerst mit einem matten orangen Glühen, dann einem sanften gelben Flackern und schließlich hellem, schwefelgrünlich-weißem Licht. „Ist hier jemand?", fragte sie mit leiser Stimme. „Eli?"

Es kam keine Antwort, und im hellen Licht blinzelnd, eilte sie zur Tür, ihre angespannten Schultern bis zu den Ohren hochgezogen, die Arme verschränkt. *Ich muss hier raus.*

Eine körperlose Stimme kam von hinten. „Wenn du vorhast, eines meiner Bilder zu stehlen, hättest du einen Lieferwagen mitbringen sollen. Ich habe nichts, was in dieses kleine Coupé passt."

„Aaaahhh!", stieß sie halb keuchend, halb japsend hervor, eine Hand an ihre Kehle legend. Ihr Körper erstarrte.

Eli kicherte. „Hier drüben." Sie wandte sich seiner Stimme zu und entdeckte eine kleine Tür in der Wand, die zwischen den gestapelten Gemälden verborgen war. Er lehnte lässig am Türrahmen, hielt ein Bier und eine Zigarette in einer Hand, während ein Rauchfaden um seine Ohren kringelte.

Sie stieß einen tiefen Seufzer aus, schaudernd. „Gott sei Dank." Sie hielt eine Hand gegen ihr Herz, das gegen ihre Rippen hämmerte. „Woher wusstest du, dass ich es bin?"

Er lachte wieder. „Ich habe draußen und drinnen Überwachungskameras installiert. Ich habe dich kommen sehen und dir die Tür aufgeschlossen." Er verlagerte sein Gewicht. „Kann ich dir einen Drink anbieten?" Er hielt seine Bierflasche grinsend hoch. Sein normalerweise glattes, gut aussehendes Gesicht war fast von einem dichten, wochenalten Bart verdeckt. Ein Stück Stoff hielt seine lockigen, dunklen Haare zurück, die staubig und schmutzig waren und ihm in Strähnen ins Gesicht hingen. Er trug ein farbverschmiertes, kariertes Arbeitshemd und zerfetzte, bespritzte Jeans.

Überwachungskameras? Sie sah sich um. „Nun, du bist voller Überraschungen", antwortete Kate, lächelnd und den Kopf schüttelnd. Kein Wunder, dass er sich nicht die Mühe machte, die Tür abzuschließen.

„Komm rein", sagte er, drehte sich um und verschwand durch die Tür, vorbei an einer winzigen gelben Küche, in der sie ihr Auto auf einem alten Laptop in körnigem Schwarz-Weiß flimmern sah, neben Stapeln von ungewaschenem Geschirr und fettigen Imbissboxen, Pappbechern, leeren Bierflaschen und Coladosen. Sie folgte Eli in einen weiteren kleinen Raum, der mit mehr vom Gleichen vollgestopft war, zusammen mit Aschenbechern und Tassen, die mit Zigarettenstummeln und trüber, schimmeliger Flüssigkeit überquollen. Ein zerknitterter blauer Schlafsack lag auf dem hässlichsten, fadenscheinigsten braunen Sofa, das Kate je gesehen hatte. Die spärlichen Möbel schienen in den späten Sechzigern aus einem Müllcontainer in einer Hintergasse in East Van gerettet worden zu sein.

„Das ist ja mal ein Ort", bemerkte sie und sah sich um. „Hast du hier ... *gewohnt?*" Es sah jedenfalls so aus, als hätte er ihn eine Weile nicht verlassen.

„Ja. Naja. Sozusagen." Er zuckte verlegen mit den Schultern. „Wie wär's mit dem Drink?"

Sie wehrte mit einer Handbewegung ab. „Oh, nein danke. Ich sollte nicht einmal hier sein, geschweige denn trinken. Gütiger Himmel, wenn Sharon das herausfinden würde ..." Sie überlegte, nach einer Cola zu fragen, war sich aber unsicher, ob er ein sauberes Glas besaß.

Er hob den Zeigefinger, sein Gesicht leuchtete in nachdenklicher

Freude auf. „Ich hab genau das Richtige." Er joggte in seine Küche, und sie hörte Schranktüren schlagen und ein dumpfes Geräusch auf der Arbeitsplatte. Einen Moment später kam er mit einem Styroporbecher zurück, den er ihr stolz überreichte. „Mir ist eingefallen, dass ich eine Flasche zwölfjährigen Single Malt habe, die mir vor langer Zeit mal jemand geschenkt hat. Jetzt ist er noch älter." Angesichts ihres Gesichtsausdrucks fügte er hinzu: „Nur zu. Ich sag's nicht weiter, wenn du's auch nicht tust. Angenommen, du hast frei, hm?" Er drückte ihr den Becher in die Hand.

Sie nahm den Becher an und spähte über den Rand auf den fingerbreit goldenen Inhalt. Wenn er nicht perfekt sauber war, würde der Scotch ihn wenigstens sterilisieren, dachte sie. „Danke." Bei genauerem Hinsehen sahen sowohl der Becher als auch der Scotch gut aus, obwohl die Gegenüberstellung, gelinde gesagt, unpassend erschien. Sie setzte sich dorthin, wohin er deutete, und er ließ sich neben ihr auf das Sofa fallen und grinste. „Worüber lächelst du?", fragte sie.

„Oh. Es ist einfach schön, Gesellschaft zu haben. Jemand, der Deutsch spricht und nicht nach Diesel oder Fisch riecht. Ich habe seit mehreren Tagen niemanden gesehen."

Sie lachte. „Oh. Nun ja. Wenn ich gewusst hätte, dass du dich so freuen würdest, mich zu sehen, wäre ich viel früher gekommen." Kate wagte einen kleinen Schluck von dem Scotch und stellte fest, dass er wunderbar sanft war. Ihre Nase kribbelte von dem erdigen Aroma, als die gelbbraune Flüssigkeit eine brennende Spur ihre Kehle hinunterzog. Es stärkte ihren Mut. Sie lehnte sich auf dem Sofa zurück, kümmerte sich nicht mehr um den Schmutz, nahm einen größeren Schluck, lächelte und spürte, wie sich die Wärme in ihrem Bauch ausbreitete. „Also, *hast* du hier gewohnt?"

„Nicht direkt. Ich gehe nach Hause, um zu duschen und Essen und Bier zu holen." Sie zog bei seinen Worten und dem Anblick seiner Umgebung die Augenbrauen hoch, was ihn zu der Ergänzung veranlasste: „ … nur in letzter Zeit nicht."

Sie lachte wieder. „Woran hast du denn gearbeitet?"

„Mmm. Eine neue Serie, über die ich nachgedacht habe. Skizzen. Karikaturen. Die letzte hat mich gepackt, also habe ich die Ölfarben rausgeholt und seitdem nicht mehr aufgehört."

Sie war mehr als neugierig. „Ist es ein Geheimnis?"

Er legte den Kopf schief. „Ja und nein. *Du* darfst es sehen. Komm schon." Er sprang vom Sofa auf und führte sie zurück ins Atelier. Sie folgte ihm eifrig zur riesigen Staffelei, dachte dabei, dass er in seiner eigenen Umgebung ein anderer Mann war, entspannt, energiegeladen und kraftvoll, und wartete, als er auf eine Trittleiter stieg und eine riesige, farbbespritzte Leinwandplane von einer Kante zurückzog. Sie trat einen Schritt zurück und versuchte zu erfassen, was sie sah.

Die gespannte Leinwand war sehr groß, vielleicht zweieinhalb Meter breit und noch höher, vielleicht drei Meter. Der größte Teil war ziemlich kahl, mit großen, dünnen Lasuren in Beige und Grau, die seine kühnen Kohlelinien verschleierten, aber nicht verdeckten. Zwei Gestalten, deren Arme sich verhedderten, während sie sich aneinander klammerten, standen fast Rücken an Rücken. Sie waren hager, unterernährt, ihre Muskulatur in dunklen Linien explizit gezeichnet. Selbst ohne den Vorteil von Licht, Schatten und Farbe war es Eli gelungen, ihr Streben, ihre Anstrengung, allein durch Haltung und Geste einzufangen. Kate stand wie gebannt da.

Endlich konnte sie sprechen. „Es ist wie ein Matisse, mit Tiefgang, Angst und Magersucht. Kämpfen oder tanzen sie?"

Er gluckste. „Beides, schätze ich."

„Mein Gott, Eli. Du weißt wirklich, was du tust."

„Hm. Nein, eigentlich nicht. Genau das versuche ich herauszufinden", seine Stimme klang wehmütig, und er hatte ihre Worte eindeutig falsch verstanden. Er zuckte mit den Schultern und drehte sich weg.

Sie musterte ihn eine ganze Weile. „Lass uns hinsetzen", schlug sie vor. Er folgte ihr zurück in die Lounge, hielt an, um die Malt-Flasche von der Theke zu nehmen, und füllte ihre Tasse nach. Irgendwie hatte sie es geschafft, sie leer zu trinken.

Er holte sich noch ein Bier und setzte sich wieder neben sie, klemmte sich eine Zigarette zwischen die Lippen und ließ sein Feuerzeug aufschnappen.

„Wie fühlst du dich? Immer noch wütend?", fragte sie.

„Aah. Nein. Die Wut liegt lange hinter mir", inhalierte er mit leiser Stimme, während die Spitze seiner Zigarette rot aufglühte.

Sie dachte einen Moment nach und blickte in ihre Tasse. Er klang trostlos. „D'arcy ist nach Montreal gefahren."

Er runzelte die Stirn. „Das überrascht mich nicht." Er nahm einen langen Schluck von seinem Bier.

„Sie kommt am Donnerstag zurück – mit ihrer Mutter." Sie musterte sein Gesicht aufmerksam. Was auch immer er davon hielt, er ließ es sich nicht anmerken, aber sie glaubte, eine gewisse Anspannung um seine dunklen Augen zu erkennen. „Da ist noch etwas anderes, über das ich mit dir reden wollte ..."

Eli beugte sich vor, stützte die Ellbogen auf seine Knie und ließ die Bierflasche zwischen ihnen baumeln. „Mmm?"

„Sharon hat beschlossen, eine Beschwerde wegen unprofessionellen Verhaltens gegen mich einzureichen, und vielleicht auch gegen Simon, ich weiß es nicht." Sie warf ihm einen nervösen Blick zu.

Er spottete. „Was hat die Furie denn für ein Problem?"

„Ich hätte es sofort sagen sollen", sagte Kate. „Simon und ich hatten vor Jahren eine ziemlich romantische Beziehung, und Sharon hat es herausgefunden. Sie behauptet, wir hätten unsere Beziehung wieder aufgenommen."

„Das will ich doch hoffen." Er richtete sich auf und lächelte breit. „Er hatte ja genug Zeit, einen Schritt zu machen. Wie langsam kann der Mann denn sein?"

„Was?"

„Simon hat mir bei unserem ersten Treffen von eurer Vergangenheit erzählt. Ich dachte, ihr hättet inzwischen eine heiße Affäre", grinste er und wackelte mit den Augenbrauen.

„Das dürfen wir nicht. Wir arbeiten zusammen. Wir können nicht ... nicht ... nicht miteinander was haben."

„Warum nicht? Wie kann sich das auf uns auswirken?"

„Nun, das ist die Frage. Ich kann mir nicht vorstellen, wie es unser Denken über euch beide beeinflussen könnte, obwohl es ablenkend war. Aber technisch gesehen hat Sharon recht, und sei es nur, weil wir am Anfang nicht ehrlich waren."

„Na ja. Du kannst mich als Zeugen aufrufen. Ich bin voll dafür. Ihr zwei solltet zusammen sein." Er trank erneut.

„Sollten wir?"

„Oh, ja. Ihr seid aus demselben Holz geschnitzt, ihr zwei." Sein Magen knurrte bösartig und er umklammerte ihn mit einer Grimasse.

Was für eine seltsame Bemerkung. „Nun. So einfach ist das nicht." Sie fuchtelte mit einer Hand durch die Luft. „Aber wie auch immer, wir müssen uns jetzt mit Sharon und ihrem Protokoll befassen. Ich wollte, dass du es weißt. Wie wäre es, wenn ich dich zu einem richtigen Essen einlade?"

Er verzog das Gesicht und deutete auf seine Kleidung. „Ich bin kaum vorzeigbar. Ich könnte eine Pizza bestellen." Sie lächelte und nickte. Vielleicht konnte sie ihn heute Abend noch dazu bringen, sich zu öffnen, wenn sie hartnäckig blieb. Das war vielleicht unkonventionell, aber am Ende könnte es sich lohnen.

Blaues Mondlicht flutete durch das große, kahle Fenster und sie bemerkte, dass der Himmel jetzt fast klar war, ein dunkles Indigo. Wie schnell die Sonne unterging. Der kürzeste Tag des Jahres rückte näher. Sie konnte ihn am Telefon hören und ein paar Minuten später war er mit einem frischen Bier zurück. Er füllte ihre Tasse nach. Zum ersten Mal seit Wochen fühlte sie sich entspannt.

„Ich habe eine Peperoni und eine Griechische bestellt. Dachte mir, ich decke damit alles ab, und die Reste kann ich immer gebrauchen", grinste er verlegen, eine weitere Zigarette zwischen seinen spöttisch verzogenen Lippen, „… zum Frühstück."

Wenig später klopfte es an der Außentür. „Bin gleich zurück."

Sie sprang auf und griff nach ihrer Handtasche. „Lass mich bezahlen."

„Nein, nein. Ich habe ein Konto, keine Sorge", kam seine gedämpfte Stimme aus dem Flur, als er zur Tür ging. Sie hörte, wie sie öffnete und dann: „Hey Stu." Stu erwiderte mit ebenso saloppen Grüßen und schnorrte sich eine Zigarette. „Danke, Alter." Die Tür schloss sich.

„Ich kann nicht glauben, dass die hierher liefern."

„Ich bin Stammkunde." Er zuckte mit den Schultern und ließ die Kartons auf den vollgestopften Couchtisch fallen. „Greif zu. Oh, willst du einen Teller?", fragte er wie ein nachträglicher Gedanke.

Kate dachte über die Wahrscheinlichkeit nach, dass es einen sauberen Teller gab. Sie winkte ab. Sie machten es sich bequem, um ihre Pizza zu essen. Danach saßen sie satt da, nippten an ihren Getränken und genossen die Stille.

„Erzähl mir, was du jetzt über D'arcy denkst. Meinst du, wir können wieder an die Arbeit gehen?"

„Ich weiß nicht." Eli richtete seinen Blick auf den Boden und schürzte die Lippen. Dann sah er zu ihr auf, schenkte ihr ein gezwungenes Lächeln, blickte wieder nach unten, zuckte mit den Schultern und drehte geistesabwesend seinen Ehering.

Sie wartete darauf, dass er mehr sagte. Als er es nicht tat, wagte sie zu fragen: „Was hat sie getan, das dich so aufregt?"

„Ich bin frustriert. Ich habe das Gefühl, sie spielt Spielchen mit mir. Ich kenne sie kaum wieder. Eine Zeit lang dachte ich sogar, sie sei krank. Die Dinge, über die sie sich aufgeregt hat – Frauen, Geld, Zeit –, nun ja … ich weiß, dass sie schlecht aussehen, aber ich habe nichts

anders gemacht als sonst, nichts, womit wir nicht schon früher umge-
gangen wären." Er zuckte mit den Schultern und zog an seiner
Zigarette. „Aber in letzter Zeit ist sie so empfindlich, so fordernd."

Er schnippte die Asche von seiner Zigarette.

„Ich hätte gedacht, mein großer Durchbruch würde sie beruhigen.
Es mag nicht sicher sein, aber ich habe zum ersten Mal, seit ich sie
kenne, eine Menge Geld nach Hause gebracht. Ich habe nicht erwartet,
dass sie ausflippt."

„Vielleicht will sie nur wissen, dass sie sich auf dich verlassen kann
– dass du dich auch mal um sie kümmerst. Vielleicht hat sie Angst,
dass du sie nicht mehr brauchst", schlug Kate vor.

„Aber das lässt mich so berechnend klingen. Ich habe D'arcy immer
an meiner Seite gebraucht, aber nicht wegen der finanziellen Unterstützung. Sie ist meine Seelenverwandte. Niemand versteht mich so
wie D'arcy. Ich will nur, dass sie mir vertraut. Ist das zu viel verlangt?
Ich bin derselbe Mann, in den sie sich vor sieben Jahren verliebt hat."

„Bist du das?"

Er warf den Kopf zurück. „Vielleicht sogar mehr. Ich bin ein Mann.
Ich will als solcher anerkannt werden. Ich will Respekt. Habe ich
meinen Teil der Abmachung nicht gehalten? Habe ich mir nicht den
Arsch aufgerissen? Was will sie noch von mir?"

„Vielleicht braucht sie etwas von dir, das ein bisschen alltäglicher
ist. Oder vielleicht will sie, dass du dich um *sie* kümmerst. Sogar
moderne Frauen, die arbeiten und finanziell unabhängig sind,
brauchen ab und zu ein wenig Bestätigung. Vielleicht ist sie die Last
der Verantwortung leid. Du könntest zur Abwechslung mal
versuchen, der Kümmerer zu sein. Du könntest ihr Beschützer sein."
Woher war das gekommen? Direkt aus ihrem unsicheren Unterbe-
wusstsein, stellte sie sich vor. „Vielleicht bin ich im Herzen einfach
altmodisch, aber ich glaube, es gibt einen Teil in jeder Frau, der will,
dass ihr Mann etwas für sie aufs Spiel setzt. Etwas *riskiert*. Was bist du
bereit aufzugeben?"

Eli lachte zynisch. „Das bin ich nicht. Ich bin nicht gut in all diesen
Details. Ich nehme einfach einen Tag nach dem anderen, weißt du? Ich
bin ein Künstler, um Himmels willen!"

Kate straffte sich entschlossen. Es war jetzt oder nie. „Erzähl mir
von D'arcys Eltern. Was ist passiert, als du sie kennengelernt hast?"

Eli warf den Kopf mit einem Seufzer aufs Sofa zurück. „Das hier ist
also kein reiner Freundschaftsbesuch?", sagte er ausdruckslos, blickte

zur fleckigen Rasterdecke hinauf und dann mit finsterem Gesichtsausdruck zurück zu ihr.

Sie beugte sich vor und blickte ihm eindringlich in die Augen. „Ich will dich und D'arcy wieder dorthin bringen, wo ihr wart." Kate breitete ihre Hände wie Flügel in einer klagenden Geste aus. „Ich fühle mich verantwortlich, dass ich dieses Problem mit ihrer Familie übersehen habe. Ich hätte scharfsinniger sein müssen."

Er sah sie scharf an. „Wenn D'arcy und ich das hier schaffen wollen, dann werden wir das ohne ihre Eltern tun müssen. Sie muss sich entscheiden, wo ihre Zukunft liegt."

„Das kannst du nicht ernst meinen! Du kannst nicht von ihr verlangen … ihre Familie aufzugeben." Kate spürte, wie ihre Worte aneinander klebten, als sie sie an ihrer Zunge vorbeizwängte, die sich zu dick anfühlte. Sie hatte nicht beabsichtigt, so viel von dem Scotch zu trinken. „Du weißt, sie kann nicht glücklich sein, wenn sie sich entscheiden muss." Sie streckte die Hand aus und legte sie auf seinen Arm. Sie musste ihm helfen zu verstehen, dass ein Kompromiss der einzige Weg war.

Elis Kinn war gesenkt und seine Augen blitzten unter seinen dunklen Brauen hervor. Selbst mit seinem ungepflegten Haar und dem dichten Teppich aus Barthaaren war er immer noch ein gut aussehender Mann. Dunkle Augen wie Teiche brannten sich in ihre eigenen, leuchteten wie die eines Tieres, verletzlich und doch gefährlich. Er schien ihren Wert einzuschätzen.

„Vertrau mir. Ich werde es niemandem erzählen. Ich werde dein Geheimnis bewahren, wenn es sein muss. Aber hilf mir zu verstehen, was los ist. Ich will dir helfen." Sie hielten den Blick des anderen, und sie war unsicher, wer unter wessen hypnotischen Bann geraten war, denn in diesem Moment schien es gegenseitig zu sein. Meine Güte, sie fühlte sich benommen. Im hintersten Winkel ihres benebelten Verstandes trieb der Gedanke, dass dies so unangebracht war.

Er stieß einen schweren Atemzug aus, seine Schultern sackten in sich zusammen. „Sie haben mir Geld angeboten."

Kate war plötzlich hellwach.

„D'arcys Eltern. Als wir sie trafen. Um ihnen zu sagen, dass wir heiraten wollen. Der alte Herr hat mich beiseitegenommen und mir Geld angeboten, damit ich aus ihrem Leben verschwinde." Er sprach in einem monotonen Singsang, als wäre es zu schmerzhaft, sich an die Fakten mit den noch dazugehörigen Emotionen zu erinnern.

Kate verstand und spürte, wie sich ihre Augen mit Tränen füllten. Sie blinzelte. „Oh, Eli!"

Sein Gesicht war kühl, sein Mund verzog sich zu einem bitteren Spott. „Es war ein großzügiges Angebot. Ich hätte wohl geschmeichelt sein sollen. Hunderttausend, um meine Sachen zu packen und zu verschwinden, keine Erklärungen, um nie wieder gefunden zu werden. ‚Studieren Sie an der Sorbonne. Starten Sie Ihre Karriere in Paris oder irgendwo anders weit weg von meiner Tochter, wenn Sie verstehen, was ich meine.' Das hat er gesagt. Es war mehr Geld, als ich je auf einem Haufen gesehen hatte, und das wussten sie. Sie sind davon ausgegangen, ich wäre ein Goldgräber."

„Armer Kerl."

Er nickte wieder, die Lippen fest zusammengepresst. „D'arcy hat es nie gewusst, hat nie das Ausmaß ihres Widerstands verstanden, und ich hatte nicht das Herz, einen Keil zwischen sie und ihre Eltern zu treiben. Als ich sein Angebot ablehnte, haben sie unsere Heirat einfach verboten, und D'arcy und ich sind nach Vancouver zurückgekehrt und haben es trotzdem getan. Danach haben sie so getan, als hätte es mich nie gegeben. Als ob es keine Ehe gäbe. Es ist seitdem eine sehr unbehagliche Koexistenz."

„Also gab es nie eine Anerkennung? Keine Entschuldigung?", fragte Kate ungläubig. Er schüttelte den Kopf. Sie saßen sehr nah beieinander, die Schultern berührten sich. Sie sah ihn lange und intensiv an und dachte nach. Das ging schon zu lange so. Wie konnte man das in Ordnung bringen? „D'arcy hat ihre Wahl getroffen. Sie hat dich gewählt. Du musst es D'arcy erzählen und sie gemeinsam zur Rede stellen. Es ist an der Zeit."

Er drehte den Kopf und sah sie im Gegenzug an. „Ich bin kein Feigling, falls du das denkst. Ich wurde erzogen zu kämpfen, besonders gegen Leute wie die. Aber das konnte ich D'arc nicht antun."

„Das haben sie sich selbst angetan. Du hast das Richtige getan. Und du und D'arcy habt die Feuerprobe bestanden. Du darfst nicht zulassen, dass das *weiterhin* zwischen euch steht." Sie drückte seine Hand. „Es ist an der Zeit, dass du Stellung beziehst. Sie haben ihr wahres Gesicht gezeigt. Sie werden ihre Tochter nicht aufgeben. Ich bin sicher, sie wollten aus ihrer Sicht nur das Beste für sie und schämen sich wahrscheinlich. Madame Duchamp hat dir doch einen Agenten besorgt, oder? Sieh es als einen Olivenzweig. Aber trotzdem würden sie nicht damit durchkommen, dich so zu behandeln, wenn du es vor

D'arcy geheim halten würdest. Das Geheimnis schwärt schon zu lange. "

Das schien genau das zu sein, was Eli hören musste. Seine dunklen Augen glänzten von lange unterdrückten Tränen, die an seinen langen schwarzen Wimpern hingen, und seine Lippen kräuselten und zuckten unwillkürlich. Er schüttelte heftig den Kopf. Sie streckte die Hand nach ihm aus und tätschelte seinen Arm. Diese Einladung war alles, was er brauchte, um seinen Schmerz und seine Wut freizusetzen, und er weinte mehrere Minuten lang still, während sie seine Hand zwischen ihren hielt.

Endlich setzte er sich gerade hin, wischte sich die laufende Nase und die Augen am Ärmel seines Arbeitshemdes ab und starrte geistesabwesend durch den Raum. Er schniefte und kramte in seiner Tasche nach seiner Zigarettenschachtel, fischte eine heraus und zündete sie an, wobei er tief Luft holte. Als er etwas von seiner Fassung wiedererlangt hatte, drehte er sich mit einem wässrigen Lächeln zu ihr um.

„Noch einen Drink?"

„Oh, Gott, nein. Ich kann nicht. Es sei denn, du hast Tee?" Sie lächelte zurück.

„Keinen Tee, aber ich könnte eine Kanne starken Kaffee machen", bot er an.

Normalerweise trank sie keinen Kaffee, aber heute Abend brauchte sie ihn. Und sie war noch nicht ganz fertig. „Noch besser, danke." Er stand auf und ging in die kleine Küche. Sie hörte fließendes Wasser und wie Schränke und alte Holzschubladen quietschten. Sie stellte sich vor, dass er ein paar Minuten für sich brauchte, um sich zu sammeln und etwas Würde zu bewahren. Sie wartete und dachte über Möglichkeiten nach, das Problem zu lösen.

Sie konnte riechen, wie das Kaffeearoma langsam die abgestandene, ölige Luft durchdrang. Als er zehn Minuten später mit zwei ungleichen Tassen dampfenden Kaffees zurückkehrte, hatte sie einen Plan.

„Ich hoffe, du magst ihn schwarz", sagte er. „Ich könnte vielleicht etwas Zucker finden, wenn du willst, aber ich habe keine Milch." Er grinste verlegen, seine Fassung war wiederhergestellt.

„Schwarz ist gut, danke", sagte sie und nahm eine Tasse. „Ich glaube, ich habe für eine Nacht genug Giftstoffe in meinem Körper, ohne noch Zucker hinzuzufügen."

Eli lachte lauthals. „Du klingst genau wie Simon, mit deinem grünen Tee und dem gesunden Essen", rief er.

„Oh, sag das nicht." Sie presste die Augen zu, schüttelte den Kopf und blickte in ihre Kaffeetasse, roch das starke, schwarze, säuerliche Gebräu. Sie nahm einen belebenden Schluck der bitteren Flüssigkeit und fragte sich, ob ihr Magen das vertragen würde.

Er setzte sich und zündete eine weitere Zigarette an, zog einen Schokoriegel aus seiner Hemdtasche und machte ein gut gelauntes Angebot, indem er ihn ihr unter die Nase hielt. Sie lachte und hob protestierend eine Hand.

„Ernsthaft. Was ist los mit euch beiden?", schlürfte er seinen heißen Kaffee wie ein Verdurstender in der Wüste, stellte ihn ab, riss die Verpackung seines Riegels auf und biss kräftig hinein. Er sprach mit einem Mund voll Schokolade, seine Worte waren undeutlich: „Abgesehen von der Konfliktsache, warum fallt ihr beide nicht übereinander her? Ich sehe es in deinen Augen so klar wie der lichte Tag."

Kate spürte, wie ihr Gesicht heiß anlief, und blinzelte Eli an. Sie hob eine Hand, um ihre Brauen zu glätten, ihr Puls flatterte. „Ich kann darüber nicht reden."

„Warum nicht? Vertraulichkeiten beruhen auf Gegenseitigkeit, weißt du. Nach Feierabend ist es inoffiziell." Er lächelte sanft und lud ihr Vertrauen ein.

Sie seufzte und nippte erneut an ihrem Kaffee, auf der Suche nach Fassung. Wie konnte sie ihre Besessenheit von Simon, ihre Angst vor ihm, einem Klienten und einem praktisch Fremden erklären? Sie wollte, dass er ihr vertraute, aber mehr noch, sie hatte das Gefühl, dass sie ihm vertrauen konnte und dass ihre aufkeimende Freundschaft es rechtfertigte.

Sie lehnte sich mit einem Seufzer zurück. „Als Simon und ich uns das erste Mal trafen, waren wir noch Teenager. Nicht unähnlich wie du und D'arcy, schätze ich. Aber ich war an einem sehr verletzlichen Punkt, als ich ihn traf. Ich litt an einem erheblichen Trauma, gefolgt von einem riesigen emotionalen Verlust. Ich war auch jung und idealistisch. Ich habe all meinen Idealismus und meine emotionale Bedürftigkeit wohl auf ihn übertragen. Ich nehme an, er hat Schluss gemacht, weil ich nach ein paar Monaten anhänglich und nicht sehr interessant wurde. Das war wirklich alles, was es zu unserer sogenannten Beziehung gab, obwohl sie intensiv war, solange sie dauerte. "

Kate hielt inne und schluckte nachdenklich. Wie ironisch, ihre Liebe zu Simon und alles, was sie verursacht hatte, auf eine oberflächliche

Zusammenfassung zu reduzieren. Eli lehnte sich zurück, zog an seiner Zigarette und hörte zu.

„Das Schlimmste für mich kam danach. Ich konnte ihn nicht loslassen – nicht die *Vorstellung* von ihm." Sie schüttelte den Kopf. Wie konnte jemand verstehen, wie sie jeden Realitätssinn verloren hatte. „Das ging ein paar Jahre so, obwohl ich bezweifle, dass er es wusste. Wir hatten eine unangenehme Begegnung, als ich ihn das letzte Mal sah – vor vielleicht vierzehn Jahren." Das war ein Geheimnis, das sie keiner anderen Seele je erzählen würde.

Eli schaute auf, sein Blick war mitfühlend.

„Du bist nicht angewidert?"

Er machte ein gequältes Gesicht und zuckte mit den Schultern. „Jeder hat peinliche Momente in seiner Vergangenheit."

Sie fuhr fort. „Danach haben wir unser eigenes Leben gelebt. Ich musste mit Depressionen fertigwerden, mit einem stark beschädigten Selbstwertgefühl. Es gab ein paar Jahre Therapie. Dann ..." Sie zuckte mit den Schultern. „... ein neues Leben, eine neue Karriere. Ich bereue nichts. Ich hätte die Mediation nicht entdeckt, wenn ich das nicht durchgemacht hätte. Aber ... als er in den Konferenzraum kam ... ich ..." *Ich weiß nicht, was.* Sie schüttelte den Kopf und durchlebte den Schock dieses Moments noch einmal.

„Wow", sagte er leise. „Ich glaube, ich verstehe." Er fuhr sich mit der Hand über sein stoppeliges Kinn.

Sie lächelte ihn an. „Es ist nicht einfach, wie du dir vorstellen kannst."

Er dachte einen Moment nach, dann richtete er sich abrupt auf und schlug sich aufs Knie. „Nein. Das Leben ist zu kurz für Reue. Es gibt einen Grund, warum du und Simon wieder zusammen seid. Das war so vorgesehen. Ich kann es fühlen. Du kannst das nicht wegen ein bisschen Angst wegwerfen." Er stach mit dem Finger in ihre Richtung, um seinem Punkt Nachdruck zu verleihen.

„Ein bisschen Angst ...", kicherte sie leise.

Eli hob eine Hand und hielt ihr Kinn, hob ihr Gesicht, um ihren Blick sorgfältig zu erwidern. „Wie würdest du dich fühlen, wenn du weggehen und es nie herausfinden würdest? Das ist etwas Besonderes. Du musst es versuchen, das Risiko eingehen."

Wie ironisch war das? Sie zog eine Augenbraue hoch, ihr Blick war voller Bedeutung, und senkte ihr Kinn. Er schenkte ihr ein ironisches Lächeln und einen schrägen Blick. „Ich mache einen Handel mit dir, Eli

Benjamin. Ich werde tief in mir nach dem Mut graben, den ich brauche, um herauszufinden, wie du sagst, ob das etwas ist, wofür es sich lohnt, gegen meine Dämonen zu kämpfen. Aber du musst mir dasselbe versprechen. Du musst dich mit Madame Duchamp treffen. Mit oder ohne D'arcy, das ist deine Entscheidung. Aber du musst mich das für dich organisieren lassen." Sie legte den Kopf schief und wartete.

Sie saßen sich mehrere Minuten lang gegenüber, jeder von ihnen suchte in seiner Seele nach der Kraft, sich zu verpflichten, sich seinen schlimmsten Ängsten zu stellen. Dann bot Eli seine Hand an, die Handfläche geöffnet, und sie legte langsam ihre Hand auf seine, und sie drückten sie. Ihr Schicksal war besiegelt. *Was habe ich getan?*

SECHZEHN

November, 24, ----

Sehr geehrte(r) Listenverwalter(in),
ich schreibe Ihnen zur Widerlegung der grob überzogenen Anschuldigung der Anwältin Sharon Beckett, dass ich sowohl sie als auch meine Klienten irregeführt habe, indem ich es versäumte, meine frühere Bekanntschaft mit… offenzulegen.

Kate saß da, den Blick unfokussiert auf den blinkenden Cursor auf ihrem Computerbildschirm gerichtet. *Was für ein sentimentales, melodramatisches Geschwafel. Sie konnte es nicht.*

Sie blinzelte und drückte die Löschtaste, bis der Bildschirm wieder leer war. Dann klopfte sie mehrere lange, nachdenkliche Minuten mit den Fingern auf das Mauspad und starrte blind auf die schmale Mondsichel, die wie eine schlanke Schlinge am klaren Nachthimmel vor ihren riesigen Fenstern hing. Sie hörte das ferne Quietschen von Reifen draußen. Ein leises, fernes Sirenenecho hallte wider.

Sehr geehrte(r) Listenverwalter(in),
dieser Brief ist eine Antwort auf die Behauptung von Sharon Beckett, ich hätte angeblich das Wissen über den Anwalt meines Klienten zurückgehalten, obwohl unsere frühere Beziehung von Anfang an hätte offengelegt werden können. Im Nachhinein sehe ich ein, dass dies möglicherweise wahr ist.

Anfangs war ich mir jedoch seiner Identität unsicher, und mein Zögern führte dazu, dass ich aus Verlegenheit eine Konfrontation vermied. Ich redete mir ein, dass die Tatsache, dass wir uns über fünfzehn Jahre nicht gesehen hatten...

Ihr wurde schlecht. Nicht diese verschwitzte, zitternde, schwindelerregende Übelkeit, die der Blick in den dunklen Abgrund ihrer Vergangenheit gewöhnlich hervorrief. Das hier war ein flaues, krampfartiges Gefühl in ihrem Magen. Ein Brennen hinter ihren Augenlidern. Ein schweres Gewicht, das auf ihrem Herzen lastete. Sie wusste, dass alles, womit sie je zu kämpfen gehabt hatte, in diesem einen schrecklich schmerzhaften Moment zusammengekommen war und dass ihre jetzigen Handlungen sie entweder befreien oder für den Rest ihres Lebens belasten würden. Oder vielleicht auch nicht. Der Prüfungsausschuss der Gesellschaft musste nur genug wissen, um ihren guten Ruf wiederherzustellen, aber Kate wusste, dass in ihrem Herzen mehr vor sich ging. Obwohl sie wusste, dass ihr Fehler ein kleines Vergehen war, brachte Sharons Gehässigkeit ihre Gefühle dennoch zum Kochen. Es schien keinen leichten Ausweg zu geben. Sie musste klar denken. Wieder löschte sie den Text.

Was ist mir am wichtigsten? Was schätze ich? Was will ich wirklich im Leben? Was steht hier wirklich auf dem Spiel? Die Fragen drehten sich immer wieder in ihrem Kopf im Kreis, während sie mit ihrem Anhänger in Form eines ewigen Knotens spielte, ihn immer wieder umdrehte und um Führung bat.

Das sollten einfache Fragen sein. Es waren welche, mit denen sie sich schon früher auseinandergesetzt hatte. Kate wusste, wie es war, verloren zu sein, sich selbst nicht zu kennen oder sich nicht zu vertrauen. Sie wusste auch, wie es sich anfühlte, sich wieder zusammenzusetzen, Stein für Stein, Zelle für Zelle, Gedanke für Gedanke. Kate kannte sich selbst. Sie wusste, dass ihr Menschen am Herzen lagen und sie wusste, dass ihre Einsicht und ihre Fähigkeiten Menschen bei Problemen helfen konnten, die sie verstand. Sie verstand die menschliche Gebrechlichkeit und empfand tiefes Mitgefühl für Menschen, die Mist gebaut hatten und eine zweite Chance auf Glück verdienten.

Dies zu tun hatte ihrem Leben einen Mittelpunkt, einen Sinn und Freude gegeben. Sie verspürte eine tiefe Bestimmung und wurde durch die von ihr gewählte Lebensaufgabe belohnt. Diese Einsicht und dieses Engagement waren es, die sie in der Mediation so besonders gut machten. Besser als die anderen. Es war diese Fähigkeit, andere zu verstehen und ihnen zu helfen, die ihr Klarheit und Selbstachtung verschaffte. Ohne diese Arbeit wäre sie nicht vollständig, hätte so viel weniger anzubieten. Ihren Klienten, ihren Freunden und ihrer Familie und ganz sicher Simon oder Jay oder irgendjemand anderem, mit dem sie ihr Leben vielleicht teilen wollte. Ohne dieses solide Fundament wäre sie so viel weniger, eine unvollständige Person.

Und doch, trotz ihres Fokus auf ihre Arbeit und ihre Karriere, wollte sie auch Simons Liebe. Auf einer gewissen Ebene hatte sie Simon immer gewollt, und selbst als sie ihr eigenes Urteil infrage stellte, ihre eigenen Motive, ihn zu wollen und zu glauben, in ihn verliebt zu sein, brauchte sie ihn immer noch mit dem tiefsten Kern ihres Wesens. Als ob ihr Wunsch, mit ihm zusammen zu sein, eine Kraft war, die größer war als sie selbst. Ihn so sehr zu wollen hatte vor Jahren die Steine ihres Fundaments gelockert und eine Erosion ihres Glaubens an sich selbst in Gang gesetzt, eine Lawine aus Selbstzweifeln, die ihr Selbstbewusstsein beinahe ausgelöscht hatte. Sie hatte die Abhängigkeit, die diese Vorstellung von romantischer Liebe in ihr geschaffen hatte, zurückgewiesen. Die Schwäche, die sie implizierte. Das war der Grund, warum sie solche Angst davor hatte, sich ihrer Anziehung zu ihm hinzugeben. Deshalb war es so furchteinflößend, sich ihm zu nähern. Simon repräsentierte irgendwie einen Abgrund, der, sollte sie sich zu nah an den Rand wagen, alles vernichten könnte, was aus ihr geworden war. Alles, was sie an sich selbst schätzen gelernt hatte und worauf sie sich verließ. Warum hatte sie solche Angst? Befürchtete sie wirklich, sich selbst zu verlieren, wenn sie sich der Liebe hingab?

Und doch wollte sie immer noch seine Liebe. Sie wollte Simons Liebe wie keine andere. Jeder ihrer Versuche, eine Beziehung einzugehen, war genau *wegen* der Liebe gescheitert, die sie vor all den Jahren mit ihm erlebt hatte und die sie immer noch wie glühende Kohlen in sich trug, eine Flamme, die sich weigerte zu verlöschen. Nichts konnte sich damit vergleichen. Gott weiß, sie hatte versucht, Jay zu lieben. Es klang immer wie eine Aufzählung seiner guten Eigenschaften, aber in den gefühllosesten, abstraktesten Begriffen, wie ein Lebenslauf für die Stelle als Ehemann und Liebhaber. Er war sicherlich qualifiziert. Aber sie konnte sich einfach nicht dazu bringen, ihn zu lieben, egal wie sehr sie es auch versuchte. Armer Jay. Armer Grant. Armer Thom. Armer …

Kate schüttelte den Kopf und nahm den Brief des Listenverwalters zur Hand, um die bereits schmerzlich vertrauten Zeilen erneut zu lesen.

Sehr geehrte Frau O'Day,
uns wurde zugetragen ... Verstoß gegen die beruflichen Verhaltensregeln
... Versäumnis, eine frühere Beziehung zum Anwalt Ihres Mandanten, einem
Herrn Simon Sharpe, Esq., offenzulegen ... Frau Becketts Sorge um ihren
Klienten ... Standards der Berufsethik ... etc. etc. Gelegenheit zur Erklärung
... Bitte antworten Sie bis ... Mit freundlichen Grüßen, Dr. Leonard Howard,
Listenverwalter.

Kate wusste, dass Rose, ihre Mentorin und Beraterin, alles sah, was
auf Howards Schreibtisch landete. Sie war seit Jahren im Vorstand und
leitete die Gesellschaft praktisch. Kate schloss die Augen, sah Roses
vertrautes, freundliches Gesicht vor sich und erinnerte sich an die Stunden, die sie in ihrem Büro gesessen und sich das Herz aus dem Leib
geweint hatte. Die bitteren Erinnerungen brachten ihr eine frische Flut
von Tränen in die Augen. Sie saß da, von stillen, krampfartigen
Schluchzern geschüttelt, und durchlebte die schmerzhafte Erkundung
ihrer dunkelsten Tage noch einmal. Sie hatte so viel Potenzial gehabt
und so viele Dinge, die sie erreichen wollte, und war durch einen –
wirklich war es nur ein einziger – schwarzen Schicksalsschlag so tief
gefallen. All die anderen Sachen, sogar ihre komplizierte Abhängigkeit
von Simon, all das war nur eine komplexe emotionale Reaktion auf das
Erste.

Sie spürte den alten Zorn in ihrem Innersten brennen, den Groll
darüber, dass ein so sinnloser Akt der Brutalität und selbstsüchtigen
Verachtung solches Chaos in einem Leben anrichten konnte. Ihrem
Leben. Doch ein Teil von ihr empfand ein verächtliches Mitleid für den
Kerl, der alles mit seiner abscheulichen Tat ausgelöst hatte. Und sie
hatte Mitleid mit ihrem jungen, hilflosen, idealistischen Selbst. Es war
an der Zeit, sich darüber zu erheben und etwas Frieden zu finden. Aber
ihre Narben waren trotz allem immer noch empfindlich.

Das waren harte Zeiten gewesen, aber sie hatte sie durchgestanden
und gedacht, das alles liege hinter ihr. Obwohl sie froh war, Rose im
Oktober angerufen zu haben, um ihren Rat zu fragen, als all das
begann, wusste sie, dass das bedeutete, dass sie jetzt nichts mehr
verbergen konnte. Das wollte sie auch nicht. Ehrlichkeit und Integrität
bedeuteten Kate alles.

Wenn sie ihre Selbstachtung, ihren beruflichen Ruf, ihren Seelen-
frieden, ja ihre gesamte Lebensweise schätzte, dann war der einzige
Ausweg der Spießrutenlauf. Sie würde die Wahrheit sagen, die Konsequenzen tragen und auf der anderen Seite alles wieder zusammenset-

zen. Selbst wenn das bedeutete, dass sie sich der Demütigung stellen musste. Sie war sich sicher, dass ihr Vergehen nicht so schlimm war, dass sie ihre Lizenz verlieren würde. Selbst wenn es bedeutete, dass sie Simon den Rücken kehren musste. Es gab keinen anderen Weg. Entschlossen kehrte sie zu ihrer Tastatur zurück.

An den Listenverwalter und den Vorstand der Mediator Roster Society of BC;

Ich kann mich nicht herausreden. Es gibt einige im Vorstand, die genug über meine Vergangenheit wissen, um die Wahrheit unvermeidlich zu machen. Darüber hinaus hat mir meine Ausbildung in diesem ehrenwerten Beruf genügend Selbsterkenntnis verliehen, um den Kern der Wahrheit in dieser Behauptung nicht leugnen zu können und mir dabei noch im Spiegel ins Gesicht sehen zu können.

Es war ohne Zweifel unprofessionell von mir, die vollständigen Details einer früheren Beziehung mit dem Anwalt, der meinem derzeitigen Mediationsklienten zugewiesen wurde, nicht offenzulegen, als ich wusste, dass sein unerwartetes Wiederauftauchen mich berührte. Ich suchte Rat bei meiner Mentorin, und wir waren uns einig, dass ich weitermachen könnte. In Wahrheit kannte ich ihn sehr gut und war eine Zeit lang emotional mit ihm verbunden. Diese Angelegenheiten sind für mich eindeutig nicht vollständig geklärt, und mein erneutes und, ich gebe zu, nicht ganz unvermeidbares Wiedersehen mit ihm hat das in den Vordergrund gerückt.

Ich kann mich jedoch dazu verpflichten, diese persönliche Angelegenheit aufzuschieben, so schwierig es auch sein mag und welche Konsequenzen es auch haben mag, bis meine Verpflichtung gegenüber meinen derzeitigen Klienten erfüllt ist. Das ist meine erste Pflicht. Seien Sie versichert, ich besitze die Selbsterkenntnis, das Vertrauen und die Disziplin, meine Verantwortlichkeiten auszuführen, ohne dass diese Angelegenheit weiter störend wirkt.

Trotz des oben Genannten und der Tatsache, dass diese Ereignisse eine Ablenkung für mich darstellten und daher meine Effizienz als Fachfrau möglicherweise beeinträchtigt haben, behaupte ich, dass es keinen Interessenkonflikt oder ein Risiko für meine Klienten gibt oder jemals gegeben hat. Ich stelle das Wohlergehen meiner Klienten und meine Verantwortung, ihnen zu dienen, über alles andere. Wenn meine Verwirrung in dieser Angelegenheit zu Wahrnehmungs- oder Urteilsfehlern geführt haben sollte, und ich glaube nicht, dass dies der Fall ist, dann liegt es in meiner Macht, diese kleinen Lapsusse zu korrigieren. Ich glaube, mein Verständnis der Klienten in diesem Fall ist so aufschlussreich und zutreffend wie eh und je, und ich bleibe verpflichtet, mit vollem Einsatz auf eine zufriedenstellende Lösung ihres Falles hinzuarbeiten. Zum jetzigen Zeitpunkt glaube ich, dass das Vertrauen meiner Klienten nicht beeinträchtigt wurde und dass eine für beide Seiten zufriedenstellende Mediation ihres Konflikts möglich, ja sogar wahrscheinlich ist. Sie sind nun beide vollständig über die Situation informiert und haben keinen Wunsch geäußert, die Vereinbarungen zu ändern.

Kate zögerte, überprüfte ihren Text und überlegte ihren nächsten Schritt.

Ich bedauere zutiefst, dass diese Umstände meiner geschätzten Kollegin, Frau Beckett, Anlass zur Sorge um ihren Klienten gegeben haben, und ich respektiere ihre Integrität, die Angelegenheit auf professionellem Wege zu verfolgen. Es ist meine aufrichtigste Hoffnung, dass sie mit weiterem Verständnis bereit sein wird, die Angelegenheit ruhen zu lassen.

Das fühlte sich wie eine kleine Unwahrheit an. Nicht, dass Kates Reue nicht echt war, aber ihr Bauchgefühl sagte ihr, dass Sharons Motiv weniger als ehrlich war, mit einem nicht geringen Maß an Rachsucht und Manipulation dahinter. Aber da es, von der Veröffentlichung dieser unbegründeten Anschuldigungen abgesehen, das Ehrenhafteste war, was man sagen konnte, und da sie wusste, dass eine Kopie des Briefes an Sharon geschickt werden würde, erfüllte es seinen Zweck doppelt gut, ihr einen Vertrauensvorschuss zu gewähren. Es wäre nicht klug, die Frau zu provozieren, angesichts dessen, was sie bereits getan hatte.

Sie fühlte sich etwas besser, las den Brief Korrektur, druckte ihn aus, unterschrieb ihn und verschloss den Umschlag, bevor sie es sich anders überlegen konnte. Sie könnte ihn auch gleich in den Briefkasten werfen, wo sie gerade in der Stimmung war. Sie stand auf, zog ihren Mantel an und schnappte sich ihre Tasche.

Ein Paar lavendelfarbene Fluevog-Luna-Stiefel im Schaufenster an der Ecke hatten sie seit Wochen gerufen. Hohes, geschmeidiges Antikleder mit Schnallen oben und unten und klobigen Absätzen. Sie schrien nach Macht. *Diese Stiefel sind zum Laufen gemacht. Die kaufe ich mir auf jeden Fall.* Sie hob das Kinn, zog die Schultern zurück und betrat das Geschäft. Eine kleine Belohnung war fällig.

Auf dem Weg hinaus auf die Straße stieß sie beinahe mit einem großen, dunklen Mann zusammen, der in einen weiten Mantel gekauert war. Jay.

Sie spürte, wie sie innerlich zusammenschrumpfte und die Glücksblase, die ihre Stiefel ihr beschert hatten, platzte. Das war das Allerletzte, was sie jetzt gebrauchen konnte. „Jay", sagte sie halbherzig.

Sie bemerkte das winzige Zucken, das Bestürzung auf seinem gut aussehenden Gesicht verriet. Es tat ihr leid, dass sie keine Begeisterung heucheln konnte, die sie nicht empfand.

„Ich muss mit dir reden", sagte er.

Sie starrte ihn unbewegt an.

„Ich bin nicht bereit, dich gehen zu lassen." Seine Frustration hatte sich aufgebaut und zeigte sich in seinem entschlossenen Kiefer, seiner gefurchten Stirn.

„Ich werde meine Meinung nicht ändern." Es war hart, das wusste sie. Aber wie konnte er sie bedrängen?

Er sah geknickt aus. „Ich liebe dich."

„Aber Jay, ich liebe dich nicht."

„Gib mir eine Chance. Wir können so gut zusammen sein. Du wirst mich mit der Zeit lieben lernen."

„Nein. Das werde ich nicht." Sie wollte ungeduldig gehen. Sie wollte das nicht noch einmal durchmachen. „Warum akzeptierst du das nicht?"

„Ich bin genauso richtig für dich, wie du für mich bist. Du weißt es.
"

„Wenn du mich überhaupt kennen würdest, würdest du das nicht sagen. Du weißt nicht, was ich brauche."

Die Muskeln in seinem Kiefer spannten sich an. „Ich weiß, es ist nur Bindungsangst … Du musst mir vertrauen."

„Es geht nicht um Vertrauen. Es ist keine Bindungsangst." Sie begann, vor Groll zu brodeln.

Sein Blick schweifte zur Seite und starrte die Straße hinunter. „Du weißt nicht, was du willst. Du konntest noch nie Entscheidungen treffen."

Kate unterdrückte ihren Groll. „Das mag stimmen, aber wenigstens gehören meine Zweifel mir."

Er packte ihre Schultern mit behandschuhten Händen und drückte sein Gesicht näher an ihres. „Es tut mir leid. Ich wollte das nicht so sagen." Sein starker, gut aussehender Mund war zu einer angespannten, zitternden Linie verzogen. „Ich vermisse dich." Sein Gesicht kam näher und er versuchte, sie zu küssen, aber sie stieß ihn weg.

„Hör auf. Es tut mir leid, dass ich dich in die Irre geführt habe, Jay. Du verdienst etwas Besseres als das, aber ich kann nicht sein, was du

willst." Sie kniff die Augen fest zusammen und biss die Zähne
aufeinander. „Ich bin in jemand anderen verliebt." Sie trat einen Schritt
zurück und bemerkte den fassungslosen, Mund-offen-stehenden
Ausdruck auf seinem Gesicht. Ihr Herz zog sich vor Reue zusammen,
ihre Kehle schnürte sich wegen der Tränen zu. Sie hätte es ihm früher
sagen sollen. Wenn sie es nur selbst gewusst hätte. Ihre letzten Worte
waren geflüstert. „Lass mich in Ruhe, Jay. Bitte."

Sie war angespannt, verschwitzt, nervös und hatte den Beginn
massiver Kopfschmerzen. Ihre Nerven lagen blank. Sie stürmte zum
Briefkasten am Ende der Straße und ließ ihren Umschlag mit zitternder
Hand in den Schlitz gleiten. Wie viel mehr konnte ein Mensch an einem
Tag ertragen?

❧

K ate konnte sich endlich mit D'arcy und ihrer Mutter treffen,
nachdem sie fast zwei Wochen gewartet hatte. Sie war
aufgeregt, die Versöhnungssitzungen wieder aufzunehmen, aber voller
Beklommenheit bei dem Gedanken, die Frage ihres angeblichen beruflichen Fehlverhaltens mit D'arcy und der beeindruckenden Madame
Duchamp zu konfrontieren.

Sie musste sich vollkommen im Klaren darüber sein, wie sie das
Thema ihrer Beziehung zu Simon ansprechen würde, *und* ihre eigene
Geschichte glauben, sonst würde sie niemals aufrichtig wirken. Ihr
Vertrauen zu gewinnen, war entscheidend für ihren Plan. Sie musste
D'arcys Mutter für sich gewinnen, wenn sie sie überreden wollte, sich
privat mit Eli zu treffen. Kate musste sicherstellen, dass das Treffen wie
geplant stattfand, sonst bräuchte sie einen neuen Plan.

Ihre Fallakten lagen auf dem Esstisch ausgebreitet. Oscar sprang
hoch und breitete seinen räudigen Körper über ihren Papieren aus, ließ
seinen geknickten Schwanz zucken und warf ihr einen gespielten Blick
der Verachtung zu. „Oh, mich täuschst du nicht, du altes Baby",
säuselte sie und hob ihn sanft von den Akten, um ihn auf ihrem Schoß
zusammenzurollen und zu streicheln.

Nur wenige Minuten waren vergangen, als das Telefon klingelte,
und da sie erwartete, dass es D'arcy mit einer Frage oder einer
Detailänderung sein würde, antwortete sie förmlich, aber mit einem
Lächeln in der Stimme. „Kathryn O'Day", sagte sie.

Ein Moment verging. „Es ist Dienstag. Ich vermisse es, dich zu sehen, Kathryn O'Day", sagte Simon mit sanftem, spielerischem Ton.

Oh! Ihr Puls schoss durch die Stratosphäre und jagte Adrenalin durch ihre Adern. Er war die letzte Person auf der Welt, die sie erwartet hatte. Kate hatte viel Zeit und Energie damit verbracht, über Simon nachzudenken, aber das war weit davon entfernt, bereit zu sein, mit ihm zu sprechen. Ein flatterndes Gefühl in ihrem Bauch sagte ihr, dass sie nicht vorbereitet war. In ihrer Verwunderung vergaß sie tatsächlich zu antworten.

„So schlimm, hm? Ich hatte irgendwie gehofft, du würdest dich freuen, meine Stimme zu hören", sagte er.

„Äh." Ob sie sich freute, seine Stimme zu hören? Ihr wurde schwindelig und ihr Puls raste. Sie war überglücklich, seine Stimme zu hören, sie wollte vor Freude springen. Aber das war schlecht. Einerseits hatte sie sich verpflichtet, die Auseinandersetzung mit dieser Beziehung zu verschieben, bis der Fall abgeschlossen war. Andererseits erinnerte sie sich an ihr Versprechen an Eli und versuchte, sich so weit zu beruhigen, dass sie etwas Warmes und Freundliches sagen konnte und dabei dennoch etwas Würde bewahrte. Was würde er denken, wenn ich mich plötzlich wie ein verknallter Schulmädchen oder eine alte Geliebte aufführen würde, die die Flamme neu entfachen will? Obwohl sie in gewisser Hinsicht beides war, wollte sie gewiss nicht so erscheinen. Oscar stupste ihre untätige Hand an und sie begann wieder, sein Kinn zu kraulen.

„Kate?"

Sie legte eine Hand auf ihr Herz, um es zu beruhigen. „Entschuldige, dass ich so verblüfft klinge. Ich habe eine Weile nichts von dir gehört und ich fürchte, ich war mit meinen Gedanken woanders." *Ich klinge wie ein Dummchen!* Sie versuchte, mit nur wenigen Worten und dem Tonfall ihrer Stimme so viel auszudrücken, dass sie kaum noch denken konnte.

„Ich wollte nur nachsehen, ob du mit D'arcy und Eli Fortschritte gemacht hast. Ich fürchte, ich war in den letzten zwei Wochen ziemlich nachlässig. Ich habe nicht einmal mit Eli gesprochen, seit er rausgestürmt ist."

„Wirklich? Das überrascht mich." Die Niedergeschlagenheit in seiner Stimme war ihr nicht entgangen. Ihre Reaktion war zu langsam gewesen; er hatte ihr Zögern als Verachtung missverstanden. Ein Gewicht senkte sich in ihren Magen.

„Ich treffe mich heute Nachmittag mit D'arcy ...", sie machte eine Pause, „ ... und ihrer Mutter. Sie sind gerade zusammen aus Montreal zurückgekehrt." Sie wartete auf seine Antwort.

„O-oh?" Er klang unsicher. „Und wie willst du das angehen?"

„Na ja. Ich weiß natürlich nicht, was ich von Madame Duchamp erwarten soll. Aber ich werde versuchen, sie dazu zu bringen, sich mit Eli zu treffen."

„Du bist verrückt. Eli wird da nicht mitmachen." In Simons Stimme lag mehr als nur ein Hauch von Sorge. „Das wird eine Katastrophe."

„Du bist wirklich nicht auf dem Laufenden. Eli und ich haben eine ... Abmachung. Es war seine Idee, sie allein zu treffen. Er wird sie zur Rede stellen."

„Worüber?"

„Über die 100.000 Dollar Bestechungsgeld, die sie ihm vor sieben Jahren angeboten haben", enthüllte Kate dieses Juwel mit spöttischer Belustigung in ihrer Stimme und erwartete Simons Reaktion. Er enttäuschte sie nicht.

„Je-sus!", hauchte er. „Ich wusste, dass da etwas war. Aber ich hätte mir nie vorgestellt ...", seine Stimme verklang.

„Ja." Kate biss sich auf die Lippe und dachte über ihre nächsten Worte nach. „Ich glaube wirklich, dass das passieren muss, um dieses Problem für Eli und D'arcy zu lösen." Sie beschloss, ihre Sorge wegen der Beschwerde nicht zu erwähnen. Damit würde sie allein fertigwerden.

„Ich verstehe ..." Die Stille dehnte sich aus, brüchig und unsicher. „Na ja, dann solltest du dich wohl besser vorbereiten."

Oh. Sie wollte ihn nicht so schnell gehen lassen. „Ich ... äh ... ich sage dir Bescheid, wie es gelaufen ist, okay?"

Er antwortete nicht sofort. „Sicher. Das wäre gut." War es ihre Einbildung, oder klang er mutlos?

Sag noch was!, schrie ihr Verstand, obwohl ihr nichts einfiel. „Ich bin wirklich froh, dass du angerufen hast. Es war schön, von dir zu hören." Das war erbärmlich. Er wird denken, sie will ihn abwimmeln.

„Ja. Vielleicht sehe ich dich nächsten Dienstag, wenn alles gut geht." Seine Stimme war jetzt angespannt und unbeholfen.

Anstatt sich zu verabschieden, wartete sie unentschlossen. „Simon? "

„Ja?"

„Ich ... äh ... vermisse es auch, dich zu sehen", wagte sie schließlich zu sagen, während ihr Herz gegen ihre Rippen hämmerte. Was, wenn er sein Interesse in den letzten zwei Wochen noch einmal überdacht hatte? Sie war alles andere als ermutigend oder, was das betrifft, aufrichtig gewesen. Vielleicht hatte er ihre Spielchen satt und hielt sie für lächerlich. „Es ist immer schön, mit dir über die Dinge zu reden. Du verstehst das immer", fügte sie zur Absicherung hinzu. *Was für ein Feigling ich bin!*

Sein langes Schweigen trug nicht dazu bei, sie zu beruhigen. „Okay. Dann sehen wir uns", sagte er schließlich mit nachdenklicher Stimme. Er sagte ihren Namen leise, in einem hoffnungsvollen Flüstern. Es fühlte sich wie eine Liebkosung an. Sie legte den Hörer sanft zurück auf die Gabel.

Zweieinhalb Stunden später hatte sie ihre Akten durchgesehen, eine Seite mit Notizen gemacht und eine grobe Tagesordnung für das Treffen entworfen. Sie holte tief Luft, sammelte ihre Papiere und ihren Mantel ein und rief ein Taxi. Wenn das Wetter nicht den ganzen Monat so grottenschlecht gewesen wäre, hätte sie leicht zum Hotel Vancouver hinüberlaufen können, aber der Regen hatte seit Wochen nicht nachgelassen. Sie hatte langsam das Gefühl, die Sonne nie wieder sehen zu werden.

Zwanzig Minuten später stand sie im Aufzug und fuhr zur Suite Nummer zehn hinauf. Unterwegs hatte sie sich, nicht ganz erfolgreich, bemüht, sich auf den Fall zu konzentrieren und ihre Gedanken nicht zu Simon schweifen zu lassen. Schließlich musste sie darauf vorbereitet sein, ihre Beziehung zu ihm mit Madame Duchamp und D'arcy zu besprechen. Wenn es nur einfach wäre. Sie konnte kaum ihre eigenen Fragen zu ihren Gefühlen für ihn beantworten, geschweige denn ihre. Aber sie wusste, dass sie diese Gefühle hatte und dass sie sie weiterhin überwältigten. Was auch immer geschah, sie waren noch nicht fertig miteinander.

Der breite Korridor verströmte mit seinem dicken, plüschigen, eingefassten Teppich, den tiefen Deckenleisten und den holzgetäfelten Türen die Stille eines Hotels der alten Welt – ein Eindruck, den man zweifellos zu bewahren versuchte. Sie ging an einem diskreten Pagen vorbei, der sich still und unsichtbar machte.

Als Kate klopfte, öffnete D'arcy die Tür mit einem matten Lächeln und bat sie in die Deluxe-Suite. Sie war nicht übermäßig geräumig, da die engen Mauern des alten Hotels alle Modernisierungsbemühungen zunichtemachten, aber diese Einschränkungen wurden durch die Qual-

ität der traditionellen Ausstattung mehr als wettgemacht. Dunkel
polierte Möbel im Stil von Louis-quatorze und schwere Wandtep-
pichvorhänge, funkelnde Kronleuchter, vergoldete Zierleisten und
glänzende Messingbeschläge schufen eine Eleganz der alten Welt.

„Wie schön, Sie wiederzusehen." D'arcy trat zur Seite und wies
Kate mit einer ausladenden Bewegung ihres durchscheinenden Arms
an, einzutreten. Von Madame Duchamp war keine Spur. „Mutter
kommt gleich."

Kate nahm an dem runden Mahagonitisch an einer Seite des Salons
Platz, wohl wissend, dass sie auf eine Audienz zu warten hatte.
Manche Dinge änderten sich nie. Sie lächelte D'arcy an.

„Wie war Ihre Reise?" Sie gab sich Mühe, entspannt zu wirken,
streifte ihren Mantel ab, warf ihn über einen Stuhl und griff nach ihrer
Aktentasche. Ihr fiel ein, dass D'arcy vielleicht die angespannteste von
ihnen allen war und Kate ihr Bestes tun sollte, um sie zu beruhigen.
„Hier, setzen Sie sich und reden Sie mit mir."

„Möchten Sie eine Tasse Tee?", fragte D'arcy und stand unbeholfen
ein paar Meter entfernt. Kate studierte ihr seltsam schüchternes Verhalten. Ihr ehemals engelsgleiches, aber kantiges Gesicht war nun einfach
nur pausbäckig, obwohl ihr Teint sich deutlich verbessert hatte. Sie trug
ihren üblichen dunklen Lidschatten und Eyeliner und dicke lange
Wimpern sowie schimmernden, rosigen Lippenstift. Die blassen Lippen
und dunklen Augen in dem runden Porzellangesicht erinnerten an die
idealisierte Schönheit von Noh-Theatermasken. Kate stellte sich vor,
dass sie zu Hause ein paar Wochen gut geschlafen und sich hatte
verwöhnen lassen. Seltsam, dass ihr das Haus ihrer Eltern nach sechs
Jahren Ehe immer noch mehr wie ihr eigenes vorkommen mochte als
das, das sie mit Eli teilte.

„Nein, danke. Wasser reicht", antwortete sie mit einer Handbewegung und bemerkte die geschliffene Kristallwasserkaraffe und die
Gläser, die auf einem Tablett bereitstanden. Bevor D'arcy näher kam,
fiel Kate auf, dass sie insgesamt kräftiger wirkte und keine
ausgeprägte Taille hatte. Sie trug eine knielange, blassrosa Kaschmir-
Strickjacke über einer locker sitzenden Bluse, deren scharfe weiße
Kragenspitzen die Aufmerksamkeit auf D'arcys markante Gesichts-
szüge und den glänzenden, dunklen, fachmännisch geschnittenen
Pagenkopf lenkten. Die harten Kanten des Hemdes und der Haare
schafften es fast, von der üppigen Weiblichkeit ihrer anderen
Körperteile abzulenken. Ihre Brüste zum Beispiel waren voller, und die

Bluse konnte die Wölbung ihres Bauches unter den Falten nicht mehr verbergen. In Kates Kopf ging ein Licht auf, und ihr Mund klappte mit einem Keuchen auf. „Mein Gott, D'arcy! Sie sind schwanger! Ich kann es nicht fassen!" Sie sprang auf, gerade als D'arcy einen Stuhl herausgezogen hatte.

D'arcy sah verärgert aus, als Kate sie lachend umarmte.

„Ich schätze, ich kann es nicht länger verbergen", sagte sie kleinlaut.

„Weiß Eli überhaupt ...? Sie müssen schon Monate ..." Sie trat zurück, packte D'arcy an den Schultern und zwang sie, ihren Blick zu erwidern. D'arcys einzige Antwort war ein Kopfschütteln und ein Blick auf den Boden. „Das ist ein viel größeres Durcheinander, als ich dachte. Warum haben Sie es geheim gehalten?"

„Ich nehme an, das ist das Vorrecht einer Frau, finden Sie nicht auch, Miss O'Day?", unterbrach eine volle, sonore Altstimme von der Tür zum angrenzenden Schlafzimmer, eine Stimme, die sie sofort erkannte. Kate versteifte sich und blickte neugierig und beklommen auf.

Kate korrigierte ihre Haltung. „Bis zu einem gewissen Grad, Madame Duchamp, nehme ich an, je nach den Umständen." Sie trat auf die stämmige, rundgesichtige, grauhaarige Frau zu, die gerade den Raum betreten hatte, und streckte ihre Hand aus. „Sehr erfreut." Kate war fassungslos; sie klang nicht nur wie die Queen, sie hatte sogar Ähnlichkeit mit ihr, vielleicht ein Jahrzehnt jünger. Sie hätte vielleicht gelacht, wenn sie nicht so eingeschüchtert gewesen wäre.

Mit verächtlich gesenkten schweren Lidern ignorierte D'arcys Mutter das Angebot, drehte sich um, um die Tür zu schließen, und schritt hochmütig zum Tisch. „Bitte setzen Sie sich." Kate hatte schon andere Frauen wie sie getroffen. Sie gehörte einer bestimmten Generation an, war an Privilegien und Macht gewöhnt und ihr Stil spiegelte dies wider. Sie füllte ein gut geschnittenes kurzes Jackett aus gesteppter, pflaumenfarbener Seide und einen passenden Wollrock mit silberner Bluse aus wie eine Schneiderpuppe, großzügig gepolstert und glatt. Kates Blick blieb an einer großen Amethystbrosche in der Form einer Wachtel mit einer Silberspirale auf dem Kopf hängen, die an ihrem Revers steckte.

Kate war nur zu froh, loslegen zu können. „Bitte, nach Ihnen", bedeutete sie Madame Duchamp, Platz zu nehmen, und wartete, bis sowohl sie als auch D'arcy saßen, bevor sie sich selbst setzte. Sie war entschlossen, sich nicht von Madame Duchamps abweisender Art und königlicher Haltung einschüchtern zu lassen, und ebenso entschlossen, den Stier sozusagen bei den Hörnern zu packen.

„Ich bin mir ziemlich sicher, dass Sie einen vollständigen Bericht von Sharon Beckett erhalten haben, D'arcy, und so sehr ich auch direkt in unsere Diskussion über die Mediation einsteigen möchte, besonders im Lichte der jüngsten ...", sie neigte ihr Kinn, „... Entwicklungen, spüre ich eine gewisse Zurückhaltung Ihrerseits und möchte Ihre Bedenken bezüglich Sharons Beschwerde ansprechen, bevor wir fortfahren."

Madame Duchamp hob eine perfekt nachgezogene Augenbraue und neigte ihren Kopf ganz leicht. „Das passt mir, Miss O'Day. Ich vertraue darauf, dass Sie Ihre Verteidigung vorbereitet haben."

Kate stockte der Atem, und sie traf D'arcys Blick, der entschlossen leer war. Warum ertrug sie die herrische Art ihrer Mutter? Sie wandte sich weiterhin an D'arcy, anstatt der älteren Frau die Kontrolle zu überlassen. „Im Gegenteil. Ich wüsste gerne genau, was Sie gehört haben, und dann wäre ich gerne bereit, die Dinge für Sie zu klären." Sie würde sich nicht auf einen Schauprozess einlassen, da Madame Duchamp ihr Urteil anscheinend schon gefällt hatte. Sie würde einen völlig anderen Ansatz wählen. Da sie immer noch unsicher war, wie die Dynamik zwischen D'arcy und ihrer Mutter war, behielt sie D'arcy im Auge, während sie auf die Antwort ihrer Mutter wartete.

„Ihr Name wurde mir wärmstens empfohlen, Miss O'Day, als D'arcy mich über ihren Wunsch informierte, eine Mediation anzustreben, und mit großem Befremden habe ich von Ihrem unprofessionellen Verhalten erfahren, indem Sie zuließen, dass Ihre persönlichen Angelegenheiten die Vertretung der Interessen meiner Tochter beeinträchtigen."

So soll das also laufen? Nun, Kate wusste, wie man solch stumpfsinnige und pompöse Reden entwaffnete. Sie beugte sich auf ihre Ellbogen gelehnt vor und sah Madame Duchamp direkt in die Augen. „Bitte. Erinnern Sie mich daran, inwiefern genau ich mich unprofessionell verhalten habe?"

Madame Duchamps Augen weiteten sich, aber Kate hatte keinen Grund zu befürchten, dass sie zu zurückhaltend war, um auf Einladung hin offen zu sprechen. „Nun, es wird behauptet, Sie hätten eine Affäre mit dem Rechtsvertreter der Gegenseite. Sie sind völlig voreingenommen. Bitte spielen Sie keine Spielchen mit mir."

Obwohl sie innerlich aufbrauste, lehnte sich Kate zurück und lächelte. „Im Gegenteil, ich spiele nie Spielchen. Ich bin so erleichtert zu hören, dass Sie das Wort ‚behauptet' verwenden. Es hätte mich sehr beunruhigt zu hören, dass Ms. Beckett behauptet hätte, Beweise für eine solche Indiskretion zu haben, denn wie könnte sie oder irgendjemand sonst wirklich die Art und das Ausmaß meiner Beziehung zu Mr. Sharpe kennen?" Madame Duchamp beugte sich schrittweise vor, ihre bleistiftdünnen Brauen wurden flacher, bereit für ihren nächsten Angriff, aber bevor sie auf den absichtlichen Köder springen konnte, den Kate ausgeworfen hatte, fuhr sie fort. „Eines werde ich jedoch gestehen."

Kate genoss es, den scharfen Funken des Triumphs zu beobachten, der flüchtig über Madame Duchamps Züge huschte, mit einem Kräuseln ihrer Lippen und einem Verengen ihrer Augen in Erwartung. „Ich gebe zu, eine *frühere* Beziehung zu Mr. Sharpe gehabt zu haben, die ich an dem Tag, als er in den Sitzungssaal von Flannigan, Searle, Meacham & Beckett kam, nicht offengelegt habe. Wir hatten uns fast fünfzehn Jahre nicht gesehen und ehrlich gesagt war ich schockiert und verlegen." Sie hielt inne und traf D'arcys Blick, fragte sich, ob sie dort eine Verbündete oder eine Gegnerin finden würde. Sie war überraschend stumm geblieben, ihre rauchigen Augen huschten hin und her. „Ich bedaure das jetzt, obwohl ich immer noch keine Ahnung habe, was ich in dem Moment hätte sagen sollen oder können. Vielleicht hätte ein einfaches ‚Donnerwetter, das ist mein alter Liebhaber, Simon' genügt, obwohl ich das bei der Art, wie Ms. Beckett sich aufführt, stark bezweifle."

„Wollen Sie damit andeuten, dass Ms. Beckett in ihren Behauptungen voreingenommen war, Miss O'Day?"

Das war ein heikles Thema. Kate schürzte die Lippen und begegnete Madame Duchamps Blick standhaft. „Ich bin nicht daran interessiert, mit eigenen Anschuldigungen zu kontern. Ich würde nur andeuten, dass auch Ms. Beckett Mr. Sharpe seit vielen Jahren kennt und meiner Meinung nach trotz meiner Versicherungen übereifrig in ihrer Aufmerksamkeit für die Angelegenheit war."

Madame Duchamps Interesse war geweckt. „Ein gut aussehender Mann, dieser Simon Sharpe?", fragte sie D'arcy zur Bestätigung, ein lebhaftes Funkeln in ihren Augen. D'arcy richtete sich auf, ein Ausdruck gespielter Unschuld auf ihrem Gesicht, und zuckte mit den Schultern.

Kate beugte sich vor, ihre Hände offen auf dem Tisch, bereit, ihren

Fall ernsthaft darzulegen. „Der Punkt ist, die Mediation wurde trotz der einstigen Beziehung in gutem Glauben eingegangen. Und als Antwort auf Ihre Annahmen: Erstens gibt es in einer Mediation keine ‚Seiten'. Ich bin keine Richterin und betrachte D'arcy und Eli oder deren Rechtsbeistand nicht als Gegner. Ich bin eine Moderatorin und ich glaube – und D'arcy kann das bestätigen –, dass ich hervorragende Arbeit geleistet habe, um die Kommunikation und Versöhnung zwischen ihnen zu fördern. Daher mein ausgezeichneter Ruf. Mr. Sharpe mag eine Ablenkung gewesen sein", sie schüttelte den Kopf und schloss mit ihren Zusicherungen im Geiste des Vertrauens, „aber es ist unmöglich, dass seine Anwesenheit meine Objektivität oder Fähigkeit, für meine Klienten – für *beide* – zu arbeiten, beeinträchtigt haben kann."

D'arcy meldete sich schließlich zu Wort. „Es stimmt, Mutter. Kate war wundervoll."

„Ja, ich verstehe." Madame Duchamp nickte trocken, musterte sie genau und war nicht bereit, ihren Vorteil aufzugeben. „Und was ist mit Ihrer Beziehung zu Mr. Sharpe jetzt?"

Kate presste die Lippen zusammen und zuckte mit den Schultern. „Um ganz ehrlich zu sein, ich weiß es wirklich nicht. Ich kann nicht leugnen, dass wir da noch …", sie wedelte vage mit der Hand in der Luft, „… eine offene Rechnung haben. Aber es ist sehr kompliziert. Ich kann Ihnen versprechen, dass, was auch immer es ist, es warten wird, bis die Bedürfnisse meiner Klienten erfüllt sind. Soweit es in meiner Macht steht, kann ich auch versprechen, dass ich Mr. Sharpe privat oder gesellschaftlich außerhalb unserer Sitzungen nicht sehen werde, bis der Fall abgeschlossen ist. Sie sehen, es gibt keine *Affäre*." Kate hatte das nicht geplant, aber es war sicherlich eine Verpflichtung, die sie einhalten konnte und die etwas wert war. Ein wenig mehr Zeit zum Nachdenken und ein bisschen Abstand waren wahrscheinlich eine gute Sache. Und ihr Versprechen an Eli würde nicht gebrochen, nur aufgeschoben werden.

„Ist das wirklich nötig?", sagte D'arcy, sie sei nicht besorgt um Kates Objektivität – dass sie sich bereits bewiesen habe. D'arcy bat ihre Mutter: „Sie sind beide so liebenswerte Menschen." Trotz der süßen Freundlichkeit ihrer Worte betrachtete D'arcy Kate mit bewusster Intensität.

Kate antwortete nicht, sondern lächelte ironisch und betrachtete D'arcy und dann ihre Mutter.

„Und was ist mit Ms. Becketts Beschwerde?", erkundigte sich
Madame Duchamp.

Kate zuckte mit den Schultern und tat es als Kleinigkeit ab. „Nichts,
worüber Sie sich Sorgen machen müssten." Sie lächelte, wissend, dass
ihr selbst noch viele Sorgen bevorstanden.

„Hmpf." Madame Duchamp schien zufrieden zu sein. „Sollen wir
Tee bestellen, Mädels?" *Mädels?* Kate interpretierte das als gutes
Zeichen.

Während sie wartete, schweiften ihre Gedanken zu Simon und wie
kompatibel sie wirklich waren, wie gut ihre Temperamente aufeinander
abgestimmt und einander gewachsen waren, wie sicher und wohl sie
sich bei ihm fühlte, trotz ihrer irrationalen Ängste, und irrational waren
sie, wie sie erkannte. Ereignisse und Erlebnisse aus ferner Vergangenheit beeinflussten ihren Verstand und ihre Gefühle, hatten aber keine
Bedeutung für das, was sie zusammen hatten. Es lag an ihr, die Vergangenheit in der richtigen Perspektive zu sehen und sie zu überwinden.

Sie dachte über seinen Anruf heute Morgen nach und die zärtlichen
Gefühle, die er auslöste.

Schon jetzt fühlte sich ihr Leben ohne ihn stumpf und leer an. Sie
vermisste seine Gelehrsamkeit, seine spirituelle Suche, den beza-
ubernden und warmherzigen Humor, mit dem er die Menschen betrachtete, aber vor allem seine scharfsinnige Einsicht in die menschliche
Seele. Wenn eine Beziehung mit ihm nicht klappen sollte, würde sie
seine Freundschaft, seine Gesellschaft und etwas mehr vermissen,
etwas Ungreifbares, das sie nicht benennen konnte, eine unwider-
stehliche Kraft, die sich Worten entzog. Sie hatte den Drang, sich
hinauszuschleichen und ihn anzurufen, nur um ihn irgendwie näher zu
bringen, erkannte aber, dass dies eine törichte Sehnsucht war. Sie hatte
keinen Grund anzurufen, denn der Kern der Diskussion stand noch
bevor.

Minuten später, nachdem der Zimmerservice bestellt und D'arcy die
Toilette aufgesucht hatte, saßen sie sich wieder als Verbündete
gegenüber.

Wieder einmal war es Kate, die die Diskussion lenkte. Anhand ihrer
zusammenfassenden Notizen führte sie Madame Duchamp durch die
Schlüsselpunkte des Falles und die wesentlichen Bedingungen des
Lösungsentwurfs. Normalerweise würde Kate einem Dritten keine
solchen Details geben, aber es war klar, dass diese Frau eine entschei-

dende Rolle spielte, und außerdem musste Kate sie um den Finger wickeln.

Aus ihren Kommentaren und Fragen wurde deutlich, dass D'arcys Mutter sehr liebevoll und fürsorglich war, und in ihren Bemühungen, ihre Tochter zu schützen, äußerte sich dies in unerbittlichen Erwartungen an Eli. Kein Wunder, dass er niemals genügen konnte. Kate beneidete ihn nicht um seine Mitgliedschaft in dieser Dynastie.

„Unterm Strich, Ma'am, ist D'arcy kein kleines Mädchen mehr. Sie ist eine erwachsene Frau, die in der Lage ist, ihre eigenen Angelegenheiten zu regeln, trotz ihres Treuhandfonds." Kate zog sich zurück, um einem Tadel zuvorzukommen, als sie ihren letzten Punkt nach Hause brachte. „Aber D'arcy und Eli können ihre Beziehung nicht zum Funktionieren bringen, wenn Sie nicht ...", sie hielt inne und suchte nach dem besten Wort, „... sozusagen zustimmen, die Verantwortung abzugeben." Ihre Augen huschten von Madame Duchamp zu D'arcy und zurück, dann fuhr sie in einem optimistischen Ton fort.

„Ich denke, was gebraucht wird, ist ein Neuanfang. Sie sind vor sieben Jahren mit Eli auf dem falschen Fuß gestartet, und ..." Kate sah, wie sich Madame Duchamps Augen misstrauisch verengten. „Nun, er hat sich mehr als bewährt, aber die Gegenwart ist von der Vergangenheit getrübt." Selbst als die Worte ihre Lippen verließen, taumelte Kate unter der Bedeutung ihrer Aussage, die in ihrem Kopf widerhallte. Sie fuhr entschlossen fort. „Sie müssen reinen Tisch machen und dann von vorne anfangen. Ich glaube, Sie und Eli müssen sich treffen, reden und zu einer Art Einigung kommen. Schließlich ist da auch das Baby zu bedenken." Diese Tatsache verblüffte Kate immer noch, als sie D'arcy vielsagend ansah, aber es fiel ihr ein, dass dies wahrscheinlich zu ihren Gunsten wirken würde.

„Und Sie, Miss D'arcy, müssen Ihrem Mann von dem besagten Baby erzählen. Ich kann nicht glauben, dass Sie es vor ihm und vor uns allen bis jetzt geheim gehalten haben." Sie hob beide Hände, als ob sie das Wunder in ihrem Kopf fassen wollte, und schüttelte sie.

D'arcys Ausdruck war gequält, aber dann erklärte sie, dass sie nicht wollte, dass Eli aus Schuldgefühlen oder Pflichtbewusstsein Kompromisse einging. Sie wartete darauf, dass er sich zu ihr als Individuum bekannte. Sie brauchte ihn, um seine Liebe und Hingabe zu ihr und ihrer Partnerschaft ohne diesen zusätzlichen Druck zu erklären.

„Das kann ich verstehen, aber Beziehungen basieren auf Vertrauen.

Ich weiß nicht, was Eli sagen oder tun wird, wenn er davon erfährt. Das verleiht unseren Diskussionen eine ganz neue Dimension. Wir werden vorsichtig vorgehen müssen, und Sie müssen bereit sein, eine emotionale Reaktion zu akzeptieren, auf die … er *vollen* Anspruch hat." Sie griff nach D'arcys Hand und drückte sie. „Verurteilen Sie ihn deswegen nicht zu schnell."

Kate versuchte, D'arcys Position zu verstehen, aber es war schwer, ihr Geheimnis nicht als unfair und unehrlich anzusehen, nicht nur Eli gegenüber, sondern allen gegenüber. Sie hatten so hart, so viele Wochen gearbeitet, und die ganze Zeit hatte sie dieses Geheimnis gehütet. Es war erstaunlich. Rückblickend schien es jetzt offensichtlich. Alle Anzeichen waren da, die körperlichen und emotionalen Veränderungen. Simon hatte die ganze Zeit etwas gewusst, hatte darauf bestanden, dass D'arcy etwas verbarg. Sie hätte seiner Intuition vertrauen, hätte zuhören sollen.

Auf D'arcys aufgeregtes Drängen hin versprach Kate, das Geheimnis des Babys zu bewahren, bis D'arcy den richtigen Moment gefunden hatte, um es Eli anzuvertrauen, drängte sie aber, es bald zu tun.

„Eli hat ein Recht, es zu wissen. Er ist kein Kind, das manipuliert werden muss, dessen Gefühlen man nicht trauen kann." Kate konfrontierte D'arcy mit ihrer eigenen Herablassung gegenüber Eli. Sie zweifelte nicht an D'arcys Zuneigung, bemerkte aber, dass D'arcy ihn aufgrund des Machtungleichgewichts in ihrer Beziehung immer als minderwertig oder unreif beurteilt hatte. Madame Duchamp zeigte in diesem Moment ein besonderes Interesse daran, an ihrem Ehering zu drehen und ihre diamantbesetzte Armbanduhr zu überprüfen. „Sie müssen akzeptieren, dass er ein erwachsener Mann ist, der genauso fähig ist, zu verstehen und verantwortungsvolle Entscheidungen zu treffen wie Sie. Geben Sie ihm eine Chance, und", Kate nickte, „er wird Sie vielleicht überraschen."

„Mein Gott, wie spät es schon ist", kam Mme. Duchamps vorhersehbare Einmischung. „Ich fürchte, ich muss mich in Kürze verabschieden." Ihre Rüstung blieb intakt, als Kate vielsagend ihre Augen hob, um den Blick ihrer Gegnerin zu erwidern.

„Da wäre nur noch eine Sache, Madame Duchamp, bevor wir–"

„Nennen Sie mich bitte Helen."

„Helen", Kate ließ sich nicht aus dem Konzept bringen, „Ihre Arbeit ist leider noch nicht getan." Madame Duchamp, Helen, erstarrte, ihre Augen auf Kates fixiert. Sie würde die Bestechung nicht erwähnen. Es war nicht ihre Aufgabe, dieses Geheimnis mit D'arcy zu teilen. „Wenn Ihnen das Glück Ihrer Tochter am Herzen liegt und Sie auf ein stabiles, gesundes Zuhause für Ihr Enkelkind hoffen, dann müssen Sie sich verpflichten, Ihre beschädigte Beziehung zu Eli zu reparieren. Es liegt an Ihnen."

Ihr Gesicht war angespannt und blass, Helen schien um Worte verlegen. Zögernd wich sie aus: „Ich hatte erwartet, dass Sie zuerst Ihre Sitzungen wieder aufnehmen, vorausgesetzt, er ... Eli ... wird zustimmen."

„Er wird zurückkommen. Das kann ich Ihnen versprechen. Er will es genauso sehr wie D'arcy. Er weiß auch, dass es an der Zeit ist, sich seinen Verantwortungen zu stellen. Er möchte sich zuerst mit Ihnen treffen, Helen. Allein. Ich habe gesagt, ich würde die Vorkehrungen treffen." D'arcy wirkte schockiert und verwirrt. Helen verzog den Mund zu einem schmalen Strich und umklammerte einen Daumen mit der anderen Hand, rieb ihn wiederholt. Ihre Augen schlossen sich zu einem langen Blinzeln und öffneten sich mit einem Flattern. Kate konnte sich gut vorstellen, warum sie sich unwohl fühlte. Ihre Vergangenheit hatte sie eingeholt und hier war sie, in die Enge getrieben, gezwungen, für ihre Sünden zu büßen und ohne ihren Mann an ihrer Seite. Kate hätte Geld darauf gewettet, dass sie ihn anrufen würde, sobald sie allein war. Nachdem sie ihr die Zusage abgerungen hatte, sich in den nächsten Tagen für ein Treffen mit Eli zur Verfügung zu stellen, beendete Kate das Treffen und verabschiedete sich.

Auf dem Heimweg im Taxi starrte Kate blind auf das rhythmische Wischen der Scheibenwischer, fast als hätten sie zu ihrer hypnotischen Trance beigetragen. Sie dachte wieder an ihren passenden Kommentar zu Helen und D'arcy.

Die Gegenwart ist von der Vergangenheit getrübt.

Sie vermisste Simon. Der Wunsch, ihn zu finden und in seine tröstenden Arme zu fallen, ihm jedes Detail ihres Tages zu erzählen, war so stark, dass ihre Brust schmerzte, und ihr Kopf fühlte sich so leicht und schwindelig an, dass sie dachte, sie könnte ohnmächtig werden. Es würde eine Qual sein, mit der Fortsetzung ihrer Beziehung zu ihm zu warten, bis der Fall abgeschlossen war. Man konnte es nicht leugnen, sie liebte ihn. Es gab keine andere Art, das überwältigende, atemlose Gefühl zu beschreiben, das in ihr aufstieg, wenn sie an ihn dachte. Es war etwas mehr als dieses wilde, pulstreibende Flattern, das sie fühlte, wenn sie in seiner Nähe war, mehr als die gedankenlose Hitze, die sie durch ihr Blut brennen fühlte, wenn er sie berührte. Sie liebte ihn zutiefst, und darüber hinaus war sie genauso *verliebt* in ihn wie eh und je.

SIEBZEHN

Kate eilte am Four Seasons Hotel vorbei zur gläsernen Kuppel des Einkaufszentrumseingangs, gerade als sich die ersten Schneeflocken der Saison in der kalten Abendluft zeigten. Die Dämmerung brach um diese Jahreszeit früh herein, und die Geschäfte hatten bereits in Erwartung des bevorstehenden Weihnachtseinkaufswahnsinns länger geöffnet. Sie war froh, dass sie nur noch ein oder zwei Geschenke finden musste.

Der Schneefall setzte allmählich ein und wurde stärker, als sie sich dem Einkaufszentrum näherte. Sie blieb stehen, plötzlich ergriffen von der friedlichen Szenerie. Winzige, funkelnde weiße Weihnachtslichter rankten sich um die aufragenden, silhouettenhaften Äste mehrerer kleiner Bäume auf dem Platz an der Ecke, und sie hoben sich vom tiefer werdenden Indigo des Abendhimmels ab, vor dessen Schleier aus kleinen Schneeflocken, die sanft in alle Richtungen schwebten, sie noch so ungreifbar wirkten, die Luft so ruhig.

Sie fand eine Bank unter einem der Bäume, setzte sich für einen Moment hin und ließ den beginnenden Schneefall auf ihr erhobenes Gesicht und ihre bloßen Hände fallen, genoss die sanfte, kühle Liebkosung. Sie freute sich über den Schnee, obwohl in diesem milden Meeresklima die Chancen gut standen, dass er an Weihnachten nicht mehr liegen würde. Aber man konnte ja noch hoffen.

Ihre Stimmung war von Hochgefühl und Optimismus geprägt. Ihr Verstand war besonders wach und aktiv, und ihre Gedanken sprudelten und sprühten nur so, während sie ihre Woche rekapitulierte. Es war fast so, als ob einige dieser kalten, wirbelnden Eiskristalle in ihrem Kopf tanzten. Nachdem sie gestern fast den ganzen Tag am Telefon gewartet hatte, hatte Eli endlich angerufen, um von seinem Treffen mit Helen am Freitag zu berichten. Mit Kates Hilfe und Drängen hatten sie es geschafft, ein Mittagessen an einem akzeptablen Ort für Freitagmittag zu vereinbaren. Wie zu erwarten war, wollte *sie* nicht in sein Atelier gehen, und *er* wollte keinen Fuß in das Hotel Vancouver setzen. Kate hatte ein angenehmes Bistro vorgeschlagen, das beide akzeptabel finden würden, und den Termin festgemacht. Dann konnte sie nichts weiter tun als warten.

Als Eli am späten Nachmittag endlich anrief, spürte sie sofort, dass es, wenn nicht sehr gut, so doch zumindest nicht allzu schlecht gelaufen war. Elis Stimme war seltsam, angespannt und doch gehaltvoll, seine Worte spärlich, und er verkündete ernst, dass sie zu einer Einigung gekommen waren. Kates Eindruck war, dass es für beide schwierig gewesen war. Er schien verändert, und obwohl er nur wenige Details nannte, vertraute sie ihm.

„Hast du es D'arcy gesagt?"

Er sagte ihr, Madame Duchamp habe versprochen, sie einzuweihen. „Es wird alles gut, Kate, mach dir keine Sorgen", hatte er mit dem Gewicht einer neuen Autorität gesagt, die ihr ein seltsames Vertrauen gab. Was auch immer im Einzelnen geschehen war, in einer Sache war Eli unmissverständlich. Er war bereit, die Versöhnung wiederaufzunehmen, wenn D'arcy es auch war. Kate war überglücklich und versprach ihm, ein Treffen für den kommenden Dienstag zu vereinbaren. Sie konnte es kaum erwarten, es Simon zu erzählen.

In ihre abendliche Träumerei versunken, nahm sie erst allmählich die Käufer wahr, die sich in einer stummen, farbenfrohen Pantomime hinter dem Glas des hell erleuchteten Einkaufszentrums bewegten, wie eine Szene, die in einer Schneekugel gefangen war, mit dem Schnee draußen.

Geschäftige Käufer eilten hin und her, beladen mit ihren Einkäufen, tauchten aus dem Schlund der Rolltreppe auf und verschwanden darin wie Ameisen aus einem Ameisenhaufen, regenbogenhelle Kugeln und Stränge aus metallisch-grünem Lametta hingen von der Kuppeldecke herab. Sie kniff die Augen zusammen. Da war eine sehr hübsche Familie, zu der ihr wandernder Blick immer wieder zurückkehrte, sie wirkten so idyllisch in ihrer Haltung und ihrer entzückenden Stimmung, wie sie da auf dem Absatz bei den Türen saßen. Ein Vater mit Strickmütze und sein kleines Kind saßen mit dem Rücken zu ihr auf einer Bank, lachten und unterhielten sich angeregt mit der jungen und sehr schönen Mutter mit ihrem modischen Ledermantel und den hohen Stiefeln, ihrem langen, glänzenden kastanienbraunen Haar. Sie beugte sich hinunter, um etwas wegzuräumen, und drehte sich dann um, um ihr kleines Mädchen, denn jetzt konnte Kate die braunen Zöpfe sehen, hochzuheben, um ihr einen Kuss und eine feste Umarmung zu geben, als ob zum Abschied.

Kate stockte mit einem Ruck der Atem. Genau in diesem Moment erkannte sie, dass sie die Darsteller in diesem kleinen Drama nur allzu gut kannte.

Entsetzt und wie gebannt sah sie zu, wie Simon lachend von der Bank aufstand, um Maddies klammernde Arme von Rachels schlankem Hals zu lösen und sie in seine Arme zu heben, damit Rachel ihren Mantel zuknöpfen und ihre vielen Taschen in die Arme nehmen konnte.

Als Simon sich vorbeugte, um Rachel auf die Wange zu küssen, und sie sich, fast wie in Zeitlupe, entfernte und ihre anmutige, behandschuhte Hand aus seinem Griff zog, spürte Kate, wie sich ein feiner Schweiß auf ihrer Lippe und ihrer Stirn bildete und ihr Magen ein brodelndes, giftiges chemisches Gebräu war.

Da war sie wieder, draußen, schaute zu.

Als Rachel fertig war, beugte sie sich vor, um Maddie noch einmal zu küssen, und wechselte dann aus nächster Nähe Worte und Nicken mit Simon, ihre Blicke trafen sich in gemeinsamem Verständnis. Seine Familie. Sie sahen so wunderschön zusammen aus. Warum konnten sie nicht in Richmond geblieben sein, wo sie sie niemals so zusammen hätte sehen müssen.

Kate spürte, wie ihr die Luft in der Brust wegblieb, ihr Herz schrumpfte und in sich zusammenfiel, und ihre Sicht verengte sich, dunkle Flecken erschienen an den Rändern. Mehr als Panik war das Schmerz, tief und scharf, der sie durchbohrte, sie ausweidete. Das war es, wovor sie sich mit jeder neuen Herzensangelegenheit geschützt hatte. Aber gegen Simon selbst hatte sie keine Verteidigung. Sie stand wie erstarrt da, während die Dunkelheit hereinbrach, krallte ihre Fäuste in ihre Rippen, zitterte unkontrolliert, überzeugt, dass sie nie wieder einen vollen Atemzug nehmen würde.

Sie erhob sich und wich vom Glas zurück, sie hatte das Interesse an weiteren Einkäufen verloren. Sie drehte sich auf dem Absatz um und eilte in die tiefer werdende Nacht davon, der wirbelnde Schneesturm verschluckte sie. Sie schritt besorgt davon und versuchte, ihre Atmung zu verlangsamen und zu vertiefen. *Shanti-mukti-shanti-mukti.*

Auf dem Heimweg blitzte das Bild von Simons kompletter Familie immer wieder vor ihrem inneren Auge auf. Wie konnte Kate sich da einmischen? Obwohl er nie angedeutet hatte, dass er sich nach einer Wiedervereinigung mit seiner Frau sehnen könnte, war es vielleicht das Beste für Maddie und auch für ihn. Welcher liebende Vater, der einst seine schöne, kluge Frau verehrt und idealisiert hatte, würde das nicht tun? Die Tatsache, dass sie immer noch die Macht hatte, ihn aus der Fassung zu bringen, ihn in eine leidenschaftliche Wut oder eine melancholische Verstimmung zu stürzen, war Beweis genug, dass Rachel ihm immer noch wichtig war. So sollte es sein. Oder nicht? Sie spürte ein Kribbeln hinter den Augen und blinzelte es wütend weg.

Gab es einen Platz für Kate in einem so perfekten Bild? War es das, was sie wollte? War es einfach Eifersucht? Es war eine demütigende, aber unbestreitbare Wahrheit, dass sie nicht einmal in Bestform mit der Fantasie oder der Realität von Simons exquisiter Frau konkurrieren konnte. Selbst wenn sie charakterliche Schwächen hatte, was sie zweifellos tat, war sie immer noch die Mutter seines Kindes, diejenige, die er gewählt hatte.

Verwirrt beschloss Kate, Abstand zu halten und ihm zumindest die Chance zu geben, seine Pflicht gegenüber seiner Familie zu überdenken. Sich in den Weg zu stellen, widersprach allem, woran sie glaubte. Es war das Richtige. Trotz ihres Versprechens an Eli war sie durchaus in der Lage, das Richtige dem Zweckdienlichen vorzuziehen, so verlockend die Alternative auch sein mochte. Es war ein ermutigender Gedanke, obwohl sie sich dadurch kalt und leer fühlte.

Um sie herum liefen die Schneeflocken zusammen und verschmolzen und bedeckten die dunkler werdenden Gehwege mit einer feinen weißen Decke. Wenn Simon mit ihr zusammen sein wollte, musste er zuerst frei sein.

Die makellos weiße Stadt von gestern hatte begonnen, sich aufzulösen, als eine perlmuttfarbene Wolkendecke über die Stadt zog und die Temperaturen gerade so weit anstiegen, dass der frisch gefallene Schnee zur Hälfte schmolz. Matsch lag auf den Gehwegen und Straßen, von Autoreifen in Furchen gedrückt, und zentimeterhohes eisiges Wasser sammelte sich neben den Bordsteinen.

Obwohl es erst Anfang Dezember war, hatte Kate über das Wochenende viel Mühe in die Dekoration ihres Lofts gesteckt und war froh, eine warme und feierliche Bühne für die Wiedervereinigung von D'arcy und Eli zu schaffen.

Sie hatte eine Edeltanne gefunden, die ihren hohen Lagerhausdecken würdig war, und sie in der Ecke ihres Raumes aufgestellt, sodass der Raum mit dem frischen, würzigen Duft von immergrünen Wäldern erfüllt war. Dazu kamen sowohl Farben als auch Schichten von reichen Aromen, die an die Jahreszeit erinnerten, Zimt, Orange und brauner Zucker spiegelten sich in den Rot-, Gold-, Rost- und Grüntönen wider, die die Ankunft all der Schätze der Seidenstraße vor ihrer Haustür signalisierten.

Es lenkte sie davon ab, dass ihre Hoffnungen in Bezug auf Simon durcheinandergeraten waren. Sie hatte sogar überlegt, Weihnachten bei ihrer Mutter, ihrem Vater und der Familie ihres Bruders in San Francisco zu verbringen, nur um nicht hier allein zu sitzen und sich wie eine Ausgestoßene zu fühlen.

Aber sie musste ihren persönlichen Kummer und ihre Verwirrung beiseitelegen und stark sein. Dies war ein bedeutsamer Anlass für Eli und D'arcy. Eli hatte tief in sich gegraben und seinen Mut zusammengenommen, was ihm enormen Respekt von Kate einbrachte. Dass Eli über sich hinauswachsen und auf eine bisher unbekannte innere Stärke zurückgreifen konnte, um das zu erreichen, was er sieben Jahre lang nicht geschafft hatte, gab ihrem Glauben an die menschliche Natur einen gewaltigen Schub. Es bestärkte sie in ihren persönlichen Überzeugungen über Menschen und Beziehungen.

Als Simon ankam, saßen Sharon und Eli bereits mit Kate zusammen, und D'arcy war noch nicht aufgetaucht. Er nahm Platz, beugte sich vor, um sich von einer Platte mit einer Auswahl an verlockenden Weihnachtsplätzchen und Spritzgebäck zu bedienen, und nahm eine Tasse süß duftenden, heißen, gewürzten Tee an, wobei er Kates Blick auffing und anerkennend lächelte. Sie lächelte schüchtern, schaute aber schnell weg und widerstand der Versuchung, in der warmen Umarmung seiner vertrauten blauen Augen zu schmelzen.

Alle tauschten höfliche Grüße und gute Wünsche aus und fragten Eli irgendwie nach stillschweigender Übereinkunft nicht nach Details über sein Treffen mit D'arcys Mutter, obwohl sie natürlich alle davon wussten. Auch machte niemand eine Anspielung auf Elis Wutausbruch vor mehr als einem Monat, der wie eine alte Geschichte schien und keine emotionale Sprengkraft mehr hatte. Er hatte noch nichts über die Schwangerschaft gesagt, also sprach sie es nicht an. Es war eine schüchterne, unbeholfene Wiedervereinigung, und jeder benahm sich von seiner besten Seite. Sogar Sharon erwähnte ihre Beschwerde nicht, wofür Kate dankbar war. Eine unterschwellige Spannung und Erwartung wartete auf D'arcys Ankunft.

Eli hatte sich das Haar länger wachsen lassen, trug es mit einem Band zurückgebunden und hatte außerdem einen dünnen Spitzbart und Schnurrbart. Es verlieh ihm ein verwegenes Aussehen, *à la* Johnny Depp. Anstelle einer Ledertunika und eines Hemdes mit Puffärmeln trug er jedoch einen feinen schwarzen Rollkragenpullover und Jeans, war aber nicht weniger schneidig. Er schien sich auch etwas gerader zu halten, seine Schultern waren gestrafft und sein Kinn stolz erhoben.

Als der Summer D'arcys eventuelles Erscheinen ankündigte, zuckten sie alle leicht zusammen und rutschten dann unruhig auf ihren Plätzen hin und her, um ihre Unbehagen zu verbergen, während Kate hinging, um sie hereinzulassen. Sie war wieder in Topform, mit präzise frisiertem Haar, Make-up und Fingernägeln und stilvoller Kleidung. Unter ihrem dicken Wintermantel trug sie einen weiten Pullover und enge Jeans. Sie sagte allen Hallo, hatte aber nur Augen für Eli und ließ sich langsam auf das Sofa sinken, schlug die Beine übereinander und wippte mit der Spitze ihres hochhackigen Stiefels.

Als Kate sich setzte, kreuzten sich ihre Blicke für einen langen Moment mit D'arcys, und sie versuchte, den Status ihres großen Geheimnisses zu ergründen, worauf D'arcy mit aufsteigender Röte reagierte und wegsah. Kate hatte ein mulmiges Gefühl und war in höchster Alarmbereitschaft.

Sie eröffnete das Treffen und sprach einige Minuten lang, fasste zusammen, wo sie bei der Unterbrechung stehen geblieben waren und welche neuen Themen ihrer Meinung nach besprochen werden mussten. Sie wollte, dass alle, insbesondere Eli und D'arcy, wieder in den Rhythmus der Sitzungen zurückfanden, ohne unter Druck gesetzt zu werden. Sie webte ihre Ausführungen um die heiklen Themen, die Elis Ausbruch ausgelöst hatten, und machte sogar eine schräge Anspielung auf Elis Treffen mit D'arcys Familie, ohne eines der Ereignisse zu sensationell oder traumatisch erscheinen zu lassen. Sie endete mit einer Note der Erwartung, die die Stimmung aller heben sollte.

Kate konzentrierte sich fest auf ihre Methoden. Sie musste sich bemühen, Simons suchenden blauen Augen auszuweichen. Er versuchte immer wieder, ihren Blick zu fangen, und sie konnte sehen, dass er von ihrer distanzierten Art verwirrt war. Sie wusste nicht, wie schwer es werden würde. Sie musste kühl bleiben, versuchte, höflich zu lächeln, aber innerlich weinte sie und schaffte nur flüchtigen Augenkontakt.

Schließlich kam die Diskussion auf das Thema Familie, und Kate bat um Kommentare. „Möchte jemand die Diskussion im Licht dessen, was ich gesagt habe, beginnen?"

Simon beugte sich vor, um zu sprechen, ernst, als hätte er auf seine Gelegenheit gewartet, dort weiterzumachen, wo er vor einem Monat aufgehört hatte. „Ich habe behauptet, dass jedes Paar ein unterstützendes Familiennetzwerk braucht, das ihnen hilft. In schwierigen Zeiten ist es noch wichtiger. Und wenn Kinder da sind, glauben Sie mir, braucht man die Familie noch mehr."

„Ich stimme absolut zu", sagte Kate. *Sie haben keine Ahnung*, dachte sie traurig und wünschte, sie hätte den Mut gehabt, ihn wie versprochen anzurufen, um ihn über D'arcys Zustand aufzuklären. Jetzt wurde ihr klar, dass sie die Einzige war, die das Geheimnis kannte.

„Aber was ist, wenn es eine Geschichte von Missbrauch gibt? Wie kann man das dann unterstützen?" Sharon schien bereit zu sein, ein ausgefeiltes Argument zur Verteidigung ihres Standpunkts vorzubringen, beugte sich vor, ihr Gesicht ernst.

„Es gibt natürlich Ausnahmen." Kate hielt ihre Stimme beruhigend. „Im Fall von abwesenden oder entfremdeten Eltern befürwortet die Beratungsbranche immer Ersatz. So wichtig ist ein soziales Unterstützungsnetzwerk." Kate hielt inne, um nicht zu weit vom springenden Punkt abzukommen. „Jedenfalls sprechen wir nicht von Entfremdung, nur von einem Konflikt, der gelöst werden kann. Der gelöst wird."

Eli nickte und richtete seinen ernsten Blick auf D'arcy, die seinen Blick direkt erwiderte, und ihre Dankbarkeit und Liebe waren für alle deutlich zu sehen. Eli richtete sich sichtlich auf.

„Wir – D'arcy und ich – haben immer geplant, in ein paar Jahren eine Familie zu gründen. Es ging nur darum, uns zuerst ein wenig einzuleben."

D'arcy war einen zu langen Moment still, ihre Augen in Gedanken entrückt, dann hob sie ihr Kinn und sagte mit zittriger, aber entschlossener Stimme. „So hat das alles angefangen. Wir können niemals eine Familie haben, wenn es keine Sicherheit oder Stabilität gibt. Das hat mich beunruhigt. Ich sah Erfolg, aber keine Verantwortung."

Kate beugte sich vor, hielt vor Erwartung den Atem an, eine Hand auf den Mund gedrückt, und ließ ihre Klienten ihre neu geschliffenen Kommunikationsfähigkeiten üben.

Eli sträubte sich. „Müssen wir dieses Thema schon wieder aufwärmen? Ich arbeite seit Jahren, D'arcy, ohne Lohn. Kannst du mir nicht einfach eine Chance geben, meinen Erfolg zu genießen? Es ist noch reichlich Zeit."

In offensichtlicher Frustration fletschte Eli qualvoll die Zähne. Er ballte die Fäuste und presste sie auf seine Knie, seine Brust hob und senkte sich. Mit sanfterer Stimme flehte er. „Ich werde zum ersten Mal in meinem *Leben* anerkannt und geschätzt. Lass es mich genießen. Gib mir Zeit, mich daran zu gewöhnen."

Kate spannte sich an. Das fühlte sich falsch an. Eli gab keinen Hinweis darauf, dass er von der Schwangerschaft wusste.

D'arcy sah ihn verzweifelt an. „Ich habe dein Talent immer anerkannt. Ich habe dich geschätzt. War das nicht gut genug?", zitterte sie, ihre Beherrschung schwand, und Kate erwartete das Schlimmste.

„Nein", sagte Eli leise. „Nein, das ist nicht genug. Siehst du nicht, dass es anders ist?"

D'arcy war still. „Ich weiß. Ich verstehe es. Aber so kann es nicht weitergehen. Wir können es uns nicht mehr leisten, egoistisch zu sein. Ich brauche dich jetzt."

„Ich will nur diese Zeit. Kannst du mir das nicht geben?"

D'arcys Augen füllten sich mit Tränen. Sie klagte: „Nein. Ich will, aber ich kann nicht. Ich habe Angst …" Sie sprang plötzlich auf, ein unkontrollierbares Schluchzen entwich ihren Lippen, und stürzte aus dem Zimmer. Einen Moment später hörten sie, wie die Badezimmertür zuschlug, der einzige Raum im Loft, in dem sie sich abschotten konnte.

Eli versuchte wild, ihr zu folgen, und nach ein paar zögerlichen Schritten drehte er sich erwartungsvoll zu Kate um, seine dunklen, leidenschaftlichen Augen flehten sie an, einzugreifen. Sein gequältes

Gesicht schien auszudrücken: *Nach allem, was ich durchgemacht habe, wie kann das passieren?* Kate dachte, dass das Leben oft unfair erschien und einen grausamen Sinn für Humor hatte, besonders in Bezug auf das Timing wichtiger Ereignisse. Aber sie wusste, wenn sie diese letzte Hürde überwinden konnten, würden Eli und D'arcy es schaffen.

Eli warf die Hände in die Luft, seine Stimme erhob sich empört. „Was ist los? Bitte, jemand soll es mir sagen! Was ist mit ihr los, Kate? Warum will sie nicht mit mir reden?"

Ein fester Knoten zog sich in Kates Bauch zusammen, und ein Gefühl des Unheils beschlich sie. „Bleiben Sie ruhig, alle miteinander." Kate stand auf, drückte Elis Arme, ihre Augen trafen seine immer noch blitzenden mit, wie sie hoffte, beruhigenden Blicken, und ging D'arcy nach. Sie klopfte leise an die Badezimmertür.

„D'arcy? Ich bin's, Kate, machen Sie auf." Das Schluchzen im Inneren ließ allmählich nach. Kate wartete. Nach einem Moment öffnete sich die Tür langsam einen Spalt.

Kate drängte sich hinein und blickte sich um. D'arcy saß auf dem Toilettensitz, die Schultern gebeugt, die Augen in verschmierten Schatten versunken, und sah elend aus. „Kommen Sie und setzen Sie sich zu mir ins Schlafzimmer." Sie ging durch die Verbindungstür vor und setzte sich auf ihr Bett. D'arcy folgte ihr niedergeschlagen und rutschte neben sie, wischte sich die verschmierte Wimperntusche und die triefende Nase ab.

Kate seufzte schwer, ihr Magen war dicht wie ein schwerer Stein. „Ich war sicher, Sie hätten es ihm erzählt, D'arcy. Ich versuche sehr, zu verstehen, warum Sie sich so fürchten, Eli Ihre Neuigkeiten anzuvertrauen."

D'arcy hielt ihren Blick gesenkt. „Ich … ich glaube … jetzt habe ich Angst davor, was er tun wird, wenn er herausfindet, dass ich es die ganze Zeit vor ihm geheim gehalten habe. Meine Gründe … meine Gefühle sind so kompliziert, so verwirrt, ich weiß nicht, ob … Ich bin einfach so emotional." Sie hob ihre nassen Augen flehend zu Kate. „Ich habe alles so durcheinandergebracht."

„Ich weiß, D'arcy. Ich weiß. Aber Sie wissen, wie wichtig das ist. Sie müssen es Eli sagen … egal, warum Sie es geheim gehalten haben, Sie *können* es nicht länger aufschieben. Glauben Sie mir. Es wird besser werden. Sie machen das so gut. Wirklich." Kate saß ruhig da und strich D'arcy über den Rücken, während sie wartete, bis sie sich wieder gefasst hatte.

Nach ein paar Minuten des Schweigens stand D'arcy abrupt auf, Entschlossenheit in ihren Bewegungen, und beugte sich vor, um sich in Kates Kommodenspiegel zu betrachten. „Oh mein Gott! Ich sehe furchtbar aus." Sie leckte die Ecke eines Taschentuchs an und tupfte sich bekümmert die Augen ab.

Kate bot ihr Make-up zur Reparatur an, und D'arcy besserte sich aus und kämmte ihr Haar wieder glatt. Sie stand aufrecht, strich den Pullover über ihren schwellenden Bauch und straffte ihr Kinn, obwohl es zitterte. Schweigend kehrten sie zu den anderen zurück.

Kate brach die Stille, die sie wie ein leeres Theater erwartete. „D'arcy hat etwas Wichtiges zu sagen."

„Eli", D'arcy drehte sich zu Eli um, ihre Angst war spürbar. „Ich habe dir etwas vorenthalten, was du schon lange hättest wissen sollen." Ihre Stimme zitterte, und sie hielt inne.

Kate hielt ihren Blick auf Eli gerichtet, der sein Gesicht unbewegt hielt, obwohl sie seine Besorgnis in seinen ebenholzschwarzen Augen spüren konnte. Das einzige Zeichen seiner Anspannung war sein Adamsapfel, der an seinem schlanken Hals auf und ab glitt, als er schweigend schluckte. Sie wusste, dass er etwas Schreckliches fürchtete, dass D'arcy krank war oder die Scheidung durchziehen wollte, und hatte Mitleid mit ihm in seinem Zustand der andauernden Unwissenheit.

D'arcy biss sich auf die Lippe, zögerte, flüsterte dann mit wässriger Stimme. „Ich bin schwanger."

Nach einem Moment, in dem Eli mit leerem Blick und ausdruckslosem Gesicht dasaß, kam seine Reaktion plötzlich. Er sprang auf und keuchte: „Was? Was? Wie konnte …? D'arc …" Er warf einen flüchtigen Blick umher, suchte vielleicht Widerlegungen oder Beruhigung in den überraschten Mienen von Sharon und Simon. Als sein Blick ihren traf, sah Kate ihn ruhig an. Sie würde nicht so tun, als hätte sie es nicht gewusst. „Ich kann nicht glauben …", stotterte er und trat näher an D'arcy heran.

Simon saß sehr still und blickte zögernd hinüber, um Kates Blick zu treffen. Er zog die Augenbrauen hoch und nickte sein „Aha". Er sah nicht gerade selbstgefällig aus – aber er schien sich bestätigt zu fühlen. Sie erinnerte sich, dass er die ganze Zeit behauptet hatte, D'arcy hüte ein Geheimnis; endlich hatte er recht behalten. Sein Instinkt hatte ihn nicht getäuscht. Kate würdigte seine Einsicht mit einem Nicken und einem kleinen wissenden Lächeln. Sein Blick kehrte zu Eli zurück, der fassungslos aussah.

Eli sah D'arcy fest an. „Wann? Wie?"

„Ich bin schon im vierten *Monat* schwanger", sagte sie mit Nachdruck. „Ich habe es nicht geplant!"

Elis Aufregung war offensichtlich. Sein Kiefer bewegte sich, aber es kamen keine Laute heraus. Niemand gab einen Ton von sich. Schließlich sah er sie fest an – traf ihren Blick, die Brauen zusammengezogen. „Warum hast du es mir nicht gesagt?"

Sie schluchzte wieder, zuckte die Achseln. Auch er schien überwältigt, sein Gesicht zuckte unkontrolliert, während er die weltbewegende Nachricht verarbeitete.

„Ich – Entschuldigen Sie mich." Er sagte es, seine Stimme brach wie die eines Chorknaben, und er drehte sich um und schritt schnell hinaus, durch die gelbe Tür in den Flur. Kate betete, er würde nicht weitergehen. D'arcy brach zusammen und weinte lautlos, und Sharon eilte an ihre Seite, um sie zu trösten. Kate blickte scharf auf, riss die Augen auf und machte eine ruckartige Kopfbewegung, damit Simon ihm folgen sollte.

Während die Männer draußen waren und Kate nur hoffen konnte, dass Simon seine übliche Magie bei Eli wirken würde, sprudelte Sharon ihre Überraschung und Glückwünsche hervor, während Kate sich bemühte, die verzweifelte D'arcy zu beruhigen, die klagte, ihre Ängste seien durch Elis Reaktion gerechtfertigt und all ihre harte Arbeit sei umsonst gewesen.

Alle Gespräche verstummten, als Eli und Simon das Loft wieder betraten, und die drei Frauen blickten besorgt auf. Eli hob das Kinn, lächelte und schritt entschlossen zu D'arcy, setzte sich neben sie, nahm ruhig ihre Hände in seine und sah ihr ins Gesicht. Er beugte sich vor und küsste sie zärtlich, flüsterte: „Ich bin so unglaublich glücklich."

D'arcy ließ sichtlich die Anspannung los, die sie aufrecht gehalten hatte, und sank in eine weichere Haltung, ihr Gesicht entspannte sich vor Erleichterung wie ein Ballon mit einem langsamen Leck. Ihr Kinn zitterte weiterhin durch ein wässriges Lächeln.

Eli lehnte sich zurück und legte seinen Arm um D'arcys Schultern. „Nun. Wo waren wir?", sagte er mit festem Blick auf Kate gerichtet.

Kate zog als Antwort leicht die Augenbrauen hoch und ließ ihren Blick von Person zu Person im Raum wandern. Sie wartete noch ein paar Momente, um sicherzugehen, dass der Tumult wirklich vorbei war. Einfach so.

„Okay. Nun. Ich glaube, wir wollten gerade die Bedeutung der Familie in einer erfolgreichen Ehe diskutieren und insbesondere, wie Sie beide das ausgedrückt sehen möchten." Sie lächelte einladend, eine Herausforderung für sie alle, eine offenere Diskussion zu führen, als sie sie bisher hatten.

Sie konnte es nicht ganz glauben, aber irgendwie wusste sie, dass sie eine unsichtbare Schwelle überschritten hatten, wie den Kamm eines Alpenrückens, und eine neue Aussicht sich auf der anderen Seite entfalten und erstrecken sahen. Das Ende war in Sicht.

Dies war Kates Chance, ihre Klienten in ihre Zukunft zu führen, stärker und besser, weil sie die Arbeit der Mediation geleistet hatten. Sie empfand sowohl ein Gefühl des Sieges als auch der Bestätigung.

Aus dem Augenwinkel sah Kate, wie Simon sich gegen das Sofa lehnte, die Arme vor der Brust verschränkte und sein Blick über sie wanderte. Sie spürte Zufriedenheit von ihm ausstrahlen, und sie teilte den Moment der Freude, wissend, dass sie gemeinsam etwas Wichtiges erreicht hatten. Obwohl sie ab und zu seine lächelnden, auf sie gerichteten Augen auffing, verweilte sie nicht dort, aber irgendwie, ohne Worte, gab es ein gegenseitiges Verständnis.

Leider galt dieses Verständnis nur für ihre gemeinsame Arbeit und nicht für ihre Beziehung.

ACHTZEHN

K ate war über die letzte Sitzung von Eli und D'arcy
überglücklich. Elis Reaktion auf D'arcys schockierende
Neuigkeit überraschte sie nicht, jedenfalls nicht anfangs. Was sie jedoch
überraschte, war, wie schnell er sich wieder gefasst und eine so tief-
greifende Veränderung in seinem eigenen Leben akzeptiert hatte. Aber
das war der neue Eli, oder schien es zumindest zu sein. Sie fragte sich
immer noch, was Simon ihm auf dem Flur gesagt hatte.

Was sie selbst betraf, so konnte sie das Ende des Falles förmlich
schmecken. Der Rest war eigentlich Routine, obwohl der Abschluss der
Vereinbarung eine Art langwieriger Coaching-Prozess war, der all die
Lektionen verfestigte, die sie gelernt hatten, und auf seine Weise
wichtig war. Die Herausforderung für sie würde darin bestehen, eine
kühle, höfliche Distanz zwischen sich und Simon zu wahren, und
damit würde sie beide ihre Ziele erreichen. Sharon würde hoffentlich
ihre Drohung, eine formelle Beschwerde bei der Gesellschaft einzureichen, fallen lassen, sobald sie eine Kopie von Kates Brief erhalten
hatte, und sie und Simon konnten die Klärung ihrer Beziehung
aufschieben, bis der Fall abgeschlossen war. Es würde schwer werden.
Es war schon schwierig genug gewesen, am Dienstag seinem warmen,
eindringlichen Blickkontakt zu widerstehen, als D'arcys Geheimnis
gelüftet wurde. Am liebsten hätte sie gelächelt und ihn in ihrer Freude
umarmt, um seine Sensibilität und sein Einfühlungsvermögen
anzuerkennen. Aber das ging nicht. Um jeden Preis musste sie das

schmerzliche Gefühl von Verlust und Sehnsucht unterdrücken, das in ihrer Brust brannte.

Sie saß an ihrem mit Papieren übersäten Schreibtisch und schwebte zwischen Freude und Verzweiflung. Der flache, platingraue Himmel drückte schwer herab und löschte jedes Gefühl von bevorstehender Weihnacht aus, wodurch ihre üppige Dekoration kitschig und trügerisch optimistisch wirkte.

Sie stand auf und trat ans Fenster, wo sie geistesabwesend durch das regennasse Glas auf den Blick über die graue Stadt starrte. Die Gebäude und das dahinterliegende Wasser waren in der Ferne teilweise von tiefen Wolken, Nebel und fallendem Regen verdeckt. Dunst verschleierte die Eigentumswohnungen auf der anderen Seite des False Creek und veränderte die Landschaft, bis sie unkenntlich war: nah und klaustrophobisch. Sie legte ihre schlanken Fingerspitzen sanft gegen das kalte Glas und drückte dann für einen Moment ihre Handfläche dagegen. Nachdenklich drehte sie sich zu ihrem Schreibtisch zurück, presste ihre kalte Handfläche gegen die warme und genoss den Kontrast. Sie nahm die Antwort des Administrators auf, die oben auf den Papieren auf ihrem Schreibtisch lag, fuhr nachdenklich mit den Fingern darüber und ihr Blick fiel auf ihre sorgfältig formulierte Antwort darunter. Sharon müsste sie inzwischen haben.

Briiing. Briiing. Briiing.

Kate griff nach dem Telefon.

„Guten Morgen, Kate", sagte Sharon.

Was für ein tadelloses Timing.

„Na ja. Wir sind fast am Ende von D'arcys und Elis Fall. Ich hätte es nie geglaubt, aber es scheint, als wären sie auf dem Weg zu einer echten Versöhnung", räumte Sharon ein.

Kate war misstrauisch. „Ja. Ich freue mich, natürlich. Eli hat sich am Ende trotz des Schocks durchgerungen."

„Und trotz seines unzuverlässigen und, meiner Meinung nach, nicht vertrauenswürdigen Charakters."

„Das können Sie doch nicht immer noch glauben."

„Ich habe mich in seiner Nähe nie wohlgefühlt. Jeder nach seinem Geschmack, nehme ich an. Aber D'arcy, also, *das* habe ich nie vermutet. Ich wurde langsam ziemlich frustriert über ihr zerstreutes, emotionales Verhalten."

„Sie hatte wohl ihre Gründe." Sicherlich rief Sharon nicht an, nur um das alles wieder aufzuwärmen.

„Ich habe sogar angefangen, mich zu fragen, ob die beiden verrückten Hühner sich nicht gegenseitig verdienen, bei dem ganzen Schlamassel, den sie aus ihrer Ehe gemacht haben." Sharons sprödes Lachen ging Kate auf die Nerven. „D'arcy scheint glücklich zu sein, und Madame Duchamp ist ebenfalls zufrieden."

„Das freut mich zu hören. Was kann ich für Sie tun, Sharon?"

„Nur eine kleine unerledigte Angelegenheit, Kate. Erzählen Sie mir nicht, dass Sie und Simon sich nicht die ganze Zeit über getroffen haben. Sie sind so geschickt darin, es zu verbergen. Aber all diese Dackelblicke und das kokette Lächeln – mir ist nichts entgangen. Wenn Sie dachten, das wäre der Fall, haben Sie sich schwer getäuscht. Ich finde diesen Flirt wirklich inakzeptabel."

Kate atmete langsam ein. „Ich habe meinen Standpunkt in meiner Antwort an die Gesellschaft sehr deutlich gemacht. Ich glaube –"

„Ja. Ich habe meine Kopie am Dienstagnachmittag bekommen. Aber ich bin nicht sicher, ob Sie das Problem verstehen."

„Und das wäre?"

„Wenn der Fall vorbei ist, müssen Sie ihn immer noch in Ruhe lassen."

Was zum Teufel? Die Anspannung durchzuckte Kate, versteifte ihren Nacken und verstärkte ihren Griff um das Telefon. Sie sprach mit zusammengebissenen Zähnen. „Muss ich das?"

„Seit dieser Fall begonnen hat, habe ich Schwierigkeiten, Simon zu überreden, Zeit mit mir zu verbringen. Es ist fast so, als wollte er die Verbindungen zu all seinen alten Freunden und Bekannten kappen. Ich mache mir Sorgen um ihn. Ich glaube nicht, dass er wirklich über die ganze Trennungssache hinweg ist. Ich weiß, er ist schrecklich einsam, das arme Ding. Niemand in unserem Freundeskreis kennt Simon länger oder versteht ihn besser als ich."

Obwohl Kate das bezweifelte, beunruhigte es sie doch, dass er sich zurückgezogen hatte. *Bin ich wirklich der Grund dafür?*

„Es ist das Beste für Simon. Woher sollen Sie wissen, wie verletzlich er ist? Sie sind eine Außenstehende. Er ist nicht bereit für eine weitere Beziehung."

Echos von Wills Rede an jenem Morgen in Simons Haus. Alle waren sich sicher, dass er vor Beziehungen mit Frauen geschützt werden müsse.

Außer es ist mit Ihnen, nehme ich an. Kate hielt ihre Stimme ruhig. „Was soll ich tun, Sharon?"

„Sie müssen versprechen, Simon nicht wiederzusehen, sobald der Fall abgeschlossen ist. *In toto.* Sie müssen das einsehen."

„Wie bitte?" Auch wenn Kate sich geschworen hatte, vorerst auf Abstand zu bleiben, würde sie sich keine Befehle von Sharon geben lassen oder sich ihren Drohungen beugen.

„Wenn Sie mir Ihr feierliches Wort geben, lasse ich die Beschwerde fallen. Es ist ganz einfach. Das ist alles, was ich will."

Das Blut pochte in ihren Ohren. Sie konnte kaum glauben, was sie gehört hatte. „Das ist Erpressung, Sharon. Ich hätte gedacht, Sie wären darüber erhaben."

„Keine Erpressung. Ein Einvernehmen unter Freundinnen. Also ... Ihr Wort?"

„Mein *Wort* ist ..., dass ich weiterhin wie gewohnt nach meinem eigenen Ermessen handeln und mich nicht von Ihnen einschüchtern lassen werde. *Das* ist mein letztes Wort." Wie konnte sie es wagen? Kates Hände zitterten und sie umklammerte die Kante ihres Schreibtisches, bemüht, tiefer zu atmen, um ruhig zu bleiben.

„Sie sollten besser hoffen, dass der Vorstand es übers Herz bringt, Ihnen um Ihres Rufs willen zu verzeihen. Andernfalls stelle ich mir vor, dass die ganze Episode für Sie schrecklich peinlich wird, besonders da Ihre Auszeichnung nach Weihnachten ansteht."

„Haben Sie nicht schon genug Schaden angerichtet?"

„Nicht, solange Sie und Simon darauf bestehen, Berufliches mit Privatem zu vermischen. Ich fand Ihre Antwort an den Administrator sehr aufschlussreich. Aber ich bezweifle sehr, dass er die Beschwerde abweisen wird. Sie wissen, dass er sie jetzt an den Vorstand weiterleiten wird, nicht wahr? Ethik ist nicht willkürlich oder verhandelbar. Sie können nicht erwarten, in diesem Geschäft zu arbeiten und Ihre eigenen Regeln aufzustellen."

„Tun Sie nicht einmal so, als ob Sie sich um Ethik sorgen würden."

„Ich habe vor, das bis zum Ende durchzuziehen. Ich werde dem Administrator meine Absicht mitteilen, fortzufahren. Tatsächlich liegt der Brief direkt hier auf meinem Schreibtisch, bereit zum Abschicken. Ich wollte Ihnen eine letzte Chance geben."

„Wie rücksichtsvoll von Ihnen." Kates Stimme war hart und ausdruckslos geworden. Es herrschte einen Moment Stille, keine der Frauen sprach.

Kate dachte einen Moment nach und fuhr trotz ihrer Bedenken fort. Sie war es Simon schuldig, ihm diese Frau vom Hals zu schaffen, zumindest, auch wenn sie sich selbst nicht retten konnte. „Sie irren sich gewaltig. Ich weiß, es mag von Zeit zu Zeit so ausgesehen haben, als ob da etwas liefe, aber Simon und ich haben einfach nur eine alte Bekanntschaft erneuert, das ist alles. Sie können mit mir machen, was Sie wollen, aber am Ende wird es keine Rolle spielen. Sie werden nicht bekommen, was Sie wollen."

Nach einer langen Pause sagte Sharon: „Was meinen Sie?"

„Simon kann keine Beziehung mit mir haben. Oder. Mit Ihnen. Sharon. Ich habe Grund zu der Annahme, dass er und Rachel ... oder bald wieder ... zusammenkommen." Sie schluckte, ihre Kehle war plötzlich trocken und schmerzhaft eng. „Darüber haben Simon und ich gesprochen. Ich habe ihn gecoacht." Es war eine kleine Lüge, wenn auch für einen guten Zweck.

Sharons Antwort kam schnell und schrill. „Die sind fast geschieden! Sie sind seit zwei Jahren getrennt. Das wissen Sie."

„Vielleicht waren sie zu voreilig. Leute überdenken ihre Entscheidungen. Sie haben eine Tochter. Sie sind eine Familie, Sharon, was auch immer ihre Differenzen gewesen sein mögen. Das ist keine Kleinigkeit. Ich habe sie zusammen gesehen. Sie sahen für mich ganz und gar nicht getrennt aus." Während Kate ihre Notlüge ausschmückte, etwas, worüber sie sich unweigerlich Sorgen machte, schien sie ihr selbst immer weniger plausibel. Kate konnte Sharons schnelles Atmen hören.

„Sie lügen. Sie versuchen, mich davon abzubringen, diese Beschwerde weiterzuverfolgen. Das wird nicht funktionieren."

„Paare versöhnen sich ständig, Sharon. Sehen Sie sich D'arcy und Eli an. Sehen Sie, wie erbittert sie sich noch vor ein paar Monaten bekämpft haben. Aber sie lieben sich. Menschen geben einen Bund, der ein Leben lang halten soll, nicht so einfach auf. Immerhin waren Sie es, die mir erzählt hat, Simon und Rachel wären das Traumpaar, so ideal füreinander geschaffen. Als ihre Freundin sollten Sie sich für sie freuen. " Kate wartete eine weitere angespannte Stille ab. Es stellte sich heraus, dass sie, wenn sie motiviert war, eine bessere Lügnerin war, als sie für möglich gehalten hatte. Sie hasste sich dafür, dass sie sich über Sharons Fassungslosigkeit klammheimlich und zufrieden fühlte. Kate war kein rachsüchtiger Mensch, aber diese schreckliche Frau hatte es verdient.

„Also. Wenn es wahr ist, freue ich mich natürlich sehr für sie. Aber das wird meine Entscheidung, eine Beschwerde gegen Sie einzureichen, nicht ändern."

Ihre Augen brannten, als Tränen der Frustration aufstiegen. Sie hielt ihre Stimme für ihre Abschiedsworte so fest wie möglich und wusste, wie wahr sie waren. „Wie Sie wünschen. Es gibt nichts, was ich tun kann, um Sie aufzuhalten."

~

A m folgenden Dienstag war Kate unruhig – aufgeregt, die Vereinbarung von D'arcy und Eli abzuschließen, und nervös, weil sie auf eine Antwort des Ausschusses auf Sharons Beschwerde wartete. Alles musste vor Weihnachten geklärt werden, das nur noch neun Tage entfernt war und mindestens zwei Wochen einläutete, in denen so gut wie keine Geschäfte erledigt werden konnten. Es ging ihr heiß und kalt, ihr Magen drehte sich, als würde sie von innen heraus aufgefressen. Es war wie eine einzige, endlose Panikattacke, und sie fühlte sich so zerschlissen wie der alte Sessel, den Oscar als Kratzbaum bevorzugte. Alles, was ungelöst bliebe, würde sie bis Januar bei lebendigem Leib auffressen.

Und wenn sie ganz ehrlich zu sich war, war Kate nervös, weil sie sich fragte, was zwischen Simon und ihr passieren würde, sobald alle oder die meisten Hindernisse aus dem Weg geräumt waren. Würde er immer noch darauf bestehen, mit ihr zusammen zu sein? Oder würde er seine Pflicht seiner Familie gegenüber erkennen und zustimmen, an einer Versöhnung mit Rachel zu arbeiten? Würde er ihr sagen, sie solle sich um ihre eigenen Angelegenheiten kümmern? Aber eins nach dem anderen, und bis dahin musste sie versuchen, sich nicht von ihm ablenken zu lassen.

„Guten Morgen allerseits", sagte Simon, als er sich zu den anderen an ihren langen Esszimmertisch gesellte, vor denen ihre Papiere ausgebreitet lagen.

„Mit welchen köstlichen Aromen verführst du uns heute, Kate?", fragte Simon, beäugte den Teller mit den mit Cranberrys gespickten Scones ohne Scham und lächelte breit. Sie spürte, wie seine Energie an ihr zerrte, als ob ihr unausgesprochenes Einverständnis sie eng zusammenhielt. Enger, als es klug war. Sie konnte es in seiner verführerischen, warmen Stimme hören und musste der Versuchung seines eindringlichen blauen Blicks widerstehen, sonst würde sie sich vergessen.

„Du solltest besser aufpassen, Simon, sonst nimmst du bald genauso viel zu wie ich", lachte D'arcy und klopfte sich auf ihren gewölbten Bauch. Eli, der sehr nah bei ihr saß, warf den Kopf zurück, um in das Lachen einzustimmen, und streckte die Hand aus, um D'arcys rundem Bauch einen liebevollen Klaps zu geben, während er Simon ein warmherziges, verlegenes Grinsen zuwarf.

Simon wich D'arcys Stichelei aus, indem er das Thema wechselte, seine Tasse Tee annahm und sie ansprach. „Ihr zwei seht wirklich nicht mehr so aus, als ob ihr uns noch braucht, wenn Sie mich fragen. Was machen wir hier, wenn wir alle unsere Weihnachtseinkäufe erledigen könnten?"

„Geduld jetzt. Wir sind fast fertig", lächelte Kate. „Heute gehen wir die endgültige, *endgültige*, Vereinbarung durch, die in den kommenden Jahren ein wichtiges Werkzeug für D'arcy und Eli sein wird." Sie unterstrich ihren Punkt mit erhobener Hand, die Handfläche nach außen wie ein Schwur, dann zuckte sie mit den Schultern. „Dann muss ich mich nur noch kurz mit ihnen für die Unterschriften treffen. Ihr Anwälte seid nach heute aus dem Schneider", scherzte sie und warf Simon ein kleines Lächeln zu, „und könnt sehr gerne einkaufen gehen, wenn es euch beliebt. Soweit es mich betrifft, seid ihr sowieso nur wegen des Gebäcks hier."

„Erwischt!", murmelte Simon mit einem Mund voll Scone und grinste. Er schluckte laut, und Kate riss ihren Blick von seinem auf- und abwippenden Adamsapfel los, obwohl sie sich wünschte, sie könnte ihren Mund auf seine warme Haut drücken.

Er fuhr fort. „Was meinen Sie, Sharon? Sollen wir Rachel anrufen und zu einer Einkaufstour aufbrechen? Sie hat mir nicht gesagt, was sie sich zu Weihnachten wünscht. Ich bin sicher, sie hat es Ihnen anvertraut." Sharon blickte scharf auf, eine Frage in ihren Augen. Er grinste sie idiotisch an.

Was sollte das denn? Kates Behauptung, dass er und Rachel sich wieder versöhnten, war überzeugend, aber sie sollte doch eine Lüge sein. Oder etwa nicht? Er schien es Sharon genüsslich unter die Nase zu reiben. Aber was bezweckte er damit? Der Gedanke beunruhigte Sharon offensichtlich mehr, als sie sich anmerken ließ. Kate konnte nur hoffen, dass man ihr ihr eigenes Elend nicht ansah.

„Vielleicht nächste Woche, Simon. Diese Woche bin ich schon ausgebucht." Sharon lächelte steif; sie war sich offensichtlich nicht sicher, ob er scherzte oder nicht.

Kate wandte sich ab, um Abschnitte der Vereinbarung vorzulesen, die Eli und D'arcy prüfen sollten, und Sharon schenkte ihr ihre ungeteilte Aufmerksamkeit, obwohl Kate bemerkte, wie ihr Blick neugierig und stets wachsam zwischen Kate und Simon hin- und herwanderte.

Zwischen Kate und Sharon gab es eine unterschwellige Spannung, die wie eine schlafende Schlange unter der Oberfläche brodelte und Kate in Atem hielt, obwohl beide Gleichgültigkeit vortäuschten. Kate spürte, wie Sharon über die Vorstellung einer Versöhnung zwischen Simon und Rachel grübelte, und hatte fast Mitleid mit ihr. Wären da nicht ihre eigenen Unsicherheiten gewesen.

Gerade als Kate eine Erklärung über Vertrauen vorlas, platzte es aus D'arcy heraus.

„Ich muss etwas sagen." Sie ließ ihren Blick hoffnungsvoll über den Tisch schweifen und wartete.

Kate blickte von ihrer Seite auf. „Ja?" Was für ein neues Geständnis war das?

D'arcy zögerte und stand ihrem Publikum wie einem Erschießungskommando gegenüber, ihre haselnussbraunen Augen waren weit aufgerissen. „Ich hatte ein langes Gespräch mit meiner Mutter."

Aller Blicke richteten sich erwartungsvoll auf sie.

„Ich wusste, dass mir etwas fehlte." Sie sah Eli nervös an. „Ich wusste, dass man mich vor etwas abschirmte. Also habe ich sie zur Rede gestellt."

Kates Blick schnellte zu Eli. Seine Augen verengten sich nachdenklich, aber er sagte nichts.

„Ich glaube, sie wusste, dass ich mich nicht abwimmeln lassen würde. Oder vielleicht musste sie reinen Tisch machen." D'arcys nasale Stimme sank zu einem Halblaut. „Sie hat alles gestanden. Sie hat mir von der ... der Bestechung erzählt, Eli." Sie wandte sich ihm mitfühlend zu, ihre Qual über diese Entdeckung war noch immer offensichtlich. Eli zuckte kaum merklich zusammen, aber er schwieg. „Oh, Eli ...

„Ich wünschte, du hättest es mir gesagt, aber ich verstehe, warum du es nicht getan hast. Sie und Papa haben es seit Jahren bereut. Lange bevor wir Schwierigkeiten hatten, wussten sie, dass sie sich in dir getäuscht hatten, aber was konnten sie tun? Sie fürchteten dich." Sie griff nach seiner Hand und drückte sie. „Sie dachten natürlich, du würdest es mir erzählen, und als du es nicht sofort getan hast, fühlten sie sich ..." Sie zögerte, ihre Schultern zuckten leicht in einem winzigen

Achselzucken. „Sie dachten, ich wäre so wütend, dass ich sie verstoßen würde oder so etwas. Mutter war in Tränen aufgelöst, wenn du dir das vorstellen kannst."

Kate konnte es nicht.

Eli schüttelte kaum merklich den Kopf. „Das ist jetzt alles vorbei, *cher*", sagte er, wobei seine tragischen Augen den nonchalanten Tonfall, um den er sich bemühte, Lügen straften. „Sie lieben dich sehr. Sie haben nur versucht, dich zu beschützen, das ist alles."

„Verteidige sie nicht! Was sie getan haben, war unentschuldbar. Du bist mein Ehemann. Ich bin ihre Tochter. Irgendwie hätte es einen Vertrauensbeweis geben müssen, und der kam erst, als du den Mut hattest, ihr entgegenzutreten und die Sache auf den Punkt zu bringen."

Elis Blick schnellte zu Kate und dann zurück zu D'arcy.

„Sie erkennt jetzt, dass du zu viel Integrität hast, um diese Information jemals benutzt zu haben, um einen Keil zwischen uns zu treiben, dass du all die Jahre die Last allein getragen hast. Sie hat mich um Verzeihung gebeten, Eli, aber es ist deine Verzeihung, die sie brauchen."

„Mach dir keine Sorgen, *cher*. Deine Mutter und ich verstehen uns. Es ist jetzt in Ordnung."

„Sie respektiert dich sehr. Eli, ich respektiere dich sehr." In D'arcys weiten, moosgrünen Augen schimmerten Tränen und sie legte ihre Handfläche auf seine schattige Wange. Sie sahen sich eindringlich an, die anderen völlig vergessend. Kates Kehle schmerzte, ihre Augen brannten von unvergossenen Tränen. Eine Stille senkte sich über den Raum.

„Entschuldigen Sie mich, ich setze neues Wasser auf", murmelte sie, glitt schnell von ihrem Stuhl und ging davon.

Sharon schien zu verstehen, dass die beiden ein paar Minuten für sich brauchten, und entschuldigte sich ebenfalls, um ins Badezimmer zu gehen.

Simon stand wortlos auf, als Kate in die Küche entkam und das gedämpfte Geräusch von D'arcys Tränen und Elis leiser Stimme hinter sich ließ. Tief bewegt von D'arcys Worten, stand Kate vollkommen still da, eine Hand auf dem leeren Wasserkessel, mit der anderen tupfte sie sich mit einem Taschentuch Nase und Augen.

Simons Stimme hinter ihr war leise gesprochen, um sie nicht zu erschrecken. „Da, siehst du? Alles ist möglich."

Sie wirbelte herum, ihre Augen weit, eine heiße Röte stieg ihr den Hals hinauf. „Oh. Das ist mehr, als ich mir je hätte träumen lassen."

Er legte seine Fingerspitzen leicht auf beide Seiten ihrer Rippen. „Vielleicht gibt es noch Hoffnung für uns."

Oh. Sie hatte geglaubt, sie könnte dem ausweichen. Langsam senkte sie die Lider und schüttelte den Kopf. „Bitte. Tu das nicht. Du weißt nicht –"

„Doch, ich weiß es", beharrte er. „Sharon hat angerufen, um sich über ihre bösen Machenschaften zu freuen. So habe ich von meiner angeblichen Versöhnung mit Rachel erfahren." Ein Mundwinkel zuckte nach oben.

„Na, dann", flüsterte sie. „Solltest du nicht einmal –"

Er legte den Rücken seiner Fingerknöchel sanft an ihre Wange. „Wir müssen etwas Zeit miteinander verbringen. Ich vermisse dich verzweifelt. Es ist Zeit für uns, ein paar Dämonen unserer –"

Sie zog sich zurück. „Nein. Das können wir nicht. Du gibst ihr nur Munition. Außerdem …" Kate spürte heiße Tränen aufsteigen, wandte sich brüsk ab und füllte den Kessel, knallte ihn auf den Herd und eilte aus der Küche, wobei sie ihn mit geschlossenen Augen, sichtlich frustriert, stehen ließ. Noch einen Moment länger mit ihm und sie könnte ihre Gefühle unmöglich verbergen.

Kate nahm ihren Platz am Tisch wieder ein und versuchte, D'arcy und Eli anzulächeln, um ihre eigene Not zu verbergen. Simon kam herein und setzte sich, und einen Augenblick später gesellte sich Sharon zu ihnen. Kurz darauf durchdrang das Pfeifen des Kessels eindringlich die Luft, und sie erkannte, dass sie vergessen hatte, den Herd anzuschalten. Simon musste es getan haben. Sie warf ihm einen neugierigen Blick zu, bevor sie aufstand und die Teekanne nahm.

„Ich bin gleich mit frischem Tee zurück."

Als sie in die Küche kam, machte sie den Tee und bemerkte dann einen Zettel auf der Arbeitsplatte, der vorher nicht da gewesen war. Sie kniff die Augen zusammen bei der vertrauten, kantigen Handschrift.

Ich halte das nicht aus. Ich weiß, dass du dir Sorgen wegen Sharon machst, aber das Schlimmste ist schon passiert. Das kriegen wir schon hin. Wir müssen einen Weg finden, um zu reden. Ich muss verstehen, was zwischen uns los ist. Ich will dich sehen. Das ist mir so wichtig. Bitte. Wann können wir uns treffen?

Ein Zittern durchfuhr ihren Rücken und ihre Arme. Sie hielt einen

Moment inne, um ihre aufgeregte, flache Atmung zu beruhigen. *Ich bin so verwirrt! Warum kann er nicht einfach ein paar Wochen warten?*

Als sie mit der Teekanne zurückkam, beugte sich Simon geschäftig über sein Dokument, als ob er sich ihres Unbehagens nicht bewusst wäre, während Sharon D'arcy und Eli ihre vorgeschlagenen Änderungen vorlas.

Kate stellte die Teekanne mit einem dumpfen Geräusch vor Simon ab, ohne ihn anzusehen, und nahm ihre Papiere auf, während sich ihr Magen umdrehte. „Entschuldigung. Könnten Sie das bitte wiederholen, Sharon?"

Sie gingen Klausel für Klausel durch, diskutierten verschiedene Ergänzungen und Streichungen und machten sich Notizen in ihren Kopien. Ihre Gedanken schweiften ab.

Was soll ich tun? Ignorier ihn einfach! Was kann ich sonst tun?

Sie waren schon ein paar Seiten weiter, wieder beim Thema Karriere, Einkommen und Bildung, und Kate beugte sich über ihren Entwurf und machte eifrig Randnotizen. Sie las eine vorgeschlagene Änderung vor, wobei sie ihre Aufmerksamkeit主 に auf Eli und D'arcy am anderen Ende des Tisches richtete, ihre Stimme war leise.

„Entschuldigung, das habe ich nicht mitbekommen", sagte Simon.

Sie drehte den Kopf und starrte ihn an, sein Gesichtsausdruck war unter ihrem heftigen Blick verwirrt und zögerlich. Sie runzelte die Stirn, unsicher, ob sie wütender oder verwirrter war.

Simon schien zurückzuweichen, als ob er seine unüberlegten Worte bereute oder ihre Reaktion fürchtete. Sie blickte ihm pointiert in seine besorgten Augen und sagte ausdruckslos: „Hier. Lies meine Notizen", reichte ihm eine Seite ihres Vertragsentwurfs und wandte ihre Aufmerksamkeit wieder den anderen zu. Er nahm sie, seine Augen zusammengekniffen, und las, was sie an den Rand geschrieben hatte, nickte, blickte finster drein.

Er gab die Seite zurück und bemerkte fast nicht den kleinen Papierschnipsel, der auf seinen Entwurf vor ihm fiel. Er zuckte plötzlich zusammen und legte schnell eine andere Seite auf ihre Antwort, während er ihre Seite mit einem scharfen Blick zurückgab.

Sie fühlte sich wie ein Schulmädchen, das Zettelchen weiterreicht, und blickte nervös zu Sharon, einem Stellvertreter für die strenge Lehrerin, die bereit war, ihnen auf die Finger zu klopfen.

„Danke." Kate vermied es, seinen Blick zu treffen. Sie war sich bewusst, wie er heimlich ihre schnell gekritzelte Notiz las, unbemerkt, wie sie hoffte, da alle Köpfe über ihre eigenen Seiten gebeugt waren und Notizen machten oder lasen.

Hör auf mit diesem Unsinn!, hatte sie geschrieben. *Lass es einfach sein. Ich habe versprochen, dich nicht zu „treffen", solange der Fall noch offen ist. Verstehst du das nicht? Sie beobachtet uns wie ein Luchs. Es ist zu riskant, und außerdem will ich nicht in deine Familiensituation hineingezogen werden. Du weißt nicht einmal, ob du verheiratet sein willst oder nicht. Du musst dich zuerst auf deine Familie konzentrieren. Vergiss mich.*

Sie sah, wie er finster auf seine Papiere blickte, sein Atem ging langsam und unregelmäßig.

Bitte, Simon, flehte sie ihn stumm an. *Hör auf mit den Spielchen!* Sie konnten die Klage wegen unprofessionellen Verhaltens *nicht* ignorieren. Er könnte mit diesem Verhalten alles für sie ruinieren. Sharons Anschuldigungen durften keine weitere Bestätigung erhalten.

Sie seufzte und schloss die Augen, als sie sah, wie er seinen Stift nahm.

Sie wusste, dass er ihr eine weitere Notiz geschrieben hatte, aber er saß nur steif da und trommelte ungeduldig mit seinen stumpfen Fingern auf die Tischplatte. Die Diskussion ging weiter, und Kate glaubte fast, sie hätte sich geirrt oder er hätte seine Meinung geändert. Sie diskutierten ausführlich über Karriere und Bildung, als er sprach.

„Oh, das erinnert mich …", hielt er abrupt inne und merkte, dass er unterbrochen hatte, „Entschuldigung … Entschuldigung, mir ist gerade etwas eingefallen. Es hat Zeit. Bitte, macht weiter." Er winkte Sharon und D'arcy zu, die ihn anblinzelten und die Stirn runzelten, als ob er nicht alle Tassen im Schrank hätte. Eli grinste und schenkte ihm ein ironisches, misstrauisches Lächeln, das Kate verblüffte.

Sie konnte sich kaum konzentrieren, als sie D'arcy zuhörten, die über ihr Interesse an politischen Angelegenheiten sprach und wie sie schon immer zurück an die Universität gewollt hatte, um mehr Politikwissenschaft und internationale Beziehungen zu studieren und möglicherweise als Lobbyistin zu arbeiten.

Als das Thema so gut wie erledigt schien und Sharon eine oder zwei neue Klauseln für zukünftige Karriereänderungen und Bildungschancen vorschlug, selbst nachdem die Familie gegründet war, wandte sich Simon plötzlich an Kate und sprach im Bühnenflüsterton, gerade laut genug, damit die anderen hören konnten, was er sagte. „Äh. Ich habe mich an das Gespräch erinnert, das wir über Mediation hatten, und ich … äh … habe mich gefragt, ob Sie die Programm-

broschüre vom Justice Institute gefunden haben. Ich glaube, Sie sagten
… ", hielt er erwartungsvoll inne, und sie konnte in seinen scharfen
blauen Augen sehen, was er wollte, „… dass Sie sie irgendwo hätten."

Sie hätte ihn genauso gut abblitzen lassen können, aber es wäre
unhöflich erschienen, ihn einfach abzuwimmeln. Stattdessen setzte sie
ein höfliches, sardonisches Gesicht auf und sagte, sich umdrehend: „Ja.
Natürlich habe ich sie noch. Lassen Sie mich sie für Sie suchen."
Langsam aufstehend ging sie zu einem Aktenschrank am Fenster und
beugte sich, um eine Schublade aufzureißen. Nachdem sie darin
gewühlt hatte, zog sie eine Akte heraus, kehrte zurück, legte sie auf den
Tisch, öffnete sie und blätterte durch, bis sie fand, was sie wollte. „Hier.
Das wird Ihnen eine Vorstellung davon geben, was dazugehört – die
Kursarbeit und so weiter. Für Sie wäre es natürlich anders."

Es wäre zu einfach gewesen, wenn niemand sonst auf sein
Ablenkungsmanöver angesprungen wäre. Eli hob neugierig die Augenbrauen. „Wechseln wir die Karriere, Simon?"

„Nun ja …", er zuckte mit den Schultern. „Nein … Vielleicht." Er
war nervös, offensichtlich unvorbereitet, sich zu verteidigen. „Nur aus
Neugier." Er tat so, als würde er die Broschüre durchblättern, bis Elis
Aufmerksamkeit wieder auf die Hauptdiskussion gelenkt war. Auch
Kate zwang sich, ihre Aufmerksamkeit abzuwenden. Schließlich schob
er die Broschüre zurück auf den Tisch vor ihr, tat so, als hätte er das
Interesse daran verloren, und sie verstand, dass eine weitere Nachricht
auf sie wartete.

Sie hob den Umschlag der Broschüre an und konnte ein leichtes
Zucken nicht unterdrücken, als sie seine Notiz fand, und schob
verstohlen Papiere durcheinander, während sie sie diskret las.

*Okay. In Ordnung. Ich will nichts tun, was unsere Beziehung oder deinen
Ruf gefährdet. Aber du musst es mir versprechen – es ist nicht vorbei. Schließ
mich nicht aus! Versprich mir, dass du mich treffen wirst, wenn die Luft rein
ist. Ich werde warten. Ich verspreche es. Das ist es mir wert. Du bist es mir
wert. Ich weiß, was ich und meine Familie brauchen. Vertrau mir. Bitte gib
mir eine Chance.*

Oh mein Gott! Er erkannte an, was sie gesagt hatte, und beharrte
immer noch darauf, dass er … was auch immer … wollte. Bedeutete
das, dass er nicht … dass er nicht würde …? Oh, sie wusste nicht, was
es bedeutete, aber ihre inneren Organe verkrampften und zogen sich
zusammen, trotz ihres willentlichen Wunsches, den Hoffnungss-

chimmer zu unterdrücken, der sie zittern und schwitzen ließ, der ihr Herz stolpern und klappern ließ wie eine Kiste voller Porzellantassen.

Simon saß mit gesenktem Blick da, und sie konnte seine Anspannung spüren. Er wusste wirklich nicht, wie sie reagieren würde oder wie sie fühlte. Aber trotz ihrer Ängste und Vorbehalte bezüglich ihrer Vergangenheit erkannte sie, dass sie mehr herausfinden wollte. Sie hatte sich verändert. Sie ließ ihren Blick über den Tisch schweifen, verweilte bei niemandem, sondern wanderte von Gesicht zu Gesicht, um sicherzugehen, dass sie nicht beobachtet wurde, dann ließ sie ihren Blick auf ihm ruhen.

Langsam hob er seine Augen zu ihren, die in einem intensiven blauen Licht brannten.

Ihre Blicke trafen sich, und sie spürte, wie ihr heiß und kalt wurde, und ihre Augen brannten mit einer Vielzahl von Emotionen, einer wirbelnden Mischung aus Zuneigung und Verärgerung, Angst und Vorfreude. Was auch immer sie dachte, was er wollte oder brauchte, sie konnte ihm nicht widerstehen. Sie liebte ihn.

Sie sahen sich mehrere lange Augenblicke in die Augen, ihre Augen bemühten sich, all das auszudrücken, was sie in Abwesenheit von Worten oder Berührungen fühlte. Als sie sich scharf wieder fing, spürte sie mehr, als dass sie sah, wie Sharon sie selbstgefällig musterte, und Kate fragte sich, was sie zu wissen glaubte und wie viel Schaden sie in ein oder zwei Wochen anrichten könnte.

NEUNZEHN

E s war unmöglich, sich zu konzentrieren. Die Arbeit war trotz der ermutigenden Fortschritte mühsam. Die sorgfältige Einarbeitung von Details war noch nie Kates Stärke gewesen, aber sie wusste aus Erfahrung, dass dieser Prozess ihren Klienten half, voranzukommen.

Ihre Gefühle waren wie ein Schiff auf See, das von den Wellen eines stürmischen Gewitters umhergeworfen wurde.

Kate war nicht davon überzeugt, dass Simon wusste, was er wollte. Selbst wenn er sich zu ihr hingezogen *fühlte*, schien er zwiegespalten zu sein, da er sich offensichtlich scheute, die Verbindung zu seiner Frau durch die endgültige Scheidung zu kappen, während er sich ihr gegenüber wie ein liebestoller Narr benahm. Nun, *sie* würde nicht wankelmütig sein und sich kopfüber in den nächsten Fehler stürzen. Sie besaß einen gesunden Menschenverstand und eine sehr gute Vorstellung davon, wie schlimm es enden konnte, wenn man sich einredete, verliebt zu sein, und dann enttäuscht wurde.

Das Problem war, sie *war* wankelmütig und schwach, besonders wenn es um Simon Sharpe ging. Entgegen ihrem besseren Wissen wollte sie bei seiner flehentlichen Nachricht dahinschmelzen. Wie konnte sie Nein sagen? Sie stahl einen Blick auf sein Profil, während er sich zum Lesen über ein Dokument beugte, und spürte die Energie, die von ihm ausstrahlte und nach ihr rief. Wie sehr wünschte sie sich, die Hand auszustrecken und seinen markanten, kantigen Kiefer zu berühren, über seinen geschwungenen Mund zu streichen, der immer ein Lächeln verbarg, und seine weichen blonden Wellen hinter sein fein geformtes Ohr zu stecken. Sie wollte ihn so sehr, dass es in ihr brannte, und war versucht, alle Vorsicht in den Wind zu schlagen und ihm sogar unter den Argusaugen von Sharon nachzugeben.

Auf eine perverse Art und Weise war sie Sharon dankbar. Ohne ihre Einmischung und den Druck des Falles wäre Kate sicherlich verloren gewesen und hätte sich schon längst nicht mehr retten können, bevor sie ihr Verlangen mit reifem, gesundem Menschenverstand zügeln konnte. Vielleicht konnte sie vermeiden, dass er ihr Herz noch einmal zerstörte, wenn sie ihrer Verstrickung jetzt ein Ende setzte.

Sie konnte sich sogar verstehen und verzeihen, dass sie sich einer kleinen Fantasie hingegeben hatte. Wie hätte sie dem Charme eines Mannes nicht erliegen können, in den sie als Mädchen vernarrt gewesen war. Aber wenn es enden sollte, dann war jetzt die Zeit dafür, bevor wirklicher Schaden angerichtet wurde. Ihr überaus zufriedenstellendes Leben würde auch ohne Simon weitergehen, so wie zuvor, und vielleicht wäre sie ein wenig weiser. Das Problem war nur, dass sich bei dem Gedanken daran ihr Herz schmerzhaft verkrampfte und ihre Augen von unvergossenen Tränen brannten.

Sie blinzelte und sah auf ihre Uhr. Es war nach Mittag. Nach ihrer Hausregel arbeitete niemand während der Mittagspause. „Leute, es ist nach zwölf. Aber wir sind fast am Ende des Dokuments, ich denke, eine weitere Stunde sollte reichen, aber ich möchte niemanden drängen. Fühlen Sie sich hungrig oder müde? Können wir weitermachen?" Sie blickte in die Runde und wartete, während alle ihre Mägen und Uhren befragten.

Sharon zuckte mit den Schultern, offenbar daran gewöhnt, die Mittagspause ohne nachteilige Auswirkungen durchzuarbeiten. Eli wirkte ein wenig unruhig.

„Eli, sind Sie hungrig?"

„Oh, ein bisschen. Aber ich brauche eine Raucherpause." Er stand auf, beugte sich hinunter, um D'arcys Ohr zu küssen, und tastete in seiner Jackentasche, die über der Stuhllehne hing. Als er sich aufrichtete, umklammerte er eine Packung Zigaretten. „Wo kann ich …?" Er sah sich um.

„Ich wünschte, ich hätte einen Balkon, aber … warten Sie mal. Es ist so ein schöner Tag …" Kate dachte, dass es die Störung wert wäre, wenn Lena zu Hause war. Sie hob eine Hand und nahm ihr Telefon.

„„Allo?"

„Lena? Hier ist Kate."

„Kat-ey! Wie geht es dir, Liebling?"

„Ich habe eine Bitte. Kann ich einen Klienten zu dir schicken, damit er auf deinem Balkon eine rauchen kann? Es ist so herrlich draußen."

„Aber natürlich, natürlich."

„Ich schicke ihn rüber." Sie legte auf.

„So. Drüben auf der anderen Seite des Flurs hat meine Nachbarin Lena einen kleinen Balkon, den man durch eine Fenstertür erreichen kann. Die Aussicht wird heute großartig sein." Sie grinste Eli an, der zurückgrinste, sichtlich erfreut über die Aussicht. „Sie erwartet Sie. Ich muss Sie aber vorwarnen, sie ist exzentrisch." Sie zog warnend die Augenbrauen hoch.

Eli ging zur Tür. D'arcy stand auf und huschte ihm verschwörerisch hinterher. „Ich will auch mitkommen."

„Sind Sie hungrig, D'arcy?"

„Nun ja. Wir sind immer hungrig, wissen Sie." Sie rieb sich mit einem verlegenen Lächeln den Bauch. Sie hatte es endlich aufgegeben, ihre Schwangerschaft zu verbergen, und trug nun einen eng anliegenden schwarzen Pullover mit einem schmalen Fellbesatz und weite Hosen mit hochhackigen Stiefeln.

Eli und D'arcy gingen zur gelben Tür.

„Nehmt eure Mäntel mit, ihr beiden, es ist kalt da draußen. Und bleibt nicht zu lange. Ich sehe mal nach, was ich zu essen finden kann. Ich hatte nicht erwartet, dass wir heute so lange brauchen würden. Sharon, Simon, was ist mit Ihnen?"

„Ich kann immer essen, aber machen Sie sich keine Umstände", sagte er mit diesem selbstironischen, einseitigen Lächeln, das Kates Herz zum Schmelzen brachte. „Aber ich muss im Büro anrufen, wenn ich heute länger bleibe." Er zog sein Handy heraus und ging zur anderen Seite des Raumes.

„Ich muss auch wirklich mit ein paar Klienten sprechen, Kate", sagte Sharon und sah sich hoffnungsvoll um, wobei sie den Korridor in Richtung Kates Schlafzimmer entlang spähte.

„Ähm, brauchen Sie Privatsphäre?" Kate deutete auf die geschlossene Tür.

Sharon nickte. „Ja. Idealerweise. Würde es Ihnen etwas ausmachen?" Sie lächelte widerwillig ihren Dank, warf Simon einen misstrauischen Blick zu und ging auf die geschlossene Tür zu, bereits am Wählen.

„Warten Sie eine Sekunde", sagte Kate und eilte ihr nach. „Ich sehe

mal nach, ob ich aufräumen muss. Das ist mein privater Bereich." Oje.
In dieser Situation war sie noch nie gewesen. Wollte sie wirklich, dass
Sharon in ihrem Schlafzimmer herumschnüffelte?

Sharon unterbrach ihr Wählen und wartete erwartungsvoll am
großen Fenster, während Kate in ihr Schlafzimmer huschte. Sie zuckte
zusammen. Natürlich räumte sie hier nie auf. Niemand kam jemals
herein, schon gar nicht Arbeitskollegen oder Klienten. Sogar die
Einrichtung und das Farbschema waren hier anders ... persönlich. Das
zerwühlte, ungemachte Bett sah aus wie Sanddünen bei Sonnenaufgang, die Mischung aus Mauve, Pfirsich und blassem Gold wirkte
beruhigend und feminin vor dem geschnitzten antiken Kopfteil und
den weichen grauen Wänden. Es war eine Seite von ihr, die nur wenige
Menschen sahen.

Sie kickte ein Durcheinander aus abgelegter Kleidung und Schuhen
in ihren Schrank und schloss die Tür, fegte eine Handvoll frisch
gewaschener BHs und Unterwäsche vom Bett, um sie in ihre Kommod-
enschublade zu stopfen, und schob die Schublade mit der Seite ihres
Beins zu, während sie den Raum überflog. Mein Gott! Sie raffte lose
Kosmetika zusammen und warf sie in eine Tasche, erhaschte einen
Blick auf ihr gehetztes Spiegelbild im abgeschrägten ovalen Spiegel,
verdrehte die Augen, steckte sich die Haare hinter die Ohren, bevor sie
ihre Bettdecke zurechtzog und glättete und ihre Kissen aufschüttelte.

Der leicht hängende Rosenstrauß, den Jay ihr geschickt hatte, stand
immer noch auf dem Nachttisch und ließ kunstvoll welke Blütenblätter
fallen, und sie wünschte, sie hätte seine Nachricht behalten, um Sharon
auf eine falsche Fährte zu locken, aber die war schon lange weg. Die
ganze Aktion dauerte etwa drei Minuten. Es war nicht perfekt, aber ...

„Nun?" Sharons Kopf spähte durch die Tür.

„Okay. Entschuldigen Sie das Chaos. Kommen Sie herein." Kate
blickte sich ein letztes Mal um und versuchte, ihren Raum mit dem
kritischen Auge einer Fremden zu sehen. Nicht schrecklich.

Kate ließ Sharon ihre Anrufe tätigen und ging in die Küche, wo
sie sich fragte, was sie zusammenkratzen könnte. Wenigstens war sie
in der Bäckerei gewesen und hatte schönes frisches Brot geholt.
Vielleicht konnte sie etwas finden, um ein paar Sandwiches zu
machen. Sie durchwühlte den Kühlschrank und die Speisekammer,
immer noch über Simon grübelnd und sich fragend, ob er jemals in
irgendeiner Beziehung glücklich sein könnte, angesichts seiner
Vorliebe für romantischen Idealismus, und sie, mit ihrer panischen

Angst vor Intimität und Zurückweisung. *Es ist nicht so, dass ich mit mir als Person unzufrieden bin.* Sie könnte glücklich allein leben. Aber wann immer die Möglichkeit der Liebe bestand, holte ihre Vergangenheit sie wieder ein. Keine noch so große Therapie konnte sie jemals vollständig von ihren Vertrauensproblemen befreien. Und jetzt, trotz ihrer Zweifel, behauptete er, wieder mit ihr zusammen sein zu wollen. Er! Simon. Ihr Geist und ihre Nemesis. Ihr Herzallerliebster.

Gedankenverloren rührte sie Mayonnaise in den Thunfisch, als sie ihn hinter sich spürte. Sie hielt in ihrer Bewegung inne, hielt den Atem an, aber drehte sich nicht um. Er kam näher, sie konnte seinen langsamen, gleichmäßigen Atem hören, seine Haut riechen, warm und sauber und männlich. Immer noch sprach er nicht. Dann fühlte sie seine Wärme neben ihrem Körper wie die Sonne, die Hitze ausstrahlte, und spürte seinen heißen Atem auf ihrem Nacken.

Er hob sanft ihr Haar an und beugte sich über sie, atmete tief in ihre weiche Halsbeuge ein, was einen Schauer durch sie hindurchjagte, und schmiegte sich dann sanft mit einem kleinen, hungrigen Laut tief in seiner Kehle, wie ein geflüstertes Stöhnen, an ihr Ohr und ihren Hals. Sie sog die Luft ein und befahl ihrem Herzen, sein wildes Schlagen zu beruhigen.

„Simon ...", seufzte sie atemlos.

„Wenn du meinen Namen so sagst, bin ich für nichts mehr verantwortlich."

„Ist Sharon –?"

„Immer noch in deinem Zimmer am Telefon. Ich kann ihre Stimme hören."

Sie drehte sich um, um ihm ins Gesicht zu sehen und zog ihren Hals aus seiner Reichweite, aber er kam noch näher, nahm ihren Kopf zwischen seine Hände, seine verblüffend klaren blauen Augen brannten in ihre, fesselten sie. Dann senkte er seinen Mund hungrig auf ihren. Sie hörte ein Quietschen und ein Stöhnen, und diesmal war sie es selbst. Wie konnte sie einen klaren Kopf bewahren, wenn ihr Körper von der Hitze seiner Berührung pulsierte? Gerade als sie dachte, sie würde rückgratlos zu Boden gleiten, ließ er sie atemlos los.

„Du kannst mir nicht erzählen, dass du nichts für mich empfindest, Kate", flüsterte er gegen ihren Mund.

„Das habe ich nie gesagt."

„Wir müssen die Ängste und Fragen durcharbeiten, die uns

voneinander trennen. Ich muss bei dir sein. Ich weiß, ich habe es versprochen, aber –"

„Nein! Wir können nicht …" Ihre Gedanken waren wirr. Sie musste aufhören …

„Doch, Kate. Schsch." Er griff erneut nach ihr, seine Hände an ihrem Rücken zogen sie an seinen Körper, Hüfte an Hüfte, sein unausgesprochenes Verlangen verdunkelte seine Augen zu Indigo.

Sie drückte sich zurück, schüttelte den Kopf und flüsterte hilflos. „Hör auf, mit mir zu spielen. Du weißt, dass ich etwas empfinde. Ich kann dir nicht widerstehen. Ich kann nicht *aufhören* zu fühlen …" Ihre Hände ballten sich zu festen Fäusten, um sich davon abzuhalten, ihre Hände gegen seine muskulöse Brust zu pressen, und sie spürte, wie sich ihr Hals vor dem Schmerz der Verwirrung und des Verlangens zusammenschnürte. Mit eisernem Willen straffte sie ihren Rücken und hob trotzig ihr Kinn, um sich seiner Macht über sie zu widersetzen. „Du darfst mich nicht reizen, wenn du noch mit jemand anderem liiert bist, das ist alles. Das ist grausam."

Seine Augen weiteten sich. „Mit wem bin ich denn liiert?" Das spöttische Lächeln kehrte auf sein Gesicht zurück. In diesem Moment fiel ihr auf, wie sehr er sich im Laufe der Jahre verändert hatte. Er war immer noch derselbe Simon, den sie vor all den Jahren gekannt und geliebt hatte, und doch gab es Unterschiede. Seine Knochen waren markanter, obwohl immer noch fein, und er bewegte sich mit der gleichen geschmeidigen Anmut. Seine Augen, dasselbe atemberaubende Himmelblau, waren weiser, mit Fältchen an den Ecken. Sein Lächeln, immer noch neckend, immer noch sardonisch, war ein wenig trauriger. Es gab jetzt Schichten in Simon, Komplexitäten, Nuancen. Mehr zu lieben … mehr zu verlieren.

„Du bist natürlich immer noch mit Rachel verheiratet", flüsterte sie.

Er lachte lautlos, seine widerspenstigen blonden Brauen zogen sich zusammen. „Ich dachte, *du* hättest das Gerücht in die Welt gesetzt, um Sharon zu verwirren."

„Es verwirrt mich!"

„Was denn?"

„Bitte behandle mich nicht wie eine Idiotin. Ich habe euch zusammen gesehen … die ganze Familiensache." Warum schimpfte sie? Sie hatte kein Recht dazu. Sie öffnete ihre Hände, die Handflächen auf seiner Brust, tätschelte und drückte ihn zugleich weg. „Aber es ist gut. Sie ist deine Frau. Sie ist Maddies Mutter. Du solltest bei ihr sein.

Du schuldest mir nichts. Nur … nur spiel keine Spielchen mit mir." Sie fuchtelte mit den Händen in der Luft herum.

Simons Gesicht spiegelte seine Verwirrung und Verärgerung wider. Er hob beide Hände, die Handflächen nach oben, flehend. „Sie ist *nicht* meine Frau. Kate, ich treffe mich mit niemand anderem. Schon gar nicht mit Rachel. Das ist doch ein Witz. Ich gebe zu, ich habe die Scheidung hinausgezögert, aber es geht nur um das Sorgerecht. Ich gebe zu, ich möchte, dass Maddie eine Mutter hat. Was ist daran falsch?"

Kate wischte seine Argumente weg wie Mücken an einem Sommertag. „Ich bin nicht in der Lage, eine leichtsinnige Affäre zu überleben. Ich kann damit nicht umgehen, besonders nicht mit dir." Sie stieß ihm mit einem wütenden Finger gegen die Brust. „Bitte respektiere meine Bedürfnisse und hör auf, mit meinen Gefühlen zu spielen."

„Du bist verrückt geworden! Warum baust du Hindernisse zwischen uns auf? Das ist nicht rational. Habe ich mich nicht klar ausgedrückt? Ich bin nicht an leichten Flirts oder Affären interessiert." Er packte ihre Schultern, zog sie näher, beugte seinen Kopf, um ihr einen zärtlichen Kuss auf die Stirn zu geben, und berührte ihre Stirn mit seiner. „Kate, ich habe mich in dich verliebt. Ich will bei dir sein. Nur bei dir." Kates Herz setzte einen Schlag aus und ihre Lippen kribbelten. Ihr Blick wurde trotz allem zu seinem Mund gezogen, als er sich ihr näherte. Sie fühlte sich zu ihm hingezogen.

Die Eingangstür schloss mit einem dumpfen Schlag, und sie hörten ein Durcheinander von Stimmen, Schritten und Gelächter, und beide sprangen zurück. Sharon war plötzlich auch da. Wie lange war sie schon aus dem Schlafzimmer zurück? Was hatte sie gehört? Kates Augen rissen vor Schock auf, ihre Gedanken überschlugen sich. *Oh mein Gott!* Mit einem erstickten, leisen Laut ergriff sie die Schüssel mit dem Thunfischsalat und drückte sie Simon ohne Erklärung kurzerhand in die Hände. Er würde schnell improvisieren müssen. Sie wandte sich der Arbeitsfläche zu, holte das Brot heraus und begann, die Sandwiches zuzubereiten, ihre Hände flogen, das Blut pochte so stark durch ihre Adern, dass ihre Zähne vibrierten, ihr Kopf glühte vor Scham.

[Kapitelumbruch?]

Kühl wie Sommerleinen wandte sich Simon der offenen Tür zu, Lachen in seiner Stimme. „Hey, ihr seid zurück. Ich hoffe, ihr mögt Thunfischsandwiches, denn das ist es, was ihr bekommt." Sie hörte das Geräusch der Gabel, die gegen die Seiten der Schüssel klapperte, als ob er wirklich gerade in der Küche geholfen hätte.

„Kate!" D'arcys Stimme klang hoch und ausgelassen. „Exzentrisch ist gar kein Ausdruck. Diese Frau ist regelrecht sonderbar!" Sie kicherte.

„Was haben wir verpasst?", erkundigte sich Simon und lachte dienstbeflissen mit.

„Du würdest den Ort nicht glauben", bot Eli an. „Er ist bis unter die Decke vollgestopft mit messingfarbenen Buddhas und Gebetsketten, überall Papierstapel ... unglaublich. Und Lena ... wow."

Kate riss sich zusammen, zwang sich zu einem Lachen und hob die Stimme. „Ich habe euch doch gewarnt. Was erwartet ihr von einer Frau, die die Hälfte jedes Jahres mit einem Sherpa durch Nepal wandert und die andere Hälfte zurückgezogen mit ihrem Versandhandel verbringt?" Der irritierende Geruch von kalter Winterluft, Weihrauch und Zigaretten umwehte Eli und D'arcy, als sie ihre Mäntel auszogen und aufhängten, kichernd und flüsternd, die Köpfe zusammengesteckt.

Kate warf einen verstohlenen Blick in Sharons Richtung. Glücklicherweise schien die Aufregung Sharon abgelenkt zu haben, die D'arcy und Eli neugierig beobachtete, fasziniert von ihrem Abenteuer. Wenn sie in der Küche etwas gesehen oder gehört hatte, ließ sie es sich nicht anmerken. Kates Atmung verlangsamte sich ein ganz klein wenig und ihr Puls beruhigte sich.

„Sie hat ein wirklich bewegtes Leben geführt. Wir mussten fast zum Mittagessen dortbleiben, sie hat Geschichten erzählt ..." D'arcy schüttelte den Kopf und traf Elis Blick, der vor geteilter Freude funkelte.

„Das Mittagessen ist gleich fertig", sagte Simon, drehte sich wieder zur Küche um und blickte Kate mit stillem Lachen in die Augen, wodurch er seine geteilte Verlegenheit, Zuneigung und so viel mehr mit der Intensität seines strahlenden Blicks kommunizierte. Das Lächeln, das sie sich auf ihr Gesicht gezwungen hatte, verschwand, als ihr klar wurde, wie viel er mit diesen Augen ausdrücken konnte, so viel, das nur für sie bestimmt war.

Kate vermied seinen Blick bewusst, während sie eine Platte mit Thunfischsandwiches und Kaffee und noch mehr Weihnachtsplätzchen servierte. Sobald sie alle saßen, drehte er sich nachdenklich und in Gedanken versunken um, knabberte halbherzig an seinem Thunfischsandwich, sein glasiger Blick auf die schimmernden Spiegelkugeln gerichtet, die quer über den Weihnachtsbaum in der Mitte des Raumes gespannt waren.

Kate versuchte, ihre Aufmerksamkeit auf das zu richten, was D'arcy sagte. „… die Haare flammend rot gefärbt, wer weiß, welche Farbe sie ursprünglich hatte …"

„Sie sind jetzt wahrscheinlich schneeweiß. Ich bin sicher, sie ist keinen Tag unter siebzig", unterbrach Eli.

„Ich bin sicher, Lena ist nicht so alt. Ich hätte sie auf sechzig geschätzt, vielleicht", sagte Kate ungläubig.

„Da bin ich mir nicht so sicher. Sie hätten einige der Geschichten hören sollen, die sie vom Aufwachsen in England erzählt hat", widersprach Eli.

D'arcy schüttelte energisch den Kopf und griff nach einem weiteren Sandwich von dem Stapel. „Aber sie ist Französin. Sie ist doch sicher Französin, mit diesem Akzent."

„Nein, nein, nein. Ich glaube, sie kommt ursprünglich aus Bulgarien oder so. Sie hat viele Jahre in Frankreich gelebt –"

„Gütiger Himmel, sie klingt jedenfalls sehr schillernd", warf Sharon ein. „Und sie verdient tatsächlich ihren Lebensunterhalt damit, Buddha-Statuen zu importieren?"

„Und du würdest nicht glauben, was noch!", rief D'arcy aus. „Du hättest den Laden wirklich sehen müssen, um es zu glauben, Sharon. Stapel von Kisten und Haufen von Zeug. Alle Arten von religiösen Artefakten aus Tibet, China, Indien …"

„Das würde Sie doch interessieren, Simon, nicht wahr?", wandte sich Sharon an ihn und riss ihn aus seinem persönlichen Gedankengang.

„Hmm?" Er blinzelte.

„Was ist los? Sie scheinen nicht Ihren üblichen Appetit zu haben." Sharon runzelte die Stirn bei dem halb gegessenen Sandwich, das in seiner Hand schwebte.

„In Gedanken, Sharon, das ist alles." Er funkelte sie einen Moment lang an und schüttelte den Kopf. „Keinen Hunger, schätze ich." Er legte sein Sandwich ab und blickte zu Kate. „Ich … äh … muss eigentlich noch einen Anruf machen, entschuldigen Sie mich." Er schob seinen Stuhl zurück und stand auf, entfernte sich vom Tisch, während er sein Handy herausholte.

„Er ist heute furchtbar still", kommentierte Sharon.

„Muss die Arbeit sein", murmelte Eli.

„Oder seine Tochter?", spekulierte D'arcy leise.

„Er ist so ein hingebungsvoller Vater", bot Sharon im Flüsterton an.

Er verschwand hinter dem geschnitzten Paravent, und sein Handy klingelte in seiner Hand.

„Hallo? ... Richtig, ich wollte Sie gerade anrufen."

„Entschuldigen Sie mich einen Moment." Kate stand auf und nutzte die Tatsache, dass die anderen aßen und immer noch über ihre verrückte Nachbarin redeten.

„Ich wollte das mit Ihnen durchgehen", sagte er in sein Telefon. „Donnerstag wäre vielleicht möglich, aber das muss ich später mit meiner Sekretärin klären, wenn ich wieder im Büro bin."

Er blickte sie an.

„Ich denke, dafür gibt es einen Präzedenzfall, ja", sagte Simon zerstreut, als sie an ihm vorbei ins Badezimmer ging, sein Blick folgte ihr.

Einen Moment später, als Kate die Badezimmertür öffnete, trat er durch die Tür, drängte sie zurück in den Raum, immer noch am Telefon. „Ich muss jetzt auflegen. Tschüss." Er legte abrupt und, wie sie fand, ziemlich unhöflich auf und schloss die Tür. „Es ist nur mein Bruder", erklärte er, aber das erklärte keineswegs das vorherige Gerede über Sekretärinnen und Präzedenzfälle.

„Ssss ..." Kate hielt sich zurück, bevor sie laut ausrief, aber nicht bevor er sie mit einem leidenschaftlichen Kuss zum Schweigen brachte. „Mmm." Sie keuchte, mit weit aufgerissenen Augen, erholte sich und zog sich mit den Händen gegen seine feste Brust zurück. „Was machst du da? Bist du verrückt?", zischte sie.

„Mmm. Verrückt nach dir", murmelte er, sein heißer und bedürftiger Blick glitt über ihren Körper.

„Sieht so aus, als hättest du heute mehr im Kopf als nur reden. Das ist lächerlich. Wir können nicht zusammen hier drin sein. Du hast es versprochen." Kate stand mit in die Hüften gestemmten Armen da, eine seltsam aggressive Haltung angesichts der Tatsache, dass sie flüsterte.

Er grinste, fuhr sich mit einer Hand durch die Haare und holte tief Luft. „Es ist nur, dass ich so verdammt frustriert bin, diese dummen Kinderspiele zu spielen. Stimme zu, dich mit mir zu treffen, und vielleicht kann ich mich entspannen." Er bettelte, wurde streitlustig. Er drängte in einem eindringlichen Flüstern weiter.

„Schsch." Sie öffnete die Verbindungstür zu ihrem angrenzenden Bad und zog ihn hindurch, um ihre Stimmen durch eine weitere Tür von Lauscherinnen zu trennen.

Er schloss sie und blickte über ihre Schulter in ihr Schlafzimmer. „Wenn du mich am Ende wegschickst, dann gut. Ich werde gehen. Aber nicht, ohne etwas zu verstehen. Ich kann … etwas zwischen uns spüren, das mich überwältigt. Ich weiß, du spürst es auch. Und es sind nicht nur gemeinsame Erinnerungen an unsere alte Affäre. Es ist mehr. Es gibt eine Verbindung zwischen uns, die wir nicht ignorieren können. "

„Wie kann ich es ignorieren, wenn du mich nicht in Ruhe lässt?", seufzte sie verärgert.

„Du kannst mir nicht sagen, dass du nichts fühlst, Kate. Dass du mich nie wieder sehen willst, sobald dieser Fall abgeschlossen ist." Simon packte ihre Schultern und drückte zu, streichelte frustriert ihre Arme. Er blickte tief in ihre besorgten Augen. „Ich muss mit dir allein sein."

„Ich weiß es nicht. Ich weiß nur, dass wir das nicht tun können, während wir versuchen zusammenzuarbeiten. Ich stecke schon in so vielen Schwierigkeiten." Sie spürte, wie ihr Gesicht zu zerfallen drohte, als wieder Tränen aufstiegen. Das war zu viel. Sie konnte damit nicht umgehen.

Er seufzte und fuhr sich mit der Hand über die Augen. Dann umrahmte er ihr Gesicht mit seinen Handflächen, ließ sie nach unten gleiten, um ihre Schultern zu umfassen, und drückte beruhigend zu. „Ich weiß. Ich weiß, dass du dir Sorgen machst. Ich bin zuversichtlich, dass Sharons Beschwerde zu nichts führen wird, aber ich verstehe deine Bedenken. Sie hat keine Grundlage. Sie wird abgewiesen werden. Es wird alles gut, Liebling, ich verspreche es."

Er schlang seine Arme um sie und umarmte sie, drückte sein Gesicht an ihren Hals, Wange an Wange.

„Wie kannst du das sagen? Sieh uns an." Sie hob ihre Hände, um es zu verdeutlichen, und landete mit ihnen auf seinem baumwollglatten Rücken, den sie auf und ab rieb. Er roch so gut.

„Okay. Nicht jetzt. Lass uns zum Abendessen gehen." Er hielt inne, um nachzudenken, wich zurück, um ihr die Haare aus dem Gesicht zu streichen. „Samstag. Wir werden nur reden. Ich verspreche es."

„*Das* hast du das letzte Mal auch gesagt", erwiderte sie und begegnete seinem Blick besorgt. Warum zog sie das überhaupt in Betracht, angesichts ihres früheren Entschlusses? „Kannst du nicht ein oder zwei Wochen warten, bis dieser Fall geklärt ist und ich eine Rückmeldung bezüglich der Beschwerde bekomme? Ich wüsste nur gerne, woran ich bin, bevor ich unsere … was auch immer … in der Öffentlichkeit zur Schau stelle."

Mit einem gebeugten Finger berührte er leicht ihre Augenbraue, zog eine Linie ihre Nase hinunter, ließ eine Fingerspitze über ihre Unterlippe gleiten, was sie erschaudern ließ. „Bitte, Kate. Es wird nicht wehtun. Ich kann an nichts anderes denken. Ich habe das Gefühl, dass du mich zurückweist, und ich kann nicht –"

„Oh, na gut. Aber nicht … irgendwo auswärts … Hier, im Loft. Hör jetzt einfach auf, mit mir zu reden. Bitte." Sie schob ihn sanft weg. „Wir können nicht hier bleiben. Sie werden nach uns suchen …" Sie schnitt mit einer aufgeregten Hand durch die Luft und marschierte aus dem Raum, bevor sie sich seiner beharrlichen Berührungen völlig hingab.

ZWANZIG

K ate wurde schlecht vor Sorge. Sie wachte früh auf und lag mit
ausgestreckten Gliedern im Bett, Körper und Seele zu sehr von
einer Trägheit beschwert, um sich zu bewegen. Sie war von einem
unbestimmten, schmerzhaften Gefühl des Verlustes erfüllt, während sie
sich vorstellte, wie Simon sich mit Rachel versöhnte oder eine neue
Beziehung einging, als hätte sie etwas unvorstellbar Kostbares durch
die Finger gleiten lassen, obwohl dies durch ein Gefühl der Unvermei-
dbarkeit ausgeglichen wurde. Obwohl sie seit ihrer Begegnung am
Dienstag immer noch an seiner Überzeugung und der Intensität seiner
Gefühle zweifelte, war sie jetzt aus anderen Gründen besorgt. Es war
fast einfacher, wenn es unüberwindbare Hindernisse gab. Egal, wie die
Dinge ausgingen, sie wurde in die Tiefen eines emotionalen Aufruhrs
gestürzt, der sie zu verschlingen drohte.

Dann, gestern, als wäre es vorherbestimmt gewesen, war sie dafür
bestraft worden, dass sie zugestimmt hatte, am Samstag mit Simon zu
Abend zu essen. Zumindest fühlte es sich für sie so an. Ein Brief der
Gesellschaft der Mediationsliste war mit der Post angekommen.
Eigentlich sollte sie erleichtert sein. Die Beschwerde hätte einer
formellen Prüfung unterzogen werden können. Andererseits hätte die
ganze Angelegenheit auch abgewiesen werden können. Sie wusste,
dass Rose MacIlhaney dahintersteckte. Rückblickend war sie dankbar,
dass sie sich die Mühe gemacht hatte, im Oktober ihre Mentorin zu

konsultieren. Kate erinnerte sich genau an das, was sie geantwortet hatte.

„Das ist eine ziemliche Grauzone, Kate. Sie haben keine Beziehung mehr zu dem Mann und haben sich sehr lange nicht gesehen. Es ist unwahrscheinlich, dass es Ihr Urteilsvermögen bezüglich Ihrer Klienten beeinflusst, also liegt es an Ihnen zu entscheiden, ob Ihre Leistung durch seine Anwesenheit in irgendeiner Weise negativ beeinflusst wird. Das können nur Sie beantworten." Von seiner Anwesenheit beeinflusst, in der Tat.

An den Brief des Verwalters, in dem er die Verweisung der Angelegenheit an den beratenden Praxisausschuss ankündigte, war eine handschriftliche Notiz von Rose geheftet.

Liebe Kate,

es tut mir leid, dass ich Sie davor nicht bewahren konnte. Ihr nachdenklicher und aufrichtiger Einspruch hat jedoch bei mehreren Mitgliedern des Vorstands, mich eingeschlossen, einen günstigen Eindruck hinterlassen. Sie sind fähig, diese Schwierigkeit zu überwinden, und sowohl Sie als auch ich wissen, dass Sie das tun müssen. Dies ist eine Gelegenheit für Sie, ein wenig tiefer zu graben und diese Geister ein für alle Mal zu klären. Sie werden es nicht bereuen, das verspreche ich Ihnen.

In herzlicher Zuneigung, Rose.

Hmpf. Wenn Sharons Klage für Rose eine Überraschung gewesen wäre, wäre sie vielleicht schockiert und von Kate enttäuscht gewesen. So wie es war, wusste Kate, dass sie einem Test unterzogen wurde. Nur Rose konnte diese Situation nehmen und sie für sie noch herausfordernder machen. Sie wurde an ihre Verpflichtung gegenüber Eli erinnert. Hoffentlich würde sie nur einen Verweis bekommen, aber trotzdem war es demütigend, und es war immer noch möglich, dass der Ausschuss bei der Vorlage der Fakten disziplinarische Maßnahmen empfehlen könnte, sogar eine vorübergehende Aussetzung ihrer Lizenz. Sie hatten die Macht, und an diesem Punkt lag es nicht mehr in Roses Händen. Ihr Magen und ihr Herz zogen sich bei dem Gedanken eng zusammen, als wären sie geschmolzen und in ihrer Mitte zu einer festen Masse verschmolzen, wie ein Klumpen abkühlender Magma. Sie zog eine Hand unter der Bettdecke hervor und presste eine feste Faust gegen ihre schmerzende Brust. *Ich kann ohne meine Arbeit nicht leben.* Trotzdem hatte Rose den Einsatz erhöht.

Oscar zuckte im Schlaf. Sie lag da und lauschte dem rhythmischen Keuchen, das von seinem zusammengerollten Körper neben ihr ausging, und wartete darauf, dass sein unruhiger Raubtiertraum zu einer Lösung fand, bevor sie sich rührte. Ihre eigenen Träume waren voller Sorgen gewesen, ihre Nerven lagen blank.

Bwiiiiih. Bwiiiiih.

Was zum Teufel? Sie warf einen Blick auf ihren Wecker am Bett. 6:34 Uhr. Wer klingelte um diese Zeit an ihrer Gegensprechanlage?

Sie versuchte, Oscar sanft beiseitezuschieben, aber er schreckte hoch und sprang vom Bett, sodass sie zur Gegensprechanlage laufen konnte. „Hallo?"

„Kate. Ich hab Starbucks dabei." Es war Alexa, vermutlich auf dem Weg ins Büro.

Einen Moment später lümmelten sie mit *Venti Lattes* und Mandel-croissants auf ihrem Sofa. „Hey. Danke."

„Nmpfmf", antwortete Alexa mit vollem Mund.

„Schön, dich zu sehen. Was ist der Anlass?"

Alexa schluckte und spülte mit Kaffee nach, bevor sie antwortete. „Ich hab dich ewig nicht gesehen. Ich hab nur eine Stunde bis zur Arbeit."

Sie ließen sich mit ihren Kaffees und Croissants auf das Sofa fallen.

„Wie läuft's so?", fragte Alexa zwischen zwei Bissen.

Kate wusste nicht, wie sie ihr antworten sollte. Sie erzählte zuerst von dem Brief des Vorstands, da das vielleicht die drängendste ihrer Sorgen zu sein schien.

Alexa kaute und schluckte. „Das ist Mist", gab sie zu, sagte aber nichts weiter.

Sie erzählte Alexa von den Fortschritten in Eli und Darcys Fall, immer darauf bedacht, keine persönlichen Details preiszugeben, und von der Tatsache, dass Simon darauf drängte, mehr Zeit mit ihr zu verbringen, obwohl der Zeitpunkt besonders schlecht war.

„Jedenfalls, die andere Sache ist …", sie sah Alexa reuevoll an. „Ich habe nachgegeben und zugestimmt, am Samstagabend mit ihm zu Abend zu essen", fügte sie schnell hinzu, „bei mir." Sie zuckte zusammen und erwartete Alexas Reaktion.

Sie zuckte mit den Schultern und nahm einen Schluck von ihrem Kaffee.

Kate starrte sie weiter an und wartete auf eine Antwort, eine Schelte, irgendetwas.

Alexa blickte auf. „Was? Willst du, dass ich dich warne, dass du dich der Versuchung aussetzt, wo du doch die reinste Martha Stewart gibst und ein nettes Essen zu Hause kochst?"

Kate rümpfte die Nase. Tat sie das? Simon verführen?

„W arum ist das so schwer?", sagte Alexa. „Wenn ich so viel über eine Beziehung nachdenken würde, bevor ich mich auf jemanden einlasse, wäre mein Sexleben nicht existent."

„Ich rede nicht von Sex, Alex, ich rede von Liebe."

Alex verdrehte die Augen und nahm einen langen Schluck von ihrem Latte. „Liebe hin oder her."

Kate schlug ihrer Freundin auf den Arm, sodass sie beinahe ihren Kaffee verschüttete. „Das ist deine Vorstellung von Hilfe?"

Alexa schenkte ihr ein ironisches Lächeln.

„Worüber ich nachgedacht habe, ist diese ganze Besessenheitssache. Wie der Verstand funktioniert."

Alexa nippte, mampfte und nickte.

„Ich habe noch nie so viel Energie darauf verwendet, über einen anderen Mann nachzudenken."

„Ich weiß."

„Also. Liegt es daran, dass an mir und Simon etwas Unvermeidliches ist? Bin ich dazu bestimmt, ihn immer zu lieben? Ist es Schicksal, oder so?"

Alexas Augenbrauen schossen dramatisch in die Höhe.

„Antworte nicht darauf. Ich weiß, dass du meinen spirituellen Ausschweifungen gegenüber skeptisch bist."

Alexa schnaubte zur Bestätigung dieser Wahrheit durch die Nase.

„Oder vielleicht bilde ich mir das alles nur ein. Letztendlich geht es um die Natur der Wahrheit, die Natur des Wissens. Es ist eine metaphysische Frage. Wie soll ich das jemals wissen? Welche Kriterien sollte ich anwenden? Und spielt das überhaupt eine Rolle, wenn man über Gefühle spricht?"

Alexa schielte zu Kate rüber, und Kate revanchierte sich, indem sie sie mit einem Kissen boxte.

„Erinnere mich noch mal daran, warum wir beste Freundinnen sind", sagte Alexa.

Kate spitzte die Lippen. „Weil wir uns guttun. Wenn wir gleich wären, wären wir beide unerträglich, ohne dass uns jemand widerspricht oder unseren Blödsinn aufdeckt."

„Ich decke deinen Blödsinn gerade auf, Schwesterherz. Wenn ich

eine Blödsinn-Karte habe, dann spiele ich sie jetzt aus. Ich habe dich
noch nie so sehr in deinem metaphysischen Mumpitz schwelgen hören.
Und wenn ich mir noch viel mehr davon anhören muss, bist du mir
was schuldig, und zwar gewaltig."

„Halt die Klappe und hör zu", antwortete Kate. „Ich muss diese
Gedanken loswerden, bevor sie mich wahnsinnig machen."

Alex stellte ihre leere Kaffeetasse ab und lehnte sich zurück, legte
ihre Füße auf den Kabeltrommel-Couchtisch, den sie abgrundtief
hasste, und tat so, als wäre sie gelangweilt.

„Über die Jahre habe ich mich davon überzeugt, dass meine
Besessenheit von Simon nur auf einer Realität beruhte, die in meinem
eigenen Kopf existierte." Kate machte eine kreisende Bewegung um
ihren Kopf. „Eine Art unerfülltes, zweifellos neurotisches Bedürfnis.
Romantisch, ja, aber illusorisch. Wie du weißt, war Simon kein Teil
meines Lebens, und soweit ich wusste, würde er es auch niemals sein.
"

Alexa schloss die Augen und legte den Kopf zurück. „Mach weiter.
"

„Ich habe gelernt zu überleben und mich auf mich selbst zu
verlassen. Aber ein Teil von mir hat diese Liebe, die ich fühlte, nie
vergessen. Keine andere Erfahrung konnte damit verglichen werden. Er
hat meine Träume heimgesucht. Und so ... ich schätze, ich konnte nie
wirklich mit jemand anderem glücklich sein. Nie glücklich ohne ihn
oder das Konstrukt von ihm, das ich in meinem Kopf trug."

Alexa öffnete die Augen und blickte auf ihr Telefon. „Ich habe in
einer halben Stunde ein Meeting, Süße."

„Ich mach's kurz."

Alexa lächelte nachsichtig.

„Da liegt der Haken. Ich will ganz und vollständig sein, auch ohne
ihn. Ohne irgendjemanden. Nicht nur Unabhängigkeit. Nicht nur
Liebe. Sondern Ganzheit. Irgendwie, irgendwo auf dem Weg habe ich
einen Teil von mir zurückgelassen, und jetzt fühlt sich nichts richtig an.
"

Es entsprach ihrer Natur, an Abstraktionen zu glauben, so unrealis-
tisch sie auch sein mochten. Selbst ihr Gefühlsleben wurde von Ideen
angetrieben. Musik, Kunst, Theater, Natur, freundliche Taten und sogar
zufällige Ereignisse konnten sie zu schmerzlichen oder leidenschaftlichen Tränen rühren. Sie war der Typ Persönlichkeit, der in
gewöhnlichen Dingen eine tiefe philosophische Bedeutung suchte und

fand. Ihre Welt war nicht materiell oder existenziell, sondern spirituell, intellektuell. Sie konnte nicht anders.

„Die Frage, die ich mir also stelle, ist: Ist das real, weil ich es *fühle*, oder fühle ich es, weil es real *ist*?"

Alexa seufzte. „Du erwartest doch wohl keine Antwort, hoffe ich."

Kate seufzte. „Ich weiß nicht, was ich tun oder auch nur denken soll. Die Fundamente meiner sorgfältig wiederaufgebauten Welt drohen zu zerbröckeln – bröckeln schon, seit Simon im Oktober wieder in mein Leben gestürzt ist."

„Erinnerst du dich, was ich letzte Woche gesagt habe? Ich weiß nicht, wo du dieses Zeug immer herholst, aber was, wenn dein ganzer Fokus darauf, den perfekten Partner zu finden, nur eine Ausrede ist, um eine Bindung zu vermeiden, weil du Angst vor Intimität und Engagement hast?"

Kate stöhnte und warf sich zurück in die Sofakissen. „Warum kann ich nicht normal sein? Sicherlich machen die meisten Frauen das nicht durch."

„Das garantiere ich dir. Aber weil Simon Simon ist, der Mann, den du immer wolltest, musst du dir extra komplizierte Gründe ausdenken, warum du ihn nicht haben kannst."

„Du hast recht. Danke."

„Hey, keine Ursache. Dafür lebe ich doch." Sie grinste und stand auf, um sich zum Gehen fertig zu machen.

Kate wusste, dass es die Jahre der Besessenheit, der Trauer, der Depression und der Heilung waren, die sie gelehrt hatten, ihre Gefühle bis zum Gehtnichtmehr zu intellektualisieren und zu analysieren. Letztendlich gab es keine Antwort darauf, ob Simon ihr wahrer Seelenverwandter war, falls es so etwas überhaupt gab, trotz des Reizes, eine Person zu haben, die ihr Bestätigung gab, sie kannte und sie für ihr wesentliches Selbst liebte. Aber am Ende half es nichts. Man war auf sein Bauchgefühl angewiesen. Auf Angst, auf Liebe und auf Vertrauen.

~

Später in dieser Woche ging Kate auf D'arcy und Elis Eigentumswohnung auf der West Side zu. Da ihre Anwälte das Dokument bereits paraphiert hatten, brauchte sie nur noch die Unterschriften von D'arcy und Eli auf der endgültigen Einigungsvereinbarung. Fünf Kopien des umfangreichen Dokuments beschwerten ihre

Aktentasche und verliehen ihrer Mission ein befriedigendes Gefühl der Endgültigkeit, das die Last der Sorgen, die sie ebenfalls trug, in gewisser Weise ausglich. Danach traf sie sich mit Alexa zu einem dringend benötigten Mädels-Mittagessen, dem ersten seit einer Weile. Wenn sie nicht herausfinden konnte, was sie tun sollte, konnte Alexa ihr normalerweise helfen, die Dinge wieder klarzusehen.

Sie hätte mit dem Fall nicht glücklicher sein können, trotz der Rückschläge. D'arcy und Eli hatten einige schwierige Herausforderungen durchgestanden, und sie wusste, dass sie in den kommenden Jahren davon profitieren würden. Es würde herausfordernd sein, aber welche Ehe war das nicht?

Nicht, dass ich da aus erster Hand Erfahrung hätte, dachte sie wehmütig, *beziehungsunfähig, wie ich bin.* Alles in allem schien sie einen langsamen Start ins Leben gehabt zu haben. Als sie ihre psychologischen Schwierigkeiten und ihre Karriere sortiert hatte, hatten ihre Schulfreundinnen bereits ein paar Wellen des Sesshaftwerdens und Familiengründens hinter sich. Außer, Gott sei Dank, Alexa. *Ich bin vierunddreißig Jahre alt!* Lag da noch Romantik und ein Familienleben vor ihr? Oder war *sie* zu sehr mit Ängsten belastet, um jemals eine Beziehung zum Funktionieren zu bringen? Das war es, was sie Jay gesagt hatte. Die Wahrheit war, dass sich das Leben mit Jay immer wie ein Kompromiss anfühlen würde. Und sie glaubte nicht, dass sie der Typ war, der sich zufriedengab.

Eli begrüßte sie an der Tür mit seinem inzwischen vertrauten Lächeln der Zufriedenheit. Es wirkte irgendwie fehl am Platz in seinem dunklen, unrasierten Gesicht, als hätte es sich noch nicht entschieden, ob es bleiben sollte, als wäre sein Glück eine Quelle der Verlegenheit oder Überraschung. Sie konnte es kaum erwarten, ihn als stolzen Vater zu sehen. Er würde aus allen Nähten platzen. „Kate! Schön, dich zu sehen. Komm rein." Anstelle seiner Uniform aus Jeans und Lederjacke trug er eine bequeme, weite Jogginghose und ein T-Shirt, das mit Löchern und Farbspritzern verziert war. Es würde sie nicht überraschen zu erfahren, dass er darin geschlafen hatte. Seine Füße waren trotz der kalten Jahreszeit nackt, und sein langes Haar war ungebunden und unordentlich. Er nahm ihren Mantel.

Sie folgte Eli nach oben in einen schlichten, zeitgenössischen Innenraum mit modernen Möbeln. Die Linien waren klar und die Farbpalette gedämpft und neutral, in Schwarz und Hellbraun. Es war geschmackvoll und passte irgendwie sowohl zu D'arcy als auch zu Eli.

D'arcy schlurfte strahlend aus einem anderen Zimmer herein. „Hi. Wie geht's dir?" D'arcy beugte sich über ihren geschwollenen Bauch, um Kates Wange zu küssen.

„Gut, danke", antwortete sie und lächelte über D'arcys strahlenden Teint. „Du siehst großartig aus."

„Danke. Ich fühle mich auch ziemlich gut." D'arcy wies vor sich auf den offenen Wohnbereich. „Komm rein, setz dich."

Kate ging zum gläsernen Esstisch, blieb lächelnd stehen und wartete darauf, dass sie sich zu ihr gesellten.

„Eine Tasse Tee?", erkundigte sich Eli.

„Du *besitzt* Teebeutel?", neckte Kate.

„Hm." Er lächelte verlegen. „Wir wussten ja, dass du kommst, nicht wahr?" Es war schön, ihn in ihrer gemütlichen, häuslichen Umgebung zu sehen. Er schien entspannt zu sein.

„Danke, ja." Sie zog einen Stuhl heraus und setzte sich, während sie in ihrer Tasche nach den Dokumenten suchte. An D'arcy gewandt, sagte sie: „Nun. Das war's dann." Sie ließ sie auf den Tisch fallen.

D'arcys volle Lippen verzogen sich nachdenklich zu einem Schmunzeln, die Mundwinkel zogen sich langsam nach oben, und sie nickte.

„Bist du froh, dass du dich für Mediation entschieden hast?"

„Du weißt, dass ich das bin. Ich weiß nicht, wo wir ohne deine Hilfe gelandet wären."

Kate schüttelte den Kopf. „Ihr zwei habt die ganze Arbeit gemacht, glaub mir."

Eli gesellte sich zu ihnen und stellte eine Tasse Tee vor Kate ab, der Anhänger des Teebeutels baumelte über den Rand. „Hoffe, das ist okay."

Sie blickte auf, schenkte ihm ein dankbares Lächeln und hob die dampfende Tasse an ihre Nase. Sobald er Platz genommen hatte, ging sie mit ihnen die letzten Änderungen durch, schlug die Vereinbarungen auf der letzten Seite auf und drehte sie um, um anzuzeigen, wo sie unterschreiben sollten. „Ich nehme an, ihr habt inzwischen herausgefunden, dass das Dokument in Fällen wie diesen eher ein Symbol für den Prozess ist, den ihr durchgearbeitet habt. Nur eine Erinnerung, selbst wenn ihr es nie wieder aus dem Umschlag holt." Sie musterte sie nachdenklich. Von nun an waren sie auf sich allein gestellt. Sie fühlte sich wie eine Vogelmutter, die ihre Küken aus dem Nest wirft. Sie würden fliegen oder zugrunde gehen, aber es gab nichts mehr, was sie für sie tun konnte.

„Das ist doch ein Witz. Du weißt, dass ich Eli das unter die Nase reiben muss, damit er ab und zu mal das Abendessen kocht", lachte D'arcy.

„Es gibt einen besseren Weg, weißt du", sagte Kate.

Eli sah alarmiert aus. „Und der wäre?"

Kate sah ihn bedeutungsvoll an und antwortete: „Hör auf, ihn zu füttern."

„Ah", lachte er. „Aber du weißt ja, wozu das führt."

Kate presste die Lippen zusammen und erinnerte sich. „Nun, Pizza, Bier und Schokolade mögen für dich und mich ausreichen, aber jetzt habt ihr eine Familie zu ernähren." Sie kicherten zusammen.

D'arcys Stirn legte sich in Falten. „Wovon sprecht ihr?"

Kate antwortete. „Ich hatte das große Vergnügen, letzten Monat mit Eli in seinem Studio zu speisen", lachte sie. „Es war höchst – interessant."

„Mein Beileid. Ich musste einen Bagger mieten, um es auszuräumen." D'arcys Grimasse sagte alles.

„Das erinnert mich an etwas, Kate", Eli warf ihr einen scharfen Blick zu, plötzlich ernst. „Was ist mit unserem Pakt? Ich habe meinen Teil der Abmachung gehalten. Du machst doch keinen Rückzieher, oder?"

Kate schwieg und dachte nach. Ja, Simon kam am Samstag zum Abendessen, aber was dann? Sie hatte seinem beharrlichen Drängen nachgegeben, aber da der Fall nun zu Ende war, würde sie zustimmen, ihn wiederzusehen? Wenn sie sich nur nicht so ambivalent fühlen würde. Schließlich sprach sie. „Ich stecke in so großen Schwierigkeiten, dass ich nicht weiß, was ich tun soll."

Sie starrte D'arcy eindringlich an. „Du darfst nicht verraten, dass du es weißt. Besonders nicht Sharon. Auch wenn das hier im Grunde vorbei ist. Aber ich werde es dir erzählen, da du schon so viel weißt, Eli."

Sie lehnten sich beide vor.

Sie zögerte und gestand dann mit gedämpfter Stimme. „Ich habe gesagt, er kann am Samstag zum Abendessen kommen. Um zu reden." Sie warf resigniert beide Hände in die Luft.

„Ha!"

Elis Augenbrauen schossen in die Höhe, während D'arcy die ihren finster zusammenzog. „Simon, nehme ich an, meinst du? Was für Schwierigkeiten?", fragte sie.

„Sharon hat bei meiner Berufsorganisation eine formelle Beschwerde gegen mich eingereicht – sie behauptet Interessenkonflikt und Verletzung der Verhaltensregeln – und hat es trotz meiner Antwort einen Schritt weitergetrieben. Ich weiß nicht, was jetzt passieren wird. Disziplinarische Maßnahmen sind immer noch möglich."

„Diese Schlampe!", murmelte Eli.

Sie erwähnte das Begleitschreiben ihrer Mentorin nicht, die im Vorstand saß. Rose war anscheinend besorgt um sie. Zwischen den Zeilen war klar, dass sie ohne Roses Eingreifen vielleicht härter bestraft worden wäre. Es blieb abzuwarten, ob sie für schuldig befunden und diszipliniert werden würde oder nicht.

„Wie lange geht das schon?", fragte D'arcy.

„Die Beschwerde oder die Affäre?", witzelte Eli.

„Es gibt keine Affäre!" Kate spürte, wie ihr die Röte ins Gesicht stieg.

Das Grinsen auf Elis Gesicht sprach eine andere Sprache. „Er kommt zum Abendessen?"

„Hör auf. Du bist schrecklich. Ich meinte die Beschwerde, natürlich. " D'arcy gab ihm einen sanften Klaps.

„Seit Mitte November, schätze ich, ungefähr eine Woche, nachdem wir die Sitzungen abgebrochen hatten. Erinnert ihr euch, ich habe euch erzählt, dass sie Verdacht geschöpft hatte."

„Aber worauf basierend?"

Kate zuckte mit den Schultern. „Nur Gefühle. Es ist wirklich nicht viel passiert." Sie zog als Antwort auf Elis skeptischen Gesichtsausdruck eine Grimasse. „Eine – eine Menge Spannung hauptsächlich. Ich glaube, sie hat Simon ziemlich genau beobachtet. Sie scheint eine Art Besitzanspruch zu erheben."

„*Ich* wusste es aber. Ich meine … ich will deinen Fall nicht noch schlimmer machen", druckste Eli herum. „Aber ich hatte sofort das Gefühl, dass Simon etwas …" Eli wedelte vage mit der Hand in der Luft. „… mit euch beiden und Sharon am Laufen hatte. Ich habe mit ihm darüber gesprochen. Da hat er gestanden, dass ihr euch aus dem College kanntet."

D'arcy schüttelte den Kopf. „Ich habe nichts gesehen."

Kate war entmutigt zu hören, dass Eli die seltsame Anziehung zwischen ihr und Simon fast sofort bemerkt hatte. Kein Wunder also, dass

Sharon sie auch bemerkt hatte und … eifersüchtig geworden war? War es das? Es bestürzte Kate, dass sie ihre Gefühle so schlecht verborgen hatte. Kaum die objektive Fachfrau, auf die sie so stolz war.

Eli zuckte mit den Schultern. „Nenn mich einen sensiblen Typ."

D'arcy stieß ihn mit dem Ellbogen an und schüttelte den Kopf. An Kate gewandt, wurde sie wieder ernst. „Gibt es irgendetwas, womit wir helfen können?"

„Im Moment nicht, aber danke. Wir werden sehen, was der beratende Praxisausschuss zurückmeldet. Wenn ich suspendiert werde, könnt ihr mich zum Abendessen einladen."

„Das machen wir sowieso", lachte Eli.

„Eli, wie kannst du so grausam sein? Warum findest du das lustig? ", schalt D'arcy.

„Du wirst schon sehen. Es ist nicht *lustig*. Ich bin nur … ermutigt. Alles wird gut werden. Es sollte so sein." Das Lächeln, das er Kate schenkte, war warm und wissend, fast verschwörerisch.

„Wie kannst *du* dir so sicher sein, wenn *ich* es nicht bin?"

EINUNDZWANZIG

Als sie mit ihrem Treffen mit D'arcy und Eli fertig war, musste Kate sich beeilen, um pünktlich bei Alexa zu sein, und eilte die paar Blocks zum *Emile's* am Broadway. Das Wetter war wechselhaft. Sie kniff die Augen zusammen und blickte zu den unentschlossenen, dünnen und zerzausten Wolken auf, die wie Zuckerwatte in alle Richtungen auseinandergezogen wurden, bewegt von unsichtbaren Kräften hoch oben in der Stratosphäre. Trotz der frühen Stunde zeigte ein Streifen klaren Himmels am westlichen Horizont malvenfarbene und orangefarbene Töne, während eine kühle weiße Sonne wie eine Alabasterschale tief am Winterhimmel schwebte.

Trotz allem fühlte sich Kate seltsam beflügelt von D'arcys Mitgefühl und Elis störrischer Ermutigung.

Als sie ankam, wartete Alexa bereits im Restaurant an der Ecke auf sie, einem kleinen, stimmungsvollen französischen Bistro, das Alexa an den Abenden bevorzugte, an denen sie spät aus dem Büro nach Hause kam.

Das Lokal war schmal, wie es sich für ein französisches Bistro gehörte, mit glänzend lackierter Wandverkleidung ausgekleidet, über der alte Plakate von französischen Bühnen hingen, durchsetzt mit charmanten *Objets*, wie ausgestopften Moorhühnern und gesprungenem Geschirr. Der *Maître d'* nickte in ihre Richtung, und nachdem er ihnen einen Moment Zeit gegeben hatte, sich einzurichten, schlenderte er mit Speisekarten und einer herzlichen Begrüßung mit Akzent herüber, seine Stimme so schlüpfrig und kiesig wie die von Georges Brassens. Als sie auf einer schokoladenbraunen Lederbank hinter einem Schleier aus dickem, steifem, weißem Leinen Platz nahmen, lächelte Kate ihn an und sah sich um.

Andere Gäste waren spärlich gesät, aber es gab ein paar Geschäftsleute, die über Papiere gebeugt nickten, und eine einzelne, gut situierte Frau mittleren Alters, die eine Freundin des Maître d' zu sein schien, denn er blieb häufig an ihrem Tisch stehen und wechselte mehr als nur ein paar geflüsterte Worte auf Französisch, seine sonore Stimme dröhnte dabei wie ein Lastwagen.

Die Aromen von Speckfett und fein geschmortem Fleisch erinnerten Kate an längst verbotene Versuchungen. Sie überflog die *Tageskarte*. Es schien fast ein Verbrechen, eine Quiche zu bestellen, wo es doch so viele andere fabelhafte Gerichte gab, aber Kate wusste, dass sie niemand besser machte, und heute hatte sie Heißhunger darauf.

Nachdem sie eine Karaffe Weißwein und ihr Essen bestellt hatten, saßen sie ein paar Minuten schweigend da und schätzten die Stimmung der jeweils anderen ein.

„Nun", sagte Kate. „Wie läuft es mit ‚dem Partner'?"

Alexa seufzte und zuckte mit den Schultern. „Ach, er ist diese Woche wohl nach Hause gefahren." Sie sagte das ohne Überzeugung.

Kate schüttelte den Kopf, verärgert über Alexas stagnierendes Liebesleben und ihre niedrigen Erwartungen. „Du verschwendest dein Leben an diesen Taugenichts. Es ist Zeit, ihn loszuwerden und dir eine richtige Beziehung zu suchen."

Ein langsames, sardonisches Lächeln breitete sich auf Alexas Gesicht aus. „So wie du zum Beispiel?"

Kate ertappte sich dabei, wie sie zappelte und sich wand, unfähig, Alexas Blick standzuhalten.

„Okay. Raus mit der Sprache. Machst du dir Sorgen wegen dieses Briefes?"

Kate holte tief Luft und stieß einen langen, langsamen Seufzer aus, der in ihrer Kehle in ein beinahe-Wimmern überging. So viele Dinge türmten sich auf einmal auf, dass sie kaum die Worte finden konnte. „Ja und nein. Aber das ist es nicht, was mich beschäftigt. Ich komme gerade von dem letzten Treffen mit meinen Klienten, und sie haben etwas gesagt ..."

Kate berichtete von dem Treffen mit ihren Klienten und deren unerklärlicher Unterstützung und Empathie für sie und Simon. „Es ist fast so, als würde der Ehemann uns anfeuern." Alexas Reaktion war ebenso rätselhaft, sie betrachtete Kate mit zusammengekniffenen haselnussbraunen Augen. „Das ist ziemlich ironisch, angesichts der Ethikbeschwerde."

Alexa nahm einen nachdenklichen Schluck Wein, stach mit der Gabel in ihre gegrillte Pastete und wartete. Jane Birkin trällerte leise im Hintergrund und füllte die Stille mit den geflüsterten Andeutungen ihrer Melodie, einer Ahnung von Sehnsucht und Melancholie. Kate runzelte die Stirn. Die Franzosen hatten eine Art, alles so pointiert klingen zu lassen.

„Wie gut kennen sie dich?"

Kate öffnete den Mund, um zu antworten, schüttelte dann aber den Kopf. Taten sie nicht wirklich, oder? Abgesehen von dem einen Abend mit Eli hatte sie nichts Persönliches mit ihnen geteilt. Wie so oft, dachte sie wehmütig, wusste sie so viel über ihre Klienten, dass ihre Empathie den *Anschein* von Intimität erweckte, obwohl in Wahrheit keine da war. „Oh, Alex. Vielleicht ist das nur Wunschdenken. Vielleicht muss ich hören, wie die Leute sagen: ‚Oh, ihr passt so perfekt zusammen! Ich freue mich so für euch', um meine eigenen irrationalen Gefühle zu rechtfertigen."

„Ist es das, was ich sagen soll?", fragte Alexa.

Kate ignorierte sie und konzentrierte sich ein paar Minuten lang auf ihren Salat und die Quiche, kaute langsam und genoss die cremige, reichhaltige Textur. War es das wirklich? Konnte sie der Meinung von quasi Fremden vertrauen, die nichts von ihrer Beziehung zu Simon oder ihrer schmerzhaften Vergangenheit wussten? Wie konnten sie wissen, was sie glücklich machen würde?

„Jedenfalls habe ich Bedenken, ihn zum Abendessen einzuladen." Sie sah Alexa an. „Und auch wieder nicht, und–"

„Tu es einfach. Hör auf, so viel nachzudenken."

Kate redete weiter. „Soll ich für immer Single bleiben? Wo werde ich jemals wieder einen Mann finden, der so gut ist wie Simon? Wer wird mich verstehen, wenn er es nicht tut?"

„Hör schon auf damit! Wie soll das dein Leben einfacher machen? Versuch es mit Simon. Genieße den Moment. Wenn es nicht klappt, na und? Du bist eine schöne, intelligente und immer noch junge Frau, Kate, und es gibt, entgegen dem, was du zu glauben scheinst, immer noch viele Fische im Meer."

Der Druck, vernünftige Entscheidungen zu treffen, machte sie nervös. Kate erwartete beinahe einen vertrauten Schwindel- und Ohnmachtsanfall, atmete aber tief durch und stellte fest, dass sie schon eine Weile keinen mehr gehabt hatte. Tatsächlich bekam sie ihre überwältigenden Emotionen allmählich in den Griff. „Aber was, wenn–" Ein leises Summen in ihrem Kopf übertönte die Musik und sie erstarrte mitten im Satz.

Alexa stieß einen entnervten Laut in ihrer Kehle aus. „Ich liebe dich, Kate, und ich werde immer für dich da sein, aber du machst sogar mich total verrückt. Anstatt alles zu Tode zu analysieren, geh einfach vorwärts, steck die Schläge ein, lebe und sieh, wie sich die Dinge entwickeln. Hab ein bisschen Vertrauen, dass du es im Laufe der Zeit beurteilen kannst. Es ist nur ein Abendessen, um Himmels willen. Er macht dir keinen Heiratsantrag."

Das Summen wurde lauter, eindringlicher, fast so, als käme es von außerhalb ihres Kopfes, nicht von innen. Kate verlangsamte bewusst ihre Atmung. *Shanti-mukti-shanti-mukti.* Aber was war mit der Liebe? *Was ist mit meiner unsterblichen Liebe zu Simon?*

Das Summen nahm schließlich die Form des gedämpften, unverschämten Klingelns von Alexas stumm geschaltetem Handy an. Kate schüttelte verwirrt den Kopf.

Alexa stürzte sich auf ihre Tasche, tauchte ihren Arm in deren Tiefen und holte eine Plastikflasche Mineralwasser, ihre Autoschlüssel und eine Haarbürste hervor, bevor sie mit dem Telefon zum Vorschein kam und es sich unter ihr dunkles Haar klemmte. „Ja?" Eine Pause. „Oh, hi, Krystof." Ihr Blick schnellte zu Kate und dann hinunter auf ihren Teller. Alexa spielte mit ihrem Messer, drehte es immer wieder um, seine polierte Oberfläche glänzte im Sonnenlicht. Alexa lief rot an. „Heute Abend? Klar, sicher kann ich das. Okay." Alexa klappte das Telefon zu und legte es hin, ihr Blick traf Kates. Kate hob ihre Augenbrauen in einer sardonischen Frage. „Er will, dass ich länger arbeite." Alexas Schulter zuckte nach oben, und der Schatten eines traurigen, entschuldigenden Lächelns huschte über ihr Gesicht.

Kate presste die Lippen zusammen.

Alexa fuhr fort. „Erinnerst du dich an unser erstes Gespräch darüber im Oktober, nachdem Simon aufgetaucht war und du deine erste Panikattacke hattest? Ich glaube, ich war aufgeregter als du. Obwohl wir an diesem Tag über ihn hergezogen sind, hatte ich irgendwie die Hoffnung, dass ihr zusammenkommt." Alexas Blick schweifte zum Straßengeschehen vor dem Fenster, ihre raue Stimme wurde zu einem sanften Schnurren. „Ich habe so viele Jahre zugesehen, wie du ihn angebetet hast, und ...", sie hob eine geballte Faust, „... gehofft, dass es für dich klappt, ich glaube, ich habe auch den Bezug zur Realität verloren. Ihr wart ein wunderschönes Paar und schient so verliebt, auch wenn es am Ende nur von kurzer Dauer war." Alexa hob ihr Glas und nippte nachdenklich am Wein. „Du weißt, ich bin nicht romantisch, aber wer würde sich nicht wünschen, dass deine Träume wahr werden, vor allem ich? Du weißt, ich liebe dich wie eine Schwester."

„Du widersprichst dir. Einerseits sagst du, folge deinen Träumen, und andererseits, lass dich treiben. Was ist mit deiner Sache mit Krystof? Er ist verheiratet, hat ein Kind. Hoffst du nicht, dass aus eurer Beziehung mehr wird?"

Alexa schüttelte den Kopf. „Nee. Das ist es, was ich meine. Wir vertreiben uns nur gemeinsam die Zeit, genießen die Gesellschaft des anderen. Ich denke nicht darüber nach, was es bedeutet oder wie lange es halten wird. Es ist mir egal. Tatsächlich weiß ich, dass es nicht halten wird–"

„Aber ...

„Es ist für den Moment. Es fühlt sich gut an. Ich weiß, dass ich klarkommen werde. Ich muss nicht alle Antworten haben. Du musst mehr so sein. Wenn das Zusammensein mit Simon, oder auch nur der Gedanke daran, dir all diesen Stress bereitet ... nun, dann tu es nicht. Lass es einfach bleiben."

Kates Herz zog sich zusammen. „Ich bin nicht so."

Alexa stellte ihr Glas ab und griff hinüber, um Kates Hand zu ergreifen. Kate sah nach unten und fixierte ihren Blick auf den breiten Bernstein- und Silberring, den Alexa immer trug, stark, kühn und unkompliziert wie ihre Freundin. „Ich war in den letzten Monaten eine schlechte Freundin. Das war ein weltbewegendes Ereignis in deinem Leben, und wer könnte das besser verstehen als ich? Aber ich war mit meinen eigenen Sachen beschäftigt." Sie wiegte langsam den Kopf hin und her, ihre moosgrünen, von goldenen Funken durchzogenen Augen waren auf Kates gerichtet. „Ich nehme es dir nicht übel, dass du in deine alten Fantasien zurückgefallen bist."

„Ich fantasiere nicht. Ich versuche, mit meinem Leben fertigzuwerden."

Alexa wischte sich den Mund ab und stopfte alles zurück in ihre Tasche. „Nun, was auch immer dich glücklich macht. Das ist der beste

Rat, den ich dir geben kann. Es ist nur so, dass du dich immer selbst zu quälen scheinst. Das ist nicht nötig."

„Ich muss mich immer noch entscheiden, was ich tun soll."

„Wenn du damit nicht klarkommst, dann sag das Abendessen ab – es wird dich nur noch mehr verwirren. Du hast die Stärke. Du brauchst ihn nicht. Es soll nicht so schwer sein. Lass es gut sein, Kate."

Kann damit nicht klarkommen? Alexa ließ es so klingen, als sei Kate sowohl unreif als auch schwach. Dachte ihre beste Freundin das wirklich von ihr?

„Muss ich Simon den Rücken kehren, um zu beweisen, dass ich stark bin?" Das klang fast wie ein Klischee. Auf eine umständliche, Papier-Tüten-Prinzessin-Art. Aber so einfach war es nicht.

Sie würde es ihr zeigen.

Sie *war* stark. Und wenn sie ein bisschen verrückt nach Liebe war, nun, wer war das nicht? Selbst Alexa konnte sich nach drei Jahren, in denen sie wie eine Marionette an der Nase herumgeführt wurde, nicht aus einer destruktiven Affäre mit ihrem verheirateten Chef befreien, trotz ihrer Beteuerungen. Sie war nicht in der Position, Beziehungsratschläge zu erteilen. Es schien, als müsste Kate das allein herausfinden. Kate war nicht wie Alexa und sie musste sich auf sich selbst verlassen, um zu wissen, was zu tun war.

∿

K ate verstand endlich, dass es niemanden gab, an den sie sich wenden konnte, der ihr bei der Entscheidung helfen konnte, was sie in Bezug auf Simon tun sollte.

Sie hatte es aufgeschoben, ihn anzurufen, um ihre Verabredung zum Abendessen abzusagen. *Es eilt nicht. Ich kann es mir genauso gut noch durch den Kopf gehen lassen.* Er würde es verstehen, oder? Mit strapazierten Nerven war sie am Samstagmorgen zu einer anderthalbstündigen Yogastunde gegangen, auf der Suche nach Gelassenheit, aber am Ende war sie weniger als zufrieden, die Tränen hielten sich nur knapp zurück, als ob die Meditation tief vergrabene Gefühle und Gedanken näher an die Oberfläche gelassen hätte. Mit Nerven, die sich wund anfühlten, griff sie nach dem Telefon.

Es klingelte genau in dem Moment, als ihre Hand es umschloss.

„Hallo, Schätzchen! Wie geht es dir?", erklang die vertraute, zerstreute Stimme.

„Mom." Sie spannte sich an, ihre Abwehrkräfte fuhren automatisch hoch. Ihre Stimme klang immer angespannt und erstickt, wenn sie mit Mom sprach.

„Mir geht es gut. Beschäftigt, natürlich. Wie geht es dir?"

„Mir geht's super, Schätzchen. Ich bin so froh, dass ich dich erwischt habe. Kannst du heute Abend zum Essen zu uns kommen? Ich mache Lasagne."

Ah. Der Moment der Wahrheit. Sie ließ sich auf einen Stuhl sinken. „Äh. Danke, Mom. Aber ich habe einen Freund zum Abendessen da." Nun, zumindest war das im Moment noch wahr. *Ich kann meine Meinung immer noch ändern.*

„Oh! Ist es dieser nette große Architekt, wie heißt er noch …?"

Als ob sie seinen Namen auch nur für eine Minute vergessen hätte. Mom hatte seit fast zwei Jahren Andeutungen über Jay gemacht. Warum sagte sie nicht einfach, was sie dachte? *Beeil dich und heirate, du soziale Abweichlerin. Ich will mehr Enkelkinder, bevor es zu spät ist!* Kate seufzte schwer. Mom brauchte die Details nicht zu wissen. „Du denkst an jemand anderen. Nein. Ich treffe mich nicht mit Jay-dem-Digitalkünstler."

„Oh. Verstehe. Na gut, dann." Wie schaffte es ihre Mutter, mit so wenigen Worten Schuldgefühle zu erzeugen, wie kleine Giftpfeile. „Wir sehen dich nicht oft, Schätzchen."

„Ich bin ziemlich mit der Arbeit beschäftigt. Ich habe gerade ein wirklich tolles Paar zur Versöhnung gebracht", verkündete sie hoffnungsvoll und zwirbelte die Fransen an einem Tischset.

„Aha. Das ist nett. Hast du die E-Mail von Stuart mit der Weihnachtswunschliste der Kinder bekommen? Planst du, uns zu Weihnachten in San Francisco zu besuchen?"

Noch mehr Schuldgefühle. Sie stand auf, tippte mit dem Fuß. „Ich weiß nicht, Mom. Wahrscheinlich nicht. Ich kann nicht weg …", sie ließ ihre Ausrede ausklingen. Mom würde ihre Angst vor der Prüfung durch den Vorstand nicht verstehen, und sie würde dieses Fass ganz sicher nicht aufmachen. Sie richtete das Tischset, schichtete einen ungeordneten Stapel Post.

„Ja, natürlich. Deine Klienten brauchen dich. Möchtest du, dass wir ein Paket für dich mitnehmen?"

Kate kaute nachdenklich an ihrem Fingernagel. „Nein, ist schon gut, danke. Ich habe es verschickt. Nun, ich sollte besser gehen. Grüß Dad von mir. Ruf mich an, bevor du fährst." Kate legte das Telefon auf und seufzte wieder, ihre Finger trommelten ein unruhiges Muster auf die Tischplatte. Es war noch nicht zu spät, Simon anzurufen und das Abendessen abzusagen. Er wäre enttäuscht, vielleicht sogar wütend. Aber sie könnte immer sagen, sie hätte sich eine Erkältung eingefangen und es einfach verschieben, bis … Oder vielleicht, nach ihrer disziplinarischen Anhörung, würde sie sich … Aah! *Werde ich jemals meine eigene Meinung kennen?*

Ein Teil von ihr schwebte vor Glück in Erwartung seines Besuchs, seiner tröstenden Gesellschaft, vielleicht sogar seiner erneuerten Aufmerksamkeit. War das der naive und verblendete Teil? Aber da war immer noch diese kleine hilflose Kreatur, die in ihr kauerte, ängstlich, unsicher und zweifelnd. Und sie konnte nicht ignoriert werden. Sie jammerte so laut, dass ihr die Brust schmerzte. Sie musste etwas *tun*. Sie nahm die Post und legte sie auf ihren Schreibtisch.

Sie driftete in die Küche und blätterte durch Menüideen. Es war nicht so, dass sie sich für das eine oder andere entschieden hätte, aber sie sollte vorbereitet sein, nur für den Fall. *Oh. Wen will ich hier veräppeln? Ich* will *ihn sehen. Natürlich will ich das.* Sie wollte diese ersehnte ruhige Zeit mit ihm verbringen, ganz allein, weg von neugierigen Blicken. Sie sehnte sich danach. Darin lag das Problem. Die Sehnsucht nach Simon wurde zu einer Besessenheit, einer Krankheit, die sie geschwächt hatte. Sie konnte sich nicht erlauben, ihn zu wollen, ohne irgendwie das Gefühl zu haben, dass es eine Schwäche, eine Abhängigkeit war. Wie konnte sie sich selbst vertrauen?

Sie öffnete den Kühlschrank und starrte gleichgültig auf dessen Inhalt, ihr Blick nach innen gekehrt. Aber vielleicht war das die Antwort. Da er darauf bestand, Zeit mit ihr zu verbringen, konnte sie sich das genauso gut gönnen. Wenn sie sich darauf konzentrierte, objektiv zu sein, würde die Illusion zweifellos verblassen. Sie war kein naives neunzehnjähriges Mädchen mehr. Sie würde in der Lage sein, ihn als das zu sehen, was er war: einfach ein gewöhnlicher Mann. Sie könnte sich sogar langweilen oder irritiert sein, wie bei anderen Männern. Je mehr sie darüber nachdachte, desto mehr schien es die Lösung für ihr Dilemma zu sein. Ein Gegenmittel. Solange sie sich nicht hinreißen ließ und solange sie ihm natürlich keine falschen Hoffnungen machte. Das wäre unehrenhaft. Sie musste cool bleiben. Beobachtend, offen, aber cool. Ja, das war es. Es würde eine Art Test sein. Sie spürte, wie sich ihre Schultern entspannten, und blickte mit einem neuen Gefühl der Entschlossenheit auf den Abend.

Nachdem sie einkaufen war und für ein schnelles Mittagessen angehalten hatte, eilte sie nach Hause, um das Abendessen vorzubereiten. Es blieb kaum genug Zeit für eine Dusche und einen Kleiderwechsel. Ihr Bauchgefühl sagte ihr, dass er gegen sieben Uhr ankommen würde, obwohl sie keine Zeit vereinbart hatten.

Sie stand in ihren verwaschenen Jeans und ihrem BH da und nickte ihrem liebsten hübschen blau-violetten Pullover auf dem Bett zu. Es gab keinen Grund, sich schick zu machen, und doch wollte sie gut aussehen. Nett, aber nicht sexy. Nun, nicht zu sexy. Aber nicht altbacken. *Verrückte Frau.* Ihr Haar war kaum trocken, und sie schaffte es gerade noch, ein wenig Make-up aufzutragen, als der Summer ertönte. Ihr Herz hämmerte, als sie auf die roten Ziffern des Weckers neben ihrem Bett blickte. Sechs Uhr vierundvierzig. Sie drückte den Knopf, um die Tür zu entriegeln; ihr Magen verkrampfte sich, und sie spürte einen Schweißausbruch auf ihrer frisch gewaschenen Haut. Gereizt trug sie mehr Deodorant und einen Spritzer Kölnischwasser für alle Fälle auf und zog den Pullover an, den sie mit zitternden Fingern zuknöpfte. Ein schneller Blick in den Spiegel, um das Ergebnis zu beurteilen, offenbarte weite, ängstliche Augen und fest zusammengepresste Lippen. Mit Händen, die zitterten wie ein Angeklagter vor dem Urteil der Geschworenen, eilte sie zur Tür, um ihn oben zu empfangen, zwang sich zu *Pranayama*-Atemzügen und versuchte, den Fokus ihres morgendlichen Yogas und ihr früheres Gefühl der Zielstrebigkeit wiederzufinden. Aber jetzt fühlte sie sich nur noch aufgeregt und erregt.

Sie öffnete die Tür auf sein Klopfen und fand … „Jay?" *Oh. Mein. Gott!*

Er kauerte in der Tür und hob beschwörend die Arme. „Hey, Kate." Er machte einen zögerlichen Schritt nach vorne und atmete kräftig aus. „Wow, es tut gut, dich zu sehen."

„Was machst du hier?"

Er ging an ihr vorbei, seine Augen verengten sich. „Hast du jemand anderen erwartet?"

Sie erstarrte. „Du solltest nicht hier sein." Sie biss sich auf die Lippe. Wie schnell konnte sie ihn loswerden? Er blieb am Flurtisch stehen, hob ein Buch hoch, fuhr mit dem Finger über den Buchrücken und drehte sich um, um ihr ins Gesicht zu sehen.

„Ich möchte mich dafür entschuldigen, dass ich dich unter Druck gesetzt habe. Ich habe nachgedacht–"

Der Türsummer ertönte laut, und sie zuckte zusammen, die Haare im Nacken stellten sich ihr auf. *Oh Gott, oh Gott, oh Gott!* Das war nicht gut. Kate stand unentschlossen im Türrahmen, ihr Blick irrte zwischen Jay und dem leeren Flur hin und her und wünschte, sie könnte verschwinden.

„Du erwartest jemanden", sagte Jay und runzelte die Stirn. Er legte das Buch hin.

Kate zögerte. Sie müsste etwas sagen, erklären, vorstellen. Ihr graute vor dem, was gleich passieren würde.

Simon hüpfte auf die oberste Stufe, trug seinen Lammfellmantel, beide Hände hinter dem Rücken, sein Gesicht war gerötet. Er schritt zur offenen Tür und schenkte ihr eines seiner schiefen, schüchternen Grinsen, und sie dachte, *beruhige dich!*, zu ihrem schnell schlagenden Herzen. Er bekam definitiv sehr hohe Noten für unaufdringlichen Charme und einfach atemberaubende Schönheit. Sie konnte nicht anders, als sein schüchternes Lächeln zu erwidern. Sie warf einen nervösen Blick auf Jay, der jetzt mit zusammengezogenen Brauen dastand, während die Erkenntnis dämmerte.

„Ich hoffe, ich bin nicht zu spät … oder zu früh?", sagte Simon vom Flur aus, ohne Jays Anwesenheit zu bemerken.

„Hi. Nein, nun ja, vielleicht ein bisschen." Sie wich zurück, ihr Herz hämmerte.

Sein Blick war gesenkt, als er sprach. „Ich weiß, das ist technisch gesehen kein … äh … Date, aber ich habe eine Flasche Wein zum Abendessen mitgebracht, und–", ein Arm schwang herum und präsentierte eine braune Papiertüte, die von seiner lederbehandschuhten Hand umschlossen war, „–und das zählt nicht als Blumen, da es so kurz vor Weihnachten ist", sein anderer Arm präsentierte einen gesprenkelten rosa Weihnachtsstern im Topf. Er warf einen vorsichtigen Blick in ihr Gesicht, und sie entdeckte einen Funken Schalk in seinem Ausdruck. *Oh Gott. Was soll ich jetzt tun?*

Nervös lachend sagte sie: „Jaaa, klar. Danke." Ihr Blick huschte zu Jay, der steif dastand, sein Gesicht verdüsterte sich.

Simon blickte wieder auf den Boden, oder besser gesagt, seinem Blick folgend, auf ihre Füße. Sie waren nackt, und sie hatte sich dankenswerterweise eine Pediküre gegönnt. „Bezaubernd", sagte er zu ihren blassrosa Zehennägeln, die verlegen wackelten, und sein Lächeln kehrte zurück. „Willst du mich nicht hereinbitten?"

„Ich … äh, sicher. Es ist nur …" Sie sah Jay verzweifelt an und zog die Lippen zwischen die Zähne. Der Kontrast zwischen dem schweren Gefühl des Grauens, das Jays Ankunft mit sich gebracht hatte, und diesem aufregenden Kribbeln, das sie jetzt empfand, als sie Simon betrachtete, war deutlich, und sie konnte es kaum verbergen. Armer Jay!

Jay zuckte bedrohlich mit den Schultern und trat vor, sein Kiefer war angespannt.

Simon blickte dann auf und sah ihn, blieb abrupt stehen, sein Schock und seine Verwirrung waren offensichtlich.

„Oh! Ich–"

Oh, Gott, nein! Ihre Kopfhaut kribbelte. Sie drehte sich um und sah Jays hübsches, gemeißeltes Gesicht, erstarrt in einem verwirrten Ausdruck aus Sorge, Verwirrung, Verletzung und Irritation.

„Was ist …" Sein dunkler Blick löste sich und fixierte erstaunt sein Ziel. Wenn Blicke töten könnten.

„Jay …", zischte sie. Sie könnte versuchen, den einen oder den anderen oder beide wegzuerklären, aber wen wollte sie hier täuschen? Sie sah Simon an. „Jay ist gerade vorbeigekommen … unangekündigt. Er geht jetzt."

Simon trat durch die Tür, sein Kiefer war hart, sein unerschütterlicher blauer Blick so kalt wie Eis. „Ist alles in Ordnung bei dir?" Er stellte den Wein und den Weihnachtsstern mit einem festen Rums auf den Eichentisch im Flur, seine Hände verweilten darauf, sein Blick glitt zurück zu Jay. „Guten Abend", sagte er, ein gezwungenes Lächeln zog an seinen Wangen. Sein Kopf schwang in ihre Richtung. „Wenn das ein schlechter Zeitpunkt ist, kann ich–"

Kate schluckte schwer und blickte von Simon zu Jay und wieder zurück. Ihre Blicke waren in einem stillen Duell verschmolzen, schossen Dolche und unausgesprochene Drohungen.

Sie musste etwas sagen. Das war unerträglich. „Äh, Simon? Ich habe dir von Jay erzählt. Jay, das ist Simon." Sie legte eine Hand leicht auf Simons Arm und beanspruchte ihn für sich. „Er ist gerade zum Abendessen angekommen." Die Erklärung fühlte sich erbärmlich an, und Kate taumelte unter der Spannung im Raum. „Jay ist …", sie hielt inne, unsicher, wie sie ihn nennen sollte.

„Der Mann, der hofft, Kate zu heiraten", sagte er grimmig, sein Blick unerschütterlich.

„Jay, bitte. Wir haben … wir haben unsere Beziehung beendet." Sie schüttelte langsam den Kopf, ihre Kehle wurde eng. „Bitte nicht–"

„Nicht was, Kate?" Sein Blick traf ihren düster, und sie duckte sich unter seinem anklagenden Blick. „Was genau geht hier vor? Du warst nicht gerade ehrlich zu mir."

„Das tut mir leid. Es geht dich nichts mehr an. Bitte geh." Kate kämpfte dagegen an, dass ihr Kinn zu zittern begann.

Es hatte keinen Sinn, sich zu verstellen. Jay musste es verstehen. Sie hielt den Atem an und reckte ihr Kinn, ihr Blick auf Jays Gesicht gerichtet, während seine dunklen, haselnussbraunen Augen ungläubig zwischen ihrem Gesicht und dem von Simon hin und her huschten. Sie konnte die Adern an Jays Schläfe pulsieren sehen und ein hohles Zucken in Simons fest zusammengebissenem Kiefer. Ihr Blut rauschte in ihren Ohren und übertönte alle Geräusche außer dem schnellen Trommeln ihres Pulses. Ihr kam es vor, als wäre eine Stunde vergangen.

Endlich, zum Glück, sah sie, wie sich Resignation und Akzeptanz auf Jays Gesicht abzeichneten. Er spannte seinen Kiefer an und reckte das Kinn vor, ein kühler, wissender Ausdruck legte sich wie ein Leichentuch über sein Gesicht, und sie spürte, wie er sich emotional von ihr zurückzog, als hätte er eine Mauer um sich errichtet, Stein für Stein, während sie dort an der Tür standen. Sie spürte, wie sich ihr Herz schmerzhaft aus Mitgefühl zusammenzog, als würde eine kalte Hand es umklammern. Er verdiente diese Demütigung nicht. Er war ihr ein wunderbarer Freund und Liebhaber gewesen. Er hatte sein Bestes gegeben. Es war einfach nicht genug gewesen.

„Herzlichen Glückwunsch, Simon. Du hast dir da wirklich einen Hauptgewinn geangelt." Jay streckte Simon eine Hand entgegen, ganz der Gentleman, obwohl seine chauvinistischen Worte Kate irritierten, während sie versuchten, ein Kompliment zu sein.

Simons Augen verengten sich, er hielt Jays starren Blick immer noch ohne mit der Wimper zu zucken stand. Er nahm Jays angebotene Hand nicht an.

„Ich hoffe, du weißt, was du tust", sagte Jay mit zusammengepressten Lippen zu Kate. Er drehte sich um und ging ohne ein weiteres Wort, ohne einen weiteren Blick in Kates Richtung, zur Tür hinaus.

Mehrere angespannte Momente vergingen, nachdem Kate leise die Tür hinter dem Geräusch von Jays Schritten, die die Treppe hinunterhallten, geschlossen hatte. Sie wagte einen Blick auf Simons Gesicht. „Tut mir leid. Er ist einfach so vorbeigekommen. Furchtbares Timing."

Kate sah zu, wie Simon aus seinem Mantel schlüpfte und ihn aufhängte. Seine schlanke, breitschultrige Gestalt wurde von einem feinen grauen Kaschmirpullover mit Rundhalsausschnitt umrahmt. Sie bemerkte, dass sie die Konturen seiner Muskeln an Armen und Rücken anstarrte, und riss ihren bewundernden Blick los.

Er trat vor und schloss sie in eine warme Umarmung, drückte sie und ließ sie wieder los, trat einen Schritt zurück, um seinen Kopf zu neigen und ihren Ausdruck zu studieren. Er musterte sie, unausgesprochene Fragen in seinen von Schatten verdunkelten blauen Augen.

Ihr Atem war immer noch zittrig. „Ich brauche einen Drink."

„Ja, das kann ich mir vorstellen. Versuch den mal. Es tut mir leid, falls er nicht zu deinem Essen passt. Es ist ein australischer Cabernet Sauvignon."

„Der wird perfekt sein. Es ist italienisch. Das Essen, meine ich. Ich hole den Öffner." Sie war dankbar für eine Beschäftigung und brachte die Flasche in einer Tüte in die Küche. Während sie dort war, schob sie den Auberginen-*Parmigianino* in den vorgeheizten Ofen, warf die Tüte weg und trug den Wein und den Öffner zurück zum Tisch. Sie war wieder zappelig, obwohl sie sich alle Mühe gab, ruhig zu bleiben, und hantierte ungeschickt mit dem Korkenzieher, unfähig, ihre zitternden Hände zu koordinieren.

Simon trat neben sie, legte sanft seine Hände über ihre, nahm ihr den Wein und den Öffner ab, öffnete geschickt die Flasche und goss in die Gläser, stellte dann die Flasche ab und reichte ihr ein Glas. Sie lächelte unbeholfen, deutete zum Sofa und er ging voran.

Er wählte einen Platz, von dem aus er ihren riesigen Weihnachtsbaum sehen konnte, und legte den Kopf zurück, um die Lichter und funkelnden Ornamente zu betrachten, die bis zu seiner luftigen Spitze hinaufkletterten. Sie war dankbar, seinem Blick nicht begegnen zu müssen.

„Ich kann mich nicht erinnern, ob du mir erzählt hast, wie du dieses Monster hier reingekriegt hast."

Sie lachte leise. „Ich habe ein paar stramme junge Handwerker, die mir helfen."

Daraufhin zog er eine vielsagende Augenbraue hoch. „Ich bin froh, dass du nicht Jay gesagt hast."

Sie senkte den Blick auf ihren Schoß. Sie war nicht bereit, es zu erklären. Sie hatte nicht erwartet, dass Jay auftauchen oder einen Streit anfangen würde. Es hatte sie aufgewühlt.

„Willst du darüber reden?"

Kate schmeckte Salz, als sie spürte, wie ihr Tränen in die Augen stiegen. „Nicht wirklich." Ihre Stimme zitterte. Sie schüttelte den Kopf, um ihn freizukriegen. „Ich … er hat Schwierigkeiten, mit der Trennung fertigzuwerden. Ich habe ihn wirklich verletzt …" Ihr Kinn bebte, und sie hielt inne. „Tut mir leid." Sie bedeckte ihr Gesicht mit der Hand.

Seine Fingerspitzen strichen sanft und beruhigend durch ihr Haar.

„Es tut mir wirklich leid, dich in diese Lage gebracht zu haben."

Sie schniefte und fasste sich wieder. „Das lag nur zum Teil an dir. Es musste sowieso passieren. Aber er ist wirklich ein anständiger Kerl."

Er blickte zurück zu ihrem Baum. „Hast du all die Lichter und das alles selbst aufgehängt?"

„Natürlich." Sie lächelte, dankbar für den Themenwechsel. Es war nur ein weiteres Beispiel für Simons Sensibilität, im Gegensatz zu Jays Egozentrik. Sie wollte ihn nicht mit Jay vergleichen, aber der Gedanke drängte sich trotzdem in ihr Bewusstsein. „Es ist ehrgeizig, ich weiß, aber es ist es wert. Es ist mein Lieblingsteil der Feiertage. Auf den Rest könnte ich verzichten, nur für die Lichter."

Simon grunzte. „Essen ist aber auch wichtig. Ohne das Essen wäre es nicht dasselbe." Seine blauen Augen funkelten vor Humor.

„Du bist ein ziemlicher Feinschmecker, was?" Sie lächelte. Es war ein natürlicher Einstieg in ein Gespräch über ihre jeweiligen Familientraditionen und die über die Jahre gesammelten Anekdoten. Bald war die Begegnung mit Jay so gut wie vergessen, und sie lachten zusammen. Er bekam weitere Pluspunkte dafür, ein herzlicher und lockerer Gesprächspartner zu sein und sie nicht wegen Jay unter Druck zu setzen. Es schien, als fielen sie immer ganz natürlich in eine angenehme Kameradschaft. Nichts an ihrer gemeinsamen Zeit war gezwungen, verkrampft oder falsch.

Simon räusperte sich und zwang sie, sich ihm fragend zuzuwenden. „Jetzt, da der Fall abgeschlossen ist …", sagte er. Kates Magen flatterte bei einem Anfall von Panik. „Was ist aus Sharons Beschwerde geworden?"

Sie stieß den Atem in einer Flut der Erleichterung aus. Kate setzte ihn ins Bild und erklärte, wie ihr Mentor am Justizinstitut wahrscheinlich für die Vermeidung einer vollständigen Anhörung verantwortlich war. Sie ließ ganz bewusst den Teil aus, in dem Rose diejenige war, die sie in der Vergangenheit durch die schwierigsten Phasen beraten hatte. Es gab nichts, was Rose nicht über Kate wusste. Das war ein Grund, warum diese Episode mit Simon, die öffentlich geworden war, für sie so demütigend war. Sie seufzte schwer. „Ich nehme an, ich sollte dankbar sein. Ich erwarte, vor Weihnachten von ihnen zu hören. Das hoffe ich jedenfalls. Dieses Warten bringt mich um."

Simon streckte die Hand aus, um ihr mit einem Finger sanft das Haar aus dem Gesicht zu streichen. „Es tut mir leid, dass du das durchmachen musst. Und es tut mir wirklich leid für meinen Anteil daran. Aber ich habe ein gutes Gefühl dabei."

Kate betete, dass er recht hatte, aber sie konnte nicht so zuversichtlich sein. Sie seufzte und stand auf. „Ich sollte besser nach dem Ofen sehen." Fast eine Stunde war vergangen, und doch fühlte es sich an wie nur wenige Minuten. Sie versuchte, die Nerven zu bewahren, aber stattdessen fühlte es sich an, als würde sie auf einem Wolkenbett getragen, ihre Füße berührten den Boden nicht ganz.

Simons Stimme drang zu ihr. „Stört es dich, wenn ich etwas Musik anmache?"

„Nein, nur zu. Was immer du willst." Augenblicke später schwebte der fröhliche Klang von Cindy Church, die „It's Christmas" von ihrer Quartette-Platte sang, durch die Luft. Oh! Er hatte ihr Lieblings-Weihnachtsalbum ausgewählt. Aber das bedeutete natürlich nichts; es hatte ganz oben auf dem Stapel gelegen.

„Das ist schön. Das Abendessen ist fast fertig." Ihre Stimme klang in ihren Ohren dünn und piepsig. Kate stahl sich einen Moment allein in der Küche und versuchte, sich zu beruhigen. Sie machte ein Geschirrtuch nass und tupfte sich mit der kühlen Kante auf die Schläfen und in den Nacken. Das lief überhaupt nicht nach Plan. Simon war nicht nur ein perfekter, freundlicher, bezaubernder und sexy Gentleman, sondern *sie* war ein Wrack! Überhaupt nicht die kühle, objektive Kritikerin seiner Mängel, die sie geplant hatte zu sein.

Sie schritt zum Tisch, stellte eine große Schüssel mit Salat ab und zündete die Kerzen an, in der Hoffnung, dass Simon ihre zittrigen Hände nicht sah.

Er stand neben ihr. „Isst du immer bei Kerzenschein?" Seine Stimme war warm und neckend.

Die vertrauten Zeilen eines anderen Weihnachtsliedes webten sich in ihr Bewusstsein, mit Bildern von kaltem Winterwetter und einem Paar, das allein war. Sie spürte die Wärme seines Körpers neben ihrem Arm und befahl sich, ruhig zu bleiben. „Das tue ich tatsächlich. Selbst wenn ich allein bin. Es hält mich davon ab, mein Essen runterzuschlingen." Sie lachte und zuckte innerlich bei dem fast hysterischen Ton zusammen, den sie hörte.

„Du bist ja eine echte Romantikerin." Er stand ihr gegenüber, aber sie untersuchte entschlossen das Gedeck und korrigierte die Platzierung von Gabeln und Servietten, während der Liedtext das Bild von Liebenden malte, die eine Winternacht am Kaminfeuer umschlungen verbringen.

„Du auch, glaube ich", wagte sie zu sagen. Ihr Magen flatterte vor Nervosität, und sie umklammerte die Rückenlehne eines Stuhls, um Halt zu finden.

„Du weißt, dass ich das bin." Sie spürte seine Hand auf ihrer Schulter. Er drehte sie zu sich um, und sie zwang sich, gelassen in sein Gesicht zu blicken. Sein Blick war die reinste Güte, nicht bedrohlich, und doch ließ die Hitze, die unter seinem zärtlichen Ausdruck lag, seine Augen lodern. Er hob seine Fingerknöchel, um ihre Wange zu streicheln. Es war eine unglaublich intime Geste, die drohte, ihre Knie weich wie Butter werden zu lassen. „Danke, dass du das tust."

Es gab nichts, was sie tun konnte, um seinen Kurs zu ändern. Nicht, dass sie es gewollt hätte. Ihre Arme und Beine waren wie versteinert, und sie spürte ein Beben durch sie hindurch aufsteigen, bereit, ihr Fundament einzureißen und sie zu Fall zu bringen. Sie war wie in Trance gefangen, während ein Teil von ihr beobachtete, wie sich sein Gesicht dicht an ihres neigte. Sie fragte sich, ob ihr pochendes Herz durch ihren Pullover sichtbar war. Von selbst schlossen sich ihre Augen, als sie seine Lippen sanft ihre berühren spürte. Sie liebte seine sanften Küsse, voller kontrollierter Leidenschaft. Es gab nichts, was sie hätte tun können, um ihren Körper davon abzuhalten, auf seine Berührung zu reagieren, und sie spürte, wie sie sich ihm zuneigte. Empfindungen überfluteten sie eine nach der anderen, während Hitze ihren Körper durchströmte. Ihre Oberschenkel kribbelten und spannten sich an, ihre Brüste prickelten und wurden warm, und ihr Atem beschleunigte sich alarmierend. Objektiv, tatsächlich! Sie hegte eine sehr starke Voreingenommenheit für diesen Mann und konnte sich nicht mehr vorstellen, von ihm gelangweilt oder irritiert zu sein. Er legte einen Arm um ihren Rücken und zog sie näher an sich.

Aber, schrie eine Stimme in ihrem Kopf, *das ist nicht, was du willst!* Sie zwang sich, sich aus seiner Umarmung zu lösen und schüttelte den Kopf. Oder doch? Wortlos trugen ihre unsicheren Beine sie in die Küche, um ihr Abendessen zu holen, bevor es anbrannte. Als sie mit dem *Parmigianino* zurückkam, hatte er sich nicht bewegt und betrachtete sie mit einem fragenden Ausdruck, den Kopf leicht geneigt.

„Parmigiana di melanzane", verkündete sie mit zittriger Stimme, als sie das dampfend heiße Gericht auf den Tisch stellte. Zumindest wusste sie, dass sie ihn mit Essen ablenken konnte – für eine Weile.

„Was für ein Glück ich habe", rief er aus und betrachtete es mit Interesse. War das ein Hauch von Sarkasmus in seinem Ton?

„Ich bin gleich wieder mit dem Brot zurück." Als Kate zurückkam, hatte Simon ihre Weingläser nachgefüllt und stand hinter seinem Stuhl und wartete darauf, dass sie sich setzte. Sie hätte beinahe den Brotkorb umgeworfen, als sie ihn abstellte, und nachdem sie sich gefangen hatte, ging sie zu ihrem Stuhl. Sie strich sich mit flatternden Händen durch die Haare. „Bitte, setz dich."

Sie setzten sich beide. Sie bot ihm Brot an, und er bediente sich, brach es und aß es langsam, nippte an seinem Wein und blickte sie zu lange an, sein Blick ernst, obwohl dieses private, amüsierte Lächeln direkt unter der Oberfläche lauerte. Sie spürte, wie ihre Wangen sehr warm wurden, und beschäftigte sich, um ihn nicht direkt ansehen zu müssen. Kate servierte ihnen beiden und hob dann ihr Glas. *„Buon appetito." Ich benehme mich wie ein Dummchen*, beobachtete sie sich kritisch. *Er wird denken, ich bin eine Idiotin.*

Die Mundwinkel zuckten nach oben, er hob die Augenbrauen und langte zu. Er hielt inne, ein nachdenklicher Ausdruck auf seinem Gesicht, nahm noch eine Gabel voll und noch eine, bevor er aufhörte. „Das ist fantastisch. Es ist das Beste, was ich je gegessen habe."

Sie konnte nicht anders, als vor Stolz zu strahlen, ihre Brust weitete sich und ihr Gesicht verzog sich zu einem Grinsen. „Du übertreibst."

„Das tue ich nicht. Du hast den Schlüssel zu meinem Herzen gefunden. Zwischen deinen Muffins und diesem hier bin ich entschlossen, zehn Kinder mit dir zu haben."

Sie blickte erschrocken auf, die Hitze stieg ihr in die Wangen. „Du machst Witze. Was für eine Bemerkung."

Er lächelte spitzbübisch. „Ich schmücke es vielleicht etwas aus, aber ich mache eigentlich keinen Witz, nein."

Ihr Lächeln erstarb, während ihr Verstand verzweifelt rotierte. Neckte er sie nur? Wie konnte sie unter einem solchen Ansturm objektiv bleiben? Wenn sie nicht schon hoffnungslos in ihn verliebt wäre, würde sie sich heute Abend sicher in ihn verlieben. Die Anstrengung, ihre natürlichen Reaktionen zurückzuhalten, zehrte an ihr. Sie spürte, wie ihr Atem kurz und flach wurde und ihre Sinne pulsierten wie etwas Weiches und Lebendiges, ein pulsierender Organismus, eine

Seeanemone vielleicht. Bei diesem Tempo würde sie den Abend nicht überstehen, so schwindelig war ihr. Sie musste die Spannung lösen, sich bewegen, etwas ändern. Sie griff nach der Salatschüssel und streckte sie Simon entgegen. „Salat?"

Simon nahm ihr die Schüssel mit einem ironischen Lächeln ab. „Danke."

Er schien ihre Angst zu spüren. Sie verbrachten den Rest des Abendessens ohne weitere Anträge oder Schmeicheleien. Stattdessen aß Simon herzhaft und lenkte das Gespräch geschickt auf D'arcy und Eli und wie es ihnen allein, wieder zusammen, erging.

Als sie mit dem Essen fertig waren, saßen sie eine Weile da und starrten sich an. Sie fühlte sich immer noch angespannt, aber besser, entspannter als in dem lähmenden Moment zuvor. Nach ein paar unbehaglichen Minuten des Herumzappelns sammelte sie das Geschirr ein, und er saß da und folgte ihren Bewegungen mit seinem Blick, saß aber ansonsten vollkommen still, die Fingerspitzen vor seinem Kinn zu einem Dach geformt. Er war sehr katzenhaft, und sie stellte sich vor, wie er geduldig seine Beute beäugte, sein Schwanz hin und her schwang. Sie bemerkte einen Anflug eines Lächelns in einem seiner Mundwinkel.

Sie hielt inne und sah ihn fragend an. „Und was genau lässt dich denken, dass es einen Nachtisch gibt?" Sie konnte ein Lächeln nicht unterdrücken.

Er brach in ein Grinsen aus. „Ich kenne dich. Und außerdem kennst du mich." Seine Augen hatten sich zu Indigo verdunkelt und funkelten vor Humor.

Sie schüttelte den Kopf und unterdrückte ein Lächeln. „Darf ich vorschlagen, dass du nach drei Portionen Abendessen eine Verschnaufpause einlegst? Vielleicht kannst du in ein paar Minuten dem K-U-C-H-E-N gerecht werden."

Er hob die Augenbrauen, nickte, ein Lächeln spielte um seine Mundwinkel, und stand schließlich auf, um ihr beim Abräumen des Geschirrs zu helfen. Ooh. Wie konnte er gleichzeitig so nervtötend cool und kokett sein? Er quälte sie. Nachdem sie aufgeräumt und die Reste weggepackt hatten, nahmen sie den restlichen Wein und setzten sich wieder zusammen auf das Sofa, um den Baum zu betrachten. Kate wollte wirklich die Zimmerbeleuchtung dimmen und im funkelnden, bunten Schein des Weihnachtsbaumes schwelgen, aber sie wusste, es würde zu … nun ja, einfach zu viel erscheinen.

Offenbar brauchte er keine solche Ermutigung, denn Simon legte seinen Arm bequem um ihre Schultern und sie saßen weiterhin schweigend da und betrachteten den Baum. Kate hielt sich davon ab, sich in seine Umarmung sinken zu lassen, und war innerlich alles andere als ruhig, obwohl ein Teil von ihr sich entspannen und den Moment genießen wollte. Es erwies sich als unmöglich, cool zu bleiben. Bisher reichte ihre Temperatur von sehr warm bis glühend heiß. Ihr Nacken und ihre Schulter brannten durch die Berührung seines Arms, was ihre Bemühungen, nonchalant zu wirken, lächerlich machte, als sie einen Schluck von ihrem Wein nahm. Natürlich kleckerte sie sich Wein aufs Kinn und musste ihn wegwischen, wobei sie vor Verlegenheit nach Luft schnappte.

Er verlagerte sein Gewicht und sie erstarrte. „Sag mir etwas." Sie konnte seinen sanften, warmen Atem an ihrem Haar spüren und wusste, dass er sich ihr zugewandt hatte. Sie spürte, wie ihr der Atem stockte, als sie darauf wartete, dass er weitersprach. Er streckte die Hand zu ihrem Gesicht aus und wischte sanft eine Stelle an ihrem Kinn ab. „Kannst du mir ehrlich erklären, warum wir das nicht bis ans Ende aller Tage weitermachen sollten?"

Kates Blick wurde wie von einem Magneten von seinem angezogen. Sie hatte das Gefühl, er könne in die Tiefen ihrer Seele blicken und ihre dunkelsten Geheimnisse kennen, obwohl sie mit ihrem Verstand wusste, dass dies nicht so war. Sie unternahm einen schwachen Versuch, die Spannung zu lösen, indem sie lachte und sagte: „Du meinst, den Weihnachtsbaum anstarren und uns mit Wein bekleckern?"

Er unterdrückte sein Lächeln. „Versuch nicht, dich vor mir zu verstecken, Kate. Du negierst ständig unsere Gefühle. Ich bin hierhergekommen, um das zu klären."

Sie war unfähig zu sprechen, ihres Atems beraubt. Ihr Blick glitt über seine Schulter.

„Sieh mir in die Augen und sag mir, dass du nicht dasselbe fühlst."

Sie tat, wie er verlangte, und wusste, dass er sowohl ihre wilde Liebe als auch ihre nackte Angst sehen konnte.

„Ich weiß, dass du Angst hast. Aber ich verstehe nicht wirklich, warum?"

Sie schüttelte den Kopf und spürte, wie ihre Lippe bei den Tränen bebte, die ihr die Kehle zuschnürten und in den Augen stachen.

Er griff erneut nach ihrem Gesicht, aber dieses Mal legte er seine große Hand sanft um ihre Wange, streichelte sie mit dem Daumen und wischte behutsam eine verirrte Träne weg. „Ich habe mich in dich verliebt. Mit weit geöffneten Augen." Er zuckte hilflos mit den Schultern und ließ seine Hand sinken. „Vielleicht zu deinem Pech, aber diesmal habe ich keine Angst davor, was das bedeutet. Ich will dich vollständig und für immer lieben, und irgendwie kommen wir nicht einmal dazu, anzufangen. Ich bin sehr frustriert und versuche, es zu verstehen. Bitte, lass es mich, Kate." Seine Stimme brach bei seinen letzten flehenden Worten, und sie konnte die Lichter des Weihnachtsbaumes in seinen glänzenden Augen widergespiegelt sehen. „Ist es Jay?"

Oh, wie sehr wollte sie sich seiner Liebe hingeben! Kate spürte, wie sich jede Zelle ihres Wesens nach ihm sehnte, nach ihm griff, elektrisiert, schmerzend. Wie wäre das Leben mit Simon an ihrer Seite, jeden Tag und für immer? „Oh, Simon, ich ..." Sie wusste nicht, was sie sagen sollte. Wie konnte sie ihm ihre verschlungenen Ängste erklären? „Es ist nicht Jay. Er ... er hat mich gefragt, ob ich ihn heiraten will, aber ..." Sie schüttelte den Kopf und erkannte, wie unfair es war, an ihm festgehalten zu haben. „Es sollte nicht sein."

„Dann sag es mir ..."

Kate hob ihre linke Hand, um ihre gerunzelte Stirn zu massieren. „Ich will dir glauben."

„Tust du nicht? Meinst du, du bist meiner Liebe nicht würdig?"

Sie zuckte zusammen. „Ich weiß, dass du es aufrichtig meinst. Ich meine, ich weiß, dass du es glaubst." Sie leckte sich die Lippen und betete um die richtigen Worte. „Ich weiß nicht wirklich, wonach du suchst, und ..." Sie kaute auf ihrer Lippe. „... und ich weiß wirklich nicht, was ich brauche." Sie hielt inne als Reaktion auf den verletzten Ausdruck auf seinem Gesicht. „Nein. Versteh das nicht falsch. Ich will ehrlich zu dir sein. Es gab viele sehr nette Männer in meinem Leben, sogar solche, die mir ihre Liebe erklärt haben, und egal was passiert, am Ende stelle ich immer fest, dass ich es verderbe. Ich kann mich ihnen nicht ganz hingeben, egal wie sehr ich sie bewundere."

„Wie kommt es, dass du so viele Männer in die Knie gezwungen hast?" Seine Lippen pressten sich zu einer geraden Linie. „Und am Ende immer allein bist?"

„Mein Herz ist bewacht. Es ist beschädigt." Sie ballte ihre Faust und öffnete dann ihre Hand ihm entgegen. „Aber du bist anders. Ich will es dir geben, Simon. Das will ich wirklich. Diesmal." Warum hatte sie diese letzten Worte hinzugefügt? Es war, als ob ein teuflischer Teil von ihr jede hässliche Tatsache aus ihrer Vergangenheit hervorzerren wollte, um sie ihm zu zeigen, ihn einzuladen, ihre Wunden zu untersuchen und zu stochern, wie bei weichen Kreaturen in einem Gezeitentümpel. „Ich habe …", sie zuckte mit den Schultern, „… Angst."

„Was ist es? Vertraust du mir nicht?" Sie wurde gewahr, dass er sich anspannte. Seine Stimmung bekam eine schärfere Kante, und sie konnte spüren, wie seine Verzweiflung zunahm.

Sie schüttelte den Kopf. „Ich vertraue mir selbst nicht. Ich will dich nicht zu sehr brauchen. Ich habe das Gefühl, ich verliere mich selbst. Das Leben, das ich mir aufgebaut habe."

„Ist das der Grund, warum du dich in deine Arbeit stürzt? Zu welchem Preis? Vielleicht könntest du dich in deiner Karriere entspannen, anstatt dich so anzutreiben, wenn du die Liebe in deinem Leben akzeptieren und mir vertrauen würdest, für dich da zu sein."

Sie konnte nur stirnrunzelnd in sein Gesicht starren. Alles, was er sagte, hallte nach, jedes Teil strebte danach, sich zu einer ganzen Erklärung zusammenzufügen. Er bemühte sich so sehr, sie zu verstehen. Aber was konnte sie ihm sagen? Wie konnte sie es erklären?

Simon blickte sie an, sein Ausdruck fern, wechselnd, schien für mehrere Schläge zu überlegen. Er hielt inne, die Muskeln in seinem Kiefer arbeiteten, sein Blick auf dem Baum. „Was du sagst, ergibt keinen Sinn. Ich will dich nicht drängen, Kate. Ich kann dir so viel Zeit geben, wie du brauchst. Aber ich muss dich öfter sehen. Wir müssen dem eine Chance geben. Was auch immer dich stört, wir können es durcharbeiten, oder …" Er zuckte abrupt mit der Schulter. „… lernen, damit zu leben." Er schien mit dieser letzten Option nicht überglücklich zu sein. „Gib mir nur nicht aus Angst den Laufpass. Bitte."

Kate wurde von Schuld und Trauer überwältigt. Er war wirklich ein wundervoller, lieber und fürsorglicher Mann. Wie konnte sie erklären, dass das Problem sie war, nicht er. Sie wählte ihre Worte sorgfältig und zwang sich, sie auszusprechen, trotz des stechenden Schmerzes, den sie in ihrem Herzen fühlte. „Es ist nicht deine Schuld, Simon. Du verdienst es, mit jemandem zusammen zu sein, der ganz ist. Es ist nicht fair, dich weiter zu treffen, bis ich meinen eigenen Ballast aufgearbeitet habe. Es wäre vielleicht einfacher … besser, wenn du versuchst, es mit Rachel wieder hinzubekommen. Sie kann auch nicht verrückter sein als ich." Sie unterdrückte ein Schluchzen.

Sie sah ihn zusammenzucken, ein Funke blauen Feuers in seinen Augen. Einen Moment lang dachte sie, sie hätte ihn vielleicht endlich an die Grenze seiner Beherrschung getrieben. Eine angespannte Stille dehnte sich zwischen ihnen aus, unausgesprochene Worte und bedrohtes Vertrauen hingen schwer in der Luft wie eine giftige Gaswolke.

Er knurrte durch zusammengebissene Zähne. „Ich liebe Rachel nicht, verdammt noch mal. Ich liebe dich." Er packte ihre Schultern und schüttelte sie einmal, als er es sagte, und der dunkle, wilde Blick in seinen Augen, die von gerunzelten, buschigen Brauen überschattet waren, war beängstigend und vertraut und schnitt trotz seiner Worte wie kalter Stahl durch ihr Herz. Seine Stimme sank zu einem Flüstern. „Auch wenn du verrückt bist."

Sie hörte sich selbst keuchen und schluchzen, als weitere hysterische Tränen ausbrachen und über ihre Schläfen liefen. Ihr Herz flatterte wild bei seinen Worten, eine Taube, die gegen die Gitterstäbe ihres Käfigs drängte. Gedankenlos dachte sie: *Ich will, dass du gegen mich ankämpfst. Beweise mir das Gegenteil. Ich will, dass du gewinnst!* Und doch kauerte sie sich hin, wandte ihr Gesicht ab, ihre Schultern zitterten, ihre Hände flogen hoch, um ihr Gesicht zu bedecken.

Er sog Luft durch die Zähne ein und versuchte, sich unter Kontrolle zu bringen. Er kniff die Augen fest zu und schlang seine Arme um sie, fest und hart wie Eisenstangen, für einen kurzen Moment, bevor er sie in Zeitlupe losließ, zärtlich und zerknirscht. „Tut mir leid."

Bewegungslos starrte Simon trübsinnig in ihr Gesicht. Er küsste sie zwischen die Augenbrauen und sagte noch einmal: „Tut mir leid", und schüttelte den Kopf. Sie wussten beide, dass es keinen Sinn hatte, es heute Nacht weiter zu verfolgen.

Kate war sich nicht sicher, was geklärt worden war, wenn überhaupt etwas. Ihr Inneres fühlte sich an wie ein Knoten aus verdrehtem Draht, scharf und verheddert und wund. Sie wischte wütend die trocknenden Tränen von ihrem Gesicht, das Echo ihrer furchtbaren Schluchzer ließ ihre Knochen immer noch beben.

Simon atmete lang und langsam ein und wieder aus. „Was sind deine Pläne für Weihnachten?"

Verwirrt stotterte sie, ohne nachzudenken: „Ich … n-nichts, wirklich. Wahrscheinlich nur mit Alexa abhängen. Meine Familie … s-sie werden alle in San Francisco sein, aber …"

„Gut. Dann werden sie dich nicht vermissen. Ich möchte, dass du mit mir und Maddie zum Heiligabendessen kommst. Ich koche für Will und ein paar Freunde. Bring Alexa mit." Seine beruhigende Leichtigkeit war offensichtlich aufgesetzt, aber trotzdem genau das, was nötig war. Er hob ihr Kinn mit einem gebeugten Finger. „Es wird gut werden, du wirst sehen."

Kate spürte ein letztes Schaudern durch sich laufen. Ohne ein weiteres Wort zog Simon sie in seine Umarmung und hielt sie fest, streichelte ihren Rücken und ihr Haar, bis sie ruhig, warm und still war. Schließlich löste er sich von ihr, hielt sie auf Armeslänge und blickte ihr in die Augen, sein schiefes halbes Lächeln neckte sie. „Du weißt, dass ich nicht ohne Kuchen gehe."

ZWEIUNDZWANZIG

K ate hatte darauf bestanden, dass Alexa einen Umweg durch die Stadt machte, um sie zum Weihnachtsessen bei Simon abzuholen. Sie hatte argumentiert, dass sie unter keinen Umständen allein dort auftauchen und sich inmitten von Fremden, die obendrein auch noch zu Simons engstem Kreis gehörten, selbst durchschlagen würde. Alexa fand, dass sie sich kindisch benahm, weil sie moralische Unterstützung brauchte, kam aber trotzdem, um sie abzuholen.

„Entspann dich und genieß den Abend. Mach dir nicht so viele Sorgen."

Anfangs war Alexa von der Idee, Heiligabend bei Simon zu verbringen, zurückhaltend gewesen. Aber dann, mit einem Funkeln in den Augen, hatte sie zugestimmt.

„Na also. Du musst erleichtert sein. Was genau stand in dem Brief?"

Zum Glück hatte Sharons Beschwerde nur zu einem kurzen, formellen Schreiben des Vorsitzenden der Gesellschaft geführt. Sie war immer noch fassungslos über das Ergebnis all der Wochen voller Sorgen. „Oh, er hat mich sehr diplomatisch daran erinnert, in Zukunft alles vollständig offenzulegen, um solche Missverständnisse zu vermeiden."

„Das ist ein wirklich schönes Weihnachtsgeschenk", sagte Alexa. „Ich freue mich so."

Kate stimmte zu. So erleichternd der formelle Brief auch war, noch besser war die lange, mitfühlende, persönliche Nachricht von ihrer

Mentorin Rose, die ihm beilag. Erstaunlicherweise würde es keine ernsthaften Konsequenzen für ihre Karriere geben, oder für ihre Auszeichnung und ihre Präsentation auf der Jahrestagung im Januar. Sie konnte immer noch kaum fassen, dass sie so viel Glück gehabt hatte.

Aber obwohl sie erleichtert war und gestern ekstatisch durch ihr Loft getanzt hatte, konnte sie sich im Moment nicht auf die Arbeit konzentrieren. Dieser Moment war für Simon. Simon und sie.

Trotz ihrer Befürchtungen war Kate entschlossen, dies durchzuziehen, die Zeit mit Simon zu verbringen, die er sich wünschte. Nicht nur wegen ihrer Verpflichtung ihm gegenüber, sondern auch wegen ihres Paktes mit Eli. Es war eigentlich ein Versprechen an sich selbst. Keine Geheimnisse mehr zu haben. Jede schützende Maske des Betrugs abzulegen. Ihren Dämonen ein für alle Mal die Stirn zu bieten.

Als sie ankamen, war Simons Haus mit bunten Lichterketten geschmückt und an der grünen Tür hing ein üppiger, festlicher Kranz. Ein stattlicher Weihnachtsbaum stand wie ein Wachposten im vorderen Fenster, inmitten der Silhouetten von umhergehenden Menschen, die durch den Schleier der Vorhänge zu sehen waren. Sie drehte sich zu Alexa um und umklammerte ihren Arm in einem Würgegriff.

Sie hielten einen Moment auf der Veranda inne, inmitten aufsteigender Wolken ihres eigenen kondensierenden Atems, und sie fröstelte in der kalten, klaren Luft. Vereinzelte trockene Schneeflocken trieben herab, während sie dastand und ihren Mut sammelte.

„Atmen Sie tief durch. Keine Eile", sagte Alexa, drehte sich um und schenkte ihr einen beruhigend festen Blick und ein spöttisches Grinsen.

Unerwartet schwang die grüne Tür mit dem Kranz weit auf, ergoss warmes, goldenes Licht über die Veranda und blendete sie vorübergehend, während die Klänge einer beschwingten lateinamerikanischen Version von In Excelsius Deo, gezupft auf einer klassischen Gitarre, auf einer Welle warmer Luft nach draußen drangen.

„Stehen Sie da nicht rum und drucksen Sie nicht so", brüllte ein blonder Riese, der den Türrahmen ausfüllte, sodass Kate einen Schritt zurücktreten musste, um den Hals zu recken und zu seinem breiten Gesicht aufzuschauen. Er grinste sie an. Sein Akzent war unverkennbar der eines Neufundländers.

Sie stand da und starrte ihn an. Wo war Simon? Der Riese drehte sich um.

„Und Sie müssen Alexa sein. Kommen Sie rein, kommen Sie rein, kommen Sie rein." Plötzlich wurde Kate von einer massiven Pranke gepackt und wie eine Stoffpuppe durch die Tür gezerrt.

Eh sie sichs versah, fand sie sich am Tisch wieder, eingequetscht zwischen Simons Bruder Will und dessen Freund, dem Anwalt Casey, dem großen, blonden Neufundländer. Eine vage Erinnerung an eine Reihe von Vorstellungen wirbelte in ihrem Kopf, während sie ihr erstes Glas Weißwein hinuntergestürzt hatte. Sie sah sich die freundlichen und aufmerksamen Fremden an, die den Tisch umgaben, und fragte sich, ob sie sich an alle Namen erinnern würde.

Die einladende Atmosphäre war warm und erfüllt vom Duft von Tannengrün und asiatischen Gewürzen, die aus Simons Küche strömten. Er war nur für ein kurzes Hallo herausgekommen und dann zu seinem Kochtopf zurückgekehrt, wobei er ihr mit einem sekundenlangen, bedeutungsvollen Blickkontakt einen dünnen Rettungsanker zugeworfen hatte. Alexa war keine Hilfe; sie saß am anderen Ende des langen Tisches und war bereits in eine hitzige Debatte mit einem anderen Freund verwickelt, den sie vage aus Uni-Tagen kannte, einem schlampigen, bärtigen Kerl namens Bruce. In Simons relativer Abwesenheit hatte Will eine freundliche und beschützerische Art an den Tag gelegt, die im Gegensatz zu ihrer einzigen feindseligen Begegnung auf der Veranda vor Wochen stand.

Ihr gegenüber saß eine große, gebeugte, grobknochige Frau mit einem großen, konkaven Gesicht wie eine Servierplatte und einer Haut so weiß und weich wie Gebäckteig, die ihr eine Reihe von Fragen darüber stellte, woher sie Simon kannte. Ihre androgyne Stimme war nasal und zischend. Kate erinnerte sich, dass sie sich als „Alberta Lowell, nennen Sie mich Bertie" vorgestellt hatte. Sie hatte den gekrümmten und verdrehten Rücken, der durch schwere Skoliose verursacht wurde, aber trotz allem war sie eine eindrucksvolle Erscheinung und erinnerte sie an Julia Child.

„Er kommt gleich, machen Sie sich keine Sorgen. Es ist jedes Jahr eine ziemliche Inszenierung, dieses Festmahl von ihm, aber er besteht darauf, alles selbst zu machen."

„Jedes Jahr?"

Bertie nickte.

„Nun, es wird das erste Mal sein, dass ich an Heiligabend thailändisch esse." Kate fragte sich, ob sie überhaupt etwas essen könnte, nachdem sie sich auf der Fahrt hierher vor lauter Angst fast übergeben hätte.

Die Kinder waren anscheinend schon früher gefüttert und ins Spielzimmer im Keller verbannt worden. Kate war daher überrascht, als Maddie ins Zimmer stürmte. „Michelle! Emma hat ihren Saft verschüttet und Jack sagt, er macht es nicht weg, und jetzt weint sie!"

„Oh, je. Entschuldigen Sie mich bitte", sagte Caseys Frau Michelle, eine dünne, kantige Frau mit übergroßen Gläsern, mit ihrer hohen Stimme und schlüpfte davon.

Simon leitete das Essen ein, indem er eine Suppenterrine hereintrug und unter spöttischen Kommentaren verkündete, es sei Tom Yum. Er stellte sie ab und bediente alle, indem er Schalen herumreichte. Auf halbem Weg entlang des langen Tisches hielt er inne und kniff die Augen zusammen, als er Kate ansah. „Was machen Sie denn da ganz hinten am Ende?", murmelte er. Sie zuckte mit den Schultern, aber die schrägen Blicke und die zusammengepressten Lippen derer um sie herum entgingen ihr nicht. Simon verdrehte die Augen und lächelte. Es war offensichtlich, dass sie entführt worden war, aber die Frage war, ob im Guten oder im Schlechten.

„Casey, würdest du die Ehre übernehmen?" Simon setzte sich erwartungsvoll hin.

„Aye. Aye." Casey faltete seine riesigen Hände wie zwei große Weihnachtsschinken zusammen und neigte seinen flachsblonden Kopf. „Herr, danke, dass du unsere Freunde heute Abend, am Vorabend deiner Geburt, zusammengeführt hast, um an deiner Fülle teilzuhaben. Wache über unsere Lieben, die nah, fern und von uns gegangen sind. Segne diese Speise für uns und uns für deinen Dienst. Amen."

Ein Chor von Amens führte unmittelbar zu einer Kakofonie aus klapperndem Besteck und plappernden Stimmen, als alle gleichzeitig zu essen begannen.

Auf die duftende Suppe folgten würziger grüner Mangosalat, dampfender Kokosreis, Garnelenspieße, frittierter Tofu und Currys in verschiedenen Farben. Schließlich trug Simon unter einem Chor von Komplimenten eine große Platte mit Pad-Thai-Nudeln herein.

Bevor er Platz nahm, trat Simon hinter sie und drückte ihren Arm liebevoll und beruhigend. Bertie fragte nach Simons Eltern, die auf einer Kreuzfahrt waren, während Kate ihn anstarrte und sich wünschte, er säße neben ihr.

„Simon, mein Junge", rief Casey. „Komm mal her, ja?"

„Entschuldige bitte", Simon berührte ihre Schulter und ging um den Tisch herum. Die Wärme seiner Finger erfüllte sie auf unerklärliche

Weise mit Mut und Zufriedenheit. Kates Blick folgte ihm, als er liebevolle Worte mit Casey wechselte, und dann ein paar Minuten bei Bruce und Alexa stand, zuhörte und dann mit echter Belustigung lachte.

Bertie lächelte sie mit einem wissenden Blick an. „Seine Eltern suchen gerne wärmere Gefilde auf. Simon hat seine Reiselust wohl von ihnen. Sind Sie auch eine Reisende?"

„Ja. Ich schätze, das bin ich."

Bertie nickte. „Das ist gut. Ich habe mich oft gefragt, ob Simon eine andere Frau finden würde, mit der er sein Leben teilen kann. Wer auch immer ihn bekommt, würde es nicht bereuen."

Kate schnappte nach Luft. „Nein. Er ist in jeder Hinsicht ein außergewöhnlicher Mann."

„Ja, das ist er."

„Ah … Sie kennen ihn schon lange?"

„Seit er ein kleiner Junge war. Ich war eine Nachbarin und habe jahrelang auf die beiden Jungs aufgepasst. Er war immer so gut zu mir. "

„Oh, wirklich?", sagte Kate. „Hat er sich sehr verändert?"

„Ja und nein. Er ist … sanfter geworden." Berties Gesicht wurde nachdenklich ernst. „Er hatte ein schweres Herz." Bertie beugte sich zu Kate, nickte und lächelte breit. „Oder er hatte es, nach Rachel. Ich habe in letzter Zeit eine Veränderung an ihm bemerkt."

Kate spürte, wie ihr Gesicht heiß anlief.

Der lakonische Bruce hievte sich auf die Beine und hob sein Bier. „Ein Hoch auf unseren Lieblingskoch, einen äußerst großzügigen und talentierten Gastgeber, unseren Simon." Sein pausbäckiges Gesicht beherbergte funkelnde dunkle Augen, so scharf und durchtrieben wie die eines Fuchses. Sie erinnerte sich, dass er fast so dünn wie Simon gewesen war. Kate grinste, als sie bemerkte, dass er Alexa scharf im Auge behielt, die ihn jetzt demonstrativ ignorierte.

Simon strahlte alle an, aber es war Kates Blick, den er suchte und hielt, und seine Augen funkelten vor Freude. Sie spürte, wie ihr als Antwort warm wurde. Er neigte anerkennend den Kopf, erhob sich dann von seinem Stuhl und hob sein Glas. „Ich möchte einen besonderen Toast hinzufügen. Herzlichen Glückwunsch an Kate, die gerade gute Nachrichten bezüglich ihrer Karriere erhalten hat. Sie hat eine potenzielle Krise überstanden", er grinste und zwinkerte ihr zu, „und wird im neuen Jahr eine besondere Auszeichnung erhalten. Auf Kate."

„Darauf trinke ich", sagte Alexa.

Kate spürte, wie ihr Gesicht heiß wurde, während alle ihre Gläser zum Gruß hoben, und fragte sich, was, wenn überhaupt, Simon seinen Freunden über ihren peinlichen Flirt am Arbeitsplatz erzählt hatte.

Sie war bald in ein Gespräch mit Will, Casey, Bertie und Lily vertieft und beantwortete kokett deren Fragen, während sie Simons erstaunlich geschmackvolle Gerichte genoss. Immer wieder spürte sie Simons Blick wie heiße Pfeile auf sich und ihr Blick glitt zu ihm hinüber, um seinen zu treffen. Unweigerlich verzog sich sein Mund zu dem vertrauten halben Lächeln, das sie dahinschmelzen ließ, und sie spürte, wie sie unter seinem liebevollen, sinnlichen Blick weich und warm wurde. Sie hatte ihn in seinem eigenen Element erleben wollen, in dem Glauben, dass das, was sich zwischen ihnen regte, vielleicht verkümmern oder sich seltsam anfühlen würde, aber ihre Erfahrung war genau das Gegenteil. In der Wärme und Geborgenheit seines Zuhauses, seiner Freunde und Traditionen fühlte sie sich vollkommen willkommen, vollkommen mit ihm verbunden.

„Kate? Katie, mein Mädchen." Caseys Stimme drang zu ihr durch.

„Entschuldigung, was?" Sie sah ihn blinzelnd an und bemerkte, dass er und Bertie aufgestanden waren und leere Teller einsammelten. „Wie bitte?"

„Bei Gott, wo waren Sie denn, mein Mädchen? Ich sagte, gehen Sie mit Michelle zu den Kindern, bis wir mit dem Abwasch fertig sind."

„Oh, nein." Sie stand auf. „Ich helfe natürlich."

„Nein, das werden Sie nicht. Gehen Sie schon." Casey führte sie vom Tisch weg. „Du auch, Simon, mein Junge. Kein Abwasch für dich." Er dirigierte Will und Bruce in Richtung Küche. „Kommt, Jungs."

Simon zuckte mit den Schultern und, seine Finger zwischen ihre gleitend, zog er sie sanft hinter Michelle her durch eine Tür im Flur. Eine schmale Treppe führte hinab in einen mit Teppich ausgelegten Kellerraum, der hell erleuchtet und mit buntem Spielzeug übersät war. Die Kinder saßen nebeneinander und sahen sich das Ende von *Santa Clause – Eine schöne Bescherung* an, das kleinste Mädchen war halb eingeschlafen.

Michelle bückte sich, um ihre Tochter aufzuheben, die sich an ihren Hals schmiegte, und setzte sich in einen nahegelegenen Sessel.

„Papa!", sagte Maddie und sprang auf. „Gibt's jetzt Eis?"

„Noch nicht, Süße. Erst der Abwasch." Er hob sie hoch, gab ihr einen Kuss und setzte sie wieder ab.

„Awww." Sie setzte einen ernsten Gesichtsausdruck auf, ihr Amor-
bogenmund schmollte zu Kate. „Hat dir Papas Essen geschmeckt?"

„Allerdings. Er ist ein sehr guter Koch, nicht wahr?", sagte Kate.

„Ich schätze schon. Ich mag kein thailändisches Essen. Das stinkt.
Warte bis morgen. Da macht er Truthahn."

„Oh. Nun, ich bin sicher, das wird … sehr …" Madison drehte sich
weg, um mit Michelle zu sprechen, und vergaß sie augenblicklich. Sie
schüttelte den Kopf und lächelte ihr nach.

„Warum bleibst du nicht?", zögerte Simon und zuckte zusammen.
„Außer du hast natürlich schon was vor. Komm morgen auch zu uns.
Es wären nur wir und Will", flüsterte er.

„Ich könnte nicht aufdringlich sein. Wirklich, ich …"

„Bitte." Seine Augen leuchteten auf und er senkte die Stimme, eine
plötzliche Hitze war in beiden spürbar. Sie blickte in Augen, die sich in
ihre brannten, das lebhafte Blau verdunkelte sich unter seinen ernsten
Brauen zu Kobalt.

Sie sog die Luft ein. „Oh, ich …" Sie drehte den Kopf zur Seite. Ihre
Reaktion war körperlich und unmittelbar, bei seinem Vorschlag schoss
Hitze durch ihren Kern. Sie spürte ein Schaudern durch sich hindurch-
laufen. Ihre Lippen fühlten sich trocken an, und sie schluckte und
leckte darüber. Was sollte sie sagen? *Ja, ich würde liebend gern wieder mit
dir schlafen?* Sie warf einen nervösen Blick zu Michelle hinüber, die sich
angeregt mit den Kindern über den Film unterhielt, den sie gesehen
hatten.

Simon hob eine Hand und strich sich über die Stirn. „Ich greife da
wohl etwas vor. Aber bleib bitte, bis die anderen gegangen sind?" Farbe
stieg ihm in den Hals und die Ohren. „Tut mir leid. Ich wollte nicht …"

„Schon gut." Kate spürte, wie sie errötete, und hob eine Hand, um
ihr Gesicht zu verbergen. „Ich … ich …" Sie kam sich lächerlich vor
und kicherte dümmlich. Oh mein Gott! Das war es. Sie konnte sich
nicht länger verstecken. Sie wollte ihn so verzweifelt lieben. Sie *liebte*
ihn. Sie respektierte und bewunderte ihn mehr als jede andere Person,
die sie je gekannt hatte. Und er war auch einsam und verletzlich, genau
wie sie. Das wusste sie jetzt. Sie wusste auch, dass sie ihm vertrauen
konnte, dass er sie nicht verletzen würde, sie nicht wieder zurück-
weisen würde. Jedenfalls nicht absichtlich.

„Ehrlich gesagt, kann ich es kaum erwarten, dass sie alle gehen",
flüsterte er, strich ihr mit den Knöcheln über die Wange, sein Blick auf
ihren Mund gesenkt, „… damit wir allein sein können." Ein Ausdruck

selbstironischer Verzweiflung huschte über sein Gesicht und brachte sie zum Lachen.

Er drehte sich weg und ließ sich neben dem kleinen Jungen mit der Brille auf dem geschorenen Kopf auf den Boden fallen, ließ sie hilflos dastehen, an den Kuss denkend, der nicht war, ihre Lippen prickelten vor Verlangen. „Also, Jack. Was wird dir der Weihnachtsmann morgen früh bringen?"

Jack warf sich auf Simons Schoß. „Piraten!"

„Arr, Piraten?"

„Jede Menge Piraten. Und ein großes Piratenschiff. Und ein Totenkopfskelett und einen Affen, der bis zur Spitze des Mastes klettert."

Simon lachte. „Ach, wirklich? Was noch?"

„Ein Paket, das von meiner Tante Sheryl kommt. Aber ich weiß schon, dass es ein gestrickter Pullover ist. Ist jedes Jahr dasselbe." Jack schüttelte traurig den Kopf, und Simons mitfühlender Ausdruck verbarg seine Belustigung gut genug.

Kate ging neben ihnen in die Hocke. „Und du, Emma? Was bringt dir der Weihnachtsmann?" Kate warf Michelle einen Blick zu, die lächelte und Emma einen kleinen, ermutigenden Klaps gab.

Emma kniff misstrauisch die Augen zusammen, schien dann aber zu entscheiden, dass Kate vertrauenswürdig war. Sie rutschte vom Schoß ihrer Mutter und watschelte hinüber, beugte sich zu Kate, drückte ihre pausbäckige Hand an Kates Wange und flüsterte ihr laut ins Ohr. „Das ist ein Geheimnis. Ich bekomme ein Baby." Sie trat grinsend zurück, ihre Augen weit vor Vorfreude.

„Meine Güte, du bist aber ein Glückspilz, was?", sagte Kate, als Emma sich umdrehte und sich auf ihr angewinkeltes Knie setzte. Sie musste unwillkürlich daran denken, wie viel Glück Michelle hatte, zwei so wunderschöne, proppere Kinder zu haben.

„Hastu ein Baby?", fragte Emma und blickte fasziniert zu Kate auf.

„Ähm. Nein, habe ich nicht. Aber eines Tages hätte ich für mein Leben gern eins", sagte Kate und erkannte, wie wahr das war, während sie die winzige, bezaubernde Emma umarmte und den süßen Vanilleduft ihrer Haare tief einatmete. *Oh ja, das will ich!*

„Ihr Kinder wartet genau hier. Ich glaube, hier ist irgendwo noch ein Geschenk für euch." Simon stand auf, ging zu einem Schrank, kam mit zwei bunt verpackten Päckchen zurück und gab sie Jack und Emma, die vor Freude quietschten.

„Oh, Simon, du verwöhnst sie ja", sagte Michelle.

Simon tat ihre Einwände mit einer Handbewegung ab und drohte den Kindern mit dem Finger. „Ihr dürft sie erst morgen früh aufmachen. Und vergesst nicht, eurer Tante Sheryl einen Dankesbrief zu schreiben. Sie strickt diese Pullover mit ihren eigenen Händen für euch und hat euch beide sehr lieb."

„Ja, Onkel Simon."

Kate wechselte einen wissenden Blick und ein Lächeln mit Michelle, die einen liebevollen, anerkennenden Blick in Simons Richtung warf.

„Hat da unten jemand Lust auf Eis?", wurde Caseys Ruf von oben von einem Beifallschor beantwortet und sie polterten den Kindern hinterher die Treppe hoch.

～

E s dauerte nicht lange, da halfen Will und Michelle Simon schon, frittierte Bananen und Kokosnusseis zu servieren, zur Freude der Kinder und unter zufriedenen Seufzern der Erwachsenen. Er nannte sie Thai Banana Splits.

Simon wechselte auf einen Stuhl neben Kate, sodass alle zusammenrücken mussten, und saß da, beobachtete sie beim Essen, während er langsam an seinem Kaffee nippte, scheinbar damit beschäftigt, geröstete Kokosraspeln auf sein Eis zu streuen.

Er vergewisserte sich oft bei ihr, ob ihr der Nachtisch schmeckte, ob sie noch mehr Tee wollte, während sie sich mit Bertie und Alexa über ihre Reisen unterhielt. Kates Gedanken waren in Aufruhr, während sie versuchte, mit der Vergangenheit und der Gegenwart ins Reine zu kommen. Jedes Mal, wenn sie seinen Blick auf sich bemerkte, spürte sie, wie ihr Gesicht rot anlief, und wandte den Blick ab.

„Si-mon, Junge."

Er riss seinen Blick von Kate los, um Casey zu antworten. „Hm?"

Casey sah ihn nur fragend an, ließ seinen Blick zu Kate und wieder zurück wandern. Sie spürte, wie sie errötete. Waren sie so auffällig? Kopfschüttelnd sprach sein neckisches Lächeln Bände. „Ach, was sollen wir nur mit dir machen?"

Simon blinzelte. „Hast du …"

„Schon gut. Ich wollte eigentlich die Erdnüsse haben, aber du scheinst ja ganz andere Dinge im Kopf zu haben."

Lily, Wills schüchternes Date, eine Studentin aus Hongkong, reichte die Erdnüsse herüber, eine unausgesprochene Frage im Gesicht.

„Der hat doch nur das Eine im Kopf, wenn du mich fragst", sagte Bruce, was bei den Männern schallendes Gelächter auslöste.

„Lasst ihn. Ich finde es süß", sagte Michelle.

„Genug", zischte Simon, dessen Ohren knallrot glühten, und warf erneut einen Blick auf Kate, deren Gesicht bei dem anzüglichen Kommentar heiß wurde, obwohl sie sich eifrig bemühte, so zu tun, als hätte sie ihn nicht gehört. „Jetzt reicht's aber." Er presste verärgert die Lippen zusammen.

Casey warf den Kopf in den Nacken, schlug sich auf den Schenkel und stieß einen Jubelruf aus. Er musterte sie erneut aus der Nähe und grinste. „Es gibt noch 'ne andere Erklärung, Junge."

Simons Lächeln erstarb, und sein Adamsapfel bewegte sich auf und ab, als er schluckte.

Michelle rettete ihn. „Lasst uns jetzt die Geschenke austauschen."

Simon stieß einen Seufzer aus, stand auf und mied nun Kates Blick. „Tolle Idee!"

Sie zogen alle ins Wohnzimmer um, einige mit Getränken in der Hand, wo Michelle eine Reihe von bunt verpackten Päckchen in seltsamen Formen und Größen auf dem Couchtisch ausgebreitet hatte.

„Oh, davon habt ihr uns ja gar nichts erzählt", stöhnte Kate.

Michelle erklärte: „Es ist eine Tradition, dass jeder ein kleines, günstiges und vorzugsweise amüsantes Geschenk ohne Etikett mitbringt, das wir dann zufällig auswählen –"

„Und rücksichtslos tauschen", warf Bruce ein.

Simon drückte kurz ihren Ellbogen, als sie an ihm vorbeiging. „Keine Sorge. Wir legen immer ein paar zusätzliche dazu."

„Aber Vorsicht", warnte Will. „Ein Neuling zu sein, wird dich nicht vor Spott bewahren."

„Das würde ich nicht sagen", kicherte Bertie, sank schwer neben Kate auf das Sofa und kniff sie freundschaftlich in den Arm. „Oh, mein Rücken. Sieh es als eine Prüfung deines Mutes."

Casey schüttelte eine verfilzte Canucks-Mütze und reichte sie herum, damit jeder kleine nummerierte Zettel daraus ziehen konnte, während Michelle versuchte, die Tauschregeln zu erklären, wobei sie von Will und Bruce, die über die Feinheiten stritten, immer wieder unterbrochen wurde.

„Es ist alles nur Spaß. Und es endet jedes Jahr im Chaos, egal welche Regeln gelten", sagte Simon, der eine schläfrige Maddie auf seinem Schoß wiegte. Kate beobachtete das gemütliche Paar unauffällig unter ihren Wimpern hervor, immer noch erstaunt über den Anblick von Simon als fürsorglichem Vater.

„Darf ich auch mitspielen, Papi?", kam Madisons halbherzige Bitte.

Simon drückte ihr einen Kuss auf ihre weiche, gerötete Wange, hielt sie fester und flüsterte in ihre Locken. „Du bekommst deine Geschenke morgen."

„In Ordnung. Wer ist der Erste?", fragte Michelle.

„Das bin ich", antwortete Casey, trat vor und zog ein kleines, rechteckiges Päckchen. Er holte ein Buch heraus und las das Cover. „Ah. 'sist ein kleines Büchlein mit Haikus von … äh … Koba … äh … yashi Issa."

„Oh, lies eins vor", drängte Alexa.

Casey blätterte durch die Seiten, überflog sie und wog seine Möglichkeiten ab. „Ehrlich gesagt, gibt's viele Dinge, die ich verstehe, aber Gedichte gehören nicht dazu. Hier: ‚verliebter Kater/hinab ins Wolfstal/er geht'." Er verzog das Gesicht.

„Oh, das ist einfach. Der Kater riskiert alles auf der Suche nach Liebe", sagte Lily.

Bertie sagte: „Und da ich die Nummer zwei habe, nehme ich es dir ab. Ich mag Haikus sehr." Kate beobachtete diesen Tausch mit Interesse, während Casey aufstand, um ein weiteres Geschenk vom Stapel zu nehmen. Diesmal war es eine Packung Karamell-Popcorn.

„Pass auf, Casey. Ich habe die Nummer acht, wenn also nichts Besseres auftaucht, könntest du es immer noch an meine Naschkatzen-Ader verlieren." Simon grinste und erhob sich langsam von seinem Stuhl, mit einer nun schlafenden Maddie, die in seinen Armen hing. Er beugte sich hinunter, legte sie vorsichtig neben den Weihnachtsbaum, stützte ihren Kopf auf ein Kissen und deckte sie mit einer Decke zu. Kate beobachtete seine fürsorglichen Handgriffe mit wehmütigem Interesse und war überrascht zu sehen, wie er aus dem Zimmer schlüpfte, als Bruce aufstand.

„Ich bin der Nächste", sagte Bruce und nahm ein kleines, flaches Päckchen. Er verzog das Gesicht, als er es öffnete, und rätselte über den Inhalt. Er blickte auf, zuckte mit den Schultern und reichte es Lily, die in der Nähe saß. „Sie sind die Expertin."

Bertie schaukelte und erhob sich steif. „Ah, zu viel Sitzen für mich. Entschuldigt mich." Während Kate zusah, humpelte Bertie, gestützt auf

einen Gehstock, in den Flur, wobei ihre breiten Hüften ihren Bauern-
rock zum Schwingen brachten. Simon kam zurück und lehnte sich in
den Türrahmen.

„Ah." Lily nickte weise und sprach mit ihrem starken chinesischen
Akzent. „Sehr glückliches Geschenk. Das ist *Ho Shou Wu*. Uraltes
‚Lebenselixier'. Mischen Sie das mit Wein und es ist sehr verjüngend.
Es stellt Jugend wieder her, lässt Haare lang und schwarz wachsen und
verbessert auch die Manneskraft. Sehr wertvoll."

Es folgte ein allgemeines Gelächter. Simon ließ sich auf Berties Platz
neben Kate fallen, legte seinen Arm um ihre Schultern und sank in die
Kissen. Wärme durchströmte sie, und von dem Verlangen erfüllt, sich
wie eine Katze an ihn zu kuscheln, blickte sie sich um, um zu sehen, ob
jemand ihre gemütliche Vertrautheit bemerkt hatte.

„Das wird gegen den Bierbauch helfen, alter Mann."

„Seid nett", protestierte Bruce.

„Ganz zu schweigen von den Damen", sagte Michelle.

„Wer sagt denn, dass ich Hilfe brauche?", wies Bruce sie Stirn
runzelnd zurück.

Lily drehte das Päckchen in ihrer Hand. „Es ist verlockend, es dir
wegzunehmen, aber ich glaube, du brauchst es nötiger." Sie nickte
ernst und reichte es Bruce mit einem Funkeln in ihren dunklen Augen
zurück, wobei sie sich auf den Geist des Spiels einließ.

Simon schob ein gefaltetes Stück Papier in Kates offene Hand.
„Erinnerst du dich daran?", flüsterte er in ihr Haar, und sie erschau-
erte, als sein warmer Atem ihren Hals kitzelte.

Sie blickte auf und sah seinen ernsten Ausdruck und sein
schüchternes Lächeln. Neugierig faltete sie das Papier auseinander.
Drei handgeschriebene Zeilen, die ihr seltsam vertraut vorkamen,
waren auf den alten Zettel gekritzelt. Sie las leise: ‚*Tautropfen leckt
Blütenblatt/dunkle Augen spiegeln meine Seele/Mondlicht berührt uns.*' Ihr
Herz machte einen Satz, als die Erinnerung an sein romantisches
Haiku, das er in einer romantischen Nacht während ihrer längst
vergangenen Affäre verfasst hatte, zurückflutete, und mit einem jähen
Atemzug schnellte ihr Blick nach oben und traf auf Simon, der sie
aufmerksam beobachtete. „Das hast du aufgehoben?"

Er nickte.

Ihre Blicke trafen sich für lange Momente, in denen nichts existierte
außer ihren gemeinsamen Erinnerungen, und sie war erfüllt von einem
Gefühl der Sehnsucht und, im Grunde ihres Herzens, der Zuge-

hörigkeit. Er streckte die Hand aus, um ihren Arm mit seiner freien Hand zu streicheln, ließ sie dort ruhen und neigte seinen Kopf, um ihre Wange zärtlich zu küssen. Sie spürte, wie sich Tränen in ihren Augen sammelten und auf ihren Lidern brannten, und blinzelte sie weg, während sie sich auf die Lippe biss. Simon lächelte zufrieden, wandte seinen Blick ab, schmiegte sich enger an sie und drückte ihre Schulter.

Lily öffnete eine große, flache Schachtel und runzelte leicht die Stirn.

„Oh! Das ist ein klassisches Twister-Spiel!", rief Michelle. „Das habe ich früher geliebt. Vielleicht bist du zu jung, um dich daran zu erinnern, Lily."

„Ich glaube, ich bin als Nächstes dran", Alexa stand auf, den Finger an der Wange, und musterte ihre Optionen. „Hier, auf dem hier steht quasi mein Name drauf." Sie nahm einen perfekten Würfel und riss ihn auf. Sie öffnete die Schachtel und holte eine Kugel hervor. „Seht ihr? Eine architektonische Form in der anderen."

„Das ist ein Magic 8-Ball! Hier, hier, lass mich mal sehen", sagte Will und streckte die Hand aus. Er drehte ihn um und verdrehte die Augen mit gespielter Konzentration zur Decke. „Wird Bruce heute Nacht flachgelegt?" Er bekam einen Ellbogenstoß, als er die Kugel umdrehte und hineinschaute. „‚Aussichten nicht so gut.' Tut mir leid, Kumpel. Vielleicht könntest du das Elixier nehmen und es noch mal versuchen." Er lachte lauthals, sein Blick tanzte durch den Raum und lud zu allgemeinem Gelächter ein. „Aua!", rief er aus, als Bruce ihm einen freundschaftlichen Schlag versetzte.

„Lass mich mal versuchen." Alexa nahm die Kugel mit einem verschmitzten Blick in Kates Richtung zurück. „Werde ich heute Abend allein von hier weggehen?" Sie drehte die Kugel um und las: „‚Kann jetzt nicht vorhergesagt werden.'"

„Warte nur, bis Bruce das Elixier probiert hat", sagte Will zu weiterer Heiterkeit.

„Wer sagt denn, dass ich an ihn gedacht habe?", sagte Alexa verächtlich, mied Kates Blick, stieß ihr aber den Ellbogen in die Rippen.

„Alex!", tadelte Kate sie und spürte, wie ihr Gesicht heiß anlief. „Ich bin dran, und ich nehme dir das weg, bevor …" Kate schnappte Alexa den 8-Ball aus den Händen und warf ihn neben sich auf das Sofa.

Alexa stieß sie spielerisch an und beugte sich vor, um ein kleines Päckchen auszuwählen. Als sie es öffnete, fand sie einen kleinen, polierten Messingkompass. „Oh, der ist wunderschön. Er sieht aus wie eine Antiquität." Sie drehte ihn hin und her und kippte ihn, studierte die hüpfende Nadel, bis sie sich auf dem emaillierten N einpendelte. „Er scheint perfekt zu funktionieren. Wehe, jemand nimmt mir den weg. Ich werde darum kämpfen."

„Na siehst du. Etwas, das dir den Weg weist und dem du vertrauen *kannst*", sagte Simon ernst, und Kate warf ihm einen Blick zu und fragte sich, ob er ihre Ängste verstand.

Das Spiel endete schnell unter weiterem Necken und Lachen.

„Okay, ich bin dran." Simon stand auf und nahm eine nachdenkliche Pose ein, während er sehnsüchtig auf Caseys Karamell-Popcorn starrte.

„Halt deinen Quatsch fest, Casey."

Simon lachte. „Ich habe darüber nachgedacht und beschlossen, dass Casey der weitaus qualifiziertere Anwalt ist, wenn es um Bombast, Kauderwelsch, Geschwafel, Unsinn, Larifari, Mumpitz … und Blödsinn geht. Also kann er seinen Quatsch behalten." Er machte eine Pause für den Effekt und wurde mit Gelächter belohnt. „Wohingegen ich, andererseits, von nüchternem Verstand und häuslicher Neigung …" Er drehte sich langsam um, blinzelte jeden der Reihe nach an und warf imaginäres Haar über seine Schulter, „… schon immer lange schwarze Locken haben wollte." Er streckte die Hand aus und schnappte sich das chinesische Elixier von Bruce, „*Und* zehn weitere Kinder." Dabei zwinkerte er Kate geheimnisvoll zu.

Ihr Lächeln erstarrte, und sie spürte, wie ein heißes Kribbeln und Prickeln von ihrer Brust zu ihren Wangen aufstieg.

„Außerdem kann man dir keine Kinder anvertrauen, du Trottel", sagte er zu Bruce und fiel lachend zurück auf das Sofa, und Kate war begeistert von der körperlichen Energie, die von ihm ausging, als er die Seite ihres beunruhigend empfänglichen Körpers berührte.

„Könnt ihr Leute mich in Ruhe lassen", stöhnte Bruce und stand auf, um noch ein weiteres Geschenk auszusuchen. Kate beobachtete Bruce wehmütig, ihre Gedanken bei Simon und seiner verschlüsselten Botschaft. Sie verstand seine Anspielung auf ihr Abendessen am letzten Samstag nur zu gut und versteckte sich hinter gesenkten Wimpern.

Bruce riss das Geschenkpapier ab. Sein Gesicht erhellte sich vor Freude wie das eines Kindes am Weihnachtsmorgen. „Endlich!" Er hielt ein Hockeytrikot mit einer großen Nummer ‚19' und dem Namen ‚Naslund' hoch, der darauf prangte. Als er Wills Gesichtsausdruck sah, knurrte er verteidigend.

„Super!", rief Will, sprang von seinem Stuhl und stürzte sich auf Bruce, der auf dem Zweisitzer saß.

„Hände weg!", schrie Bruce.

„Auf keinen Fall, du Verlierer. Ich bin der Nächste. Das gehört mir!" Damit stürzte er sich auf Bruce und zerrte an dem Trikot, aber Bruce war nicht bereit nachzugeben und wehrte sich. Sie rangen miteinander über die Rückenlehne des Zweisitzers und auf den Boden, wo die anderen, lachend, nur ihr Grunzen, ihre gedämpften Flüche und das Poltern hören konnten. Schließlich stand Will auf, sein Hemd schief, ein riesiges Grinsen auf seinem Gesicht, und hielt seine Trophäe in die Höhe. „Ja!" Er stieß eine siegreiche Faust in die Luft.

Einen Moment später tauchte Bruce wieder auf, sein Gesicht so finster wie eine Gewitterwolke, sein Haar und Hemd ebenso zerzaust. „Das ist einfach nicht mein Abend."

Michelles Stimme durchbrach den Lärm. „Es ist Zeit für Twister!"

Simon drehte sich um und sprach Michelle ernst an, die Hände auf ihren Schultern. „Tut mir leid. Twister steht heute Abend nicht in den Sternen. Bitte bring deine Kinder nach Hause."

Alle wünschten Casey und Michelle eine gute Nacht und frohe Weihnachten, und sie verließen geschäftig die Wohnung, bepackt mit ihren schlafenden Kindern, Geschenken und Tüten mit Essensresten. Ihnen folgten bald, nach schnellen Küssen und Umarmungen zum Abschied, sogar für Simon, wie Kate mit Interesse feststellte, Alexa, die Bertie eine Mitfahrgelegenheit angeboten hatte. „Frohe Weihnachten, Katie, Liebes", sagte sie. Kurz darauf ging auch der einsame und niedergeschlagene Bruce.

„Sie hat nicht einmal gefragt, ob ich eine Mitfahrgelegenheit brauche", sagte Kate, als sich die Tür hinter ihnen schloss.

„Sie ist eine scharfsinnige Frau", lächelte Simon.

„Hmpf."

Lily stand in ihrem langen, gesteppten Parka auf der Veranda und stampfte mit ihren Stiefeln. „Lass uns geh-en, Will."

Simon ergriff die Hand seines Bruders. „Danke für deine Hilfe heute Abend, Kumpel."

Will wandte sich seinem Bruder zu, blickte auf und schüttelte den Kopf. „Ich war so ein Idiot. Ich war sicher, du würdest wieder den Arsch voll kriegen." Kate runzelte verwirrt die Stirn und suchte Simons Gesicht nach Hinweisen ab. Simon lächelte, umarmte ihn kräftig und klopfte ihm auf den Rücken. „Danke. Könnte noch passieren."

Will löste sich grinsend, schüttelte den Kopf, warf einen Blick in Kates Richtung und senkte die Stimme. „Ich bin neidisch. Nicht mal Mom hat mich je so angesehen."

„Das liegt daran, dass du der Hässlichere bist", neckte Simon. „Gute Nacht."

Will schauderte theatralisch und führte Lily hinaus in die Stille des dicht fallenden Schnees. „Huh. Ich hoffe, du weißt, was du tust, Bruder."

DREIUNDZWANZIG

S ie waren endlich allein. Kate wartete auf dem Sofa, blickte auf das leere, unordentliche Zimmer und tat so, als hätte sie Simons rührenden, wenn auch verwirrenden, Wortwechsel mit seinem Bruder nicht mitangehört. Obwohl Michelle sich bemüht hatte aufzuräumen, sah das Wohnzimmer aus, als hätte eine Bombe eingeschlagen. Hier und da standen schmutzige Tassen und Gläser, zerknülltes Geschenkpapier, Sofakissen und Decken lagen in Unordnung herum. Der fast leere, schmutzige Esstisch stand im Hintergrund und wartete auf eine weitere Gelegenheit, eine Kulisse für eine lachende Runde zu bieten. Kate konnte das Echo des Lachens und der liebevollen Stimmen beinahe hören und empfand ein warmes Gefühl der Erfüllung und Zufriedenheit. Simon schloss die Tür, kam leise ins Wohnzimmer und lehnte sich an den Türrahmen.

„Na, wir haben es beide überlebt", sagte er.

„Ich kann nicht glauben, dass du dir das jedes Jahr antust."

Sein Lächeln war zaghaft. „Sie sind doch nicht so schlimm, oder?"

Kate verzog das Gesicht. „Das habe ich nicht gemeint. Sie sind alle reizend. Farbenfroh, aber reizend. Ich meinte die Arbeit, die Vorbereitung und das Kochen. Es war unglaublich."

„Danke. Ich tue das gerne für sie. Mir ist klar, dass sie ein bisschen exzentrisch sind. Aber sie sind meine Waisen und ich kümmere mich um sie."

„Deine *Waisen*?"

Er schnaubte. „Das hat vor Jahren angefangen. Als Mom und Dad das erste Mal verreist sind, hatte ich das Gefühl, ich müsste etwas für Will tun. Und Bertie. Nachdem ihr Mann gestorben war, hatte sie niemanden. Bruce fühlt sich auch bei seiner Familie irgendwie unwohl, deshalb sind die Feiertage schwierig. Dann habe ich Casey durch die Arbeit kennengelernt. Und er und Michelle sind so weit von ihren Familien weg. Es hat sich einfach …", er zuckte mit der Schulter, „… so entwickelt."

„Und jetzt hast du mich und Alexa zu deiner Liste von Waisen hinzugefügt?"

„In deinem Fall dachte ich eher an eine Adoption." Seine Augen bekamen Fältchen und funkelten, und Kate spürte einen Schauer aus Hitze und Vorfreude. „Aber zuerst muss ich das Mädchen hier ins Bett bringen." Er wandte sich dem schlafenden Bündel unter dem Baum zu und schlug die Decke zurück, um die bezaubernde Madison zu enthüllen, deren runde Wangen unter einem zerzausten braunen Haarschopf gerötet waren.

„Es ist ein Wunder, dass sie das alles verschlafen hat."

Er gluckste und kniete nieder, um ihren schlaffen Körper sanft hochzuheben. Er blickte auf ihr süßes Gesicht, beugte sich vor, um seine Lippen über ihre seidige rosa Wange streichen zu lassen, und seine tiefe Liebe zu ihr war spürbar. Er hielt inne und spähte über seine Schulter zu Kate. „Kommst du mit?"

Kate erhob sich und folgte ihm die Treppe hinauf in Maddies Zimmer. Er legte Maddie auf ihr Bett und befreite sie mit der erwarteten Unbeholfenheit geduldig aus ihrem zerknitterten Partykleid und der verhedderten Strumpfhose. Sie blieb schlaff wie eine Stoffpuppe, während er ihre Glieder in ihr Nachthemd zwängte und die Decken bis zu ihren Schultern hochzog. Sie hatte sich verausgabt; sie rührte keinen Muskel. Er beugte sich hinunter, um ihre Stirn zu küssen, und richtete sich auf. „Sie wird früh aufwachen. Darauf muss ich vorbereitet sein."

Als Antwort auf Kates fragenden Blick winkte er sie mit einem Finger zu sich und führte sie in den dunklen Flur, wo er eine Schranktür aufschob und einen großen, unförmigen Sack von einem hohen Regal herunterzog.

Wieder unten legte Simon mehrere bunt verpackte Päckchen zu denen, die bereits unter dem Baum lagen. „Sie weiß, dass einige der Geschenke von mir sind, aber es muss ein Überraschungselement geben, sonst stimmt die Weihnachtsmann-Logik nicht", erklärte er.

Kate lächelte verständnisvoll, dann hellte sich ihre Miene auf. „Ich hätte es fast vergessen. Ich habe Geschenke für dich und Maddie." Sie sah sich um. „Wo habe ich meine Tasche hingelegt?"

„Ist das deine im Flur?"

Sie holte sie, stellte sie ab, öffnete sie und wühlte darin, bis sie zwei Päckchen herauszog, beide in elegantes, silbrig-blaues Papier mit passendem Band im gleichen Farbton wie ihr Pullover gewickelt. Ihr Blick mied den kleinen Beutel mit ihrer Zahnbürste und Wechselkleidung, während ihr Magen einen kleinen Salto schlug, als sie die Klappe ihrer Tasche schloss. Sie legte die Geschenke unter den Baum und drehte sich strahlend zu ihm um.

Er stand da und musterte sie von oben bis unten, seine Bewunderung war offensichtlich. Sie beruhte auf Gegenseitigkeit. Sie errötete heftig und fragte sich, ob er vielleicht ähnliche Gedanken hegte wie sie.

Er hielt ihren Blick fest und bewegte sich schweigend auf sie zu. Er nahm ihre beiden Hände in seine, um sie hochzuziehen, und beugte sich zu ihr. Zögernd hielt er inne. Kate musste den Kopf zurücklegen, um den Augenkontakt zu halten, und sie tat es, blickte nachdenklich in sein Gesicht, während der leiseste Hauch eines einladenden Lächelns ihre Lippen berührte. Das war offensichtlich Ermutigung genug für ihn. Er küsste sie einmal, zaghaft, und zog sich zurück, immer noch ihre Augen durchsuchend. Wonach? Er küsste sie erneut, schneller, und sagte: „Nur noch eine Kleinigkeit."

Wortlos sah sie ihm zu, wie er zwei Strümpfe aus seiner Tasche fischte, sie an Haken am Kaminsims hängte und sie dann mit kleinen Päckchen, Mandarinen und Schokolade füllte. Er wandte sich zögernd zu ihr und hob einen wunderschönen, gesteppten Strumpf hoch, der mit einem Engel und silbernen Sternen auf nachtblauem Himmel bestickt war. „Ich habe einen übrig. Soll ich ihn für dich aufhängen? Oder wäre dir eine kalte, einsame Taxifahrt nach Hause lieber?" Er versuchte, es leichthin zu sagen und schmollte auf übertriebene Art, obwohl sie wusste, dass er es vollkommen ernst meinte.

Na schön. Das war es also. Zeit für eine Entscheidung.

Wieder ihre Augen durchsuchend, trat er auf sie zu und umfasste ihre Arme mit seinen Händen. „Ich bin so froh, dass du hier bist. Das ist alles, was ich mir zu Weihnachten wünsche. Nur dich." Er strich über ihren Kaschmirpullover und fuhr mit einer Fingerspitze sanft an dem weiten Ausschnitt entlang ihrer Haut, über den Ansatz ihrer Brüste. Er holte zittrig Luft. Seine Stimme klang gepresst. „Mach mich noch glücklicher. Lass mich morgen mit dir in meinen Armen aufwachen. Bitte."

Kate stockte der Atem, ihre Kehle zog sich zusammen. „Ich … ich würde gerne Ja sagen, Simon. Das würde ich …" Sie zögerte und spürte das allzu vertraute, kriechende, angsterfüllte Gefühl, das in letzter Zeit ihren Panikattacken vorausgegangen war. Sie distanzierte sich bewusst von der Angst, beobachtete sie, benannte sie und wusste, dass sie diese irrationale Furcht überwinden musste. Sie wandte sich von ihm ab, aus seiner Umarmung heraus, konzentrierte sich auf ihre Atmung und griff nach ihrem Knotenanhänger, um im Stillen um Kraft von welcher Macht auch immer im Universum zu bitten, die über ihr Schicksal entschied. Gleichzeitig wusste sie, dass es an ihr lag.

Er trat hinter sie und sagte: „Bilde ich mir das ein, oder hast du deine Meinung geändert?" Er drehte sie wieder zu sich und senkte seine Stimme. „Ich habe mich wieder in dich verliebt, Kate. Sag mir, dass ich nicht verrückt bin zu denken, dass du mich vielleicht auch liebst."

Sie hielt den Blick gesenkt, zu ängstlich, um den ernsten Ausdruck in seinen Augen zu erwidern. Sie wollte ihn. Sie wusste, was sie tun musste. Sie brauchte nur sich selbst die Erlaubnis zu geben, die Liebe zu spüren, die sie für ihn empfand, und ihre Ängste beiseitezuschieben. Simon hob sanft mit seinen Fingerspitzen ihr Kinn an.

„Sag es mir, Kate. Ich werde dich nicht verletzen. Das verspreche ich. Aber hab auch keine Angst vor meiner Reaktion. Ich weiß, Will denkt, ich sei aus Glas. Was auch immer du zu sagen hast, ich kann es ertragen. Sag mir die Wahrheit."

Kate blickte beklommen auf seine gerunzelte Stirn und bemerkte, dass seine Augen aus eigener Angst glänzten, und fragte sich. Das hatte er nicht verdient. Nach allem, was er durchgemacht hatte, sollte Simon niemals daran zweifeln müssen, dass er geliebt wurde.

„Habe ich alles falsch verstanden?"

„Nein. Simon, ich …" Ihre Stimme war ein Flüstern, und sie grub tief nach dem Mut, den sie brauchte, um sich ihrer eigenen Wahrheit zu stellen und ihr Herz diesem Mann zu öffnen, der ihr alles bedeutete.

„Sag mir, was es ist. Was ist los? Ist es Bindungsangst?" Seine Frustration war unverkennbar. Seine Stimme wurde leiser. „Ist es Maddie? Machst du dir Sorgen … die Mutterrolle übernehmen zu müssen?"

Simon ließ sie los und stand mit ausgebreiteten Händen da, die Handflächen nach oben, flehend. „Sag es mir."

Kate schüttelte nachdrücklich den Kopf. „Nein! Absolut nicht. Schlag dir diesen Gedanken aus dem Kopf." Sie schluckte und sammelte ihre Gedanken. „Ich habe … Du hast sicher bemerkt, wie ich in letzter Zeit drauf war." Sie seufzte schwer, mit einem frustrierten Grunzen. Wo sollte sie anfangen? „Als ich dich wiedergesehen habe, ist etwas mit mir passiert. Eine Art … Rückfall."

„Mich wiedergesehen?" Unglaube ließ Simons Stimme eine Oktave höher schnellen. Ohne ein Wort schlang er seine Arme um sie und zog ihren Kopf an seine Brust, während er über ihr Haar und ihren Rücken strich. Sanft schob er sie von sich und wiederholte seine Frage, diesmal nur mit seinen flehenden Augen, geduldig wartend, darauf vertrauend, dass sie es erklären würde, wenn sie könnte.

Sie konnte. Sie musste. Kate atmete tief und zitternd aus und hob den Blick zu ihm. Sie wandte sich nach innen, auf der Suche nach den Worten, um es zu erklären. „Es gibt … einen Teil von mir, der nie aufgehört hat, dich zu lieben. Selbst als du mich nicht geliebt hast. Selbst als du nicht da warst, war ich besessen von dir. Und ich musste mit meinem Leben weitermachen." Sie kniff die Augen fest zu. Sie schüttelte kurz den Kopf, öffnete sie wieder und fuhr mit zittriger Stimme fort, wobei sie die Worte an dem Kloß in ihrem Hals vorbeidrückte. „Ich musste mir das erklären. Warum konnte ich nicht funktionieren? Irgendwann, mit Hilfe, einer Menge Hilfe, habe ich verstanden, dass meine Liebe zu dir eine Art ungesunde Abhängigkeit war, die aus einer Leere in meinem Inneren entstand. Ich hatte keine Selbstliebe, kein Gefühl von Selbstwert. Ich war so kaputt von dem, was mir passiert war, von … von dem, was ich schließlich *erkannt* habe, was mir passiert war …"

„Warte. Ich komme nicht mehr mit. Ich verstehe immer noch nicht, wovon du redest."

Natürlich nicht. Kate hörte auf zu sprechen und schloss die Augen. Sie atmete lange langsam und tief und suchte nach der Kraft, um weiterzumachen.

„Wie kannst du mich lieben und trotzdem Angst haben?", fragte Simon. „Liebe ist etwas Wunderbares. Ein freudiges Gefühl." Sie konnte seine Verwirrung und seinen Schmerz hören und sehen, wie eine düstere Wolke über sein Gesicht zog. „Du weißt, dass du mir vertrauen kannst, Kate. Bitte erklär es mir. Erzähl mir alles, damit wir keine schmerzhaften Geheimnisse zwischen uns haben. Ich will dich wirklich kennenlernen."

Kate hob langsam ihren Blick zu seinen Augen, und sie wurden scharf und durchdringend. „Ich *liebe* dich, und ich vertraue dir. Aber ich vertraue ... mir selbst nicht?"

„Du klingst dir da nicht sicher." Er runzelte die Stirn, sichtlich verwirrt.

„Ich weiß. Ich habe es versucht, aber ich finde immer noch nicht die Worte, um diese Angst auszudrücken", sie ballte eine Faust und drückte sie gegen ihren Bauch. „Dieses Gefühl in mir, das sagt, das kann ich nicht haben. Ich verdiene diese Art von ... Glück nicht. Erfüllung. Sicherheit?" Sie zuckte die Achseln.

„Nicht verdienen ...? Warum?"

Kate strich sich die Haare aus dem Gesicht und klemmte sie hinter ihr Ohr. „Das stimmt noch nicht einmal." Sie versuchte, ihre Gedanken zu beruhigen, tief in sich zu gehen, den Lärm zu dämpfen und darauf zu warten, dass die Wahrheit, die Worte, die sie brauchte, an die Oberfläche kamen. Denn sie brauchte sie. Jetzt. Das war ihr Moment der Wahrheit. Es war jetzt oder nie, und Kate war nicht bereit, diesen Moment verstreichen zu lassen. Sie wusste, dass sie an einem Abgrund stand, ihre Zukunft lag in ihren eigenen Händen. Es war Zeit, die Vergangenheit loszulassen und eine Zukunft anzunehmen, die, unglaublich aber wahr, ein wahr gewordener Traum war. Auf Gedeih und Verderb.

Selbst wenn es mit ihr und Simon auf lange Sicht nicht klappen sollte – denn wer wusste schon wirklich, was die Zukunft brachte? Sie verdiente es, dem Ganzen eine Chance zu geben. Ihnen eine Chance zu geben. Das wollte er. Und das war es, was auch sie, in ihrem tiefsten Inneren, wollte. Kate war kein schlechter Mensch. Sie hatte keine so schrecklichen Fehler gemacht. Und ihr ganzes Leben wegen eines unglücklichen Vorfalls einzuschränken, sich selbst und auch Simon zu bestrafen, wegen etwas, das so weit in der Vergangenheit lag und außerhalb ihrer Kontrolle, war töricht.

Sie würde niemals den Abschluss und die Erlösung erfahren, die die Konfrontation oder Bestrafung ihres Angreifers vielleicht bringen würde. Wenn das nicht ohnehin ein Mythos war. Aber sie weigerte sich, Simon weiterhin für die Taten eines anderen zu bestrafen. Oder sich selbst zu bestrafen.

Wenn sie am Ende getrennte Wege gingen, na und? Das wäre eine

Entscheidung, die aus den wahren Umständen des Lebens erwachsen würde, das sie jetzt lebte. Sie würde es überleben. Es würde ihr gut gehen.

Wie könnte es schlimmer sein als das, was sie jahrelang mit sich herumgetragen hatte? Eine unerwiderte, zwanghafte Liebe zu einem Mann, der außerhalb ihrer Vorstellung gar nicht existierte. Kate erkannte, dass sie von einem Ideal besessen gewesen war, einem hohlen Mann, keinem echten Mann. Eine Krücke, auf die sie sich stützen konnte, etwas, um all die Jahre die dunklen, verlassenen Minenschächte ihres Herzens zu stützen, etwas, um echte Liebe auf Abstand zu halten.

Kate war einsam gewesen. So einsam. Sie hatte immer auf ihn gewartet. Nicht, um sie zu retten, sondern um diesen Raum zu füllen, den nur er füllen konnte. Ihr Mann mit Herz, auch wenn sie wusste, dass das, was ihr gefehlt hatte, ein Teil von ihr selbst war. Trotzdem hatte sie einst eine tiefe Verbindung gekannt und, nachdem sie davon gekostet hatte, würde sie sich niemals mit weniger zufriedengeben.

Simon stand vor ihr, sein Gesicht leuchtete vor Mitgefühl. Sie sah seine Wärme und Solidität, seine Geduld und sein Verlangen. Sie würde Simon ihre Liebe geben, ohne Bedingungen. Sie konnte ihn oder sich selbst nicht verleugnen. Aber zuerst schuldete sie ihm eine Erklärung.

„Ich liebe dich, Simon, wirklich." Sie streichelte seine Wange mit einer Hand. „Aber es gibt etwas, das ich dir sagen muss, bevor ... bevor ..." Sie zuckte mit den Schultern und wandte sich ab, um aus dem Panoramafenster in die stille Nacht zu blicken.

Kein Wind störte die üppigen Schneeflocken bei ihrem schlummernden Abstieg. Gedämpfte Straßenlaternen, umgeben von diffusen Lichthöfen. Bunte Lichter, die benachbarte Häuser schmückten, jetzt gedämpft unter einer dicken Decke aus gefallenem Schnee. Im eisblauen Lichtkegel einer Straßenlaterne glänzte etwas Glänzendes, Rotes und Scharfkantiges im Vorgarten des Nachbarn, wie eine Klinge, die die Oberfläche durchschnitt. Vielleicht ein vergessenes Fahrrad. Sie lächelte.

„*Der Mond auf der Brust des frisch gefallenen Schnees, verlieh den Dingen darunter den Glanz des Mittags.*" Bald würde der fallende Schnee das rote Fahrrad vollständig verdecken, bis nur noch ein weicher, verschwommener Umriss zu erkennen war, die Wunde verheilt, nur noch eine Narbe.

Sie wandte sich Simon zu, bereit, ihm alles zu erzählen.

„Ich wollte dich nicht in meinem Leben. Ich habe getrauert –"

Er war sichtlich verwirrt. „Im Oktober?"

Sie lächelte, schüttelte den Kopf und fuhr fort. „Nicht ich bin in *dein* Wohnheimzimmer gestürmt, betrunken wie ein Matrose um drei Uhr morgens, habe an die Tür gehämmert und darum gebettelt, hereingelassen zu werden." Sie konnte sich an den Aufruhr wie an ein Erdbeben erinnern. Auch damals hatte er ihre Welt auf den Kopf gestellt.

„Reden wir vom College?", er sah zweifelnd, verlegen und verwirrt aus.

Sie blickte von seiner Brust hoch in seine Augen. „Ja. Bitte hör zu. " Sie hielt inne, lächelte schwach und rutschte unbehaglich hin und her. „Ich weiß nicht, warum du *meine* miserable Gesellschaft wolltest. " Sie seufzte und blinzelte zu ihm hoch, entschlossen, es hinter sich zu bringen. „Lass mich dir erzählen, was du nie wusstest. Du erinnerst dich vielleicht, als wir uns kennenlernten, dass mein Freund mich gerade verlassen hatte. Ich weiß nicht, ob ich es dir erzählt habe. Was du *nie* wusstest, war, dass … ich immer noch unter dem Trauma einer … einer Vergewaltigung im letzten Halbjahr der Highschool litt. "

„Was?"

Sie hob eine Hand. „Nicht Ben. Ich war auf einer Klassenfahrt … wir waren unterwegs und haben getrunken. Wir haben ein paar amerikanische Fußballspieler getroffen, die auf Tour waren …", sie zuckte mit den Schultern. „Und nachdem es passiert war … du kannst es dir nicht vorstellen … ich fühlte mich so … beschmutzt, so wertlos." Sie richtete ihren Blick wieder auf die beruhigende Aussicht nach draußen.

„Warum hast du es mir nicht erzählt? Wir standen uns doch nahe genug."

„Die Sache war … ich wusste es nicht genau. Nicht, dass ich traumatisiert war – na ja, das auch. Ich meine, ich habe mich nicht an die Vergewaltigung erinnert. Hatte es total verdrängt. Eine Art selektive Amnesie, verursacht durch traumabedingten Stress. Die Erinnerungen kamen erst vor etwa zehn, elf Jahren zurück. Ich schätze, ich war endlich bereit, mich dem zu stellen. Ich weiß nicht. Ich hatte gehört, dass so etwas Leuten passiert, aber man kann sich nicht vorstellen, dass einem der eigene Verstand solche Streiche spielt."

„Ich spiele keine Spielchen. Ich wollte dich vor Schmerz schützen."
Seine Stimme war kaum ein Flüstern.

„Tja. Den Schmerz habe ich gespürt, nur sehr viel später. Aber ich
war so … kaputt. Ich war ein Wrack, als ich dich traf. Ein viel größeres
Wrack, als es an der Oberfläche den Anschein hatte. Ich habe es selbst
nicht einmal verstanden, weil ich mich von der Erinnerung distanziert
hatte. Ich war verschlossen, deprimiert, passiv und bedürftig. Und du
bist immer wiedergekommen, hast mich aufgemuntert, mich aus
meinem Schneckenhaus geholt, bis ich von dir abhängig wurde, bis all
meine Hoffnungen und Träume an dir hingen, meinem Retter. Meinem
Ritter in strahlender Rüstung."

Jetzt liebte sie einen echten Mann, und obwohl ein Teil von ihr
befürchtete, dass er dem Traum niemals gerecht werden würde, war der
Gedanke auf eine seltsame Weise tröstlich und sickerte wie ein
Stärkungsmittel in ihr gequältes Bewusstsein, das ihr Leid linderte und
versüßte. Das hier war kompliziert und chaotisch, aber unendlich viel
besser. Sie hatte Verletzung, Zurückweisung, Schmerz und Selbsthass
überlebt und sich und ihr Leben wieder zusammengesetzt, stärker als
sie zuvor war. Sie konnte nie wieder so tief sinken. Sie würde überleben.

„Und ich wusste von nichts."

Plötzlich durchströmte sie Wut und sie wollte um sich schlagen.
Ihre Fäuste ballten sich und zitterten vor Gewalt. Sie hatte nicht
gewusst, dass der aufgestaute Zorn und Groll in ihr eingeschlossen
gewesen waren. Sie blickte auf ihre Hände hinab. Schmerzhafte Erinnerungen, wie überreife Früchte, die zu platzen drohten, kamen an die
Oberfläche und überwältigten sie.

„Und du hast dir genommen, was du wolltest, ohne etwas im
Gegenzug zu geben", sagte Kate, obwohl sie wusste, dass es falsch war.
Sie schüttelte den Kopf und verneinte ihre Worte. Doch den Schwall
der Bitterkeit konnte sie nicht aufhalten. „Als du dann gemerkt hast,
wie kaputt ich war, bist du abgehauen." Was für eine schreckliche,
gemeine Sache. Was passiert war, war nicht Simons Schuld. Sie warf
ihm einen vorsichtigen Blick zu, verschwommen durch ihre Tränen.

Sein Gesicht spiegelte den Schock wider, von dem sie wusste, dass
er ihn fühlen würde. „Das habe ich nie von dir gewusst. Welches
Versprechen habe ich gebrochen? Ich war *neunzehn*."

„Es tut mir leid. Das war falsch. Das kam aus einer dunklen Ecke in
mir." Sie legte eine Handfläche auf seine Brust, über sein Herz. „Es ist

nicht wahr. Ich habe nur diese restliche Wut in mir, auf diesen namen-losen, gesichtslosen Mann, der sich nahm, was ich nicht anbot, und meine Unschuld und meinen Glauben gleich mit, ohne Konsequenzen. Und vielleicht sogar auf die Gesellschaft, weil sie mich mit jahrzehnte-langem psychologischem Müll alleingelassen hat. Aber ich sollte sie nicht auf dich richten. Nichts von dem, was mir passiert ist, war deine Schuld. Das weiß ich."

„Es ist in Ordnung, wütend zu sein. Es ist richtig, Wut darüber zu empfinden, was dir passiert ist. Ich bin auch wütend, dass irgendein niederträchtiges Arschloch dir so etwas antun konnte. Das bringt mein Blut zum Kochen."

Kates Herz schwoll bei seiner Erklärung an. Die Tatsache, dass Simon sich zu ihrer Verteidigung erhob, tröstete sie ein wenig.

Er fuhr nachdenklich fort. „Aber auf eine gewisse Weise hast du recht. Ich war egoistisch. Und unreif. Und dumm. Ich kannte dich besser, als du denkst. Ich hatte mich auch in dich verliebt, auf meine begrenzte Art ... Ich verstand auf einer gewissen Ebene, dass du Mitge-fühl brauchtest, dass du Schmerzen hattest. Aber ich hatte nicht die Worte, um es auszudrücken, oder die Lebenserfahrung, um mit deinem Schmerz umzugehen, Kate. Je näher ich dir kam, desto mehr spürte ich ihn. Er hat mir eine Heidenangst eingejagt. Also habe ich ihn ausge-blendet. Ich habe *dich* ausgeblendet." Seine blauen Augen blitzten scharf auf, wie ein flacher Stein, der über die Oberfläche seiner Erin-nerungen hüpfte.

„Ich war zu jung und zu sehr daran gewöhnt, egoistisch zu sein, um so ... so gebraucht zu werden. Ich war schwach. Ich wollte nicht an einer Beziehung *arbeiten* müssen, geschweige denn eine Verpflichtung eingehen. Wir waren so jung." Simons Kiefer mahlte, während er die Szene vor dem Fenster betrachtete. „Ich wollte dich nicht verletzen. Das Letzte, was ich gewollt hätte, war, die Dinge für dich noch schlimmer zu machen." Er streckte die Hand aus und streichelte mit seinen Fingerknöcheln ihre Wange, ließ die Hand dort ruhen. Ihre Augen füllten sich mit Tränen, und sie spürte, wie sie überliefen und ihre Wangen hinunterglitten. Er wischte sie sanft weg.

Sie schüttelte langsam den Kopf, ihr Mund verzog sich nach unten. „Es war nicht deine Schuld, dass ich die Fassung verloren habe. Du bist einfach in meiner kaputten Welt aufgetaucht, zu einer Zeit, als ich etwas zum Festhalten brauchte. Ich habe zu viel von dir erwartet. Und was wir hatten, war so …", sie sog die Luft ein, ihre Stimme brach, „… so intensiv …"

Er zog sie sanft zu sich, bis sie an seinen Körper gepresst war, schlang seine Arme um sie und legte ihren Kopf an sein Schlüsselbein, während er ihr sanft über das Haar strich. „Das war es. Wir hatten etwas Außergewöhnliches, trotz alledem."

Sie zwang sich, weiterzusprechen. „Simon. Das ist noch nicht alles."

„Schsch. Genug für jetzt."

„Nein. Hör zu. Ich kann nicht aufhören, bis du den Rest weißt." Sie zog sich zurück und schritt hölzern zum Kamin, wo sie blind in die sterbenden Flammen starrte.

„Was gibt es noch? Jedes Mal, wenn wir uns auf dem Campus über den Weg liefen, konnte ich es kaum erwarten, zu entkommen. Ich fühlte mich schuldig, und ich schäme mich jetzt dafür."

Scham. Sie wusste, was Scham war. „Simon, wir sind uns nicht über den Weg gelaufen. Oh, vielleicht ein- oder zweimal. Aber es ist ein großer Campus. Hast du denn nichts geahnt?" Ihre Stimme war ein heiseres Flüstern. Sie rang die Hände und verdrehte schmerzhaft ihre Finger. Dies war der schwierigste Teil, den sie zu gestehen hatte, aber sie wollte nicht, dass es noch mehr Geheimnisse zwischen ihnen gab.

„Was meinst du?"

Kate räusperte sich. „Simon, ich habe nach dir gesucht! Ich bin dir gefolgt und … und habe mir deinen Stundenplan, deine Wege gemerkt. Ich habe dafür gesorgt, dir *zufällig* über den Weg zu laufen. Ich habe dich im Grunde gestalkt!"

„Wirklich?"

„Ich habe mich noch nie für etwas, was ich in meinem Leben getan habe, mehr geschämt. Es ist das Erbärmlichste, was ich je … Ich war so einsam und so voller Selbsthass, dass ich mein Elend auf irgendeine konkrete Weise bestätigen musste."

Er trat dicht hinter sie und legte seine Hände auf ihre Arme. Sie konnte seinen warmen Atem wie einen Balsam an ihrem Hals spüren.

„Quäl dich nicht. Das ist alles Vergangenheit. Du hast es verarbeitet. Du verstehst, was dich zu diesen verzweifelten Taten getrieben hat. Es ist vorbei." Langsam drehte er sie zu sich um und musterte ihr Gesicht.

„Ich war so besessen von dir." Sie schüttelte den Kopf. „Nein, nicht einmal von dir, denn was wusste ich schon wirklich von dir? Nur von der *Vorstellung* von dir … so sehr, dass ich an kaum etwas anderes denken konnte. Das ging jahrelang so, auf einer gewissen Ebene, vielleicht zwei oder drei Jahre lang, hoffend, sehnsuchtsvoll ... bis ..."

„Ich weiß." Er hob die Hand, mit der Handfläche nach außen, und verzog das Gesicht. „Oh, jetzt verstehe ich." Dann ballte er sie zur Faust und presste sie an seine Lippen, seine Augen glänzten vor Schmerz. „Erinnere mich nicht daran. Ich war in dieser Nacht wirklich herzlos. Ich ... ich war mehr als herzlos; ich war grausam. Die Dinge, die ich gesagt habe, die Art, wie ich mich verhalten habe ... Ich kann mich kaum daran erinnern."

„Du konntest es nicht wissen."

Simon musterte ihr Gesicht. „Trotzdem war es unentschuldbar, dich so auszunutzen. Und ich habe dich nie wiedergesehen. Ich wusste nie, was aus dir geworden ist. Warum bist du gegangen, ohne ... Am Morgen hätte ich ..."

Sie sog tief Luft ein. „Ich war erfüllt von Entsetzen über deine Verachtung für mich. Ich konnte dir nicht unter die Augen treten." Sie schloss die Augen. „Diese ... Begegnung ... schien die Mauer meiner verdrängten Erinnerungen zu durchbrechen. Der Zorn darüber hallte wider ... Ich fiel in eine tiefe Depression, die ein Jahr andauerte, mehr als das."

Simons Gesicht spiegelte ihren Schmerz wie ein dunkler Spiegel wider. Er öffnete den Mund, um etwas zu sagen.

Sie hob eine Hand, um ihn aufzuhalten, und fuhr fort; jetzt, wo sie angefangen hatte, musste sie es zu Ende bringen. Das war ein Teil von ihr, und er musste es verstehen. „Ich glaube, deshalb war ich so bedürftig. Davor war ich vernünftig, unabhängig und ehrgeizig. Danach fühlte ich mich wertlos. Unliebenswert. Und dann warst *du* da. Wir wären wahrscheinlich sowieso irgendwann getrennte Wege gegangen. Aber ich *konnte* nicht loslassen. Du warst meine Rettungsleine."

„Richtiger Ort, falsche Zeit." Ein trauriges Lächeln zuckte um den Mundwinkel seines schönen, sinnlichen Mundes, und ein Licht blitzte in seinen Augen auf. „Du warst also nie wirklich in mich verliebt."

Sie schenkte ihm ein schwaches Lächeln. „Doch, war ich. Du warst wunderschön. Ich habe mich in dir verloren. Aber wie du hätte ich in diesem Alter loslassen und weitermachen können müssen." Sie seufzte. Während sie sprach, bekamen die Offenbarungen ihrer Therapie und Selbstreflexion eine tiefere Bedeutung als je zuvor. Sie verstand endlich, was Rose gesagt hatte. „Richtiger Mann, falsche Art von Liebe. Sehr lange Zeit brauchte ich dich, um mich zu bestätigen. Als ob, wenn ich

die Liebe eines Mannes haben könnte, den ich für so perfekt, so ideal
hielt, dann wäre ich in Ordnung. Ich wäre wieder rein und heil. Deine
Zurückweisung war mehr, als ich ertragen konnte, und jahrelang
danach gab ich niemandem die Chance, mich wieder zurückzuweisen.
Alles, was ich fühlen konnte, war der Selbsthass, und selbst den
verstand ich nicht. Aber ich brauche dich nicht, um mich zu bestätigen.
Ich will niemanden brauchen müssen."

„Natürlich nicht."

„Es war nur ein Zufall, dass ich in eine Therapie gestolpert bin. Ich
wusste, dass ich Hilfe brauchte." Sie runzelte die Stirn in Richtung
seines Kinns und schloss dann die Augen.

„Du bist weiser, als du ahnst. Um Hilfe zu bitten, ist das Schwerste.
"

Sie blickte ihm in die Augen. Sie fühlte sich plötzlich so müde, so
erschöpft wie eine uralte Greisin. „Es tut mir leid. Es tut mir leid, dich
in diese schrecklichen Zeiten zurückzuziehen. Ich habe verdorben, was
wir hätten haben können. Wenn ich nicht so bedürftig gewesen wäre …
Ich bin so gedemütigt, dass du mich damals kanntest. Versuch dir
vorzustellen, wie ich mich gefühlt habe, als du im Oktober wieder in
mein Leben getreten bist. Ich hasse es, dass ich immer noch so … Ich
dachte, ich hätte das alles aufgearbeitet. Ich hatte Angst, dass du mich
nicht lieben könntest, wenn du wüsstest, wie dysfunktional ich war."
Er drückte einen Finger auf ihre Lippen und schüttelte langsam den
Kopf, sein Gesicht voller sanften Mitgefühls.

„Du hattest Angst vor Zurückweisung, weil ich dich schon einmal
zurückgewiesen habe. Du dachtest, du wärst es nicht wert. Aber ich
verspreche dir, ich sehe dich und liebe dich, so wie du bist – und ich
werde nirgendwo hingehen. Nicht dieses Mal."

Er beugte sich zu ihr und drückte seine Lippen sanft auf ihre Stirn.
„Jeder von uns ist eine Insel. Aber wir müssen es nicht allein schaffen,
Kate." Sein Blick wanderte zu der flackernden Glut. „Dein Leid tut mir
leid." Er hielt inne, nachdenklich. „Aber es tut mir nicht leid, dass ich
dich damals gekannt habe. Und ich bin froh, dass du das mit mir geteilt
hast. Wir verstehen uns. Wir sind stärker. Jetzt können wir ohne
Spielchen oder Geheimnisse gemeinsam vorwärtsgehen. Wir können
etwas zusammen schaffen, das besser ist als alles, was jeder von uns
jemals zuvor hatte."

Er legte seinen Arm um sie und zog sie näher. Flammenzungen
leckten an der Glut, die jetzt niedrig brannte und in der Halbdunkelheit

rot glühte. „Von meinem heutigen Standpunkt aus ist es verrückt, sich vorzustellen, dass ein paar Teenager mit irgendeinem dieser Probleme hätten umgehen können, oder?"

Er wandte sich wieder ihr zu und schloss sie in eine tröstende Umarmung, beugte seine Stirn, um ihre zu berühren. Sie stand schlaff da, leer wie ein platter Ballon, ihre Arme hingen an ihren Seiten, Tränen trockneten auf ihren Wangen, nun, da sie sich ihre Last von der Seele geredet hatte und sie beide einander vergeben hatten. Dann, langsam, zaghaft, schlang sie ihre Hände um seinen Rücken und hielt ihn fest, Herz an Herz, der sicherste aller Häfen. Ein paar stille Minuten vergingen. Er ließ dann los und blickte hinab, nahm ihr tränenverschmiertes Gesicht in seine Hände und musterte es eindringlich. Dann neigte er seinen Kopf und berührte ihre Lippen mit seinen, so leicht wie ein Schmetterlingsflügel. Sie sanken auf das Sofa, das mit Decken und Kissen beladen war, und er drehte sich um, um auf die glühenden Kohlen zu starren, presste seine Lippen zusammen, dann sprach er leise, kaum hörbar.

„Du bist nicht die Einzige, die von einem Ideal besessen war und es unermüdlich verfolgt hat. Ich hatte in jungen Jahren die gleiche Vorstellung. Aus anderen Gründen natürlich, aber ich habe gesucht und probiert und bin weitergezogen, habe dabei zweifellos Menschen verletzt, bis ich dachte, ich hätte es gefunden. Deshalb habe ich Rachel so jung geheiratet. Sie schien an der Oberfläche diesem Bild zu entsprechen." Simon schloss für einen Moment die Augen und schüttelte wehmütig den Kopf. Er sah sie an und blickte ihr mit so ernster Ehrlichkeit in die Augen, dass Kates Herz schmerzte.

„Wie sehr ich mich geirrt habe. Ich war arrogant und töricht. Es war eine harte Lektion. Zuerst dachte ich ... du schienst ähnlich zu sein ... aber dich kennenzulernen ... Jetzt sehe ich, dass niemand einem Ideal entsprechen kann. Ich wusste nicht, was wichtig war."

„Wie kann man das, ohne zu leben?"

„Aber ich war so arrogant und lag so falsch. Trotz deiner Unsicherheiten bist du alles, was ich will ... jemals gewollt habe." Sein ungleichmäßiges Lächeln war sanft und liebenswert, und sie streckte die Hand aus und berührte den geschwungenen Winkel seiner schönen Lippen mit einer Fingerspitze. „Aber ich hätte dich mir niemals *vorstellen* können. Ich musste dich entdecken und auch mich selbst. Du warst nicht wirklich verrückt. Aber dein Schmerz tut mir leid, meine Liebe."

Sie wollte ihn jetzt, so verzweifelt, mit Körper und Seele, aber sie musste lernen, ihn sanft zu wollen, ihre Angst, ihn so sehr zu brauchen, abzulegen. Sie unterdrückte den Drang, ihn zu küssen, aus Angst, sie würde ihn verschlingen, sich vollkommen in ihm verlieren.

„Kate?" Sie hob den Blick zu seinen durchdringenden blauen Augen. „Und was ist jetzt? Hast du immer noch Angst, dass ich nicht der bin, von dem du denkst, dass du ihn liebst?" Er verlagerte sein Gewicht, seine Hüfte drückte sich an ihre, Oberschenkel an Oberschenkel. „Es ist nichts Falsches daran, Ideale zu haben, solange man sie nicht dem wahren Glück im Wege stehen lässt, wenn es einem direkt ins Gesicht starrt. Willst du mich jetzt in deinem Leben haben?" Er holte erwartungsvoll Luft. „Sag mir, dass du mich auch brauchst, so sehr wie ich dich brauche."

Sie öffnete den Mund, um zu antworten, um zu versuchen, Worte für die überwältigenden Gefühle zu finden, die sie überkamen, und lehnte sich zu ihm.

Das war es. Sie wusste, dass das, wonach sie sich gesehnt hatte, jenseits dieses Moments lag. „Ich kann mich jetzt hingeben. Ich kann dich mit allem, was ich bin, lieben."

„Du lässt Liebe wie ein Opfer klingen. Wahre Liebe nimmt einem nichts weg."

„Das weiß ich jetzt. Ich meine nicht Opfer, sondern Akzeptanz."

„Und zu lieben wird dich stärker machen."

Dann küsste er sie kraftvoll, öffnete seinen Mund über ihrem und drückte so tief, dass ihre Zähne aneinanderstießen und sie dachte, ihre Haut würde reißen. Er stieß seine Zunge in ihren Mund, suchend, sehnsuchtsvoll. Sie spürte, wie die Macht ihres und seines Verlangens sie überkam und wie ein Fluss geschmolzener Lava, der nach Jahrtausenden des Sehnens freigesetzt wurde, durch ihre Brüste, ihren Schoß und ihre Oberschenkel schoss. Und endlich ließ sie los und küsste ihn mit allem, was sie war, zurück, öffnete die Schleusen ihrer Liebe und Leidenschaft wie ein Vulkan, der aufreißt und über seine Ufer tritt. Nach einer langen Zeit hielten sie keuchend inne, um Luft zu holen.

Sie lachte nervös unter ihrem zitternden Atem. „Ich habe mich nicht mehr so *verzehrt* gefühlt, seit ich … neunzehn war."

Er kicherte leise und küsste ihre Nasenspitze. „Mmm."

„Du hast schon eine ganz besondere Art an dir."

„Du kapierst es immer noch nicht, oder? Ich bin es nicht. Du bist es auch nicht; wir sind es zusammen."

Simon zog den Stapel Fleecedecken und Steppdecken vor dem Kamin auf den Boden und verschränkte seine Finger mit ihren, kniete langsam nieder und zog sie auf den weichen Haufen. Er legte sie sanft zurück und stützte sich neben ihr auf seinen Ellbogen, küsste sie wieder, langsam, sehnsuchtsvoll, kostete sie, knabberte an ihren Lippen und hauchte dann federleichte Küsse über ihre Augenbrauen und ihre Kieferlinie, bis er ihr Ohrläppchen erreichte und langsam daran saugte, leckte. Hitzeströme durchfluteten ihren Körper, wo seine Haut ihre berührte, aber sie zögerte und zog sich zurück.

„Maddie?", flüsterte sie und erinnerte sich an das kleine Mädchen oben.

„Sie hat einen sehr festen Schlaf", murmelte er und setzte seinen zärtlichen Angriff fort.

Sie lag ganz still, ihr Blick folgte anfangs seinen Bewegungen und schloss sich dann langsam, sodass sie nur ihn fühlen konnte, ihre Lippen leicht geöffnet, ihr Atem unregelmäßig. Seine Hände wanderten über ihren Körper, streichelten und liebkosten ihre Schultern, Arme, ihren Rücken und ihre Oberschenkel, als ob er sie ganz auf einmal haben wollte, bis sie vor Spannung und Erwartung zitterte. Ihr Körper wölbte sich seinem entgegen, sehnte sich danach, jeden Teil von sich mit jedem Teil von ihm zu berühren. Sie konnte seine Erregung spüren, die sich gegen ihren Bauch drückte, und eine Welle geschmolzenen Verlangens schoss durch sie, leerte ihren Geist von allem außer einem einzigen Gedanken: ihn zu umschließen, eins zu sein.

VIERUNDZWANZIG

Als Kate endlich losließ, erlebte sie eine Flut von Empfindungen und Gefühlen, wie sie sie noch nie zuvor gespürt hatte. Kates Befreiung machte sie hemmungslos, intensiv und leidenschaftlich, der Ausdruck ihrer Liebe grenzenlos und wild auf eine Weise, die an das erste Mal erinnerte.

All ihre Sorgen wurden durch das Hier und Jetzt zunichtegemacht, durch ihre Verbindung mit Simon, ihr Bedürfnis nach ihm. Sein schmerzlich vertrauter Duft, die drahtige Stärke seiner langen, schlanken Glieder und sein sich wölbender Körper machten sie verrückt. Sie wurde von der Flutwelle ihres gemeinsamen Verlangens mitgerissen, überschwemmt und verwirrt von der Intensität ihrer eigenen Gefühle. Als sie nach ihm griff, war es, als würde die ganze Kraft des Universums durch sie entfesselt, ihre Fingerspitzen und Lippen und Augenlider und der innerste Kern ihrer Weiblichkeit waren verblüfft von der Wucht ihrer Verbindung und elektrisiert davon. In diesem Moment konnte sie glauben, dass ihre Körper und Seelen sich in einem kosmischen Tanz vermischten, als ob ihre Liebe ihr individuelles Selbst verschlang. Als sie in seinen schimmernden, flammenblauen Augen versank, sah sie alles und nichts. Und sie spürte eine Zeitlosigkeit und Schwerelosigkeit und eine so absolute Selbstlosigkeit, dass es fast unerträglich war und sie in ihm versunken war wie in Tod und Wiedergeburt. Simons gedämpftes Brüllen und erschütterndes Schluchzen spiegelten ihre eigenen Empfindungen wider.

„Ich liebe dich so sehr", sagte er mit bebender Stimme. „Worte können einfach nicht ..."

„Ich weiß. Ich weiß", flüsterte sie heiser und schloss die Augen. „Ich ...", sie driftete ab, völlig erschöpft.

K ate erwachte am nächsten Morgen in Simons Bett. Sie beobachtete seinen friedlichen Schlaf, die Laken, die sich um seine schönen langen Glieder geschlungen hatten, und ihr Herz zog sich vor Freude zusammen. Hier war sie, auf der anderen Seite.

Sie glitt aus dem Bett, ohne ihn zu stören, und machte am Fußende des Bettes Sonnengrüße, wirklich bis zum Rand mit Dankbarkeit erfüllt. Sie kam gerade vom hinaufschauenden Hund herunter, als sie seine Stimme hörte.

„Kate?", sagte er zögernd, und die Panik stieg in seiner Stimme. „Kate!"

„Ich bin hier", antwortete sie vom Boden aus. Simon setzte sich auf und spähte über die Bettkante, seine Augen weit aufgerissen, um sie auf dem Boden verrenkt zu finden, ein Knie unter ihrer Nase, die Arme ausgestreckt.

Er setzte sich auf, um zuzusehen. „Aah. Yoga?"

„Mmhmm. Entschuldigung. Ich habe auf dich gewartet, aber du hast so fest geschlafen."

„Wie nennst du das?"

„*Eka Pada Rajakapotasana.*"

„Häh?"

„Tauben-Stellung", murmelte sie lächelnd in den Teppich, dann zog sie sich zurück, die Arme in der Luft.

Er legte sich seufzend zurück ins Bett. „Du hast wunderschöne Brüste."

Sie waren die Treppe zu seinem großen weißen Bett hochgestolpert, hatten sich ein zweites Mal geliebt, langsam, verträumt und ohne Eile, und waren wieder eingeschlafen.

Simons Gesicht erschien wieder über der Bettkante. „Oh mein Gott! Was ist das?"

„Herabschauender Hund", sagte sie und lachte aus ihrer umgekehrten Position heraus kehlig.

„Versuchst du, mich umzubringen?" Er stand vom Bett auf und stellte sich hinter sie, als sie aufstand.

Sie grinste über ihre Schulter, ihr Blick fiel auf seine unverschämte Erektion. „Frohe Weihnachten."

Er grinste zurück, trat vor, bereit zum Sprung. Die Spitze seines Schwanzes war gerade an ihrem Eingang positioniert, als sich sein verzücktes Grinsen zu einer Grimasse verzog.

„Ah, verdammt. Maddie wird jeden Moment aufwachen. Ich kümmere mich später um dich." Er gab ihr einen leichten Klaps auf den Hintern und drückte ihr einen besitzergreifenden, hungrigen Kuss auf den Mund. „Komm runter, wenn du fertig bist." Er seufzte, zog sich eine Jogginghose und ein T-Shirt an und eilte nach unten.

Kate nahm eine schnelle Dusche in Simons eigenem Badezimmer und rümpfte die Nase über die zerknitterte Kleidung von letzter Nacht, bevor sie sich in seinen karierten Flanellbademantel wickelte. Während sie ihr Haar mit einem Handtuch trocknete, fragte sie sich, wie Maddie reagieren würde, wenn sie sie noch im Haus vorfand. Sie schlich nach unten und fand Simon wieder in der Küche beschäftigt vor. Sie ließ sich auf einen Barhocker fallen und grinste ihn etwas verlegen an.

„Nochmal frohe Weihnachten", sagte sie.

Er leckte sich über die Lippen und lächelte ironisch. „Dir auch frohe Weihnachten." Er stellte eine große Tasse mit Untertasse vor sie. „Kleider verloren?"

„Hätte ich mich anziehen sollen? Ich habe mir Sorgen gemacht, was Maddie denken würde." Sie nahm einen genussvollen Schluck aus dem dampfenden Becher Tee. „Mmmm. Chai. Perfekt."

Simon verzog das Gesicht, zuckte mit den Schultern und widmete sich wieder seinen Waffeln. „Kinder sind anpassungsfähig."

„Du kochst Frühstück?", erkundigte sie sich. „Ich hätte gedacht, du hättest nach dem Abendessen von letzter Nacht genug vom Kochspielen. Es war ein spektakuläres Festmahl, Simon. Ich bin erstaunt über dein Können, ganz zu schweigen von deinem Ehrgeiz."

„Danke." Er zuckte mit den Schultern, den Rücken zu ihr gewandt, und setzte seine Arbeit fort. „Ich bin gern in der Küche. Es ist entspannend und gibt mir Zeit zum Nachdenken. Außerdem hat meine Tochter Erwartungen."

Sie seufzte und nahm einen weiteren Schluck von ihrem Tee.

Er warf einen schnellen Blick über seine Schulter. „Was?"

„Oh. Du weißt schon." Sie lachte neckisch. „Ich habe nur darüber nachgedacht, dass du so ziemlich der perfekteste Mann bist, den ich je getroffen habe."

„Ach wirklich?", erwiderte er.

„Mmhmm. Fast … ideal, um genau zu sein."

„Fast …" Darüber lachte er herzhaft. Er bückte sich, um eine Waffel in den Wärmeofen zu legen, und wandte sich dann dem Schlagen von Sahne zu. Sie blickte aus den Terrassentüren und dachte darüber nach, wie anders sich die Atmosphäre zwischen ihnen an diesem Morgen anfühlte, nachdem alle Anspannung und Zurückhaltung verschwunden waren. Trotz kälterer Temperaturen milderte der strahlende Sonnenschein die dünne Schneedecke, die den Rasen und die Blumenbeete überzog. Das reflektierte Licht war intensiv und ließ sie die Augen zusammenkneifen. Die Steinterrasse und die größeren Sträucher waren bereits zur Hälfte kahl, glänzten nass und schimmerten.

Kate drehte sich um, als Madison schläfrig in ihrem zerknitterten rosa Flanellnachthemd, das mit winzigen weißen Schneemännern bedeckt war, in die Küche schlurfte. Sie blieb stehen, nahm die Szene wahr und blinzelte trübe.

„Papi." Sie gähnte.

„Morgen, Sonnenschein", sagte Simon zu ihr mit lachender Stimme. Sie war unglaublich süß. Es war offensichtlich, dass sie sich noch nicht an den Anlass erinnert hatte.

„Hi, Kate", lächelte sie schläfrig. „Hast du hier geschlafen?"

„Ja. Ich wollte die Erste sein, die dir frohe Weihnachten wünscht, Maddie", sagte Kate lächelnd und traf Simons Blick argwöhnisch. Er lächelte.

„Das freut mich." Madison gähnte. „Oh!", quietschte sie, als sie sich erinnerte, und war plötzlich hellwach. „War der Weihnachtsmann da? Kann ich jetzt Geschenke auspacken, Papi?" Die Fragen überschlugen sich in ihrer Begeisterung.

„In ein paar Minuten, Süße", sagte Simon, als er ihre Teller an die Bar stellte. „Lass uns zuerst ein bisschen frühstücken, okay?" Er drehte sich zurück zum Herd.

„Ich will kein Frühstück. Ich kann nicht warten."

„Ich habe einen Vorschlag", schlug Kate vor, hob die Augenbrauen und sah Simon an. „Wenn es für deinen Papi in Ordnung ist, kannst du mein Geschenk an dich jetzt sofort aufmachen, und nach dem Frühstück kannst du dich über den Rest hermachen."

„Oh, Papi. Darf ich? Darf ich? Bitte?"

„Hmmm", schien Simon zu überlegen. „Ich denke schon. Aber beeil dich, die Waffeln sind fertig." Kate ging ohne ein weiteres Wort ins Wohnzimmer und kam mit dem seltsam geformten, weichen Päckchen zurück, das sie mitgebracht hatte, und reichte es Madison. Sie umklammerte es mit ihren winzigen Händen, ihre Augen groß wie Untertassen.

„Na los. Mach es auf." Kate grinste Maddie an und erwartete, dass sie das Papier zerreißen würde. Sie sahen ihr beide zu, mit ihren springenden braunen Locken, die zu einem entzückenden Nest zerzaust waren, ihre runden Wangen vor Aufregung gerötet. Simon presste amüsiert die Lippen zusammen, als Maddie sich mit dem Päckchen zwischen den Knien auf den Boden kniete, vorsichtig die Schleife und die Bänder abzog und versuchte, das Papier ordentlich abzulösen, wobei ihre kleine Stirn gerunzelt war, als es riss. Schließlich enthüllte sie eine langbeinige Stoffpuppe mit einem Schopf brauner Haare, genau wie sie ihn hatte.

„Ooh. Kate. Sie ist wunderschön", rief Maddie aus. Das Geschenkpapier fiel zu Boden und ein kleiner Koffer fiel heraus. „Was ist das?", fragte Maddie, als sie ihn aufhob. Simon servierte das Essen und beobachtete den Austausch.

„Es ist ein Koffer voller Kleidung für sie, damit du sie anziehen kannst", antwortete Kate und rutschte von ihrem Hocker, um sich neben Maddie zu hocken. Ihr Gesicht leuchtete vor Freude auf. „Lass uns frühstücken, und dann helfe ich dir." Maddie warf sich mit einer riesigen Bärenumarmung um Kates Hals, und Kate musste unerklärliche Tränen zurückhalten.

„Vielen, vielen Dank."

Simon und Kate brachen bei dieser entzückenden Darbietung von Unschuld und Wohlwollen in Gelächter aus, ihre Blicke trafen sich über Maddies Kopf. *Danke*, formte er mit den Lippen.

Sie aßen Frühstück, alle um die hohe Küchentheke versammelt, Maddie und Kate schwärmten mit „Ohs" und „Ahs" von Simons Kochkünsten. „Mit Waffeln, Erdbeeren und Würstchen kann man bei einer Vierjährigen nichts falsch machen", sagte er, stellte ein kleines Glas Milch vor Maddie ab und füllte ihre Teetassen nach.

„Funktioniert auch mit vierunddreißig", sagte Kate mit vollem Mund.

„Trink deine Milch aus, Maddie, und dann gehen wir die restlichen Geschenke auspacken", sagte er. Es dauerte nicht lange, bis sie sich alle im Wohnzimmer um den Baum versammelt hatten. Die winzigen bunten Lichter leuchteten schwach im starken Sonnenlicht, das durch die vorderen Fenster fiel. Simon legte eine Diana-Krall-CD auf.

Maddie war zuerst dran und öffnete ihre neuen Spielsachen und Spiele vorsichtig, wenn auch mit zunehmender Begeisterung im Laufe der Zeit. Schließlich öffnete sie eine große quadratische Schachtel und stieß einen entzückenden Schrei aus.

„Oh Papi. Das ist genau das, was ich mir immer gewünscht habe", säuselte sie und sah es sich an. „Was ist das?" Sie hob ihren unschuldigen, fragenden Blick zu den Erwachsenen und wartete erwartungsvoll auf eine Erklärung. Nachdem sie sich von einem Anfall hysterischen Lachens erholt hatten und sich die Tränen aus den Augen wischten, antwortete Simon: „Das ist etwas, das ich geliebt habe, als ich ungefähr in deinem Alter war, Maddie. Ich dachte, es würde dir auch gefallen. Es ist eine Art Baukasten." Maddies Lächeln verzog sich zu einem unsicheren Stirnrunzeln.

„Du kannst nicht die ganze Zeit mit Puppen spielen, Maddie", sagte Kate. „Das wird dir beibringen, wie man klug ist und Probleme löst. Es wird dir helfen, eine schlaue Anwältin wie deine Mami und dein Papi zu werden."

„Ich will keine Anwältin werden", wies Maddie mit einem Schwung ihrer Locken ab. „Wenn ich groß bin, werde ich eine Mami sein. Ich werde meine Babys in den Park zum Spielen bringen und sie baden und sie die ganze Zeit umarmen."

Simon blinzelte. „Das klingt reizend, Süße. Denk nur daran, dass Mamis die klügsten von allen sein müssen. Mamis wissen, wie man alles macht."

Maddie kicherte. „Oh Papi, das stimmt nicht. Mami kann gar nicht kochen." Sie fuchtelte mit einer grübchenbesetzten, abweisenden Hand bei dem Vorschlag. Simon machte ein zerknirschtes Gesicht und blickte zu Kate, die ihr Lachen unterdrückte.

„Sie musste es nicht, weil ich es getan habe", sagte Simon. Er atmete tief ein, hielt die Luft an und stieß sie mit einem Schnaufen aus. „Papis müssen auch klug sein. Du bist dran." Er hievte Kate ein großes rechteckiges Paket in den Schoß und lehnte sich zurück, um zuzusehen.

Sie öffnete vorsichtig das schwere Geschenk und enthüllte ein großformatiges thailändisches Kochbuch mit wunderschönen Hochglanzfotos von den Menschen, der Landschaft, den Märkten und den

Dörfern im ländlichen Thailand. „Es ist spektakulär! Danke",
schwärmte sie und beugte sich vor, um ihn zu küssen.

Er schaute ihr über die Schulter, während sie die Seiten durchblät-
terte, hielt hier und da an, um die prächtigen Farben und interessanten
Details zu kommentieren, an die er sich von seinen Reisen erinnerte.
„Die Thailänder sind die glücklichsten, friedlichsten Menschen, die ich
je auf meinen Reisen getroffen habe. Ich würde dich eines Tages gerne
dorthin mitnehmen."

Sie nickte begeistert. „Na, zu diesem Thema, öffne meins", sagte
Kate. „Es gibt einige Orte, an die ich dich gerne mitnehmen würde."

Er stand auf und nahm neugierig das blaue Paket. Es war ebenfalls
rechteckig und schwer, aber gedrungener als ihres. „Hmm. Könnte es
ein Buch sein?", neckte er sie.

„Vielleicht, aber nicht irgendein Buch." Ihre Blicke trafen sich, voller
Spaß, und sie spürte, wie sich ihr Gesicht zu einem Grinsen verzog, das
seinem glich. „Na los."

Simon riss das Papier weg und ließ seine Finger über den Einband
gleiten, der mit Gold auf braunem Leder geprägt und von zarten Orna-
menten und fremder Schrift umrandet war. Als er merkte, was es war,
grinste er und ließ seinen Blick verschmitzt zu ihr gleiten. „Das illustri-
erte Kamasutra?", nickte er. „Se-hr nett. Danke." Ein Kichern brach aus
seiner Kehle hervor. „Nun, wir werden es wohl zusammen lesen
müssen, nicht wahr?"

„Was ist das, Papi?", fragte Maddie.

Simon blickte auf, seine Ohren röteten sich plötzlich. „Nichts, was
dich interessieren würde, Süße. Erwachsenen... äh, es ist eine ...
Gebrauchsanweisung, schätze ich." Maddie machte ein ‚hmph' und
vergaß sie wieder. Er wandte sich Kate zu, um ihr mit einem langen,
tiefen, verweilenden Kuss zu danken, der eine tiefe, brummende Reaktion in ihr hervorrief. Sie hörten den Klängen von *You're Getting to be a
Habit With Me* zu, und Simon sang kurz mit, schief, und drückte sein
Gesicht in ihr seidiges Haar, bis er sie zum Lachen brachte.

Nach den Geschenken entspannten sie sich vor dem Feuer, nippten
an Tee, knabberten an Mince Pies und warfen wohlwollende Blicke auf
Maddie, die fleißig mit ihren neuen Spielsachen und Puppen spielte.
Plötzlich summte die Türklingel und Simon schreckte auf.

Er setzte sich kerzengerade auf, zupfte an der Vorderseite seines
zerknitterten T-Shirts und überblickte den Raum. Es war ein Chaos,
überall   zerrissenes   Geschenkpapier,   Mandarinenschalen   und

schmutziges Geschirr. Er griff nach einem Teller, schabte etwas Müll darauf, blickte verzweifelt umher, fing Kates verdutztes Stirnrunzeln auf, seufzte dann, lachte nervös und stellte ihn wieder ab.

„Ich bin gleich wieder da."

„Wer ist es?" Kate spürte seine Aufregung.

Der Blick, den er ihr zuwarf, war bemitleidenswert. „Ich glaube, es ist Rachel", verzog er das Gesicht, zuckte mit den Schultern und sah sich hilflos um. *Ah.* Sie verstand sein Unbehagen. Dann straffte er die Schultern und ging zur Tür.

Es war doch nicht Rachel, sondern seine ältere Nachbarin mit einem kleinen Geschenk für Maddie und einer Dose Kekse, um ihm dafür zu danken, dass er ihr Anfang des Jahres bei einem Handwerker geholfen hatte. „Danke, Mrs. McCall. Frohe Weihnachten." Er schloss seufzend die Tür, kehrte lachend ins Wohnzimmer zurück und stellte die Geschenke ab. „Ich weiß nicht, warum ich so nervös bin. Sie wird irgendwann auftauchen."

„Wer?", fragte Maddie.

„Mami, Maddie. Sie kommt immer um die Mittagszeit, um dir frohe Weihnachten zu wünschen."

„Oh, ja." Maddie schien von dieser Nachricht unberührt zu sein.

Er stand einen Moment lang unbeholfen da, die Hände in die Hüften gestemmt, und betrachtete die Szene gemütlicher häuslicher Behaglichkeit und weihnachtlichem Chaos, offensichtlich immer noch unbehaglich bei dem Eindruck, den dies auf seine Frau machen würde. „Vielleicht sollten wir uns anziehen", schlug er vor und fuhr sich mit den Händen durch sein zerzaustes Haar.

Genau in diesem Moment klingelte die Türklingel erneut und diesmal zuckten sie alle zusammen. Simon sah Kate wieder an und seufzte, schloss für einen Moment die Augen und ging wieder in den Flur.

Er hielt kurz inne, bevor er die Tür öffnete. Diesmal *war* es Rachel. Sie schritt wie ein Model in den Flur, ihr langer Ledermantel hing offen und gab den Blick auf einen schlanken schwarzen Samthosenanzug und hohe Stiefel mit Absätzen frei. Ihre lange Mähne leuchtete kastanienbraun und fiel um ihren pelzbesetzten Kragen, ein wildes und zotteliges Pferd in einer verschneiten sibirischen Landschaft. Sie ignorierte sein *Déshabillé*, ein Lächeln eines Starlets auf ihr schimmerndes Gesicht geklebt. Sie war atemberaubend, dachte Kate, und offensichtlich auf dem Weg zu etwas, nach ihrer Kleidung zu urteilen.

„Simon."

„Rachel."

Rachel bemerkte Kate nicht, die in Simons Bademantel auf dem Sofa gekauert war, als sie an ihm vorbeistürmte, ihre Taschen abstellte, aus ihrem Mantel schlüpfte und ihn auf einen Stuhl neben der Tür warf. *Okay, das ist seltsam.* Kate fing Simons Blick über Rachels Schulter auf, und er verzog das Gesicht.

Er deutete auf Kate. „Ähm … Rachel, ich möchte Ihnen vorstellen …", aber sie war ahnungslos.

„Madison, Schatz, Mami ist da!", rief Rachel.

Simon stand im Türrahmen und beobachtete ihre Vorstellung. Er rieb sich den Nacken, verschränkte die Arme vor der Brust, zog das Kinn ein und beobachtete sie mit hochgezogenen, verdrehten Brauen.

Kate hielt den Atem an und duckte sich leise, halb verborgen durch das visuelle Durcheinander von gestapelten Geschenkboxen und Fetzen von Geschenkpapier, und hoffte inständig, dass Rachels Unwissenheit während ihres gesamten Besuchs anhalten würde. Als ob.

Maddie war kühl und ein wenig verwirrt, als sie zu Kate hinübersah und versuchte, die Teile ihrer neuen Welt zusammenzusetzen. Jetzt wurde es definitiv unheimlich.

„Hallo, Mami." Sie hielt ihre Puppe verkehrt herum an einem Bein und wühlte zwischen den Kleidungsstücken, die aus dem Koffer und über den Boden verstreut waren.

„Was hast du da, Maddie? Eine neue Puppe vom Weihnachtsmann? ", fragte Rachel.

„Nein, Mami. Die ist von Kate", antwortete Maddie sachlich.

„Von wem?"

Maddie zeigte auf das Sofa, wo Kate saß. Ihr fiel der Magen wie ein Stein in die Tiefe. *Oh Scheiße.* „Von ihr."

Rachel wirbelte herum, die Brauen zusammengezogen. „Wer?", ihre Augen weiteten sich, als sie Kates Kleidung wahrnahm. Kate spürte, wie sich ihr Gesicht zu einem steifen Lächeln verzog, und zog den Bademantel um ihre Knie.

Simon trat dazwischen. „Rachel, das ist Kate O'Day." Simon machte die peinlichen Vorstellungen. Rachel sagte nichts, ihr Gesicht war vor Überraschung erstarrt.

„Sehr erfreut", versuchte Kate mit einer warmen, freundlichen Stimme, obwohl sie ein wenig zitterte. „Ich habe schon so viel von Ihnen gehört."

„Das will ich meinen", antwortete Rachel sarkastisch und stand auf. „Simon. Halten Sie das wirklich für angemessen?", sagte sie bissig, wandte sich an ihn und ignorierte Kate. Kate spürte, wie sich die Muskeln ihrer Brust, ihres Halses und ihres Gesichts zu einer Maske zusammenzogen und verhärteten.

Kate sah, wie Simon sich versteifte. „Das tue ich", antwortete er ruhig. „Maddie kennt Kate gut. Wir kennen uns schon seit vielen Jahren", sagte er und lächelte Kate ironisch an.

„Wirklich?", dehnte Rachel. Sie schien ihre Gedanken zu sammeln, ihre Lippen waren gespitzt. Sie wandte sich an Madison und sagte: „Maddie, warum ziehst du dich nicht schnell an, und Mami geht mit dir ein bisschen im Park spazieren. Zieh deinen Schneeanzug an."

„Ich will jetzt nicht gehen. Ich will noch eine Weile mit meinen Geschenken spielen", jammerte Maddie und blickte Rachel mit ernsten Augen an. „Können wir später gehen? Biiiitte."

„Hmpf", sagte Rachel, ihre Lippen pressten sich zu einer dünnen Linie zusammen. „Ich kann nicht so lange bleiben. Ich muss ein Flugzeug erwischen. Ich habe dir ein Weihnachtsgeschenk mitgebracht, Maddie. Willst du es jetzt öffnen?"

Maddie blickte auf. „Okay." Rachel bückte sich, um ein wunderschön verpacktes Päckchen aus ihrer Tasche zu ziehen, und reichte es ihr. Maddie zog an den Bändern, aber sie waren verknotet, was sie frustrierte. Rachel, nervös, streckte die Hand aus, um ihr zu helfen. Gemeinsam kämpften sie mit der Verpackung, aber nicht bevor Rachel sich einen Nagel abriss, ihre Hand schüttelte und leise fluchte. Maddie riss die Schachtel auf. Sie war verkehrt herum, und der Inhalt glitt in einer Lawine aus Seidenpapier heraus. Maddie hob einen schwarzen Samtstrampler hoch, sah ihn kurz an, legte ihn dann beiseite und wühlte im Seidenpapier nach etwas anderem. Sie fand eine hübsche Bluse mit besticktem Kragen und Manschetten. Ihr Gesicht fiel, als sie merkte, dass nichts mehr da war.

„Es sind wieder Kleider", sagte sie schließlich.

„Ja, Maddie. Mami hat dir ein besonderes Outfit aus New York mitgebracht. Ist es nicht hübsch?" Rachels Stimme war gekünstelt fröhlich und verbarg ihr Unbehagen und ihre Enttäuschung.

„Ja, Mami."

„Was sagt man, Maddie?", forderte Simon sie leise auf.

„Danke, Mami." Madison stand auf, hob die Arme. Rachel umarmte sie plötzlich fest und küsste ihre Wange, wobei sie einen leuchtend roten Halbmond aus Lippenstift hinterließ.

„Frohe Weihnachten, Baby", sagte sie und stand auf, glättete ihre Jacke mit gut manikürten Händen, die Nägel für die Feiertage dunkelrot lackiert. „Nun. Wenn wir nicht in den Park gehen können, sollte ich wohl besser gehen." Maddie blinzelte ihre Mutter an. Rachel sah sie an und zwang ein breites Lächeln auf ihre Züge, dann drehte sie sich um, um ihren Mantel zu nehmen, und ging in den Flur. „Nett, Sie kennenzulernen, Kate", sagte sie geistesabwesend.

Kate sagte nichts darauf, hob nur skeptisch die Augenbrauen.

Simon runzelte nachdenklich die Stirn.

„Tschüss, Mami." Madison starrte Rachel einige Momente nach und wandte sich dann wieder ihrer neuen Puppe zu, wobei sie sich abmühte, das Kleid der Puppe anzuziehen. Es klappte nicht gut, und sie sah entmutigt aus. Plötzlich stand sie auf und rannte zu Kate, stürzte sich auf das Sofa und kuschelte sich neben sie.

„Hilf mir, sie anzuziehen, Kate, es klemmt", bestand sie darauf und drückte Kate das Kleid in die Hand. Kate nahm die Puppe von Maddie und hielt ihren Blick gesenkt, entsetzt, dass diese vertrauensvolle Geste Rachel in einen Anfall mütterlicher Eifersucht stürzen würde. Nichts geschah.

Simon folgte Rachel langsam und hielt in der Tür an, um zu Kate und Maddie zurückzublicken, die Brauen zusammengezogen. Er seufzte. Kate beobachtete, wie er sich umdrehte und einen langen, bedeutungsvollen Blick mit Rachel austauschte, sein Adamsapfel glitt an seinem schlanken Hals auf und ab. Kate schämte sich für sie alle und wünschte, sie wäre nicht da, um die schmerzhafte Szene mitzuerleben, und doch wurde ihr Blick zwanghaft auf das Paar gelenkt, das steif im Flur stand, ihre Ohren angespannt auf jedes leise gesprochene Wort.

Rachel presste ihre glänzend roten Lippen zusammen und schüttelte leicht den Kopf. „Ich sollte mich wohl für Sie freuen, aber ..."

„Aber?"

„Ich weiß nicht. Es macht mich irgendwie traurig."

„Ich verstehe."

„Ich weiß, ich war eine furchtbare Mutter. Aber ich will Madison nicht verlieren."

Er hielt inne. „Das liegt an Ihnen."

Rachel kaute nachdenklich auf ihrer vollen Unterlippe. Sie nickte, als ob zu sich selbst. „Ich muss zum Flughafen."

„Einen Moment noch, ich habe etwas für Sie." Er drehte sich um und ging den Flur hinunter, und die wenigen Minuten, die er weg war, fühlten sich für Kate wie tausend Stunden an, die zu Rachel blickte, die sie nicht ansah. Er kam zurück und reichte Rachel wortlos einen Manila-Umschlag.

„Was ist das?"

„Ihr Weihnachtsgeschenk."

Sie schlitzte den Umschlag mit einem langen, scharfen Fingernagel auf und zog einen Stapel Papiere heraus, überflog sie. Ihr Gesicht öffnete sich. „Ich hätte nie gedacht ... Ich bin ... schockiert."

Was?

„Es ist doch das, was Sie wollen, oder nicht?" *Ah. Die Scheidungspapiere. Er hatte endlich nachgegeben.*

„Ja, aber ..."

Simon zuckte mit den Schultern. „Rufen Sie uns an, wenn Sie in Toronto angekommen sind."

Nach einem langen Moment zog sie zusammen mit ihrem Ledermantel einen Ausdruck kühler Gleichgültigkeit an und wandte sich der Tür zu, die Simon offen hielt.

„Frohe Weihnachten, Rachel", sagte Simon leise.

„Frohe Weihnachten, allerseits", sagte Rachel mit brüchiger Fröhlichkeit und schlenderte davon. Er stand da und sah ihr nach, und Kate sagte nichts und wartete.

Kate studierte Simons Gesicht, als er sich ihr zuwandte. „War das, was ich denke, dass es war?", fragte sie ihn, als er ins Wohnzimmer zurückkehrte.

Simon stand einen langen Moment lang nachdenklich da. Er nickte gedankenvoll, blinzelte dann und erwiderte ihren Blick, schwach lächelnd.

Sie runzelte besorgt die Stirn. „Bist du okay?"

Er warf den Kopf zurück und lachte plötzlich, packte Maddie, wirbelte sie über seinen Kopf und fiel neben Kate auf das Sofa, kitzelte und rang mit Maddie, die kicherte und quiekte wie ein Ferkel, das von der Zitze gerissen wurde. „Mir geht es besser als okay", sagte er. „Ich fühle mich wunderbar." Er beugte sich vor, küsste Kate enthusiastisch und überschüttete dann auch Maddie mit Küssen. „Gehen wir heute noch Schlittschuhlaufen?"

„Pa-pi", jammerte Madison.

„Ma-ad", ahmte Simon nach. „Wir haben vereinbart, dass wir das heute Nachmittag machen. Erinnerst du dich? Komm schon, das wird Spaß machen."

Maddie seufzte und stand auf.

Er wiederholte seine Frage an Kate mit seinem Blick. Sie lächelte und nickte. „Ich muss bei mir vorbeischauen, um Schlittschuhe zu holen und mich umzuziehen."

„Worauf warten wir noch?"

FÜNFUNDZWANZIG

S eine zerkratzten und ramponierten Eishockeyschlittschuhe waren
vom selben Jahrgang wie Kates, ein Paar Eiskunstlauf-
schlittschuhe, wie man sie seit zwanzig Jahren nicht mehr in den
Geschäften sah. Ihr war gleichzeitig zum Lachen und zum Weinen
zumute. Sie waren wirklich aus demselben Holz geschnitzt, und bei
dem Gedanken an all die Jahre, die sie verpasst hatten, zog sich ihre
Brust zusammen ... aber was brachte es schon, so zu denken? Sie
hatten die Zukunft vor sich.

Gemeinsam stolperten sie über das Eis, Madison mit ihren winzigen
rosa Schlittschuhen zwischen ihnen, und fanden als Einheit ihr
Gleichgewicht. Bald lachten sie und vergaßen die Begegnung mit
Rachel. Sie tauschten Scherze und Grüße mit den anderen aus, die sich
ebenfalls amüsierten, und Kate spürte, wie ein freudiges Gefühl der
Feierlichkeit und des Optimismus tief in ihr aufstieg.

Simon tollte auf seinen Schlittschuhen herum, umkreiste Kate und
Maddie, glitt rückwärts, hielt Maddies Hände und wirbelte sie herum.
Ein Lächeln purer Freude spannte sich über sein Gesicht und seine
Augen funkelten wie Sonnenlicht am Himmel. Ihn so fröhlich und
entspannt zu sehen, erfüllte sie mit vollkommenem Glück. Sie erinnerte
sich an Berties Worte vom Vorabend, dass er in letzter Zeit unbeschw-
erter gewesen war, und sie war froh darüber. Er hatte jeden Moment
davon verdient.

Kate war eine passable, aber keine brillante Schlittschuhläuferin und stolperte und wackelte, weil sie so sehr lachen musste. „Ich bin für Maddie mehr hinderlich als hilfreich. Ich mache eine kleine Pause, fahrt ihr nur." Sie ließ Maddies Hand los und glitt zur Seite, stapfte zur Bank, auf der sie ihre Stiefel gelassen hatten, und ließ sich erleichtert zurückfallen. Sie lächelte und winkte ihnen zu, als sie wieder losfuhren.

Sie sah ihnen zu, wie sie ihre Runden auf der ovalen Eisbahn drehten, wie Simon Maddie führte und ihr Halt gab.

Maddie wurde auch müde, also hob er sie hoch, schlang ihre Beine um seinen Oberkörper und drehte zu ihrer quietschenden Freude ein paar halsbrecherische Runden auf der Eisbahn. „Schneller, Daddy, schneller!", drängte sie, als sie wieder und wieder an Kate vorbeikamen.

Während Kate beobachtete, wie Simon und Maddie wieder einmal davonfuhren, hielten sie auf der anderen Seite der Eisbahn an, und er hielt sie im Arm, während er mit ihr sprach, ihre Gesichter dicht beieinander.

„Kate. Frohe Weihnachten!", ertönte ein lauter Ruf.

Als sie aufblickte, sah sie Eli und D'arcy nebeneinander auf sich zukommen, jeder mit einem dampfenden Starbucks-Becher in der Hand. D'arcy war in ihren schwarzen Kunstpelz gehüllt, ihr Kopf und ihr Hals in flauschiges weißes Angora gewickelt, ihr gewachsener Bauchumfang unter der dicken Kleidung sichtbar. Eli trug immer noch die ramponierte braune Lederjacke, die er schon im Herbst getragen hatte, obwohl er das Zugeständnis gemacht hatte, eine marineblaue Strickmütze und Handschuhe hinzuzufügen.

Sie hatten kaum die Begrüßungen ausgetauscht, als Simon und Maddie neben ihr ankamen.

„Hey, Simon!", begrüßte ihn Eli fröhlich. „Frohe Weihnachten", sagte D'arcy. Grinsen und Umarmungen wurden ausgetauscht. Für ein paar Minuten herrschte ein allgemeines Stimmengewirr, da alle durcheinanderredeten und Neuigkeiten und Grüße austauschten.

„Und wie geht es dir, wunderschönes Mädchen?", sagte Eli und kraulte Madison unter dem Kinn. Er griff in seine Jackentasche und zog eine kleine Zuckerstange heraus, die er ihr hinhielt. „Ich habe etwas für dich, das größer ist als das hier, aber du musst mir helfen, es aus dem Auto zu holen." Er wandte sich an Kate. „Wir wollten es sowieso bei dir im Loft vorbeibringen. Das ist großartig. Stört es dich?"

„Darf ich, Daddy?", Madison wand sich aus seinen Armen und nahm die Zuckerstange von Eli.

„Sicher." Er zuckte mit den Schultern und sah zu Kate und D'arcy, die die Köpfe zusammengesteckt hatten. „Die Frauen werden nicht einmal merken, dass du weg bist", fügte er hinzu.

„Oh, nein. Ich brauche Darc' auch", Elis Stirn legte sich in Falten. Er zupfte an ihrem Arm. „Komm schon, Cheri, holen wir das Zeug." D'arcy warf ihm ein nachsichtiges Lächeln zu und nickte. Simon zog Maddie schnell ihre Stiefel an und das Trio machte sich Hand in Hand auf den Weg über den Platz, sodass Simon und Kate für den Moment allein waren.

∽

Die Kuppel des wolkenverhangenen Himmels bildete ein ätherisches, bläuliches Licht, und obwohl es erst Nachmittag war, flackerten die Deckenleuchten auf, bernsteinfarben und verwirrend, wie der Schein von Gaslicht in einem Van-Gogh-Gemälde. Der idyllische Moment traf Kate wie ein Schlag. *Passiert mir das wirklich?* Eine weihnachtliche Traumlandschaft wie aus dem Bilderbuch: Kinder und Paare, die über die Eisbahn gleiten, lächelnde Eltern, die vom Rand aus zusehen, Dutzende von schneebedeckten Tannenbäumen, die sich die Terrassen entlang des Platzes hinaufstaffeln und mit winzigen roten und grünen Lichtern funkeln. Leise, blecherne Musik spielte, die über Lautsprecher übertragen wurde, die von der kuppelförmigen Decke über dem Eis hingen. Es war Johann Strauss' „An der schönen blauen Donau". Sie blickte auf, traf Simons Blick und sie lachten.

„Ich habe eine außerkörperliche Erfahrung", sagte Simon grinsend. „Ich fühle mich gezwungen, meine Rolle hier zu erfüllen." Er zog sie sanft, aber beharrlich mit aufs Eis, um zusammen Schlittschuh zu laufen, während Maddie beschäftigt war. Simon nahm ihre Hand und legte einen Arm um sie, trieb sie vorwärts und führte sie in einem synchronisierten Tanz am Rande der Eisbahn im Takt des Walzers. Kate stellte sich vor, sie wären wie die winzigen Figuren in einer aufziehbaren Weihnachtsspieldose, die um den gefrorenen Teich kreisen. All die Jahre Eishockey hatten ihn zu einem selbstbewussten Schlittschuhläufer gemacht, und er schlängelte sie mit Leichtigkeit zwischen den anderen Läufern hindurch. Sie schloss für einen Moment die Augen und erlaubte sich, seiner Führung zu vertrauen und mühelos über das Eis zu gleiten.

„Wir sind wie Bauern in einem sehr großen Spiel, Kate. Ich habe das Gefühl, dass es etwas Unvermeidliches zwischen uns beiden gibt." Simon hielt inne und wartete vielleicht darauf, dass sie ihr Verständnis für seine metaphysischen Überlegungen signalisierte. Sie blickte auf und er musterte ihr Gesicht.

„Ich glaube, ich weiß, was du meinst", antwortete sie. „Es ist, als ob, egal wie sehr wir versuchen, die Dinge durcheinanderzubringen, es etwas Größeres gibt, eine Kraft, einen Plan. Alles, was wir tun müssen, ist, uns seiner ... seiner Passung zu öffnen. Seiner Güte."

Simon nahm beide ihrer Hände in seine und fuhr rückwärts, ihr zugewandt, und blickte ihr eindringlich in die Augen. „Ja. Genau das ist es. Es gibt ein Wort, das ich mag ... *Syzygie*." Bei ihrem verwirrten Gesichtsausdruck erklärte er: „Es bedeutet Vereinigung. Ausrichtung." Er drückte ihre Hände. „Kate. Meine Kate." Bei seinen zärtlichen Worten pochte ihr Herz. Sie fühlte sich wie in einem Traum, einer unwirklichen Welt, in der Fantasie und Realität verschwammen. Simon beugte sich zu ihr und küsste sie langsam, aber leidenschaftlich, seine blauen Augen schwelten. Langsam kamen sie zum Stehen.

Sie drifteten zur Mitte der Eisbahn und drehten sich in einem Bogen wie in Zeitlupe. Er umklammerte ihre Hände, sein Mund zu diesem verführerischen, befangenen halben Lächeln verzogen. Sie betrachtete ihn wie in der Zeit erstarrt, während lange Momente der Verwirrung, des Grübelns und des Wunders um sie wirbelten.

„Ich bete dich an, Kate. Ich liebe alles an dir. Ich liebe deine Stärke und deinen Idealismus. Ich liebe dein hitziges Temperament und deine Leidenschaft. Ich liebe sogar deine Ängste und Unsicherheiten. Ohne deine Schwächen, deine einzigartige Geschichte und deine Eigenheiten wärst du nicht du, und du bist es, die ich zu brauchen gelernt habe. Du bist das Spiegelbild meines Herzens. Du vervollständigst mich, Kate."

Tränen traten ihr in die Augen, als sie zu ihm aufblickte und darauf wartete, dass die Angst, der Zweifel, die Unsicherheit sie überkamen. Aber da war nichts. Da war nichts als Freude und Vorfreude auf das, was ihre Zukunft bringen mochte. Nichts als ihr ganzes Herz, erfüllt von Liebe zu ihm. Ihr Kinn zitterte, und heiße Tränen liefen über ihre kälte-geröteten Wangen.

„Kneif mich. Träume ich?"

„Vergiss deine Träume. Es ist Zeit, mit dem Träumen aufzuhören und mit dem Leben anzufangen", antwortete Simon mit erhobenem Gesicht.

„Was bedeutet das?"

„Was soll es denn bedeuten?"

Kate wusste, welche Happy Ends ihre Träume bereithielten. Aber eine Kruste der Skepsis klebte immer noch an ihren alten Wunden. Sie flüsterte: „Ich habe Angst."

Simon wurde ernst, rückte näher, hob ihre verbundenen Hände zwischen sie, ihre Gesichter so nah, dass sie seinen warmen Atem auf ihren eisigen Wangen spüren konnte. Er legte seine Stirn an ihre, blickte ihr eindringlich in die Augen und nickte. „Okay. Haben wir zusammen Angst. Ein Schritt nach dem anderen. Wie wäre es mit dem zweiten Weihnachtstag? Können wir morgen zusammen sein?"

Sie zögerte nicht. „Nirgendwo wäre ich lieber."

„Wie wäre es mit dem Tag danach? Glaubst du, wir können den Siebenundzwanzigsten zusammen verbringen? Nur du und ich und Maddie." Seine Augen funkelten humorvoll.

Sie lächelte neckend zurück. „Ja. Ich denke schon."

„Und all unsere übrigen Morgen?" Er streckte sich und zog etwas aus seiner Vordertasche. „Das wäre doch nicht so schlimm, oder?" Sie blickte verwirrt nach unten, als er einen feinen antiken Goldring hochhielt, dessen Diamant im Smaragdschliff von winzigen, filigranen Krappen und Schnörkeln aus Weißgold umgeben war, die im Lampenlicht glitzerten. Er war atemberaubend, ein Versprechen, das in Simons langen Fingern schwebte.

„Simon?", sie blickte ihn fragend an. „Bist du ... ist das?"

Sein Lächeln war rätselhaft, aber seine Augen brannten vor Gefühl. „Das wäre überstürzt, findest du nicht? Verzeih mir, dass ich vorpresche. Ich muss dich nur für mich beanspruchen. Nennen wir es vorerst ein Versprechen. Können wir das tun?"

Sie spürte, wie sich ihr Herz zusammenzog und ihr den Atem und die Stimme raubte. Sie presste die Worte hervor: „Ich hoffe es. Ich ... ich würde das gern."

„Nun, gut! Darauf habe ich allerdings gehofft, da ich hier eine kleine Szene gemacht habe." Er lachte leise und tat so, als würde er sich umsehen.

Sie ahmte ihn nach und sah, dass Schlittschuhläufer und Zuschauer sie anstarrten. Simons Lächeln war so breit, dass es sein Gesicht zu sprengen drohte. Er beugte seine große Gestalt, um sie fest auf die Lippen zu küssen, zog ihr dann den Fäustling aus und schob den Ring auf ihren Finger. „Der gehörte meiner Großmutter. Er ist alt und kostbar, wie unsere Liebe."

Kate blickte auf den antiken Ring an ihrem Finger. „Er ist wunderschön, Simon."

„Ich habe dich einmal gefunden, aber die Zeit war nicht reif. Diesmal lasse ich dich nie wieder gehen."

„Ist das eine Art kosmische Liebesgeschichte? Ein Märchen?", fragte sie ungläubig.

Sein Lächeln wurde weicher. „Wenn du magst. Ja. Ich nehme an, das ist es. Bin ich dein Prinz?"

Sie nickte langsam und lächelte. „Und wie."

„Was macht das aus dir? Aschenputtel?"

Sie schüttelte den Kopf. „Nein. Muss Dornröschen sein." Sie hielt inne, um das Gefühl der Freude sie überkommen zu lassen. „Ich bin jetzt wach."

Genau in diesem Moment galoppierte Maddie auf sie zu: „Daddy, Daddy", quietschte sie und rutschte auf dem Eis aus. Simon fing sie auf, gab ihr Halt und hob sie in eine Umarmung. Bevor er antworten konnte, kamen Eli und D'arcy dazu und trugen eine Einkaufstasche und ein großes, flaches, rechteckiges Paket.

„Hey, ihr zwei", neckte Eli sie.

D'arcy strahlte. „Ich habe noch nie so ein breites Grinsen gesehen. Sieht so aus, als hättet ihr beide zu Weihnachten bekommen, was ihr wolltet."

„Ich auch", warf Maddie ein und schlang ihre Arme um Simons Hals.

Kate war überwältigt von allem, was passierte. Ihre Brust schwoll an und ihre Kehle zog sich zusammen, bis sie ihre Freude nicht länger zurückhalten konnte. Sie hob schnell eine behandschuhte Hand an ihren zitternden Mund, um ein plötzliches Schluchzen zu unterdrücken.

„Whoa", lachte Simon, legte einen Arm fest um ihre Schultern und drückte sie. „Du machst doch jetzt keinen Rückzieher, oder?"

Kate blickte in seine klaren, himmelblauen Augen und sah die unverhüllte Liebe und das Vertrauen, das sich darin offenbarte. „Im Leben nicht", schaffte sie es zu schniefen und spürte, wie sich ihr Gesicht zu einem Lächeln purer Freude verzog.

„Na gut dann", sagte Eli grinsend. „Ich habe genau das Richtige. Es ist sozusagen ein Weihnachtsgeschenk, aber hauptsächlich ist es eine kleine Aufmerksamkeit, um unseren Dank auszudrücken." Er reichte Simon das große, flache, quadratische Paket, der es auf seinem Schlittschuh abstellte und sich mit hochgezogenen Augenbrauen Kate zuwandte.

„Nicht so klein", sagte Simon.

„Vielen Dank euch beiden", fügte D'arcy hinzu. „Ihr habt uns vor uns selbst gerettet." Sie griff mit lederbehandschuhten Händen nach Kate und umarmte sie mit einem schnellen Kuss auf die Wange.

„Mach es auf", drängte Eli.

„Was, genau hier? Jetzt?", fragte Kate. Sie hatte eine ziemlich gute Vorstellung davon, was das Paket enthielt, und war begeistert und geehrt, eines seiner Bilder zu haben, war aber dennoch neugierig auf Elis Auswahl. Sie zögerte, packte dann den Rand des braunen Papiers und riss es weg. Sie holte tief Luft, ehrfürchtig, als das Bild auf der großen Leinwand zum Vorschein kam. „Oh, Eli! Es ist die Magdalena." Kate spürte, wie Tränen aufstiegen und überliefen. Tränen der Freude. Tränen der Erfüllung. Tränen der Akzeptanz.

EPILOG

„Daher … an meine lieben Mediatorenkollegen, ungeachtet Ihrer besonderen Fähigkeiten und Methoden, Ihrer großen Erfahrung und Ihrer ausgezeichneten Kommunikationsfähigkeiten, möchte ich Sie bitten, sich an Folgendes zu erinnern … Dass sich hinter jeder stolzen und sturen Fassade, hinter jeder Position, ein menschliches Herz verbirgt, das sich nach Verständnis, Vergebung und Liebe sehnt."

Der Raum brach in begeisterten Applaus aus.

„Vielen Dank."

Kate wartete am Rednerpult, bis der Applaus abebbte. Sie warf erneut einen Blick auf die wunderschöne Trophäe aus geschliffenem Kristall, die neben ihrer Hand ruhte, und ließ ihren Blick durch den eleganten Ballsaal schweifen, wobei sie das Lächeln und Nicken ihrer vertrauten Kollegen und deren Partner erwiderte.

„Vielen herzlichen Dank."

Schließlich ergriff sie ihre Auszeichnung, sammelte ihre losen Notizen ein und trat vom Podium herab. Schon erhoben sich Leute und kamen auf sie zu. Sie nahm die Auszeichnung in die linke Hand, um Hände schütteln zu können, und ein schwindelerregender Rausch durchfuhr sie, als ihr Blick auf den antiken Ring an ihrem linken Ringfinger fiel; ein funkelnder Schatz, der ihr noch wertvoller war als die Kristalltrophäe und der härter erkämpft worden war.

„Ms. O'Day. Das war wunderbar inspirierend." Eine jüngere Frau drängte sich näher an sie heran. „Ich fand das Zitat über das Licht großartig. Wie war das noch gleich?"

Kate wandte sich ihr zu. „Ellis French, nicht wahr?" Die junge Frau strahlte und nickte. Kate lächelte. Heute Abend war sie eine kleine Berühmtheit, zumindest unter ihresgleichen. „Es lautet: ‚Die Wunde ist der Ort, an dem das Licht in dich eindringt.' Von Rumi."

„Eine schöne Metapher. Und so wahr."

„Finde ich auch", murmelte ein grauhaariger, mittelalter Mann an ihrer anderen Seite. „Menschen sind recht zerbrechliche Kreaturen, die die Narben ihrer Kämpfe mit sich tragen, wenn sie sich auf den Weg machen."

„Ja, aber ...", warf die eifrige junge Mediatorin ein.

Er hob die Hand und brachte sie zum Schweigen. „Denken Sie nicht, dass ich Ms. O'Day widerspreche." Er wandte sich Kate zu und drückte ihre Hand. „Im Gegenteil, Ihre Rede war eine wichtige Erinnerung daran, dass Menschen ziemlich stark und widerstandsfähig sind und es irgendwie schaffen weiterzumachen, egal, wie viel Schaden sie erlitten haben. Dabei errichten sie Mauern um ihr Herz und legen eine gewaltige Rüstung an, um sich vor weiterem Schaden zu schützen. "

„Ja, das tun wir, Sir. Leider sind es diese Schutzbarrieren, die uns oft voneinander fernhalten. Von anderen und von der Erkenntnis über uns selbst, auch wenn das nicht in unserem besten Interesse ist."

„Das ist es, was Rumi meinte, Ms. French. Dieses Wissen gibt uns einen Zugang, eine Möglichkeit, ihnen zu helfen, Vergebung und Erlösung zu finden. So wie Sie es so beständig getan haben, Ms. O'Day. Herzlichen Glückwunsch. Wohlverdient."

„Das ist ein großes Kompliment von Ihnen, Dr. Howard", sagte Kate. „Vielen herzlichen Dank."

„Lass das Mädchen atmen, Leonard."

Kates Blick fiel auf eine lächelnde Rose McIlhaney, die näher kam und Kate in eine sanfte Bärenmutter-Umarmung zog. Ihre vertraute, tröstende Stimme brummte in Kates Ohr.

„Gut gemacht, meine Liebe. Gut gemacht."

„Vielen Dank, Rose. Für alles. Ohne dich wäre ich nicht hier."

Rose zischte leise und schirmte sie ab, während sie sie zu einem runden Tisch links vom Podium zurückführte. Kates Blick blieb an Simon hängen, der geduldig wartete, während sie ihren Moment im Rampenlicht genoss.

Sein grinsendes Gesicht war von Stolz erfüllt, seine klaren blauen Augen leuchteten von einer Liebe, die so deutlich und bedingungslos war, dass man sie nicht leugnen konnte. Er stand auf und zog sie in eine Umarmung.

„Herzlichen Glückwunsch, meine Liebe."

„Oh, du fühlst dich so gut an." Sie schlang ihre Arme fester um seine Wärme und Stärke.

Er trat einen Schritt zurück und berührte ihre Lippen mit seinen, ganz keusch, aber sie spürte die magnetische Anziehungskraft seines Verlangens nach mehr. „Wie schnell kannst du deinen Fans entkommen?"

Kates Handy, das an ihrem Platz auf dem Tisch lag, summte. Simon nahm es, warf einen Blick darauf und grinste sie verschmitzt an. „Da. Ich muss dich nicht anbetteln zu gehen. Alexa erledigt das für mich. Sie schreibt: *Ich bin so stolz auf dich, Süße! Beeil dich und komm auf einen Drink vorbei, um zu feiern.'*"

„Ich hab's versprochen, nicht wahr?"

„Hast du. Aber ich wünschte, wir könnten direkt nach Hause fahren und allein feiern." Er beugte sich hinunter und küsste sie erneut, dieses Mal inniger.

„Mmmm. Ich auch."

Er seufzte. „Heute Abend gehört dir. Und ich habe einen Babysitter. Ich will dich nicht um deinen Abend bringen. Dafür wird später noch genug Zeit sein."

„Wenn wir dann noch wach sind."

„Na ja, es gibt immer noch morgen. Oder übermorgen." Er küsste sie wieder, wobei sich der Winkel seines schönen Mundes zu einem neckischen Lächeln verzog. „Oder überübermorgen."

„Ich kann es kaum erwarten, bis ich einziehen kann und wir jede Nacht zusammen sein können."

„Für mich kann das nicht schnell genug gehen. Dann können wir uns an die Arbeit machen, Babys zu zeugen, damit wir nie wieder ausgehen müssen."

„Gah! Das meinst du nicht ernst." Sie gab ihm einen Klaps. „Lass uns zu Alex gehen, bevor du mich noch barfuß in die Küche verbannst. "

„Niemals! Deine Leute brauchen dich. Ich werde lernen müssen, dich zu teilen." Sein Lachen wärmte sie bis in die Zehenspitzen und sickerte in jeden Riss und Spalt ihres Herzens, heilte sie, füllte sie aus.

Ihr Herz schwoll an vor Freude, Dankbarkeit und einer Liebe, die so tief war, dass sie nicht länger daran zweifeln konnte, dass dies ihre neue Realität war. Dass Simon an ihrer Seite sein würde, wenn sie sich von diesem Podium, von diesem besonderen Abend, entfernte, und dass sie ihre nächsten Schritte, und die danach, gemeinsam tun würden, Hand in Hand.

~

M öchtest du das nächste Buch der Alles haben-Reihe lesen? Du findest es hier bei deinem Lieblingsbuchhändler: books2read.com/makingroomforyou

DISKUSSIONSFRAGEN FÜR BUCHCLUBS

1. Kate gibt die Details ihrer früheren Beziehung mit Simon nicht vollständig preis, spielt sie herunter, um Peinlichkeiten zu vermeiden und um nicht mit ihren Klienten oder mit Sharon darüber sprechen zu müssen. Ethisch gesehen ist das eine Grauzone. *Glauben Sie, dass sie richtig gehandelt hat, oder hätte sie alles preisgeben sollen? War es falsch von ihr, den Fall zu behalten?*

2. Auch Eli bewahrt sieben Jahre lang ein Geheimnis, aus Angst, die Tatsachen könnten einen Keil zwischen D'arcy und ihre Eltern treiben, und weil er vermeiden wollte, dass sie verletzt wird. *Glauben Sie, dass er damit im Recht war, oder dass er durch sein Schweigen noch mehr Probleme in seiner Ehe verursacht hat?*

3. Kate tut sich schwer mit der Entscheidung, ob sie sich auf Jay einlassen oder nach etwas mehr in einer Beziehung suchen soll. Sie hat das Gefühl, dass ihm einige Eigenschaften fehlen, die sie schätzt, obwohl er ein sehr netter Mann ist. *Glauben Sie, sie hätte mit Jay glücklich werden können, wenn sie sich für ihn entschieden hätte? Wenn Sie schon einmal in einer langfristigen Beziehung waren, hatten Sie die Art von Kompatibilität, die Kate und Simon haben, oder nicht? Wie hat sich das im Laufe der Zeit auf Ihre Beziehung ausgewirkt?*

4. Kate hatte ursprünglich vor, Stadtplanung zu studieren, schwenkte aber zur Beratung um, nachdem sie selbst davon profitiert hatte. *Glauben Sie, dass sie sich zur Mediation hingezogen fühlt, um ihre*

eigene Angst vor Bindung und Intimität und ihre unerfüllten Bedürfnisse zu kompensieren?

5. D'arcy hat ihr eigenes Geheimnis, während sie sich mitten im Scheidungsverfahren und in der Mediation befindet. Sie hat ihre Gründe. *Was glauben Sie, welche das sind, und hätten Sie unter diesen Umständen dasselbe getan?*

6. Kate kämpft das ganze Buch über mit der Frage, ob die Gefühle, die sie für Simon hegt, „echt" sind. Sie befürchtet, dass ihre Erinnerungen Fakten mit Fantasie vermischen, und traut sich selbst nicht. *Glauben Sie, dass es möglich ist, sich zweimal in dieselbe Person zu verlieben? Wie kann das sein, und wie könnten sich die beiden Gefühlswelten unterscheiden?*

7. *Haben Sie schon einmal Erfahrungen mit Mediation gemacht? Glauben Sie, dass dies ein wertvoller Prozess für Paare ist, die mit komplexen Problemen zu kämpfen haben, bevor sie sich scheiden lassen?*

8. Kate behauptet, sie hätte verdrängte Erinnerungen an ein Trauma aus einer früheren Zeit ihres Lebens, und dass bestimmte Ereignisse die Rückkehr dieser Erinnerungen ausgelöst hätten. Die Recherchen der Autorin haben sie davon überzeugt, dass verdrängte und wiedererlangte Erinnerungen möglich sind, und sogar logische Reaktionen auf traumatische oder belastende Lebenserfahrungen. Das Gedächtnis ist eine komplexe Angelegenheit, und es sind viele Mechanismen am Werk. *Glauben Sie, dass dies Opfern von Gewaltverbrechen oder anderen schmerzhaften Erfahrungen passieren kann? Wie, glauben Sie, könnten sich verdrängte oder fragmentierte Erinnerungen an ein Trauma manifestieren oder das Leben einer Person beeinflussen?* HINWEIS: Zur weiteren Lektüre gehen Sie auf: http://www.jimhopper.com/child-abuse/recovered-memories/ oder http://www.psychologicalscience.org/journals/cd/12_1/McNally.cfm.

9. Sharon schlägt in Bezug auf die Berufsethik und den Interessenkonflikt im Mediationsfall den rechtschaffenen Weg ein. *Glauben Sie, dass ihre Einmischung rein beruflicher Natur war, oder dass sie andere, persönlichere Motive hatte?*

10. Kates beste Freundin Alexa ist die erste Person, an die sie sich wendet, um ihre Gefühle und Ängste zu teilen, auch wenn sie ihr vorher nicht alles über ihre Vergangenheit erzählt hat. Alexa ist abwechselnd unterstützend, beschützend und kritisch gegenüber Kates Urteilsvermögen und ihrer Fähigkeit, damit fertig zu werden. *Glauben Sie, dass Alexa eine gute oder eine wankelmütige Freundin ist? Gibt sie Kate,*

was sie von Moment zu Moment braucht, oder hätte sie versuchen sollen, ihr auf andere Weise zu helfen? Welche Verantwortung tragen Sie, wenn Ihre Freunde vor einem Dilemma stehen und Sie um Rat fragen?

11. Simons Freunde und Familie beschützen ihn sehr und sind vorsichtig, was die Akzeptanz von Kate angeht. Darcys Mutter spielt ebenfalls eine kontrollierende Rolle in ihrem Leben, obwohl Simon später eine stärkere Bindung zur Familie fördert. *Glauben Sie, dass sie überfürsorglich sind? Was halten Sie von Familien und Freunden, die sich einmischen oder über potenzielle Partner urteilen? Kennen sie uns manchmal besser als wir uns selbst? Glauben Sie, dass es wichtig ist, ihre Meinungen zu berücksichtigen?*

12. Sharon und Rachel, und bis zu einem gewissen Grad auch Alexa, werden als unsympathische, hart auf ihre Karriere fokussierte Frauen dargestellt. *Glauben Sie, dass es für eine ehrgeizige Karrierefrau notwendig ist, Opfer in ihrem Privatleben zu bringen, oder halten Sie das für einen Mythos? Kann man sich zugleich „reinhängen" und „alles haben"? Glauben Sie, dass manche Frauen ein härteres Image projizieren, um in ihrem beruflichen Umfeld zu konkurrieren, oder ist es so, dass ernsthaft ehrgeizige Frauen als Zicken wahrgenommen werden? Ist das fair?*

13. Rachel scheint sich am Ende des Buches damit abzufinden, ihre marginale Rolle als Mutter für Maddy aufzugeben, zumindest vorerst. *Glauben Sie, dass ihr Wegzug sich negativ auf Simons Tochter auswirken wird? Glauben Sie, dass Maddy mit einer Vollzeit-Stiefmutter besser dran ist als mit einer distanzierten Mutter?*

14. Alexa, Sharon und Rachel bekommen alle ihre eigenen Geschichten später in der „Alles haben"-Reihe. *Mit welcher dieser vier Frauen (einschließlich Kate) identifizieren Sie sich am meisten? Wessen Geschichte würden Sie am liebsten lesen?*

DANKE!

DANKE!

Möchtest du das nächste Buch der Alles-haben-Reihe lesen?

Du findest es bei deinem Lieblingsbuchhändler unter books2read.com/makingroomforyou

Möchtest du mit mir in Kontakt treten?

www.maryannclarkescott.com

maryann@maryannclarkescott.com

Wenn dir dieses Buch gefallen hat, bewerte es bitte und hinterlasse eine Rezension auf BookBub, Goodreads oder wo auch immer du das Buch gekauft hast. Deine Meinung kann über Erfolg oder Misserfolg eines Autors entscheiden, und sie bedeutet mir die Welt.

Dieses Buch gibt es schon eine sehr, sehr lange Zeit, und so ist auch die Liste der Menschen, denen ich danken möchte, wirklich lang.

All meinen Lehrern und Mentoren, all meinen Schreibkollegen, von denen ich so viel gelernt habe und die mich in die unterstützendste Gemeinschaft aufgenommen haben, die man sich vorstellen kann, den Halloween Writers, die meine erste Kritikgruppe waren, den Marvelous Mavens, Michele, Donna & Joanna, die mich unterstützt und meine Karriere vorangetrieben haben, meiner Atta-Girl-Partnerin Kyla, mit der ich anscheinend über alles reden kann und die es wagt, mich immer noch ein kleines bisschen weiter anzuspornen, und meiner Familie, die mir erlaubt hat, die exzentrische Schriftstellerin in ihrer Mitte zu sein, sie regelmäßig zu vernachlässigen und das Abendessen anbrennen zu lassen – Danke.

Dank auch an die erste Lektorin dieses Manuskripts, Elizabeth Lyon, und die letzte Lektorin dieses Manuskripts, Eileen Cook, beides brillante und scharfsinnige Damen, sowie an alle Juroren von Wettbewerben und Testleser, die über die Jahre konstruktive Kritik geäußert haben – ihr habt mir so sehr geholfen und die Geschichte mit jeder Überarbeitung besser und besser gemacht. Danke auch an John mit dem spitzen Bleistift. Aber natürlich bleiben alle Mängel der Geschichte letztendlich meine eigene Verantwortung.

XO, MaryAnn

ÜBER DIE AUTORIN

USA-Today-Bestsellerautorin MaryAnn Clarke ist Gewinnerin des Chatelaine Grand Prize und Finalistin des Next Generation Indie Book Award für *The Art of Enchantment*, den ersten Band der Reihe *Life is a Journey* über junge Frauen, die auf Reisen im Ausland zu sich selbst finden, sich verlieben und dabei in die Probleme anderer verwickelt werden. Ihre Reihe *Alles haben* handelt von berufstätigen Frauen, die darum kämpfen, die Herausforderung und Erfüllung ihrer Karriere mit ihrer Suche nach Identität, Liebe, Familie und einem Zuhause in Einklang zu bringen.

Stets bestrebt, leere Seiten und Leinwände mit den Ideen zu füllen, die ihr im Kopf herumschwirren, machte sich MaryAnn daran, emotional fesselnde Geschichten zu schreiben, die eine Gratwanderung zwischen intelligenter Frauenliteratur und herzerwärmender Romantik vollführen.

Als Universalgelehrte, die an Universitäten an beiden Küsten Kanadas Bildende Kunst, Urbanistik, Architektur und Gerontologie studierte, wandte sie sich ihrer ersten Liebe, dem Schreiben von Geschichten, zu, als sie feststellte, dass sie als Autorin mit weniger Regeln mehr Spaß haben konnte als bei der Arbeit in einem Architekturbüro oder als Forscherin an einer Universität. Wenn sie nicht schreibt, meditiert sie beim Wandern auf bewaldeten Bergpfaden, macht Yoga und Pilates, um dem Verfall entgegenzuwirken, liest querbeet, sinniert über Wurmlöcher, experimentiert mit abstrakter expressionistischer Malerei, bringt Pflanzen um und versucht, das Abendessen nicht anbrennen zu lassen, während sie ihr nächstes Handlungsproblem löst. Nachdem ihr Küken aus dem Nest geflogen ist, lebt Clarke mit ihrem Mann und ihren Katzen auf der wunderschönen kanadischen Insel Vancouver Island. Obwohl sie weiß, dass sie im Paradies lebt, liebt sie es immer noch, die Welt auf der Suche nach Romantik, Kunst, gutem Essen und neuen Ideen für Geschichten zu bereisen.

Bleib auf dem Laufenden, um Buchneuigkeiten, Sonderangebote und Aktuelles zu ihrer nächsten Veröffentlichung – *Before You Knew Me*, Buch 3 der *Alles haben*-Reihe – zu erfahren. Du kannst MaryAnn jederzeit unter maryann@maryannclarkescott.com erreichen.

Mehr über MaryAnn, ihre Bücher und Ideen, die ihr gefallen, kannst du unter www.maryannclarkescott.com lesen.

Möchtest du das neueste Buch der Alles-haben-Reihe lesen?

Kaufe *Making Room For You* in deinem Lieblingsgeschäft: book s2read.com/MakingRoomForYou

Oder kaufe es hier direkt bei Nymphaea Press:

https://shop.maryannclarkescott.com/

Möchtest du dich mit mir vernetzen?

www.maryannclarkescott.com

maryann@maryannclarkescott.com

Wenn dir dieses Buch gefallen hat, bewerte es bitte und hinterlasse eine Rezension auf Bookbub, Goodreads oder wo auch immer du das Buch gekauft hast. Deine Meinung kann über den Erfolg eines Autors entscheiden, und sie bedeutet mir die Welt.

Abonniere MaryAnn und folge ihr!

www.maryannclarkescott.com

Fragen? Anregungen? Klar, hier kannst du mich erreichen.

WEITERE WERKE VON MARYANN CLARKE

The Reporter's UNLIKELY Reunion
   The Phoenix's UNLIKELY Prodigy
   Making Room For You
   Before You Knew Me
   The Art of Enchantment
   A Forged Affair
   Single Dad in Studio 7D
   Book, Line & Tinker
   Hiding From Christmas
   Secrets at the Aviary Inn

Coming Soon
   The Captain, The Lady, The Letters and a Lie, a Regency Romance
   The Feminist's UNLIKELY Fiancé: Book 3 of the UNLIKELY Series
   Running From Christmas: Book 2 of Off The Grid Christmas

Blättere weiter für eine Leseprobe

Making Room For You
   Buch 2 der Alles-Haben

LESEPROBE AUS MAKING ROOM FOR YOU
   Alexas Blick glitt liebevoll über die harmonischen Linien des

Kunstzentrums auf dem digitalen Entwurf, der an Krystofs Bürowand hing. Ihr Herz schwoll vor Stolz über seine Eleganz und Schönheit und ihr Puls raste in Erwartung von Krys' baldiger Ankunft. Das Komitee musste es einfach auswählen, und dann, wenn alles gut liefe, würde sie zur Projektarchitektin ernannt werden, um ihren eigenen Entwurf bis zur Verwirklichung zu begleiten.

„Es ist brillant. Deine beste Arbeit. Du weißt, dass es gewinnen wird", sagte Peter über ihre Schulter.

Sie drehte sich um und schenkte ihrem Freund ein dankbares Lächeln. Was man so hörte, *war* ermutigend. Heute würde die Coal Harbour Civic Society den Vertrag für das neue Albion and Beatrice Rose Arts Centre vergeben. Sie war überzeugt, dass Vision Architecture gewinnen würde, und endlich würde sie die Projektarchitektin für die Entwicklung ihres Herzenswunsches werden. Ihr Luftschloss würde zu einem echten Denkmal aus Ziegeln und Mörtel in der Stadt werden. Und sie würde ein Star sein. „Hoffen wir, dass ich die Chance bekomme, es tatsächlich durchzuziehen, Pete." Dann würde sie endlich Anerkennung für ihr Talent und ihre harte Arbeit bekommen. Wenn andere ihre Arbeit sahen und anerkannten, dann wüsste sie, dass sie Erfolg hatte. Und der einzige Weg, das zu erreichen, war unter ihrem Namen: Alexa Jenner.

„Mach dir keine Sorgen, Süße. Krys muss dir den Job geben. Es ist dein Konzept. Er weiß, dass du die Einzige bist, die es richtig umsetzen kann."

„Danke, Pete", flüsterte Alexa und umarmte ihn kurz. „Du bist auch ein Anwärter, weißt du."

„Wohl kaum. Aber ich werde gerne mit dir daran arbeiten."

„Ihr zwei macht mich krank." Nathans überhebliche, träge Stimme unterbrach sie, als er durch die Bürotür schlenderte, selbst heute zu spät zur Arbeit und so unbesorgt wie immer. „Das ist nicht nur offenkundig unwahr, sondern die Chancen stehen gut, dass Krystof mich zum Projektarchitekten ernennen wird. Ihr wisst, dass er das will. Schließlich kennen mich die Roses."

Spannung flatterte hinter ihren Rippen. Alexa wusste, dass das stimmte, zumindest technisch gesehen. Es sollte keine Rolle spielen. Bei diesem Projekt gab es keinen Platz für Vetternwirtschaft.

„So kommt man in diesem Geschäft nicht weiter, Nathan. Du hast drei Jahre weniger Berufserfahrung als Alexa. Du könntest das

WEITERE WERKE VON MARYANN CLARKE 395

Kunstzentrum nicht mal leiten, wenn es dir auf den Kopf fallen würde.
"

„Wir werden sehen", erwiderte Nathan mit einem Grinsen, drehte sich um und ließ sich auf einen Stuhl fallen. Seinen üblichen Stuhl, der, in dem er immer zu sitzen schien, wenn er und Krystof herumalberten, anstatt wie alle anderen an seinem Schreibtisch zu arbeiten.

Arrogantes Arschloch, formte Pete hinter Nathans Rücken mit den Lippen. Seine Augenlider flatterten und er verdrehte die Augen in seiner charakteristisch melodramatischen Art zur Decke, und Alexa unterdrückte ein Lächeln.

„Zuerst müssen wir den Vertrag gewinnen, Leute", sagte Alexa.

Die drei Kollegen und Rivalen drehten sich alle zur Tür, als eine Welle der Aufmerksamkeit durch das Büro flatterte wie eine Böe aus dem pazifischen Nordwesten durch die Innenstadt, die die Ankunft des Chefs ankündigte. Draußen im Studio spannten sich die Leute an, richteten sich auf, atmeten ein. Alexas Puls setzte einen Schlag aus.

Sie war lange genug Architektin, um zu wissen, dass das glamouröse Bild der Architektur, das in Büchern und Filmen dargestellt wurde, nur zum Teil stimmte. Es stimmte für eine sehr kleine Anzahl glücklicher Individuen. Die Auserwählten. Wie Krystof Konstantin. In diesem Geschäft schufteten viele talentierte Leute ihre ganze Karriere lang im Verborgenen. Das war ihr nicht genug. Architektur war ein Geschäft, in dem der Ruhm ebenso von Politik, Charisma und Verbindungen abhing. Und von Engagement. Sie hatte nicht den Vorteil von Nathans Verbindungen. Leute, die sie nicht gut kannten, hielten sie für hart, ehrgeizig, sogar humorlos. Das tat weh. Sie verstanden sie überhaupt nicht. Sie hatte zu viel geopfert, um jetzt aufzugeben. Sie hatte einen Plan. Dieses prestigeträchtige Projekt war ein wichtiger Schritt. Ein bekannter Name. Eines Tages, schon bald, würde sie ihr eigenes Studio besitzen, mit der Freiheit und Autonomie, die das mit sich brachte. Sie spürte, wie Adrenalin vor Vorfreude durch ihren Körper schoss.

„Peter", sagte Krystof, als er mit seinem leisen, rauen Tenor mit einem exotischen Hauch seines polnischen Akzents eintrat. „Alexa. Nate. Setzt euch, bitte."

Sie blickte auf, als er ihren Namen sagte, ihr Gesicht unbewegt, um ihren stotternden Herzschlag zu verbergen. Sie musste die Dinge sich natürlich entfalten lassen.

Niemand wusste, dass Krystof ihr diese Rolle so gut wie

versprochen hatte. Niemand kannte ihre Abmachung. Niemand, nicht einmal Peter, wusste von ihrer Beziehung.

Sie saßen in einer Reihe vor seinem Schreibtisch. Krystof stand dahinter, den Rücken zu ihnen, und blickte auf die Stadt. Seine gepflegten, eleganten Hände waren locker hinter seinem Rücken zu einem ‚V' verschränkt, sein Saphirring glänzte im Sonnenlicht. Alexa konnte sie sich vor seinem geistigen Auge vorstellen, wie sie skizzierten, wie inspirierte, fließende Linien aus der Feder seines Füllfederhalters flossen. Krys' perfekt gepflegtes, grau meliertes Haar glänzte, und sie senkte den Blick. Sie sah die anderen an, anstatt auf Krystofs schlanken Körper in seinem schmalen, maßgeschneiderten Gucci-Anzug zu starren. Es wäre nicht gut, dabei erwischt zu werden, wie sie den Hintern des Chefs anstarrte, so knackig er auch war. Sie seufzte und spürte, wie ein Kribbeln der Hitze sie durchströmte, nicht sicher, ob es die Aufregung über seine bevorstehende Ankündigung war, die ihr Wallen verursachte, oder die Erinnerung an seine gekonnten Küsse und Umarmungen.

Ein Teil von ihr scheute vor der Wahrheit ihrer Affäre mit Krystof zurück, aber sie wusste in ihrem Herzen, dass sie dieses Projekt aufgrund harter Arbeit, Opferbereitschaft und Leistung bekommen würde, nicht weil sie zufällig auch eine Beziehung mit dem Boss hatte. Das war eine ganz andere Sache. Niemand arbeitete härter oder war engagierter als sie. Und sie hatte auch Talent. Jede Menge davon.

Peter verlagerte sein Gewicht von einer Seite zur anderen, schlug die Beine übereinander und wieder auseinander. Nathan lehnte sich zurück, strich über seinen affektierten kleinen Schnurrbart und konnte seine Begierde trotz seines Anspruchsdenkens und seiner Erfolgserwartung nicht verbergen. Er musste sich kaum rasieren, aber das hielt ihn nicht davon ab, so zu tun, als wäre er Mister Haute Couture, mit seinem zurückgegelten Haar und seinem trendigen Fast-Bart.

Alexa versuchte, ruhig zu bleiben, aber auch ihre nervöse Energie ließ sich nicht bändigen. Ihr eigener Fuß wippte unkontrolliert.

Krystof drehte sich um, stützte seine gepflegten Finger auf die polierte Hartholz-Schreibtischplatte, die wie immer makellos und frei von Unordnung war, und beugte sich leicht vor, seine grafische Dior-Krawatte schwang sanft wie ein Uhrenpendel nach außen. Tick-tack. Sie blickte in sein schlankes, gut aussehendes Gesicht, genau in dem Moment, als sich seine Lippen zu einem neckischen Grinsen verzogen.

Sie erkannte ein raubtierhaftes Glimmen von Belustigung und

sexueller Energie in seinen blassen, silbrigen Augen. Er liebte diese Gelegenheit, aufzutreten, ein Publikum in seinem Bann zu halten. Zu sagen, er sei eitel, war eine Untertreibung, aber er war verdammt gut anzusehen.

Sie beide hatten ihre Emotionen und ihre Körpersprache im Büro längst gemeistert. Seine Familie, ihre Karriere, beider Ruf hingen von Diskretion ab. Büroromanzen waren problematisch, das räumten sie beide ein.

Endlich sprach er, seine Stimme so verführerisch wie ein Hauch Opiumrauch, der über die Sinne glitt. Hypnotisch. Kein Wunder, dass er so ein erfolgreicher Architekt war. Das, und dass er brillant war.

„Ich möchte euch allen zu eurer sehr harten Arbeit an diesem Angebot gratulieren." Er setzte sich, den Rücken gerade, und verschränkte die Finger vor seiner Brust. „Außerdem möchte ich euch zu einer gut gemachten Arbeit gratulieren. Ihr habt Grund, stolz zu sein, besonders Jenner für ihr brillantes Konzept, wie wir wissen. Ich habe gute Nachrichten." Er blitzte sein bestes Hollywood-Lächeln auf, als er jeden von ihnen der Reihe nach ansah, Alexa zuletzt und nur ganz kurz. „Wir haben den Zuschlag für das neue Rose Centre for the Arts erhalten."

Sie tat es ihnen gleich, als Peter und Nathan mit Johlen und Triumphgeschrei die Fäuste in die Luft reckten. Nachrichten verbreiteten sich schnell durch die dünnen Bürotrennwände. Als ihre Kollegen die Nachricht ihres gemeinsamen Erfolgs aus ihrem eigenen Jubel schlossen, dämpften die Wände eine donnernde Antwort aus Rufen und Applaus.

Krystof lächelte nachsichtig und fuhr fort. „Das ist eine große Sache, selbst für eine Firma von der Größe von Vision. Mindestens zwei von euch werden an diesem Projekt bis zur Fertigstellung weiterarbeiten."

Alexa spürte mehr, als dass sie sah, wie Pete und Nathan nickten, jeder den Atem anhaltend.

„Leider kann ich nur einen von euch zum Projektarchitekten ernennen. Aber, wie ihr wisst, schätze ich jeden von euch gleich, und es wird eine schwierige…" Er wedelte mit einer ausdrucksstarken Hand durch die Luft, „… und etwas willkürliche Entscheidung sein. Ihr seid alle würdig und fähig."

Stille. Das war nicht wahr und das wussten sie alle. Aus dem Augenwinkel erhaschte Alexa einen selbstgefälligen Ausdruck auf Nathans Gesicht. Er war sich seiner Sache so sicher, aber er würde bitter enttäuscht werden. Es würde sich gut anfühlen, diesen überheblichen Blick aus seinem Gesicht zu wischen.

„Aber!" Krystofs weißes Lächeln war breit und sonnig. „Daran werden wir heute nicht denken. Ich werde nächste Woche entscheiden. Heute ist ein Tag des Feierns für alle."

Also. Keine Entscheidung heute. Sie ließen alle gleichzeitig den angehaltenen Atem aus und begannen aufzustehen. Es würde ihr nichts ausmachen, den neidischen Blicken ihrer Kollegen standzuhalten, wenn sie ausgewählt würde. Zumindest Pete würde ihr gratulieren und es auch so meinen. Aber von Nathan fürchtete sie die unterdrückte Feindseligkeit. Er war so ein Arschloch.

Sie wandte sich an Peter, der sie umarmte. „Herzlichen Glückwunsch, Alexa. Du hast es geschafft."

Das hatte sie. „Wir haben das zusammen geschafft", sagte sie und lehnte sich mit einem zufriedenen Lächeln an ihn.

„Ach, bitte. Seid ihr Mädels fertig mit dem Gekuschel, damit wir wieder an die Arbeit können?" Nathan öffnete die Tür und trat hinaus, murmelnd: „Für wen hältst du dich eigentlich, Jenner, eine Star-Architektin?"

Immer loyal, drängte sich Peter kopfschüttelnd an ihm vorbei und kehrte zu seinem Schreibtisch zurück, ohne Nathans Stichelei zu beachten.

„Sie hat einiges an Designtalent drauf, Nate, und das weißt du auch", sagte Krystof. „Du könntest ein oder zwei Dinge von Alexa lernen, wenn du dir nicht selbst im Weg stehen würdest, Junge." Bei Nathans schmollendem Blick warf Krystof ihm einen vielsagenden Blick zu.

„Geh an die Arbeit. Versuch, etwas zu erledigen, und später trinken wir alle zusammen einen."

Alexa zögerte, tat gleichgültig, bewegte sich aber zur Tür, ohne sich umzusehen.

„Jenner. Einen Moment. Darf ich ein Wort mit Ihnen sprechen?"

Sie blieb stehen und drehte sich um, milde Überraschung vortäuschend. „Sicher, Krystof. Ich wollte dich sowieso wegen dieser Änderungsanweisung für das Forschungslabor in Surrey fragen."

„Ja, deswegen… Schließ die Tür, bitte."

Das tat sie.

Seine Hände umfassten schweigend von hinten ihre Hüften und zogen sie an die harte Wölbung in seinem Schritt, sein Gesicht schmiegte sich an ihre Schulter, sein heißer Atem in ihrem Haar. Sie drehte sich in seinen Armen, und er zog sie fest an sich, sodass sie den Duft seines warmen Körpers und seines teuren Parfums einatmen konnte. Noch mehr Hitzewallungen.

„Oh, Krys. Ich bin so glücklich. Das ist ein... so ein Coup für uns." Sie hielt ihre Stimme leise, knapp über einem Murmeln, obwohl sie am liebsten quietschen wollte.

Zwischen zusammengebissenen Zähnen, mit seinem Atem, flüsterte er: „Das ist dein Triumph. Deine Vision und deine Energie, Jenner. Du bist der Grund, warum wir diesen Job gewonnen haben." Er drückte ihren Hintern und zog sie fester gegen seine Erektion, das Kratzen seiner Bartstoppeln an ihrem Hals.

Sie unterdrückte den Drang, winselnde, fälschlich bescheidene Dementis von sich zu geben. Es *war* ihretwegen, und sie wusste es. Dieses Angebot und diese Präsentationen enthielten ein Stück ihrer Seele. „Warum zögerst du mit der Zuweisung?"

„Ich möchte, dass alle den Sieg feiern können, bevor ich jemanden mit banalen Projektmanagement-Entscheidungen enttäuschen muss. Das ganze Team hat daran zusammengearbeitet. Ich will nicht, dass irgendwelche kindische Eifersucht den Tag verdirbt."

Alexa gab zu, dass er recht hatte. Das war einer der Gründe, warum er so ein guter Anführer war. Er verstand die Leute wirklich.

„*Und* ich möchte eine private Feier mit *dir* haben, meine Liebe", flüsterte er, seine Stimme heiser vor Verlangen, als sein Mund sich ihrem näherte. „Gib mir diesen sexy Mund von dir." Er bedeckte ihren Mund mit seinem eigenen, seine Zunge drängte fordernd, besitzergreifend hinein und sandte eine Hitzespirale durch ihren Kern. Aber das war weder die Zeit noch der Ort.

„Ruhig, Krys, du zerknitterst mein Hemd. Nicht im Büro." Was war los mit ihm? Normalerweise war er diskreter. Sie wand sich und drückte sanft gegen seine Brust, als er widerstand, trat dann weg und flüsterte: „Ich will, dass das geklärt ist, damit wir mit der Arbeit anfangen können."

Er richtete sich auf, trat mit einem frustrierten Seufzer zurück. Dann warf er ihr ein charmantes, lüsternes Grinsen zu. „Du bist so sexy, wenn du arbeitest. Dein Gehirn macht mich steinhart. Ich liebe dich herrisch. Das bringt mich dazu, dich ablenken zu wollen."

Sie neigte den Kopf und lächelte zu ihm auf. „Wenn du das tust, wirst du es sehr bereuen, in mehr als einer Hinsicht." Er konnte sie necken, aber sie würde sich nicht ablenken lassen. Sie würde härter denn je arbeiten, um ihn zu überzeugen, ihr dieses Projekt zu geben.

Er lachte. „Ich kann es kaum erwarten. Wann können wir uns treffen?" Seine silbernen Augen verdunkelten sich unter der kantigen Brauenwulst.

Sie zuckte mit den Schultern. „Das hängt von dir ab."

Ein Schatten huschte über seine Augen und er wandte sich wieder seinem Schreibtisch zu. „Es stimmt. Biljiana will, dass ich da bin und mit dem Jungen helfe."

„Was macht er denn gerade?"

„Jaroslaws fünfzehnter Geburtstag ist dieses Wochenende. Ich muss da sein." Seine Stimme war sanft, entschuldigend. „Aber heute Abend?"

Sie nickte. Sie war froh, dass er sich für seinen Sohn Zeit nahm, auch wenn er sich immer darüber beschwerte, Zeit mit seiner Ex-Frau zu verbringen. „Wir sehen uns später." Sie zuckte mit den Schultern und öffnete die Tür. Kein richtiges Date. Vielleicht könnten sie sich von der Arbeitsgesellschaft für ein kurzes Stelldichein absetzen.

Krystofs Stimme wurde lauter und drang mit ihr aus der Tür. „Haben Sie keine Angst, sich durchzusetzen, Jenner." Sein Lächeln war herablassend, als er ihr zur Tür folgte und dort stehen blieb. „Man muss mit diesen Jungs hart sein, sonst schubsen sie einen herum." Der Form halber erteilte er ihr immer eine sanfte Rüge.

Es war irgendwie lächerlich, angesichts ihres Rufs auf Baustellen. Sie schüttelte den Kopf und lächelte ein wenig über die List. Als ob sie jemals Schwierigkeiten im Umgang mit Bauunternehmern gehabt hätte. Die zitterten in ihren Stahlkappenstiefeln, wenn sie sie kommen sahen, sie mit ihren energiegeladenen kaum eins sechzig. Krystof spielte gerne mit ihrer zierlichen Größe und coachte sie, härter zu sein. Aber er wusste genau, wie hart sie sein konnte, bei der Arbeit und nach Feierabend. Hart war, wie er sie mochte.

Als sie zu ihrem Schreibtisch zurückkam, blinkte die Nachrichtenleuchte. Sie nahm den Hörer ab und drückte den Knopf.

„Alex! Ich bin's."

Kate! Und sie klang panisch.

„Markus und ich sind auf dem Weg in die Stadt. Triff uns zum Mittagessen im Food-Court im Einkaufszentrum. Ich muss dir etwas Wichtiges erzählen!"

Was konnte so dringend sein?

Die Morgensonne brach sich zu einem erstaunlichen sternförmigen Funkeln durch die dunklen Äste der Tannen und Hemlocktannen, die den Grat von Eagle Point im Osten krönten. Die Sonne stand noch zu tief, um ihr schwaches Licht auf seine *Belle-Etoile* zu werfen, die im Morgenschatten des Grats angedockt war.

Bruce Koczynski blieb auf dem Asphalt stehen und wischte sich das Wasser ab, das von seinen frisch gewaschenen Haaren auf seine Stirn und seine nackten Schultern tropfte. Die kühle Seeluft entzog seiner nackten Haut Feuchtigkeit, was kribbelte und Gänsehaut verursachte. Er blickte über den Wald aus Masten, die sanft an ihren Liegeplätzen schwankten, und seine Seele sang. Er blickte auf die glitzernden Juwelen aus hellweißem Licht, die auf der Oberfläche des gekräuselten Wassers tanzten, und sein Herz jubelte wie die Möwen, die über ihm schwebten. Er blickte auf sein geliebtes Segelboot, seine Freiheit, sein Zuhause. Zumindest für den Moment.

Er würde sich niemals an diesem Anblick sattsehen.

Tien und Juan konnten ihre schicken Firmenbüros mit Eckblick auf weitläufige Parkplätze im Silicon Valley behalten. Bruce vermisste seine Freunde und ehemaligen Geschäftspartner natürlich, aber er würde die formlosen Jahre der knochenharten, zermürbenden Schufterei in einem stickigen, fensterlosen Raum nicht vermissen. Er würde es nicht vermissen, die abgestandenen Ausdünstungen von der Pizza von gestern, Red Bull und Bier einzuatmen. Er würde die angesammelten Körpergerüche eines Haufens ausgewachsener Heranwachsender, die nie nach Hause gingen, um zu baden, nicht vermissen.

Und er brauchte auch nicht mehr Geld, vielen Dank. Er hatte seine Millionen, und jetzt lebte er das Leben seiner Wahl. Ein Leben frei von Verantwortlichkeiten und Belastungen.

Nein, er würde sich niemals an diesem Anblick sattsehen. Eine grummelnde Stimme lenkte seine Aufmerksamkeit vom Wasser ab.

„Verdammte Kinder! Warum tragt ihr nicht euren eigenen Scheiß?"

Bruce drehte sich zu dem entnervten Ausruf um, sein Nacken verspannte sich reflexartig bei dem Echo der schrillen Stimme seines tyrannischen Vaters. Ein Mann in seinem Alter kämpfte mit einer bis zum Bersten gefüllten Schubkarre, von der die Hälfte auf das Pflaster fiel, während er sich abmühte, das Sicherheitstor zu öffnen, das zum Steg hinunterführte.

Bruce lief nach vorne. „Hey, Mann. Lass mich dir helfen." Er lehnte sich gegen das Tor und hielt es mit dem Rücken offen, das kalte Stahlgitter drückte sich in seine nackte Haut. Während der Typ mit einer schweren, schiefen Reisetasche rang, die auf den Boden zu fallen drohte, bückte sich Bruce und hob ein paar der Gegenstände auf, die bereits heruntergefallen waren, darunter eine schmuddelige, fadenscheinige Stoffkatze mit einem fehlenden Ohr.

Ein Familienvater. Bruce zog sich der Magen zusammen. Er mochte in Bruce' Alter sein, aber er trug sich wie ein alter Mann, eingeschüchtert. Gebrochen. Fast so, wie Bruce sich am Ende gefühlt hatte, bevor sie die Firma verkauft hatten. Völlig ausgelaugt.

„Danke", sagte er, als Bruce sich aufrichtete und ihm seine verstreuten Sachen reichte. Sein Lächeln war zwar schnell zur Hand, aber Bruce sah die Linien von Erschöpfung und Stress um seine Augen.

Bruce grinste. „Kein Problem. Mach's gut, Alter."

Der Typ schleppte seine Ladung die Rampe hinunter, bei der Anstrengung schwankend. Trotz der frühen Stunde war sein blaues T-Shirt von Schweißflecken dunkel gefärbt.

Bruce folgte ihm den Steg hinunter, als er sich einer zweiundvierzig Fuß langen Catalina näherte, auf deren Rumpf der Name *Sea-Renity* gemalt war – was so offensichtlich *nicht* der Fall war. Sie war wirklich mehr ein schwimmendes Wohnmobil als ein ernsthaftes Segelschiff, und der Typ würde dort keine Gelassenheit finden. Das Deck war überfüllt mit kleinen Körpern, Wasserspielzeug, bunten Taschen, Plastikkisten. Es war ein Wunder, dass die Wanne unter all dem Familienkram noch schwamm.

Er schüttelte den Kopf. Bruce bevorzugte sein spartanisches Dasein an Bord seiner siebenunddreißig Fuß langen Renn-X-Yacht. *Belle Etoile*. Seine einzig wahre Liebe.

„Pa-paaaa!", kreischte eine winzige Stimme, als sich ein kleines rothaariges Mädchen auf ihren Vater stürzte und ihn beinahe vom Steg ins Wasser stieß.

„Neil? Hast du die Kühlbox ausgeladen?", murmelte eine abgelenkte Frau, deren Kopf durch die Luke auftauchte, rotbraune Haarsträhnen, die sich aus ihrem langen, verblichenen Zopf gelöst hatten, ein kleines Baby wie ein Koala an einem Baum an ihren Oberkörper geschnallt. „Ich muss das Zeug wegräumen, bevor es warm wird. Und Cicely braucht ihre Milch." Der Kopf der Ehefrau drehte sich zu Bruce, als er vorbeischlenderte, eine wehmütige Bewunderung in ihren Augen. Die gestresste Mutter, die sich nach einer Flucht sehnte. Der Vater sah verzweifelt aus.

„Gib mir eine gottverdammte Chance, Sarah", murmelte er unter seinem Atem.

Bruce drohte die Kehle zuzuschnüren, und er zwang Luft durch seine Nasenlöcher, um das Gefühl zu verdrängen. Nicht gerade ein Bild ehelicher Glückseligkeit, als ob es so etwas gäbe.

Er warf Sarah ein sexy Zwinkern und ein charmantes Lächeln zu. Lass sie glauben, sie sei attraktiv und begehrenswert. Ihr fiel die Kinnlade herunter, sie blinzelte und leuchtete dann mit einem strahlenden, verlegenen Lächeln auf. Er erkannte das Mädchen unter der Last. Es war immer schön, von den Damen bemerkt und bewundert zu werden, auch wenn sie überarbeitete Mamas waren.

„Neil? Hast du mich gehört?"

Ein gequälter Seufzer entfuhr dem Mann, als er die Schubkarre parkte und sie auf das Deck des Bootes entlud. „Ne-ein. Noch nicht."

„Ahoi, Maaaaat!", ein älterer, sommersprossiger Junge sprang vom Vordeck ins Cockpit und kletterte wieder auf die Reling, schwingend am Rettungsseil. „Darf ich steuern, Papa? Darf ich?"

„Komm da runter."

„Aber Pa-paaa. Du hast es versprochen!"

„Nicht jetzt." Neil stieg über die Reling und beugte sich unerwartet vor, um seine geplagte, aber jetzt lächelnde Frau zu küssen. Mit einem breiten Grinsen ließ er seinen Blick über das bunte Durcheinander um ihn herum schweifen. „Bereit, Bande?"

Armer Kerl. Niemand, der klar über seine Zukunft nachdachte, konnte möglicherweise eine Frau und drei Kinder wollen. Keine Privatsphäre. Kein Frieden. Keine Einsamkeit. Es war genau die chaotische Mischung aus Chaos und Elend, an die er sich aus seiner eigenen Kindheit erinnerte. Ohne die Mutter. Bruce ignorierte die Enge in seiner Brust und ging weiter, den Jubel, der aus Neils Menagerie aufstieg, nicht beachtend.

Bruce lachte das Familiendrama weg und ging den Steg weiter entlang. Nichts konnte sein Gefühl von Frieden und Zufriedenheit an diesem perfektesten aller Tage stören.

Sein Freund Simon, der bereits zwei Kinder hatte, war ein intelligenter Kerl. Bruce hatte immer zu ihm aufgesehen, ihn sogar beneidet. Seit dem College schien Simon die Nase vorn zu haben. Er war derjenige, der in allem besser war, der erste, der alles tat, einschließlich heiraten und eine Familie gründen. Aber das ging beim ersten Mal ziemlich schief, und Simon hatte es eine Weile schwer, Maddie alleine großzuziehen. Was nur bewies, dass eine Familie ein riesiger Fehler war. Man konnte nicht erwarten, dass beide Elternteile die ganze Zeit da blieben. Und wenn man nicht für seine Kinder da sein konnte, wenn sie einen brauchten, sollte man sie gar nicht erst bekommen.

Er war froh, dass Simon jetzt mit Kate verheiratet war. Was für eine Verwandlung. Endlich konnte er mit jemandem glücklich sein, der ihn liebte und schätzte. Er verdiente das mehr als jeder andere. Bruce vermutete, es war zu erwarten, dass sie zusammen Kinder bekommen würden.

Aber so sehr er seinen Freund auch bewunderte, Bruce bevorzugte seine friedliche Einsamkeit. Er hatte es gut. Nachdem er seit dem Verkauf der Softwarefirma letztes Jahr Entscheidungen ausgewichen und sich vor der Verantwortung gedrückt hatte, hatte Bruce es endlich alles herausgefunden. Er hatte sein wunderschönes Segelboot, *Belle Etoile*, gekauft. Er hatte das perfekte kleine Investitionsobjekt zum Renovieren gefunden. Und er würde den Sommer seiner Träume haben.

Er lebte ein unkompliziertes Junggesellenleben an Bord des Bootes und würde diese baufällige Hütte in ein sexy Junggesellen-Loft und einen ordentlichen Gewinn verwandeln. Es würde Spaß machen. Ausgezeichneten Spaß.

Er hatte in den letzten Jahren seine Richtung verloren, zu hart gearbeitet und zu hart gefeiert, und dann wachte er eines Tages auf und erkannte, dass er keinen Spaß mehr hatte und sich selbst auch nicht mehr sehr mochte. Die Firma zu verkaufen war Teil eins. Die Entscheidung, das Haus zu kaufen und daran zu arbeiten, gab ihm etwas, worauf er sich konzentrieren konnte, ein Projekt mit Aufgaben und einem Ziel, etwas, das Struktur und Disziplin in sein neues Leben bringen und ihm das Gefühl geben würde, produktiv zu sein. Er zählte darauf, dass es ihn aus dem Loch ziehen würde, das er sich selbst gegraben hatte.

Es war einfach, Geld zu verdienen, wenn man Geld hatte. Und er freute sich darauf, einen Großteil der Arbeit selbst zu erledigen. Trotz der Meinung seines Vaters über ihn war er kein verweichlichter, ungeschickter Computerfreak, der kein Ende eines Hammers vom anderen unterscheiden konnte. Nachdem er als Außenseiter und ewiger Anfänger in einer Familie von Handwerkern aufgewachsen war, war Bruce begierig darauf, seine Renovierungsfähigkeiten auf die Probe zu stellen. Er hatte es immer genossen, mit seinen Händen zu arbeiten, aber sein handwerklicher Ansatz war nie auf etwas anderes als Kritik und Spott gestoßen. Einmal in seinem Leben würde *er* für einen Job verantwortlich sein und ihn auf seine Weise machen, seine Fähigkeiten dabei testen und verfeinern. Und wenn das nicht gut lief, hatte er das Geld, um die Hilfe zu engagieren, die er brauchte.

Eine Bewegung vor ihm erregte seine Aufmerksamkeit. Der alte Kerl war auf den Beinen und saß in seinem Fischerboot drei Buchten weiter, sortierte und entwirrte seine Ausrüstung. Es verblüffte Bruce, wie viel Zeit der alte Kerl damit verbringen konnte, mit seinem Angelzeug herumzuhantieren. Aber im Gegensatz zum Familien-Typ Neil hatte er jede Menge Zeit. Genau wie Bruce war er allein. Friedlich und allein.

Bruce hob grüßend eine Hand, und ... wie hieß er? Ach ja, Jørgen. Aus Norwegen. Jørgen winkte mit einem Nicken seiner gesprenkelten Glatze zurück. Er war ein netter Kerl.

Jørgens melodiöse Stimme erhob sich über die Geräusche der im Wind klingelnden Takelage. „Willst du immer noch mit mir angeln gehen, mein Junge?"

„Aber sicher doch, Jørgen", antwortete Bruce. „Wann?"

Jørgen blickte zum Himmel. „Morgen."

„Klar doch." Bruce lächelte und ließ sich in sein eigenes Cockpit fallen, duckte sich in die Kabine. Für einen war sie geräumig. Was brauchte ein Mann schließlich, außer einem Schlafsack, ein bisschen Müsli und etwas Bier und einem guten Buch für die Abende? Er vermisste einen Fernseher, da seiner eingelagert war, aber es gab immer irgendwo einen Ort, wo man ein Spiel und ein wenig Gesellschaft finden konnte.

Es wäre toll, wenn er endlich in seine neue Wohnung einziehen würde, auch wenn es nur für ein Jahr wäre. In der Zwischenzeit würde er ein wenig Spaß mit seinem Sommerprojekt haben.

Sein Handy klingelte, und er wühlte unter den weggeworfenen Kleidern von letzter Nacht danach. „Ja. Bruce hier."

„Bruce. Hier ist Simon."

„Sharpy! Was gibt's?" Wenn man vom Teufel spricht.

„Ich habe eine Bitte. Hast du heute etwas Zeit?"

Bruce schaute auf seine Uhr. „Ich fahre gleich zum Haus. Treffe dort einen Typen. Iss mit mir zu Mittag. Willst du die Burger mitbringen und ich hole Bier?"

„Okay. Wir sehen uns in etwa einer Stunde."

„Erinnerst du dich an die Adresse? Seaview Place, du wirst meinen Truck sehen."

„In Ordnung."

Bruce steckte sein Handy ein und fragte sich, was wichtig genug sein könnte, um Simon mitten am Tag aus dem Büro und über die Brücke zu zerren. Er hatte Zeit, einen kalten Sechserträger aus dem Pub zu holen und sich um den Spediteur zu kümmern, bevor Simon auftauchte. Er hatte nicht gefrühstückt, aber was soll's. Burger und Bier zum Frühstück waren für ihn in Ordnung. Schließlich war er kalte Pizza und Red Bull gewohnt.

Ende der Leseprobe

Lesen Sie Making Room For You hier weiter: books2read.com/ makingroomforyou (demnächst zu übersetzen)

www.ingramcontent.com/pod-product-compliance
Lightning Source LLC
Chambersburg PA
CBHW020415030726
47495CB00006B/1514